Trente ans
et des poussières

JAY McINERNEY

Trente ans et des poussières

Traduit de l'anglais
par Jacqueline Huet
et Jean-Pierre Carasso

ÉDITIONS DE L'OLIVIER

ISBN : 2-87929-029-5

Cet ouvrage est paru chez Knopf
en 1992 sous le titre : *Brightness Falls*.

© 1992 by Bright Lights, Big City, Inc.

© Éditions de l'Olivier, 1993, pour la traduction française.

Pour mon père

«Toute la pensée nouvelle se préoccupe de la perte.
C'est en cela qu'elle ressemble à toute la pensée ancienne.»

Robert Hass
Meditations at Lagunitas

REMERCIEMENTS

Pour m'avoir offert un refuge bucolique loin de la tourmente urbaine, j'aimerais remercier Carl Navarre, George Plimpton, James Salter, et la société Yaddo.

Parce qu'ils ont bien voulu me faire profiter de leurs connaissances dans divers domaines, j'ai contracté une grande dette vis-à-vis de Kate Bonner, Robin Carpenter, William Koshland, Ken Lipper, Mark McInerney, William Norwich, Ellen O'Toole, François de Saint Phalle et Chuck Ward.

Pour le soutien technique, oral et moral qu'ils m'ont apporté, je suis très reconnaissant à Gary, Binky, Marie, Morgan, Mona, Michael, Nick, Terry, Bret, Barry, Liz, Carl, Rust, Erroll, Sonny et Garth.

La dernière fois que j'ai vu Russell et Corrine ensemble, ce fut pendant le week-end du dernier match amical entre les accros et les dépressifs. La qualité du jeu fut assez irrégulière, les accros étant déprimés par la suppression de leur médicament d'élection alors que les dépressifs étaient chargés jusqu'aux yeux des projectiles chimiques dont on tentait de cribler leur insaisissable désespérance. Comme j'étais moi-même du nombre des abrutis cliniques, je ne me rappelle pas aujourd'hui le résultat de la partie, encore que je me permette d'avancer que nous formions, pris ensemble, un groupe aussi représentatif de la conjoncture historique que l'on pouvait espérer en réunir sur un terrain. On était à l'automne 1987. Les feuilles du Connecticut s'embrasaient au ralenti ; un soir, alors que nous fumions sur la terrasse après dîner, une nana de mon service qui se prétendait atteinte d'un syndrome de voyance déclara qu'elle voyait des avions de papier s'écraser sur un trottoir de Manhattan à quatre-vingts kilomètres de là. Bien sûr, il allait se révéler qu'elle avait raison. Mais c'était juste avant tout ça, avant la grande liquidation des espérances démesurées.

Quand ils arrivèrent à l'hôpital par cette journée d'été indien, j'étais assis dans l'herbe en surplomb du parking des visiteurs, tétant une Marlboro, imaginant que je les hachais menu dans leur Robot-Marie, parce qu'ils étaient en partie responsables de ma relégation dans cette maison de fous ripolinée de blanc et parce qu'il était si facile de mépriser leur conformité à une image — comme les couples des pubs dans les revues, qui appartiennent si ostensiblement à leur génération et à leur classe. Les cheveux jaunes de Corrine et la cravate jaune de Russell flottaient au vent comme les étendards d'une promesse rutilante. Quand on part de l'individu, on n'a bientôt plus sur les bras qu'ambi-

13

guïté et compassion ; si l'on a des intentions violentes, mieux vaut s'en tenir à l'archétype.

J'étais avec ma copine Delia, dont les bras s'ornaient d'une guirlande de blessures qu'elle s'était elle-même infligées, grimoire de la haine qu'elle se vouait. Complètement cassée par la belle vie, Delia était venue un soir chez Russell et Corrine et, tandis que leur Jeep découverte remontait l'allée bordée d'arbres, ses yeux morts cerclés de grands cernes semblèrent s'allumer d'une lueur de reconnaissance. Quand ils se désarticulèrent pour sauter à bas de leur pseudo-engin de guerre, dans leur uniforme de jean délavé et de blazer bleu marine, Delia, ordinairement muette, dit sans ironie :

— Voilà le prince et la princesse, dans leur carrosse attelé de six chevaux.

Assis près de Delia sur la pelouse de l'hôpital, je jugeai à cet instant que c'était une illusion presque viable, tant leur port altier et aristocratique, pendant qu'ils gravissaient la colline, contrastait avec les regards tournés vers l'intérieur et l'avachissement traîne-savate des résidents qui m'entouraient. En un sens, c'était ce qu'ils n'avaient jamais cessé d'être : le couple royal en visite auprès des amis brisés chez les dingues, noblesse oblige. Mais le mariage est une espèce d'asile, lui aussi. Quand je m'enfermais dans ma cabane, je ne cessais jamais d'entendre l'appel sauvage du monde extérieur derrière la porte. Et pour finir, cet appel avait fini par se glisser sous leur porte à eux aussi. Mais à ce moment, ils ne se savaient pas observés tandis qu'ils gravissaient dans toute leur grâce prestigieuse la pelouse dorée qui menait à l'hôpital, concentrés qu'ils étaient encore l'un sur l'autre, n'étant pas encore passés de leur monde distinct à l'espace collectif et, à ce moment, j'ai failli me remettre à croire en eux.

1

Tandis qu'elle presse du citron sur les filets de sole dans la cuisine, Corrine entend la voix de son mari qui couvre les autres, peut-être parce que cette voix est la plus forte, ou parce qu'elle y est particulièrement sensibilisée. Cette voix qui s'approche maintenant venant du vestibule, dirigée à rebours vers le salon mais se déplaçant vers elle :

— Je préfère le vieux modèle.

Russell ne parlait pas, il tonitruait :

— Le vieux modèle de quoi ? demande-t-elle quand il entre bruyamment dans la cuisine, qu'il emplit presque de tous ses membres — une de ces cuisines d'appartement new-yorkais d'avant guerre, pas vraiment faite pour le travail sérieux, mais plutôt, dirait-on, pour la préparation hâtive, à trois heures du matin, de quelques œufs brouillés en rentrant d'écouter Benny Goodman au Stork Club.

— J'ai acheté assez de poisson ? demande-t-il en remplissant de nouveau le verre à vin de Corrine posé sur la paillasse tout en jetant par-dessus son épaule criblée de pâles taches de rousseur un coup d'œil à la cuisinière électrique, puis, subrepticement, sur le devant de sa robe.

— Jolie robe, dit-il. Pour un anniversaire.

— Merci, dit-elle. Maintenant vas-y, critique ma coiffure.

Ils discutaient souvent de sa coiffure avant de sortir ou de recevoir : il aime ses cheveux défaits, trouve ça sexy ; elle préfère les relever. Ce soir, elle a relevé ses cheveux dorés en un chignon natté, un peu lâche, retenu par un ruban de velours noir, et il les aime quand même, se complaît à l'idée qu'il est marié à cette élégante créature.

— Je croyais qu'on était d'accord pour que tu ne mettes pas les pieds dans la cuisine !

— Comment trouves-tu le condrieu ?

— Ah non, je t'en prie, pas de couplet sur le vin ce soir, promis ?

— Seulement si tu promets de ne pas passer sous la table pour t'occuper bucco-génitalement de nos invités. Ne me regarde pas comme ça. Je te connais. Ce n'est pas parce que tu ne l'as pas encore fait que tu n'y songes pas.

— La fille qu'a amenée Jeff me coiffera probablement sur le poteau.

— Dieu t'entende.

— Où tu crois qu'il est allé la chercher, celle-là ?

— Il a soulevé la nappe et voilà ! Elle était là.

— Mais où est la passoire ?

— Wash l'avait sur la tête en partant, la dernière fois.

— Tu aimerais pouvoir sortir avec des filles comme ça ? demande Corrine, soudain sérieuse.

— C'est pas une question, merde.

— C'est pas une réponse, bougonne-t-elle en se détournant de la paillasse, un demi-citron pressé dans la main, levant vers lui des yeux mornes.

— Je préfère le vieux modèle, dit-il de nouveau en l'enlaçant.

Tendant les bras derrière elle, elle se dégage des mains de Russell nouées dans son dos.

— Tu ne devrais pas employer ce mot-là pour parler à une fille qui vient d'avoir trente et un ans. Trente ans, encore, c'était une chose...

— Quel mot ?

— Un mot de cinq lettres, commençant par V.

— Tu es toujours ma bombe blonde.

— Dis plutôt qu'il me reste quelques éclats.

Il l'agrippe de nouveau.

— Je t'ai déjà dit que tu ressemblais à Katharine Hepburn jeune ?

Il l'a déjà dit, bien sûr. C'est pourquoi il était important de le répéter ; comme tous les couples qui durent tant soit peu, le leur a ses incantations rituelles. Et Russell pensait que sa femme incarnait certaines des vertus de la grande Kate : la beauté anguleuse

16

qui suggère une ascendance d'Anglo-Saxons longilignes et nerveux, le pâle semis de taches de son trahissant la présence d'un Celte derrière les fagots. Lui-même est d'origine irlandaise, un Calloway de la quatrième génération, venu du comté de Cork *via* Boston et Detroit.

— J'avais visé Grace Kelly, dit-elle.

Le rite accompli, elle retrouve son calme.

— Mais qu'est-ce qu'il fout, Washington ? Je suis presque prête à servir.

— Tu connais Wash. Il doit donner à manger au chien.

— Il y a quatre ans, son numéro de sale gosse avait plus de charme.

— C'est ce que dit la cheftaine en parlant des vilains louveteaux.

— Jeff est défoncé ?

— A quoi ?

— C'est bien ce que je me demande.

— Il est en pleine forme.

— Tu devrais lui parler.

— Je lui parle tous les jours.

— Je veux dire lui parler vraiment.

— Dégouliner, tu veux dire.

— On peut parler sans dégouliner. Je déteste quand tu dis ça.

— Plic... plac... ploc... si on s'épanchait un peu, entre nanas.

Brandissant la bouteille de vin comme un micro, il roucoule :

— Les sentiments... ouaou, ouaou, ouaaa... les sentiments...

— Ça, on peut dire que tu es sentimental !

— Oui, ça me perdra. Tout me touche et je touche tout.

Et il lui pelote la fesse gauche en guise d'illustration.

Corrine et Russell Calloway étaient mariés depuis cinq ans, mais se connaissaient depuis treize, s'étant rencontrés à la fac. Leurs amis les considéraient comme d'avisés pionniers de l'état matrimonial, comme s'ils s'étaient taillé un lopin dans l'une de ces anciennes friches de la ville dans lesquelles les adeptes de la mode commençaient tout juste à les suivre. Depuis qu'ils vivaient à New York, leur appartement de l'East Side était devenu au fil des ans une espèce de club où se réunissaient pour dîner leurs relations moins installées, l'appartement témoin de ceux qui envisageaient d'acheter dans le quartier du conjungo. Pour les conjoints de fraîche date, c'était un havre dans cette ville meurtrière pour les ménages ; et les non-appariés y trouvaient un répit à leur informe et exténuante vie de célibataire.

Même leurs copains de fac, dont le nombre diminuait chaque année, n'arrivaient pas à se rappeler les avoir connus l'un sans l'autre. Pris séparément, ils étaient peut-être un peu trop séduisants, mais le mariage neutralisait l'attirance sexuelle, de sorte que les hommes que Corrine Makepeace avait envoûtés à Brown, où elle était considérée comme un emblème totémique de l'érotisme, pouvaient lui faire la cour en toute sécurité pendant que les femmes se confiaient à Russell, l'entraînant dans la chambre pour d'urgentes conférences. Que Corrine songeât rarement à être jalouse en pareille occasion donnait la mesure de la confiance qui existait entre eux ; les objets frangibles que sa colère catapultait de temps en temps, celle du feu de sa passion. Pour représentatifs de la modernité la plus avancée qu'ils puissent paraître, Russell et Corrine semblaient presque deux extraterrestres, immunisés depuis si longtemps contre les meurtrissures du libre-échangisme amoureux, ayant résolu cette grande question très tôt dans leur existence. À l'instar des Scandinaves, ils habitaient un État providence aseptisé dont les lois ne s'appliquaient pas nécessairement à l'extérieur du royaume et, parfois, quand l'un d'eux exprimait une opinion, l'étranger aurait voulu leur rétorquer : D'accord, c'est sans doute vrai pour vous deux, mais nous, les autres, nous sommes encore à la recherche d'un corps chaleureux.

S'il semblait exemplaire, leur domaine ne paraissait pas inaccessible. Bien qu'on y découvrît, d'une petite terrasse, toute la grande ville qui s'étalait vers le sud comme un festin de lumières, l'appartement n'était qu'un deux pièces de location, où les antiquités voisinaient avec des vestiges de piaules d'étudiants. Un des deux canapés commençait à divulguer les secrets de son rembourrage et l'excédent de livres qui débordait des rayonnages encastrés du salon était logé sur des étagères faites, à l'économie, de planches de pin naturel soutenues par des briques. Des photos de Russell, de Corrine et de leurs amis, encadrées sans discrimination d'argent

Tiffany ou de plastique bon marché, étaient accrochées entre des affiches de la galerie Maeght et des lithographies signées. Ils recevaient en grand style et avec une libéralité qui donnait à penser à certains de leurs hôtes qu'ils jouissaient en abondance des biens de ce monde. En réalité, ils vivaient dans une précarité financière récurrente. Ils avaient deux salaires, mais Russell œuvrait dans le domaine traditionnellement mal payé de l'édition et Corrine n'était courtier en bourse que depuis deux ans. Leur déclaration de revenus était modeste au regard des critères de miracle économique de nombre de leurs amis et voisins.

Après avoir frôlé la faillite dans les années soixante-dix, leur ville d'adoption avait connu une manière de ruée vers l'or ; armés d'ordinateurs et de téléphones, les prospecteurs de la finance avaient découvert de juteux filons de fric sous les falaises et les canyons de l'extrémité méridionale de Manhattan. Comme les forces géologiques et météorologiques se conjuguent pour déposer des diamants à la pointe d'un continent et faire apparaître de l'or au bord d'un autre, diverses conditions créées par l'homme s'étaient rencontrées vers le début de la nouvelle décennie pour produire une classe de nouveaux riches installée à New York et disposant d'une échelle d'évaluation du bien-être financier radicalement neuve. Le bourdonnement électronique de l'argent facile vibrait sous les rues le long du réseau câblé, atteignant tous les citadins : certains devenaient fous d'ambition et de convoitise, d'autres étaient réduits à la misère et la majorité aisée se sentait désormais plus pauvre. Tard le soir, il arrivait à Russell ou à Corrine de percevoir ce bourdonnement parmi le concert des sirènes, des alarmes et des avertisseurs, alors ils étaient envahis d'une inquiétude vague, accrochés à la dernière extrémité des autorisations de leurs cartes de crédit.

Un observateur attentif de la chose sociale aurait pu lire dans les manières de Corrine le code secret des grandes familles américaines. Mais la fortune des Makepeace avait été dispersée à la mort du grand-père de Corrine. Original aux idées larges, il avait légué ses biens au centre de recherche scientifique d'une université noire qui se débattait vaillamment au milieu des difficultés, poussé en partie par le mépris que lui inspirait son fils unique — l'unique père de Corrine. Le grand-père de Russell, immigrant irlandais,

19

était ouvrier dans l'automobile ; son père, cadre moyen chez Gene-ral Motors ; Russell possédait l'attitude ouverte et les manières direc-tes des classes moyennes qui mettent tout leur enthousiasme à réussir. Corrine et lui avaient en commun une histoire de fission dans la famille nucléaire, ses parents à elle ayant divorcé après des années de violente incompatibilité et sa mère à lui étant morte à peu près au même moment, au tout début de leur amour. Le sentiment de la fragilité des liens familiaux avait teinté de véhé-mence leurs fiançailles et cimenté leur union.

Le dîner fut servi. Russell, en sommelier, parvint à se retenir de disserter à propos du vin en faisant le tour de la table pour ver-ser pendant que Corrine servait le premier plat : des pâtes. Sans être véritablement snob, il était néanmoins enthousiaste dans de nombreux domaines, toujours prêt à se lancer dans de nouvelles activités avec l'ardeur et le prosélytisme du converti. Russell n'était guère capable de réticence ou de retenue. Quand il lui arrivait d'être son partenaire en double au tennis, par exemple, Corrine sortait parfois de ses gonds car il montait toujours au filet pour recevoir le retour et refusait d'amortir son deuxième service, le frappant aussi fort que le premier, malgré les fréquentes doubles fautes qui en résultaient. Grand et de forte carrure, il se heurtait aux objets — c'était le genre de type qui entre toujours sans frapper. Boum Calloway. Heureusement pour les occupants des pièces où il entrait, sa voix le précédait généralement, comme une sirène d'alerte aérienne. Corrine craignait toujours qu'il la plongeât dans l'embar-ras en disant des choses intimes devant un vendeur ou en enga-geant la conversation avec des inconnus dans un ascenseur. Pour l'heure, tout en tamponnant le vin qu'il venait de renverser sur la nappe, il confiait d'une voix de stentor à leurs sept invités que les champignons lui avaient été expédiés par un auteur italien dont il publiait le roman.

— C'est illégal, leur apprit-il, mais il les enveloppe dans du plastique et les envoie dans un sac de cuir bon marché pour masquer l'odeur.

— C'est comme ça que nous parlions de la drogue, dit Corrine pour dissiper un léger relent d'autosatisfaction épicurienne.

— Pourquoi cet imparfait ? demanda Jeff, sur sa droite, en arborant un de ses sourires tristement espiègles.

Bâti en lame de couteau, il portait comme toujours un jean déchiré, et une chemise Brooks Brothers délavée à col boutonné dont les pans retombaient par-dessus son jean, mais il était surtout paré de ses innombrables coupures de presse. Il y avait deux ans que Jeff avait remporté un grand succès avec un recueil de nouvelles narrant les excentricités d'un clan de Nouvelle-Angleterre qui, ô surprise, ressemblait beaucoup à celui auquel lui-même appartenait. Chacun l'écoutait désormais avec un intérêt un peu plus vif, tandis que lui-même écoutait moins attentivement les autres.

— J'avais horreur des champignons quand j'étais petite, glapit Dawn, la fille de dix-neuf ans que Jeff avait amenée avec lui — et qui faisait penser à un mannequin qui aurait eu de la poitrine, et qui était bel et bien mannequin, avec de gros seins. Quand on cherchait un truc vraiment grave, une punition, quoi, on disait : « Tu vas bouffer une grande assiette de champignons. »

La deuxième loi de la dynamique sociale, songea Corrine : les femmes célibataires sont plus jeunes d'année en année. Mais dans ce cas, quelle serait la première loi ?

— Alors qu'aujourd'hui, on se contente de t'envoyer au lit sans manger, dit Jeff.

Puis, s'adressant à Corrine, l'air de vouloir détourner l'attention :

— Comment va Mr. Jones ?

Il parlait du Dow Jones, Corrine le savait, et du marché en général, mais elle se dit qu'en d'autres temps il aurait pu faire référence à la chanson de Dylan.

— La dernière fois, dit-elle en avalant une gorgée de vin, quelqu'un t'a demandé à quoi tu bossais et tu as répondu : « Demander ça à un écrivain, c'est comme interroger un cancéreux sur les progrès de sa maladie. »

Décidément, elle lui en voulait d'avoir amené cette gamine avec lui puis, l'ayant fait, de la traiter si mal en public.

— J'ai dit ça, moi ? Je devais être bourré. J'espère que tu m'as immédiatement plongé un couteau à viande dans les rognons ou vice versa.

— J'aurais dû. Mais puisque je ne l'ai pas fait, j'exige que tu respectes le règlement. Règle numéro un : pas de questions chiantes. Elles sont interdites à ma table.

Zac Solomon demanda :

— Vous avez d'autres règles, ici ? Moi, le protocole de la côte Est, j'avoue que je connais mal. En Californie, aujourd'hui, c'est tout juste si on porte des fringues.

— Ça se voit, dit Jeff, t'as pas vraiment l'air habitué à celles que tu portes.

— Dis donc, si tu n'étais pas mon scénariste, je crois que je serais vexé.

— Les producteurs d'Hollywood n'ont pas le droit de se vexer, dit Jeff, ils sont trop occupés à vexer autrui.

— Rien que pour vous montrer que j'ai pas la grosse tête, dit Zac, je vais vous raconter la dernière. Alors c'est un producteur qui fonce au volant de sa bagnole dans Santa Monica et qui parle au téléphone. Du coup il a un accident, la bagnole fait un tonneau, il est éjecté et il a le bras arraché.

— Santa Monica, c'est une précision utile ? demanda Jeff en se resservant à boire.

— Oui, enfin, bon... une bagnole s'arrête et le conducteur se précipite vers le producteur qui est couché sur la chaussée et il lui dit : « Ça va ? » Et l'autre en regardant l'épave se lamente : « Ma Porsche, ma Porsche, ma Porsche ! » Et puis l'autre type voit son moignon et lui montre du doigt le membre arraché de l'autre côté de la rue en disant : « Ben, et votre bras ? » Et le producteur regarde dans la direction indiquée et dit : « Malheur, ma Rolex, ma Rolex, ma Rolex ! »

— Nous aimons les gens qui n'ont pas la grosse tête, annonça Corrine qui voyait Solomon pour la première fois.

Mignon, un peu épais — encore grassouillet comme un bébé ou prématurément bedonnant comme un homme d'affaires ? Pas encore trente ans, selon Russell, et il avait déjà gagné des millions. Il jouait son personnage stéréotypé de producteur avec un sens du second degré qui le rendait presque supportable. Ce qui ne voulait pas dire qu'on en aurait volontiers fait le mari de sa fille. Mais quoi, quelque part, c'était les affaires, avait dit Russell, et puis, il est rigolo. Cette dernière remarque étant la seule qui comptât aux yeux de Corrine, attachée à l'idée désuète que les affaires ne devaient pas sortir des bureaux.

— Ça veut dire que je peux rester? demanda Zac.

— Seulement si tu cesses d'écorcher son nom, dit Jeff. Elle s'appelle Corrine, pas Karine, si ce genre de distinction peut pénétrer dans un cerveau californien.

— Et seulement si vous vous montrez extrêmement attentionné à l'égard des femmes seules, dit Nancy Tanner, animant ses longues boucles blondes d'un mouvement de tête breveté.

Russell avait suggéré un jour que ce geste était destiné à produire le même effet que les gros ventilateurs des plateaux de cinéma. Elle représentait l'unique fil dénudé du circuit de leurs relations, la femme célibataire.

— La dernière fois que j'ai entendu cette blague, dit Jeff, le mec était agent. D'ailleurs, ça pourrait aussi bien être n'importe lequel de nos amis.

Colin Becker, qui n'appartenait à aucune des professions qui ont besoin d'agent, parlait d'architecture avec la copine de Jeff tandis que Russell faisait la conversation à Anne, qui était avocat dans une grosse boîte mais Dieu soit loué n'en parlait jamais. Corrine se rappela soudain qu'ils devaient un cadeau de mariage aux Becker.

Brusquement, Washington Lee arriva en disant :

— Devine qui vient dîner?

Comme il ne manquait jamais de le faire.

Ses yeux brillants roulaient comme des billes affolées — Corrine eut le sentiment qu'on n'allait pas se coucher tôt.

— Je m'excuse, dit-il. J'ai été pris entre deux feux, les mecs, à Broadway. Des braqueurs de banque qui s'enfuyaient par les toits en tirant sur les flics, la circulation bloquée et tout. Ça canardait dans toute la rue.

Soit parce qu'ils connaissaient le goût de Washington pour l'hyperbole, soit parce qu'ils étaient immunisés contre la violence de la ville, nul ne songea à mettre en doute son récit ou à lui demander des détails.

Retournant à la condition de mâle primitif, Jeff et Russell éclatèrent en jappements à la vue de leur copain, échangeant force claques, paume contre paume et dans le dos.

23

— C'est les Righteous Brothers, dit Washington.

— Maintenant que tu es là, dit Jeff, ça donne les Temptations.

— Nous résistons à tout sauf aux Temptations..., dit Washington.

Corrine plaça Washington entre la copine de Jeff et Casey Reynes, avec qui elle avait partagé une chambre pendant sa première année de fac, et dont le mari était en voyage. Washington entoura immédiatement de ses bras les épaules de ses deux voisines, ce qui n'était manifestement pas du goût de Casey, ainsi contrainte d'assouplir son port hautain de jeune-femme-belle-et-riche.

— Alors, qu'est-ce que vous racontez?

— Comment se fait-il qu'on ne parle jamais de politique? demanda Nancy, animant sa chevelure et tendant la main à travers la table pour la poser sur le bras de Washington. Je parie que toi, tu dois avoir des choses intéressantes à dire, ajouta-t-elle du ton de voix qu'on réserve généralement aux propositions lubriques.

Corrine se demanda soudain s'il leur était déjà arrivé de coucher ensemble.

— Alors là, ma p'tite dame, moi je me mêle de mes oignons et la politique je laisse ça aux blancs.

— Lance pas Russell là-dessus, s'empressa d'intervenir Corrine, sachant à quel point Washington aimait exploiter ces situations-là. On en aurait pour la nuit. Russell ne se remettra jamais d'avoir raté les années soixante. Depuis, il n'arrête pas d'essayer de se rattraper.

— Je n'ai pas raté les années soixante, rétorqua Russell. Je les ai regardées à la télé.

— Russell est pour Gary Hart, ricana Washington.

— Non, pas ça, j'ai déjà du mal à digérer la sole, dit Jeff en repoussant son assiette avec un soupir. Vous n'auriez pas autre chose? Par pitié?

— C'est Hart ou rien.

— Gary Hart et ses « idées neuves », dit Washington. Qu'est-ce qu'elles ont de neuf, ses idées? Personne lui a dit de lire l'Ecclésiaste, à ce mec?

On se retrouva bientôt à discuter du Nicaragua. Parce qu'il allait éditer un livre sur la guerre secrète contre les sandinistes, Russell était armé de faits et de dates. Républicain, Zac s'en tint à des épigrammes assaisonnées d'une xénophobie bon enfant. Jeff le parnassien méprisait la politique. Washington, qui en savait probablement plus que quiconque, préférait jouer au con, sa stratégie consistant à laisser les autres s'enferrer consciencieusement. La copine de Jeff semblait de plus en plus paumée — et ce n'était pas une stratégie —, effrayée, presque, par cette excursion en terre étrangère. Ce n'était pas sa faute si elle était complètement larguée, comprit Corrine. C'était comme les seins et les grosses lèvres boudeuses. Pas sa faute non plus. Du moins voulait-elle le croire. Ayant elle-même assez tenu de l'enfant prodige, Corrine savait que c'était comme d'hériter un gros tas de fric à la puberté sans le moindre tuteur légal, comme de se mettre au volant d'une Ferrari pour sa première leçon de conduite. Les quelques générations de petits garçons qu'on avait expédiés dans la jungle ou dans les tranchées, armés seulement d'un fusil, c'était la seule façon qu'ils avaient eu de se faire une vague idée de la merde que c'est de devenir en grandissant une jolie fille avec des gros seins. Les plus chanceuses n'arrivaient à New York ou Los Angeles qu'après avoir commis l'ensemble des erreurs d'usage.

Tout de même, elle n'avait jamais possédé de seins pareils. Franchement, Jeff. Vrais? Difficile à dire par les temps qui courent. Elle lui rappelait cette nana du couple de l'année dans l'album du lycée. Sans prendre le temps de réfléchir, Corrine poursuivit à haute voix :

— Il paraît que les femmes qui ont des implants, si elles prennent le Concorde, leurs seins risquent d'exploser.

Effet de son imagination? La copine de Jeff semblait inquiète.

— Ah oui, le double bang, dit Washington.

Russell alla mettre *Avalon*, de Roxy Music, sur la chaîne stéréo, jetant un coup d'œil par-dessus son épaule pour voir si Corrine l'avait remarqué. Elle lui souffla un baiser.

— C'est la bande originale de notre première année de bonheur conjugal, expliqua-t-elle.

La copine de Jeff se tourna vers Washington.

— Vous êtes marié?

Washington la regarda comme si elle avait perdu la tête; Jeff toussa, aspergeant la nappe de vin rouge.

25

— On n'a pas encore inventé le genre de mariage qui me conviendrait, dit Washington calmement. Tu vois, je ne comprends pas pourquoi il ne devrait y avoir qu'un seul genre de mariage. Quand on cherche un logement, ça va de l'étage dans un immeuble en pierre de taille, au loft, en passant par le deux ou trois pièces dans une grande tour de verre avec club de gym, tout ça dépendant du style de vie qu'on a choisi, mais le mariage, il n'y a qu'un modèle de base. On est censé vivre en ménage, et dans la monogamie. Tu me suis. C'est la taille unique? Jamais de la vie. Pourquoi est-ce qu'il n'y aurait pas différents modèles? Tiens, distingué par des couleurs... mariage rouge, quatre nuits par semaine ensemble et les autres à draguer, mariage vert, on a des enfants ensemble et on les refile aux cousins impuissants...

— Quelle serait votre couleur? demanda Casey, dont le propre ménage, comme les anciennes monnaies, ne connaissait que l'étalon or.

Elle était moitié britannique, moitié Du Pont, et son mari, un capitaliste qui avait le goût du risque, était lui aussi d'une famille à pedigree de Wilmington, dans le Delaware. Russell les trouvait snobs et quand il parlait de Mme Reynes, disait « Sa Majesté »; la fidélité de Corrine s'expliquait davantage par les souvenirs de cet orage niveleur qu'est l'adolescence que par une quelconque affinité présente.

— Je t'en prie, Wash, épargne-nous ça, dit Corrine. On vient de manger.

— Il faut savoir donner un peu de mou à son ménage. Beaucoup d'absences entretiennent la tendresse, dit Casey dont le mari était sans cesse en voyage d'affaires.

Nancy dit :

— Les hommes, tous les hommes, n'ont que quatre besoins : se loger, manger, baiser leur femme... et en baiser d'autres.

— Je suis pas très sûr des deux premiers, avoua Washington.

Les autres hommes avaient l'air gêné, crut voir Corrine — comme s'ils venaient de se faire pincer.

Prise d'une panique soudaine, elle jeta un regard à Russell. Il n'était pas à l'aise et haussa les épaules d'un air penaud.

Jeff aida à débarrasser. Dans la cuisine Corrıne lui dit :

— Je crois qu'elle n'est pas ton genre.

— C'est une litote ?

— Non, de la diplomatie.

Il la prit dans ses bras. Ils étaient amis depuis longtemps, venaient de deux mondes semblables, Jeff étant le dernier rejeton d'une vieille famille terrienne yankee dont le capital, comme le sol de son Massachusetts natal, était en grande partie épuisé. Il y avait quelque chose d'inachevé entre eux. Elle l'avait toujours trouvé séduisant, avec son mètre quatre-vingt-dix, sa maigre carcasse un peu voûtée sous l'effet de la gêne propre aux grands trop sensibles qui préfèrent ne pas dominer.

— Tu veux dire, suggéra Jeff, que tu es au regret de constater qu'elle est très exactement mon genre, et que j'ai fait par conséquent la démonstration que je suis la dernière des merdes.

Elle le regarda dans les yeux, comme si elle espérait y lire la santé de son âme. Il avait des yeux qui auraient pu être ceux d'un paysan du Moyen-Orient, d'un type rencontré sur les bords du Tigre ou de l'Euphrate, les yeux sombres d'une âme très ancienne. Russell avait de grands yeux bleus de gamin et était né de la veille.

Évitant son regard, il dit :

— L'ennui avec les filles qui sont mon genre c'est qu'elles m'excitent pas.

Corrine se mit à rire :

— Quoi ?

Tout à coup, elle se rendait compte qu'elle était un peu bourrée. Sensation agréable.

— Je croyais que toutes les femmes t'excitaient.

— Ou alors elles m'excitent, mais elles sont mariées.

— Parfois, c'est parce qu'elles sont mariées qu'elles t'excitent.

Elle se dit que c'était une bonne réponse, raisonnable. Pour éviter les ennuis, comme une bonne épouse, une bonne hôtesse. Où était-elle allée la chercher ?

— Tu travailles ? Je ne te demande pas sur quoi, je te demande seulement si tu travailles.

— J'écris un scénar pour Zac. Mais j'appellerais pas ça du travail.

27

— Alors pourquoi le fais-tu?

— T'es courtier en bourse, Corrine, pourquoi est-ce que moi, je devrais rester pur?

D'un mouvement du corps, Corrine se dégagea, la tête lui tourna un instant et elle faillit perdre l'équilibre quand il la lâcha. Elle gagna l'évier et fit couler l'eau. C'était vrai, elle vendait des actions, des obligations, des rentes, mais au fond de son cœur réel elle était quelqu'un d'entièrement différent. Elle aimait la vie et en faisait l'apprentissage. Déjà trente et un ans, elle n'en revenait pas. Où étaient passées les dix dernières années?

Tandis qu'elle remplissait d'eau la cafetière, elle sentit que Jeff se tenait toujours derrière elle.

— Il fallait bien que certains d'entre nous se rangent et deviennent des gens normaux pour que tu aies des lecteurs.

Elle se retourna.

— Espèce de petit connard prétentieux! dit-elle en l'aspergeant du contenu de la cafetière puis — sans savoir pourquoi — elle se laissa tomber par terre, tordue de rire.

— J'allais justement te demander un peu d'eau, dit-il.

Sa tignasse et les longs pans de sa chemise étaient tout trempés. Elle redoubla de rire, puis elle finit par tousser et s'arrêta pour dire :

— Je trouve que ça ne te ferait pas de mal d'être à court de mots, ne serait-ce qu'une fois.

— Ça m'arrive tout le temps, dit-il. Chaque fois que je m'assieds devant mon traitement de texte.

En se tamponnant avec une poignée de serviettes en papier, il ajouta :

— Au fait, je ne t'ai pas souhaité bon anniversaire.

— Ta gueule, merde, c'est un secret.

— Trente et un ans, n'est-ce pas?

— Un mot à quiconque et tu es mort.

— Qu'est-ce que Russell t'a offert?

— Un vrai pied, répondit-elle, riant comme une folle de sa propre plaisanterie.

Je suis soûle, se dit-elle, c'est pas possible.

— Il était temps, dit Jeff.

— Tu auras du mal à le croire, dit-elle en se relevant et en frottant sa robe du bout des doigts avec une certaine exagération, mais tu n'es pas le seul à être capable de rendre les femmes heureuses. D'autres en sont parfaitement capables. Certains sont si chouettes que les pauvres petites femmes que nous sommes en restent baba.

— C'est à peu près ce que Caitlin m'a dit avant de se casser, dit-il.

Dave Whitlock, qui travaillait dans la même boîte que Russell, débarqua avec une Brésilienne blonde du nom d'Elsa qui était lectrice pour Mondadori. C'est du moins ce que Corrine croyait l'avoir entendu dire ; curieux qu'une personne de langue portugaise sélectionnât des livres rédigés en anglais pour un éditeur italien. D'autres arrivèrent, des gens qu'ils avaient invités à passer après le dîner. La soirée se brisa en petits morceaux, mosaïque d'éclats brillants aux formes bizarres coagulés par l'alcool. Ainsi du moins apparut-elle le lendemain aux yeux de Corrine. Une soirée, c'est comme la vie conjugale, se dit-elle : elle s'invente au fur et à mesure en ayant l'air de se conformer à un modèle préexistant, filant sur des rails d'acier en pleine forêt vierge tandis que les promesses tremblent et vacillent sur les accoudoirs comme des verres en cristal.

L'interphone à l'oreille, Russell demandait :

— Tu connais un type qui s'appelle Ace, toi ? Lui, en tout cas, il dit qu'il te connaît, d'après le portier.

— Ça va, qu'il le fasse monter, dit Corrine en rougissant.

Ace était un Sans Domicile Fixe qu'elle avait connu à la soupe populaire où elle faisait du bénévolat ; en allant acheter des amuse-gueule pour la soirée au Food Emporium dans l'après-midi, elle l'avait rencontré occupé à restituer des boîtes et des bouteilles qu'il tirait d'un sac poubelle sonore et que le gérant, épuisé et exaspéré, l'aidait à compter en les rangeant dans un carton ; Ace expliqua son apparition dans le quartier en disant qu'il pratiquait une politique de diversification de ses activités.

— Vous recevez ? avait-il demandé en voyant ses achats.

Subitement inspirée par sa mauvaise conscience, elle lui demanda s'il voulait venir aider au ménage à la fin de la soirée. Et il était là. Elle était contente d'elle-même, contente d'Ace pour l'avoir prise au mot, mais Russell se moquait de ce qu'il appelait son complexe de Mère Teresa. En l'occurrence, il ne parut pas s'aviser — en tout cas il n'émit aucun commentaire — de l'arrivée d'Ace, lequel n'était pourtant pas un modèle de discrétion — un noir cradingue, coiffé d'une casquette des Mets, chaussé de Nike montantes délacées, qui demandait aux invités s'ils avaient fini leur bouteille de bière. Corrine le vit boire le fond de celle dont il avait soulagé Jeff.

— Il fut un temps, proclamait Russell, où quand on lisait quelque part une nouvelle qu'on trouvait bonne, on n'avait plus qu'à appeler l'auteur dans son taudis pour lui offrir un ou deux mille dollars en échange d'un recueil de nouvelles plus un roman, et le mec vous dédiait ses livres, vous offrait sa maîtresse, à l'eskimo, et vous promettait son premier-né. Aujourd'hui, il faut faire virer un à-valoir avec six zéros sur un compte numéroté dans une banque suisse rien que pour avoir le droit de jeter un coup d'œil au mémoire de maîtrise d'un étudiant en création romanesque. Ce qui n'empêche pas son agent de continuer à vous tanner.

— Il fut un temps, dit Jeff, où seuls les chochottes, les connards et les tarés entraient dans l'édition. Les fils cadets et les filles à papa. Je suis au regret de vous dire que tel est toujours le cas.

Sans lâcher leur verre, ils se tombèrent dans les bras en une étreinte ambiguë. Corrine regarda les deux amis partir à la dérive sur le tapis, leur migration croisant malheureusement le buffet, que le derrière de Russell bouscula au passage, déséquilibrant puis renversant un vase chinois bleu et blanc qui tomba, manqua de peu le rebord du tapis, et se fracassa sur le plancher.

Le visage de Russell trahit sa double connaissance de l'étiquette dynastique du vase et de sa longue présence dans la famille de Corrine — c'était un cadeau de mariage. Mais Corrine se précipita pour dire que ce n'était rien, qu'elle allait chercher la pelle, et que l'on prît garde aux éclats.

— Boum Calloway, dit Jeff, reprenant le surnom que Russell portait depuis aussi longtemps, ou presque, qu'il savait marcher, tomber et bousculer les objets.

À l'heure de la nuit où les invités se transforment en disc-jockeys, passant en revue les étagères de disques et de cassettes, la chaîne stéréo devient une machine à explorer le temps bloquée sur « rebours ». *After the Gold Rush* de Neil Young explosa brusquement dans les enceintes. Washington dansait avec la copine de Jeff et Ace tanguait sur ses pieds comme un marin sur des creux de deux mètres, la main sur l'épaule fuyante de Zac Solomon, qu'il entretenait de son projet d'organiser une grande manifestation de rap.

Avant de partir, Casey Reynes entraîna Corrine à l'écart pour lui annoncer qu'elle était enceinte.

— C'est un secret, Tom ne veut pas encore que j'en parle.

Corrine la prit dans ses bras.

— Comme je suis heureuse pour toi, dit-elle, bien qu'elle s'étonnât de sentir sa joie teintée d'envie.

Elsa, la Brésilienne branchée sur l'Italie, tirait Corrine par la manche. Avait-elle vu David Whitlock, avec qui elle était venue ?

— Il ne peut pas être bien loin, lança Russell. Il n'y a que trois pièces.

— Je t'appelle demain, dit Corrine à Casey.

La nana de Jeff aussi avait disparu, d'après Elsa qui se faisait insistante.

— Il doit donner à manger au chien, dit Russell.

— Quel chien ? demanda Elsa.

— Faut voir dans la salle de bains, dit Jeff. Il n'y a pas si longtemps, la salle de bains était toujours le centre d'une soirée réussie, comme le confort de la cuisine dans des cultures plus anciennes.

Elsa tambourinait bientôt à la porte de la salle de bains qui était fermée de l'intérieur. Quand elle y eut fracassé son verre, Russell la rejoignit d'une démarche mal assurée pour la calmer.

— Le balai et la pelle sont juste derrière la porte du placard, lança Corrine à l'intention de Russell, tandis qu'elle se disait que Casey avait le même âge qu'elle.

Quelques instants plus tard Jeff était H.S. sur le canapé. Bizarre, songea Corrine. Lui qui était toujours le dernier à rouler sous la table. Alors elle gloussa tout haut, se rappelant ce que Russell avait dit sur le dessous de table. Affalée sur un fauteuil, elle reprenait des forces quand le portier appela. D'un geste las, elle décrocha l'interphone.

— Il y a un type là, un noir, qui s'en va avec un magnétoscope. Il dit que c'est pour le réparer. Vous voulez que j'appelle les flics ?

— Ça doit être Ace, dit Corrine. Vous n'avez qu'à lui dire de vous le laisser, Roger. Dites-lui que nous avons changé d'avis pour la réparation.

Puis elle se rendit compte qu'elle ne l'avait pas payé et elle demanda au portier de lui donner vingt dollars et de ne rien dire à Russell.

La copine de Jeff, comment s'appelait-elle, déjà, trimballant sa poitrine, émergea de la salle de bains, vaguement contrite, suivie un instant plus tard par Washington. Tiens tiens. L'air coupable. Elsa, qui regardait Russell ramasser les débris de verre, dit :

— Où est David ?

Puis elle se mit à tambouriner contre la porte de la chambre que quelqu'un avait apparemment fermée à clé de l'intérieur. Pour finir, Nancy Tanner surgit de la pièce. Elsa se mit à vociférer contre Whitlock. À croire qu'ils en venaient aux mains. *London Calling*, à plein volume, évoqua brièvement pour Corrine les marchés financiers. Et aussi, fugitivement, les voisins. Mais non, elle ne tenait pas à penser aux marchés pour l'instant, merci bien, quant aux voisins, ils n'auraient qu'à s'exprimer par eux-mêmes. Comment peux-tu aimer les Clash, un groupe punk-révolutionnaire, et vendre en même temps des actions ? C'était là le mystère inexplicable d'être Corrine Calloway à l'âge de trente et un ans.

Russell dériva jusqu'à elle et l'entoura de son bras.

— Encore une soirée réussie, dit-il.

— Où est la gelée ? demanda Russell en tâtonnant dans le tiroir de la table de nuit.

— Merde pour la gelée, dit Corrine en le faisant rouler sur le dos. Tu trouves pas que c'est une idée plutôt excitante de faire l'amour sans protection ? Tu trouves pas qu'il y aurait quelque chose de super-excitant à me faire un enfant ?

Il s'immobilisa.

— Non.

— Non, mais sérieusement.

— Oui, sérieusement. T'es barge?

— Barge?

Elle se redressa sur les genoux, les yeux baissés sur lui.

— Barge? Qu'est-ce que ça veut dire, ça?

— Ça veut dire folle. Pas dans ton état normal. Que tu n'as plus toute ta raison.

— Salaud! dit-elle en lui frappant la tempe, le poing à demi fermé, ce qui eut pour effet de lui faire mal aux articulations.

Elle se leva, arracha la couette et se retira au salon.

— Je suis trop fatigué pour m'engueuler, lança-t-il dans son dos.

— Tant mieux, crut-il l'entendre répondre.

Il voulut aller la chercher mais se réveilla quelques heures plus tard, à sept heures, avec la bouche pleine de coton et une migraine à tout casser, le sentiment d'être un porc-épic retourné comme un gant. Quand il se tourna pour chercher Corrine, elle n'était pas là. Il lui fallut plusieurs minutes pour se rappeler que c'était le week-end et comprendre où sa femme pouvait bien être. En gagnant le salon, il ne put se rappeler le sujet de leur dispute mais il la trouva sur le canapé, parmi les débris de la soirée de son anniversaire secret, les cadres de guingois, les bouteilles vides comme des soldats au garde-à-vous. Corrine était roulée en boule sous un coin de la couette. Russell n'avait pas souvent l'occasion de voir le sommeil de sa femme. En général, elle bavardait encore quand il s'endormait et il la trouvait éveillée à certaines heures, comme celle-ci, dont il préférait ne pas entendre parler.

Il la prit dans ses bras pour l'emporter jusqu'au lit.

— Où étais-tu? murmura-t-elle tandis qu'il se cognait à tous les angles du corridor. J'étais perdue dans la foule, dans une fête, il y avait un monde fou, j'arrêtais pas de t'appeler mais tu n'étais pas là. C'était si réel, on n'aurait pas dit un rêve. Ça avait commencé merveilleusement, avec tous nos amis et plein de gens nouveaux et intéressants, puis nos amis avaient disparu et tu avais disparu aussi et la soirée devenait horrible, et triste.

— Je suis là, dit-il en l'étendant sur le lit où elle se rendormit aussitôt.

2

— D'après toi, c'est pas une information que l'État soit trafiquant de drogue ? Mais qu'est-ce qu'on appelle une information, chez vous ?

— On trouve seulement que c'est pas nouveau, tout ça. C'est pas la première fois que ce genre d'allégations monte à la surface.

— Qu'est-ce que tu me chantes avec tes allégations ? Je te parle de preuves, de faits circonstanciés, y a une chiée de pièces à conviction. Dans ce bouquin t'as des assassinats, du trafic de drogue, du blanchiment d'argent, et ça remonte en droite ligne jusqu'à la Maison Blanche. Nixon s'est fait virer pour moins que ça. Qu'estce qu'il vous faut, les mecs, qu'on passe d'abord à la télé dans une émission de jeux ?

— Écoute, j'ai une réunion.

— Peux-tu me promettre un papier, au moins ?

— Je vais voir ce que je peux faire avec les gens du littéraire.

— Au fait, j'ai adoré le reportage sur Michael Jackson. Ça, c'est du journalisme !

— Lâche-moi. Je t'ai dit que je ferai ce que je pourrai.

Écartant le combiné de son oreille, Russell le brandit au-dessus de sa tête et imita le bruit d'un avion en piqué tandis que l'appareil exécutait une série de loopings avant de s'écraser bruyamment sur son bureau. De l'autre côté de la cloison, une voix féminine nasillarde lança :

— Y a des survivants ?

— Négatif.

Ayant vécu six années de reaganisme et presque autant dans l'édition, Russell considérait — il était bien le seul, d'ailleurs — qu'il était plutôt vacciné. Mais quand ce manuscrit était arrivé sur son bureau, il avait aussitôt compris que c'était un des livres qu'il rêvait de publier. C'était, lui semblait-il, une caractéristique honteuse de l'époque que la presse libérale manquât totalement de conviction au moment même où les lecteurs lambda mettaient tant de passion à se désintéresser de tout. Deux années durant, l'auteur avait suivi le déroulement de la guerre secrète au Nicaragua, du Salvador en Israël, de Cuba à Washington, de Managua à Little Havana. Il avait rencontré des marchands d'armes et des trafiquants de drogue, des contras et des sandinistes, dormi dans la jungle et risqué sa vie, et Russell semblait le seul à trouver tout ça formidablement intéressant. Il y avait des semaines qu'il essayait d'obtenir des grands journaux, des hebdos et des mensuels qu'ils reprennent certaines des révélations les plus sensationnelles. Il avait envoyé les épreuves aux rédacteurs spécialisés dans les questions nationales avant de les relancer quelques jours plus tard par téléphone, et il avait invité à déjeuner tous ses contacts ; le dernier qu'il venait d'appeler se prétendant son ami, rédacteur en chef d'un soi-disant « niouz magazine ».

Redressant son fauteuil inclinable, il expédia trois flèches sur le mur d'en face, manquant Elliott Abrams, adjoint du ministre des Affaires étrangères, trois points, mais touchant Oliver North au menton, cinq points, avec la troisième flèche. Divers hommes politiques, critiques littéraires et indignitaires étaient condamnés à figurer sur la cible quand leur conduite méritait la réprobation de Russell.

Sur le mur dans son dos, il y avait les photos des amis, de sa famille et de ses idoles : Corrine, ses parents à lui ; une page du *Sunday New York Times* qui commençait à jaunir dans son cadre : la critique du livre de Jeff ; un poster de la photo que Karsh avait faite de Hemingway à l'époque du *Vieil Homme et la mer* ; une photo de John Berryman, barbu et l'œil trouble, menton et cigarette dans la main ; une autre de Keith Richards, sur scène, tirant la langue, suant la drogue par tous les pores de la peau ; un portrait dédicacé de Jack Nicholson : « Pour Russ — bon à tirer — Jack », souvenir de la sortie jumelée d'un livre et d'un film ; ainsi que les classiques photos d'auteurs et jaquettes agrandies.

Le téléphone chevrota — ni une sonnerie ni un bourdonnement mais une espèce de chant d'oiseau exotique.

— C'est pour toi, lança Donna. Victor Propp.

Russell jeta un regard mélancolique sur le casque d'infanterie allemande de la Première Guerre mondiale posé sur son bureau, trophée que son grand-père avait ramassé en Argonne en 1918, un peu avant de laisser la moitié de son acuité visuelle dans une attaque à l'ypérite.

Russell enfonça la touche « conférence » de son téléphone et dit :

— Victor, comment vont la vie et la littérature ?

— La vie est courte et cruelle. Pleine de B et de F et la suite. Et la littérature — proprement interminable.

Russell comprit à ces derniers mots que le livre n'était pas fini, le contraire l'eût étonné. Victor y travaillait depuis une vingtaine d'années, la date limite de livraison s'éloignant peu à peu dans un avenir quasi mythique. Ainsi inachevé, le livre, et son auteur, étaient devenus une légende littéraire locale, sur le territoire d'une république littéraire/universitaire composée de parcelles de Cambridge, de New Haven et de l'Upper West Side de Manhattan.

— Vous avez lu l'article sur Roth dans le *Transatlantic* ? Il ne m'a pas raté au passage, ce sournois — « ...contrairement à ces orfèvres rococo qui polissent toutes les facettes de leurs phrases comme autant de bibelots... »

Décidément, Russell aurait peut-être besoin du casque.

— Moi, cette phrase ne m'a pas fait penser à vous.

— Mon cher petit, tous les intellectuels qui s'intéressent à la littérature en Amérique examinent cette phrase et disent : « À la place d'orfèvres rococo, lire Victor Propp. »

— Soyez tranquille, il ne reste que trois ou quatre intellectuels qui s'intéressent à la littérature dans ce foutu pays.

Non que Victor n'eût pas ses détracteurs ; mais il illustrait parfaitement la maxime de Delmore Schwartz selon laquelle ce n'est pas parce qu'on est paranoïaque qu'on n'est pas persécuté.

— En dépit de votre grande intelligence, vous êtes remarquablement naïf. Y a-t-il un rapport quelconque avec le fait d'être originaire du Midwest ? Qualité par ailleurs non dépourvue de charme. C'est très américain. À propos de vrais Américains...

37

Russell regarda sa montre tandis que Victor se lançait dans un prêche sur les États-Unis d'Amérique, serpillière étoilée, terre des monstres et patrie des esclaves. Onze heures quarante. Il mouilla son doigt de salive et nettoya le verre. Parcourant des yeux un rapport sur son bureau, il découvrit avec plaisir qu'une réimpression de *Charognards et Oiseaux de proie*, une sélection des planches d'Audubon, était en cours. Il avait vu juste, les oiseaux les plus féroces avaient du succès dans le climat régnant. Il se remit à l'écoute sur une intonation interrogative dans la voix du grand homme, encore que les questions de Victor fussent généralement rhétoriques.

— ...n'est-ce pas? Autrement dit la prose de Jeff a quelque chose de très granitique, de très yankee, qui n'est pas pour me déplaire, il possède naturellement ce qui demandait un travail obsessionnel à Salinger, du fait qu'il était juif — croyez-moi, j'en sais quelque chose. Mais je me demande pourquoi son livre a eu tellement d'articles.

Russell tenta de se rappeler s'il avait déjà dit à Victor que Corrine avait déjeuné un jour avec Salinger, mais il conclut que le mieux était l'ennemi du bien.

— J'aime assez le style de Jeff, très enlevé, plein de vitalité, mais je me demande si on ne devrait pas travailler à mobiliser un peu la presse sur moi à cette étape de ma carrière.

— D'abord et d'une, vous n'êtes pas encore publié, et, deux, on ne peut pas dire que vous écriviez précisément pour les lecteurs de *People*. Ne vous en faites pas pour ces conneries. Rappelez-vous ce qu'a dit Bob Dylan: «Il a tout ce qu'il lui faut, c'est un artiste, il ne regarde pas en arrière.»

Et certes, Victor était probablement un artiste, un des rares du vaste cercle des relations de Russell dans le milieu artistique, mais il était loin d'avoir tout ce qu'il lui fallait et regardait sans cesse en arrière, à ses pieds, autour de lui — comme dans un labyrinthe ou un complot. Il ne croyait même pas le témoignage de ses sens, comment n'aurait-il pas mis en doute la réalité?

— Ce que je dis, c'est qu'à mon avis, nous devrions travailler à me rendre un peu plus visible.

— Voulez-vous qu'on déjeune pour en parler?...

38

Russell trouva un créneau dans son agenda à dix jours de là, et put enfin raccrocher quelques minutes plus tard.

Donna s'amena avec le courrier, de son pas traînant, sa coiffure rappelant un casque romain à l'époque des guerres puniques. Vêtue de Lycra noir et portant un badge « Bouffez les riches », Donna était l'alibi punk dans ce paysage de jupes écossaises et de costumes de tweed. Elle possédait une gouaille d'enfant des rues et une rude fermeté téléphonique qui intimidait utilement les auteurs et les agents importuns et mettait en fureur les confrères de Russell. Malgré l'admiration qu'il lui vouait, il lui arrivait même d'irriter son patron par ses attitudes d'anarchiste à la manque. La mode punk appartenait déjà à l'histoire, c'était une sensibilité réifiée et l'épingle à nourrice plantée dans le lobe était à peine moins datée que les perles des hippies, lesquelles semblaient d'ailleurs elles-mêmes sur le point de revenir très fort. Russell était parfois tenté de lui dire que toute l'affaire était déjà bien amortie quand il était lui-même arrivé à Manhattan une bonne centaine d'années plus tôt, en 1980, et de lui expliquer la signification et l'origine de l'expression *épater le bourgeois*. Mais rien de bien intéressant ne s'était fait jour depuis lors en fait de contre-culture, à moins de considérer comme telle la pullulation récente d'aristocrates européens, et la présence de Donna lui donnait l'impression de garder le contact avec les pratiques capillaires et la musique des naturels de St. Mark's Place.

— Quel goût ils ont, les riches, d'après toi ? lui demanda-t-il.

— Hein ?

Donna s'immobilisa sur le seuil du bureau pour réfléchir à la question.

Elle haussa les épaules, geste chronique chez elle.

— Ben, les bonnes femmes, ça doit être le thon en boîte. Et ces messieurs, le genre camembert coulant.

— Beurk. T'es vraiment dégueulasse. Oublie ma question.

— Je vais déjeuner, dit-elle.

— J'alerte Donald Trump.

Avant d'aller déjeuner lui-même, Russell appela son courtier en bourse, Duane Peters, un mec qui en voulait, et travaillait dans la boîte de Corrine.

— J'ai de nouveaux instruments de précision financiers qui pourraient t'intéresser, dit Duane. Un nouvel indice vachement performant des contrats à terme sur matières premières.

— Raconte-moi ça, dit Russell.

Il aimait la langue du monde de la finance, le pouvoir d'évocation de la techno-poésie, le jargon ésotérique. Instruments de précision financiers, financement mezzanine, vecteurs d'OPA... c'était, lui semblait-il depuis quelque temps, presque aussi intéressant que le dialecte, plus familier, de la critique littéraire. Pendant sa dernière année de fac, il avait méprisé les cadors en économie qui faisaient la queue pour passer devant les sergents recruteurs de la banque. Et, quelques années seulement auparavant, avait été horrifié d'apprendre que les deux tiers d'une promotion d'étudiants de dernière année, à Yale, avaient sollicité un entretien pour entrer dans une des grandes banques d'investissement. Il avait cité ce chiffre lors d'une dizaine de dîners pour illustrer de vagues thèses sur l'air du temps et avait commandé un livre intitulé *Le Nouvel Âge plaqué or*, anthologie de jérémiades d'économistes et de sociologues déplorant la cupidité et l'égoïsme caractéristiques des années quatre-vingt. À cette époque, il s'était mis à lire les publications financières. Puis, un peu comme un chercheur en biologie s'injectant à titre expérimental le virus qu'il a isolé, il se mit à investir de petites sommes. Avec son appui, Corrine avait commencé à travailler comme courtier en bourse après avoir quitté son travail bécébégé chez Sotheby — où elle était entrée au bout d'un an et demi de stress à la fac de droit de Columbia —, et son nouveau violon d'Ingres était devenu de plus en plus captivant. Ça avait l'air si facile. Sur le papier il était gagnant, bien que son capital total ne s'élevât qu'à quelques milliers de dollars.

— ... tu achètes sur marge et tu couvres avec des futures, l'idéal étant de jouer en même temps à la baisse et à la hausse pour être couvert des deux côtés, cow-boy. Si les cours montent, tu t'enrichis. Si les cours baissent, tu t'enrichis. Quoi qu'il arrive, t'es gagnant.

Est-ce possible ? se demanda Russell. L'explication de Duane semblait trop belle pour être vraie ; le même genre de pari, à vrai dire, que le déjeuner à l'œil. Mais il n'avait pas la première mise pour participer à ce jeu-là. Russell aurait aimé confier ses affaires à Corrine, mais ses intuitions et ses tuyaux la rendaient folle.

À deux portes du bureau de Russell, Washington Lee reçut un coup de fil de la réception annonçant un visiteur. Il n'y avait rien sur son calendrier et les visites inopinées frappaient Washington d'effroi. Il craignait certain mari trompé en particulier, les maîtresses abandonnées et les écrivains éconduits en général. Les trous de mémoire qui oblitéraient à l'occasion certains détails de ses activités de la soirée précédente tendaient à aiguiser la peur que lui inspirait tout visiteur inconnu. Deux ans auparavant, il avait touché une avance pour écrire une biographie critique de Frantz Fanon, qui était toujours à l'état d'ébauche, et, bien qu'il ne s'attendît pas vraiment à ce que l'éditeur envoyât des gros bras pour exiger le manuscrit, ce petit surcroît de culpabilité purulente ajoutait encore au sentiment qu'il avait d'avoir navigué entre les balles chaque fois qu'une journée nouvelle se terminait sans confrontation majeure. Le nom que prononça son assistant éveilla un vague écho, mais tous ces noms musulmans semblaient plus ou moins familiers. Ils avaient tous quelque chose à dire et, quand ils étaient noirs, ce qu'ils avaient à dire finissait toujours par échouer sur le bureau de Washington.

— Qui ça?

Il y eut un dialogue marmonné à l'autre bout du fil.

— Rachid Jamal, l'écrivain, expliqua la réceptionniste.

Tout espoir abandonna Washington. L'un dans l'autre, il aurait préféré une visite surprise du FBI. Trois piles de manuscrits jamais lus se dressaient à l'autre extrémité de son bureau. Celui de Rachid Jamal parmi eux, peut-être. À moins qu'il n'eût consciencieusement apporté avec lui son précieux manuscrit, pour une remise en main propre, la véridique histoire de sa vie... mille pages à un seul interligne noircies de corrections en pattes de mouche qui les rendraient tous les deux millionnaires et révéleraient le nom des véritables assassins de JFK et de Martin Luther King. Il était possible, aussi, qu'ayant déjà lu le livre, Washington l'eût refusé. Les écrivains qui venaient défendre leurs mérites en personne étaient les pires.

41

— Je suis en réunion, suggéra Washington, je risque d'en avoir pour le restant de la journée.

— Je vais le lui dire.

Et maintenant il allait devoir se terrer dans son bureau jusqu'à ce que la voie fût libre. Si le siège se prolongeait après l'heure du déjeuner, il pourrait monter au huitième par l'escalier intérieur et descendre dans la rue par l'ascenseur.

— Je ne suis pas là, cria-t-il à l'attention de son assistante. Le premier qui se dirige par ici un manuscrit sous le bras, dites-lui que Mr. Lee a émigré au Zimbabwe.

Il était au téléphone, en conversation avec un agent, quand un gros barbu en survêtement proclama sur le seuil que c'était pas la première pétasse blanche venue qui allait lui interdire d'entrer où que ce soit.

— Fallait que je m'assure de quelle couleur t'étais, dit celui qui avait parlé ainsi, le front barré d'un pli qui déformait son faciès d'écureuil.

Il tenait un carton contenant son manuscrit serré contre son énorme bedaine à la manière d'un bouclier pour pénétrer dans le bureau. Malgré la liquéfaction rapide de ses viscères, Washington s'efforça de paraître calme.

— Qu'est-ce qui te mine, vieux ?

— C'qui me mine, c'est que je suis un artiste noir. Ce qui fait que je suis pour ainsi dire doublement exclu de la soi-disant culture américaine raciste et facho. Alors j'essaye de créer une littérature afro-américaine dont les culs blancs ne veulent pas entendre parler et que le pouvoir blanc veut réprimer.

L'assistante de Washington avait disparu. Restait à espérer qu'elle était partie chercher des renforts sérieux.

— Quel rapport avec moi, mon frère ?

L'auteur glissa la main par la fermeture à glissière ouverte de son sweat-shirt pour en tirer une feuille de papier froissée qu'il déploya avant de déclamer sans consulter le texte : « Cher Rachid Jamal, merci de nous avoir soumis votre manuscrit. Je suis au regret de vous annoncer que notre comité a conclu que nous ne pouvons publier votre ouvrage pour l'instant. En vous souhaitant de trouver un autre éditeur. Bien à vous, Washington Lee. »

— Qu'est-ce que c'est que cette lettre de merde, hein ? *Bien à vous*? Je te livre l'œuvre de ma vie, l'authentique expérience noire de l'exil à Babylone, et j'ai droit à ça comme réponse? Et qu'est-ce que c'est que ce nous à la con? Moi, j'ai adressé mon bouquin à quelqu'un, merde! Un certain Washington Lee, parce qu'on m'avait dit que c'était un frère, et pas le nègre de service d'un comité éditorial de mes fesses.

— Je pourrais peut-être y rejeter un coup d'œil, dit Washington pour gagner du temps.

L'avait-il seulement lu, il n'en avait pas la moindre idée. Des centaines de manuscrits lui passaient sous les yeux tous les ans et, parfois, c'était littéralement ce qu'ils faisaient : lui passer sous les yeux. Comme il n'y avait que deux éditeurs noirs de littérature sérieuse dans tout New York, on avait fait de lui l'avocat de sa prétendue communauté qui, dans son expérience, n'écrivait pas mieux que l'ensemble du genre humain. Washington était aussi désireux et impatient que quinconque de découvrir le prochain *Homme invisible*, mais le fait d'être noir et d'avoir écrit un livre ne faisait pas nécessairement de vous un Ralph Ellison.

Plus qu'à propos, les vigiles arrivèrent : deux blancs paumés en uniforme qui se tinrent timidement sur le seuil.

— Virez-moi ce fou furieux, suggéra Washington.

— Ne me touchez pas! hurla l'auteur.

Les vigiles reculèrent devant ce qu'ils prenaient pour une vendetta entre nègres. Ce fut seulement quand l'auteur enragé se précipita sur le bureau de Washington qu'ils se décidèrent à intervenir. Rachid Jamal commença par jeter par terre l'un des deux vigiles et était aux prises avec le plus gros des deux quand Washington dit :

— Plus un geste, Ducon.

Il braquait un Walther automatique gris métallisé contre la bedaine du gros homme.

Les vigiles, se reprenant, semblaient incapables de prendre une décision en présence de l'arme à feu jusqu'à ce que Washington dît :

— Qu'est-ce que vous attendez, merde, que je l'emporte moi-même sur mon dos?

Le saisissant chacun par un bras, les vigiles entraînèrent Rachid Jamal jusqu'à la porte puis se mirent de profil pour l'extraire du bureau.

— T'es pas un noir ! hurla-t-il à Washington.

— Et toi t'es pas un écrivain, répliqua Washington, qui se rappelait enfin avoir lu plusieurs chapitres du roman de mille pages et plus qui était resté dans deux boîtes sur son bureau.

Ce fut seulement par un prodigieux effort de volonté qu'il se retint de presser la détente jusqu'à ce que le soi-disant auteur fût parti.

— Et emporte tes ordures avec toi ! vociféra-t-il, en envoyant valdinguer les cartons par terre.

Secoué, il retourna l'arme contre sa propre bouche pour s'offrir plusieurs giclées tranquillisantes de vodka.

LIQUIDATION TOTALE POUR CAUSE D'EXPULSION, disait l'écriteau apposé sur une vitrine près du bureau. Les écriteaux de ce genre fleurissaient depuis peu. En rentrant à pied d'un déjeuner avec un agent, Russell s'arrêta quelques instants devant la vitrine pour regarder les tapis en solde, des kilims aux couleurs joyeuses et un Hariz passé. Le bureau de Russell était situé dans une de ces zones interstitielles de la ville qui, jusqu'à une époque récente, ne portaient pas de nom. C'était, entre Gramercy Park et Chelsea, un peu plus bas que le centre sans appartenir proprement au sud de Manhattan, un quartier d'immeubles centenaires d'une dizaine d'étages, abritant des bureaux et des magasins consacrés aux petites industries, au commerce de tapis d'Orient et à des photographes bas de gamme. Russell l'avait baptisé le quartier des tapis mais depuis quelque temps, les marchands de tapis pliaient leur tente. La mode et l'argent facile — boutiques et restaurants branchés — avaient découvert le coin et l'avaient nommé Flatiron, d'après son immeuble le plus célèbre. Du coup, le problème du déjeuner s'était trouvé simplifié. Deux ans auparavant, on n'échappait pas au voyage en taxi pour rechercher une gastronomie qui ne risquât pas d'indisposer les agents littéraires. Désormais, ils ne demandaient qu'à venir essayer la nouvelle trattoria piémontaise dont ils avaient lu la critique dans le *Times*.

Entre un parking et un petit bâtiment de pierres brunes, l'immeuble qu'occupaient les bureaux de Corbin, Dern & Cie se dressait à distance égale de deux rues, sur un terrain dont la valeur avait quadruplé depuis que Russell avait été engagé. La maison d'édition occupait les quatre étages supérieurs de l'immeuble, qui en comptait huit. L'édifice avait été construit cent ans auparavant sur le modèle de l'immeuble McKim, Mead & White, situé non loin de là, et abritait les éditions Corbin, Dern & Cie depuis les années vingt. Pour les écrivains, les lecteurs et les critiques, Corbin, Dern était un dactyle sonore, une invocation des muses, le dessus du panier de la culture.

Après le déjeuner, Russell passa voir Washington, qui menait ses affaires à sa manière habituelle, renversé dans son fauteuil ergonomique italien, étalé de tout son long, ses bottes de cow-boy sur le rebord du bureau, les mains croisées derrière la tête. Il faisait songer Russell à un félin, vitesse et griffes dissimulées sous une nonchalance tropicale. On le voyait rarement courir ou bondir, mais, aux saisons sèches, il rapportait des proies. À l'instant même où on semblait n'avoir plus d'autre choix que de le renvoyer pour quelque gravissime entorse au protocole, il ramenait un best-seller dans ses filets, ou encore un de ses obscurs romanciers d'Europe de l'Est se voyait soudain attribuer le prix Nobel.

Adressant un signe à l'assistante de Washington, Russell n'attendit pas sa permission pour pénétrer pesammment dans le bureau et s'affaler sur le canapé, imitant inconsciemment la posture de son ami après s'être emparé d'un exemplaire du *Post* sur la table basse. UN SDF AGRESSÉ PAR UN FÉLIN. Il leva les yeux vers Washington puis se reporta à la page trois où il apprit qu'un léopard, à moins que ce ne fût un guépard, semait la terreur dans le Lower East Side, malmenant les clochards et autres sans-logis.

— Ouais, je te rappelle, d'accord ?

Les manières de Lee étaient toujours furtives, comme s'il menait une action clandestine ou prenait en secret des rendez-vous galants. Russell se demanda si Washington tenait vraiment à se débarrasser de son correspondant ou s'il ne voulait pas que Russell entendît leur conversation.

— Mais c'est mon vieux Russ.

— Il faut vraiment que j'arrive à faire bouger les choses pour mon truc sur le Nicaragua.

— T'en as parlé à Harold ?

— Je croyais que je pouvais déjà compter sur son soutien.

Washington avait occupé le bureau voisin de celui de Harold Stone pendant un an avant l'arrivée de Russell. Ils avaient le même âge, mais Washington était déjà occupé à grimper les échelons pendant que Russell terminait ses études. Comme il était le seul cadre supérieur qui pût à juste titre se targuer d'appartenir à un groupe minoritaire et qu'il parlait couramment plusieurs langues, et non des moindres, Washington était pour ainsi dire indestructible.

— Je suis intouchable, avait-il dit à Russell un soir où ils avaient beaucoup bu.

S'il était boursier à Harvard comme Harold, il avait grandi à Harlem, cas presque unique dans l'édition, et les trois ou quatre personnes qui avaient le pouvoir de le renvoyer étaient retenues par la mauvaise conscience.

— Y a deux trucs que tu ne dois pas oublier à propos de Harold, disait à présent Washington. D'abord, le grand intello de gauche, c'est du passé. Regarde les gens avec lesquels il se trimballe maintenant, le jet-set, les grands économistes néo-conservateurs et les requins du délit d'initié. Tu crois qu'ils dissertent sur Marcuse et Malcolm X pendant le dîner ? La justice sociale et les révolutions du tiers-monde ne sont pas précisément à l'ordre du jour. Pas dans Park ou Madison Avenue, en tout cas. Personne ne veut plus changer le monde. Ce qu'ils veulent, c'est en être propriétaires. C'est un futé, Harold. Tous les machins qu'il a faits dans les années soixante, c'était vachement chic et ça payait. La révolution était un bon fonds de commerce.

— C'est facile à dire aujourd'hui.

— Ça n'en est pas moins vrai. Et, deuxièmement, ne t'imagine pas qu'il veut que tes bouquins marchent.

Cette idée était déjà passée par la tête de Russell. Mais il ne fallait pas non plus prendre tout ce que disait Washington pour argent comptant. Bien que son intention fût presque toujours de faire équipe avec Russell, c'était un personnage à facettes dont les intrigues étaient si compliquées que même pour lui elles n'étaient pas toujours compréhensibles. Bon éditeur, Washington eût fait un agent double encore meilleur.

— Le monde est divisé en trois catégories par rapport à ce genre de merde, poursuivit Washington d'une seule traite. T'as les braves types comme toi, qui sont surpris et indignés — eh ben merde, dites, arrêtez les rotatives, le gouvernement nous prépare une saloperie. T'as les gens comme moi, qui ne sont pas surpris du tout. Parce qu'ils le savaient déjà, bordel. Et t'as la majorité, qui ne veut pas en entendre parler, coco. Ils ne veulent pas.

Washington braqua son Walther sur Russell, qui ouvrit la bouche pour en recevoir une giclée.

— Au fait, comment connais-tu le black qui était chez vous l'autre soir ?

— Quel black ?

— Pourquoi, y en avait d'autres ?

— J'ai pas fait attention.

— Je rêve !

Washington avait déjà eu l'occasion de voir que Russell prêtait peu d'attention à son environnement, encore qu'il atteignît rarement à une telle extrémité, ce qui, en l'occurrence, faisait plutôt son affaire. Il avait été à l'école primaire avec ce mec et avait été assez décontenancé de le retrouver là-bas, au milieu des blancs. Il ne tenait pas forcément à ce que Russell connût la vie qu'il avait menée dans son quartier d'origine et il laissa glisser. Chacun sa merde, vaut mieux pas mélanger.

Malgré sa répugnance, Russell jugeait qu'il devait à son auteur de faire un peu de lèche. C'était sa seule chance d'amorcer la promotion du bouquin. Il fallait aller voir le grand Harold Stone, dont certains croyaient qu'il avait inventé l'édition et enseigné l'alphabet à Gutenberg, dont la bénédiction faisait éclore des critiques sublimes, des articles de fond, des bourses Guggenheim. Lui qui était là, sur place, quand Jésus-Christ eut son moment de doute et de — quoi, au fait ? De doute et de honte ? De doute et de douleur ? Ou de doute et de chagrin ? En tout cas, ça rimait avec « destin ». Si quelqu'un pouvait quelque chose pour le livre, c'était bien Harold.

De sa démarche de plantigrade, Russell foulait l'antique moquette du corridor qui menait au bureau d'angle du directeur littéraire.

Pendant trois ans il avait travaillé tout à côté de son mentor, dans un bureau exigu. Mais quand il avait enfin bénéficié d'une promotion et qu'un bureau plus grand s'était libéré voilà quelques mois, Russell avait déménagé pour s'installer cinquante mètres plus loin. C'était un peu comme de quitter sa famille pour entrer à l'université. Soudain, il se sentait mal à l'aise quand il rencontrait Harold dans les toilettes ; il s'éclaircissait la gorge, tenait sa queue en fixant les carreaux de faïence droit devant lui. Il ne savait trop comment cela avait pu se produire, ni même si le changement était seulement un effet de son imagination. Mais ce jour-là, il se rendit compte que cela faisait près d'une semaine qu'il n'avait pas échangé une parole avec Harold.

— Jolies perles, dit-il à Carlton, la blonde aux grandes dents qui était l'assistante de Harold et qui, assise droite et raide, d'un air important, gardait le portail du grand chef comme si elle avait avalé un manche à balai.

Sortie de Radcliffe depuis un an, elle portait le col roulé et la rangée de perles de rigueur et croyait sans réserve que Harold Stone était de substance divine. Elle leva la main comme un agent de la circulation, le combiné du téléphone dans l'autre.

— Je vais lui dire, il n'y manquera pas.

Quand les poules auront des dents, songea Russell. Harold était éminemment connu pour ne jamais rappeler et il avait renoncé aux communications épistolaires depuis quelques années déjà.

— Il vous attend ? demanda Carlton quand elle eut raccroché.

Russell passa la tête dans le bureau ; Harold leva les yeux de la revue qu'il était en train de lire.

— Maintenant, oui.

Il se retint d'ajouter : *Et pas la peine d'en faire trop, salope.* Jusqu'à ces derniers temps elle avait filé doux en présence de Russell mais arborait désormais l'aura de suffisance qui eût convenu à un cadre supérieur de la maison. Cependant, Harold avait toujours apprécié à sa juste valeur l'enthousiasme que Russell mettait à manquer de tact, qualité insolite dans les confins timorés du monde de l'édition.

Des années auparavant, Russell s'était avisé que Harold ressemblait à un grand hibou cornu (membre de la famille des strigidés ou bubonidés, dépeint par Audubon, planche 236) et la ressemblance semblait croître avec le temps. Levant ses yeux brun-jaune qu'il clignait avec irritation derrière ses lunettes à monture d'écaille, il avait l'air d'une créature émergeant d'un mauvais sommeil à la fourche d'un érable mort. Il fit un signe de tête assorti d'un son vaguement interrogateur. Chez lui, l'absence du minimum de gracieuseté recommandée par le code social semblait érigée en principe, comme si le charme, les bonnes manières et les autres lubrifiants des contacts interpersonnels trahissaient l'absence de vrai sérieux. Il regardait rarement dans les yeux, esquivait les salutations, ignorait les questions — comportement que ses subordonnés tendaient à interpréter comme de l'arrogance, ses admirateurs comme la maladresse désarticulée du génie. Il avait adopté un style vestimentaire pendant ses études à Cambridge et ne l'avait jamais modifié, chemise à col boutonné et pantalon droit, un veston quand il ne pouvait pas faire autrement, rarement une cravate.

— Peut-on parler du bouquin de Rappaport?

— Le machin sur le Nicaragua? dit Harold.

— Oui. *La Guerre secrète*, dit Russell, agacé que Harold eût oublié, ou affectât d'avoir oublié le titre de l'ouvrage.

C'était lui qui avait encouragé Russell à acheter le livre.

— Le titre ne m'enthousiasme toujours pas.

— J'ai du mal à promouvoir ce bouquin.

Harold haussa les épaules. Russell s'assit au bord du long bureau rectangulaire. Bien qu'occupée par Harold depuis dix ans, la pièce gardait un caractère anonyme, qui en disait plus long sur son locataire que la débauche de photos, de cartes postales et de souvenirs, sur les occupants des bureaux voisins.

— Les gens ne lisent plus, fit observer Harold en regardant par la fenêtre, d'où l'on découvrait une tranche du Flatiron à l'ouest et l'Empire State au nord. Russell se rappela le soir, quelques mois plus tôt, où Harold et lui s'étaient attardés pour faire un sort à une bouteille d'armagnac. C'était l'unique fois où Russell avait vu son mentor ivre ou l'avait entendu parler de son ménage, des hospitalisations répétées et des menaces de suicide de sa femme. Ensuite, quand Russell l'avait flatté sans vergogne, Harold avait balayé tout cela d'un geste, pour dire qu'il y avait des années qu'il vivait sur son capital intellectuel, qu'il se sentait comme un homme qui, ayant épousé très jeune une femme d'une beauté ravissante et depuis longtemps rassasié de ses charmes, ne prend plus plaisir qu'aux regards concupiscents des autres hommes. C'était, avait-il affirmé, l'effet que produisaient sur lui la plupart des livres qu'il publiait. Tout avait déjà été fait. Sur le moment, Russell avait vu en Harold un stoïcien héroïque. Aujourd'hui il commençait à croire que Harold regrettait d'avoir été si franc. Depuis ce jour il lui semblait qu'une certaine froideur avait envahi leurs relations.

Russell se leva et parcourut du regard le bel alignement des bouquins sur les rayonnages, qui ressemblaient à de simples présentoirs des produits de la maison. Le détachement de Harold à l'endroit de son environnement matériel immédiat avait au fond quelque chose d'impressionnant. Deux photos seulement ornaient son antre ; une de Harold et de Saul Bellow, plus jeunes d'une vingtaine d'années, inconfortablement assis côte à côte lors d'un dîner, Harold plus mince, presque décharné, mais pour le reste égal à lui-même ; et l'autre de Robert Kennedy souriant à un Harold renfrogné, la main amicale de l'homme politique en travers des épaules raides de l'éditeur. Connaissant l'éventail des relations de Harold parmi les personnalités les plus célèbres et les plus distinguées, Russell s'était souvent demandé quel critère — ou quelle absence de critère — avait présidé au choix de ces deux photos comme représentation de la vie et de la carrière de Harold.

— J'espérais que vous penseriez à quelqu'un, en dehors des publications littéraires, qui aimerait écrire un article de fond.

Harold hocha pensivement la tête, sans s'engager, fixant des yeux un point situé légèrement à gauche de l'oreille de Russell.

— Ce n'est pas comme si je pensais qu'il fallait un grand battage. Si seulement nous pouvions le faire un peu remarquer...

— Où en est-on avec Propp ? l'interrompit Harold.

Au bout de cinq ans, Russell ne savait toujours pas si les coqs à l'âne de Harold relevaient d'une stratégie consciente destinée à déstabiliser ses interlocuteurs ou d'une excentricité innocente.

— Il veut surtout savoir pourquoi je n'arrive pas à le faire passer au vingt heures.

— Va-t-il jamais finir ce fichu bouquin ?

— Eh, soyez pas trop dur, il n'a que six ans de retard.

— Sept.

— Qu'est-ce que je dois faire pour promouvoir le Rappaport ? Prendre des otages ? Assassiner le président ?

— Quand Jeff va-t-il remettre un manuscrit ?

— Quand il aura fini.

— Écrit-il, au moins ? On dirait qu'il s'est donné pour but de baiser tous les mannequins de New York jusqu'au dernier... Peut-être était-il l'homme d'un seul livre. Il y a des gens comme ça.

— Jeff est l'homme d'un tas de livres.

Harold avait été extrêmement encourageant quand Russell — un peu gêné parce qu'il se trouvait que l'auteur était un de ses meilleurs amis — lui avait montré le manuscrit pour la première fois, trois ans auparavant. Incitant Russell à l'acheter, il en avait parlé à ses amis dans le monde littéraire et Russell se doutait qu'il était à l'origine d'une critique ou deux. Harold à lui tout seul n'avait pas le pouvoir de faire marcher un livre, mais il pouvait lui donner un coup de pouce, et c'était ce qu'il avait fait. Le succès d'estime du début fut suivi d'un chiffre de ventes exceptionnel pour un recueil de nouvelles, qui le catapulta dans la liste des best-sellers du *New York Times* quelques semaines durant. Le cinéma avait acheté l'option pour deux nouvelles et la traduction venait d'obtenir un prix littéraire en France. L'étoile ascendante de Jeff avait entraîné celle de Russell dans son sillage et maintenant, la position de Harold à l'égard du livre semblait très compliquée, comme s'il avait autorisé ses gosses à utiliser le garage pour construire une petite carriole et les en avait vus ressortir avec un prototype de formule 1. Il semblait osciller entre l'envie du sponsor qui veut son nom sur le capot et l'espoir qu'elle prît feu dans un accident aux premiers tours de piste.

— Que dit votre femme de la bourse ?

— Elle attend une correction. Dans les mois qui viennent.

Harold se pinça les lèvres et parut soupeser l'idée.

— Alors, pour Rappaport ?

— Je vais réfléchir.

— Trop aimable, fit Russell, sarcastique.

— Dites, faut que vous parliez à votre assistante, hein ? dit Harold à Russell qui se dirigeait vers la porte. Kleinfeld est passé ce matin.

Il a failli appeler les flics quand il l'a vue à la photocopieuse. Elle avait un T-shirt qui disait : « Mort aux riches. »

— C'était un badge qui disait...

— Peu importe, dit Harold. Dites-lui qu'on veut plus voir ça ici.

— Pourquoi ?

— Faites pas le malin. Vous êtes un grand garçon, quoi.

En regagnant son bureau, Russell songea à adresser au directeur littéraire un exemplaire d'un essai qui figurait désormais dans toutes les anthologies, et qu'un jeune polémiste enflammé avait consacré au mouvement de libre parole de Berkeley — un jeune polémiste du nom de Harold Stone. Réprimer ce genre d'impulsion était sans doute ce qu'être un grand garçon voulait dire.

Jeune épigone de la *Partisan Review* première manière, Harold Stone avait fait figure d'enfant prodige avant même de couronner ses études à Harvard par un essai intitulé : « Bakounine et le concept d'avant-garde. » Il était entré chez Knopf, avait partagé une maîtresse avec Bellow, et Norman Mailer en lui cassant ses lunettes avait définitivement scellé sa réputation. À des intervalles qui s'allongeaient peu à peu, il avait publié des essais et des critiques qui avaient beaucoup agité l'agonie du dernier milieu littéraire new-yorkais. Entre-temps, il avait épousé une jeune débutante de la bonne bourgeoisie protestante qui menait désormais une existence totalement séparée à New Canaan, dans le Connecticut, bien qu'ils fussent toujours mariés.

Sitôt débarqué de sa banlieue du Midwest à la fac, Russell avait dévoré Sartre, Camus et Gramsci dans les éditions critiques qu'en avait données Harold ; il avait lu les essais de Harold sur Lukacs et Kafka. En arrivant à Manhattan après son troisième cycle à Oxford, Russell avait eu la chance d'intégrer la vénérable maison d'édition sur laquelle régnait Harold et d'attirer l'attention de son aîné grâce à quelques poèmes qu'il avait publiés dans une revue trimestrielle. Peut-être Harold avait-il éprouvé une certaine nostalgie en songeant aux jeunes littérateurs qui venaient à la conquête de la grande ville, une certaine gratitude à l'idée que des jeunes gens écrivaient encore de la poésie comme l'avaient fait ses amis de Greenwich Village, dans un passé depuis si longtemps révolu ; une certaine curiosité à l'égard de ce que les jeunes gens intelligents lisaient alors ; une certaine culpabilité, peut-être, enfin, parce qu'il était probablement sur le point d'aller déjeuner aux Four Seasons avec un quelconque auteur millionnaire de romans d'espionnage. Bref, il avait cru voir quelque chose dans ses poèmes. Il avait d'abord invité Russell à déjeuner, puis, par la suite, l'avait pris sous son aile rêche de grand-duc.

À sept heures, sa journée terminée, Russell passa par le bureau de Dave Whitlock. Ce dernier était prostré dans la morne contemplation de l'écran de son ordinateur. C'était l'homme des chiffres : les chiffres semblaient toujours le rendre malheureux.

— T'en fais pas, Whit. J'ai une anthologie de poésie serbo-croate sur le feu qui devrait nous sortir du rouge.

— C'est pas le moment, je t'en prie, fit Whitlock en le chassant du geste.

Il avait le même âge que Russell mais il apprenait les modèles économétriques à Wharton quand ce dernier lisait Blake à Oxford, et il était entré dans la maison presque le même jour que lui. Le drame de Whitlock, c'est que l'homme d'affaires qu'il était avait un vrai goût pour la lecture. Quatre ans auparavant, il aurait pu démarrer dans une société consultante ou une banque d'investissement pour un salaire deux fois plus élevé que celui qu'il percevait aujourd'hui dans l'édition.

— Toutes mes condoléances, pour le Rappaport.

— Qu'est-ce que ça veut dire ?

— Tu n'es pas au courant ? Harold a ramené le tirage à dix mille ce matin.

— Je suis passé le voir pas plus tard qu'aujourd'hui. Ce salaud ne m'en a pas dit un mot.

La porte du bureau de Harold était close et Carlton n'était pas à son poste. Russell frappa à la porte et l'ouvrit d'un seul et même mouvement. Harold était assis sur le canapé ; Carlton était assise sur Harold. À l'instant où ils prirent conscience de la présence de Russell, ils se tournèrent en même temps pour camoufler l'impudeur de leur tenue et leurs deux têtes se heurtèrent avec un bruit perceptible. En levant la main qu'il avait glissée dans le chemisier de Carlton, Harold jeta celle-ci par terre. Leurs deux visages les trahirent plus que le coton blanc et la chair entrevus : la surprise qui s'y peignit évoluant rapidement *via* la culpabilité jusqu'à l'extrême indignation.

Dans les jours qui suivirent, Russell Calloway ne put qu'imaginer lequel de ces trois sentiments l'avait emporté. Mais dès le premier instant, il eut plus ou moins la certitude que l'ouverture de cette porte ne risquait pas de passer à l'histoire comme l'inspiration la plus géniale de sa carrière.

3

Corrine commençait à en avoir par-dessus la tête des soirées : dîners, anniversaires, lancements de livres, pendaisons de crémaillère, jours fériés, soirées à thème, générales, vernissages, galas au profit de l'American Ballet Theater et de la Bibliothèque, galas au profit du candidat démocrate, de la société des défigurés par accident, du groupe d'entraide des sans-abri, de la fondation médicale d'Amérique pour la recherche sur le sida, dans des boîtes, au Plaza, dans le temple de Dendur du Metropolitan Museum of Art, en l'honneur d'un certain Alonzo, nom et prénom compris, qui fait profession de rassembler des fonds et d'organiser des soirées... soirée pour Pandy Birdsall, qui partait s'installer à Los Angeles parce qu'elle avait couché avec tout le monde à New York. « Si douce est la tristesse de ces soirées », avait dit Jeff, ce soir-là, paraphrasant Roméo et Juliette.

La veille, les collègues de Russell avaient organisé un pot pour le départ d'un des leurs. Aussi, après le travail, Corrine s'était-elle traînée à l'autre bout de Manhattan jusqu'au bureau de Russell — métro jusqu'à la 23ᵉ rue, puis tourner en rond jusqu'à ce qu'on se rende compte qu'on a emprunté une sortie nouvelle et inconnue et qu'on est parti dans la mauvaise direction — puis avait déambulé en souriant bêtement dans l'atmosphère étouffante d'une salle de réunion où les assistantes mal payées se gavaient subrepticement de canapés, tout à la joie de calculer ce qu'elles économisaient sur le dîner, tandis que les cadres se groupaient vertueusement en constellations inaccessibles, consultant leur montre jusqu'à ce qu'ils puissent s'éclipser vers des cocktails dignes de ce nom et des dîners à la mode qui passeraient sur leurs notes de frais. Harold

Stone, avec son éternel froncement de soucils douloureux, fit une apparition assez brève pour donner l'impression que la fraternisation avec ses collègues avait un peu moins de charme à ses yeux qu'un cathétérisme rectal et Boum, le pauvre, qui se tourmentait encore à l'idée que Harold lui gardait un chien de sa chienne ; ce qui avait fait dire à Corrine que s'ils ne voulaient pas être dérangés, ils n'avaient qu'à fermer la porte, merde. Pour finir, quelques-uns d'entre eux étaient allés au restaurant, chez Elaine, dans le haut de Manhattan, pour un interminable dîner très arrosé au cours duquel on avait surtout servi d'énormes portions de ragots d'édition.

Maintenant, après quelques heures de sommeil, il fallait aller au boulot. Russell était encore au lit. L'édition ne commence pas avant dix heures. Elle s'efforçait d'arriver au bureau à huit heures moins le quart de façon à se documenter avant la réunion de huit heures et quart, pendant laquelle les courtiers discutaient, analysaient les résultats du marché de la veille, commentaient ce qui s'était passé à la bourse de Tokyo. Mais aujourd'hui, elle aurait déjà de la chance si elle arrivait à temps pour la réunion.

Après sa douche elle se sentait encore épuisée. Dans la garde-robe attenante à la chambre, il y avait une coiffeuse ; elle s'assit devant avec une tasse de café et alluma la petite télévision portative. La gueule que j'ai, se dit-elle en regardant le miroir. Comment s'appelait-elle, déjà, l'horreur qui changeait les hommes en pierre ? Ah oui, Méduse. Elle résolut d'arrêter complètement de boire pendant quelque temps. Sa peau y perdait sa jeunesse. Plutôt se piquer au collagène.

En appliquant une crème hydratante sur son visage, elle écouta une interview de Madonna, qui semblait se prendre pour la réincarnation de Marilyn Monroe. Que tu crois, ma fille. Marilyn Monroe elle-même aurait probablement voulu croire qu'elle était Marilyn Monroe. Le fait d'être sublime n'avait guère amélioré l'idée qu'elle se faisait d'elle-même. N'empêche, Corrine se serait bien vue un moment dans son soutien-gorge... 90 C, c'est ça ? C'est Russell qui aurait été content. Comme il a grandi... cinq centimètres et une lettre de plus. Faudra monter me voir un de ces jours... non, ça, c'était Mae West. C'était peut-être ça qui le ferait coucher un peu plus tôt, et dans de meilleures dispositions. Au lieu de s'endormir comme une souche. Ce serait bien si, comme le truc des mecs, ils grossissaient pour faire l'amour — que les garçons puissent jouer avec et les admirer — puis rétrécissaient pour ne pas encombrer. Pourquoi pas ? Encore un exemple du fait que les hommes ont été favorisés. C'était la nature qui était misogyne. Elle étala du fond de teint sur sa pâleur, insistant sur une mince veine bleue qui affleurait sous sa joue. La dernière fois c'était le lendemain de son anniversaire, presque deux semaines, maintenant. Était-ce possible ? D'autres hommes semblaient la trouver assez séduisante pour eux. Dans la rue, dans le métro, dans les soirées. Toujours les soirées.

Elle avait une marque minuscule au menton que sa mère appelait un grain de beauté et que son père voulait lui faire enlever. Tap-tap. Maquille, ma fille. Rien à faire. La tête sous l'oreiller. Un sac sur la tête, en papier pour le boulot ou la maison, de chez Saks ou Bergdorf pour le soir.

Une base sous les yeux. Les cernes encore visibles. Elle se demanda si c'était tous les noms qui commençaient par M à la télé qui lui avaient fait penser à Méduse. MTV. Une société par actions ? À vérifier. Marilyn, Madonna, Méduse. Dans son métier, elle croyait aux signes, en secret. Enfin, à condition que le reste aille dans le même sens. D'abord les chiffres mais, en définitive, il faut parfois un autre élément. Mais que signifiait ce M répétitif ? Acheter du Monsanto ? Vendre du Mobil ? Elle avait besoin d'autres données. D'autres M. Parfois elle se fiait à ses rêves, mais elle était trop fatiguée pour se les rappeler ce matin.

La Sibylle. Voilà ce qu'il lui fallait. Un interprète du rêve. Quelqu'un savait-il encore lire dans les entrailles ? Quel bordel. Comme ses cheveux. C'était bien Méduse celle qui avait des serpents comme cheveux ? Ceux de Corrine ressemblaient nettement à des serpents ce matin-là. Nœud de vipères. Pointes fourchues comme des langues. Qui sifflent sur ma tête. Ce qu'il lui fallait, c'était le nouveau shampoing encore plus performant avec la nouvelle molécule miracle qui démêle vos cheveux, leur donne du coiffant, les rend soyeux, efface vos rides, raffermit vos seins ; le shampoing qui donne aux maris l'envie de se raser avant de se coucher pour vous baiser jusqu'à la fin des temps. Faites mousser, rincez, recommencez. Chaque jour. Chaque matin elle jurait qu'elle allait se faire couper les cheveux, c'était trop emmerdant, d'ailleurs, ça faisait petite fille, non, les cheveux sur les épaules. Mais Russell ne l'aurait jamais pardonnée. Les mecs étaient comme ça avec les femmes et le système pileux. Le plus possible sur la tête, le moins possible ailleurs.

Toujours aussi affreuse, elle alla à la cuisine pour se resservir une tasse de café. Le manteau en poils de chameau de Russell était jeté sur le dossier du canapé. Autrefois, elle aurait trouvé ça mignon. Ce matin, c'était seulement chiant.

De retour dans la chambre, elle se mit au travail sur ses yeux. Les fenêtres de l'âme. Ben quoi, elles ont des cadres et des rideaux, les fenêtres, non? L'ombre à paupière, au pinceau. Store, de Chanel. Une jolie touche cuivrée sur les pattes-d'oie. Plutôt des pattes de corbeau, l'oiseau aux serres de cuivre aiguës. Qui avait dit ça, déjà... Wallace Stevens? C'était son truc, les oiseaux, à ce mec. Il ressemblait à Hitchcock, d'ailleurs. Perroquets, perruches, vols de pigeons. S'attarder dans les langueurs du peignoir — franchement, elle en avait besoin, ce matin. Sa robe de chambre était vieille — une vraie loque.

Nous sommes donc ce matin en compagnie de Johnny Moniker, l'étoile montante de la mode à SoHo...

Corrine leva les yeux sur la télé. Ce type lui disait quelque chose, plutôt mignon. Elle n'avait pas bien saisi son nom — Johnny Monologue? Elle était presque sûre qu'il était venu chez eux deux ou trois semaines plus tôt. Une beauté sombre, méchante... Elle l'avait vu avec Jeff, peut-être.

Corrine courut jusqu'au lit et secoua Russell.

— Il y a un type à la télé qu'on a rencontré quelque part, dit-elle.

— Qui?

— C'est ce que je te demande.

Elle sauta sur le lit comme une petite fille. Johnny quelque chose.

— Johnny prit son flingue et tua sa femme parce qu'elle l'avait réveillé.

— Non. Viens voir.

— On le connaît? dit-il, refusant encore de bouger.

58

— Pas vraiment. On l'a rencontré une minute.

— Johnny, on te connaît à peine.

Le temps qu'elle l'entraîne devant la télé, la mode de printemps à Milan avait pris le relais.

— Pourquoi suis-je réveillé ? demanda Russell.

Avec un soupir, Corrine alla chercher de l'aspirine à la salle de bains. Il n'y a que Corrine, se dit Russell, pour s'étonner de voir à la télé quelqu'un qu'elle connaît vaguement. Alors que c'était le but même de la télévision, faire que tout ait l'air connu. C'était comme ses rêves. Chaque matin ou presque, elle le réveillait par ces mots : « J'ai fait un rêve bizarre, mais bizarre », comme si elle s'étonnait que les rêves ressemblent à des rêves. Elle suivait sa logique jusqu'au bout, comme les enfants. La superstition qui, lorsqu'il venait de la rencontrer, lui avait semblé en contradiction avec la tournure générale de sa personnalité, était en fait le corollaire de son amour de la logique. Elle ne croyait pas au hasard, de sorte que si le nombre onze se présentait plusieurs fois à sa conscience dans le courant d'une matinée, elle était certaine qu'il devait y avoir une bonne raison, une quelconque structure sous-jacente dont ce phénomène dépendait, quand bien même elle était incapable de dire laquelle. Et d'ailleurs, la bosse des maths, la ténacité et sa nature superstitieuse se combinaient en elle pour en faire une excellente analyste du marché boursier.

Il se recoucha.

— De quoi j'ai l'air ? demanda Corrine après lui avoir tendu l'aspirine.

Il en prit trois dans le flacon et leva les yeux.

— Tu es fabuleusement belle.

— Pas du tout.

— Si. Tu as une aventure au bureau ? Une liaison extra-conjugale ?

— Je devrais. On dirait que je ne te fais plus du tout d'effet, ces temps-ci.

— Faut pas m'en vouloir. C'est le boulot, je suis littéralement lessivé. Plus toutes ces sorties, bordel. Ce soir on reste à la maison.

— Promis ?

Elle s'agenouilla près du lit et lui caressa le front.

— On se fait livrer à dîner et on mange au coin du feu.

— Merde, dit-il, fronçant les sourcils. Je dîne avec un agent.

— Annule.

Enfouissant la tête dans son cou, elle se mit à lui chatouiller l'oreille du bout de la langue.

— Je le ferais tout de suite, mais il repart à Los Angeles demain.

— Qu'est-ce que c'est que toutes ces histoires de Los Angeles ?

— Je suis aspiré par l'industrie du divertissement, comme tout le monde dans ce pays.

Elle se leva brusquement et tira sur son chemisier.

— J'aimerais signer pour un bouquin avec un des auteurs qu'il représente. On restera à la maison demain soir.

Russell se dressa sur son séant pour faire preuve de bonne foi.

— C'est promis.

— C'est ça, dit Corrine. Votre chèque est parti ce matin, je ne t'éjaculerai pas dans la bouche, etc.

Au moins, ça le ferait un peu rougir. Elle lui souffla un baiser, se détourna et sortit dans un déploiement hautain et rythmique de son derrière.

— Merci, beau cul, lança-t-il dans son dos.

— Pas pour ton vilain nez, dit-elle.

De l'autre côté du palier, Mrs. Oliver entrouvrit sa porte, tendant au maximum la chaîne de sécurité qui la bloquait, pour risquer un regard à l'extérieur, son visage ridé comme un pruneau encadré entre la porte et le chambranle, la chaîne de cuivre appliquée contre sa lèvre supérieure comme une moustache, son Yorkshire jappant derrière elle. Depuis que son époux avait passé, depuis qu'il était au ciel, dans son club de vieux, Mrs. Oliver restait du matin au soir debout derrière sa porte, guettant le bruit d'un pas dans l'escalier, comme si son plus cher désir avait été de témoigner à charge avant de quitter ce monde de criminels. Toute la journée, elle ouvrait et fermait la porte comme une moule tirant ses aliments de l'océan. Corrine lui fit un signe de la main.

Au rez-de-chaussée, Roger lui tint la porte en souriant.

— Bonjour, Mrs. Calloway.

En la regardant passer, le portier sentit un tressaillement de désir, comme si on lui insufflait de l'hélium dans les poumons, mis en état d'apesanteur par l'euphorie de sa présence qu'il n'avait, l'espace d'un instant, à partager avec personne, et quand elle fut passée, il se sentit triste et bosselé de désir.

Dehors, à l'air, elle commença à se sentir mieux. Un froid vif et piquant de janvier. Le ciel était clair et lumineux s'étant couché, contrairement à Corrine, à une heure raisonnable. Des joggers passaient, vêtus de couleur vive, la peste les emporte. Elle avait bien l'intention de se remettre à prendre de l'exercice, un jour. Trois pékinois inspectaient une fissure odorante du trottoir devant un immeuble de pierres brunes tandis que leur maîtresse, au bout des trois laisses, attendait patiemment, bleue de cheveux, tenant un sac de plastique vide dans sa main libre.

Parvenue au carrefour de Lexington Avenue, elle sentit une odeur de hasch; deux hommes en costume qui marchaient devant elle se passaient un joint. Les mots « guerre des Cola » lui parvinrent dans leur sillage avec la fumée : des mecs de la pub cherchant à stimuler leur inspiration.

Après avoir acheté le *Wall Street Journal* à côté de la bouche du métro, elle plongea en sous-sol dans l'armée coltineuse d'attaché-cases des non-chômeurs et se tint sur le quai surpeuplé en compagnie d'un millier d'autres New-Yorkais, songeant que s'ils semblaient indifférenciés tous ensemble, leur vie intérieure bouillonnait sous la laine peignée — un tas d'entre eux trompaient leur femme et le fisc, rêvaient de meurtre et d'escapades. Si elle posait la question, elle apprendrait qu'elle avait un lien avec un grand nombre d'entre eux à travers ses amis et connaissances; en cas de catastrophe, ils se découvriraient liés et dépendants mais pour le moment, ils étaient silencieux et lointains. Quelqu'un avait tagué TROUVEZ LE REMÈDE sur un pilier à côté d'elle. Combien sur ce quai en étaient atteints? Quel était déjà ce vieux poème à propos duquel Russell avait écrit à Oxford? « Journal du temps de peste »? Une histoire de clarté qui tombait du ciel...

Elle porta le journal à ses yeux et disparut dans ses colonnes d'où elle émergea quatre-vingt-dix rues plus au sud, soulevée par la foule emmitouflée pour être aspirée dans Wall Street, qui marquait la frontière nord de la Nouvelle Amsterdam, et tirait son nom du rempart de rondins qui, au XVIIIe siècle, avait protégé les colons hollandais des Indiens et des Anglais. Au mépris de l'habitude de nos contemporaines qui portent des chaussures de sport entre la maison et le bureau, Corrine faisait claquer les hauts talons de ses escarpins de cuir à la périphérie de l'ancien mur disparu, foulant le sol sous lequel étaient enfouis des fourneaux de pipes en céramique et des cruches de vin, des clous tordus, du verre cassé et des débris de briques, des os de porc, de poulet et de mouton partiellement fossilisés, et autres détritus lancés par-dessus le mur trois siècles auparavant. Le chemin lui était si familier qu'elle n'y pensait pas plus qu'aux restes qui gisaient sous le trottoir, et ne voyait pas vraiment les gigantesques temples de Mammon, tandis qu'elle se dirigeait vers celui où elle travaillait en lisant son journal à la lumière qui parvenait jusqu'au fond de cette gorge.

— C'est peut-être pour aujourd'hui, les enfants. Le grand jour, historique. Le marché se présente bien. Il est en forme et prêt à tout. Je crois qu'on va aller à deux mille. Le seuil psychologique ! Je crois qu'il serait bon de nous en servir comme argument de vente dans la prospection auprès de nouveaux clients potentiels.

— En avant, marche ! chuchota Corrine à Duane.

— Voici ce que nous allons dire : « Docteur Untel, vous êtes en train de rater quelque chose. Cette journée sera historique. Vos voisins s'enrichissent. Pourquoi pas vous ? »

Assis à côté d'elle dans la salle de réunion surchauffée, Duane Peters acquiesçait machinalement de la tête, sa cravate jaune montant et descendant sur sa poitrine comme un truc pour attirer le poisson. Ces cravates jaunes, c'était vraiment trop, le matin. Duane et le superviseur, tous les deux. Pareil pour la harangue.

Tout ça, c'était trop. Le Dow Jones passerait probablement la barre des deux mille ce jour-là, mais Corrine trouvait que c'était de la folie. L'économie était dans un état épouvantable, les stocks au plus haut, le PNB ralenti, mais le Dow Jones continuait à grimper. C'était une espèce d'hypnose de masse. Châteaux en Espagne.

Elle devait faire attention à ce qu'elle disait au bureau. Wall Street était speedée. Comme chargée à la coke. Tout le monde arborait des sourires sataniques, parlait trop vite, sans prendre le temps de se concentrer sur quoi que ce soit. Et les clients, aussi. Surtout les clients. Corrine s'efforçait de modérer leur cupidité, les pressant de rechercher des valeurs sûres, réelles. Si elle se laissait aller à prêter l'oreille à ses propres superstitions, elle se fondait quand même avant tout sur les mathématiques toutes simples. Quand une société solide multipliait sa mise par dix, mieux valait probablement parier sur elle plutôt que sur un nouveau venu qui visait à faire cinquante fois la culbute. Mais tout le monde recherchait le profit immédiat. Tout le monde voulait être petit arbitragiste. On voulait le risque sans son revers. Un gros facteur bêta et des profits garantis. On voulait participer à une OPA juste avant sa mise en œuvre pour doubler sa mise en trois jours. On voulait tout ce qui pouvait faire les gros titres de la semaine, si possible sur marge. On voulait pouvoir dire à ses convives qu'on avait shorté un canard boiteux. On voulait le sexe, on voulait les drogues et le rock and roll.

Russell était le pire de tous. Quand Corrine et lui avaient fini par se mettre d'accord pour partager en deux leur minuscule capital investi, il s'était mis à traiter fréquemment avec Duane. Récemment, il avait évoqué son intention de se couvrir en options. Elle avait répondu qu'elle ne voulait pas en entendre parler. Sa part à elle, moins de deux mille dollars — excusez du peu — resterait sur le marché monétaire.

Le superviseur se prenait pour le messie des techniques de prospection par téléphone. Ce fut le moment que Corrine choisit pour décrocher. Après la réunion, Duane la raccompagna jusqu'à leurs postes de travail respectifs, qui étaient adjacents. Il était blond, athlétique, l'image même de l'homme moderne, toujours d'attaque, sa belle humeur ne se démentant presque jamais.

— Tu as des tuyaux, aujourd'hui, ma beauté ? demanda-t-il.

Corrine secoua la tête. Ils parcoururent la longue travée flanquée de postes de travail, avec leurs terminaux d'ordinateurs et leurs écrans vidéo où luisaient des colonnes de chiffres verts. Ils avaient suivi ensemble le stage de formation et partageaient pour l'heure une secrétaire. Elle aimait la camaraderie, le badinage qui s'étaient instaurés entre eux, bien qu'elle craignît d'avoir bientôt à refroidir ses ardeurs. L'ennui avec Duane, lui semblait-il, c'était qu'on avait dû lui dire un jour qu'il était d'une beauté éblouissante et qu'il l'avait pris au sérieux. Il y avait, dans l'insouciance de ses gestes et dans l'attention qu'il portait à sa tenue, quelque chose d'étudié qui pouvait le faire passer pour comique. Peut-être cela venait-il seulement de sa jeunesse. Il était presque de cinq ans son cadet, étant arrivé là sitôt sorti de Dartmouth — cette manie qu'ont les mômes d'aujourd'hui de se précipiter la tête la première dans la profession qu'ils ont choisie au berceau. Qu'était devenue l'idée de se faire les dents en essayant un peu tout ? Corrine, quant à elle, avait tâté de l'Europe, de la fac de droit et de Sotheby's, et se sentait comme le dernier représentant de son espèce — elle était presque l'aînée des courtiers de la boîte. On n'était pas tendre pour les vieux, dans ce métier.

Duane parlait d'un tuyau, une boîte d'ingénierie biologique.

— Tu as vérifié ? demanda-t-elle, pour dire quelque chose.

— Ça a l'air en béton, question chiffres.

Ses analyses tenaient toujours un peu du survol, ce qui ne l'empêchait pas de réussir sur un marché qui pour l'heure tendait justement à tout survoler.

Elle s'arrêta devant son poste de travail, délimité sur trois côtés par des cloisons ultra-légères, symbole de sa position hiérarchique.

— Tu racoles, ce matin ? demanda Duane.

— À un moment ou à un autre.

Elle poussa un soupir. C'était l'aspect du boulot qu'elle détestait par-dessus tout, l'embuscade téléphonique tendue à des inconnus pour chercher à leur vendre ce dont ils ignoraient encore qu'ils avaient besoin. Dans les débuts, elle n'avait fait que ça, mais disposait désormais d'une liste de clients réguliers, encore insuffisante, hélas ! pour qu'elle puisse cesser de prospecter.

— Regarde ce que j'ai là, dit Duane, tirant d'un classeur une liasse de feuillets agrafés.

Il la brandit entre deux doigts, l'agitant comme on présente une friandise à un chien, en roucoulant comme un pigeon.

— Qu'est-ce que c'est ?

— Oh, pas grand-chose, simplement le fichier parfaitement à jour de tous les dentistes de l'État de New York.

— Où as-tu réussi à dégoter ça?

Médecins et dentistes, riches et peu versés dans la finance, étaient le menu préféré des petits courtiers.

Il passa les doigts sur le rebord de la cloison pour s'assurer qu'il n'y avait pas de poussière avant de s'y accouder.

— Je regrette. Je ne peux pas divulguer mes sources. Mais si tu déjeunes avec moi, je crois que je pourrais peut-être gratter quelques noms avec téléphone domicile et bureau pour toi. Les Q et les X, par exemple.

— Donne-moi les M.

— Tu viens déjeuner.

— Marché conclu.

Il lui tendit plusieurs feuilles et disparut, puis lui lança de l'autre côté de la cloison :

— Au fait, où est passée Laura la liane ?

Sa tête réapparut.

— Je croyais que c'était notre secrétaire à plein temps ? J'ai mal compris ?

— Elle sera là à dix heures, dit Corrine.

— Moi aussi j'aimerais bien avoir des horaires de banquier.

Il disparut de nouveau.

Corrine ne voulait pas lui dire que Laura était allée à un casting. Malgré sa taille 44 et un teint qui ne l'avantageait pas, Laura rêvait de défilés de mode parisiens et de couvertures de magazines et elle suivait les cours du soir d'une école de mannequins. Le prospectus prétendait garantir le succès dans la plus prestigieuse carrière du monde ; quand Laura le lui avait montré, il était déjà trop tard pour que Corrine dise quoi que ce soit. Ne s'attendant pas à perdre Laura au profit de l'agence Ford, elle la couvrait pour qu'elle ne se retrouve pas au chômage quand son rêve se serait envolé. Duane, quant à lui, aurait pris la chose avec une certaine cruauté.

Corrine consulta le *Wall Street Journal*, cocha des chiffres devant des actions qu'elle avait dans le collimateur. À neuf heures et demie, elle commença à téléphoner.

Quand Laura rentra, elle semblait abattue et ne dit pas un mot à propos du casting. En apportant le courrier, plus tard, elle dit à Corrine :

— Tu as vu Johnny Moniker à la télé, ce matin ?

— Oui. Mais qui est-ce ? demanda Corrine.

— Je ne sais pas. Je vois sa photo dans les magazines.

Suivit une douloureuse matinée de dentisterie.

Quand Wall Street clôtura à 2003, une rumeur joyeuse parcourut la salle des marchés. Duane contourna la cloison en valsant et entraîna Corrine entre ses bras, profitant de la situation pour lui glisser la langue entre les lèvres.

Elle était au téléphone avec un client et détourna la tête. Le client râlait parce que Corrine lui avait fait acheter des actions qui avaient progressé de dix-neuf pour cent seulement pendant les six premiers mois de l'année alors qu'il venait de lire dans *Forbes* que le marché avait grimpé de vingt-deux pour cent au cours de la même période. Elle lui conseilla de tenir compte des dividendes dans sa moyenne pour constater qu'il avait gagné bien plus que ça. Duane se tint à l'écart, rajustant distraitement l'épingle d'or qui fermait les deux pointes de son col. Elle leva les yeux au ciel à son intention, index brandi. Elle estimait qu'en dessous de quarante ans, personne n'aurait dû porter d'épingle de col.

— Sors-moi d'ici, gémit-elle quand elle eut enfin raccroché.

Ils allèrent à pied jusqu'au Harry's, un bar en sous-sol qui avait les faveurs des opérateurs et des courtiers les plus picoleurs et des journalistes des divers médias quand la bourse était d'actualité, comme ce jour-là. Une foule s'était assemblée autour de l'entrée, les chopes de bière passaient de main en main sur le trottoir. Pareils à une bande d'audacieux clodos tendant à bout de bras des gobelets de carton, des représentants de la presse électronique fourraient leur micro sous le nez de tous ceux qui passaient.

— Tout le monde a l'air rudement heureux, ici, dit une pin-up blonde en dirigeant son micro vers Corrine.

— Espérons que le réveil ne sera pas difficile demain ou après-demain, dit Corrine.

— Pourquoi dites-vous ça ? Vous croyez que les cours vont redescendre ?

— J'espère que non, dit-elle judicieusement tandis que Duane la poussait de l'avant.

Duane finit par obtenir une bouteille de champagne dont il s'aspergea en même temps que quelques-uns de leurs voisins.

— C'est la hausse qui te met dans cet état ?

— Mais non, dit-il. C'est pour célébrer notre anniversaire.

— Quel anniversaire ? demanda-t-elle, soupçonneuse.

— Deux ans depuis le début du stage de formation.

— T'es sympa.

— Toi aussi, dit-il avec la dernière conviction, ses gros sourcils blonds se rejoignant presque au milieu.

Elle lut sur son visage l'annonce d'un accès de sincérité comme l'imminence d'un éternuement.

— D'ailleurs, je n'ai jamais connu de fille aussi sympa que toi.

Elle rit et choqua son verre contre le sien avant de le vider.

— C'est que tu n'as rencontré que des prix citron. Alors, comment t'en es-tu tiré, aujourd'hui ? demanda-t-elle.

Et le visage de Duane s'illumina tandis qu'il se lançait dans la description d'un coup, racontant qu'il avait entendu dire qu'une boîte n'allait pas tarder à bouger.

— La rumeur était à l'OPA, elle s'est répandue et les cours ont monté. Les bruits deviennent réalité. Même s'il n'y avait rien de vrai dans tout ça, maintenant, le cours bouge. Dieu bénisse l'Amérique.

Il versa un autre verre.

— Faut capter la rumeur, vociféra-t-elle pour couvrir le vacarme.

En versant la fin de la bouteille de champagne, qu'elle refusa, Duane devint soudain sérieux. Profitant de l'intimité que procurait la foule, il dit qu'il avait quelque chose à lui dire depuis longtemps. Corrine aurait voulu l'interrompre avant qu'il commence, mais le champagne l'avait apparemment privée de sa volonté ; elle avait l'impression d'être une créature de la savane, atteinte par une fléchette soporifique, étourdie, regardant de ses yeux vitreux le biologiste se précipiter vers elle pour s'acquitter de ses tâches.

Il lui dit qu'elle était une femme remarquable, la plus belle et la plus intelligente qu'il eût jamais rencontrée, et qu'il était amoureux d'elle alors que, bien sûr, il savait qu'il ne fallait pas.

— Je ne sais pas, tout ce que je dis c'est que je suis amoureux de toi et je ferais n'importe quoi pour être avec toi, conclut-il avec beaucoup de pathos.

Elle était touchée par cette charmante adulation mais il fallait être ferme et elle le fut, s'écartant de lui et portant la fin du verre de champagne à ses lèvres. Elle fut en définitive un peu plus stoïque qu'elle n'en avait envie ; une part d'elle-même était pleine de reconnaissance, parce qu'elle comprenait soudain qu'elle avait besoin d'éprouver ce qu'elle avait éprouvé en l'entendant dire ces choses merveilleuses, et que, dans cette atmosphère de célébration semi-dionysiaque, il semblait presque convenable de dépouiller ses vêtements pour s'abandonner à l'esprit du moment.

Il était gêné, bien sûr, mais elle rassembla de nouveau sa volonté pour le reconduire progressivement jusque dans la claire lumière d'un monde diurne dans lequel elle était son aînée, une femme mariée, et où ils étaient collègues d'un bureau vers lequel il leur fallait retourner. Mais entre-temps elle voulut apaiser la fierté blessée de Duane et lui montrer qu'il ne l'avait pas offensée, elle commanda donc une autre bouteille de champagne, alors qu'elle allait cesser de boire le lendemain, cela ne faisait aucun doute, et quand cette deuxième bouteille fut terminée, elle se sentait parfaitement à l'aise et heureuse avec Duane, comme avec tous ceux qui l'entouraient, partie intégrante de cette grande célébration à laquelle elle ne croyait pas tout à fait.

À l'extérieur, quand Channel 4 lui colla un micro sous le nez, elle dit :

— Je ne sais pas, je crois plutôt que le roi est nu. Mais, pour le moment, sa nudité n'est pas mal du tout.

Quand l'effet du champagne commença à se dissiper dans le taxi, elle se rappela que c'était son jour à la soupe populaire. Elle l'avait complètement oublié. Elle regarda sa montre. Il lui restait le temps d'aller aider à la vaisselle, mais elle se sentait trop coupable et dégoûtée d'elle-même pour envisager d'aller récurer une marmite de ses restes de ragoût avec un commencement de gueule de bois.

Russell avait laissé un message sur le répondeur ; quand il aurait fini de boire un verre en compagnie d'un auteur, il irait dîner avec l'agent au restaurant Le Cambodge.

Parce qu'elle se sentait grosse et pleine de raisin fermenté à haut pouvoir calorique, Corrine décida de ne pas manger, mais elle finit par sortir acheter une salade de fruits chez l'épicier coréen, et s'allongea sur le canapé devant d'imbéciles émissions de télé, ber-çant dans sa somnolence la tiède sensation d'être désirée qui ne l'avait plus quittée tout au long de l'après-midi, mais dont elle avait été plutôt privée ces temps-ci.

À onze heures dix elle fut étonnée de découvrir son propre visage à la télé tandis qu'elle zappait — *nudité n'est pas mal du tout.*

Quelle horreur, une affreuse grosse vache aux trois quarts bour-rée, et Duane, arborant une espèce de sourire d'avant le coït, qui se penchait par-dessus son épaule. Heureusement que Russell n'était pas là pour voir ça.

Elle était à moitié endormie quand il entra sur la pointe des pieds, retenant son souffle, un peu avant une heure. Il se déshabilla dans le noir et se glissa entre les draps. Elle aurait voulu lui faire savoir qu'elle était éveillée, apprendre comment s'était passée sa soirée, mais elle n'était pas très sûre des sentiments qu'il lui inspirait : elle aurait eu le droit d'être en colère, encore que sans trop savoir comment, elle était trop lointaine pour être vraiment fâchée.

Puis il se mit à ronfler.

On nous dit jamais rien, songea-t-elle dans son hébétude, quand on commence à sortir avec quelqu'un, ni qu'on sera traité comme un trésor, quelque chose de rare, d'exceptionnel, ni qu'une fois marié c'est fini.

Pourquoi est-ce qu'on ne nous dit jamais ces choses-là ?

Cette nuit-là Corrine fit un rêve. Elle est sous la douche. C'est une grande salle de bains collective comme celle qu'il y avait à la colo du lac Winnipesaukee, sauf qu'elle y est toute seule et que ça se passe bien des années après son enfance. Elle est veuve maintenant, mais son corps est encore jeune et frais. Son mari est mort. Il est mort pendant les guerres du Cola. Elle est toute seule dans cette salle carrelée de blanc pleine de vapeur chaude, elle se lave avec une savonnette blanche. Une savonnette Ivory. Elle se lave partout. Elle ne devrait pas se laver. Quelque chose lui fait croire que c'est le travail de son mari. Mais il est mort pendant les guerres du Cola. Elle se frictionne avec la savonnette, les bras, de haut en bas et de bas en haut, les hanches, de haut en bas et de bas en haut, des orteils jusqu'en haut des jambes, une jambe, puis l'autre, et entre les jambes. Vêtue de vapeur, elle frotte la savonnette le long de ses cuisses à l'intérieur. La savonnette monte et descend parce qu'elle est si glissante. Elle se sent coupable de se laver, mais il n'y a personne d'autre, et puis voilà qu'il y a quelqu'un d'autre. C'est Johnny Monocle. Il est dans la salle de bains avec elle et il dit, je vais te laver. On dirait qu'il n'a qu'un œil, mais il est très distingué avec son bandeau noir et son costume de galuchat. Corrine est nue. Il la lave de haut en bas et de bas en haut et elle ferme les yeux. Son toucher est magnifique et la fait penser à des papillons qui l'effleureraient de leurs ailes. De haut en bas et de bas en haut et d'avant en arrière et d'arrière en avant, sur tout son corps, Johnny Monorail trace des voies. La savonnette est d'ailleurs sa langue. Ils sont au lit, maintenant. Johnny a enlevé son costume et il est nu lui aussi désormais et il voyage sur tout son corps et elle se rend soudain compte que son mari est vivant, en définitive, mais il est trop tard parce qu'un pénis a poussé à Johnny et qu'il faut bien faire quelque chose. Elle ne peut tout de même pas lui demander de s'en occuper tout seul. Mais ils entendent le bruit que fait son mari de retour des guerres du Cola. Pas Russell, un autre mari, elle ne sait pas qui. N'empêche, il faut qu'ils s'enfuient. C'est un très long pénis qu'il a, Johnny, et très lisse, lisse comme l'ivoire. Elle lui en fait compliment et il la remercie. Mais il leur faut le cacher. Il est trop grand pour qu'on le cache sous les draps, et il ne cesse de grandir à mesure qu'elle en parle et le touche. Il est si grand qu'il passe par-dessus le rebord du lit et disparaît par la fenêtre. Viens, dépêche-toi, dit Johnny Monolithe. Il n'est plus dans le lit, maintenant, il l'appelle de très loin, de l'autre extrémité du pénis qui s'allonge dans l'obscurité comme une rampe d'ivoire. Elle entend des pas qui s'approchent, les pas de son mari, qui rentre des guerres. Elle rampe jusqu'au bord du lit et enfourche la rampe lisse et, d'un mouvement de reins, se lance et se met à glisser, légère, dans l'obscurité délicieuse... et elle s'éveilla parcourue de picotements, coupable, les chiffres rouges du réveil luisant dans l'obscurité, son mari endormi près d'elle, sa respiration épineuse crevant de petits trous le silence.

Le matin, quand elle s'éveilla de nouveau, elle ne dit rien à Russell de son rêve.

4

Glenda Banes détestait bosser avec des bébés. D'ailleurs elle n'était pas emballée non plus par l'idée d'en rencontrer pendant ses loisirs ; elle préférait ne pas penser à la ribambelle de ses amies qui s'étaient depuis peu laissé avoir par le genre de propagande : on-n'est-pas-tout-à-fait-une-femme-tant-qu'on-n'a-pas..., coincées par une prétendue horloge biologique — une horloge, tout de même, quoi, pas une bombe. Depuis quelque temps, Glenda ne participait plus à un dîner sans que tous les convives ne se précipitent à tour de rôle sur le téléphone pour appeler leur baby-sitter comme ils auraient naguère téléphoné à leur dealer. Et la conversation dégénérait souvent en discussion sur les mérites de telle ou telle crèche, en jérémiades sur ce fléau : le piratage des nounous — *Vous vous rendez compte, on avait une nounou jamaïcaine qui était une perle... elle nous a été soufflée par je ne sais quel arriviste dont les dents rasaient la moquette, pendant qu'elle promenait Brendan à Central Park. Ils lui ont offert un salaire carrément obscène, une carte de séjour, une chambre avec vue et un magnétoscope tout neuf. Franchement, c'est dégueulasse...* Certains poussaient le vice jusqu'à produire des photos de leurs rejetons. De quoi t'envoyer gerber discrètement dans la salle de bains avant de te requinquer avec une petite ligne, alors que Glenda avait décroché depuis près d'un an.

Glenda connaissait la photo et estimait que nul ne devrait se faire photographier avant la puberté. L'immaturité n'est pas flatteuse, quel que soit l'éclairage. Elle venait justement de décider à l'instant même que son agent n'y couperait pas, elle allait lui dire — le boulot avec les bébés, t'oublies. Glenda Banes n'en avait vraiment pas besoin. Mais en attendant, il y avait précisément dans son stu-

73

dio un chiard renfrogné et un mannequin insupportable et il fallait bien qu'elle assure.

Mouette gigantesque et vaguement malveillante, Glenda Banes planait à la surface de son loft dont la blancheur s'étendait indéfiniment dans toutes les directions, battant de ses frêles extrémités quand elle semblait s'apprêter à se poser sur le trépied, qui s'élevait du sol blanc comme un rocher à marée basse. Effleurant brièvement de l'œil la visée du boîtier de son Hasselblad, elle reprenait son essor en criaillant, emportée par un violent thermique.

— Vous me prenez le diaph' et puis vous me gommez ces reflets sur son visage.

Deux jeunes hommes vêtus de noir s'élancèrent de derrière un paravent, comme les ramasseurs de balles d'un match de tennis, et coururent dans la direction de la madone à l'enfant, sur laquelle l'appareil était braqué. Le mannequin était Nikki Christianson, un des plus en vogue du moment, Glenda l'avait bien photographiée un million de fois déjà et l'appareil photo en redemandait. Elle avait cette allure de grosse bonne santé chevaline qui revenait très fort depuis un an ou deux. Rien à lui reprocher en dehors de la barrière du langage, elle ne comprenait pas vraiment l'anglais, alors que les potins des médias affirmaient qu'elle était née et avait été élevée dans le Wyoming et que c'était donc pour elle ce qui s'approchait le plus d'une langue maternelle. On pouvait toujours compter qu'elle serait sexy quoi qu'elle eût fait la nuit précédente mais en l'occurrence il s'agissait d'avoir l'air maternel, ce qui requérait un vague savoir-faire de comédienne. Incarner une mère normale et aimante, c'était du boulot pour Nikki, et son syndicat proscrivait selon toute apparence ce genre de choses. Mais elle était canon, indiscutablement, avec sa taille de guêpe plus marquée depuis qu'elle avait subi cette opération par laquelle tous les mannequins, désormais, se faisaient retirer les deux dernières côtes de la cage thoracique. Alors qu'Adam s'était donné la peine de prêter l'une des siennes. Et pour faire d'un bistouri deux coups, elle s'était fait retirer les tissus adipeux des genoux — autre opération nouvelle à la mode. C'était donc la crise dans le loft de Glenda. Aussi fort qu'elle s'époumonât pour enjoindre à ses quatre assistants de déplacer les éclairages, de prendre de nouvelles mesures de lumière et de recharger l'appareil, et aussi suavement qu'elle roucoulât des apaisements monosyllabiques à l'adresse de Nikki et du nourrisson d'un an dont l'intelligence équivalait à peu près celle du mannequin, la mayonnaise ne prenait pas, point à la ligne. Nikki avait un petit tressaillement nerveux à un œil, dont il fallait probablement rechercher l'origine dans ses narines et, entre les prises, elle tendait le bébé à sa gardienne philippine comme s'il s'agissait d'un paquet de poissons pas frais — ce que Glenda ne pouvait pas vraiment lui reprocher —, pendant que l'agent du bébé s'amenait en minaudant et en sautillant sur la pointe de ses Ralph Lauren, pour dispenser oralement une liste inepte de petits conseils vétilleux. On en était à trois séances de piaulements, deux changements de couche pour le bébé, une crise de nerfs pour Nikki et cinq milligrammes de Valium pour Glenda.

Entre-temps, un affreux mioche sournois et idolâtre chaussé de Converses rouges braquait sur Glenda un 24-36 motorisé, pour la photographier au travail à l'intention d'un quelconque magazine allemand. Portrait de la célèbre photographe en pleine action, une espèce de pièce dans la pièce, comme ça, ou comme cette boîte de céréales sur laquelle est dessiné un homme tenant à la main une boîte de céréales sur laquelle est dessiné un homme tenant à la main une boîte de céréales. Clic-bzzz-clic... si elle entendait encore une fois ce moteur dans son dos, elle allait lui foutre son appareil là où il aurait beaucoup de mal à prendre des diaph'.

— Mets-lui encore des gouttes bleues dans l'œil, dit Glenda au gosse qui s'occupait du maquillage et de la coiffure. Je vois encore du rouge.

— Francesco m'a dit que ça n'était pas bon, geignit Nikki.

— Il faut te sacrifier à ton art, Nikki. Nous en sommes tous là. Sans compter que si tu gérais convenablement ton capital santé, on n'aurait pas besoin de ces saloperies de gouttes, non ?

— Quoi ? dit Nikki.

Quoi, quoi ? se demanda Glenda. On ne savait jamais jusqu'où il fallait remonter, avec les questions de Nikki. Repartir des définitions du dictionnaire pour chaque mot, ou quoi ? Remonter jusqu'au Big Bang puis redescendre progressivement jusqu'au moment où le poisson avait rampé sur la terre ferme, où il lui avait poussé de longues jambes et de longs cheveux, et qu'il était venu s'installer à New York pour être découvert par l'agence Ford ? C'était probablement le mot sacrifice qu'elle n'avait pas compris, ou art, peut-être. Glenda n'avait pas dormi depuis trois jours, étant allée de Los Angeles à Rio puis revenue directement de l'aéroport à son studio la veille au matin ; et avec deux autres séances prévues pour l'après-midi, elle savait pourquoi elle souffrait, bon Dieu de merde, ne fût-ce que pour sa nouvelle maison d'été sur la plage de Sagaponack.

— Carême était le cuisinier de Talleyrand et des empereurs d'Autriche et de Russie, dit Glenda, pas vraiment à l'intention de Nikki mais bien pour l'édification du journaliste, un Allemand porcin qui accompagnait le petit photographe aux allures d'écureuil. Histoire de lui donner quelque chose à citer. Le gaz de charbon sur lequel on faisait alors la cuisine était excessivement mauvais pour la santé. Mais quand Talleyrand, ou d'autres, lui disaient de ne pas travailler si dur, de songer à sa santé et tout ça, il répondait « Plus la vie est courte, plus la gloire sera durable. »

Le petit reporter joufflu n'avait même pas levé son bic — incroyable !

— Il n'y a donc personne ici qui parle anglais ? vociféra Glenda.

— Bon, on va essayer de nouveau comme ça, d'accord ? dit Glenda quand ses assistants eurent terminé leur mise en place, que la gardienne eut calmé le nourrisson et que Nikki fut revenue de la salle de bains.

Nikki allait soutenir par la suite qu'elle pensait que la gardienne tenait encore fermement le bambin, alors que cette femme avait déjà reculé de quelques pas hors du cadre quand le bébé heurta le sol. Nikki tenait le bébé et l'instant suivant elle était en train d'arranger son col des deux mains...

Il y eut un bruit sourd et mou qui les plongea tous dans un silence effaré jusqu'à ce que la Philippine se mette à hurler.

— Qu'est-ce qui s'est passé ? demanda Nikki en baissant les yeux.

Clic-bzzz-clic... fit le moteur du 24-36...

— Il ne bouge plus, dit l'agent accroupie au-dessus de son infantile client.

— Appelez le 911 ! vociféra Glenda.

Incroyable — le genre de trucs qui arrivait à Glenda. Le mois précédent, elle avait fait des photos de mode avec un ocelot. Cette saleté de félin avait commencé par mordre le modèle avant de s'enfuir par la fenêtre ouverte. Dieu sait où il était désormais, mais le boulot, lui, était dans le lac, sans l'ombre d'un doute.

Dans le reste de la ville c'était l'heure du déjeuner, mais dans l'East Village, Jeff Pierce prenait, lui, son petit déjeuner au Kiev, un *chocolate egg cream* (lait frais additionné de sirop de chocolat et d'eau de Seltz) accompagné d'une crêpe aux myrtilles.

— Vous savez pourquoi on appelle ça un *egg* (œuf) *cream* ? demanda-t-il à la serveuse.

— Je donne ma langue au chat, dit-elle.

C'était une grande et forte fille avec des biceps costauds et des poils d'un blond virginal sous les bras, un accent d'Europe centrale et des traces de Genghis Khan et compagnie dans ses pommettes mongoles.

— Pourquoi ?

— J'en sais rien. Je vous le demande. Il n'y a pas d'œuf là-dedans.

— J'y connais rien du tout. Vous voulez une autre chose ?

— Ot'choz ? Je ne vois pas ça sur la carte, dit-il.

Remontant la Deuxième Avenue, il passa devant la crémerie B & H où, New-Yorkais en herbe, il avait tenté de prendre son premier petit déjeuner, dix ans auparavant, lorsqu'il avait quitté son vieux Massachusetts fatigué pour venir en voiture s'installer dans sa nouvelle piaule du Bowery avec la quasi-totalité de ses possessions terrestres. Même la découverte qu'on lui avait volé pendant la nuit sa vieille 2002 n'avait pas réussi à émousser l'émerveillement que c'était de se réveiller à New York dans un appartement bien à lui. Il avait erré dans la moiteur et les mauvaises odeurs des rues estivales du Lower East Side, marchant d'un pas rapide pour éviter de passer pour un nouveau venu, un cave, affamé mais craignant un peu d'entrer dans un restaurant ou de stationner trop longtemps et manifester par là son incertitude, craignant de trahir ainsi son statut de provincial, craignant de violer par mégarde il ne savait quel code non écrit de la grande ville, jusqu'à apercevoir cette enseigne, crémerie, et ses connotations campagnardes, mammaires. Installé sur un tabouret au comptoir, il avait regardé le vieux qui retournait des œufs sur le gril en bavardant par-dessus son épaule avec les clients. Jeff avait fini par demander la carte.

— Tu veux la carte ?

Vieille tronche mal rasée, touffe de poils dans le nez, yeux striés de veines comme des mauvais jaunes d'œufs qui le dévisageaient. Jeff avait fait oui de la tête et le vieux déclaré : « Le petit veut la carte », à la cantonade.

La cantonade avait trouvé cela hilarant. Jeff tenta de s'accrocher à l'idée que réclamer la carte n'était pas une coutume provinciale en dépit des preuves du contraire qui s'accumulaient.

— Je vais te dire, fit le vieux. Tu me dis ce que tu veux, et je te dirai si y en a.

Jeff approuva prudemment.

— Des œufs au plat mais vous me les retournez.

Demande raisonnable, à en juger par la tronche de l'hôte.

— Et du bacon.

Nouveau déclenchement du signal d'alarme anti-plouc.

— Du bacon ! s'était récrié le vieux en levant ses sourcils broussailleux pour son public de connaisseurs. Le petit veut du bacon !

Après avoir sollicité le rire de tous les autres clients, il avait fini par déclarer :

— C'est une crémerie, ici, comme si cela expliquait tout.

En servant les œufs, il avait demandé :

— T'as déjà mis les pieds dans un restaurant ?

Trois mois plus tard — une copine juive lui ayant entre-temps exposé les règles de base de l'alimentation dans les gargotes casher —, il était retourné à la crémerie B & H et quand, enfin, le vieux lui avait demandé s'il avait déjà mis les pieds dans un restaurant, Jeff avait répondu :

— Je ne sais pas — et toi ?

Ce jour là, il était devenu new-yorkais.

Et voilà que, remontant la Deuxième Avenue dix ans plus tard, il se prit à admirer une enseigne qui proclamait LE POIL INDUSTRIEL. Joli concept, belle contradiction dans les termes. Qu'est-ce que cela pouvait bien signifier ? Rasait-on les machines ? Pas tout à fait une contradiction. Plutôt une tradition con. La tradition des cons, croyance partagée par tous. À l'exception des cons ennemis de la tradition. Il déposa de la monnaie dans la sébile du cul-de-jatte portoricain. Offre-toi un joint, mon pote. L'Ukrainien qui tenait la cordonnerie colla un écriteau : « Je reviens de suite » sur sa porte qu'il ferma à clé avant de partir en boitillant dans la rue avec ses souliers éculés, cordonnier mal chaussé...

Les écrivains, songea-t-il, sont des gens qui trouvent des ripostes cinglantes longtemps après être rentrés chez eux. Ils ont l'esprit de l'escalier. Il traversa St Mark's Place, boutiques de fringues et de disques d'occasion, attitudes d'occasion sur le trottoir — petits durs de banlieue jouant les Sid Vicious.

Il prit un taxi pour le quartier de la photo. Une ambulance glapissait derrière lui dans la circulation, nul ne songeant à lui céder le passage. Les sirènes et les alarmes faisaient partie du paysage sonore, désormais. Les photographes s'étaient taillé un petit ghetto personnel au voisinage de la 20e rue et de la Sixième Avenue. Jeff, les imaginant en visite chez un voisin pour emprunter une tasse de révélateur, se demanda pourquoi les écrivains ne se regroupaient pas. Sauf quand il y avait à boire à l'œil. Il s'était rendu en visite autrefois dans une colonie d'écrivains du New Hampshire mais s'en était fait éjecter après y avoir amené quelques habitants du coin rencontrés dans un bar pour un bain de minuit dans la piscine. Les autres écrivains, allongés sous la couette de l'inspiration, n'avaient pas trouvé cela drôle. Ils s'étaient particulièrement scandalisés des allégations de baignades à poil parmi des philistins indésirables. Jeff avait été censuré et excommunié par ses pairs. Au milieu d'une grande assemblée solennelle — tout cela très humiliant, merci.

L'interphone lui ayant donné accès dans le petit hall crasseux, il pressa le bouton de l'ascenseur et écouta le sinistre fracas de chaînes et de poulies qu'il produisit en descendant vers lui. Tout compte fait, il préférait encore aller chez le dentiste que de se faire tirer le portrait. Donnez-moi des sucettes, de la novocaïne, du gaz anesthésiant — tout ce que vous avez, s'il vous plaît. Mais Russell avait dit que c'était important, un article pour Jeff ne savait plus quel grand hebdo. Deux agents de police se tenaient sur le palier quand les portes s'ouvrirent. Enfin pris. Jeff se figea sur place, les poings machinalement crispés. Recherché depuis sa naissance, inculpé de péché originel. De nombreux crimes s'y étaient ajoutés depuis — multi-récidiviste. Mais les flics l'ignorèrent et montèrent dans l'ascenseur. Il en bondit juste avant la fermeture des portes.

Le studio de Glenda Banes ressemblait à tous les autres lofts dans lesquels on l'avait photographié depuis deux ans, mais avec un caractère encore plus marqué — paysage lunaire où se dressaient çà et là d'étranges appareils sur des trépieds à longues pattes. Des jeunes gens appliqués s'affairaient autour de tout ce matériel et d'une grande femme dégingandée en survêt et baskets blancs qu'il reconnut pour Glenda Banes.

— C'est enfin lui ? demanda-t-elle en pivotant vers Jeff et en fixant les yeux sur lui. Dépêchons, on est à la bourre.

Elle s'approcha de Jeff pour l'examiner d'un air sceptique.

— T'es là pour la séance ?

Il fit oui de la tête, considérant que c'était une déduction raisonnable.

— Quelqu'un pourrait commander des sushi avant que je tourne de l'œil ? vociféra-t-elle sans quitter Jeff des yeux. Merde, c'est vraiment ce que l'agence a trouvé de mieux ? Bon, enlève ton pantalon.

— C'est une proposition ? demanda Jeff.

— Fais pas le con. Faut que je voie tes jambes.

— D'accord.

Sans enlever ses lunettes noires, Jeff défit sa ceinture et quitta son jean.

— Avec des cannes pareilles, je suis censée vendre des calebars ?

Jeff devait bien reconnaître qu'elles tenaient du haricot de cire albinos avec des poils. Ce qui lui rappela la raison pour laquelle durant toute sa longue adolescence — pas encore terminée, d'ailleurs — il avait toujours refusé de porter des shorts.

— Qu'est-ce que c'est que ces machins-là, bordel ? dit-elle en montrant du doigt les baleines sur son caleçon.

— Des baleines.

— Pourquoi ?

Il haussa les épaules.

— Dans le but d'implanter une subtile association subliminale dans l'esprit des femmes qui les voient à l'instant où je vais ôter mon caleçon, suggéra-t-il, alors que la vraie raison était qu'une de ses tantes débile de Nouvelle-Angleterre lui en avait fait cadeau pour Noël.

— Appelez l'agence, ordonna Glenda.

— Je crois qu'il y a erreur, dit Jeff.

— Ton agent a pris une drogue particulièrement dégueulasse ?

— Je ne suis pas modèle.

— Ah bon, et t'es quoi ?

— Je suis venu me faire photographier.

— T'es venu te faire photographier mais t'es pas modèle. C'est une devinette ?

— Ben, je suis Jeff Pierce. Si ça peut vous servir d'indice.

— Jeff Pierce, l'auteur ?

Il approuva du chef.

— Oh, mon Dieu, Jeff, pardon.

Son expression chagrine vira rapidement à la colère tandis qu'elle cherchait à travers le studio un responsable à qui s'en prendre.

— Quelqu'un aurait pas pu me dire que c'était Jeff Pierce, bordel ?

Puis, se tournant de nouveau vers lui :

— Je ne vous avais pas reconnu à cause des lunettes. Pardon, je vous ai pris pour je ne sais quel modèle à la con. Vous buvez quelque chose ? Corona ? Perrier ? On pourrait avoir un Coca, ici, nom de Dieu ? Pardon si j'ai été un peu... brusque, mais on vous attendait hier.

— Sans blague ?

— C'était pas hier, qu'on était censé faire Jeff ? brailla-t-elle.

— Si, mardi, treize heures, répondit quelqu'un.

— Et quel jour on est ? demanda Jeff plein d'espoir.

— Eh ben mercredi. Mercredi, quinze heures quinze GMT moins six. Tous nos instruments s'accordent. N'est-ce pas, les mecs ?

Le chœur enthousiaste des laquais obséquieux fit retentir son assentiment à travers le loft.

— Y avait beaucoup de circulation, hasarda-t-il.

Jeff se demandait quel jour il avait perdu en chemin. D'ordinaire il était seulement décalé de quelques heures, encore que d'assez longs pans de sa vie récente lui fussent occultés.

— On peut peut-être s'arranger pour vous faire aujourd'hui, dit Glenda. On s'est déjà payé une journée assez incroyable. Nikki Christianson — vous connaissez Nikki, non, une de nos grandes intellos? — elle a lâché un bébé qu'est tombé sur la tête au beau milieu de la séance, alors on attend des nouvelles de l'hosto pour savoir s'il est vivant. Et puis je dois photographier des dessous masculins, mais le modèle a vingt minutes de retard, et si ça ne vous dérange pas d'attendre un peu...

— Vous donnez des sucettes, comme chez le dentiste? demanda Jeff.

— Tout ce que vous voudrez.

— Préservez-moi, dit Jeff, de ce que je veux.

Quand le modèle arriva pour les photos de sous-vêtements, Glenda exigea qu'il retire son pantalon et sa chemise.

— Je crois qu'on va te raser la poitrine, dit-elle au modèle ébahi qu'on entraîna tout pleurnichant jusqu'à une loge dont il émergea vingt minutes plus tard en caleçon, le torse lisse et les yeux gonflés. Jeff eut l'impression qu'il avait pleuré.

— Pas mal, les pectoraux, dit Glenda. Ce sont des vrais?

Jeff alla pisser puis s'assoupit sur un canapé dans un coin du loft en attendant que Glenda fût prête pour lui.

— Je crois qu'on va vous éclairer par la gauche, pour commencer. Va falloir mettre des gouttes dans les yeux, je crois vraiment que les gouttes s'imposent, c'est pas évident de trouver vos pupilles dans tout ça, mon grand... Vous voulez boire quelque chose, Jeff?

— Un *chocolate egg cream*.

— Vous m'appelez le bistrot, quelqu'un...

— Avec une petite goutte de vodka, si c'est possible.

— Absolument.

— Bon, ben alors double. Et sans *egg cream*.

Un des assistants fit asseoir Jeff sur une vieille chaise d'écolier en bois tandis qu'un autre roulait une antique Remington sur une table de dactylo branlante. Le look de l'écrivain rétro. Par-derrière, quelqu'un lui appliqua une espèce de mousse sur les cheveux. S'il y avait un truc que Jeff détestait, c'était bien la mousse, sinon pour le dessert, et au chocolat. Mais Jeff était en train de disparaître peu à peu. Il avait depuis longtemps appris que sa présence n'était pas réellement requise pour ces séances. Au début, son visage se crispait de la gêne de celui qui n'a pas envie d'être photographié. Mais, peu à peu, il avait travaillé à acquérir une espèce d'indifférence extrême-orientale, encore accrue, en l'occurrence, par la vodka. Chaque fois que son image était reproduite, il se ressemblait de moins en moins, l'ampoule des flashes effaçant sur ses traits la carte de son âme. Suffisamment exposé, il finirait par avoir tout à fait l'air de quelqu'un d'autre — déguisement parfait pour un auteur.

Deux modèles tout neufs s'amenèrent au studio à la recherche de clichés pour leur book et Glenda décida de les mêler à la séance de Jeff. Il était trop effaré pour protester, c'était le genre de créature féminine mythique comme on en rencontre rarement en trois dimensions. Le styliste revêtit la blonde d'un complet d'homme à rayures et lui donna une canne. La noire, on la fit déshabiller pour l'envelopper de lierre en plastique. Jeff crut comprendre que c'était censé être du laurier. Son art à lui n'étant pas visuel, l'idée lui demeura mystérieuse. Les filles voguèrent et posèrent autour de lui comme les hôtes d'un rêve, l'étourdissant de peur et de désir.

Pour tout dire, il n'avait pas envisagé cet aspect de son boulot quand il avait décidé de devenir écrivain.

Un téléphone sonna puis un des factotums de Glenda vint lui murmurer à l'oreille.

— Le gosse va bien, annonça Glenda. Il ne sera peut-être pas champion d'algèbre plus tard, mais, pour l'instant, il est en forme. Alors, on est prêt?

Mais Jeff dormait, le coude appuyé sur la machine à écrire, la tête nichée au creux de sa paume, son souffle s'exhalant avec un sifflement discret de la caverne de sa bouche ouverte.

5

Pendant que Russell était dans la salle de bains, Corrine ajusta le nouveau bustier qu'elle avait acheté au Pleasure Chest et qui lui remontait les seins plus haut qu'ils n'avaient été depuis ses dix-sept ans, menaçant presque de les faire rejaillir par-dessus les festons de dentelle noire translucide des balconnets. Elle enfila le porte-jarretelles peu familier, puis mit les jarretelles, fit glisser les bas résille noirs sur ses mollets jusqu'à ses cuisses, où elle réussit, non sans difficulté, à les accrocher aux jarretelles. Le robinet, dans la salle de bains, chantait encore comme une bouilloire. Ensuite elle ramena ses cheveux en arrière, les fixa avec des épingles aussi vite qu'elle put et courut jusqu'à la penderie pour y prendre la boîte de la perruque. Tout en ajustant les mèches raides et cuivrées de la perruque Tina Turner, elle chercha frénétiquement des yeux le rouge à lèvres, faisant sauter le capuchon de plusieurs de ses vieux tubes, et les éparpillant avant de trouver enfin le nouveau, d'un rouge surnaturel, assez atroce, qu'elle espérait bien ne jamais rencontrer dans la vie réelle. Une bonne couche de mascara et elle eut terminé à l'instant même où la porte de la salle de bains s'ouvrit.

Elle courut jusqu'au lit, s'y jeta en travers et adopta une pause indécente d'odalisque. Sortant nu de la salle de bains, Russell sursauta en découvrant une inconnue dans son lit. Mais elle vit, très explicitement, qu'il ne lui fallut pas longtemps pour comprendre de quoi il retournait.

Une fois inspiré, il n'eut pas besoin de mode d'emploi. Après tout, c'était encore la Saint-Valentin, bien qu'il fût minuit passé. Russell s'était levé tôt pour lui apporter son petit déjeuner au lit, avec des petits pains, du saumon écossais, de la crème, un verre

de jus d'orange qui avait débordé — très gentil bien qu'elle détes-
tât manger le matin — accompagnés d'une carte et d'un flacon de
Chanel N° 5 sur le plateau. Sur la carte il avait écrit :

> *Les rubans de velours noir dans les cheveux*
> *Les bougies françaises parfumées*
> *John Stuart Mill et les canards à scandale qu'on trouve dans les*
> *supermarchés*
> *La chanson que chante Van Morrison*
> *Ces petits riens*
> *Me font penser à toi*

En s'habillant après le petit déjeuner, elle avait remarqué la boîte
de la perruque dans la penderie et s'était rappelé la nuit de l'année
précédente où ils étaient rentrés après la soirée costumée de Hal-
loween — comment il lui avait sauté dessus alors qu'elle avait encore
la perruque, pour lui avouer ensuite que c'était comme s'il avait
baisé avec une autre, mais que ça ne l'avait pas fâchée, parce que
c'était elle, dans le fond, et que cette idée d'être l'autre l'avait
excitée.

Elle n'avait pourtant pas de temps à perdre avec ça, songea-t-
elle, tandis que Russell, assouvi et épuisé par ses ébats avec Tina,
se mettait à ronfler. Mais c'était bien le problème : au début, on
n'avait de temps que pour ça et puis, au bout de dix ans, on n'avait
plus jamais le temps. Il y avait toujours quelque chose d'autre, le
travail, le sommeil, le dernier chapitre d'un bouquin. C'était dimanche mais elle devait se lever tôt pour aller à un baptême et maintenant elle n'arrivait plus à dormir, pensant à l'ardeur perdue et
à cette histoire horrible que Jeff avait racontée.

Comme chaque année, ils avaient donné une soirée pour la Saint-
Valentin ; au dîner, Russell avait servi un vin qui s'appelait Les
Amoureuses, ce qu'elle avait trouvé très mignon de sa part jusqu'à
ce qu'elle remarque le prix scandaleux sur l'étiquette encore collée à l'une des bouteilles. Après le dîner, Jeff s'était amené avec
un entourage de demi-célébrités branchées, mi-clodos mi-*dolce vita*,
spécimens de la faune contre-cultureuse des boîtes de nuit qui
n'avaient jamais à aller au bureau le matin — un échotier du nom

de Juan Baptiste qui voulait parler d'un bouquin à Russell; Leticia Corbin, l'héritière de la famille d'éditeurs; Glenda Banes, la photographe. Quand Glenda était partie, Jeff avait raconté l'affreuse histoire d'un modèle qui, pendant une séance de photos, avait tué un bébé en le laissant tomber par terre. Une fois que les malheureux parents avaient consulté un avocat, dit Jeff, l'agence du modèle avait engagé un détective privé qui s'était arrangé pour assembler les preuves imparables de consommation de marijuana et probablement de cocaïne que l'agence menaçait de révéler à l'employeur du père si les parents refusaient d'accepter une somme raisonnable. Cinquante mille dollars, en définitive, que l'agence pourrait déduire de ses impôts.

Corrine avait voulu faire quelque chose, téléphoner au *New York Times*, organiser un boycottage. Plusieurs heures après, elle était encore suffisamment bouleversée pour avoir besoin de s'assurer de la véracité de l'anecdote. Elle se glissa hors du lit, gagna la salle de séjour, empoisonnée de vapeurs résiduelles de tabac et d'alcool, et composa le numéro de Jeff. Elle avait besoin de parler et ne craignait jamais de le réveiller. Ce fut le répondeur; elle chuchota dans l'appareil pendant une minute, parce qu'il filtrait toujours ses appels, mais il ne prit pas la communication.

— C'était ton amoureuse mariée qui t'appelait pour vérifier ton emploi du temps, dit-elle.

Pour lui, la nuit ne faisait sans doute que commencer. Tous, ils avaient mené ce genre de vie autrefois, chevaliers des nuits blanches.

Mais où donc Jeff rencontrait-il ces gens, se demanda-t-elle en se glissant de nouveau dans son lit, et comment son existence était-elle devenue si bizarre, si différente de la leur? Apparemment, une fois qu'on était devenu plus ou moins célèbre, on recevait sa carte de membre. Et les nanas, les (petites filles) modèles et les actrices tiret serveuses (en attendant). Les jeunesses d'une émoustillante disponibilité qui n'étaient pas sans intérêt pour Russell et dont la présence donnait du tonus à tous les trentenaires alcoolisés dans l'appartement enfumé.

Recevoir et être reçu était aphrodisiaque pour Russell. Ça l'excitait d'être charmant avec des inconnus. Les rares soirées qu'ils passaient seuls chez eux, et dans lesquelles Corrine s'efforçait parfois d'introduire un semblant de rapport amoureux, Russell lisait des manuscrits ou regardait la télé, comme s'il n'avait pas voulu démarrer son moteur rien que pour elle. Elle avait décidé de profiter de son exubérance ce soir-là, épousseté sa lingerie, peigné sa perruque, seulement, elle se demandait combien de temps il lui restait avant qu'il se fatigue de Tina Turner.

6

Le dimanche est le jour de l'absence de repos, voué aux nouvelles rassises, à la culpabilité et à la culture. La ville a la gueule de bois et ses habitants, quand ils finissent par s'aventurer au-dehors, parcourent les rues sans avoir l'air, pour une fois, d'aller quelque part ni d'avoir une course à faire.

Dans le musée : parmi les rochers et les arbres de la Provence de Cézanne, cette Française prenait la forme de quelque chose de rêvé par Brancusi, songea Russell, une œuvre qu'il aurait intitulé *Sexe en déplacement à travers l'espace*, cette idée déclenchant les récriminations d'une voix intérieure acquise *via* les éditoriaux d'opinion du *Times* et les médias du mieux-disant culturel, les copines progressistes et les bonnes vieilles études en Nouvelle-Angleterre : *Tu ne devrais pas avoir de telles pensées alors que tu passes pour un intellectuel de gauche éclairé, et que tu es marié, par-dessus le marché. On ne traite pas les femmes comme des objets, on ne se sert pas de l'Art avec un grand « A » pour établir des à-peu-près fumeux et vulgaires.* Double transgression. N'empêche, c'était plus fort que lui. Même au Musée d'art moderne où une pas si *jeune fille* que ça, en blue-jean, debout devant la *Baigneuse* de Cézanne, chuchotait avec son amie dans la langue maternelle de l'artiste — même alors que nous devrions admirer le *Château noir*, qui est d'ordinaire l'une de nos toiles préférées.

— Au moins Cézanne, lui, n'introduit pas son moi dans la peinture, dit Corrine.

— On peut savoir ?

Russell avait souvent l'occasion de remarquer la propension de sa femme à rendre brusquement publics ses monologues intérieurs, le plongeant au beau milieu de débats dont le sujet lui demeurait un mystère.

— Je pensais à Hemingway, quand il dit qu'il avait appris à écrire chez Cézanne, dit-elle. Ses descriptions de la nature ont la même solidité, la même profondeur, mais c'est comme si tous les arbres dans la forêt de Hemingway avaient ses initiales gravées sur le tronc, comme si tous ses ruisseaux gargouillaient « moi, moi, moi ! ».

Russell ne trouvait pas que « moi, moi, moi » soit un gargouillis et ce révisionnisme éculé le contrariait.

— Merde, Corrine, ce que ça peut être rebattu.

— Ce n'est pas rebattu pour moi. Je viens d'y penser. Et si tu l'as déjà entendu, je regrette. Je ne suis pas critique littéraire, d'accord ?

— Et qu'est-ce que ça veut dire, au moins — au moins Cézanne, etc.

La Française jeta un œil dans leur direction, Russell le remarqua, avant de passer dans la salle suivante. Cela le rendit encore plus furieux.

— Ce que je voulais dire, dit Corrine, c'est seulement que techniquement c'est chouette, mais Cézanne est tellement, tu vois, tellement froid.

— Sans lui, il n'y aurait pas eu de XXᵉ siècle du tout, s'entêta Russell.

— Bah, ç'aurait peut-être été une bonne chose.

— Oh, je t'en prie.

— Inutile de hurler. Je ne sais pas ce que tu as aujourd'hui, mais tu n'arrêtes pas de me gueuler dessus pour un oui ou pour un non !

— Quand as-tu lu *La grande rivière au cœur double* pour la dernière fois ? tonitrua Russell, sa voix emplissant la petite galerie ; conscient de l'absurdité de sa réaction avant même d'avoir fini de parler — défenseur de la vérité, du mot juste et de la littérature américaine. Lis-le, sanglote, et reviens me parler du moi.

— Mais quel âge as-tu donc ? demanda Corrine.

Elle tourna les talons et s'enfuit. Russell la regarda partir comme tous les autres occupants de la salle. Qui ensuite le regardèrent lui — ce philistin parmi eux, tortionnaire de cette charmante jeune femme.

Pourquoi est-ce qu'on prend même la peine de venir ici? se demanda Russell. Pourtant ils n'avaient encore jamais eu de problèmes avec les postimpressionnistes. D'ordinaire, ils arrivaient au cubisme synthétique avant de commencer à s'engueuler.

Russell observa quelque temps la Française en conférence avec son amie devant la *Gitane endormie* du douanier Rousseau mais, maintenant que Corrine était partie, elle n'était plus tout à fait aussi excitante.

Il dériva à travers les salles chuchotantes, songeant à sa femme. Il pouvait se la représenter avec une clarté douloureuse en son absence, alors que parfois, quand elle était sous son nez, il n'arrivait pas à la voir — les qualités qui lui étaient si visibles pour l'instant se brouillant dans sa présence réelle. Intelligente, drôle — la plus jolie fille de la salle, songeait-il, alors qu'elle ne l'eût jamais imaginé, elle qui disait toujours *Il faut que je perde deux ou trois kilos, j'ai eu l'impression d'être un vrai boudin à la soirée à côté de Gloria, elle est si mince*, alors que Corrine est mince comme un fil et que la nana en question est bâtie comme la pyramide de Khéops.

Il se rappelait la première fois qu'il l'avait aperçue : en haut de l'escalier du foyer des étudiants, penchée au-dessus de la balustrade, tenant avec une exquise délicatesse une cigarette entre ses doigts, comme une blonde dans un film des années trente, elle regardait la soirée qui avait jusqu'à cet instant semblé à Russell l'apogée de sa récente évasion loin de chez lui, de ses parents et du Midwest. Il avait bu tout ce qui lui tombait sous la main, blotti au milieu du groupe de ses nouveaux camarades de chambre, faisant étalage de tout son esprit, ou du moins se l'imaginait-il, aux dépens de filles auxquelles il ne trouvait même pas encore le courage d'adresser la parole.

Puis il avait vu Corrine en haut de l'escalier. Il eut l'impression qu'il la reconnaissait, qu'il avait embrassé d'un seul regard tous les traits essentiels de son caractère. Il réprima sa première impulsion qui avait été de la montrer à ses camarades, peu désireux de leur faire partager sa vision, doutant qu'ils verraient ce qu'il voyait.

Russell croyait à sa propre aristocratie secrète, un raffinement de l'âme et du goût qu'il savait devoir garder pour lui et auxquels, beaucoup plus tard, il finirait presque par oublier de croire. Plus tard, aussi, il comprendrait que la plupart d'entre nous croyons, comme lui à cette époque, à notre capacité à lire le caractère dans la physionomie. Alors que du haut de son nid d'aigle, elle n'avait remarqué ni Russell, ni la noblesse de son âme, il lut l'intelligence dans son regard, la race dans son nez légèrement retroussé, la sensualité dans ses lèvres, et la confiance en soi dans sa pause alanguie. En cela seulement il découvrirait qu'il s'était trompé. Il la contemplait encore quand un garçon qu'il reconnut pour une célébrité du campus parut sur le palier derrière elle, accompagné d'un autre couple rayonnant. Elle se retourna et, sans voir son expression, sans que ni l'un ni l'autre n'esquisse un geste pour se toucher, Russell perçut entre elle et le garçon cet air de familiarité et de possession sur lequel il n'y avait pas à se tromper ; puis les deux couples disparurent à sa vue, regagnant la vraie soirée, le cœur même du monde, révélant soudain par là que ce qui avait lieu à l'étage inférieur était une beuverie de bière — rassemblant en un congrès du deuxième choix les humbles, les estropiés et les boiteux.

Les progrès mondains de son premier semestre furent, sans que Corrine le sache, accomplis en son nom. Il n'eut guère besoin de jouer les détectives pour se renseigner sur elle ; Corrine était une légende à elle seule et appartenait au groupe dont tout le monde parlait, ce qui la faisait paraître plus désirable et moins accessible, comme sa liaison avec Kurt Sinclair, étoile du basket-ball et fumeur de hasch — combinaison qui, à cette époque de l'histoire, en faisait un concurrent particulièrement redoutable. Grand, dégingandé, les jambes légèrement arquées, il passait pour beau, encore que Russell réfutât ce jugement. Russell attendait son heure. Il disposait de quatre années alors que Sinclair partirait dans trois ans.

Au second semestre, Corrine Makepeace s'était inscrite au cours de poésie romantique et, sans jamais se rencontrer pour de bon, ils firent connaissance. Jeff et lui, qui se haïrent au premier coup d'œil, tentaient à tour de rôle d'établir leur domination sur leurs condisciples et l'un sur l'autre ; Corrine n'aurait pas pu ne pas le remarquer : il était m'as-tu-vu à un tel point qu'il en frémissait encore à se le remémorer. Les rares fois où elle daigna participer au cours, exposant, par exemple, la dette de Coleridge envers la philosophie allemande, elle se révéla très futée. Génie mathématique, selon la rumeur, elle était, il en avait la certitude, quelqu'un pour qui l'intelligence constituait un caractère sexuel secondaire très désirable. Aux inscriptions, l'automne suivant, il la rencontra au pied de l'escalier du bâtiment administratif et elle le salua comme s'ils étaient amis. Agréablement étonné, il affecta un air de lassitude, comme si pendant la pause estivale, il avait acquis une supériorité qui rendait trop ringard ce campus de Nouvelle-Angleterre alors qu'en réalité il avait passé les vacances chez lui, dans le Michigan. C'était une chaude journée de septembre. Russell admirait le contour des jambes bronzées de Corrine, se représentant son été de voile et de tennis, imaginant qu'il pouvait presque percevoir la chaleur qu'irradiaient les vagues de sa longue chevelure dorée. Il ne cessait d'attendre qu'elle lui dise au revoir. Elle ne cessait de parler.

Leur babillage se poursuivit pendant tout le déjeuner chez Spat ; ils remplirent le cendrier et vidèrent force verres de vin. Ils parlèrent de tout — il n'avait eu qu'à moitié raison à propos de son été, Nantucket et la voile, mais aussi six semaines comme volontaire de la Croix-Rouge pour aider à construire une piste d'atterrissage dans une bourgade perdue au sud d'Oaxaca. La piste aurait bien pu se trouver sur une des lunes de la planète Saturne — il ne pouvait s'arrêter de regarder la bouche de Corrine, d'observer ses lèvres sur sa cigarette, les nuages denses de fumée qu'elle exhalait lui semblant la trace visible de feux intérieurs. Toujours fumant et bavardant, ils s'étaient retrouvés en fin d'après-midi dans la piaule de Russell, où ils étaient brusquement tombés l'un sur l'autre — déferlement de lèvres, de langues et de membres qui s'était interrompu tant bien que mal juste avant la conclusion désirée. Elle était encore avec Kurt, et il sortait avec une nommée Maggie Sloan.

Leur idylle hiberna pendant près de deux ans, jusqu'au soir où Corrine appela pour demander de sa voix un peu rauque si elle pouvait venir. En arrivant elle déclara qu'elle avait rompu avec Kurt, bien qu'elle eût manifestement échoué à le lui faire comprendre : peu après que Corrine eut trouvé refuge dans la piaule, il se mit à téléphoner, puis à venir vociférer des menaces avinées depuis la pelouse de Keeney. Russell savourait cette atmosphère de siège qui conférait une urgence supplémentaire à leur union, un élément de danger et d'illégitimité qui était profondément stimulant. Il largua Maggie par téléphone. Maggie pleura et en appela au poids de la tradition — deux années de fréquentation. Avec Corrine à côté de lui — plutôt vautrée sur lui, en fait —, Russell fut compréhensif mais ferme, sûr de son bon droit, avec l'impitoyable cruauté des nouvelles amours.

Dehors, c'était un automne de Nouvelle-Angleterre prématurément froid, les feuilles rouges et jaunes se détachaient des arbres et tournoyaient dans le vent. Cinq jours durant, ils ne quittèrent la chambre que pour aller chercher à manger, passant le plus clair de leur temps au lit, à boire des Saint Paule Girls, à fumer des Marlboro, à bavarder, à réapprendre à faire l'amour de A jusqu'à Z. Chaque matin, Corrine racontait à Russell ses rêves dans les plus petits détails, son imagination était curieusement littérale. Elle se rappelait tout — la façon dont les gens étaient vêtus, des incohérences et des illogismes qui la surprenaient et l'agaçaient un peu, comme si elle s'était attendue à ce que les rêves se conforment aux critères quotidiens. Sa vision du monde réel avait au contraire quelque chose de fantastique. Certaines dates, certains noms étaient chargés pour elle de significations improbables et, plus que Russell, le poète, elle croyait au pouvoir chamanique des mots. Elle avait, dans le fait de s'entendre déclarer aimée, dans le fait physique que les mots soient dits, les syllabes prononcées à voix haute, le même genre de foi que son héroïne Franny Glass avait dans la répétition de la prière à Jésus. Quand, bien plus tard, Russell lui demanda sa main, par une communication téléphonique entre Oxford, en Angleterre, et New York, elle lui fit promettre de ne jamais dire le mot « divorce ».

Sa bouche le formait, maintenant, ce mot *divorce*, rien ne se produisit. Il ne pouvait imaginer son absence, même là, sous le coup de la colère, il sentait qu'il commençait à s'inquiéter pour elle. Ils avaient la gueule de bois tous les deux — c'était une des difficultés. Et il était tendu par la situation au boulot. Le bouquin sur le Nicaragua menaçait d'être mort-né et Harold ne lui adressait même plus la parole. Alors qu'un mois encore auparavant il passait pour l'héritier de la couronne, Russell allait devoir songer sérieusement à trouver un nouveau job ou quelque chose comme ça.

Après une morne errance à travers le circuit de la peinture et de la sculpture, Russell se retrouva devant Giacometti — d'abord *La Femme cuiller*, qui établit une analogie visuelle entre le torse féminin et le creux d'une cuiller, évocateur de la fertilité, la maternité, le triomphe du principe féminin. Il lui jeta un bref coup d'œil, puis s'arrêta net devant son vis-à-vis, un bronze qui l'avait hypnotisé plusieurs fois, étalage d'appendices semblables à des membres intitulé *Femme à la gorge tranchée*. Chaque fois qu'il était tombé sur cette œuvre en compagnie de Corrine, il avait toujours pressé le pas, s'étant senti coupable, gêné, complice de tous les crimes commis contre son sexe à travers l'histoire, le sentiment de culpabilité naissant de la fascination et de l'attirance qu'il éprouvait pour cet objet, cette femme de bronze au larynx crevé qui arquait le dos et lançait ses jambes écartées vers l'espace. Encore qu'il ne se le fût pas précisément avoué, cette œuvre lui donnait le sentiment qu'il eût été capable de faire le mal.

Levant soudain les yeux, il se trouva face à face avec la Française qui lui sourit.

Dioramas des grands chefs de tribu de Manhattan et de leurs femmes vers la fin du XXᵉ siècle, les vitrines de Bergdorf exhibaient des mannequins aux costumes extravagants dans des postures de fête et de divertissement. Ayant chassé de leurs terres par l'escroquerie les habitants originels avant de les exterminer, cette tribu prospéra jusqu'à la veille du troisième millénaire... s'interrompant dans son commentaire, Corrine, anthropologue de l'avenir, tenta de décider quelle fatalité s'était abattue — allait s'abattre, plutôt — sur les siens pour causer leur perte. Car il lui semblait depuis peu que les cavaliers de l'Apocalypse sellaient leurs chevaux, que quelque chose s'annonçait qui allait déchirer des pans entiers des décors criards de l'hamburger land clownesque de Big Mac Reagan. Pendant ce temps-là, elle vendait des actions, VRP améliorée. Bonjour, je m'appelle Corrine, seriez-vous intéressé par la hausse assez sexy de certaines actions ou alors par de gentils petits dividendes, peut-être ?

Ça devait être la gueule de bois. Bien sûr. Pour quelle autre raison se serait-elle enfuie en pleurant du musée, ce qui ne voulait pas dire que Russell n'avait pas été parfaitement odieux, sale con pédant. Elle était presque assez furieuse pour entrer chez Bergdorf acheter à crédit un de ces jolis ensembles Donna Karan avec tous les accessoires. Si ç'avait été ouvert.

Elle reprit sa marche, passant devant la fontaine du Plaza — qu'on appelait la fontaine d'abondance, qui ne coulait pas, pour l'heure. Elle songeait toujours à ce lieu comme au centre de l'île étroite sur laquelle Russell et elle campaient depuis cinq ans, ayant débarqué ensemble juste après leur mariage, avec leurs sacs à dos et leurs rêves, après leur *Wanderjahre*, après la fac, après avoir tenté, sans conviction, l'expérience de vivre l'un sans l'autre. Ils étaient venus pour être des grandes personnes, elle à la fac de droit de Columbia, pour combattre l'injustice sous toutes ses formes ; lui se considérant encore comme un écrivain, le boulot dans l'édition n'étant qu'un expédient provisoire, une façon de payer le loyer avant d'être devenu un poète célèbre. Et bien que ces deux rêves eussent expiré sans faire de bruit, elle croyait d'ordinaire que Russell et elle étaient heureux, que la ville leur avait fait du bien, qu'ils s'étaient fait du bien l'un à l'autre.

En arrivant non loin de chez eux, elle vit un vieillard agressé par deux mômes. L'un des deux le tenait pendant que l'autre le giflait et lui donnait des coups de poing dans la figure. Quand ils s'enfuirent, Corrine se précipita. Étant parvenu à se redresser jusqu'à la position assise, le vieux tenait la main sur son visage ensanglanté. Corrine tendit la sienne.

— Ça va ?

— Je n'ai pas besoin d'aide, dit-il sans lever les yeux sur elle.

— Prenez ma main. Vous voulez que j'appelle une ambulance ?

— Allez-vous-en.

— Vous saignez.

— Vous ne voyez pas que je n'ai pas besoin de votre aide ? Fichez-moi la paix !

Des larmes de rage ruisselaient de ses yeux. Quand Corrine tendit de nouveau la main, d'un moulinet de sa canne il lui frappa la hanche puis continua d'agiter sa canne jusqu'à ce qu'elle batte en retraite hors de portée.

— Fichez-moi la paix! hurla-t-il.

Quand Corrine se retourna au coin de la rue suivante, il était à genoux, déployant des efforts frénétiques pour se remettre debout avant que quiconque offrît de nouveau de l'aider.

Elle s'appelait Simone. Russell ne lui demanda pas ce qui était arrivé à son amie, et elle ne fit aucune allusion à son alliance, bien qu'elle l'eût certainement remarquée. Tout comme lui-même avait remarqué la grosse montre en or sous la manche de son chandail. Pendant le week-end, il y avait deux façons d'évaluer la feuille d'impôt des gens : la montre et les chaussures.

Assis en face d'elle au café du musée, Russell parlait de son boulot — elle avait entendu parler de Jeff et d'un autre de ses auteurs et considérait le métier des lettres d'un point de vue plus français qu'américain, c'est-à-dire qu'elle n'avait pas été déçue de découvrir qu'il n'était ni banquier ni vedette d'une grande série télé. Elle ne semblait pas quant à elle le genre de personne à avoir jamais eu besoin de fixer son choix sur une profession déterminée, mais avait dernièrement travaillé comme photographe animalière dans une expédition en Tanzanie.

— J'envisage de participer à une expédition qui doit remonter l'Amazone, dit-elle dans un anglais parfait encore qu'avec une pointe d'accent un peu plus précis que celui des indigènes, et il s'avéra qu'elle était de ces gens qui ont été élevés au milieu de l'Atlantique — autant new-yorkaise que parisienne. Mais je ne sais pas. Je me dis que j'aimerais faire quelque chose d'entièrement différent, cette fois-ci, vous voyez?

Russell s'était mis à imaginer l'air visqueux de la jungle tropicale, le rauquement d'oiseaux bariolés dans les hauteurs, Simone à califourchon à l'avant d'un rafiot rappelant l'*African Queen*, figure de proue profane aux cuisses hâlées scrutant les broussailles avec son zoom... cuisses hâlées voilées d'un duvet blond luisant comme l'or au fond de la batée d'un prospecteur, résidu de la cité d'or d'Eldorado.

Il voyait maintenant pourquoi l'opinion qu'il avait de ses charmes avait varié en l'espace d'une heure, elle n'était pas d'une beauté indiscutable au repos, et le moindre mouvement, la moindre parole, mettait à nu une essence sexuelle.

— Vous aimez Giacometti? demanda-t-elle.

Il fit oui de la tête.

— Mon père en a un.

Elle se tut puis dit :

— Vous aimeriez peut-être venir le voir, en le regardant droit dans les yeux, avec juste assez d'intensité pour indiquer que l'art moderne était seulement une de ses passions.

— Ça pourrait être sympa, dit-il en essayant de s'éclaircir la gorge qu'il avait soudain sèche et serrée. Et que fait-il? ajouta-t-il pour masquer son désarroi, sachant que c'était une question vulgaire mais curieux de connaître la classe de gens qui possèdent des Giacometti.

— Bah, il investit l'argent de notre famille.

— Joli métier.

— Vous vous intéressez à la finance?

— En tout petit amateur. Je manque, hélas, énormément de capitaux.

— Parlez-en à mon père. Il a trop d'argent.

— Comme c'est triste.

— Oui. Je crois que j'aimerais que vous me plaigniez beaucoup.

À l'instant où Corrine allait renoncer et décommmander le dîner, il arriva plein d'entrain et tout désireux de se faire pardonner. Il l'étreignit, suivant de la langue le contour de son oreille.

— Je suis prêt à reconnaître que Cézanne est un peu glacial, dit-il, si tu m'accordes que Chagall est mollasson.

— Je t'ai fait quelque chose, récemment? demanda-t-elle. Ou est-ce que j'ai cessé de t'intéresser, tout simplement?

— Je suis un salaud ingrat, dit-il, mais à compter d'aujourd'hui, je promets de m'amender. Ferme les yeux — j'ai un cadeau pour toi. Bon, tends la main.

Les doigts de Corrine se refermèrent sur une carte postale, une reproduction de la *Danse* de Matisse, au verso de laquelle était écrit : « Pardon. Je t'aime. P.-S. Cette carte donne droit au porteur à un dîner romantique ce soir dans un grand restaurant de son choix. Une Danse Mystère suivra — tenue décontractée. » Elle sourit de cette plaisanterie intime, référence à une de leurs chansons préférées d'Elvis Costello.

— Tu es gentil — d'ailleurs, je ne sais pas si je reconnais le jeune homme romantique qui vient de faire irruption chez moi. Mais Colin et Anne nous ont invités ce soir, t'avais oublié ?

— Merde.

— Mais je garde ça précieusement, dit-elle, glissant la carte postale dans sa chemise avec un clin d'œil.

Ils rentrèrent après minuit. Corrine était épuisée mais Russell dans d'excellentes dispositions, alors elle en profita. Il fut très passionné, et attentif, aussi — par moments, il semblait oublier qu'elle était là quand ils faisaient l'amour, comme si elle avait été une voiture, qu'il conduisait vers un endroit connu de lui seul.

Elle s'endormit presque immédiatement, satisfaite.

Russell demeura éveillé un certain temps, rêvassant à un rafiot teuf-teufant à travers la jungle. Mais il avait presque la conscience tranquille, de fait, plus que tranquille. Le matin, sa fidélité n'avait pas été mise à l'épreuve depuis longtemps, alors que ce soir, il était l'homme qui avait décliné l'invitation d'aller voir les estampes d'une autre femme — ou plutôt, le Giacometti de son père. Qu'il y eût échappé de justesse et le degré d'excitation que lui avait causé cette perspective avaient rebondi en faveur de Corrine, et la proximité de son infidélité avait chargé ses cellules d'érotisme ; il n'avait cessé de regarder Corrine pendant tout le dîner, impatient de la ramener à la maison, et le bonheur que lui procurait cette vision de lui-même comme mari irréprochable avait accru à ses yeux le prix de l'épouse pour laquelle il avait héroïquement accompli ce haut fait d'abnégation.

C'était à peine s'il était troublé par la pensée que Simone lui avait donné son numéro de téléphone, puisqu'il savait qu'il ne l'utiliserait jamais.

Était-ce une vérité immuable — une loi naturelle, comme la conservation de la matière — qu'il n'existait pas de déjeuner gratuit ?

Dans le taxi qui l'emmenait du West Village au Sherry-Netherland, partager le repas de midi de son éditeur, Victor Propp retournait la question sous bien des angles, la falaise crayeuse de son front plissée par l'effort cérébral. Au pied de la lettre, les auteurs ne réglaient jamais l'addition du déjeuner. C'étaient les agents, les éditeurs et les journalistes qui s'en chargeaient. Ainsi allait le monde, c'était une convention sociale qui avoisinait le statut de vérité universelle. Il était nécessaire, aux yeux de Victor, qu'un artiste demeurât pour une part un enfant, gâté et dépendant ; créature orale, nécessiteuse, poreuse — bouche avide ; moi monstrueux pour lequel la réalité objective se compose dans sa totalité de miroirs et de tétons.

Nul déjeuner gratuit. Qui l'avait dit le premier ? se demanda-t-il. Cela possédait la vigoureuse concision d'un apophtegme de Benjamin Franklin. Mais n'était-ce pas en réalité ce que cela signifiait d'être américain, croire par-dessus tout au déjeuner gratuit ? Dialectiquement opposée à l'éthique puritaine et tout aussi fermement enracinée dans la conscience nationale, il y avait cette croyance fondamentale en quelque chose pour rien, l'idée que cinq vous donnerait dix. Le déjeuner gratuit, c'était la plus-value de Marx, le supplément de travail que le capital confisquait. C'était le filon aurifère fortuit, le jaillissement du pétrole, les terres accaparées, les coups en bourse, l'argent tombé du ciel, l'achat d'un bouquin par Hollywood. En Europe, on croyait que le jeu obéissait au principe des vases communicants, convaincu que le gras de l'un est le carême de l'autre. Mais ici le continent entier avait été gratuit, il n'y avait eu qu'à se servir. C'était du moins l'idée que s'en faisait Victor Propp, romancier américain.

Il ne considérait pourtant pas son esprit comme particulièrement américain, bien que né à Boise, dans l'Idaho, d'une mère suédoise et taciturne et d'un père juif russe qui enseignait l'anglais au lycée et se disait apparenté au grand conteur Isaac Babel. Victor ne s'était jamais senti chez lui à Boise et n'avait commencé à trouver sa place dans le monde qu'en arrivant à Yale, à l'âge de seize ans, pour découvrir l'Europe dans le département de littérature comparée. Sans s'être éloigné, contrairement à un autre natif de l'Idaho, Ezra Pound, de l'autre côté de l'océan, il s'imaginait bel et bien extérieur à la culture, critique et distant, en quarantaine sur une Ellis Island de l'esprit pour une maladie qui était son art. Cent ans après que Henry James avait fui le continent brut, songeait Victor, la conscience de son pays natal n'était encore qu'à peine formée. Les Américains demeuraient radicalement matérialistes. Plus innocents que les Bochimans du Kalahari, habiles à lire les signes et les symboles, les Américains prenaient tout au pied de la lettre — les mots, les signes, la rhétorique, les visages — comme si la réalité elle-même était argent comptant. Pour Victor, elle était un texte traîtreux, composé par un nécromancien, diaboliquement résistant à l'analyse. L'expression même « au pied de la lettre » évoquait à un esprit du genre de celui de Victor Propp tout un labyrinthe d'interprétations, de masques de fausseté et de duperie, de divergences entre l'esprit et la lettre, entre l'apparence et la réalité, de divorces rancuneux entre signifiant et signifié, l'apparente solidité des mots cédant sous le pied, se muant en plumetis, en déliquescents crépuscules derridéens, surfaces qui cédaient soudain, comme la chaussée sur laquelle le taxi de Victor bringuebalait en cet instant même, crevait et béait quand explosait une conduite de gaz, révélant des réseaux de canalisations, de câbles et de tunnels infestés de rats.

Dans un petit carnet, Victor écrivit *Déjeuner Gratuit... Destin Manifeste... Esprit Américain.* Ce qui amena sa production totale de la matinée à une quarantaine de mots, les trois heures précédentes ayant été consacrées au façonnage d'un fragment de phrase de trente-trois mots, interrompu par six parenthèses téléphoniques.

Écrire était une torture que l'on s'infligeait à soi-même, *déjeuner* un répit et une bénédiction.

C'était le jeune Calloway qui réglait l'addition, ce jour-là. L'esprit de Calloway intriguait Propp justement parce qu'il était si américain, si différent du sien, bien campé sur la terre ferme là où Victor ne décelait que sables mouvants. Calloway rappelait à Victor ces personnages de dessin animé qui étaient capables de marcher en l'air aussi longtemps qu'ils ignoraient qu'un abîme s'ouvrait sous leurs pas. Naïf, en un mot — mais d'une naïveté intéressante, presque exemplaire, relevant de la jeunesse et d'un culot admirable. Comme un athlète, il possédait des connaissances pratiques, pures, dans lesquelles Victor souhaitait puiser. Il avait lancé la carrière de Jeff Pierce et de plusieurs autres auteurs non négligeables à l'âge où la plupart des esclaves de l'édition en sont encore à taper des lettres à la machine. À l'approche de la soixantaine, Propp était souvent rongé d'inquiétude à l'idée qu'il avait attendu trop longtemps pour opérer son mouvement décisif en littérature et le profond intérêt qu'il suscitait chez cet homme jeune et intelligent le rassurait. Harold Stone et consorts demeuraient les maîtres du jeu, mais Propp savait quelle génération jugerait la sienne. Et à ses moments les plus sombres, il commençait à soupçonner qu'il avait épuisé la foi de Harold en son génie, en même temps que sa patience. Russell pouvait très bien accomplir quelque chose de remarquable, voire de spectaculaire, particulièrement si on l'y poussait, et Victor avait une idée qu'il souhaitait mettre en branle. Ayant renoncé au monde pour entrer en littérature, Victor cultivait un intérêt digne d'un jésuite pour les mécanismes du pouvoir.

Quant au prix du déjeuner, Calloway et ses employeurs s'attendaient à ce que Propp leur donne un jour le livre auquel il travaillait depuis vingt ans ; et, entre-temps, le jeune homme se considérait comme amplement dédommagé par la compagnie et la conversation du légendaire romancier, tandis que Victor tentait de sonder l'innocence de Russell, ce que sa nature avait de représentatif parce qu'il appartenait à ce que Kennedy avait appelé l'élite, les *kalloï k'agathoï*, de cette culture barbare. C'était, sous un déguisement agréable, un système d'échange et de crédit au sein duquel, d'après ses calculs, Victor Propp avait de loin pris l'avantage. Propp estimait qu'il avait mangé cinq ou six cents fois avec des éditeurs depuis qu'il avait entamé l'écriture de son deuxième roman.

Pour Russell, la mise au point et l'exécution d'un déjeuner pouvaient prendre la moitié d'une journée. Il ne doutait pas que les premiers chasseurs-cueilleurs avaient eu la vie plus facile — sortir de la caverne et ramasser quelques baies, empaler un mammouth avec son épieu, attendre que la foudre frappe un arbre du voisinage pour fournir le feu de cuisson, aucun problème. Le cadre d'édition de la fin du XXᵉ siècle devait au contraire affronter des problèmes logistiques décourageants. Si l'on était l'instigateur du repas, il fallait choisir le restaurant — moins facile qu'il n'y paraissait, le statut, les prétentions et l'habitat des convives faisant surgir des questions à chaque instant. Sans compter la faculté d'obtenir une réservation. Alors que Victor Propp vivait assez modestement, il était snob lorsqu'il s'agissait de dépenser l'argent des autres et, ce jour-là, avait spécifié qu'il souhaitait la succursale new-yorkaise du Harry's Bar de Venise, située à l'hôtel Sherry-Netherland, qu'il appréciait pour son parfum de littérature levantine et pour les prix himalayens qu'on y pratiquait. Donc, dans le cadre de cette recherche du déjeuner quotidien, votre assistante appelait pour réserver, ou plutôt, en l'occurrence, pour implorer sans succès. Alors, on était pris de panique. Précédemment, dans une autre vie, on aurait appelé son patron, Harold Stone, pour lui demander d'intervenir. Aussi humiliant qu'il fût de lui montrer ainsi que le successeur qu'il s'était soigneusement choisi, manifestement en route pour le succès et occupé à se faire un nom dans les hautes sphères, ne s'était pas encore fait un nom suffisant pour avoir sa propre table attitrée. Mais aujourd'hui, on doutait qu'il acceptât de vous obtenir une réservation dans un Mac Do. Alors on appelait plutôt Jerry Kleinfeld, directeur général de Corbin, Dern. Ensuite on appelait son futur commensal pour confirmer, puis d'ordinaire un taxi, dans les encombrements de la mi-journée... on attendait sa table, la question se posait de commander ou non l'apéritif, un verre de vin avec le repas, ou une bouteille... peu désireux de nos jours de passer pour un alcoolique invétéré, ou pour un irresponsable dans le domaine plus général de la santé, sans souhaiter non plus avoir l'air trop cul-serré ni trop pingre. Manger en compagnie des vieux briscards de l'édition buveurs de cocktails ou des romanciers en général, c'était être prêt à ficher en l'air son après-midi pour tenter de faire bonne figure. Mais Victor Propp était un épicurien du verre de vin unique et cet aspect-là au moins était facile. Victor ne s'embrumait pas l'esprit ; il voulait le garder clair pour la contemplation de soi-même, l'aïkido syntaxique, les supputations de complots et autres formes de masturbation intellectuelle. Se voir confier le soin de Victor Propp, être chargé de le nourrir, était probablement la marque de l'élection, encore que, par moments, Russell eût ses doutes. Victor était un investissement littéraire à long terme, fortement spéculatif, un instrument complexe, le plus exotique des avoirs de Corbin, Dern. En 1961, Propp avait publié un délicat roman d'initiation intitulé *Les Soirées de New Haven*. Cette histoire d'un Américain de la deuxième génération ressemblant beaucoup à Propp lui-même et qui, allant à Yale pour devenir poète, s'éprend d'une Fille de la Révolution américaine pleine de duplicité, avait valu à son jeune auteur le respect et les encouragements de la critique ainsi qu'une bourse du Prix de Rome. Depuis lors, Propp était entré dans un royaume presque purement théorique dans lequel, comme quelqu'un l'avait dit autrefois d'E.M. Forster, sa réputation croissait avec chaque livre qu'il ne publiait pas. Le mot « génie » était de plus en plus fréquemment accouplé à son nom.

L'œuvre en cours de Propp gagnait en stature et en renom avec chaque année qui voyait sa parution repoussée, tandis que la réputation de ses contemporains fluctuait selon les principes classiques du marché à mesure qu'ils publiaient, comme on pouvait s'y attendre, leur cinquième, sixième et septième roman. Des fragments du roman encore sans titre prenaient à de rares intervalles le chemin de journaux littéraires, tout chargés du labeur prométhéen qui avait présidé à leur création, imprégnés on ne savait pourquoi d'un parfum de samizdat : griffés avec les ongles sur la roche humide des murs de la cellule de l'auteur, copiés et recopiés, appris par cœur, avalés et recrachés au bout d'un itinéraire torturé *via* les cités baltes et des cargos de fortune, au fin fond de la cave d'une imprimerie clandestine. Le sujet de cette œuvre depuis si longtemps attendue semblait être l'auteur lui-même, dans toutes les phases de son développement depuis l'embryon, l'un des plus célèbres passages à ce jour étant le monologue héroïque du protagoniste fœtal narrant les flux, les rythmes et les luttes du monde amniotique, tandis qu'il s'arrachait lui-même de la matrice par le seul pouvoir de sa volonté. Une critique féministe, se demandant quel avait été le rôle de la mère dans toute cette création stridente, concluait amèrement que, chez Propp, « l'ontogenèse est un résumé de la misogynie ». Ce qui éblouissait surtout les amateurs de Propp, c'était sa langue, qui faisait songer, comme l'avait aventuré un commentateur, à « Henry James plus le péristaltisme » — la phrase de Propp étant un labyrinthe colique de qualificatifs, de digressions et de récapitulations —, un autre enthousiaste ayant déclaré que Propp était le seul auteur américain de ce siècle à posséder une maîtrise complète et, pour ainsi dire, organique, du point-virgule.

Presque seul parmi ceux qui passaient pour les plus grands auteurs de cette fin de siècle, Victor Propp était son propre agent, et malgré le dicton qui veut que celui qui plaide sa propre cause en justice ait un imbécile pour avocat, il avait su mieux faire que l'ensemble des agents littéraires en exercice. En 1966, il avait perçu un à-valoir modeste pour son deuxième roman. Cinq ans plus tard, Corbin, Dern commençant à s'impatienter, Propp avait publié un extrait du roman dans *Esquire*, et fait savoir à d'autres éditeurs qu'il était libre à déjeuner et à dîner ; menacé de perdre le romancier, dont le culte prenait de l'importance, le jeune Harold Stone avait révisé son contrat et augmenté l'à-valoir. Cette opération s'était répétée périodiquement, au cours des annnées ; à ce jour, Propp avait touché près d'un quart de million de dollars sur le chef-d'œuvre inachevé.

Comme pour compenser cette apparente indifférence à la publication et son quasi-blocage, l'auteur était profondément engagé dans les intrigues du monde littéraire et aimait à s'inquiéter des accomplissements, de la réputation et des crimes d'autres écrivains et, en particulier, de ses ennemis, qu'il imaginait être légion. Inévitablement, Harold et Victor avaient fini par se brouiller. Russell ne connaissait pas avec certitude la nature exacte de leur querelle mais les deux hommes de lettres ne s'adressaient plus la parole, bien que Harold demeurât désireux de publier le livre. Cette crise fut résolue par la nomination de Russell comme interlocuteur officiel de Propp chez l'éditeur. Russell admirait Propp depuis la fac, depuis que Jeff lui avait remis solennellement, comme on transmet un savoir hiératique, un exemplaire fatigué de la *Paris Review* contenant le monologue de l'embryon.

Ils parlaient fréquemment — Propp passait la moitié de ses journées au téléphone et il lui fallait de nombreuses oreilles pour y déverser le torrent de sa logorrhée —, et ils déjeunaient ensemble une fois par mois. Ils parlaient de Victor Propp et de ceux qu'il aimait considérer comme ses pairs : Richardson, Flaubert, James, Musil et le James Joyce de la dernière période. (Russell aurait juré avoir un jour entendu Victor l'évoquer sous le nom de « Jim » Joyce.) Propp voulait parler avec Russell de marketing et de culture pop, tandis que Russell souhaitait entraîner le grand homme sur le terrain de la Littérature. Russell se rappelait qu'après avoir rencontré Bennett Cerf, George Bernard Shaw s'était plaint de ce que l'éditeur américain souhaitait discuter d'art, tandis que le grand dramaturge ne voulait parler que d'argent. Désormais Russell se demandait à quel point il pouvait compter sur l'amitié et sur les intérêts mutuels bien compris. Ses relations avec Victor et plusieurs autres auteurs lui conféraient un minimum de sécurité de l'emploi chez Corbin, Dern. S'il était viré, se demandait-il, Victor le suivrait-il ?

— Quel est le degré de célébrité de Jeff ? demanda Victor peu après s'être posé à la table, ses yeux de rapace et son haut front blanc rappelant à son commensal quelque vorace aigle chauve (*falconiformes accipitridae*, Audubon, planche 107).

— Par rapport à quoi ?

— J'entends, le reconnaît-on dans la rue ? Reçoit-il dans son courrier des petites culottes parfumées ? Je trouve cela fascinant quand un auteur parvient à pénétrer dans le champ de conscience des lecteurs de la presse populaire et des téléspectateurs. Quel est le fonctionnement réel de cette dynamique ?

Russell ne s'était jamais tout à fait habitué au pouvoir d'aspiration du regard de Victor. Quand Victor tournait vers vous des

yeux interrogateurs sous des sourcils en italique, on avait le sentiment de devoir s'accrocher à son siège et à tout le reste, la puissance de sa curiosité menaçant d'aspirer vos entrailles par votre
bouche béante. Autant que du point-virgule, songeait Russell, c'était
un maître du point d'interrogation. On voulait vraiment trouver
la bonne réponse pour Victor, alors même que la question, comme
en l'occurrence, ne semblait pas particulièrement intéressante. Différent en cela de la plupart des écrivains que connaissait Russell,
et dont le moi corporel ne semblait que l'ombre pâteuse de leur
essence platonicienne, Victor possédait une présence physique puissante, qui mettait l'espace en mouvement et expliquait en partie
les proportions de son mythe.

— Jeff n'est pas célèbre, répondit Russell presque grognon,
comme s'il était fatigué de ce sujet. Il est passé une ou deux fois
à la télé — mais le type qui vient relever son compteur électrique
n'a pas la moindre idée de qui il est.

Victor parut déçu, mais pas découragé.

— J'ai réfléchi au mode d'emploi de la célébrité, à la tension qui
existe entre les impératifs d'ordre privé de la création et l'impéra-
tif de l'artiste et de l'objet d'art à s'imposer au monde en général,
à prendre une dimension publique. Pendant les deux tiers de mon
existence, j'ai cultivé l'aspect privé au détriment de l'aspect public.

— Mais c'est ainsi que vous avez bâti votre légende.

— Vous le croyez vraiment? demanda-t-il avec un profond intérêt. Mais je doute que les gens de votre âge sachent qui je suis.

— Les gens cultivés, n'en doutez pas.

— Est-ce que quiconque en dehors de New York ou, sans vouloir exagérer, en dehors de la liste des abonnés de la *New York
Review of Books* sait qui je suis?

Russell eut brièvement l'illusion qu'il était assis en face d'une
beauté sur le retour qui mettait ses charmes en question pour s'entendre contredire. Il fut troublé que cet homme qu'il admirait pour
son engagement sans compromis dans l'écriture manifestât depuis
peu un intérêt si aigu pour les mécanismes de la publicité.

— Prenez le rock'n roll, poursuivit Propp, la communication
viscérale, directe avec un public. Combien de disques vendent les
grands groupes? Et d'ailleurs, quels sont les grands groupes?

C'était exactement le genre de renseignement que Harold Stone n'aurait pu lui fournir.

Russell lui expliqua que le rock'n roll avait à son avis été subverti par des impératifs commerciaux et que les succès étaient désormais créés par les producteurs des studios à l'aide de recettes toutes faites.

— Cela porte sur de telles sommes que les oligopoles se sont emparés de l'industrie du disque. Ce ne sont plus que des produits. C'est ce qu'il y a de bien avec le livre. Il y a si peu d'argent en jeu.

— John Irving gagne de l'argent, Doctorow gagne de l'argent.

— Rien à côté de Madonna.

Victor insista, désireux de savoir quelle musique écoutait Russell. Quand ce dernier cita Dire Straits, qui interprétait une chanson intitulée « *Money for Nothing* » (de l'argent pour rien), les yeux de Victor s'allumèrent. Il demanda à Russell de lui réciter les paroles, un petit texte assez habile, et sortit son carnet pour les transcrire dans la rubrique *pas de repas gratuit*, négligeant toutefois de noter que le groupe était anglais.

— Et si je donnais une lecture publique ? demanda Victor en caressant d'un air contemplatif son menton vigoureux et fendu. Croyez-vous que nous pourrions en faire un événement littéraire de premier plan ? Je n'en ai pas donné à New York depuis sept ans.

— Je crois que cela susciterait beaucoup d'intérêt, dit Russell. Il faudrait organiser ça au YMCA de l'East Side. Ça pourrait être chaud.

— Et si Jeff me présentait ?

— Jeff ? Ce n'est pas à lui que j'aurais pensé d'abord.

— C'est précisément ce côté inattendu qui me séduit, la conjonction de dé-coordination. Pierce et Propp. Et si nous donnions une lecture commune ? Pour combiner nos circonscriptions, si j'ose dire.

— Je vais voir ce que je peux faire.

— Mais croyez-vous vraiment que l'idée soit bonne ? demanda Victor comme si Russell en avait été l'initiateur, avant d'entreprendre d'énumérer les inconvénients et les risques du projet.

Au bout de quinze minutes de dialectique à une voix, il tomba d'accord avec lui-même qu'il convenait de procéder avec prudence.

109

Dans le même temps, il avait étalé devant son assiette une batterie de comprimés et de gélules — neuf en tout — à absorber dans un ordre déterminé.

— C'est Bellow qui m'a indiqué celles-là, expliqua Victor en en gobant deux. Elles ont sauvé sa vie amoureuse, confia-t-il. Mon taux de cholestérol a baissé de vingt. Il faut les commander par la poste à une société du Connecticut.

— Vous devriez parler avec Jeff, marmonna Russell. Il s'intéresse énormément à la pharmacologie.

— Que dit votre épouse du marché ? demanda Victor à l'arrivée de son risotto de seiches — mets évocateur, selon lui, des poètes ioniques et des scribes : riz blanc teinté par un bouillon d'encre noire. Victor avait son propre courtier mais il se méfiait de lui comme il se méfiait des prévisions de la météorologie et du sens commun, comme il se méfierait de Russell Calloway. Il fallait toujours y regarder à deux fois, rien n'était simple ni conforme à l'apparence.

— Elle est prudente.

— Oui, les femmes sont prudentes, dit Victor, passant directement, comme à son habitude, de cette remarque bien précise au royaume de l'universel. Les hommes sont les grands romantiques, les rêveurs et les fous. Les femmes sont réalistes, comme Jane Austen.

— Que faites-vous de *Jane Eyre* ?

D'un geste définitif de sa grande main, Victor balaya l'objection comme une mouche invisible.

— Pur produit de la répression sexuelle, dit-il impatiemment. Qu'on ne vienne pas me parler des sœurs Brontë. Pur enfantillage. Mais je m'intéresse au point de vue de Corrine. Nous nous trouvons peut-être en présence, pour la première fois dans l'histoire, d'une perspective féminine sur le cycle des affaires, d'une influence féminine sur la finance. Cela y introduira-t-il une certaine modération, atténuant les poussées de testostérone du marché, comme l'arrivée des filles dans un vieux lycée de Nouvelle-Angleterre y réduit le nombre des verres cassés et des bagarres au réfectoire... ? Verra-t-on s'y surimposer une manière de flux et de reflux, de rythme lunaire, menstruel ? Quelqu'un devrait travailler à un modèle informatique de la question, ou au moins y consacrer une monographie.

— On ne peut pas dire que le marché ait manifesté beaucoup de retenue, depuis deux ans. Alors que les femmes y sont très nombreuses.

— Tout le monde s'enrichit, mon cher Russell, confia Victor, se penchant en avant et l'aspirant dans son regard de chasse d'eau, ce qui était aussi troublant que flatteur, jusqu'aux êtres les plus vaguement doués de conscience, à l'exception de vous et de moi. De nos jours, dans n'importe quelle autre branche d'activité, vous gagneriez deux fois, dix fois plus que vous ne gagnez actuellement. Vous êtes intelligent. Et je sais ce qu'ils vous payent...

À ces mots, Russell rougit. Il le savait sans doute, la vache.

— Un esprit comme le vôtre, le meilleur dans votre domaine, à votre âge. Regardez les livres que vous avez publiés l'an dernier. Vous êtes presque célèbre. Et moi. Cela me procure plus de souffrance que de plaisir de songer au fait que je suis peut-être le seul auteur de mon époque capable de réinventer le roman. Vous rendez-vous compte du genre de responsabilité que cela représente ? Tout en sachant très bien — je n'ai pas besoin de vous le dire — que si j'étais entré dans les affaires, je serais plusieurs fois millionnaire aujourd'hui. Pourquoi serais-je condamné à vivre dans la pauvreté ? Je comprends mieux le marché que mon courtier. Mais je n'ai pas de capital. Il me faut plus d'argent. Je le mérite. Et vous aussi.

— Vous voulez dire que vous souhaitez renégocier votre contrat ?

— Je pense que nous devrions tous deux renégocier notre contrat, dit Propp d'une voix neutre, en avalant coup sur coup trois comprimés orange.

— Je ne crois pas que cette idée sera du goût de Maître Harold et compagnie, dit Russell sans déplaisir.

— Il me faut plus d'argent. Vous savez qu'il me suffit de m'adresser ailleurs. Vous voulez publier mon livre. Il fera notre réputation, la vôtre aussi bien que la mienne. Je me flatte de voir en vous mon allié naturel, mon cher Russell. Harold, pardonnez-moi ce cliché, est l'obstacle sur ma route. Je veux contourner Harold. Harold est fatigué, pour lui tout est déjà arrivé. Il croit qu'il est

111

à la fin de la chaîne hégélienne de l'histoire, même si cette chaîne est une guirlande de fleurs. Il donne même l'impression de se prendre pour cette fin. Aucune nouveauté ne fait plus bander ce vieux salopard.

— Je n'irais pas aussi loin, dit Russell, se rappelant Harold sur le canapé avec Carlton.

Mais il était content d'entendre Victor exprimer les doutes mêmes qu'il avait souhaité, sans en être capable, introduire dans la conversation.

— C'est vous qui devriez diriger la maison.

— Si les souhaits étaient des Porsche, les jeunes gens pauvres rouleraient en voiture.

— Mon jeune ami, nous sommes arrivés à un point de l'histoire américaine où, j'ose le dire, les souhaits sont des Porsche. J'ai le sentiment que nous vivons, dans cette ville démente, une ère dans laquelle tout peut arriver. Vous rappelez-vous ce que Nick Carraway disait en arrivant à Manhattan dans la grosse auto de Gatsby et en découvrant la silhouette de la ville depuis le pont de Queensboro ? En pénétrant dans la ville, Nick dit : « Tout peut arriver, maintenant que nous avons franchi ce pont... absolument tout. »

Russell acquiesca dûment du chef, bien qu'il ne fût pas certain de se rappeler exactement et mot pour mot ; mais « à peu près » n'était pas une expression que l'on avait intérêt à utiliser avec Propp. On était censé connaître par cœur *Gatsby* et d'autres textes clés.

Victor se frotta de nouveau le menton.

— Si j'en crois mes renseignements, votre étoile est sur son déclin chez Corbin, Dern. Peut-être l'heure est-elle venue d'un juvénile coup d'État, dit-il, ses sourcils noirs s'élevant comme l'ombre d'éperviers jumeaux sur la falaise abrupte de son front.

— Comme quelqu'un l'a fait dire un jour au pape — je n'ai pas d'armée.

— Mais avez-vous un banquier ?

— Seulement un distributeur de billets.

— Pourquoi n'achetez-vous pas la société ? demanda soudain Propp comme si c'était la solution évidente qui leur avait inexplicablement échappé jusque là.

— Je n'ai même pas les moyens d'acheter un appartement

— C'est sans importance. Regardez autour de vous. Tout ce qu'il vous faut, c'est de l'ambition, de l'imagination et un bon levier.

— Autant que je sache, les lois de la nature n'ont pas encore été révoquées.

— Cela fait un moment que vous n'avez pas lu les journaux.

À vrai dire, cette idée n'était pas assez folle ou inaccessible pour n'être jamais venue à l'esprit de Russell, mais il était surpris, presque gêné, d'entendre son aîné décrire ainsi ce que lui, Russell, avait rêvé.

Victor se pencha en travers de la table et posa sa main gigantesque sur celle de Russell.

— Le crédit, Russell, la pierre philosophale de notre époque. Vous pouvez changer le plomb de l'esclavage salarié en un destin doré, si vous en avez le courage.

— Pourrais-je compter sur vous, Victor ?

— Voyons, mon jeune ami, ne vous l'ai-je pas déjà clairement fait comprendre ? demanda le sexagénaire, ses lèvres minces et aiguisées comme des lames pressées l'une contre l'autre en un sourire de conspirateur.

8

— J'arrête pas de rêver que je gagne à la loterie, mon vieux, mais j'achète jamais de billet.

— Comme dit la pub, faut jouer pour gagner.

— Je le sais, qu'y faut jouer pour gagner. Tout ce qu'y faut c'est un dollar et un rêve, comme dit l'autre. Côté rêve, ça va. Tout ce qu'y me faut, c'est ce putain de dollar.

— C'est bien ce que je dis. Faut que tu le raques, ton dollar.

Dans la file d'attente qui s'était formée devant la mission, les auteurs de ce dialogue manifestaient la camaraderie humide de nouveaux compagnons de beuverie, bien aises pour l'heure d'avoir résolu ensemble cette énigme logique. Tous deux étaient insuffisamment couverts pour le froid, la tête rentrée dans les épaules, recroquevillés comme pour couver les braises agonisantes de leur combustion interne. L'un arborait un bonnet de tricot orné d'un gland et du slogan « Skiez au Val de Mad River », l'autre une casquette de base-ball portant l'inscription « Drexel, Burnham, Lambert, Bond Conference 1986 », qu'il avait isolée et rendue imperméable à l'aide d'une doublure faite d'un sac poubelle de plastique vert.

Une voix, plus loin dans la queue, dit :

— La loterie est un impôt réactionnaire que l'État fasciste prélève sur les classes qui ont le moins les moyens de l'acquitter.

Comme des athlètes ménageant leur énergie, les deux ivrognes se tournèrent avec lenteur et économie pour considérer celui qui avait parlé — visage et cou boutonneux surgissant d'une veste en daim à franges dont le revers s'ornait d'un badge « Bouffez les riches » ; les cheveux longs, noués en queue de cheval, donnaient l'impression d'un chapeau de Davy Crockett.

— C'est un truc des classes dirigeantes pour cacher la réalité économique de l'État fasciste aux masses opprimées. Vous croyez que les riches achètent des billets de loterie ? Vous croyez que Donald Trump joue au loto ?

— Il en a pas besoin, dit l'homme à la casquette Drexel. Il est déjà tiré d'affaire.

— Tu l'as dit, approuva son pote. Tout ce que je dis, c'est : et moi, quand c'est que je serai tiré d'affaire ? C'est tout ce que je dis, Davy Crockett. Je veux ma part du gâteau, bordel.

— Un peu, que tu la veux. T'entends ce qu'y dit, mon ami, espèce de trappeur ? Y veut savoir quand c'est qu'y sera tiré d'affaire.

— Ouah, quel châssis ! Vise un peu.

— C'est pas pour toi. C'est Miss Corrine. C'est une femme mariée.

— Je m'en suis tapé des femmes mariées ! Tu dis que je peux pas avoir de femmes mariées ?

Chaussée de mocassins, Corrine, qui descendait d'un pas rapide le Bowery depuis Cooper Union, jaugeait la queue qui s'était formée devant la mission. Comme les restaurants, les missions et les soupes populaires avaient chacune leur clientèle distincte ; ici, les clients, des hommes pour la plupart, noirs et blancs en nombre à peu près égal, faisaient en majorité un effort pour bien se tenir parce que la bouffe était correcte et l'espace limité. Quelques-uns, qu'elle reconnaissait presque tous, parlaient fort pour se plaindre, se vanter ou provoquer leurs voisins sur des broutilles — « Tu crois pas que j'aurais qu'à lever le petit doigt pour décrocher un boulot à la municipalité ? Dis tout de suite que je suis un menteur. Et je parle d'un bon boulot » — conservant malgré leur clochardisation quelque chose de l'allure des boxeurs avant le combat, l'attitude du petit malin s'apprêtant à resquiller un repas aux représentants naïfs d'une quelconque autorité, satisfaisant ainsi les besoins de ce qu'il leur restait de dignité. D'autres attendaient en silence tout ce qu'on voudrait bien leur donner. Quelques-uns étaient ivres et cherchaient à ne pas le montrer. Certains, ravagés par leurs propres sécrétions chimiques, savaient à peine où ils

étaient : des schizophrènes aux yeux obturés sur le monde extérieur, un autiste en survêtement blanc, qui répétait compulsive-
ment les quatre pas d'une espèce de fox-trot. Les trav étaient
regroupés vers l'avant de la file, stridents et fébriles comme des
oiseaux exotiques, emplumés de coiffures élaborées et d'écharpes
criardes — dandys de la rue.

— Salut, ma poulette !

— Corriiine !

— Notre-Dame du perpétuel délice !

Corrine adressa un vague salut général et se glissa à l'intérieur
où les odeurs de cuisine se mêlaient au remugle du désinfectant
sur le linoléum, traditionnel dans ce genre d'établissement. Les
autres bénévoles disposaient sur les tables des couverts de plastique, des bols de gelée de raisin et des paniers de pain de mie blanc.

— Tu veux distribuer la manne ? demanda Irene Goldblum en
tendant à Corrine un rouleau de tickets jaunes.

Travailleuse sociale harassée aux cheveux poivre et sel, elle s'occupait des pauvres déclassés, fatigués et frileux du Lower East Side
depuis qu'elle était sortie de Barnard en 1969. L'épuisante dureté
de la tâche se lisait sur son visage. Corrine avait l'impression qu'elle
traitait sa vocation avec cynisme — mais Corrine ne visitait le
Lower East Side que deux fois par semaine, et ce depuis un an
seulement.

— Tu es une vraie poire, hein, ma petite, avait dit Irene le premier jour, après que Corrine avait distribué tout l'argent qu'elle
avait sur elle aux clients de la mission, ce qui avait d'ailleurs déclenché une émeute.

— Tu rendras un meilleur service, à eux comme à nous, en ne
t'apitoyant pas trop sur leur sort. Les deux tiers de ces types sont
drogués d'une manière ou d'une autre et quatre-vingt-dix pour cent
d'entre eux sont des escrocs à la petite semaine, alors essaye de
réfréner les ardeurs de ton cœur saignant.

Peut-être qu'elle était une poire, mais Corrine croyait que sa
compassion avait un fondement logique. Vivant dans la ville, elle
se sentait liée par un réseau délicat et complexe d'interdépendances
et était bien décidée à s'acquitter de son rôle. La misère aussi bien
que la vitalité de la métropole infiltraient sa psychologie. Toutes

les années passées dans la ville ne lui avaient pas encore permis de se construire une carapace étanche.

La file d'attente se raidit et frémit quand Corrine réapparut sur le seuil. On tendit des paumes noires de crasse et craquelées. C'était l'instant où des bagarres éclataient, encore que la file eût tendance à s'auto-discipliner quand l'une des bénévoles distribuait les tickets. Corrine, en particulier, jouissait d'une grande popularité auprès des habitués.

Les trav échangeaient force claques paume contre paume et examinaient la garde-robe de Corrine avec un détachement professionnel.

— C'est un tailleur Chanel, ma jolie ?

— Je voudrais bien.

— Qui est-ce qui te coiffe, chérie ? Il faudra que je monte dans ton quartier pour m'offrir ça.

— Elle va dans un salon de coiffure de luxe, là, chez Gore Vidal.

Plus loin dans la queue, un bel homme aux allures de clochard dit :

— L'hôtesse idéale.

C'était Ace, que Corrine avait récemment invité. Depuis quelques semaines, il racontait la soirée aux autres hommes de la file avec des détails de plus en plus fantaisistes, et avait fini par laisser entendre qu'il était assez intime avec Corrine et ses amis huppés du quartier chic, au nord de la ville. Le magnétoscope n'apparaissait jamais dans son récit.

— J'ai une faim de loup, aujourd'hui. J'ai laissé tomber le crack et j'ai arrêté de picoler pour me remettre entre les mains de Dieu, et c'est pas des histoires.

La mention de la divinité déclencha apparemment une réaction en chaîne. Intimes de la météo et des catastrophes naturelles, les habitants des rues étaient très portés sur la religion, en particulier vers les courants intégristes et déterministes du christianisme.

— Vous mangez pas de porc, vous autres, hein ? demanda le suivant qui louchait d'un air furibond. Je becterais bien une bonne côte de porc, de temps en temps.

La mission était dirigée par une yeshiva et beaucoup d'entre eux se sentaient tenus de mordre la main qui les nourrissait, d'autant plus qu'elle était juive.

118

— Les juifs ont pas reconnu notre Sauveur, dit le suivant dans la queue, en agrippant son caddie comme s'il soupçonnait Corrine de vouloir le lui voler. Ils l'ont pas reconnu, parfaitement, même pas la femme qui lui oignit les pieds d'huile, et ils l'ont mis à mort.

— Elle s'appelle Calloway, intervint Gros George, vieux noir majestueux qu'on appelait aussi le Maire, par respect pour son long règne sur le Bowery. C'est un nom catholique.

— C'est le nom de mon mari, dit Corrine.

— Vous... vous êtes ce qu'on appelle une Aryenne de Darien, dit George.

— Et vous, George, où habitez-vous ? demanda Corrine.

— Oh, moi je suis un nomade. Je dors dans le métro, sur la ligne E.

— Les cathos valent pas mieux, dit le louchon. Vous savez pourquoi on attend encore la Nouvelle-Jérusalem ? C'est pasque le pape et ses troupes, ils ont volé l'or qui pavait les rues et pillé la cité de verre. Tout ça c'est au Vatican, maintenant — et il s'est bâti un trône en or, a dit le Seigneur. Maintenant ils attendent que l'assurance raque pour la Nouvelle-Jérusalem. Mais le jour est proche où les Justes seront enlevés dans le giron de Dieu et où les méchants seront rejetés dans les ténèbres du dehors.

— C'est le peuple qui devrait se soulever pour renverser les banquiers, les juristes et les promoteurs immobiliers, affirma la queue de cheval. Cette ville, ce quartier appartiennent au peuple, mais les bouffeurs de sushi et leurs architectes sont en train de l'avaler...

— Les bouffeurs de quoi ?

— Quoi, les Japs ?

— Mais non...

Corrine fourra un ticket dans la main du danseur de fox-trot, dont les pieds traçaient un ensemble d'instructions invisibles sur le trottoir. Plus loin encore dans la queue on débattait de l'existence d'un léopard solitaire en liberté dans les rues de Manhattan. Plusieurs prétendaient avoir vu l'animal et l'un d'entre eux dit même qu'un ami à lui avait été attaqué et lacéré à coups de griffes.

En arrivant au bout de la file, Corrine aperçut une haute silhouette familière un peu voûtée, en conversation avec deux motards, plus loin dans la rue. Avec ses vêtements loqueteux de lycéen achetés dans les magasins de surplus, il avait l'air d'un épouvantail fiché sur le Bowery pour écarter les pigeons. Les motards étaient assis en amazone sur leurs Harley rangées avec désinvolture — et si ça te plaît pas je t'emmerde — en épis, plus ou moins le long du trottoir ; le quartier général des Hell's Angels de Manhattan était juste au coin et Jeff habitait, à quelques rues de là, un loft de Great Jones Street. Tandis qu'elle les observait, un des Angels leva la main et enfonça le doigt dans les côtes de Jeff. Son premier instinct fut de se précipiter, mais elle se retint. Pour finir, Jeff échangea la poignée de main des frères avec les deux hommes et s'éloigna en traînant les pieds dans la direction de Corrine qu'il faillit dépasser sans la reconnaître.

— Corrine ! Ça alors... qu'est-ce que tu...

Il chassa les mèches blondes qui pendaient devant son visage surpris.

— Comment tu vas ?

— Très bien. Toi, ça va ?

— Pas pire que d'habitude.

— C'est quoi, ton jour d'expiation ?

— Ben oui, j'ai apporté ma petite cuiller pour vider l'océan de la misère humaine.

De la tête elle indiqua les Hell's Angels.

— Qu'est-ce que tu fais — des recherches ?

Ils revinrent lentement vers la mission. Baissant les yeux vers ses pieds, Corrine vit un graffiti qu'elle avait vu ailleurs, un verre à cocktail barré d'un trait oblique.

— J'abandonne le roman familial de Nouvelle-Angleterre pour le réalisme urbain le plus graveleux.

Il la regarda avec un sourire presque contrit.

— C'est ton fiancé ? lança quelqu'un dans la queue.

— J'ai vu sa photo quelque part. C'est un acteur.

— Dis voir, frangin, je t'ai pas vu à Reaganville ? dit Ace, frissonnant dans le survêt à capuchon de Columbia University qu'il portait sous une veste de smoking luisante.

— C'était un de mes doubles, dit Jeff.

— Tiens, si je peux te dire exactement où t'as eu tes gants, tu me les refiles ?

— Vraiment exactement ? demanda Jeff en regardant ses mains gantées de peau de porc et cherchant à se rappeler lui-même d'où ils venaient.

Ace se claquait les bras pour se réchauffer.

— L'endroit tout à fait exact.

— Chiche, dit Jeff.

— Tu les as eus sur les mains toute la matinée, eh, pigeon. Alors, j'ai raison ? Ou j'ai raison ?

— Faut reconnaître qu'il a raison, dit le voisin d'Ace.

Les autres semblaient d'accord. Jeff ôta aussitôt ses gants et les lui tendit. L'heureux bénéficiaire parut presque aussi surpris que Corrine.

— Rien ne t'obligeait à le faire, dit Corrine.

— Un pari est un pari.

— Tu es bizarre. Où vas-tu ?

— Rien de très intéressant, dit-il. Voir un type au sujet d'un chien.

— Tu veux qu'on prenne un verre, après ?

Il parut hésiter.

— Bon, on se retrouve au Great Jones.

Il l'embrassa devant la porte. Les trav glapirent quand il s'éloigna de sa démarche avachie.

— Eh, la grande asperge — reviens. Viens voir par là.

Jeff avait l'air encore plus maigre que d'habitude, songea Corrine en apportant une nouvelle demi-miche de pain à l'une des tables, il serait presque passé inaperçu dans la file d'attente d'une soupe populaire.

— Encore du pain, s'il vous plaît, mademoiselle.

Surtout en hiver, ils réclamaient du pain jusqu'à ce qu'il n'y en ait plus, accumulant les hydrates de carbone contre le froid. Et la gelée de raisin — ils versaient une couche de Smucker's sur tous les aliments, pour le sucre.

À la table trois, une bagarre éclata pour un rab de sachets de sucre. Un type essaya d'étrangler Ace avec son écharpe. Ils roulèrent par terre. Ici, vers le bas de la chaîne alimentaire, le sucre était la base d'un système d'échange primitif. Mrs. Goldblum fondit sur les combattants et leur fit assez peur pour qu'ils acceptent une trêve. Ace se débrouilla pour conserver deux sachets de sucre en rab dans les articles du traité qui mit fin à l'empoignade.

Ace avait la pêche, certain que le mojo était sur lui. Feintant contre des boxeurs fantômes avec ses nouveaux gants, il s'arrêta sur le Bowery, cherchant à éprouver sa chance. Comme beaucoup d'habitants des rues, Ace était fataliste. Ce qui devait arriver arrivait. Le truc, c'était d'essayer de pas se mettre en travers. Croisant un type en costard, il lui demanda vingt-cinq cents. L'autre poursuivit sa route comme si Ace avait été l'homme invisible, mais il avait l'habitude, l'habitude qu'on ne l'entende pas, qu'on ne le voie pas, les citadins normaux étant équipés d'un rétrécisseur aérodynamique du champ de vision caractéristique de New York — les yeux fixés droit devant eux sur le prochain arrêt de peur que le regard n'accroche quelque chose d'affreux — équipés d'un radar qui enregistrait sa présence sous la forme d'un obstacle à contourner, comme celle d'un rocher ou d'un étron de chien. Ça pouvait devenir tellement craignos qu'on aspirait presque parfois à rentrer dans le rang, et, pourtant, il trouvait un certain romantisme à cette activité de pure subsistance, prospecter et chasser comme les premiers pionniers dans un paysage hostile. C'était de loin plus excitant que de retourner des hamburgers sur le gril, de déménager des meubles ou de sillonner la ville sur une bécane de coursier.

Il déambula jusqu'au kiosque à musique de Tompkins Square Park et tomba sur un groupe de fumeurs de crack, mais il n'avait pas de blé, et poursuivit donc sa route, descendant l'Avenue C jusqu'au vaste terrain vague sur lequel un campement de squatters avait poussé parmi les gravats d'un immeuble d'habitation démoli, bivouac urbain de fortune fait de wigwams, élevés après qu'un camion transportant des rouleaux de tissu avait versé dans Houston. Les membres d'un club de buveurs improvisé qui s'était formé autour d'une bouteille de gros rouge avaient découvert le chauffeur évanoui, forcé la porte arrière et trouvé des rouleaux de tapisseries de soie et de coton imprimées de chevaliers poursuivant des licornes sur leur destrier, qui semblaient beaucoup trop précieuses pour être abandonnées dans le caniveau, et les hommes avaient donc roulé le chargement jusqu'au terrain vague sur lequel ils dormaient. Le lendemain, le premier wigwam avait été dressé. Il y en avait maintenant une douzaine. Le tissu naguère écarlate, usé et déteint par la pluie, le soleil et la neige, était recouvert de sacs poubelle en plastique et de papier d'aluminium. Des cabanes de contre-plaqué et de plaques de tôle s'étaient élevées parmi les wigwams et d'autres colons squattaient l'immeuble abandonné qui jouxtait le terrain vague. Une gigantesque fresque peinte sur le flanc dépourvu de fenêtres du bâtiment représentait une version idéalisée, édénique, de cette communauté, sous le titre LA NOUVELLE-JÉRUSALEM, mais la plupart des gens l'appelaient Reaganville. C'était en tout plusieurs centaines de citadins qui avaient trouvé refuge là, parmi lesquels des familles avec enfants et animaux, et un nombre plus grand encore de gens qui, comme Ace, ne faisaient que passer, en quête de nourriture, de fêtes et d'abri. Un ancien combattant du Vietnam, un géant du nom de Rostenkowski, dirigeait officieusement la communauté, distribuant les dons en nourriture, vendant le droit de dormir dans les cabanes pour un dollar la nuit et supervisant le commerce de la drogue.

L'air nocturne était tout enfumé et lourdement chargé d'un remugle de cuisine, de sueur et d'urine. Des habitants du campement, blottis autour de braseros, partageaient bouteilles et cigarettes. Regardant dans la direction du wigwam de Rostenkowski, Ace vit l'ami de Corrine, le grand type qui lui avait donné les gants, en sortir et lever les yeux vers le ciel comme s'il cherchait à s'orienter sur les étoiles. Ace, lui, cherchait une nana du nom de Sally Sweet.

— C'est pour visiter le bureau ovale? demanda un homme qu'on appelait Sixorteils et qui en possédait effectivement onze en tout.

— Exactement comme le président, dit Ace.

Puis quelqu'un lui dit que Rostenkowski l'avait virée en lui disant de ne pas revenir parce qu'elle avait les bras couverts de boutons rouges et que Rostenkowski disait que c'était le sida.

— Comment ça se fait que c'est toujours les blancs qui dirigent?

— Tu devrais aller te faire faire un test, mon frère.

— Quand on doit y passer, on doit y passer, fit tautologiquement remarquer Ace, mais il était emmerdé pour Sally, elle n'avait que seize ans.

Après le ménage et la vaisselle à la mission, Corrine retrouva Jeff au Great Jones Café, un petit bistrot avec juke-box, toujours bondé, dans lequel il traînait souvent.

— Si je peux te dire exactement où tu as acheté ta chemise, est-ce que tu l'ôteras? demanda-t-il à la fille du bar, une blonde déco-lorée qui portait une camisole noire très ajustée.

— Ma copine l'a piquée à la boîte où elle bossait.

— C'est exactement ce que j'allais dire. Allez, enlève-la!

La fille s'éloigna. Jeff semblait presque détendu, ici. Il n'avait jamais été facile à trouver mais, depuis deux ans, il était devenu plus distrait et insaisissable que jamais. Il devait bien y avoir eu un moment, songea-t-elle, après qu'il avait terminé son livre, où il s'était décontracté, mais sa satisfaction semblait diminuer à proportion de son succès. Russell disait qu'élitiste et misan-thrope, Jeff ne pouvait s'empêcher de se haïr depuis que tant de gens avaient aimé son livre. Après avoir tenu le coup à ses côtés pendant trois années de vache enragée, sa copine, Caitlin, s'était fait la valise quand il avait enfin réussi. Il y avait trop de concurrence, désormais, et ça ne lui plaisait pas, avait-elle dit.

— Tu as eu des nouvelles de Caitlin? demanda Corrine.

— Je viens d'apprendre qu'elle s'est fiancée à un banquier. On ne croit jamais que ce genre de truc peut arriver à quelqu'un qu'on connaît vraiment et — paf! d'un seul coup. Ça devrait nous servir de leçon à tous. Ça doit être une réaction aux trois ans qu'elle a passés avec moi.

— Ben, moi, je travaille bien à la bourse, comme tu me l'as si gentiment rappelé le soir de mon anniversaire.

La fille du bar, qui aurait très bien pu faire des extras la nuit comme catcheuse, dirigea sur elle un de ces regards féminins de maquignon suspicieux.

— Tu n'es pas vraiment agent de change. Il y a des gens qui deviennent leur boulot. Pas toi.

— Tu veux dire que je suis une hypocrite, que je ne crois pas à ce que je fais?

— Tu es comme... un missionnaire sur le continent sauvage de

Wall Street, tu apportes un peu de gentillesse et de lumière au secteur de la finance. Qu'est-ce que tu bois, une bière ?

— Un machin *light*, n'importe quoi.

— Un machin *light*, minauda la blonde en agrippant la crosse de son pistolet à soda avec férocité.

Elle s'arrangea pour donner l'impression que c'était une atteinte à sa dignité professionnelle de servir des boissons non alcoolisées, pour ne rien dire d'une boisson *light*, et qu'elle acceptait de le faire seulement parce que Corrine était, pour une raison inexplicable, une amie de Jeff.

— Tu as décidé de ne plus boire ? La vie mondaine de Manhattan va bientôt t'apparaître dans toute son horreur clinquante et tu finiras par nous mépriser tous tant que nous sommes.

— Peut-être qu'on devrait tous déménager.

— On devrait. Mais pour aller où ?

— Nous, on est obligés de vivre ici, mais toi, tu pourrais vivre n'importe où. J'aime t'imaginer sur un campus de Nouvelle-Angleterre, tu fumerais la pipe et tu pêcherais à la mouche.

— Je suis un pêcheur de femmes.

— Tu as couché avec elle ? chuchota-t-elle quand la fille du bar se fut enfin suffisamment éloignée. Elle me regarde comme si elle avait envie de me coller dans son mixer la tête la première.

— Je crois qu'elle aurait plutôt envie de t'y coller les pieds d'abord. Et de t'y enfoncer très lentement, pour que tu souffres plus longtemps.

— Tu n'as pas répondu à ma question.

— C'est vrai, je n'ai pas répondu.

Il la regarda fixement jusqu'à ce qu'elle baisse les yeux. Elle but une gorgée, lécha le picotement carbonique sur ses lèvres.

— Tu ne regrettes jamais de ne pas avoir épousé Caitlin ?

— On était aussi mariés qu'on peut l'être — j'aimais me dire que c'était un mariage d'incommodité, on s'engueulait autant que n'importe quel couple marié... apprenant à connaître les faiblesses de l'autre sur le bout des doigts... je crois qu'on peut considérer ça comme un mariage, non ?

— Tu sais que je sais que tu fais seulement semblant d'être cynique.

— *On est ce qu'on fait semblant d'être, aussi faut-il faire très attention à ce qu'on fait semblant d'être.*

— Vonnegut.

— Oui, bravo. Encore que je croie qu'Aristote l'a dit le premier.

— Pourtant, vous aviez l'air de former un bon couple.

— C'est facile d'« avoir l'air » d'un bon couple, dit Jeff d'un ton lugubre. C'était toujours toi que j'attendais.

— J'ai l'impression de ne pas t'avoir vraiment parlé, ces derniers temps, dit Corrine qui ne voulait pas encourager ce genre de considérations. Tu ne comptes pas te ranger un jour ?

— C'est ton boulot. Il faut bien que quelqu'un picole et baise ces grognasses pour que tu puisses mener une vie normale.

— Il fut un temps où tu parlais de tes sentiments, Jeff. Au lieu de les prendre à la rigolade

— En définitive, dit-il, je crois que les hommes parlent aux femmes pour pouvoir coucher avec elles et que les femmes couchent avec les hommes pour pouvoir leur parler.

— Et nous deux, où est-ce que ça nous mène ? demanda-t-elle d'un ton léger.

— Dans un jardin zen. Avec des mousses vertes et jaunes, du gravier ratissé. Le silence.

Irritée, elle secoua la tête et détourna les yeux.

— Viens dîner avec nous, finit-elle par dire.

— Je regrette, je suis pris.

— Tu promènes le chien ?

— Plus ou moins.

Il alluma une cigarette.

— Essaye de ne pas oublier les vieux amis, dit-elle timidement.

Il releva la tête comme si un vieil air lui revenait tout à coup.

— Ah oui, « les vieux amis ». J'ai déjà entendu ça quelque part. Alors c'était bien toi, qui m'as envoyé ce poème de Yeats.

— Un poème, quel poème ?

Elle affecta une expression d'innocence. Il récita :

Bien que tu sois dans les jours de ta gloire
Voix dans la foule
Et nouveaux amis occupés à chanter tes louanges,

Ne sois pas méchant ni fier
Mais songe aux vieux amis surtout :
Et patata iambes anapestes

— Et moi j'ai oublié le reste.

— C'était toi ou Boum. Inquiets à l'idée que quelque bonne critique risque de monter à la tête du vieux Jeff. Eh ben voilà, je suis devenu une salope, malgré tous vos efforts.

— Mais tu as toujours été une salope, dit-elle prise d'une soudaine envie de cigarette.

Quand elle était avec les garçons, elle se mettait à parler comme eux, avec le même humour vache.

— Je crois que j'ai été nul avec cette blague, j'aurais dû dire « *Où t'as eu* » ta chemise, pas « *où t'as acheté* » ta chemise. C'est ça le danger de la correction grammaticale.

Jeff refusa de la laisser prendre le métro et la mit dans un taxi avec un baiser enfumé.

— Y a un truc que je voulais te demander depuis longtemps, dit-il en se penchant sur son oreille.

Elle leva sur lui un regard presque effrayé.

— Quoi ?

— Comment il était vraiment, Salinger ?

9

LA CÉLÉBRITÉ
par Juan Baptiste

...La taille du pénis augmente, évidemment. Ou celle des seins. Et, en règle générale, il faut changer de nom. On commence avec un nom comme Norma Jean ou Archie Leach ou James Gatz. Ce n'est pas une obligation, bien sûr, mais ici, en Amérique, mieux vaut se rappeler qu'on aime voir les gens partir de zéro (à l'exception des KENNEDY). On aime les inventeurs. Et créativité bien ordonnée commence par soi-même — l'auto-invention, chez nous, remplace la naissance. Vous êtes né dans une quelconque banlieue? Vous êtes fatigué de voir toujours le même mironton sur la table, de retrouver jour après jour le même visage dans le miroir? Pas de problème, allez vous installer à New York — la ville dont le nom même est une arche de nouveauté. Gros blair, nichons sous-développés? Offrez-vous la chirurgie esthétique. Soyez modèle, ou essayez au moins d'en avoir l'air. Entrez dans la danse. Mettez-vous à l'écoute. Vous êtes vivant, vous êtes libre, reste à être heureux. Soyez câblé. Devenez un bon coup. Devenez riche. Visez haut.

Prenez JOHNNY MONIKER, il y a six mois, il bossait dans une pizza minable, un an, il habitait le Midwest. Et BERNIE MELMAN, hein, vous croyez qu'il est né milliardaire? Et MADONNA, qui a commencé sa vie à Detroit affublée d'un nom imprononçable? Et jusqu'à votre humble serviteur, JUAN BAPTISTE, qui pourrait vous dire deux ou trois choses sur les origines modestes. Comme aussi sur la chirurgie, le parjure, le plagiat, et l'orgie qui se cachent derrière les grands noms.

Tenez, par exemple, ce dîner dans le temple de Dendur au Met, tenue *de soirée de rigueur, auquel je me suis invité. Le proprio de mon tau-dis et de tous ceux qui l'entourent recevait un prix pour les services qu'il a rendus à l'humanité et à la promotion de la culture. J'ai remonté la moitié de Manhattan en tacot pour aller lui demander pour quelle raison il n'y a pas d'eau chaude dans mon immeuble. Son épouse, l'une de nos plus grandes stars, dans sa barboteuse de Christian Lacroix, se lève pour donner le signal des applaudissements — écoutez-moi ça, clap-clap-clap, c'est le son de la prière moderne, le geste de l'envie inver-sée, paumes appliquées l'une contre l'autre pour célébrer le culte du héros. Et puisqu'elle est debout, regardez la célèbre épouse de mon pro-prio, regardez-la bien, elle est venue de son bled paumé pour devenir une grande star, et Juan peut vous dire qu'elle n'est pas arrivée à la force du seul poignet, rappelez-vous, mes louloutes, pour parvenir au succès, il faut en mettre un coup (et peut-être deux ou trois). Et le meil-leur ami de mon proprio, son meilleur meilleur, le milliardaire Ber-nie Melman, prend le micro pour dire que mon proprio est probablement, sans aucune exagération, le plus réussi de tous les êtres humains qui aient jamais peuplé la planète... Vous vous rendez compte, si les murs du temple de Dendur avaient des oreilles, cette antique antiquité qui s'est dressée à la lisière du désert d'Égypte pendant quel-ques milliers d'années et qui a pu entendre tout le bla-bla pharaoni-que avant qu'on le démonte pierre par pierre pour le reconstruire au Met dans une aile entière rien que pour lui... Est-ce qu'on débitait le même genre de mensonges à l'époque ? N'empêche, j'aime à penser que les mensonges que nous débitons ici, dans cette nouvelle capitale améliorée de notre monde de la fin du XXe siècle, sont les plus gros, les pires, les plus éhontés mensonges de tous les temps...*

Tout le monde était là, bien que l'on eût, pour une raison incon-nue, négligé d'inviter votre serviteur... simple oubli, n'en doutons pas.

Un peu avant j'avais assisté à une projection de Fatal Attraction, *avec Michael Douglas et Glenn Close, un film qui raconte ce qui vous arrivera à vous et à votre petite camarade de jeu si vous vous avisez de tromper* bobonne... *la note de Juan : deux étoiles pour le joli coït en ascenseur* et *le déplorable entretien de la baignoire. Notre ville est atroce pour* la monogamie. *Ensuite, à propos de mariage — et puisque je me trouvais pour une fois dans l'Upper East Side —, je suis grimpé jusque chez Russell et Corrine Calloway qui tenaient leur salon du*

samedi soir. Lui est éditeur, chez Corbin, Dern et elle, c'est une beauté
blanche, anglo-saxonne et protestante qui me rappelle un tout petit
peu la jeune Katharine Hepburn ou cette toile récente d'Alex Katz,
Alba in black, *que nous avons vue à la galerie Marlborough. Mes*
compagnons du bas de Manhattan, Tony Duplex, Leticia Corbin (oui,
au fait, de la famille de Corbin, Dern), Johnny Moniker, se mêlèrent
avec ces gens qui vous demandent : « Que faites-vous? » lorsqu'ils font
connaissance avec vous. Rappelez-vous, mes louloutes, Juan Baptiste
affirme que la question n'est pas ce que l'on fait mais qui on se fait...
Dernière nouvelle! Mode : Juan vous communique ses tuyaux de
la semaine : pour les hommes, je prédis que la coquille sera très en
vogue... quant à vous, les filles, n'oubliez pas que les nichons de soi-
rée, alias les implants de silicone, ont tendance à exploser à bord du
Concorde... une histoire de mur du son...

Russell avait trouvé cette œuvre dans son courrier du matin, au
sommet d'une liasse de coupures de *Down Under*, revue branchée
du bas de Manhattan, accompagnée d'une lettre de Juan Baptiste,
sans doute l'auteur, lui rappelant leur rencontre, soulignant l'impact
publicitaire et suggérant que ses éditos pourraient faire un livre
intéressant, une chronique de la vie nocturne de la ville.

Donna, son assistante, avait collé un post-it jaune sur le dossier :
« Je ne savais pas que tu connaissais Juan — l'idée me semble assez
géniale. »

Il appela Donna, qui parut sur le seuil vêtue d'un T-shirt avec
l'inscription « Crève, yuppie de merde. »

— Ça t'intéresse, ça?

— Bien sûr. Je trouve que ce serait super cool, pour une fois qu'on
envisage de publier quelque chose d'intéressant, ça nous changerait.

— J'espère que ce n'est pas trop dur pour toi de bosser avec des
gens aussi nuls. Qu'est-ce que tu dirais de te plonger là-dedans et
de me filer un compte rendu à mon retour de vacances?

Elle hocha la tête et fit claquer son chewing-gum. Elle n'en peut
manifestement plus de gratitude, songea-t-il.

Vers la fin de sa pile de courrier, il trouva une lettre d'une société
de crédit. *Félicitations, vous avez été présélectionné pour notre carte*
d'or. Ça, c'était une surprise. À sa connaissance, il avait dépassé

son crédit et était en retard pour le remboursement de toutes ses autres cartes. Il s'apprêtait à jeter la lettre au panier quand il vit que, en raison de son excellent dossier professionnel, il avait aussi été *présélectionné pour l'ouverture d'un crédit de cinquante mille dollars*. Il lui suffisait de signer le formulaire et de le retourner dans les trente jours. Ça devait être une erreur, et pourtant c'était bien son nom sur la carte et sur la demande d'accord du bénéficiaire. Il s'empressa de le signer, ferma l'enveloppe et la plaça dans son courrier départ. Il était impatient de raconter ça à Corrine.

Il s'était levé pour sortir quand il reçut un appel de Tim Calhoun, qui semblait ivre. Tim lui dit qu'il avait presque terminé son nouveau livre et l'invita à venir pêcher avec lui en Géorgie pour fêter ça. Russell déclina — « Je pars en vacances avec ma femme, mon vieux. » Mais il était plus heureux de ce coup de fil que du précédent, quand Tim l'avait appelé au secours parce qu'il lui fallait d'urgence de quoi payer sa caution de remise en liberté.

Avant de partir déjeuner, Russell rencontra Harold dans les toilettes des hommes.

— Salut, dit-il, s'approchant d'un urinoir.

Debout devant l'urinoir voisin, Harold lui jeta un coup d'œil et émit un vague grognement incompréhensible.

— Je le prends, dit Russell.

Donna avait Zac Solomon en ligne de Los Angeles. Russell ne lui avait pas parlé depuis la soirée qui datait de plus d'un mois.

— Mr. Calloway? Veuillez ne pas quitter, je vous passe Mr. Solomon.

— Je ne quitte pas.

Songeant, bordel ce que je peux détester ce « veuillez ne pas quitter, je vous le passe », Russell supputait qu'il aurait pu demander à Donna de faire la même chose : « Ne quittez pas, je vous passe Mr. Calloway. » Des tas de connards du bureau le faisaient.

— Russell! C'est vous mon vieux! Est-ce que j'entends comme un petit ruissellement? Puis, d'une voix de fausset : Mon Dieu, là, sur ce buisson, qu'est-ce qui ruisselle? Mais oui, c'est de la... non. J'aime mieux ne pas le dire.

C'était sans doute plus drôle quand c'était le nom d'un autre. Mais peut-être aussi que je suis seulement fatigué, songea Russell. Quand ce fut fini, il dit :

— Vous auditionnez pour quoi, au juste Zachari ?

— La question se pose plutôt pour vous, vieux. Et d'ailleurs je vais y répondre. Je veux vous parler d'un boulot.

— Pourquoi moi ? Je ne connais rien au cinéma.

— Et vous n'êtes pas le seul. C'est ce que j'adore dans ce métier. Il y a trois ans, je bouffais des colonnes de chiffres dans une banque à la manque. Et puis j'ai aidé à serrer les boulons d'un montage financier pour United Artists. Un an plus tard, il me vient l'idée d'un film à la con, je me lance et je monte ma propre boîte de production. Maintenant, on répond à mes coups de téléphone avant que je les aie donnés, je ne sais plus quoi faire de mon fric et je baise une actrice différente chaque soir de la semaine. C'est fou ce que j'aime mon pays.

— Pourquoi partager le gâteau avec moi ?

— Disons que j'ai envie d'être généreux. J'ai besoin d'un coup de main, ici, mon vieux. Vous en avez dans le chou — le chou de Russell, c'est connu, non ? J'ai besoin de produits. Le livre, ça vous connaît. Vous pourriez me tuyauter à l'avance sur tout ce qui s'imprime à New York. Et vous connaissez l'orthographe de votre propre nom, ce qui vous classe carrément dans l'élite, ici, à L.A., deux bonnes longueurs d'avance sur le reste de la meute. Vous pourriez m'aider à bosser avec Jeff, qui est un génie, mais aussi un épouvantable emmerdeur, si vous voyez ce que je veux dire. À propos, et tout à fait entre nous — inutile de vous dire que ça restera strictement confidentiel —, n'aurait-il pas, vous voyez, un vague problème du côté des drogues dites dures ?

— Non, dit Russell, pas du tout.

Jeff se bourrait peut-être un peu trop la gueule, il lui arrivait de sniffer de la coke, mais cela faisait partie de sa personnalité. Ces malades de L.A., songea Russell, étaient tous devenus des champions de la tempérance après la tempête de neige qui avait soufflé sur la région quelques années auparavant. Mais quand bien même Jeff aurait été le dernier des junkies, Russell n'en aurait certainement pas soufflé mot à Zac Solomon pas plus qu'à n'importe quelle vague relation. Dans sa conception de l'amitié, ce genre de choses ne se faisait pas.

— Oui, ben, comme vous voudrez, dit Zac. Quand même, essayez de voir. Les gens sont plutôt nerveux de nos jours par ici. Vous voyez ce que je veux dire, une simple rumeur suffit à bloquer net une carrière. Mais ce que je voulais surtout vous dire, c'est, ça marche pour vous — le bouquin de Jeff, et puis le roman de je ne sais plus qui, là, que vous avez publié l'an dernier. Unissons nos flairs, unissons nos fluides, c'est ce qu'on appelle la synergie.

— Sérieusement, Zac.

— Pourquoi voulez-vous que je sois sérieux ? Vous savez où je vis. On ne me paye pas pour être sérieux.

David Whitlock entra dans le bureau, s'assit sur le bras du canapé de Russell et prit une revue sur la table qui était à côté. Russell leva un doigt.

— Je vous envoie un billet d'avion, ne vous inquiétez pas pour le logement. Tiens, vous pourriez venir avec Jeff, jeudi. Ou alors je vous vois à New York le mois prochain.

— Écoutez, j'aime assez les films pour savoir que je ne comprends pas comment on les fait. Le livre, c'est ça que je connais.

— Combien vous vous faites, soixante-quinze, cent mille ?

Gêné, Russell garda le silence. Il aurait bien voulu.

— De toute manière, je peux vous donner le double, vieux.

Whitlock se leva pour partir mais Russell lui fit signe d'attendre. Il voulait qu'il entende la suite.

— Je suis très heureux où je suis. Et puis là, j'ai une réunion. Donnez-moi le temps de réfléchir, d'accord ?

— On vous aura tôt ou tard, dit Zac. Ici, le pognon pleut des palmiers. *Sayonara*.

— Une proposition ? demanda Whitlock quand Russell eut raccroché.

— Je suis très demandé, dit Russell. Fais-le-leur savoir, là-haut.

— J'essaierai d'y penser, dit-il d'un air lugubre, laissant tomber la revue sur la table comme si, là non plus, il n'avait pas trouvé de réponse à ses questions sur le sens de la vie et l'optimisation des bénéfices des sociétés.

— Avec ton Rappaport, tu vas nous faire perdre un max de blé.

— Je ne vais pas vous faire perdre un max de blé, dit Russell avec agacement, ce sera peut-être pas un best-seller...

— Pfff, fit Whitlock avec un mépris railleur. Tout le monde s'en fout du Nicaragua. Et personne n'a envie de lire des vacheries sur le gentil vieillard de la Maison Blanche.

— Si Harold consentait à le soutenir, il marcherait très bien.

— Qu'est-ce que t'as fait pour le mettre en rogne ? demanda Whit.

— J'ai passé la trentaine, j'ai changé de bureau. Est-ce que je sais, moi.

Que Whitlock l'interrogeât sur sa disgrâce comme si c'était un fait établi le plongea dans le désarroi, surtout après le coup de fil de Solomon qui lui avait rappelé combien il était mal payé.

Quand Whit lui adressa un geste d'au revoir morose, Russell se rappela les règles de vie que son père lui avait solennellement transmises la veille de son départ en bagnole pour l'université : ne jamais mettre en danger la réputation d'une femme, ne jamais s'élever en marchant sur les autres, ne jamais parler de ce qu'on gagne ni du prix des choses. Au milieu des râteaux, des sacs de désherbant et de terreau dans le garage du Michigan, tandis qu'il l'aidait à charger la stéréo, ses livres et ses vêtements dans la bagnole, son père s'était soudain fait patriarcal ; c'était un phénomène qui les plongeait toujours dans l'embarras, tous les deux, comme cette fois où le paternel lui avait expliqué la sexualité, bien des années auparavant. Russell s'était immobilisé gauchement, un carton de disques dans les bras, tandis que son père énonçait les règles d'or. Par la suite, il répétait ces maximes pour l'amusement de ses amis, mais elles lui collaient à la peau. Il tenta de savourer une certaine condescendance envers Zac, mais la honte que lui causait son salaire l'emporta, comme l'idée déprimante que les Zac ne cessaient de s'enrichir en ce bas monde.

S'il avait une chance de gagner de l'argent, conclut Russell, c'était probablement à la bourse. Il fallait qu'il se mette à jouer avec les instruments de Duane — les achats à terme et les options. Si seulement il avait des capitaux... et il se rappela alors l'ouverture du crédit — cinquante mille. Il pouvait investir à court terme. Pourquoi pas ?

Donna rentra en trombe avec une tête d'enterrement.

— Est-ce que je dois recevoir des ordres de cette salope bécébégé de Carlton? Je croyais que c'était toi, mon patron. Si c'est elle aussi, je me casse.

— Qu'est-ce que tu racontes? demanda-t-il.

Elle en était toute rouge sous son maquillage blafard. Elle arpentait la pièce, deux pas dans une direction, deux pas dans l'autre, en parlant:

— Elle m'a dit de balancer ça — elle montrait son badge « Bouffez les riches » Elle a dit que t'étais au courant. On est où, ici, dans un lycée de merde, ou quoi? T'étais au courant?

Elle s'était plantée devant lui, croisant les bras d'un air de défi. Russell hocha du chef.

— On m'a demandé de te dire qu'on ne voulait plus voir ce badge.

— Qui, cette connasse?

— Je t'en prie. Harold, si tu veux savoir.

— Et alors?

— Alors? Tu vois bien que je n'en ai pas tenu compte.

— Seulement moi, ce que je veux savoir, c'est qui est mon patron.

— Moi, pour l'instant. Et c'est ton patron qui te donne l'ordre de continuer à porter ton badge.

— Cette fois-ci, c'est décidé, j'arrête de boire pour de bon, annonça Corrine.

Russell tripotait le bouton de la radio d'une main, l'autre agrippée au volant de la voiture de location, cherchant une station parmi les parasites, tout en tendant le cou pour voir dans le cône blanc des phares.

— Je crois qu'il y a une radio sympa qui émet à Manchester, dit-il. Tiens, pendant qu'on est dans le coin, on pourrait peut-être aller voir ton vieux copain Salinger.

— Tu m'as entendue ? J'ai dit que j'arrêtais de boire pour de bon.

— Je t'ai entendue.

Se fixant sur une suite d'accords tonitruants, il ajouta :

— Qu'est-ce que tu veux dire ?

— Ce que je dis.

— Tu vas arrêter de boire ? Arrêter ? Basta, stop, fini, rideau ?

— Pourquoi refuses-tu d'entendre ce que je dis ?

— Je croyais que tu parlais pas sérieusement.

Il la regarda pour la première fois depuis sa déclaration, plissant des yeux inquisiteurs.

— Pourquoi je ne parlerais pas sérieusement ?

— Tu dis tout le temps ça.

— D'accord, cette fois-ci je le dis sérieusement.

— D'accord.

Dimanche soir, rentrée en ville depuis le Vermont. Après un week-end de ski, elle se sentait moins en forme que jamais. La veille, ils avaient trop bouffé au dîner chez des amis qui vivaient près de Middlebury, un couple connu pendant leurs études. Tous deux étaient fonctionnaires du gouvernement de l'État, à Burlington, Jeannie biologiste, spécialiste de l'environnement, et Chip représentant des consommateurs. Ils essayaient d'adopter un enfant. Les fins de semaine, ils faisaient de l'escalade, du canoë-kayak, du ski de fond.

— C'est quoi, cette musique ? demanda Corrine, on dirait un truc qui plairait à Jeff.

— The Cure, répondit Russell.

— La cure pour quoi ?

— Corrine, c'est le nom du groupe.

— Comment tu le sais ?

— Je le sais, c'est tout.

— Eh ben pas moi.

Elle n'aimait pas découvrir ces petits décalages entre leurs connaissances du monde de tous les jours, comme si, en lui faisant les poches, elle était tombée sur des bouts de nappe en papier pliées en trois portant des numéros de téléphone écrits au rouge à lèvres, des petits mots mystérieux. Ils étaient mariés depuis cinq ans, étaient sortis ensemble par intermittence cinq ans encore avant ça... comment apprenait-il ces trucs nouveaux sans elle ? Ne menaient-ils pas la même vie ? Ou bien ?

La veille, dans la grande maison pleine de courants d'air, en buvant du vin et en jouant au Trivial Pursuit, Corrine s'était sentie pleine d'admiration et d'envie pour la vie que menaient leurs hôtes, et en même temps, elle ne lui semblait pas tout à fait réelle. Sans être entièrement heureuse de l'existence qu'elle menait en ville, elle ne croyait pas que celle-là — poêle à bois et jardin potager — lui fût encore accessible. Le chemin bifurquait dans les bois et j'ai... et je ne m'en étais même pas rendu compte jusqu'à aujourd'hui. Russell avait dit du Frost, la veille. Loin et en profondeur. Et puis encore une bifurcation, et encore une, et soudain on se retrouve au milieu de... enfin, quelque part, et on fait semblant de savoir où on va.

Le matin elle s'était réveillée à six heures trente dans la blancheur assassine de la chambre d'amis sans rideaux, malade de chili végétarien et de gros rouge, Russell persuadé qu'un bloody-mary lui ferait du bien. Surtout pas de rouge, je t'en supplie. Plutôt mourir. Elle avait donc bu un screwdriver.

— Pourquoi ? demanda Russell, émergeant de plusieurs kilomè-tres de silence.

— Pourquoi quoi ? Pourquoi j'arrête de boire ?

— Oui.

Quelque chose d'important se profilait derrière cette décision, mais la seule idée de chercher à l'expliquer était épuisante.

— Je ne sais pas. Un truc de santé, quoi, surtout.

Au bout d'une autre quinzaine de kilomètres, la route blanchie par le salage se déroulant comme un ruban gris entre des murs de neige d'un beige sale, elle se tourna vers lui.

— T'en fais pas. Je ne te ferai pas la morale. D'accord ?

— Tant mieux, dit-il. Et essaye de ne pas être trop ennuyeuse non plus.

Le pire c'était le dimanche soir, songea-t-il. Au volant dans sa tenue de ski humide, Corrine endormie maintenant près de lui, il sentit l'appréhension familière l'envahir — il fonçait vers la ville, vers le bureau, la claustrophobie, encore aggravée par une nou-velle angoisse à propos de ses relations avec Harold. Il savait que c'était une question de temps. Ça marchait déjà moins pour lui chez Corbin, Dern, avant même qu'il eût ouvert cette porte et surpris Harold et Carlton. Il fallait qu'il fasse quelque chose avant de devenir un de ces cadres d'édition ringards dont la carrière était moribonde à quarante ans.

Autrefois, c'était l'école qu'il redoutait. Après la torture domi-nicale du pantalon gris qui grattait, pour aller à l'église, et des visites chez des parents, le spectre des devoirs pas terminés et du gamin qui avait promis de vous casser la gueule. On passe son enfance à désirer être un adulte et le reste de sa vie à idéaliser son enfance. Les lundis. Chaque semaine, redémarrer son moteur à froid. Cette chanson du gosse qui avait apporté un fusil à l'école, tiré dans le tas de ses condisciples et expliqué qu'il n'aimait pas les lundis, quand on lui avait demandé pourquoi. Je te comprends, mon pote. Assez radical, quand même. Corrine, un peu radicale, elle aussi — cette tempérance toute neuve. Ils avaient déjà arrêté de fumer, quoi, merde. Deux étés auparavant, un cauchemar. Tout le monde abandonnant les vices malcommodes en chemin. Le nouveau puritanisme. Le cul, la bouffe, les drogues douces, fini tout ça. Le narcissisme, l'ambition aveugle et la cupidité n'avaient, eux, pas d'effets secondaires, du moins dans cette vie, et qui comptait encore sur l'autre?

Corrine leva la tête, regarda la route informe.

— Où on est?

— Les Taconic.

— Tu m'aimes encore? dit-elle d'une voix ensommeillée.

— Attends, je vais réfléchir.

— Russ!

Pourquoi lui fallait-il une confirmation verbale tous les deux ou trois jours, il ne le comprenait pas. Un truc de fille, ou un truc de Corrine? Il avait désormais du mal à faire la distinction.

— Oui, je crois que oui.

— Comment?

C'était un jeu entre eux, mais il n'était pas sans gravité. Coinçant le volant avec ses cuisses, il écarta les bras aussi loin que ses mains pouvaient aller à l'intérieur de la voiture.

— A peu près comme ça.

— Ça va.

Elle posa la tête sur la cuisse de Russell et se rendormit, puis se réveilla avec la torche d'un policier dans les yeux et les pulsations d'une lumière bleue dans le rétroviseur. Le deuxième excès de vitesse de Russell en trois jours.

— Pourquoi es-tu toujours si pressé?

— Parce que, dans mon dos, j'entends toujours le corbillard du temps, avec son moteur à injection, turbocompressé, qui fonce pour me rattraper.

— C'est pas vrai. Tu n'arrives même pas à croire que tu es mortel. Tu agis comme si tu allais vivre toujours.

Il avait skié ainsi tout le week-end, à tombeau ouvert, et fait une chute spectaculaire — étalé en travers d'une bosse, la neige qu'il avait soulevée retombant comme un nuage de fumée sur son cadavre fluo. La lumière bleue continuait de clignoter comme une menace derrière eux.

— Il faut bien se mentir à soi-même pour se convaincre qu'on ne va pas mourir, sinon on serait trop malheureux.

— Si on ne se rend pas compte que ça peut finir à tout instant, on n'apprécie rien à sa juste valeur. Je me dis parfois que tu ne ressens pas les choses très profondément et ça m'inquiète.

— C'est la division du travail. Tu le fais pour moi.

Il lui pressa le genou et l'embrassa tandis que le policier claquait la portière de sa voiture et se dirigeait vers eux d'un pas lourd sur le bas-côté de l'autoroute.

— Essaye de ne pas être si sérieuse tout le temps.

— Et toi essaye d'être sérieux, pour voir. Rien qu'une fois.

C'était comme si elle s'était retrouvée au bureau quelques minutes plus tard seulement, lundi matin, la main sur le téléphone. L'espace d'un instant, elle avait eu un trou complet — elle ne se rappelait plus qui elle allait appeler ni ce qu'elle avait fait jusque-là — puis elle entendit la voix de Duane Peter à quelques mètres :

— Je pense que ces actions pourraient doubler d'ici la fin de l'année... Non, surtout pas. Génie génétique, biologie, il ne faut pas y toucher. Remerciez le ciel que je vous en aie sorti à temps. C'était Dunkerque. La plage jonchée de cadavres. Ce qui démarre très fort en ce moment, c'est la santé et les loisirs. C'est vous que j'appelle le premier...

À écouter Duane, elle se sentit encore plus lugubre. Le visage vert dans la lueur de son Quotron, elle baissa les yeux sur une liste de noms posée devant elle : des experts-comptables de l'agglomération new-yorkaise. Les comptables formaient une clientèle difficile — prudente, pingre, et beaucoup trop bien renseignée.

Elle commença par Ablomsky Leon. Ce fut une femme qui répondit d'une voix éraillée et plaintive.

— Pourrais-je parler à Mr. Ablomsky, s'il vous plaît ?

À l'autre bout du fil il n'y eut que le silence.

— Allô ? Mr. Ablomsky est là ?

N'obtenant toujours pas de réponse, elle dit :

— Corrine Calloway à l'appareil, de la société Wayne, Duehn. Vous l'attendez bientôt ?

— Non.

Une syllabe étranglée.

— Non ? Vous ne l'attendez pas ?

— Il est mort il y a deux semaines.

Elle sentit un frisson glacé lui parcourir l'échine et le lobe des oreilles, comme si une bise venue de Brooklyn avait soufflé dans le combiné.

— Mon Dieu, je suis navrée, pardon, dit-elle.

Mais, ensuite, elle se sentit incapable de parler ou de raccrocher.

Le silence au bout du fil fut remplacé par une respiration de plus en plus forte qui finit par se transformer en sanglot. Quand Mrs. Ablomsky se mit à parler, sa voix était sèche et cassante, fragile comme une vieille lettre retrouvée et conservée après une saison de pluie et de neige.

— Il est mort. Assassiné. Nous venons en ville une fois par mois... une fois par mois, on s'habillait et on prenait le métro... il portait sa veste marron... on est allés chez Macy... et puis un voyou est arrivé par-derrière et m'a arraché mon sac... c'était trop pour Leon. Il avait déjà fait un infarctus. Il est tombé dans la rue...

— Je suis... je suis tellement...

— Trente-deux ans. Pardon, je ne devrais pas, simplement j'ai pensé... votre voix, une voix de jeune femme, mais sérieuse, enfin, c'est-à-dire, vous n'avez pas une voix futile. Vous fumez ? Vous avez une voix de fumeuse.

— Je fumais. J'ai arrêté.

— Vous avez bien fait, dit-elle. J'en suis heureuse. Ne fumez pas.

Elle se remit à sangloter. Que pouvait bien dire Corrine ?

— Est-ce que la police...

— La police... ils n'y connaissent rien.

— Vous vous sentez... ? Si je puis faire quelque chose pour vous, quoi que ce soit...

— C'était un bon époux, il ne m'a jamais laissé manquer de rien. Il venait de m'acheter une paire de gants chez Macy. Je les avais mis dans le magasin. On avait l'habitude d'aller chez Gimbels avant que... avant que ça ferme... Leon était très ennuyé quand Gimbels a fermé... il l'a très mal pris...

Un pan de chemise hors du pantalon, les lacets défaits, Jeff parut dans le bureau de Russell comme s'il sortait du lit, la chemise plus chiffonnée que d'ordinaire, les boutons du col anglais défaits, les pointes rebiquant. On voyait ses genoux par les déchirures de son pantalon. Seul le blazer bleu lui conférait quelque chose de vaguement habillé. Rajustant la visière de sa casquette frappée du slogan « Préservez-moi de ce que je veux », il se vautra sur le canapé et cueillit le *Post* sur le bureau de Russell.

— *Un félin sème la terreur en ville*, lut-il.

— Qui est ce monsieur ? demanda Russell à Donna.

— Ton rendez-vous pour le déjeuner.

— Autant dire ton ticket restau, dit Jeff.

Washington Lee allait se glisser dehors pour déjeuner avec un agent quand son assistante lui annonça un appel de Donald Parker. L'heure du déjeuner, ou plutôt les deux heures et demie du déjeuner, étaient déjà entamées, selon Washington, et c'était d'ordinaire à ses yeux une institution sacro-sainte, mais Donald Parker n'appelait pas tous les jours. Heureusement.

— Je vais le prendre, dit-il en battant prudemment en retraite dans son bureau.

— Salut. Qu'est-ce que je peux faire pour vous, vieux ?

— Salut, Washington. Eh bien voilà — j'ai pensé qu'il était temps que nous ayons une petite conversation : comment se fait-il que vous n'ayez pas l'air très enclin à jouer votre rôle dans l'amélioration du sort de nos frères de race ?

— Qu'est-ce que c'est que cette histoire ?

— C'est l'histoire d'une maison d'édition qui ne publie pas de littérature afro-américaine. C'est l'histoire d'un auteur afro-américain respecté qui s'est fait insulter et agresser dans votre bureau, mon bien cher frère.

— Allez raconter ces conneries à d'autres, ce nègre est un malade mental. Il s'est amené dans mon bureau pour me menacer.

— Ce n'est pas la version que j'ai entendue.

— Il ne faut pas écouter n'importe quoi.

Tout indigné qu'il était, Washington était en même temps assez inquiet. Parker était un militant doté d'une forte hypersensibilité à l'injustice raciale, le champion de la cause des noirs, le vengeur chauve. Washington et lui se connaissaient de vue et, bien qu'il ne tînt pas trop à insister là-dessus devant ses amis blancs, le premier admirait à l'occasion les grands gestes théâtraux de la guérilla médiatique à laquelle se livrait cet avocat. Chaque fois qu'un affrontement spectaculaire opposait un homme de sa race au système, la photo de Parker fleurissait dans les journaux du lendemain, son front chauve barré d'un pli soucieux, les sourcils furieusement froncés au-dessus de sa barbe, avec, autour de lui, une meute de partisans en colère. Si l'accusé était noir, il était avocat de la défense, fléau de la police et du ministère public, peu convaincu des mérites du système judiciaire ; chaque fois qu'un noir semblait avoir été victime de la violence des blancs, il exigeait sans la moindre nuance que la justice passe, rapide et impitoyable. Parker était capable de rassembler un millier de partisans dans la rue à la première injure raciste. Même quand on ne l'aimait pas, il n'y avait rien à gagner à le dire. Tous les ans, Washington envoyait un chèque à son organisation de jeunesse.

— Ce n'est pas une affaire, dit Washington calmement, et la couleur n'a rien à voir là-dedans.

— La couleur a à voir dans tout, mon cher Lee. Par exemple, si vous n'étiez pas noir, Jamal vous aurait traîné en justice pour agression avec une arme de première catégorie, mais j'ai réussi à le convaincre qu'il risquait seulement d'embrouiller les choses en poursuivant un frère.

— C'était un pistolet à eau. Et de couleur grise, si mes souvenirs sont exacts.

— C'est vous qui le dites.

— Écoutez, Donald, ce cher frère ne sait pas écrire. C'est une incapacité qu'il partage d'ailleurs avec les neuf dixièmes de la population. C'est tout. Point final. Triste mais vrai.

— Peut-être que votre jugement a été un peu coloré — ou devrais-je dire, déteint — par la fréquentation de tous ces intellos blancs. Je me suis laissé dire que vous n'avez plus guère le temps de voir des gens de couleur. On dirait que vous oubliez vos obligations.

— Mais putain, j'ai pas été élu au poste que j'occupe. On m'a embauché, moi tout seul. Et je ne me rappelle pas vous avoir vu soutenir ma candidature en organisant une manif sous les fenêtres du chef du personnel.

— C'est bien possible. Mais sans Malcolm, sans Martin, et sans un millier d'autres, on ne vous aurait même pas laissé franchir le seuil de la porte. En l'occurrence, on vous a embauché comme domestique nègre et vous avez des comptes à rendre à ceux de votre race. Nous avons une liste de revendications, dit Parker.

— Je croyais que les éditeurs traitaient leurs auteurs à succès aux Four Seasons, fit observer Jeff en jetant les yeux autour du bistrot de la 18e rue.

— On t'y laisserait pas entrer. Mais je suis sûr que tes copains du cinéma ne refuseront pas de t'emmener au Russian Tea Room si tu demandes gentiment.

Le long regard effilé de Jeff finit par transpercer la serveuse ; il commanda un bloody-mary et Russell refusa de se joindre à lui. Il pensait à ce que lui avait dit Solomon et regardait — était-ce un effet de son imagination ? — le visage hagard de Jeff.

— Alors, tu vas à L.A. cette semaine ? dit Russell, surpris par une note d'irritation dans sa propre voix.

Était-ce de l'avoir appris par un autre, qui l'ennuyait, ou l'idée elle-même ? Il aimait à se croire plus large d'esprit que ces intégristes de la littérature pour qui travailler dans le cinéma équivalait à la damnation.

— Appelle-moi Faust, dit Jeff.

— Attention, je n'ai pas dit que c'était une mauvaise idée. Au moins, ça te fera sortir de New York. Un peu de soleil ne te ferait pas de mal.

— Tu achèterais le bouquin d'un auteur bronzé ?

— Hemingway, dit Russell.

— Hemingway ne compte pas.

— Alors, comment ça marche ? demanda Russell, lançant un très grand filet, aux mailles assez larges pour laisser passer tout ce qu'il pouvait y avoir de désagréable.

C'était un principe, chez Russell, de ne pas questionner Jeff sur

145

son travail. Quand il serait prêt, il le montrerait. Tous deux croyaient qu'on risquait d'empêcher l'écriture d'un livre en en parlant trop. Russell craignait que Jeff n'ait cessé d'écrire, mais il ne pouvait se résoudre à poser la question directement.

— Jours radieux.

Il existait entre eux comme une délicate étiquette de stoïcisme masculin dont l'application était suspendue seulement dans les moments d'intense pression émotionnelle ou d'ivresse, deux états qui étaient souvent concomitants. Russell faisait ce qu'il pouvait, en l'occurrence, respecter les formes du rituel qui les isolait des émotions extrêmes.

— Je crois que je vais accepter ce verre, dit Russell.

— Quel débauché tu fais.

À trente rues de là, plus au sud, Corrine était attablée dans un des boxes d'un bistrot grec en compagnie de Mrs. Leon Ablomsky. Corrine était arrivée en avance — de peur que Mrs. Ablomsky ne soit la première, confirmant ainsi son sentiment que leur rendez-vous était le fruit d'un caprice que Corrine allait regretter, qu'une jeune femme possédant une voix aussi raffinée et travaillant pour une grosse société de courtage aurait probablement un million d'autres engagements, que quelque chose aurait certainement surgi entre le moment où Corrine avait invité à déjeuner cette veuve d'un certain âge et celui où elle irait prendre le métro pour Brooklyn. Elle comprendrait parfaitement, d'ailleurs. Elle avalerait une soupe et un peu de fromage blanc avant d'aller peut-être en métro voir les patineurs au Rockefeller Center, ce que Leon aimait tant faire. Et, de fait, Corrine avait eu des regrets, à peine avait-elle raccroché ; elle se voyait mal expliquer à qui que ce soit qu'elle partait déjeuner avec une veuve éplorée sur laquelle elle était tombée par inadvertance à l'occasion d'une prospection téléphonique. Trois fois, avant onze heures trente, elle fut sur le point de composer le numéro pour annuler, mais la seule pensée d'entendre cette voix dire : « Ça ne fait rien, je comprends », lui était insupportable.

En arrivant, elle examina la salle du bistrot dans laquelle cinq candidates au moins correspondaient à l'idée qu'elle se faisait du veuvage. Puis la porte s'ouvrit dans son dos et une femme qui ne lui semblait vraiment pas assez vieille ni décrépite tendit le cou et murmura « Vous êtes Corrine ? ». Elle portait un vison châtain qui, sans être à la dernière mode par la coupe ni la couleur — les femmes plus jeunes, et Corrine elle-même, achetaient des couleurs plus sombres, plus riches, et une coupe plus longue, descendant sous le genou —, était manifestement d'une grande qualité et lui allait à ravir. Son visage était ridé, mais pas dépourvu de séduction, ses yeux brillants et à peine un peu enfoncés. Corrine faillit dire vous deviez être très belle.

Elles se serrèrent gauchement la main et finirent par prendre place dans un box, où toutes deux retirèrent puis plièrent lentement et soigneusement leur manteau, ajustèrent leur jupe et tripotèrent leur sac. Quand Corrine tapota son sac une seconde fois, à l'instant même où Mrs Ablomsky faisait de même, elles saluèrent l'une et l'autre leur gêne d'un petit rire et d'un haussement d'épaules.

— Appelez-moi Muriel, dit-elle. Vous ne devez vraiment pas savoir ce qui vous a pris de proposer ce rendez-vous.

— Non, non...

— Je comprends. Ça ne fait rien. Pour moi, rester à la maison... bref, je n'avais rien à perdre.

— Ça doit être...

Muriel fit oui de la tête.

— Oui.

Son regard s'intériorisa et Corrine se sentit tenue au silence jusqu'à ce qu'elle réapparaisse des profondeurs de sa rêverie.

— Vous voulez qu'on commande ? dit-elle, levant les yeux et décidant d'arborer un sourire.

— Très bien, oui, commandons, dit Corrine en ouvrant la gigantesque carte recouverte de vinyle comme s'il s'était agi d'un ouvrage qu'elle brûlait de lire depuis la fac.

— Qu'est-ce que tu lis ? demanda Russell en mastiquant sa viande, les doigts dégoulinants de ketchup.

— Des catalogues. Je me les fais tous envoyer. C'est effarant ce qu'on peut acheter dans notre pays, un réveil qui projette un rayon lumineux au plafond pour te permettre de voir l'heure qu'il est sans avoir à lever la tête, des lits orthopédiques pour chiens et chats, des sacs de golf en crocodile.

Les côtelettes d'agneau de Jeff refroidissaient dans son assiette pendant qu'il terminait son cocktail.

— Non, je lis du Cheever.

— Angoisse résidentielle, trancha dédaigneusement Russell.

Autrefois, peut-être, il avait aimé Cheever, mais depuis sa canonisation, il estimait que son devoir était de prendre le contre-pied des idées reçues. Appartenant lui-même à l'élite cultivée de la classe moyenne blanche, il n'éprouvait que de la condescendance à l'encontre des siens quand il les rencontrait dans un roman.

— Tu crois que la vérité et la beauté se rencontrent exclusivement dans les bidonvilles et les steppes glacées par la bise, les souks et les tranchées ? Les portes du ciel et de l'enfer béent toutes grandes dans les jardins des pavillons, mon pote.

Russell eut l'impression que Jeff défendait ainsi sa propre littérature.

— En dehors de ça, je ne sais pas. J'ai du mal à lire, en ce moment. Il y a quelque chose de tellement... il faut rester assis quelque part, tu vois ? Ça manque tellement d'authenticité, et je parle pas seulement des trucs nuls. Ce qu'il y a d'artificiel à s'asseoir, cette façon qu'a le langage de t'impliquer tout de suite dans le mensonge. « Avril est le mois le plus cruel. » Sans blague ? Mon cul. Et février, alors ? Mais une fois que tu as commencé, t'es dedans, tu te fais avoir par le style, la façon de raconter, tu vois ce que je veux dire ?

Il prit une côtelette par l'os et la secoua trois fois en direction de Russell comme une baguette magistrale.

— Franchement, je n'ai pas la moindre idée de ce que tu veux dire.

— Un jour, on m'a raconté une histoire à propos d'une conférence de J.L. Austin, dit-il après avoir laissé retomber la côtelette dans son assiette et s'être essuyé les mains. Le philosophe du langage. Austin prononçait une conférence quelque part. Bla-bla-bla. Et à un moment il dit : « Il est intéressant de noter que si, dans la plupart des langues, deux négations font une affirmation, il

n'existe aucun exemple de deux affirmations formant une néga-
tion. » Alors, tout au fond de la salle, t'as un type qui dit d'un
ton ironique : « Mouais, mouais. » Je suis de son côté — du côté
de ce type. Je dis, *mouais, mouais.*

Sirotant un bloody-mary au grill-room des Four Seasons, Washington faisait semblant d'écouter le boniment d'un agent qui voulait lui vendre un livre. Sans être vraiment sur son territoire, il
était quand même un peu dépité par la position de la table qu'on
lui avait attribuée au beau milieu de la salle, à peu près à la lati-
tude du Nebraska sur la carte des États-Unis, alors qu'on installait les puissants sur les banquettes alignées tout autour de la salle,
tournées vers l'intérieur de manière à ce que tous les acteurs puissent se voir mutuellement. Harold Stone et tous les grands mani-
tous de l'édition.

Inutile de dire que les frères n'étaient pas très nombreux au grill-
room, cette scène surélevée, lambrissée de bois de rose mais sans
autres décors ni accessoires risquant de distraire des entrées et des
sorties de tous les petits blancs notoires. Le genre d'endroit propre et bien éclairé pour traiter ses affaires, mais Washington avait
du mal à se concentrer sur le boulot — comme d'ailleurs sur la
carte des vins — avec Donald Parker suspendu au-dessus de sa tête.
Parker allait semer sa merde pour de bon et ça lui donnait les glandes. Russell, lui, n'avait personne sur le dos pour améliorer le sort
de la race blanche. Parker voulait un quota de bouquins par et
sur des noirs américains et il voulait plus de gens à sa botte, il avait
décidé de cibler Corbin, Dern pour des raisons de prestige et pour
la prétendue agression dont avait été victime le malade qui avait
fait irruption dans le bureau de Washington. Et maintenant il ne
restait plus à Washington qu'une alternative. Soit il tentait de
convaincre sa direction que les exigences de Parker étaient raisonnables, soit il laissait à cet enfant de salaud l'occasion de faire de
la surenchère et de le faire passer, lui, pour un nègre transfuge,
laquais de l'impérialisme blanc. Même dans le monde blanc-bleu
de l'édition — surtout dans le monde blanc-bleu de l'édition —,
Washington ne pouvait se permettre de perdre son crédit et son

cachet si particulier. Ses confrères de l'édition comptaient sur lui, à la fois pour penser juste et pour afficher la plus fabuleuse décontraction. Il n'avait surtout pas besoin que ce programme soit remis en question. Si les frères se mettaient à glapir qu'il était vanille-chocolat, il risquait d'être contraint d'arriver à l'heure au bureau.

— Les filles d'aujourd'hui, je ne pense pas que vous avez dû subir ce que nous avons subi. D'abord, j'avais horreur de ça, et quand je suis enfin arrivée à adorer, lui, il avait cessé d'être intéressé. J'ai eu l'impression de m'être fait avoir, j'aime mieux vous le dire. Ça se met à vous manquer sans arrêt. Mais, au bout d'un moment, la vie conjugale, c'est autre chose.

La conversation avait changé au beau milieu de l'escalope de poulet de Muriel, les efforts de commisération de Corrine remplacés par les conseils de Muriel sur la vie conjugale.

— J'aurais tant voulu avoir des enfants, dit Muriel. Vous comptez en avoir ?

— J'espère.

— N'attendez pas trop, mon petit.

— Moi je suis prête, mais pas lui.

— Vous n'avez qu'à le prendre par surprise.

Décidément elle ne pourrait pas parler de ce déjeuner à Russell. Cela ne ferait que confirmer certaines des idées qu'il se faisait d'elle — ce qu'il appelait son syndrome de Mère Teresa.

Suivant des yeux la serveuse qui s'éloignait en chaloupant vers la cuisine, Russell demanda :

— Qu'est-ce qu'elle est devenue, la nana que tu as amenée pour l'anniversaire de Corrine ? Le modèle, là, celle qui avait...

— Elle a suivi le chemin de toute chair.

— Quoi, elle est morte ?

— Non, elle a pâli, c'est tout. Il a fallu la remplacer par un nouveau modèle.

— Bon Dieu, ce que je peux te détester, dit Russell avec admiration. Tu ne me prêterais pas ta vie, quelque temps ?

— Chiche, tu veux faire l'échange ?

— Et toi ?

Jeff fit la bouche en cul de poule pour exhaler un rond de fumée tremblotant.

— Tout de suite.

Ça faisait partie de ce que Russell regrettait dans la cigarette, cette manière dont la fumée pouvait servir à souligner ou à ponctuer.

— J'avais toujours cru que ce serait toi qui écrirais, dit Jeff, t'étais meilleur que moi.

— Je ne suis pas assez joueur. Et puis on s'est mariés.

Russell y réfléchit, secoua la tête.

— Je regrette parfois de ne pas avoir attendu un peu plus long-temps, de ne pas avoir pris le risque.

Russell avait le sentiment que Jeff comprendrait qu'il amalga-mait ainsi plusieurs regrets — l'idée que la vocation d'écrivain était liée avec une certaine attitude casse-cou, un refus catégorique d'admettre ou d'accepter les conventions. Chaque fois qu'il son-geait à la route qu'il n'avait pas prise, il se voyait en Dylan Tho-mas, en Scott Fitzgerald ou en Hunter Thompson, jamais en prof de fac avec les traites de la bagnole, alors que c'était pourtant la forme la plus vraisemblable qu'aurait revêtue une carrière litté-raire dans l'Amérique contemporaine.

— Si t'attends trop longtemps, c'est fichu, dit Jeff.

On aurait cru quelque chose qu'ils auraient dit à la fac, mais ils avaient passé la trentaine tous les deux et Russell, au moins, devait songer à se débarrasser de certains de ses plus extravagants préju-gés de jeunesse. La vision tragique, la posture de rebelle devenaient moins tenables. Il en était venu à penser depuis peu que Jeff se prenait un peu trop au sérieux comme personnage, et pas assez comme auteur, mais il ne voulait pas le mettre en rogne en le lui disant. Et il se doutait vaguement que Jeff jouait un rôle vital dans son propre écosystème, suivant la route que Russell n'avait pas prise, épargnant ainsi le voyage à son meilleur ami.

De retour au bureau, Russell prit un appel de Corrine.

— Quoi de neuf ? dit-il.

151

— Je voulais te dire bonjour, c'est tout. Ça va ?

— Très bien, je crois.

— Tu sais, je mourrais s'il t'arrivait quoi que ce soit.

— Qu'est-ce qui s'est passé ?

— Je ne sais pas — j'ai eu très peur tout d'un coup, voilà.

— Il n'y a aucune raison d'avoir peur.

— Ce n'est pas vrai — regarde autour de toi.

Le divorce de ses parents, songea Russell, avait rendu Corrine un peu apocalyptique. Après qu'il l'eut calmée et qu'il eut raccroché, Donna entra avec le courrier de l'après-midi qu'elle balança sur son bureau.

— T'as vu que Harold a fusillé ton poète génial ?

Elle indiqua un manuscrit auquel était épinglée une note de Harold.

En renonçant lui-même à la poésie, Russell avait dû en diminuer l'importance en général ; il lui avait néanmoins conservé une certaine affection, une admiration coupable comme celle qu'il aurait vouée à la noble petite bonne femme qu'il eût abandonnée pour monter à la ville. La plaquette en question lui avait semblé la meilleure qu'il eût lue depuis des années, et il avait un accord tacite avec Harold pour publier à peu près un volume par an, du moins l'avait-il cru.

Le mot de Harold disait : « C'est probablement assez bon pour être publié quelque part, mais je ne vois pas le besoin que nous aurions de le faire. »

Plus tard dans la soirée, Russell cita cette note à Corrine.

— Je vais devoir trouver un nouveau boulot, dit-il.

— T'en trouveras un meilleur.

— Et puis, il y a Jeff, dit Russell, refusant de se laisser consoler. Il est dans un état d'esprit très bizarre.

Ils étaient assis par terre, devant la télévision, leurs assiettes sur la table basse.

— Ah bon, pourquoi ? À quel sujet ?

— Je ne sais pas.

— Tu ne sais pas ?

Elle posa la fourchette sur laquelle elle venait d'enrouler une bouchée de spaghettis et le regarda.

— Tu as déjeuné avec ton meilleur ami et tu ne sais pas ce qu'il a?

— J'ai dit qu'il était d'une humeur bizarre. La discrétion, ça existe. On ne sonde pas forcément les humeurs des gens.

Il versa encore du vin dans son verre et regarda le niveau de la bouteille.

— Si c'est vrai que tu arrêtes de boire, je vais finir par me taper la bouteille entière tous les soirs.

— Le bouchon marche dans les deux sens, tu sais.

Elle le ramassa et le lui brandit sous le nez.

— Tu peux le remettre et garder le reste pour une autre fois.

— Ça n'a pas le même goût.

— Alors, et Jeff? Qu'est-ce qu'il a dit?

— Il m'a dit que je ne valais pas grand-chose. Vachement sensible et poétique de sa part.

— Je n'arrive pas à croire que ton meilleur ami fait une dépression nerveuse, quasiment, et que vous n'en parliez même pas.

— Il ne fait pas de dépression nerveuse, il est fatigué, c'est tout. Son travail ne marche pas bien. Le mien non plus, et je ne me fais pas la moitié du fric qu'il gagne. Tu te rends compte qu'il a dû gagner dans les deux cent mille dollars, l'an dernier? Ça n'est pas toujours un plaisir d'aller au bureau le matin, mais je le fais. Il va bien falloir que Jeff se remette au travail lui aussi.

— Je t'assure, je n'en reviens pas.

Elle tenait sa fourchette à mi-chemin de sa bouche, penchée en arrière comme pour mieux le regarder.

— Tu sais à qui tu ressemblais, là, trait pour trait? Mais, tu vois, jusqu'à la plus petite inflexion?

— À qui?

— À ton père.

Il savait qu'elle avait raison, encore que la justesse de sa remarque ne le rendît pas plus heureux pour autant.

Elle trouvait ça mignon; ce qui l'effrayait pour de bon, c'était quand il lui rappelait son père à elle.

— D'ailleurs, tu as un peu de brioche, aussi, dit-elle en tapotant son ventre qui s'arrondissait.

Il écarta la main de Corrine d'un revers de la sienne.

— Mais non, c'est parce que je suis assis.

— Ben voyons. Et moi, si je m'accrochais par les pieds au plafond, mes seins ne tomberaient pas du tout.

Puis elle dit :

— Moi aussi je travaille, tu sais. Et j'ai pas eu une journée facile. Sans compter que je viens de prendre cette grande décision pour ma santé, et que j'essaye de m'y tenir et que tu pourrais peut-être m'aider un peu plus.

Il passa son bras autour d'elle, l'attirant contre sa poitrine.

— On a besoin de vacances, tous les deux. Encore une semaine et on sera sur la plage de Colombier.

Il indiqua la télé du menton.

— Qu'est-ce que c'est que cette merde, qu'on regarde ?

— J'ai pris une cassette. *Hannah et ses sœurs.*

Russell fit la grimace.

— Angoisse chez les privilégiés.

Corrine régla le magnétoscope.

— Les critiques étaient excellentes.

— C'est bien ce que je dis. Qu'est-ce que tu reproches à *Blue Velvet* ?

— Tu l'as vu cinq fois.

Vers le milieu du film, elle dit :

— Si tu couchais avec ma sœur...

— C'est du cinéma.

Chaque fois qu'ils voyaient un film traitant de l'adultère, Corrine devenait lugubre et soupçonneuse à en envisager l'éventualité. En partie pour l'en distraire, Russell se plaignit des superbes appartements qu'on voyait dans le film.

— Tu vois, c'est ce que je déteste chez Woody Allen, dit-il. Regarde-moi ça, tout le monde habite des apparts à deux millions de dollars sans moyens d'existence crédibles. C'est un artiste dans la dèche, non ? Avec un loft à SoHo de la taille du Shea Stadium.

Il considérait l'écran, comme il avait l'habitude de le faire parfois, d'un œil, à travers un tube de carton qui avait naguère vécu à l'intérieur d'un rouleau de papier hygiénique.

— Russell, ne fais pas ça, tu vas t'abîmer les yeux. Tu sais que ça me rend folle, mais y a rien à faire.

— Ça rend les choses un peu plus intéressantes, expliqua-t-il.

— Un vrai retardé mental, rétorqua-t-elle.

Son rapport aux objets était celui d'un bambin de dix ans, conclut-elle. Si quoi que ce soit, dans la pièce, rappelait vaguement la forme d'un chapeau, Russell finirait tôt ou tard par se le coller sur la tête. C'était un trait que Corrine adorait ou détestait, selon le moment. Au début, on adorait toutes les petites particularités de celui qu'on aimait et puis, une par une, elles devenaient un peu agaçantes.

Une heure plus tard, ayant terminé la bouteille de vin, il dormait, la tête renversée contre le canapé, la bouche ouverte, comme un oisillon cherchant la becquée qui lui tomberait du ciel. Malheureusement, cela rappelait à Corrine son propre père, qui avait lui aussi tendance à s'endormir devant le téléviseur — abandonnant les femmes, avec tout ce qu'elles pouvaient avoir à dire. Il avait fini par quitter la maison après le départ de Corrine pour la fac, mais cela faisait des années déjà qu'il n'était plus là.

Comme la ville tout autour d'elle, Corrine était parfaitement éveillée. Elle éteignit le magnétoscope, entendit une sirène dans la Deuxième Avenue, des avertisseurs, des voix et de la musique. Elle alla à la fenêtre pour regarder les lumières, comme des étoiles, chacune un monde différent. Plus loin dans l'avenue, si quelqu'un à l'intérieur de la grande tour toute neuve regardait dans sa direction et voyait la lumière de sa fenêtre, que penserait-il ? Rien du tout, probablement. Elle sentit lentement filtrer en elle une onde de panique, ne sachant trop si elle avait une place dans cette galaxie gelée, ni même si elle existait en cet instant précis.

— Russ, réveille-toi, dit-elle en lui secouant le bras.

Il bâilla, secoua la tête et se leva.

— Quoi ? dit-il. Qu'est-ce qu'il y a ?

Elle se sentait idiote, maintenant, mais l'instant précédent, elle avait eu l'impression qu'elle était sur le point de disparaître.

— Rien, dit-elle, lui étreignant le bras, se cherchant dans ses yeux.

11

— Alors, quel temps fait-il ? demanda Zac Solomon avec une délectation morbide quand il rappela Russell à Manhattan pour renouveler son offre d'emploi.

Les producteurs, les agents, les avocats, les impresarios, les promoteurs et les comptables de Californie, quand ils téléphonaient à leurs homologues, à leurs clients, à leurs amants et à leurs victimes, à New York, en hiver, se débrouillaient immanquablement pour en arriver à cette question du temps, qu'ils s'imaginaient comme une lutte longue et ardue contre des éléments hostiles dignes de l'Arctique — comme s'ils n'avaient jamais entendu parler du chauffage central ou des vêtements de laine, et se représentaient leurs pauvres cousins du Nord-Est frissonnant autour des feux dans des cavernes enfumées, rongeant des os gelés pour en extraire la substantifique moelle. Et certes, les statistiques confirmaient toutes que les rangs de ceux qui survivaient à ce niveau élémentaire ne cessaient de grossir, mais pour Russell, Corrine et leur tribu les saisons revêtaient, à New York, un caractère plutôt abstrait, relevant plus du cycle des vacances, de l'année fiscale et de la mode que de la nature.

Cependant, il arrivait un moment, en février, où le ciel gris semblait descendre si bas qu'il vous effleurait le sommet du crâne, tandis que la gadoue neigeuse vous arrivait aux chevilles et qu'on sentait la peau de son visage si sèche qu'on l'aurait crue étirée et tendue sur un cadre de tanneur pour faire des gants de cuir. L'amour lui-même semblait vieux et archi-usé, comme les chaussures décolorées que le sel rendait blanches et cassantes. C'était le jour où les nouveaux venus dans la ville contactaient un agent de voyages, les vieux routiers possédant déjà leur billet pour la chaleur des îles.

Russell et Corrine avaient quant à eux leur île de prédilection, où ils louaient une maison pour une semaine. Le grand-père de Corrine y avait autrefois possédé une villa, et bien qu'elle fût déjà vendue depuis des années quand ils avaient passé là-bas leur lune de miel, Russell et Corrine y retournaient tous les ans. Au long de son histoire, l'île avait presque toujours été vaguement secrète : habitée d'abord par des Suédois, puis par des Bretons, refuge de pirates, de contrebandiers et de vagabonds des mers, un terrain de football y servant de piste d'atterrissage pour de rares charters. Ils aimaient le fait qu'on n'y rencontrait guère d'Américains, que les colons et les visiteurs français n'y étaient pas trop français ni les rock stars trop nombreuses, qu'il n'y avait ni grands hôtels ni casino. Pour leur lune de miel ils avaient loué une maisonnette de trois pièces. Par la suite, ils avaient commencé d'y amener leurs amis et de louer des maisons plus vastes ; l'année précédente, la ressemblance avec New York était devenue trop frappante pour Corrine — ils s'y étaient retrouvés à neuf, avec un gros sac de champignons, au beau milieu de ce qui s'était soudain révélé comme la pleine saison touristique, et elle avait fait promettre à Russell de s'y rendre seuls l'année suivante. Vers le milieu de mars — et il était grand temps pour l'un comme pour l'autre —, ils embarquèrent à bord d'un 747 à Kennedy, vêtus de vêtements légers sous leurs manteaux d'hiver. En passant devant un terminal de fret, ils observèrent deux voitures de police lancées à la poursuite d'une camionnette rouge qui fit un brusque écart pour éviter un élévateur puis se rabattit et disparut derrière un hangar — ou plutôt, Corrine l'observa, car Russell était, comme d'habitude, plongé dans une lecture ; la camionnette disparut avant qu'elle ne lui fît lever les yeux. Quelques heures plus tard ils étaient à Saint-Martin, où la chaleur et le soleil, quand ils descendirent sur la piste, semblèrent brûler la pellicule résiduelle d'anxiété qu'ils traînaient depuis New York. Ils embarquèrent dans un petit bimoteur et se tinrent par la main en regardant par le hublot l'eau bleu-vert parsemée des taches d'un vert plus sombre des récifs. Corrine continua de regarder jusqu'à l'apparition de la petite île qui surgissait de l'eau bleue comme le dos vert et dentelé d'un dinosaure. Sous l'aile frissonnante, un gigantesque yacht vanille était ancré à l'entrée du port, l'échelle étant fournie par les voiliers plus petits qui le contournaient en louvoyant respectueusement. Un capteur parabolique tournait sa coupe vers le ciel depuis le pont supérieur, hérissé d'antennes électroniques.

— Regarde, dit-elle à Russell, mais soudain l'avion piqua comme un faucon fondant sur sa proie vers la courte piste peinte sur une bande de sable entre une chaîne de crêtes rocheuses et l'océan.

Tout était pareil, jusqu'aux petites Jeep comiques qui étaient le principal moyen de transport ; ils en louèrent une à l'aéroport pour gagner la maison dans laquelle ils avaient passé leur lune de miel — trois pièces et une terrasse en surplomb au flanc abrupt d'une colline dominant une baie peu profonde avec, au-delà, la mer des Caraïbes.

— J'avais oublié que c'était tellement abrupt, dit Corrine.

— C'est une île volcanique, expliqua Russell dans la dernière épingle à cheveux qui menait à l'allée carrossable.

Elle aimait qu'il sache ce genre de choses.

— Pourquoi on vivrait pas ici, demanda-t-elle ce soir-là, tandis qu'ils étaient attablés dans un restaurant qu'ils connaissaient, en ville.

Le garçon qui les servait était américain et pouvait avoir leur âge. Arrivé comme membre de l'équipage d'un yacht, il avait épousé une Française rencontrée dans un bar des docks. Naguère encore new-yorkais, il faisait preuve désormais d'une sérénité tropicale sous son bronzage.

— Parce que nous ne sommes nés riches ni l'un ni l'autre, dit Russell en sirotant, tout guilleret, sa deuxième piña colada. Il se sentait un peu nu dans ce restaurant avec sa chemisette à manches courtes et pas de veston. Les loisirs ne lui étaient pas naturels et il avait obscurément érigé en principe l'idée qu'un dîner en ville exigeait au moins le veston, sinon la cravate, et c'était une victoire pour Corrine qu'il ait accepté de sortir en bras de chemise ce soir-là.

— Enfin, moi, en tout cas, je ne suis pas né riche et ton fichu grand-père a fait don de tout son fric. Je ne comprends toujours pas pourquoi il était obligé de le donner en totalité, d'ailleurs.

Ils étaient passés devant l'ancienne propriété des Makepeace en venant et Russell en éprouvait la perte comme si elle venait d'avoir lieu.

— Je te l'ai dit — il était furax que papa ait épousé maman. Et il détestait sa belle-famille sudiste. Quand George Wallace a voulu empêcher cet étudiant noir, là, d'entrer à l'université d'Alabama, il a décidé de donner toute sa fortune à une fac noire qui se trouvait justement à un ou deux kilomètres du berceau de la famille de grand-mère.

En dépit de la préférence de Corrine pour cette version folklorique qui donnait à penser que son grand-père était seulement un peu zinzin, Russell savait que la famille de Corrine, du côté de son père, pratiquait traditionnellement une philanthropie patricienne dont il s'enorgueillissait par procuration. Quand même, il ne voyait pas ce qui avait empêché papy de garder la maison de vacances au flanc de la montagne.

— On pourrait trouver du boulot ici, dit Corrine. New York me paraît tellement horrible quand j'y pense en ce moment.

— Je nous donne pas un mois pour crever d'ennui.

Même si son idée pouvait difficilement être mise en pratique, elle ne voyait pas pourquoi il devait faire preuve d'un réalisme aussi brutal. Pourquoi sa compagnie n'aurait-elle pas suffi à Russell pour vivre heureux à jamais ? Mais il ne semblait pas pouvoir se passer de l'agitation new-yorkaise, des copains avec qui il parlait boutique ; c'était son idée à elle de venir seule cette année-là, sans Jeff, Washington et compagnie.

Corrine interrogea le garçon à propos du grand yacht ancré devant le port.

— C'est le rafiot de soixante-dix mètres construit par Feadship pour J.P. Haddad. Ça fait deux semaines qu'il est à l'ancre. Il ne vient jamais à terre.

— J.P. qui ? demanda Russell.

— Tu en as entendu parler, dit Corrine. Il ne possède qu'une petite moitié du monde environ.

— Il n'a pas mis le pied sur le plancher des vaches depuis trois ans, précisa le garçon. Il ne fait que caboter entre les îles en achetant et en vendant des sociétés par radio. Un de ses hommes d'équipage était ici il y a deux ou trois jours, il a dit qu'il ne quitte jamais sa cabine, jamais. Il y a dix-neuf hommes d'équipage, aucun d'entre eux ne l'a jamais vu. On raconte qu'il pèse dans les trente-cinq kilos et qu'il est blanc comme un cadavre.

Pendant tout le reste de la semaine, ils entendraient parler de Mr. J.P. Haddad, surtout des racontars improbables et invérifiables. Une seule certitude à propos de Haddad : ce qu'il possédait — des pans entiers de l'industrie américaine. Corrine se rappelait avoir entendu dire que son exil nautique avait encore été renforcé par l'arrestation d'Ivan Boesky et que le FBI avait un mandat d'arrêt contre lui si jamais il mettait les pieds aux États-Unis. Dans l'île, on racontait qu'il se faufilait à terre nuitamment, sous un déguisement. Ils apprirent qu'une très célèbre star de cinéma vivait à bord avec lui. Un jeune couple gay rencontré un après-midi sur la plage leur affirma qu'un ami très intime était son amant et qu'ils l'avaient vu dans un bar homo du port. Corrine accueillit par des hochements de tête crédules et avec le plus grand sérieux la description que lui fit l'un de ces deux inconnus nus, sorte d'androïdes parfaits en qui elle reconnut un modèle. À l'en croire, Haddad était grand, musclé, avec des allures de mataf. On n'avait guère de soucis dans l'île et la présence du yacht de J.P. Haddad fournissait un sujet de conversation quand on rencontrait des inconnus nus.

Le premier matin, ils s'éveillèrent tôt à la musique dissonante des coqs affolés de testostérone dont l'île était infestée. Ils prirent le petit déjeuner sur leur terrasse, dans la chaude lumière turquoise, dominant la mer, dans l'air salé entremêlé de senteurs florales. Des lézards remuaient les feuilles mortes du jardin, rappelant à Corrine leur lune de miel, quand ils en avaient trouvé un dans le lit. Elle avait pleuré le lendemain matin de la noce, sans vraiment savoir pourquoi, le pauvre Russell décontenancé et chagrin lui demandant ce qui n'allait pas.

Après le petit déjeuner ils prirent la voiture pour aller à la plage. Corrine exigea que Russell n'emporte aucun manuscrit, en tout cas le premier jour. Elle refusa aussi de donner son approbation aux deux romans qu'il avait apportés — sérieux tous les deux, avec

161

l'imprimatur de la *New York Review of Books* — comme à un dense exposé des méfaits de la CIA, sous forme d'épreuves.

— C'est les vacances, dit-elle. Tu devrais lire un truc vraiment dégueu.

Ils passèrent en revue les livres de poche gondolés et les romans condensés du *Reader's Digest*, rebuts d'un millier de vacances, qui sentaient le moisi sur les rayonnages du salon, et se mirent d'accord sur un polar de James M. Cain pour lui et, pour elle, sur un gros best-seller qu'on avait vu sur toutes les plages quelques étés plus tôt, histoire de sœurs qui se taillent à coups de cul et d'ongles un chemin jusqu'au sommet de la puissance et de la séduction prestigieuse sans jamais cesser d'aspirer en secret aux joies du conjungo.

— Espèce de dévergondée, dit Russell, éloignant de lui le volume comme avec des pincettes.

— Je te lirai les passages cochons.

— Lèche-vitrines et jambes en l'air sont les deux mamelles de la littérature qui branche ma femme, dit-il d'un air sinistre.

Presque seuls quand ils arrivèrent sur le croissant de sable de la plage, ils étalèrent leurs serviettes et disposèrent les lotions et flacons d'écran solaire numérotés selon le degré de protection ainsi qu'un tube d'écran total pour le nez et les lèvres. Corrine, qui avait la peau particulièrement blonde et délicate, passa dix minutes en préparatifs au culte du soleil, appelant Russell à l'aide pour son dos.

— Je garde le haut ? s'enquit-elle.

Russell eut un haussement d'épaules ambigu ; il semblait parfois assez possessif dans ce domaine tandis qu'à d'autres moments on aurait presque cru qu'il voulait la montrer — comme les fois où il l'encourageait à porter des robes outrageusement décolletées en ville. Là, elle se demanda s'il était indifférent. Avait-il cessé de la considérer comme une créature sexuelle ? Elle ne se montrait peut-être pas sous son jour le plus sexy depuis quelque temps... Elle ôta le haut...

— On va passer des vraies vacances en amoureux, dit-elle.

Russell grogna, tournant une page de son livre.

Elle lui chuchota à l'oreille :

— Je vais te sucer comme tu ne l'as jamais été quand on sera rentrés à la maison.

Il leva les yeux, vaguement éberlué, approuva d'un hochement de tête timide, puis retourna à son livre, et s'y absorba aussitôt. Renouvelant sa couche d'écran solaire, elle examina son propre corps en le comparant à ceux qui passaient. Il lui arrivait de penser qu'il se servait de la lecture pour lui échapper, pour échapper à ses attentions.

— Tu crois que notre absence de New York a un effet tangible? demanda-t-elle brusquement du ton que Russell reconnut pour celui qu'elle réservait aux spéculations métaphysiques bizarroïdes. Tu vois, je me disais que la ville est un gigantesque système de relations d'une complexité infinie, même si cette complexité est trop grande pour que nous nous la représentions. Notre absence là-bas fait partie de l'équation de ce qui s'y passe. Par exemple, si j'étais à New York en ce moment, je serais en route pour aller déjeuner, et si j'étais arrêtée sur un trottoir en attendant que le feu change pour traverser et qu'une voiture dérapait, elle pourrait me renverser et me tuer sur le coup. En n'étant pas là, j'ai peut-être libéré cet espace sur le trottoir pour une autre personne qui va se faire écraser. Si ça arrive, on pourrait soutenir que je suis en partie responsable de cette mort. En un sens, je serais responsable à la fin d'un long enchaînement causal. Nous sommes tous liés par ces enchaînements à tous ceux qui nous entourent. Mais particulière ment en ville.

Elle tenta de décrire l'écheveau des destinées et des complots qui s'enchevêtraient et rayonnaient dans toutes les directions comme le réseau de canalisations, de tunnels et de câbles qui courait sous la ville, invisible mais les reliant tous.

— D'ici peu, dit Russell, ce qui nous reliera tous, c'est le sida.

— Pas nous, s'empressa de dire Corrine, bienheureuse d'être protégée à l'intérieur des remparts du mariage et coupable à la fois de ce sentiment de sécurité alors que le fléau faisait rage à l'extérieur.

Mais peut-être n'était-elle pas en sécurité du tout; brusquement, elle se demanda ce qu'il pouvait bien y avoir derrière la remarque de Russell.

— A moins que?

— Qui sait.

Il continua à lire, comme il l'avait fait pendant tout cet échange, et tout à coup les autres femmes de la plage semblèrent constituer une menace.

Corrine chercha en vain un défaut dans la forme du corps bronzé qui traversait leur champ de vision. Soudain, le corps s'immobilisa et la tête blonde pivota dans leur direction.

— Bonjour.

— Hein, oh, bonjour.

Corrine tourna la tête vers son mari, se demandant si c'était la culpabilité qui avait ainsi étranglé sa voix et, dans l'affirmative, une culpabilité de quelle nature.

— Je vous présente Corrine, gargouilla Russell.

— Je m'appelle Simone, dit le corps avec bonne volonté. Vous venez d'arriver? demanda-t-elle, et Corrine lut dans cette question une allusion condescendante à sa pâleur. Russell fit oui de la tête.

— Où êtes-vous descendue?

— Chez des amis, dit-elle. On se verra peut-être.

La banalité de cet échange sembla à Corrine le signe d'une extrême tension sexuelle. Elle souleva les lunettes de soleil du visage de son mari.

— Je ne sais plus où je l'ai rencontrée. Elle avait une idée de bouquin.

— De bouquin? Une idée de bouquin! Et tu crois que tu vas me faire avaler ça?

— Oh, je t'en prie, je la connais à peine.

— Ça n'a pas l'air de la gêner outre mesure d'être à poil devant toi.

— Oh, Corrine!

Il tendit la main pour la toucher comme s'il voulait mettre à la masse la charge négative qui s'accumulait en elle. Elle eut un mouvement de recul, se leva d'un bond et s'éloigna au pas de charge le long de la plage. On ne pouvait pas faire confiance aux hommes, pas même à Russell; son père en était la preuve. Elle allait prendre un appartement toute seule, un petit studio quelque part, avec des plantes tristes et des meubles de rotin. Il lui faudrait renoncer au rêve d'avoir des enfants, mais au moins n'aurait-elle plus à se poser de questions lorsqu'il rentrait tard ou qu'il était en voyage d'affaires. Ce qu'elle avait vu dans les yeux de Russell, c'était, à tout le moins, qu'il désirait, qu'il voulait ce corps. Un soir, après avoir bu trois margaritas, il la tromperait et elle savait qu'elle ne le supporterait pas.

Comme pour échapper à ces angoisses en les ignorant, elle se mit à chercher des coquillages dans les rochers à l'autre extrémité du croissant de sable. Elle trouva une conque, encore rose et opalescente à l'intérieur, qu'elle laissa de mauvaise grâce examiner par Russell quand il vint la chercher.

Habitué aux inondations éclair qui envahissaient le paysage sentimental de Corrine, Russell lui avait donné quelques minutes pour se calmer. Encore que formellement innocent, il se savait coupable en intention. Il avait envie de baiser Simone de cent manières différentes, et sur-le-champ. Par contre, Corrine l'avait vaguement pris au dépourvu en parlant de lui tailler une pipe. Leurs rapports sexuels marquaient l'apogée de son expérience et, pourtant, il constatait depuis peu que sa concupiscence se tournait vers des inconnues. Tandis qu'il longeait la plage pour aller chercher sa femme, il décida que c'était simplement une phase qu'il traversait.

Après qu'ils se furent baignés, Russell voulut faire un peu de plongée. Ils marchèrent jusqu'à l'extrémité de la plage, où commençait le récif, et nagèrent vers le large, Corrine réprimant sa peur — peur que ne provoquait rien de particulier mais l'idée de quelque chose d'inconnu dans les profondeurs. Soudain ils furent entourés de poissons brillants aux formes bizarres et elle oublia ses craintes.

Au bout d'un moment, elle lui dit qu'elle rentrait. Il répondit qu'il allait rester encore un peu. Elle lisait, allongée sur le sable, quand un Français essaya de la draguer. Il était mignon, très mince et bronzé, les muscles noueux et un fin visage gaulois. Quand il lui demanda où elle était descendue et s'il pourrait la voir, elle rit et dit qu'elle était mariée, sa jalousie presque oubliée.

— Des tas de gens sont mariés, dit-il, accroupi près d'elle et laissant couler le sable de son poing fermé.

— Mais moi, répondit-elle, je suis heureuse en ménage.

Sans se laisser démonter, il sourit et dit qu'il la reverrait.

— Qui c'était ? demanda Russell en laissant tomber son tuba et ses palmes trempés à côté d'elle.

— Tu n'es pas le seul à connaître des Français, répondit-elle froidement.

— T'as vu ton dos ? demanda-t-il.

Elle sentait déjà la chaleur s'accumuler sous sa peau, la brûlure monter de l'intérieur.

— J'ai vu un requin, annonça-t-il tout heureux.

Quelque chose de profondément masculin en lui rendait important qu'il imagine la présence d'un danger dans les parages.

— Et moi qui voulais une première nuit d'amoureux, se plaignit-elle, sentant la brûlure.

— C'était hier, notre première nuit, dit Russell.

— Pas vraiment. C'est la première nuit qu'on va passer ici après une journée entière.

— D'ailleurs, il nous en reste encore sept, dit-il.

— Seulement six, corrigea-t-elle, dépitée.

Le lendemain matin, Corrine souffrait encore un peu de l'insolation et ils restèrent donc à la maison. Russell était gentil, il la vaporisa de Solarcaïne et lui fit la lecture de son roman cochon, mais elle voyait bien qu'il était encore à New York, une part de lui, en tout cas.

— Tu as fini par parler de cette augmentation à Harold ? demanda-t-elle pendant le déjeuner.

— Il a dit qu'on avait essuyé de grosses pertes l'an dernier avec certains bouquins importants qui ont fait un bide et il a observé que les actions de la boîte ont plongé, comme si je ne le savais pas. Alors que j'en possède quelques-unes, merde.

— Tes bouquins à toi ont très bien marché, dit Corrine. Tu lui as pas répondu ça ?

Un lézard détala sur le mur derrière la tête de Russell. Il lisait, une fois de plus, le livre ouvert à plat à côté de son assiette. Voyant qu'il ne répondait pas, elle dit :

— Écoute, je ne connais pas les résultats généraux de ta boîte, mais le coefficient de capitalisation a l'air excellent. J'ai un peu étudié la question. Je crois que les actions sont terriblement sous-évaluées. D'ailleurs, Whitlock me l'a dit.

Il leva le nez de son assiette après avoir mutilé un morceau de mérou.

— Quand?

— À mon anniversaire.

Hochant pensivement du chef, il dit :

— Allons à Gustavia.

En ville, ils achetèrent des T-shirts qui proclamaient « Désolé, pas de téléphone ». Les fanas de l'île étaient fiers de cette lacune technologique qui écartait les pires spécimens de Hollywood et de Wall Street.

En sortant de la boutique, ils tombèrent sur Simone, dont le corps était en partie dissimulé, cette fois. Elle déambulait dans la rue comme si sa famille en était propriétaire depuis des générations. Et à sa façon de saluer Russell, on aurait pu croire que lui aussi lui appartenait. Elle leur présenta languissamment un ami, recommanda un bar de la ville. Décidément, Corrine ne la trouvait pas plus sympathique avec des vêtements.

— Ça devient un peu trop à la mode, à mon goût, fit remarquer Corrine plus tard dans la soirée, après qu'on les eut installés près d'un peintre néo-expressionniste qui parlait d'une voix de stentor à sa petite cour.

Mais Russell ne releva pas. Le voisinage des gens prestigieux confirmait en Russell, semblait-il à Corrine, elle ne savait quel sentiment de ses propres mérites.

— Russ? Pourquoi est-ce qu'on n'aurait pas — pas tout de suite mais bientôt — enfin, un enfant, quoi?

Elle attendait depuis une heure le moment de dire ça et voilà que l'ayant finalement bredouillé au dessert, ne recevant aucune réponse immédiate de Russell, elle se demandait si elle ne s'était pas, une fois de plus, imaginé seulement qu'elle le disait. Il était plongé dans l'examen de l'étiquette du vin et elle n'était même pas sûre qu'il l'écoutât. Il finit par lever les yeux sur elle.

— Ce n'est pas parce que Tom et Casey vont avoir un enfant...

— Ça n'a rien à voir avec Tom et Casey.

— Ils peuvent se le permettre, ils ont les moyens.

— Tu crois qu'il n'y a que les riches, qui ont des enfants ?

— Où on le mettrait ?

— Dans un carton à côté de notre lit. J'en sais rien. Quelle importance ? Pourquoi faut-il que tu déconnes toujours quand je parle de ça ? Tu te lances immédiatement dans des considérations secondaires qui n'ont rien à voir. Croirais-tu qu'il existe d'autres appartements que le nôtre, à New York — des appartements plus grands, par exemple ?

— Avec des loyers plus chers.

— On pourrait en trouver un avec une chambre de plus dans un immeuble moins chic. Tu n'arrêtes pas de dire que tu voudrais vivre plus bas, dans Manhattan, on peut chercher dans ce coin-là. Trouver un loft, peut-être.

— J'ai horreur des lofts.

— Ce que tu peux être...

— Tu sais ce que je gagne. Sans ton salaire et avec une bouche de plus...

— Et alors ? On se passera de certaines choses. C'est une question de priorité. Je croyais que tu voulais des enfants.

— J'en veux. Simplement, pas... pas tout de suite.

— Quand, avec ta deuxième femme ?

Corrine parut plus remuée que Russell par ce qu'elle avait dit. En la regardant, il vit ce qui se passait dans son esprit, déjà ses paroles prenaient chair dans son imagination — leur mariage s'y défaisait, elle y vivait les nuits solitaires de la divorcée.

Il lui saisit les deux mains et la secoua pour la faire sortir de sa rêverie.

— Écoute, donne-moi simplement le temps d'y réfléchir un petit peu, d'accord ? Peut-être que je vais aller parler à Kleinfeld de cette augmentation.

— Je deviens vieille, tu sais, dit-elle d'un air lugubre.

— Il te reste quand même un an ou deux avant qu'on doive t'abattre.

Pendant les quelques journées qui suivirent, ils s'installèrent dans un rythme quotidien de plage et de déjeuner, de plage et de dîner, qui semblait à la fin de la semaine, et même aux yeux de Russell, aussi naturel que l'exercice d'un droit immémorial, autant que la maison de location, le temps magnifique et les chants des coqs entremêlés de la musique plus mince d'oiseaux rarement aperçus qui, par instants, les ramenait en arrière, comme certaines chansons, jusqu'à l'aube de leur mariage, et les emplissait tous les deux d'un désir soudain. Par la suite, quand ils songeraient à ces quelques jours, ce serait l'un et l'autre avec un sentiment d'émerveillement et de regret — les après-midi intemporels de longs déjeuners et de siestes à rêver et à faire l'amour sur des chaises longues. Et puis, à l'instant même où ils avaient redécouvert les principes fondamentaux du plaisir, ce fut le moment de faire les valises pour rentrer.

12

Les habitants de Manhattan tendaient à devenir de plus en plus indifférents aux manifestations de rues. Les barrières bleues de la police surgissaient d'un jour à l'autre devant les ambassades et les sièges sociaux. Irlandais ou syndicalistes mécontents, arabes ou juifs en colère — en cortège, scandant des slogans, brandissant des pancartes — faisaient partie du paysage, comme les sans-logis invisibles. Un tel contexte exigeait une bonne dose d'aveuglement volontaire et Russell Calloway pouvait se montrer encore plus aveugle que la plupart dans le cours de ses déplacements à travers la ville. Le plus souvent, quand il naviguait parmi la foule des trottoirs, il lisait un livre ou une revue, et se cognait de temps à autre à un poteau indicateur ou à un passant. Mais à son retour des îles, il était passagèrement sensibilisé aux particularités de la vie urbaine, brièvement conscient du réseau fantastique de conventions banales qui composait cet organisme si extraordinairement complexe : le système de signes grâce auquel, par exemple, il levait le bras à l'approche d'une voiture jaune dans la Deuxième Avenue, voiture qui s'arrêtait ensuite près de lui, ou l'interaction des signaux qui réglaient l'enchevêtrement dynamique de la circulation des hommes et des véhicules aux heures de pointe, quand plusieurs millions de gens gagnaient ou quittaient leur lieu de travail. Même les kamikaze à bicyclette des messageries qui traçaient des itinéraires anarchiques à travers cette grille faisaient partie du schéma d'ensemble. Ces millions de parcours individuels inconscients à travers le dédale — après une semaine de sable blanc et d'eau bleu-vert, la densité d'humanité semblait abasourdissante. Ainsi, Russell fut intrigué par la foule qui manifestait en scandant des slogans dans la rue quand il arriva au bureau, sans toutefois être assez alerte pour remarquer que ces activités étaient dirigées contre son propre employeur.

Plusieurs dizaines de protestataires, noirs pour la plupart, défilaient entre les barrières disposées par la police sur le trottoir devant l'immeuble de Corbin, Dern, brandissant des pancartes : Russell reconnut parmi eux le célèbre militant noir dont il n'arrivait jamais à retenir le nom, et dont le visage était l'inversion de celui de l'homme moyen, sa barbe se terminant net là où les pattes commencent normalement, son crâne rasé, lisse, noir et luisant. Il s'habillait comme un avocat, qu'il était d'ailleurs, et portait à cet instant un impeccable costume trois-pièces de laine sombre. Discourant avec une exaltation farouche dans le micro tendu par une journaliste. Grande pose sacramentelle de l'époque — image renversée du roi adoubant un sujet de son épée.

— Attendez, lança un technicien, il faut que je prenne mes niveaux.

— Si on en profitait pour changer la batterie pendant qu'on y est ? dit la journaliste, blonde, séduisante, pleine d'autorité, correspondant jusqu'au bout des ongles au physique de l'emploi.

Soudain, les protestataires se détendirent, comme des acteurs pendant la pause, et Russell se faufila dans l'immeuble.

La réceptionniste parut surprise quand Russell sortit de l'ascenseur, comme si l'idée d'un appareil capable de s'élever d'une trentaine de mètres en quelques secondes pour livrer un être humain à la réception du septième étage était entièrement nouvelle à ses yeux.

— Voyons, Maureen, je n'ai été absent que dix jours, dit-il.

— Vos messages sont sur votre bureau, répondit-elle comme pour s'excuser de ne pas les tenir à sa disposition sur un plateau d'argent.

Et où diable pourraient-ils être, songea-t-il.

— Qu'est-ce qui se passe dehors ?

— Une manifestation, répondit-elle avec un grand sens de l'à-propos.

Donna n'était pas à son bureau, sur lequel régnait un ordre inexplicable. Il ressemblait d'ordinaire à un trottoir du Lower East Side, jonché de bouts de papier, de périodiques, de bouteilles et de boîtes vides. Des piles inégales de bouquins et de correspondance avaient en revanche envahi toute la surface de son bureau à lui. Il appela l'étage supérieur pour demander à l'assistante de Kleinfeld s'il pouvait monter dans dix minutes ; elle lui demanda de ne pas quitter, puis annonça que Kleinfeld l'attendrait à quatre heures trente. Avant d'affronter son courrier, Russell décida d'aller boire un café. Une secrétaire d'édition du nom de Kate quelque chose sembla avoir un mouvement de recul à son approche.

— Alors, quoi de neuf, dans le coin ? demanda-t-il.

Il fallait attendre, Kate venait de lancer la machine pour préparer une nouvelle cafetière.

— Qui couche avec qui ?

— T'es au courant heu, pour Donna, j'imagine, dit-elle.

— Non, avec qui est-ce qu'elle couche, celle-là ? demanda-t-il plein d'enthousiasme en regardant la cafetière se remplir — le mince filet d'eau brunie.

— Mais non, pour elle. Peut-être que tu n'es pas au courant.

— Au courant de quoi ?

Harold n'était pas dans son bureau. Russell ne prit pas la peine de saluer Carlton ni même de faire semblant d'avoir besoin de sa permission pour entrer.

— Il sera là à onze heures, dit-elle d'un ton neutre, égal.

— Aie l'extrême obligeance de lui dire que je suis passé, dit Russell.

Washington n'arriverait pas avant un moment — il n'était que dix heures — et Russell rebroussa donc chemin jusqu'au bureau de Whitlock.

— T'as une idée de la raison pour laquelle Harold a viré mon assistante ?

Après avoir jeté un dernier coup d'œil aux chiffres d'ambre qui s'alignaient sur l'écran de son ordinateur, Whitlock fit pivoter son fauteuil pour faire face à la porte.

— Heureusement qu'on est propriétaires de ces saloperies de murs, sinon je crois que la boîte ne vaudrait plus rien du tout.

Il s'éloigna du bureau en faisant rouler son fauteuil — c'était chez lui le signe rare qu'il pouvait se permettre quelques minutes de répit dans sa tâche écrasante : tenir le compte des dépenses somp-tuaires d'éditeurs inconscients.

— Alors, qu'est-ce que tu dis de nos manifestants ? demanda-t-il.

— Pourquoi ils manifestent ?

— Washington a refusé le bouquin d'un type, je ne sais pas. Tout le monde devient dingue, ici.

Russell s'enfonça dans le canapé de cuir gris : le bureau de Whit était le plus vaste de l'étage après celui de Harold — les bureaux des grands patrons occupaient l'étage supérieur — et donnait plus l'impression d'être le centre du pouvoir, décoré d'affiches du MoMA encadrées avec goût et meublé d'un canapé de cuir italien et d'un fauteuil assorti.

— Bon, Donna. Une sale histoire, dit Whit, un certain plaisir morbide transparaissant sous son expression soucieuse, comme l'argent sous le vermeil usé. Harold a envoyé Carlton lui dire d'ôter son badge. Il paraît qu'elle lui a craché dessus.

— Qui, Donna a craché sur Carlton ?

— Ben oui. Et elles se sont crêpé le chignon.

— Merde.

Russell laissa aller sa tête à la renverse sur le cuir froid et fixa les yeux au plafond.

— Tu crois qu'il y a des chances pour que...

— N'y compte pas. Harold est vraiment pas heureux. Il paraît qu'il t'avait demandé de t'en occuper.

— C'est vrai.

— Et alors ?

— Je ne l'ai pas fait.

— Écoute, c'est une société, ici.

— Ah bon, sans blague ? Je croyais que c'était une maison d'édi-tion. Si j'avais voulu bosser dans une vraie société, j'aurais fait une école commerciale, bordel.

Il s'interrompit et poussa un soupir.

— Excuse-moi, mais tu sais bien ce que je veux dire.

— Oui, je sais, je sais.

Whitlock se leva et gagna la fenêtre.

— C'était très important pour moi, d'avoir ce bureau. Mais par moments ça ne veut plus rien dire du tout, que dalle, une mascarade. Parfois, quand Donna passait avec ses fringues de cuir noir, je me sentais tout con dans mon costume. C'était peut-être ça, le vrai problème — elle était de ceux qui donnent aux grandes personnes l'impression qu'elles font semblant.

— Il est chouette, ton costume, dit Russell, en essayant de dédramatiser.

Quand Whit abordait les questions personnelles, c'était un peu comme de voir son père pleurer. Malgré la raideur du personnage, Russell avait l'impression que Whit risquait à chaque instant de se décomposer, de se répandre comme une flaque à ses pieds, s'il négligeait de surveiller la température de la conversation.

— Paul Stuart.

— Alors c'est vrai, que tu gagnes plus que moi?

— Pas tellement, dit Whit, qui était bien placé pour le savoir, puisqu'il était responsable des finances. Et je n'ai pas fini de rembourser mes études.

Il avait de nouveau adopté le ton de la confidence personnelle.

— Devine qui vient de se faire refuser une augmentation.

— Toi aussi?

Whit approuva du chef.

— Mon immeuble va être vendu en copropriété, j'aimerais acheter mon appart mais, pour l'instant, je n'aurais pas de quoi m'offrir la salle de bains.

Russell se leva.

— C'est ce que je ne comprends pas. J'ai eu trois poches qui ont cassé la baraque l'an dernier, et j'en connais environ dix autres dans la maison — alors comment se fait-il qu'on nous raconte que c'était une année épouvantable?

— C'est de l'argent à encaisser, dit Whit. Les résultats n'apparaîtront pas avant un an ou deux, dans le bilan. La mauvaise année dont on parle en ce moment s'est en fait produite il y a deux ans, quand on a eu tous ces plantages en série, un vrai bombardement dans les librairies.

— C'est pour ça que mes parts du plan d'intéressement du personnel ne valent pas tripette?

— Fondamentalement, oui.

Quand Russell tourna les talons pour partir, Whitlock ajouta :

— Ne le heurte pas de front — Harold, avec ce truc. Ça n'en vaut pas la peine.

De retour dans son bureau, Russell prit un appel de Leticia Corbin, la très étrange sœur du P-DG. Il ne se rappelait pas au juste comment elle s'était retrouvée chez lui un ou deux mois auparavant, elle faisait, semblait-il, partie de l'entourage de Jeff.

— J'ai une proposition qui pourrait vous intéresser, dit-elle. Je me demandais si vous pourriez passer chez moi demain pour en discuter ?

Russell n'avait pas pour habitude de se rendre chez les auteurs putatifs quand ils en exprimaient le désir, mais Leticia Corbin possédait treize pour cent de la boîte, et d'ailleurs elle habitait au coin de la rue. Elle avait été un satellite de feu Andy Warhol et il y avait une possibilité lointaine qu'elle cherche à vendre des mémoires. Il n'était mort que depuis quelques semaines et les vautours atterrissaient tous. Il y avait aussi la possibilité que son frère figurât d'une manière ou d'une autre dans cette demande, bien que Russell crût comprendre que ces deux-là ne s'entendaient pas.

Washington entra de sa démarche traînante, fumant d'un air méditatif.

— Dis donc, elle avait la langue bien pendue ta nana. Les trucs qu'elle a gueulés quand ils l'ont virée — même moi, je t'assure, j'en aurais pâli. De mon côté, il faut que je trouve un moyen de refroidir ce Parker.

— C'est quoi au juste, cette histoire-là ? demanda Russell bien que son esprit fût ailleurs, son attention se concentrant déjà sur ses propres soucis immédiats alors qu'il n'y avait pas une heure qu'il était de retour au bureau.

Quand Harold arriva, Russell avait déjà suffisamment apprivoisé sa colère pour calculer tout ce qui pouvait encore être sauvé des meubles. Il avait déplacé la gravure du grand hibou cornu de son mur est à la cible du jeu de fléchettes mais se rendit compte que Donna ne devant plus entrer, ce geste avait perdu une bonne moitié de sa signification.

Il avait aussi appelé Corrine quand il était au comble de la rage et elle lui avait fait remarquer qu'il n'aurait pas grand-chose à gagner à un affrontement. Tout ce qu'il pouvait espérer, c'était que, l'ayant blessé, Harold lui lancerait peut-être un pansement sous la forme d'un coup de main sur le Rappaport. Vers la fin de l'après-midi, cet espoir avait faibli quand Russell avait appris qu'avant même son départ en vacances, le tirage prévu avait encore été diminué de deux mille cinq cents exemplaires.

À quatre heures vingt-cinq, Russell gravit l'escalier intérieur qui reliait deux royaumes disparates. Au sommet, c'était la haute administration, la gestion, l'hypothétique cerveau qui animait les corps des étages inférieurs. Les petits bureaux des services d'édition, de fabrication et de conception combinaient, à des degrés divers, dans leur décoration, des aspects de garage et de hall d'exposition de mobilier de bureau ; au huitième étage, au contraire, on aurait cru que de sévères lois de ségrégation avaient régné depuis la fondation de la maison, dans les années vingt. Les jaquettes encadrées d'antiques best-sellers et de lauréats du Pullitzer le disputaient sur les murs aux scènes de chasse de la réception boisée de châtaignier, ces dernières reflétant les goûts équestres de Whitney Corbin Senior, le génie fondateur de Corbin, Dern & Cie. Ces scènes de chasse étaient réparties à travers tous les corridors de l'étage, tandis que les boiseries de châtaignier ne s'étendaient qu'au bureau généreux de Whitney Corbin III, dit « Baigneur », petit-fils du fondateur, quinquagénaire que l'on voyait rarement dans les lieux, parce qu'il préférait les clubs de golf et les shakers à cocktail aux dictaphones et aux ordinateurs. Depuis que la boîte était devenue une société par actions dans la folle expansion de la fin des années soixante, la valeur du patrimoine Corbin avait connu une augmentation substantielle, tandis que les responsabilités du P-DG éponyme avaient décru à proportion. Le hasard voulut que, présent ce jour-là, regardant par la porte ouverte, les pieds sur son bureau, il se trouvât en parfaite position pour repérer Russell qui passait dans le couloir.

— Calloway, beugla-t-il comme s'il appelait de l'autre extrémité d'un terrain de golf. Venez là.

Russell s'encadra sur le seuil, espérant qu'il n'aurait pas à aller plus loin.

— Whitney! Bonjour. Vous avez l'air très occupé.

Corbin tenait l'extrémité d'une canne à lancer dans la main, et enroulait sur le tambour une ligne dont la bobine sautait et dansait sur la moquette.

— Merde, vous voulez pas me tenir cette saleté!

Il tendit un crayon à Russell en lui enjoignant de le passer dans la bobine pour servir d'axe.

— Et racontez-moi ce qui se passe en bas.

— On pourrait dire que nous achetons des manuscrits que nous tentons de vendre sous forme de livres.

La bobine tournait rapidement autour du crayon tandis que Corbin enroulait.

— « Tentons » est le mot juste — c'est une description très exacte, en l'occurrence. C'est une saison de merde. Vous pêchez?

— Seulement par excès.

La ligne se coinça sur la bobine; Russell la démêla pendant que Corbin attendait patiemment, canne en main.

— Comment va votre ami, là, qui nous a écrit ce merveilleux recueil de nouvelles? Pierce, voilà, c'est ça. Son père était à Saint-Paul avec moi — je ne vous l'avais jamais dit? À quand son prochain?

— Bientôt, j'espère.

— Et qu'est-ce qui vous amène dans les hauteurs? demanda-t-il quand Russell eut enfin démêlé l'écheveau et que la ligne fut bien enroulée autour du tambour.

— J'ai rendez-vous avec Jerry.

— Un brave type. Pas mauvais, au golf. Trois sous le pare. Vous ne jouez pas, vous, je crois?

Whitney Corbin, rejeton d'une famille du Midwest qui avait fait fortune dans l'épicerie, et Frederick Dern, fils d'un professeur d'histoire à Columbia, avaient lancé la boîte au printemps 1925, quand Corbin, vingt-trois ans, était rentré de son année de voyage en Europe avec une sale maladie vénérienne et, ceci n'étant pas sans rapport avec cela, de nombreux contacts dans la communauté des littérateurs expatriés. Dern, qu'il avait connu à Princeton, était devenu cadre d'édition chez Scribner. Ils démarrèrent avec un petit capital mis à leur disposition par le père de Corbin. La maison se tailla une niche en se spécialisant dans la publication d'Européens modernistes, survivant bon an mal an pour atteindre enfin à la prospérité, sur l'échelle modeste des succès d'édition, à mesure que certains de ses auteurs et de ses titres devenaient des classiques ; et le nom de Corbin, Dern devint une manière d'imprimatur, une espèce de marque déposée de la littérature sérieuse. Si Corbin, Dern avait été une voiture, ç'aurait été une Bentley ; un poisson, comme Whitney Corbin se plaisait parfois à l'imaginer, ç'aurait été une truite : inaccessible et boudeuse, dotée de manières européennes, ni le plus gros ni le plus méchant des poissons, mais peut-être le plus difficile à ferrer.

Corbin racheta, dans les années quarante, les parts de son associé, qui n'avait pas d'enfants, et légua l'entreprise à Whitney junior qui l'étendit à la littérature enfantine et lança une profitable collection de guides au moment où les classes moyennes d'Amérique se mettaient à voyager. Il convertit l'affaire en société par actions dans les années soixante, conservant quarante et un pour cent du capital dans la famille. Whitney junior, qui s'intéressait plus à l'aspect financier de l'entreprise qu'à son aspect littéraire, engagea des collaborateurs, au nombre desquels Harold Stone, pour prendre soin de ce qu'il appelait la *proésie et la pose*. Les héritiers de junior ne s'étaient guère intéressés à l'affaire, Leticia s'intéressait surtout, semblait-il à son père, aux homosexuels masculins, y compris « l'olibrius qui peignait des boîtes de soupe », tandis que sa sœur, Candace, se consacrait à dilapider l'argent paternel de la manière la plus classique. Le fils, Whitney III, était surtout tourné vers le sport — golf, pêche à la mouche et chasse au gibier d'eau constituant le plus clair de ses occupations. Après la mort de son père, il se montra épisodiquement au bureau, laissant la gestion de l'affaire aux mains de son directeur général, Jerry Kleinfeld, la proésie et la pose au légendaire Harold Stone.

Kleinfeld était sorti du rang des commerciaux et s'enorgueillissait d'être resté accessible, n'étant plus ou moins qu'un équipier parmi les autres. Contrairement à celui de Harold, son bureau renfermait une histoire photographique de la vie et de la carrière de celui qui l'occupait, y compris des dizaines de clichés montrant Kleinfeld à tu et à toi avec des célébrités de la politique, du show biz et du sport — et l'on avait l'impression que l'une d'entre elles risquait à tout moment de se présenter pour des affaires plus importantes que celle qui vous amenait dans le bureau.

— Qu'est-ce qui t'amène, vieux ? lança-t-il en manière de salutation.

Malgré sa quarantaine et sa calvitie avancée, Jerry Kleinfeld avait les allures impatientes, presque fébriles, d'un homme plus jeune — ou de quelqu'un qui se serait rendu compte depuis longtemps qu'il avait cessé d'être jeune et n'avait par conséquent plus une seconde à perdre. Dans le monde relativement lent de l'édition, il passait pour un agité. Avant que Russell ait eu le temps de répondre, il dit :

— C'est effarant, ce qui se passe dehors, non ? Y a pas une maison sur ce putain de marché qui publie plus de salades tiersmondistes que nous, non seulement on sert à Washington un salaire exorbitant mais on acquitte ses notes de frais monumentales qui doivent constituer le record du monde et maintenant il faudrait qu'on lance une collection afro-américaine, qu'on engage plus de noirs et qu'on raque parce que le Comité Parker pour le Remplissage des Poches des Nègres Spécialistes de l'Utilisation des Médias nous fait chanter. Merde alors !

— Écoute, Jerry, je suis inquiet pour le Rappaport, dit Russell, désespérant à l'avance de l'autre sujet. C'est pas en diminuant le tirage prévu qu'on va améliorer son image. Je sais que ce bouquin peut démarrer si on le soutient convenablement.

— Je vais te dire un truc que j'aimerais mieux que ce soit pas vrai, dit Kleinfeld en se renversant dans son fauteuil et en levant une jambe pour examiner son soulier, sa mauvaise syntaxe pseudo-populaire étant censée témoigner d'une franchise sans détours. J'estime que ce bouquin devrait faire trembler le gouvernement sur ses bases. Et d'une. *Secundo*, ça crève les yeux que tout le monde s'en fout, mon pauvre vieux. On n'a pas un papier, que dalle, oualou. Je suis désolé mais, vu d'ici, voilà la situation. Je suis pas du genre à te bourrer le mou, mon pote. Je suis d'accord avec Harold, sur ce coup-là. Tu te rends compte que je fais faire ces godasses de merde sur mesure en Italie chez Artioli et que ces saloperies me vont même pas ?

Il baissa la jambe.

— Autre chose ?

— Alors, pour le Nicaragua, la cause est entendue ?

— Trouve-nous de la presse et on augmentera le tirage. Jusque-là, la cause est entendue. Autre chose ?

Avec toute l'économie et le pragmatisme dont il était capable, Russell aborda le sujet de la poésie, soulignant les bénéfices intangibles qui résultaient de la publication de littérature sérieuse, d'auteurs importants comme X, Y et Z — le genre de grands écrivains qui avaient lancé Corbin, Dern...

Kleinfeld écarta ce baratin d'une main grassouillette et triplement baguée.

— Te fatigue pas, j'ai déjà entendu ça. Vous n'arrêtez pas de me le resservir, tous tant que vous êtes.

Russell se lança néanmoins dans un argumentaire bref et serré en faveur de son manuscrit de poésie, tandis que Kleinfeld levait les yeux au ciel en fouettant la surface de son bureau avec le fil de son téléphone. Au bout d'une demi-minute, il l'interrompit de nouveau.

— Alors voilà : je vais le lire, ce truc, d'accord ? Personnellement. Pendant ce temps-là, dégote-moi quelques papiers d'un ou deux poids lourds, entendu ? C'est tout ce que je peux faire pour toi.

— D'accord, dit Russell, insatisfait mais comprenant que l'entretien était terminé.

Il était trop démoralisé, désormais, ne fût-ce que pour aborder le sujet de son augmentation.

— Tu nous fais du bon boulot, vieux, dit Kleinfeld se levant et plaquant une main sur l'épaule de Russell avant de le reconduire dans le couloir. On peut pas gagner à tous les coups. Mais je vais voir ce que je peux faire pour toi sur ces poèmes. Tu crois à ce que tu fais, et ça, ça me botte. La moitié des glandeurs, en bas, sont tellement occupés à guetter l'apparition d'un futur best-seller, que si Ernest Hemingway ouvrait sa braguette pour coller sa grosse bite sur leur bureau, ils le reconnaîtraient même pas.

Quand il arriva chez lui, Russell était distrait, bien qu'il ne semblât pas aussi perturbé que Corrine l'avait craint — seulement très lointain, comme un saint visité par une vision. Il mit les infos pendant qu'elle examinait le courrier. À mesure qu'évoluait la division conjugale du travail, le courrier était échu à Corrine. Ce soir-là il y avait deux relevés de carte de crédit qu'elle ouvrit les premiers, puis deux offres de carte de crédit — on semblait les inviter quotidiennement à ouvrir de nouveaux comptes Visa ou Master Card.

Des invitations à un dîner de gala au profit du Museum d'histoire naturelle et au vernissage d'un artiste dont elle n'avait jamais entendu parler, et une autre, d'une typogravure surchargée, à une soirée que donnait Minky Rijstaefel en l'honneur du comte Eurotrash.

— On connaît une Minky quelque chose?

— On l'a rencontrée quelque part, dit Russell, je crois que Jeff a dû vaguement coucher avec elle.

Il était redevenu morose.

— T'as envie d'aller à sa soirée?

— Ça pourrait être bien. Spécial, en tout cas. Pourquoi pas?

Corrine tendit la main vers son agenda et y nota la date.

— Ça te dirait de dîner au Museum d'histoire naturelle?

Elle ne lui dit pas que l'invitation était accompagnée d'un mot de Casey Reynes, qui siégeait au comité de soutien.

— Combien?

— Cent cinquante par personne.

— À moins d'être devenus complètement dingues, on ferait mieux d'être pris ce soir-là.

Corrine déchira l'invitation. Comme ils n'avaient ni l'un ni l'autre entendu parler de l'artiste, elle nota le vernissage dans son agenda avec un point d'interrogation. Après cela, le vrai courrier, toujours mince en comparaison — réduit ce soir-là à une carte postale de Jeff, sur laquelle on voyait un astronaute en scaphandre devant un urinoir, avec la légende : *La Pause, New World Pictures*. Corrine la lut à Russell, en omettant « Chers Corrus » — l'acronyme que Jeff avait forgé pour ce couple un peu trop marié à son goût.

Tout ce qu'on vous a raconté sur l'industrie du cinoche et sur le climat est vrai, alors je vous l'épargne. Ce qui ne laisse pas grand-chose à dire, sinon que tout le monde est au lit à dix heures — mais pas avec moi. J'ai écrit six pages de script en deux semaines. & encore, avec un énorme interligne. J'ai dit à Solomon que j'écrirai plus vite s'il me loue une Ferrari.

Yau de poêle- Jeff.

Quand elle eut terminé, Corrine la relut en silence.

— Je vais l'appeler, dit-elle. Tu ne crois pas ? Il n'a pas l'air d'aller bien. Russell ?

Il leva un doigt, absorbé dans la lecture de son bloc-notes. Elle alla dans la chambre pour téléphoner à Jeff, mais il n'y eut pas de réponse.

Quand elle revint, Russell leva les yeux.

— Tu saurais lire un compte d'exploitation ?

— Bien sûr, je suis la championne des bilans.

Puis elle entreprit de le lui prouver, en le guidant à travers un monceau de paperasses et les grandes lignes de l'histoire de la finance. Quelques heures plus tard, percevant, du fond de son sommeil, l'agitation de Russell, Corrine s'éveilla et lui massa la nuque.

— Russell ?

— Quoi ?

— T'as couché avec elle ?

— Qui ?

— Donna. C'est pour ça ?

— Vraiment pas.

Sa voix vibrait d'une indignation assez convaincante.

— Alors, ça n'est pas une histoire de cul, de jalousie, entre Harold et toi ?

— Comment peux-tu penser une chose pareille ? J'y crois pas !

— J'essaie de comprendre pourquoi tu agis si bizarrement, c'est tout. Parle-moi, Russell.

— Je ne veux pas t'inquiéter.

— Tu crois que je ne sais pas quand tu vas mal ?

Plusieurs minutes durant elle l'écouta respirer.

— Par moments, je me prends pour un caïd, le mec le plus intelligent de la terre, le meilleur dans mon domaine. Et puis certains matins, je me réveille et je sais que je suis un imposteur, que tout ce que j'ai fait n'a été qu'une série de coups de bol et que maintenant, la chance a tourné. Je n'ai que de mauvaises cartes en main et je n'arrive même plus à me rappeler les règles du jeu. Harold sait que je bluffe et demande à voir. Je me croyais au top du top et puis... Tu te rappelles pas cette remarque de quelqu'un, un critique, je crois — non seulement le roi est nu, mais il a une sale peau. Eh ben voilà, c'est l'impression que j'ai en ce moment : de me balader à poil, couvert d'eczéma.

Elle le massa derrière la tête.

— Arrête, Harold se conduit comme un salaud, c'est tout. Il faut que tu te défendes et...

— Je sais, je sais. C'est bien ce qui m'ennuie. Il faut que je parte ou que je me batte.

— Te battre comment ?

— Je peux acheter la boîte.

— Dors, Russell.

13

Si son frère avait exactement le physique de l'emploi, celui du troisième au moins d'une lignée, rejeton d'un capital anobli et autoreproducteur, Leticia Corbin semblait issue d'un tout autre flanc, comme si elle s'était inventée elle-même à plusieurs reprises, cherchant toujours à effacer toute trace de son pedigree en chemin. Alors que Baigneur Corbin était d'une rougeur imbibée sous son hâle perpétuel, les allures de vampire très étudiées de Tish étaient encore accentuées par un fond de teint blafard et elle avait abandonné les roses et les verts bécébégé de son milieu pour le noir de la bohème avec juste ce qu'il fallait d'écarlate sous la forme, peut-être, d'un rouge à lèvres en balafre.

La deuxième sœur, Candace Corbin van Duyn, de Palm Beach, Southampton et New York, était beaucoup plus conforme au moule Corbin, encore qu'un peu plus exposée à l'attention publique que ne le sont d'ordinaire ceux de sa race, femme de cheval qui avait fait un excellent mariage, et maîtresse de maison dont les différents déplacements d'une résidence à l'autre, d'une réception à l'autre, étaient fidèlement rapportés par *Town & Country* et *Women's Wear Daily*. Tish, de son côté, était fréquemment vue dans ce qui passait pour la presse de l'élite contre-culturelle branchée, généralement dans l'éclairage violent de photos de groupe nocturnes en compagnie de musiciens de hard rock, d'artistes du spectacle et de créateurs de mode de l'East Village, clichés sur lesquels elle s'arrangeait toujours pour donner l'impression de bâiller à se décrocher la mâchoire, la bouche stoïquement fermée. La rumeur courait qu'elle était junkie.

À quelques minutes de marche du bureau de Russell, son hôtel particulier donnait sur Gramercy Park, dans l'un des derniers secteurs romantiques de Manhattan. Sous une croûte de vigne vierge noueuse, la demeure de style italien se défaisait peu à peu d'une vieille couche de peinture couleur moutarde. Russell enfonça le bouton de la sonnette et attendit. Il était sur le point de sonner de nouveau quand la porte fut ouverte par un jeune noir au teint clair vêtu d'un gilet.

— Veuillez me suivre, dit-il d'une voix pointue, vaguement britannique.

En le suivant au long de l'escalier moisi qui menait de la réception au premier étage, Russell eut amplement le temps de constater qu'il portait des bottes lacées montant juqu'au genou et une culotte de cheval qui s'épanouissait au-dessus. Conduit dans un salon obscur sur le devant de la maison, il fut invité à prendre un siège et son guide annonça :

— Je vais prévenir Miss Corbin de votre arrivée.

La pièce était lugubre. Des draperies de brocart opaques masquaient les fenêtres du mur de façade, et la maigre lumière provenait pour l'essentiel de bougies. Coulant d'une source invisible, le *Requiem* de Mozart envahissait la pièce comme un encens, de sa pompe funèbre. Le décor où se mêlaient les styles oriental, Art déco et hypercontemporain évoquait dans l'ensemble l'aspect d'une fumerie d'opium. Un gigantesque portrait de Leticia par Warhol occupait la place d'honneur au-dessus de la cheminée de marbre sculpté. Quelques instants plus tard, le modèle entra, vêtu d'un kimono noir et de babouches rouges. Le visage pâle et allongé semblait un peu trop suggérer la tête de mort qu'il recouvrait et les cernes sombres sous les yeux donnaient l'impression d'y avoir été peints. La chevelure d'un noir peu naturel était d'une coupe sévère qui faisait songer à Louise Brooks et aux gardes rouges chinois.

— Bonjour, Russell Calloway.

— Bonjour...

— Appelez-moi Tish. Pendant les années soixante, je me faisais appeler Sérénité mais je m'en suis lassée — comme tout le monde. Ce n'est vraiment pas un nom pour les années quatre-vingt, n'est-ce pas ? Asseyez-vous, Claude va nous rapporter des rafraîchissements. Vous ne devez guère vous rappeler les années soixante, dites-moi, Russell Calloway ?

— J'ai cru comprendre qu'elles s'étaient déroulées juste avant les années soixante-dix.

Cherchant de quoi s'asseoir à travers la pièce, Russell remarqua une chaise de fer qui aurait pu être inspirée par la couronne d'épines, machin hérissé de pointes dont on ne pouvait qu'espérer qu'il n'était pas fait pour être utilisé.

— Rigolo, non ? dit-elle en notant la direction de son regard. C'est pour mon frère, au cas où il s'aviserait de venir nous voir.

Russell s'assit au bord d'une chaise Récamier tandis que Tish s'enfonçait dans un fauteuil en face de lui, allumant une longue cigarette marron.

— Vous fumez ? demanda-t-elle.

— J'ai arrêté.

— Dieu que c'est ennuyeux. Je préfère ne pas en entendre parler. J'imagine que vous faites du sport, aussi. Vous êtes inscrit dans un club de gym et tout ça. Vous n'oubliez jamais vos préservatifs et vous vous brossez les dents après chaque repas.

— Non, en fait, je suis bisexuel, je me drogue, j'ai une hygiène déplorable et je m'intéresse vivement aux pratiques sado-maso.

— N'oubliez pas de sourire, quand vous dites ça, très cher, sinon je vais devoir exiger que vous m'épousiez.

Russell ne put s'empêcher de se demander par quel élément de son énumération elle était le plus intéressée.

— Encore que je doive dire, sans vouloir vous offenser, que vous semblez terriblement prévisible dans le choix de vos vêtements.

— Thomas Mann a dit « Habille-toi en bourgeois, pense en révolutionnaire. »

Qui se croyait cette Morticia Adams, se demanda Russell, pour lui assener des critiques vestimentaires, alors même qu'il se sentait plutôt blair.

— Vraiment ? L'a-t-il vraiment dit, ce qui s'appelle dire, très cher, ou l'a-t-il simplement écrit ? Je me pose toujours des questions à propos de tous ces trucs merveilleux que les gens sont censés avoir dits. Je crois qu'on a encore plus de mérite à les dire réellement à la table du dîner plutôt que de s'asseoir après coup devant son

187

bureau dans une pièce confinée avec tout le temps du monde pour réfléchir. Truman sortait ce genre de truc tout de go et Andy, bah, lui aussi, mais son génie n'était pas extraordinairement oral, pauvre Andy.

Elle soupira.

— Bref, nous voyons comment vous êtes vêtu. Pensez-vous comme un révolutionnaire ? C'est manifestement là qu'est la question. Et, dans l'affirmative, comment est-il possible que vous travailliez pour mon frère Corbin de Mainmorte dans cette atrocement sinistre maison d'édition ?

— C'est que je me trouve affronté à la morne nécessité de gagner ma vie.

— Mais aimez-vous votre travail ?

Russell n'était pas certain que la franchise fût prudente mais il y avait quelque chose de très déterminé dans cette question.

— Je ne peux pas dire que je sois entièrement satisfait de la manière dont les affaires sont conduites.

Leticia l'examina en plissant les yeux à travers un gros nuage de fumée.

— Poursuivez.

— Il y a des choses que je ferais diff...

— Il faut que je vous raconte une histoire, l'interrompit Leticia.

Elle poursuivit par la description d'un ami qui était poète, artiste et photographe, berlinois et « l'un des esprits créateurs les plus fascinants de New York ». Russell hocha du chef quand il entendit le nom vaguement familier.

— Un vrai poète, au sens le plus vaste de ce mot. C'était un génie. Andy le disait. Jusqu'au bout des ongles — et il les avait particulièrement longs. Figurez-vous que je l'ai adressé à Baigneur. Que pensez-vous qu'il arriva ?

— Qu'arriva-t-il ? dit Russell, les yeux fixés sur la cigarette, réprimant l'envie soudaine de lui en taper une.

— Baigneur a refusé sa proposition. Vous vous rendez compte de la situation dans laquelle il m'a mise, moi ? Je possède treize virgule soixante-six pour cent de la boîte. Et Baigneur va lui dire qu'il ne voit pas où cela pourrait mener. D'ailleurs, je ne peux pas dire que j'ai été surprise. Baigneur ne verrait pas le bout de son nez s'il ne le piquait pas tous les soirs au point de le rendre écarlate. Quel gâchis. Corbin, Dern, ça a eu un sens autrefois. Quand mon grand-père l'a fondé, son modèle était le *Black Sun Press* de Crosby. Harry Crosby était son ami, le saviez-vous ? Jusqu'à son suicide, bien sûr. Ce délicieux double suicide amoureux. Quoi qu'il en soit, grand-père voulait faire comprendre l'avant-garde à l'Amérique. Saviez-vous que le premier auteur qu'il publia était André Breton ? Sans parler du fait qu'il n'est même pas capable de soutenir la valeur de nos actions à un niveau convenable. Tout à fait entre nous, très cher, je ne le crois plus guère capable de soutenir quoi que ce soit, aujourd'hui.

Il fallut un instant à Russell pour comprendre que les deux dernières phrases se rapportaient à Whitney Corbin III et qu'on était revenu au présent. Ou du moins à cette région du présent dans laquelle vivait Tish Corbin.

— Comment se fait-il, Mr. Russell Calloway, qu'au beau milieu de ce que l'on me décrit comme la plus forte hausse que le marché ait connue dans l'histoire, les actions Corbin, Dern aient perdu de la valeur ? J'entends les portiers des boîtes de nuit parler de l'argent qu'ils gagnent à la bourse.

— Vous devriez poser la question à votre frère.

Quand elle porta la cigarette à ses lèvres, la manche de son kimono se retroussa sur son bras ; sans ostentation, Russell l'examina à la recherche de marques éventuelles, sans parvenir à une conclusion.

— Je méprise mon frère. Nous ne nous sommes pas adressé la parole depuis trois ans.

Claude réapparut avec ses bottes montant au genou. Il portait un plateau sur lequel était disposé un service à thé XVIIIᵉ en argent massif et un assortiment de pâtisseries.

— Mon frère avait onze ans quand je suis née. J'avais un an quand il a tenté de m'étouffer avec un oreiller, souvenir que j'ai fini par mettre au jour après plusieurs années d'une analyse coûteuse. J'avais quatre ans quand mon père m'offrit un lama qui fut mon plus cher compagnon pendant deux ans jusqu'au jour où mon frère l'abattit à coups de fusil.

— Vous avez encore besoin de moi ? demanda Claude après avoir servi le thé.

189

Un lama ?

— Mes pieds.

— Bien, Madame.

Claude s'agenouilla devant elle, ôta l'une de ses babouches et entreprit de lui masser le pied. Russell s'efforça de ne rien laisser paraître. En son for intérieur, le thème musical de *Rencontres du troisème type* retentit.

— Mon frère est un tueur, Russell Calloway. Il aimerait me tuer, n'en doutez pas. Sans la loi, qui lui rend la chose difficile, il le ferait. Candace — ma sœur aînée — est exactement comme lui, c'est une écervelée qui ne lui donne aucun souci, mais ils adoreraient se débarrasser de moi. J'ai de bonnes raisons de croire qu'un accident d'auto dans lequel j'ai bien failli rester voilà quelques années n'était pas...

Sa voix se mua en un chuchotement et Leticia Corbin parut se concentrer sur quelque profonde expérience primale. Elle finit par lever les yeux avec une expression lugubre.

— L'âme des animaux qu'il massacre hantera probablement ma famille pendant des générations. Je vois que vous portez des souliers de cuir, dit-elle, le thème des pieds se généralisant soudain. Il existe de nombreux substituts séduisants aux produits d'origine animale. J'aimerais vous donner quelques textes là-dessus avant que vous ne partiez.

— Vous disiez que vous aviez une proposition à me faire.

Les choses commençaient à devenir un peu trop spéciales pour Russell.

— Une proposition ? Peut-être. On peut l'appeler comme ça.

Claude avait changé de pied.

— Ce que j'envisageais est plus vaste qu'une proposition de livre. Je me demande si je puis avoir confiance en vous ?

Russell ouvrit tout grand les mains et haussa les épaules pour indiquer que cela dépendait entièrement d'elle et l'intéressait quant à lui de moins en moins.

— Je songe à créer ma propre maison d'édition. Quelque chose de petit, simple et de bon goût. Mais aussi quelque chose, comme ça, de fou et d'audacieux. Philosophie, mode, esthétique, certains des projets qu'Andy n'a pas pu réaliser...

Russell voyait très bien.

— Cela va mieux ? demanda Claude.

— Un tout petit peu, merci, Claude. Il faut que je vive avec, voilà tout. À moins que ces imbéciles de médecins ne finissent par localiser la source de la douleur. Je n'arrive pas à fermer l'œil la moitié de la nuit tant je souffre, et ils disent que c'est imaginaire. Évidemment, je n'ai aucune expérience sur les aspects techniques de l'édition. Mon frère ne m'a jamais laissé approcher la boîte. Il me faudrait donc de l'aide.

— Vous avez le financement ?

— J'ai l'intention de vendre mes parts de Corbin, Dern.

— Ça ne sera pas du goût de votre frère. Cela représenterait une réduction substantielle des parts de la famille — cela risque même de conduire quelqu'un d'autre à s'emparer de l'affaire.

— C'est l'un des aspects de l'idée qui me plaît le plus, Russell Calloway. La mettre à mon grand frère.

Peut-être l'excentricité était-elle contagieuse, mais brusquement, Russell se sentit totalement intéressé.

— Il faut être prudent pour vendre une telle quantité d'actions. Une société aussi petite que celle-là — on ne peut pas jeter treize pour cent d'actions, comme ça sur le marché. Il vous faudrait sans doute un acquéreur unique.

— Vous avez l'air d'en savoir beaucoup sur ces choses, dit-elle avec un sourire malicieux.

— Je m'y intéresse depuis peu. Mais j'aime à croire que j'apprends vite.

— C'est vrai ? Vous me semblez trop innocent.

— C'est un risque qu'il va nous falloir prendre, n'est-ce pas ?

— Connaissez-vous quelqu'un qui pourrait acheter mes parts ?

Russell resta encore une heure, pendant laquelle Claude versait le lapsang souchong de la théière en argent ouvragé, tandis qu'ils découvraient, malgré toutes leurs divergences de style et de mode, un bout de terrain commun. Quand Russell prit congé, il s'était convaincu qu'elle possédait un excellent instinct et Leticia était parvenue à la conclusion qu'en dépit de sa garde-robe tristounette, il s'agissait d'un très brillant jeune homme.

Ils avaient rendez-vous pour dîner la semaine suivante.

14

Trina attrapa de justesse le Concorde qui décollait à neuf heures vingt de Heathrow et la mettrait à New York à huit heures trente ce même matin et à son bureau une heure seulement plus tard que d'habitude, n'ayant presque rien perdu de sa journée de travail. Elle tendit son sac à l'hôtesse, se faufila devant une belle femme d'allure eurasienne qu'elle crut reconnaître pour l'avoir vue dans les magazines de mode, et se laissa tomber sur son siège à côté d'un costume bleu de sexe masculin qui avait à peu près le même âge qu'elle. Cravate Hermès, fines rayures, visage méticuleusement reproduit d'après un récent album annuel de Dartmouth.

Il regarda sa montre, une grosse Cartier en or, et poussa un soupir.

— Si ce vol a ne fût-ce qu'une minute de retard, je suis dans la merde pour de bon, dit-il, comme s'il s'adressait aux pages roses de son *Financial Times*.

Trina eut un hochement de tête qui n'engageait à rien.

— Si j'avais tout mon temps, je voyagerais par Air India, enfin, quoi.

Il avait apparemment envie de parler — encore que par brusques accès, pénétré de sa propre importance —, ce qui était tout à fait contraire aux règles des vols d'affaires sérieux. Mais il est vrai qu'elle portait sa robe Giorgio Sant' Angelo, bien faite pour les nuits au Tramps ou chez Annabel, de manière à ne pas complètement froisser le tailleur qu'elle revêtirait dans la limousine qui l'attendait à Kennedy. Alors, bien sûr, il ne devait pas penser qu'elle voyageait pour affaires. Il la prenait pour une quelconque pétasse internationale aéroportée.

— Bradley Seaver, dit-il en se tournant soudain comme s'il venait de la remarquer à l'instant.

— Trina Cox.

— Enchanté, dit-il.

Il secoua sauvagement la tête, regarda de nouveau sa montre comme s'il s'agissait d'un accessoire personnel vraiment très mal élevé, puis, comme elle continuait de l'ignorer, il marmonna théâtralement :

— Dieu sait que j'ai intérêt à être à mon rendez-vous.

Trina se mit à la recherche d'un bilan dans son sac.

— Je suis banquier, dans les investissements, chez Morgan, dit-il. Département F & A, autrement dit Fusions et Acquisitions.

— Ça a l'air très intéressant, dit Trina, laissant retomber le bilan dans son sac et adoucissant son accent de quelques gouttes de miel méridional.

— Vous ne croyez pas si bien dire. C'est vraiment intéressant.

— Vous savez..., commença-t-elle, mais il était tout à sa vision de refonte du marché mondial.

— J'achète et je vends des sociétés qui valent des milliards de dollars presque tous les jours. Et c'est tout juste si deux ou trois personnes dans notre pays tout entier comprennent l'amplitude du phénomène. Même le gouvernement n'y comprend rien. Il ne s'en rend absolument pas compte. Ce qui fait bien notre affaire, d'ailleurs.

Il poursuivit, expliquant que ses collègues et lui-même attaquaient des groupes hypertrophiés, renversaient des directions corrompues et sybaritiques, massacraient les dragons de l'inefficacité et de la complaisance, taillaient en pièces des royaumes paresseusement assoupis, pour revendre sur le marché leurs composantes les plus dynamiques.

Après des années d'inflation, quelqu'un s'était avisé, en considérant les cours de la bourse, que les actions de la plupart des grandes sociétés américaines étaient sous-évaluées. Sous l'impulsion d'un nouveau président favorable aux milieux d'affaires et qui avait déclaré qu'une nouvelle aube se levait en Amérique, l'inflation avait reculé et les acheteurs intelligents s'étaient réveillés pour appeler leurs courtiers. Le secteur des services financiers connaissait une croissance digne des villes champignons du boum pétrolier. Et si acheter des actions sur marge dans un marché haussier permettait souvent de faire la culbute, acheter directement des sociétés avec de l'argent emprunté pour en revendre les composantes semblait la méthode la plus rapide que quiconque eût jamais imaginée pour devenir fabuleusement riche. Les intérêts étaient déductibles et il aurait donc fallu être idiot pour ne pas emprunter autant que possible et acheter tout ce qui se présentait. Les dettes étaient préférables aux capitaux. À en croire Bradley Seaver, il exerçait ses activités dans le domaine le plus lucratif de l'époque.

— Et vous, que faites-vous ? finit-il par s'interrompre pour demander au bout de vingt minutes.

— Je suis moi-même dans les F & A, chez Silverman, dit-elle.

Sa propre boîte était beaucoup plus conséquente dans ce secteur d'activité que celle de son voisin. Virant au rose soutenu, Bradley Seaver coiffa ses écouteurs et l'ignora farouchement pendant tout le reste du vol.

A une heure de New York, Trina se dirigea vers les toilettes, à l'arrière de la cabine. Le modèle qu'elle avait précédemment reconnu attendait un signal « libre » en jetant des coups d'œil nerveux sur le plastron de son chemisier.

— Vous vous y connaissez en implants ? demanda-t-elle à Trina, parce que j'ai une espèce de sensation bizarre, j'ai l'impression qu'ils gonflent, comme ça, vous voyez ?

La femme se palpa un sein en fronçant joliment le nez.

Elle leva les yeux avec une expression qui semblait inviter Trina à voir par elle-même, expérience qu'elle choisit de ne pas tenter.

— Je ne sais pas, je les ai depuis la semaine dernière et je viens de me rappeler qu'un type m'avait dit il y a deux mois qu'il connaissait une nana, comme ça, dont les implants avaient explosé, quoi, dans le Concorde. Alors je suis un peu inquiète.

— Il n'y avait pas de mise en garde sur mon billet, dit Trina.

— Ah bon ?

Apparemment un peu rassurée, elle baissa les yeux sur la poitrine de Trina.

— Les vôtres, c'est des vrais?

Quelques heures plus tard, dans son bureau du centre de Manhattan, Trina, le visage ocellé par les reflets qu'irradiait l'écran de son ordinateur, examinait les tableaux de son logiciel de comptabilité. Courbée sur le clavier, elle se penchait vers l'écran comme si elle s'apprêtait à plonger au cœur du labyrinthe émeraude des chiffres. Depuis qu'elle avait commencé à bosser à Wall Street, son acuité visuelle avait facilement baissé de moitié et ses yeux larmoyaient derrière ses lentilles, mais étant donné ce qui était arrivé à ses revenus au cours de la même période, elle ne sollicitait la compassion de personne. Elle s'efforçait, pour l'heure, de déterminer la MBA d'une des sociétés d'un empire du prêt-à-porter sur laquelle sa boîte avait lancé une OPA. Depuis le lancement de l'offre, deux autres acheteurs s'étaient manifestés et avaient fait monter les prix, réussissant une fois de plus à priver Trina de sommeil pendant une semaine. Elle se redressa, tendit le cou et aspira une gorgée de bouillon de culture caféiné dans sa chope aux armes de la Harvard Business School.

Son assistant, Christopher, frappa et entra, portant plusieurs sacs de vêtements drapés sur ses deux bras tendus avec une délicatesse presque cérémonieuse. Christopher joignait à un goût excellent une expérience semi-professionnelle du vêtement qu'il devait à l'Institut des technologies de la mode, et elle l'envoyait donc, au début de chaque saison, choisir quelques nouvelles tenues.

— Je crois que vous allez vraiment les adorer, dit-il en déposant les sacs sur le canapé et en les lissant de la main. Les nouvelles collections sont fabuleuses. Surtout Chanel.

— J'en suis persuadée, dit Trina à l'instant même où le téléphone sonna. Vous prenez?

Christopher se dirigea vers le bureau d'une démarche raide et prit le combiné. Il boudait encore lorsqu'il la surprit en disant :

— Russell Calloway?

Cela faisait des années qu'elle ne l'avait pas vu. Hyperdébordée qu'elle était, elle fut assez intriguée pour prendre la communication.

— Allô, Russell? Pas possible! Je suis tombée dans une faille temporelle, ou quoi?

— C'est vrai que ça fait un bout de temps, reconnut-il. C'était au mariage de Gene Fishers, il y a deux ou trois ans, c'est ça?

— Ça ne nous rajeunit pas, mais je me console en pensant que tu seras toujours plus vieux que moi. Alors, déjà chauve et bedonnant?

Et en quête de fonds pour l'association des anciens élèves? supputa-t-elle.

Mais ce n'était pas le genre de Russell.

— Je me suis laissé dire que j'étais bien conservé. Je me demandais si tu accepterais une invitation à déjeuner.

On aurait bien dit une avance. Se serait-il séparé de la belle, de la parfaite Corrine Makepeace?

— Ce serait avec joie, dit-elle, la douteuse sincérité de cette déclaration s'accompagnant d'un accès réflexe d'intonation méridionale. Mais je suis prise pour les trois ou quatre ans à venir. J'ai bien dû annuler six de mes sept derniers dîners qui n'étaient pas d'affaires, ce qui est en train de me fâcher avec à peu près tout le monde, tu t'en doutes.

Mais elle éprouvait une curiosité suffisante pour feuilleter son agenda à la recherche d'un jour possible vers la fin d'avril. En temps normal, Christopher lui aurait annoncé qu'elle avait ou non un déjeuner libre, mais il était reparti, plutôt vexé.

— Mardi prochain, ça irait? Et il faut que ce soit dans le coin. Tu connais Smith et Wollensky? Si je n'appelle pas pour annuler, j'y serai à midi et demi.

Il devait avoir vu l'article qui faisait d'elle l'une des principales figures féminines du F & A, conclut Trina, encore qu'il ne semblât pas non plus du genre à lire *Fortune*. Mais elle n'avait pas le temps d'échafauder des hypothèses pour le moment. Ni celui d'avoir une vie amoureuse, elle tenait pourtant à éprouver de temps à autre le frémissement de la tension sexuelle, à rester à l'écoute, au cas où elle rencontrerait quelqu'un de vraiment merveilleux à bord d'un avion, quand l'écran de son portable serait rabattu et que les toilettes se trouveraient libres.

À la fac, Russell avait une année d'avance sur elle. Ils ne s'étaient guère connus, et si sa mémoire était fidèle, il lui avait inspiré des sentiments très mélangés, où l'antipathie entrait pour autant qu'une espèce de sympathie. Elle fréquentait les sportifs et les étudiants dont le nom de famille était gravé au fronton des bâtiments universitaires. Lui semblait mépriser tout cela — c'était un enfant du Midwest, ostentatoirement intéressé par l'art et la politique. Elle se rappelait qu'il fumait des cigarettes françaises qui sentaient l'asphalte et passait des heures à boire du café au snack-bar en parlant littérature avec des airs de conspirateur, en compagnie de Jeff Pierce, garnement dégingandé dont le grand-père avait fait bâtir le gymnase de la fac et que Trina se serait volontiers appuyé.

La bohème n'ayant jamais été son truc, Trina Cox était entrée dans une banque d'investissement sitôt obtenu son diplôme, au moment même où une nouvelle frénésie s'emparait du secteur. C'est ainsi qu'elle avait eu la chance de faire son apprentissage dans le département des Fusions et Acquisitions à la First Boston où l'on était en train d'inventer ce nouveau jeu. Son service conseillait les sociétés qui lançaient des OPA et aidait à les financer moyennant des honoraires chiffrés par millions ; il devint vite évident que la banque se privait des coups les plus juteux en se contentant de jouer les demoiselles d'honneur pour ces mariages multimillionnaires en dollars. La First Boston se mit alors à engager ses propres capitaux dans l'entreprise. Une aube se levait où, si c'était une bénédiction d'être dans la finance, les F & A étaient le paradis.

Elle avait été analyste pendant deux ans puis, ayant passé l'incontournable MBA à Harvard, était allée mettre sa jeune expérience au service d'une banque d'investissement ultra-conservatrice qui brûlait d'entrer dans la danse des Fusions et Acquisitions mais, à sa grande irritation, répugnait encore à se salir les mains dans les OPA sauvages. Elle s'efforçait de convaincre sa direction d'assouplir cette politique.

Être une bonne femme ne lui avait pas facilité les choses ; l'article de *Fortune* relevait plutôt de la plaisanterie puisqu'en dehors de Trina il ne devait pas y avoir plus de deux ou trois autres femmes dans les F & A. Il régnait à Wall Street une atmosphère de vestiaire de stade et l'on y portait volontiers sa bite en sautoir, autant parce que la moitié des effectifs masculins avaient été des bûcheurs et des étudiants modèles que parce que l'autre moitié avait effectivement pratiqué des sports violents et appartenait aux diverses associations d'anciens élèves des universités. Sachant cela, une femme pouvait s'en faire une arme. Trina était loin d'avoir été une étudiante modèle et possédait cette confiance en soi typiquement féminine qui peut percer d'entrée de jeu le blindage des attitudes machistes. Sa voix, perpétuellement fêlée et râpeuse, vibrait de l'autorité que confèrent l'argent et la naissance ; et à la manière des hommes dont on dit qu'ils peuvent déshabiller les femmes du regard, Trina avait la faculté d'induire chez certains hommes le souvenir instantané de toutes leurs défaillances sexuelles. L'attraction qu'elle exerçait était plus fonction de sa vitalité que de la pure beauté, ses joues pleines la rajeunissaient presque trop, sa chevelure était d'un brun assez peu remarquable ; elle était rarement la femme la plus séduisante d'une quelconque assemblée, mais elle était d'ordinaire dans la course.

Née en Virginie, de ce que l'on appelle encore, sans ironie, une bonne famille, elle aurait pu faire un beau mariage pour se consacrer à la chasse et à l'équitation, comme sa mère et sa sœur aînée avant elle. En réaction contre un père qui vivait languissamment de ses rentes et, ornithologue aristocratique, s'offrait des expéditions en Amazonie pour y rechercher de nouvelles espèces de perroquets et de grèbes, elle avait renoué avec la tradition des premières générations qui avaient bâti l'empire Cox en allant travailler à Wall Street. Qu'elle fût meilleure cavalière, meilleure skieuse, plus fine gâchette et plus fine raquette que la plupart des hommes avec lesquels elle travaillait lui rendait plutôt service car c'était des qualités auxquelles ils attachaient plus de prix qu'elle-même. Les types avaient plus de mal à vous traiter comme une ravissante idiote quand vous les aviez massacrés au squash la semaine précédente. Ils pouvaient vous haïr ou vous demander en mariage, mais ils cessaient en tout cas de vous envoyer chercher une tasse de café.

Une heure encore d'analyse de MBA puis, levant les yeux, elle vit les sacs de vêtements sur le canapé.

— Christopher, lança-t-elle. Voyons cette nouvelle garde-robe. Montrez-moi ce que vous avez apporté.

— Y a pas le feu, dit-il, encore pincé.

— Non, franchement. Je meurs d'envie de les voir.

Le mardi suivant, elle arriva avec quinze minutes de retard et Russell l'attendait au bar. Il s'était épaissi depuis la dernière fois qu'elle l'avait vu mais gardait des allures d'étudiant. Un visage d'adolescent, un blazer bleu sur un blue-jean et — mignon, ça — un nœud papillon. Elle avait l'impression que ça faisait des années qu'elle n'avait pas vu un homme vêtu au minimum d'un complet sombre à fines rayures.

Leurs relations étaient suffisamment ténues et estompées pour rendre le baiser sur la joue vaguement embarrassant : ils tournèrent la tête du même côté en même temps puis se corrigèrent pour tendre simultanément l'autre joue.

— Tu es retourné à Providence, récemment ? demanda-t-il quand ils furent assis.

— Je n'ai pas eu le temps.

Il semblait nerveux, ce qui la renforça dans l'idée qu'il avait des intentions. Le garçon s'amena pour les saluer avec un fort accent d'Europe centrale et disposa bruyamment les lourds couverts.

— Ils sont faits pour les hommes qui découpent les grosses sociétés américaines, dit Trina en brandissant un impressionnant couteau à steak. C'est une sorte d'avant-poste de Wall Street dans le centre, ici, ajouta-t-elle, expliquant que son premier patron l'y avait toujours emmenée avec des clients. Il y a une espèce de loi somptuaire qui exige que les banquiers se nourrissent de bœuf hors concours dans un environnement de cuivre et d'acajou.

Elle regarda vers la salle. Un gros type, installé à deux tables de la leur, lui adressa un signe. Ses commensaux appelaient le garçon en braillant, désignant leurs verres vides sans cesser de tailler en pièces des homards géants et des côtes de bœuf plus grandes que les assiettes.

— Des amis à toi?

Elle secoua la tête.

— Des courtiers, dit-elle, les Néandertal de la finance. Des maniaques de l'oralité. Ils passent leurs journées à beugler au téléphone et carburent au Martini, à la viande rouge et aux cigares.

— On ne peut pas dire que dans les F & A, vous soyez particulièrement timides et effacés non plus.

— Ben non, on s'éclate pas mal aussi, dit-elle d'une voix grave et masculine. Mais je doute que tout cela vous intéresse, Mr. Calloway.

— Figure-toi que si, bizarrement.

— Russell Calloway, le poète de la classe? Allons donc, avoue que tu te sens très supérieur à nous autres, bouffeurs de pognon.

— Au contraire, je trouve ça passionnant, ce que tu fais. Surtout en ce moment. Et c'est une des raisons de cette invitation à déjeuner.

Elle ne trouvait pas cette perspective très excitante.

— Et moi qui espérais que tu t'étais souvenu que j'avais un beau cul.

— À vrai dire, mes fixations sont plutôt mammaires, dit-il avec un sourire de méchant garçon, les yeux scrupuleusement fixés sur la poitrine de Trina.

— J'ai rencontré une nana dans le Concorde qui devrait t'intéresser.

— Comme si j'en avais besoin.

— De quoi as-tu besoin, au juste?

— Je viens de recevoir un truc, en lecture, un roman, je crois qu'il est bon. Le protagoniste bosse pour une boîte de taille moyenne. Il croit qu'on va le virer et il se met en tête l'idée folle de racheter la boîte.

— Ce n'est pas une idée folle.

— Ben c'est précisément ce que je voulais savoir. Si tu voulais bien écouter cette histoire et me dire si elle est réaliste. Le type n'a pas un rond. Il emprunte dans les soixante-dix briques.

— De l'argent de poche, dit Trina en beurrant une tranche de pain. Si tu disais sept cents — pour empêcher le lecteur de s'endormir.

— Attends, contentons-nous de ce qu'on a pour l'instant. Ce type n'est pas riche.

— Non, pas encore, mais c'est toute la beauté de la chose, ce qu'on appelle l'effet de levier. Autrefois, les grosses boîtes achetaient les petites, mais aujourd'hui, on voit presque tous les jours des moucherons avaler des baleines. Le moucheron va à la banque et emprunte de quoi acheter Moby Dick. Un emprunt, ça se gage, alors notre sympathique moucheron engage la baleine, qu'il ne possède pas encore, et le tour est joué. Une fois le marché conclu, il rembourse l'emprunt avec des bouts de baleine.

— Voilà qui semble parfaitement raisonnable, dit facétieusement Russell.

— Qui a dit : « Donnez-moi un levier assez long et je soulèverai le monde » ? Eh ben, moi, avec l'effet de levier nécessaire, j'achète General Motors.

— Personnellement, je n'en voudrais pas, dit-il. C'est la boîte où travaille mon père.

— Tu es de Grosse Pointe, c'est ça ? L'équipe des Pistons a l'air bien partie pour le championnat.

Elle se tourna vers le garçon qui poireautait mollement près de leur table.

— Cocktail de crevettes, château saignant, épinards à la crème et rechargez-nous en café. Tu as choisi ?

Après avoir parcouru la carte, Russell commanda une sole et une salade.

— De quelle branche parlons-nous, en l'occurrence ?

Russell hésita. Elle ouvrit les mains en un geste interrogateur.

— Élevage des porcs ? Logiciels ?

— Plutôt l'édition, en gros.

202

— En gros ?

Haussant les épaules, il pinça les lèvres en un sourire pensif, levant sur elle des yeux qui semblaient implorer sa compréhension : s'il n'allait pas aux toilettes à l'instant, il allait se lancer dans une déclaration d'amour. Elle posa la main sur l'une des siennes.

— Ben quoi, mon bébé ?

Dans son souvenir, il n'était vraiment pas du genre timide. Elle venait d'ailleurs de se rappeler un épisode de pelotage assez imbibé, sur un canapé, après une cuite. Mais il existait une autre possibilité.

— Sans être extralucide, je dirais comme ça que, soit tu veux me baiser, soit tu veux racheter une boîte.

Elle le vit bel et bien rougir. Elle secoua la tête en riant.

— Espèce de grand sournois. Alors tu veux racheter ta maison d'édition, je me trompe ?

Il haussa les épaules d'un air contrit.

— Et tu n'as pas un rond ? Mais quels sont tes atouts, mon gros ? Tu sais, des nanas et des garçons dans mon genre, il y en a bien cent dans le quartier, collés à l'écran de leur ordinateur à la recherche d'OPA possibles. La chasse est ouverte et l'édition est dans le collimateur ces temps-ci. Comment se fait-il que personne n'ait encore épinglé Corbin, Dern jusqu'à maintenant ? Pourquoi ne l'a-t-on pas fait entrer dans la danse ? Et parle doucement, s'il te plaît, sans quoi, elle va y entrer. Et pas plus tard que cet après-midi.

— Je sais des choses qui n'apparaissent pas dans les bilans.

— Attends un peu, la famille n'est pas majoritaire ?

— Quarante et un pour cent.

— Alors, c'est presque impossible.

Elle l'observait pendant cet interrogatoire, penchée assez près pour sentir l'odeur du café dans son haleine. Il avait des yeux très engageants, d'un azur clair. Plus faciles à déchiffrer que les yeux foncés.

— À moins que tu n'aies quelqu'un de la famille dans la poche.

— Si je te dis tout maintenant, il me restera quoi ?

— La possibilité de tenter le coup, qui sait ? Tu es notre ver dans le fruit.

— Il est très beau, ce tailleur, dit Russell en louchant sur le décolleté.

— Quelqu'un l'a choisi pour moi.

— Il a bon goût.

— Et il connaît la dactylo.

— Garde-le précieusement.

— J'y compte bien.

Elle plongea le grand croissant rose d'une crevette dans la sauce cocktail et en mordit la moitié, tout à fait satisfaite de laisser s'installer le malentendu à propos de l'homme en question.

— Dis-moi ce que tu as d'autre.

— L'immobilier. L'immeuble des bureaux est amorti et a disparu des livres depuis des années. Il vaut au moins dix.

— On pourrait le vendre, et prendre quelques étages en location. C'est une bonne chose, ça, mais tu ne dois pas être le premier à t'en être aperçu. Des possibilités de rentrées cachées ?

— Une demi-douzaine de grosses ventes en poche qui n'apparaîtront pas dans les livres avant l'année prochaine ou la suivante.

Le garçon arriva avec le plat principal.

— Il faudrait vendre certaines branches pour rembourser la dette.

— Je t'ai apporté les chiffres, dit-il en soulevant un portedocument de cuir qui renversa son verre d'eau en travers de la table.

— Ce n'est rien, dit-elle. C'est très rafraîchissant.

— Maintenant, tu sais pourquoi on m'avait surnommé Boum, dans ma famille.

— C'est un des mots fétiches de ma profession. Mais parlons plutôt de ce truc racial. C'est quoi, au juste ?

— Je crois que ça pourrait être bon pour nous, dit-il en épongeant les dégâts avec sa serviette. Ça fait chuter la valeur des actions.

— On va peut-être pouvoir s'entendre, dit Trina, une demi-heure plus tard, laissant tomber le couteau à steak dans son assiette vide. Ça commence à avoir l'air faisable.

— Tu as un appétit d'oiseau, remarqua facétieusement Russell, qui avait lui-même laissé une moitié de sa sole.

— Je brûle tout ça.

— Au gymnase ?

— Au bureau. Mon programme d'exercice quotidien repose sur la privation de sommeil et la production d'adrénaline.

— On dirait que ça te réussit.

— Et alors, comment va Corrine ? Vous êtes encore ensemble ?

— On s'accroche. Elle va très bien. Elle est courtière chez Wayne, Duehn.

— Sans blague ? Formidable, dit Trina avec son accent le plus méridional.

Elle n'avait jamais aimé Corrine Makepeace et qu'elle fût devenue courtière n'était pas fait pour améliorer son opinion. C'était de la petite bière. Du démarchage par téléphone. Autant vendre des aspirateurs au porte-à-porte.

— Tu lui en as parlé ?

— Oui, bien sûr. Elle m'a donné un coup de main pour les chiffres.

— Elle ne risque pas d'en parler à ses clients, hein ?

— Écoute, c'est ma femme.

— Mon patron, Nicholas Aldridge, est marié depuis cinq ans — ne me demande pas comment il a trouvé le temps d'assister à la cérémonie. Il voyage à peu près deux cents jours par an. Et quand il appelle sa femme, il ne lui dit ni où il est, ni avec qui, ni quand il rentrera. C'est le boulot qui veut ça.

— Corrine est déjà au courant.

— Sois un peu circonspect, même avec elle. Si on marche, tu ne pourras pas tout lui raconter. C'est comme ça. Quand je suis sur un coup, il me faut une communication garantie cent pour cent, pas la moindre fuite.

Elle n'y allait pas avec le dos de la cuiller, mais il n'était pas question que Corrine Makepeace mette son nez dans ses affaires. Elle sourit à Russell.

— Tout ce que je dis, c'est que tu n'es quand même pas obligé de tout lui dire, je me trompe ?

— Non, sans doute.

205

Le garçon vint lui annoncer qu'on la demandait au téléphone. Elle s'excusa et alla prendre la communication à la caisse, tendant sa carte de crédit au garçon. Aldridge avait besoin d'elle sur-le-champ. Elle signa la note et se hâta de regagner la table.

— Désolée, faut que je me sauve. Je vais réfléchir à tout ça et on se reverra la semaine prochaine pour en parler, d'accord ?

Elle l'embrassa sur les deux joues et fila vers la porte.

Trina revit Russell avec Leticia Corbin le samedi suivant. Elle établit un projet pour son patron, mais il s'écoula encore près d'une semaine avant qu'elle pût enfin en discuter avec Aldridge. Ayant dormi une moyenne de trois heures par nuit du lundi au jeudi, quand elle s'assit enfin dans le bureau d'Aldridge le samedi après-midi, elle éprouvait à bon droit cette forme d'épuisement née du travail accompli où elle puisait une nouvelle énergie. Le manque de sommeil était devenu une drogue, comme l'ivresse du sprinter, comme les obligations à risque mais d'un gros rapport dans un portefeuille d'investissement. Elle était prête pour un nouveau coup.

Malgré la situation des bureaux, au dernier étage d'une tour de verre flambant neuf du centre, le repaire d'Aldridge ressemblait à l'étude du directeur d'un vieux collège de Nouvelle-Angleterre comme celui où Aldridge lui-même avait été élève. L'élément le plus voyant du décor était sa collection de maquettes de bateaux. Une réplique à l'échelle incroyablement détaillée de l'*USS Constitution* vers 1812 était au radoub sur son bureau Hepplewhite ; des clippers, des sloops et des galions étaient en panne sur les Sargasses d'acajou luisant d'une console de style *Early American*. Certains des modèles réduits avaient été offerts par des clients et portaient la date et le nom de l'affaire qu'ils commémoraient en plus du nom du bateau.

En s'entourant de bois anciens, de toile à voile, de cuir marocain et de tabac cubain, Aldridge s'affirmait le descendant des banquiers marchands de la vieille école. L'admiration que Trina vouait à son style se teintait d'un certain agacement. Sa prudence l'empêcherait toujours de devenir le principal opérateur de la place.

Trina avait amené avec elle Chip Rockaby, un des jeunes cadres de la maison qui lui avait donné un coup de main pour les chiffres. C'était un vrai chien de chasse, il avait jusqu'à l'allure d'un Golden Retriever, avec sa grosse tête blonde et ses yeux bleus niais et joyeux. Une fois qu'il avait humé une affaire, il ne la lâchait plus jusqu'à ce qu'on la lui arrache de la gueule à grandes claques sur le museau.

— Je vois ce qui vous plaît dans cette affaire, dit Aldridge en tétant, la tête renversée vers le ciel, pour allumer un Montecristo, les joues gonflées à la Dizzy Gillespie.

Trina se raidit dans l'attente du « mais ».

— Les chiffres sont assez bons...

Il s'interrompit pour ôter le cigare de sa bouche et l'examiner comme s'il était heureux de constater qu'il existait encore deux ou trois choses sur lesquelles on pouvait compter dans la vie.

— Même s'ils sont assez modestes.

— D'après nous, ce serait un coup facile, risqua Chip. Du gâteau.

Va chercher, le chien. Ouah, ouah. Rapporte le zoiseau, Vulcain !

Le téléphone grésilla.

— Excusez-moi une seconde.

Tout en grognant des monosyllabes dans le combiné niché au creux de son épaule, Aldridge se mit à tripoter ses boutons de manchettes, losanges d'or d'un goût parfait, gravés à ses initiales. Les hommes du bureau considéraient Aldridge comme un modèle d'élégance. Ses chemises et ses costumes, coupés en Angleterre, possédaient une mollesse, une fluidité qui rappelait à Trina celle des dollars beaucoup manipulés. Il portait des poignets mousquetaire, des cols larges ou fermés par une épingle. Le motif de ses cravates, quand motif il y avait, était presque invisible à l'oeil nu. Rockaby, lui, portait la version jeune cadre de l'uniforme de la boîte : des chemises Brooks Brothers à col boutonné, blanches ou bleues, des complets droits de laine bleue ou grise, et des cravates rayées de la même origine. Ce jour-là, c'était une chemise bleue et un costume gris. Sans que personne, à la connaissance de Trina, ne l'eût jamais dit, il eût été inconvenant que Chip, qui n'avait que vingt-cinq ans, parût au bureau dans un costume sur mesure ou avec une paire de boutons de manchettes. Il faudrait, pour cela, attendre qu'il accédât au conseil d'administration. Avec l'internationalisation des affaires, on voyait des types d'autres boîtes céder à la mode des bretelles et de ces chemises rayées clownesques à haut col blanc de chez Turnbull & Asser, mais on n'accéderait jamais au conseil d'administration de la maison avec une pareille garde-robe. Trina, quant à elle, s'en tenait aux tailleurs des couturiers les plus classiques avec l'ourlet autour du genou, découvrant tout juste assez de jambe pour leur rappeler les toilettes qu'elle fréquentait.

Ayant réinséré le cigare entre ses dents après avoir raccroché, Aldridge se revigora en s'emplissant les poumons de fumée et poussa un soupir.

— Vous croyez que c'est faisable ? demanda-t-il à Trina.

— Absolument.

— Je vous accorde que ça a l'air parfait sur le papier. Mais ce n'est pas une simple question de financement. Le jeune Calloway n'a jamais fait ses preuves comme gestionnaire. Et nous perdrions les principaux dirigeants.

— Un débroussaillage, dit Chip.

— C'est un bon, dit Trina. On le préparait à la direction générale.

— Possible. Mais c'est le genre d'affaire qui repose sur les relations humaines. Nous risquons de prendre la ville pour découvrir que l'or, le grain et les femmes ont disparu.

Nous y voilà, songea Trina. C'est l'heure de la parabole.

— En l'occurrence, disons que les femmes, ce sont les auteurs, que les relations d'affaires avec les autres éditeurs et les agents sont... le grain et que le bon renom de la firme, c'est l'or. Tout cela pourrait disparaître d'un jour à l'autre si nous lançons une OPA sauvage.

Aldridge tira de toutes ses forces sur son cigare, comme un plongeur inquiet s'apprêtant à s'immerger.

— J'en ai parlé au conseil de direction. Il faudra nous passer de cette affaire-ci, Trina. Je sais qu'elle vous plaît. Vous êtes peut-être dans le vrai. Et nous vous sommes très reconnaissants de nous l'avoir soumise. Mais vous connaissez notre position sur les OPA sauvages. Nous ne voulons pas prendre le risque de détériorer nos relations avec la clientèle... surtout pour une affaire aussi modeste.

Il ôta de nouveau le cigare de sa bouche pour examiner sa montre.

— Bon sang, il faut que j'y aille, je vais prendre un verre au Racquet Club.

— Quand comptez-vous parrainer mon adhésion ? demanda Trina.

Aldridge eut un sourire contrit. C'était une vieille plaisanterie mais elle le mettait toujours mal à l'aise ; les femmes étaient exclues du Racquet Club. Avec un rire penaud, il marmonna :

— Désolé...

— Tu vas l'être, désolé, approuva Trina, quelques minutes plus tard, dans la tranquillité des toilettes des dames. Vieux con.

15

— Que veut-il au juste, ce Parker? demanda Baigneur Corbin, son front hâlé plissé par la perplexité, aussi loin de son élément que le saumon naturalisé accroché au mur au-dessus de sa tête.

Voler ta bagnole et violer tes femmes, avait envie de dire Washington, mais il vit que son auditoire blanc était extrêmement tendu. Et il l'était aussi, d'ailleurs. Dans le bureau de Corbin, sous l'œil de verre accusateur des oiseaux et des animaux empaillés, Washington partageait le Chesterfield de cuir craquelé avec Harold et Kleinfeld et s'efforçait désespérément de contenir le pet qu'il sentait monter, tout en espérant exprimer plus de confiance qu'il n'en éprouvait.

— Avant tout, il veut de la publicité. Chez ce mec, c'est de l'héliotropisme, comme chez les plantes. Il prospère sous les flashes. C'est du théâtre politique, vous comprenez? Il a besoin de nous malmener. Il a besoin que son public le voie nous malmener. À la finale, il serait tout heureux qu'on le parraine — quelques boulots pour les frères, un peu d'argent pour son organisation. Mais la pub — ça, ça ne fait aucun doute.

Bien que la couverture de presse de l'action engagée contre Corbin, Dern eût diminué pour le moment, et que les apparitions de Parker lui-même se fissent rares, un petit groupe de ses partisans maintenait un piquet porteur de pancartes derrière les barrières de police devant le bâtiment. Rachid Jamal, affublé d'une minerve, avait assigné au civil les deux vigiles qui l'avaient expulsé et la maison d'édition. C'était une des raisons pour lesquelles l'action Corbin, Dern avait chuté de quinze à douze et demi sur le marché OTC.

— Comment se débarrasser de cet enfoiré ? demanda Kleinfeld.

Seul noir de la pièce, Washington était apparemment censé savoir ce genre de choses — interpréter les tam-tams qui montaient de la jungle pour le bénéfice des bwana. Mais pour l'instant il se souciait surtout de l'idée qu'aucun des trois autres ne dirait rien s'il en lâchait un ; ils songeraient ben oui, ces nègres bouffent trop de pois chiches et de saloperies du genre.

— On l'aura à l'usure, proposa Washington, ou alors on négocie avec le chéquier à portée de la main.

— Pourquoi est-ce qu'on l'envoie pas tout simplement se faire foutre ? suggéra Kleinfeld.

— Parce que nous avons une réputation d'une très très grande valeur à protéger, dit Harold avec irritation.

Sans être un parfait imbécile dans le style de Whitney III, Kleinfeld pouvait se montrer, aux yeux de Harold, comme un affreux béotien.

— Et Parker le sait, approuva bruyamment Washington, contractant sa ceinture abdominale. C'est l'une des raisons pour lesquelles il nous a choisis. Il a gambergé que nous aurions horreur de perdre notre image d'intellos de gauche.

— Que sait-on de la vie privée de Parker ? se demanda Kleinfeld à haute voix. Il est vulnérable ? On peut avoir quelque chose contre lui ?

— Dieux du ciel, Jerry ! trancha Harold, organisons une réunion pour les écouter.

— Il faudra leur faire renifler quelques liasses, dit Washington.

— Voilà ce qu'il en coûte de vouloir faire l'ange, expliqua Kleinfeld en foudroyant Harold du regard. Washington, tu nous organises ça ?

— Il faut que ça vienne de l'un d'entre vous. M'envoyer faire vos commissions serait exactement l'erreur à ne pas commettre.

— Bon, bon, d'accord, dit Kleinfeld.

— Mais nom de Dieu, dit Corbin, du ton de l'homme dont la patience et la faculté d'attention ont été douloureusement mises à l'épreuve. Grand-père invitait déjà Ralph Ellison dans notre maison du Connecticut quand j'étais gamin.

Washington fut incapable de se retenir plus longtemps.

Comme il était déjà près de midi, Washington décida de prendre tout doucement la direction de son déjeuner, au Lola, pour s'accorder le temps de s'arrêter à un distributeur de billets parce qu'il n'avait pas présenté sa note de frais depuis plusieurs mois, n'avait donc pas été remboursé et risquait en conséquence, ayant accumulé les retards, de ne plus pouvoir régler avec l'une de ses cartes de crédit.

Devant le guichet automatique, il fut pris au piège d'une longue file d'attente. Quand son tour arriva enfin, Washington glissa sa carte dans la fente et tapa son code. Pendant qu'il attendait le bon vouloir de l'ordinateur, il sentit tous ceux qui attendaient aussi derrière lui, tous les corps blancs qui se pressaient vers lui. Il lisait clairement en eux : *Espérons que ce nègre ne va pas nous retarder. Je ne suis pas raciste mais on dirait qu'ils marchent toujours lentement sur les trottoirs quand on est pressé — un truc qui leur reste de l'esclavage, quand ils n'étaient pas payés pour travailler, ou d'Afrique, parce qu'il faisait si chaud, d'accord, mais pour l'instant, je m'en fous, merde, je suis pressé, on a du boulot, nous, les blancs.*

OPÉRATION MOMENTANÉMENT IMPOSSIBLE.

— Qu'est-ce que c'est que ces foutaises ? dit-il à haute voix.

Il n'y avait aucun problème sur son compte. Il devait y avoir facilement deux mille dollars dessus. Il enfonça la touche INTERRO SOLDE et entendit les raclements de semelles et les murmures impatients du bout de la file, sentant les regards lui vriller le dos. Chaque fois que cela s'était produit dans le passé, il s'était attendu à un échec possible, mais cette fois, il était certain d'être victime d'une erreur et ce n'était pas sa faute, bon sang, il n'était pas un de ces nègres de ghetto dont le solde est toujours négatif, alors que les chiffres annoncés par la machine proclamaient largement le contraire. Si ç'avait été une agence de sa banque, il serait immédiatement entré pour exiger justice. Il tenta une nouvelle fois d'effectuer un retrait tout en essayant de ne pas entendre les bruits des blancs furibonds, puis finit par arracher sa carte à la machine pour se précipiter dans l'anonymat de la foule sur le trottoir.

Quand il se montra dans le bureau de Russell, quelques heures plus tard, Washington avait déjà eu le temps de convertir ses humiliations accumulées en autant d'anecdotes piquantes. Il raconta à Russell qu'il s'était arrangé pour aller aux toilettes à l'arrivée de l'addition et y avait passé un bout de temps, afin de laisser un éditeur hollandais dont la radinerie était célèbre régler la note, et qu'il avait ensuite joué la surprise et l'indignation à son retour. Quant à ses flatulences matinales — alors là, un vrai trombone, un coup bien calculé pour épater la bourgeoisie. Au bout de quelques minutes il se rendit compte, à son grand effarement, qu'il se sentait un peu mieux.

Si quiconque lui avait posé la question, il aurait pu en toute vérité déclarer que Russell était son pote — l'un de ses meilleurs amis —, mais il aurait plutôt sauté par la fenêtre que de se montrer vulnérable devant lui. Il était convaincu que Russell tablait sur sa perpétuelle décontraction et comptait sur lui pour sauver les apparences. Il n'avait d'ailleurs pas le sentiment d'être dissimulateur ; pour lui, c'était devenu une seconde nature de se comporter d'une certaine façon avec Russell et d'une autre avec Harold tout en étant quelqu'un d'absolument différent dans la compagnie d'autres noirs.

Même si Washington avait voulu se confier, Russell n'aurait pas vraiment saisi l'élément racial, tout ce qui faisait que pour lui, Washington, c'était toujours comme d'être la seule femme de la pièce quand une pub tampax passe à la télé. Dès qu'il faisait une connerie, il sentait immanquablement le N écarlate s'allumer en travers de sa poitrine. Russell était vraiment à côté de ses pompes dans toute cette histoire raciale. Tantôt il oubliait que Washington était noir, et tantôt il trouvait que c'était vraiment génial malgré le fait que ça ne changeait rien du tout, d'ailleurs — tout ça avait été réglé par le mouvement pour les droits civiques, mon frère, et nous, les blancs intelligents, cultivés, qui pensons juste, ça nous titille à mort d'avoir des copains noirs. Ouais ! tape-moi dans la main ! À l'occasion, Russell s'imaginait qu'il marquait même quelques points supplémentaires, côté style, du fait qu'il fréquentait un nègre. Mais Boum était sympa, pas comme ces blancs qui déployaient tellement d'efforts — ceux qui laissaient tomber d'un air de pas y toucher : « Tu sais que j'adore vraiment le dernier album de Michael Jackson » ou « Il paraît que Jessie Jackson a prononcé un discours vachement intéressant à Chicago, l'autre jour ». Sans blague ? Alors là, merci, brave blanc. D'ailleurs, moi, j'adore Tom Waits.

Pour l'heure, Russell semblait lointain, il y avait, dans le trouble de son expression, quelque chose qui, à l'œil soupçonneux de Whashington, semblait lourd de culpabilité.

— Tout va bien, affirma-t-il sans conviction en réponse à la question.

— T'as des problèmes chez toi ?

Washington n'avait jamais cru à la perfection du ménage Calloway, ne fût-ce que parce que tous les autres y croyaient. Et il ne croyait pas que la monogamie fût une condition viable.

Pour toute réponse, Russell secoua pensivement la tête.

— Tu savais que cette riche salope de Casey Reynes est enceinte ? demanda-t-il tout à trac.

— Ça alors, non.

— Et maintenant Corrine brûle de se reproduire.

— J'espère que le bébé sera blanc.

— Quoi ? Attends un peu, là...

Russell scruta le visage de son ami.

— Tu l'as... non ! jamais !

— Bon, comme tu voudras. Je ne l'ai pas...

— Je te crois pas, dit Russell dans l'espoir manifeste d'être convaincu. Casey Reynes ? Sa majesté la reine de Wilmington, Southampton, Park Avenue et Belgravia, tu l'as baisée ?

— Un gentleman ne parle pas de ces choses.

— Tu n'es pas un gentleman.

— C'est vrai. Je l'ai baisée.

— Quand ?

— J'ai pas les dates en tête.

— Mon salaud, dit Russell tout joyeux.

— À propos de cul, comment tu trouves le dernier truc de Jeff ?

— Quel dernier truc ?

— Dans le dernier numéro de *Granta*, dit-il d'un air détaché.

Washington aimait être celui qui vous apprend les nouvelles, et là, il sentit qu'il tenait un scoop, l'expression de Russell passant du vide au noir. Même si le récit de Jeff avait été inoffensif, Russell aurait été blessé d'en apprendre l'existence par un autre.

— L'histoire d'un couple à la mode de New York, en route pour le succès. C'est pas mal, un peu plus érotique que son machin d'avant. J'allais te demander si c'était un extrait du roman, mais si je comprends bien...

Il laissa à Russell le soin de compléter sa pensée, le sachant trop fier et trop furax pour lui demander son exemplaire et comprenant soudain qu'il avait été assez cruel en en parlant. Mais c'était la curiosité; l'histoire s'inspirait manifestement de Russell et Corrine. Washington se leva.

— C'est bien gentil de bavarder, toi t'as peut-être le temps, mais moi j'ai du boulot.

Sotto voce, il ajouta :

— Elle est bien, ta nouvelle assistante, ça te dérange pas que je l'invite à prendre un verre en copains, hein ?

Les manifestants avaient disparu quand Washington partit, ayant fini sa journée, pouilleuses crapules! Des emmerdeurs qui voulaient lui mettre des bâtons dans les roues. Mais il allongea le pas quand il se retrouva dans la fraîcheur vivifiante de cette fin d'après-midi, qu'il huma le dégel du béton, les relents de fête et les hormones femelles qui flottaient dans l'air — encore une fois, il avait esquivé la balle, tenu une journée de plus. Il avait eu l'intention de bosser sur le Fanon, mais même dans son bureau hermétiquement clos, avait perçu l'appel sauvage de cette nuit de printemps. Il avait entendu gratter à la porte de son cœur un chien qui avait besoin qu'on le promène.

16

À six heures quinze d'un matin de mai frais et propre comme un sou neuf, une longue limousine grise vint se garer au bord du trottoir devant un hôtel particulier Art nouveau de pierre de taille des East Seventies, traînant — comme un bébé de sa propre espèce — une conduite intérieure grise dans son sillage. Quatre fanatiques des anabolisants, armés et dignes dans leur costume trois-pièces foncé, débarquèrent de cette flottille, deux d'entre eux pour monter la garde sur le trottoir devant la porte, tandis que les deux autres allaient prendre position à chaque extrémité du pâté de maisons.

À six heures trente, le maître des lieux parut sur le perron de la demeure, tout petit à côté d'un autre garde du corps. Plutôt replet, sa tête rose sans chapeau et à moitié chauve, sa pimpante silhouette confortablement enveloppée d'un complet croisé anthracite d'une coupe un peu trop fantaisiste pour un banquier mais pas assez spectaculaire pour un gangster, il mesurait un mètre cinquante-huit en chaussettes et un mètre soixante-sept dans ses escarpins sur mesure à talonnettes. Les hommes attendaient en contrebas, tendus sous la gabardine, tandis que leur chef regardait d'un côté puis de l'autre dans la rue et, après avoir enfoncé un doigt dans la bouche, le brandissait dans le vent.

— Comme dit Bobby Dylan, pas besoin d'un météorologue pour savoir de quel côté souffle le vent. Pas vrai ?

Un chœur d'assentiment joyeux monta des troupes.

— Et pas besoin non plus d'un privé pour savoir qui qui s'envoie en l'air avec qui. Pardon, qui s'envoie en l'air avec qui. C'est la pensée du jour, profitez-en, c'est gratuit, les gars. Et maintenant en route, on y va à pied.

Chaque matin de la semaine, Bernard Melman se mettait ainsi en route pour le travail. Sa maison, bâtie par un rejeton de Jay Gould, le vampire de la finance, était l'une des plus vastes résidences particulières de la ville et partageait alors le pâté de maisons qui se dresse entre la Cinquième Avenue et Madison avec un club de messieurs, un refuge de la CIA, plusieurs hôtels particuliers divisés en appartements et le consulat de deux puissances étrangères assez instables.

Si le temps était inclément, Melman pouvait monter dans la limousine qui l'attendait, où deux des hommes le rejoignaient tandis que les autres sautaient à bord de la berline et la caravane descendait ainsi la Cinquième Avenue. Mais ce jour-là, il partit à pied en direction de Madison, et les gardes du corps se déployèrent rapidement en triangle autour de lui comme un vol d'oies sauvages tandis que les véhicules démarraient dans l'autre direction pour s'engager vers le sud dans la Cinquième Avenue, au milieu du concert d'avertisseurs des taxis qui déboîtaient en trombe pour doubler la lugubre flottille roulant au pas, parallèlement au groupe pédestre de Madison auquel elle était reliée par walkie-talkie. Récemment encore ces voitures étaient noires, mais quelqu'un s'étant avisé d'écrire dans un périodique qu'on aurait dit un convoi funèbre chaque matin, Melman les avait immédiatement changées pour des carrosseries plus claires, expliquant que ce n'était pas tant qu'il fût superstitieux mais bien qu'il détestait l'idée que les gens risquent de penser qu'un cadavre anonyme raquait pour louer des voitures alors qu'il en était, lui, propriétaire.

Cependant, dans Madison Avenue, les joggers du petit matin et les gens qui promenaient leur chien cédaient le trottoir à cette pénétrante de gabardine noire. Melman prenait un malin plaisir à créer le désarroi parmi ses troupes, s'arrêtant brusquement ou bifurquant sur un caprice, mettant ses hommes à l'épreuve comme un entraîneur.

Le voltigeur du flanc gauche en ce matin de mai, ignorant tout de l'intérêt de son patron pour les épagneuls du roi Charles, se fit rabrouer quand il négligea d'ouvrir les rangs pour permettre à Melman d'en aller admirer un couple qui menait au long de la rue une dame d'un certain âge à la minceur élégante et à la chevelure bleutée.

— Laissez-moi passer, les gars.

Courbé pour flatter les épagneuls noir et blanc qui se recroquevillèrent, il aboya presque lui-même :

— Braves petites bêtes. Nous en avons cinq à la maison, apprit-il à leur maîtresse.

— N'est-ce pas qu'ils sont adorables ? dit-elle nerveusement. Je ne sais pas ce que je ferais sans Paolo et Reggie.

Que cet homme fût quelqu'un de terriblement important qu'elle aurait dû reconnaître ou tout simplement un gangster, ce qu'elle avait plutôt pensé d'emblée, il lui semblait avisé de le ménager, le fait qu'il possédât cinq roi Charles parlant certainement en sa faveur, puisqu'il s'agissait du chien des gens comme il faut — Pat Buckley et son milieu. Parmi les jeunes loups en route pour le succès, la mode était pour l'heure au sharpei, seul ou en couple — grotesques créatures chinoises, ridées et glabres, qui ressemblaient à des cochons enveloppés d'une couverture de pâte à crêpe desséchée et que seuls, dans l'opinion de cette dame, des gens gravement tyrannisés par la mode pouvaient convoiter. Les roi Charles, au contraire, étaient mignons, et d'une taille qui permettait de les prendre sur les genoux, comme la plupart des chiens qui avaient les faveurs des femmes mûres et cultivées, sans compter qu'ils étaient relativement silencieux et calmes, comparés aux yorkshire terriers ou aux caniches nains. Aussi ne pouvait-elle s'empêcher de penser qu'un homme qui en possédait cinq ne pouvait être entièrement mauvais.

— Soyez sages. Et bonne journée, chère madame, dit Melman en repartant, avec un léger tressaillement quand il se redressa — il souffrait de douleurs lombaires chroniques — et que son escorte se refermait autour de lui.

Le système complexe qui assurait la protection de Melman était, selon ses détracteurs, dépourvu de toute utilité — jouant au fond le même rôle que son Tintoret ou les rubis de son épouse. Encore que certains eussent été heureux d'apprendre la nouvelle du décès de Bernard Melman. À l'occasion d'une dizaine d'OPA, dont quatre sauvages, il s'était fait des ennemis, mais qui n'étaient guère du genre à ouvrir le feu sur lui en pleine rue. Et si son nom et sa photo paraissaient souvent dans la presse, il était aussi peu vraisemblable qu'il fût soudain englouti par une meute de fans en adoration. Ses rivaux faisaient des gorges chaudes de son entourage aussi bien que de l'ostentation royale de son mode de vie et, périodiquement, des voix s'élevaient dans la presse et dans le milieu des affaires pour critiquer ses méthodes.

N'étant pas homme à rechercher l'approbation de ses semblables, Melman attribuait l'animosité qu'il inspirait dans certains milieux à la jalousie, à l'antisémitisme et à la haine craintive que lui vouaient les chefs d'entreprise distingués de la vieille Amérique. Il était le métèque qui faisait irruption pour demander la main de leurs plus jolies filles blondes — industriellement parlant —, laissant entendre que si on la lui refusait, il ne reculerait pas devant l'enlèvement. Il avait commencé avec une petite fabrique de meubles décatie appartenant à un oncle de sa première épouse, dont il s'était servi pour acquérir d'autres entreprises plus importantes. C'était l'épinoche avalant le thon ; le gros poisson se moquait toujours de lui jusqu'au moment où les lumières s'éteignaient tout à coup. Ensuite on le traitait de requin. D'ordinaire, il revendait des morceaux des nouvelles entreprises, conservant ceux dont les pertes gigantesques étaient déductibles de l'impôt, ou qui possédaient d'autres avantages, pour les fusionner avec le reste de son empire. Il détectait les possibilités de profit que nul autre ne voyait — dans l'alimentaire, le jouet, les cimenteries, les chaînes de magasins à minimarge et les pièces détachées auto. Il ne cessait de se montrer plus malin que les plus fins analystes de la bourse, non seulement dans ses achats mais encore en « shortant » à la dernière minute.

Melman avait interrompu ses études universitaires pendant un an à la suite d'une dépression nerveuse. Les médecins avaient fini par le déclarer maniaco-dépressif et prescrit un traitement chimique qui contenait en partie ses sautes d'humeur. Mais, par la suite, sa frénésie d'achats était ponctuée de périodes de retranchement dont seuls ses intimes savaient qu'elles coïncidaient souvent avec ses propres périodes de déprime. À ce rythme, il avait accumulé une fortune qui ne tarderait pas à passer le milliard de dollars et avait soudain été saisi par le sens de l'histoire. Il s'était mis à lire la biographie des bâtisseurs d'empire comme Alexandre le Grand et Jules César et celle des grands maîtres du mercantilisme qui avait dominé le premier âge d'or de l'Amérique au siècle précédent, délicieusement conscient du fait que, de cette époque à la nôtre, aucun particulier n'avait, où que ce fût, gagné autant d'argent aussi vite que Melman et une poignée d'autres qui, tous, demeuraient dans un rayon de quelques centaines de mètres autour de chez lui. Quelques-uns des nouveaux ploutocrates étaient basés à Los Angeles ou à Londres, mais les marchés financiers dont ces nouvelles fortunes dérivaient, pour autant qu'on pût les localiser physiquement, étaient basés à New York. Et tous les nouveaux titans y possédaient une résidence, à moins d'un kilomètre de Park Avenue et de la 72ᵉ rue, décorée par les deux ou trois mêmes décorateurs.

Bernard Melman ne manquait ni d'amis ni d'admirateurs. Les journalistes n'avaient aucun mal à trouver des témoignages de sa bienveillance et de sa générosité. Sa seconde épouse, superbe amazone blonde qui était l'assistante du décorateur auquel Melman avait confié la réfection d'un de ses appartements cinq ans auparavant, vivait dans sa dévotion. Cette orpheline originaire d'une obscure famille des Appalaches passait aux yeux de beaucoup pour la plus belle des épouses trophées de la nouvelle société new-yorkaise et la rumeur la disait d'une parfaite fidélité à son époux.

Les banquiers et les avocats de Melman l'adoraient; les administrateurs du Metropolitan Museum, institution à laquelle il faisait pour l'heure miroiter la perspective d'une donation de dix millions de dollars, ne tarissaient pas d'éloges. Nombre des arbitragistes qui spéculaient sur le marché des OPA lui étaient profondément reconnaissants. Et l'on aurait trouvé bien peu de représentants de la haute société anglo-saxonne protestante ou de l'aristocratie juive pour refuser d'assister joyeusement à ses réceptions; ce qui subsistait de la vieille société new-yorkaise conservait beaucoup trop peu de vitalité, après le blitzkrieg de démocratisation des années soixante, pour résister à la transfusion de ce bel argent neuf des années quatre-vingt. Et pourquoi l'eût-elle fait, d'ailleurs, demandaient certains de ses membres. S'il avait fallu une génération aux Rockefeller pour se faire admettre dans les salons des Astor, il suffisait d'une centaine de millions de dollars 1987 aux nouveaux génies de la finance pour s'acheter une

221

liste d'invités sur laquelle figuraient des aristocrates du meilleur aloi et les célébrités les plus recherchées.

Certains juifs de la finance formaient quelques craintes, qu'ils exprimaient rarement et *mezza voce*, que Melman et d'autres corsaires de son espèce endommageassent leur réputation à tous. L'ostentation de Melman portait un peu sur le foie de cette vieille garde dont les familles habitaient discrètement la Cinquième Avenue depuis un siècle et avaient fondé les grandes banques juives qu'il avait circonvenues dans sa fringale d'achats et son impatience de parvenu, et qui s'enorgueillissait de dire qu'elle n'aurait pas su trouver Cleveland — où Melman était né — sur une carte. Mais la plupart se présentaient à l'heure quand il les invitait à dîner.

Melman et sa bande rejoignirent l'escouade motorisée au carrefour de la 59e rue et de la Cinquième Avenue et arrivèrent au bureau juste avant sept heures. Il s'inclina pour baiser la main de sa secrétaire personnelle, Denise, qui gloussa nerveusement, flattée et émoustillée de nouveau comme elle l'était chaque matin.

À l'intérieur de son bureau, un des deux gardes du corps restant l'aida à ôter son veston et alla l'accrocher dans un placard. Puis tous deux se retirèrent discrètement. Comme Melman saisissait le *Wall Street Journal* qu'on avait soigneusement déposé sur son bureau, un homme d'allure frêle entra en boitant, traînant la jambe droite à chaque pas, le bras droit plaqué contre le flanc selon un angle peu naturel.

— Je viens de parler avec Londres, dit-il en s'asseyant en face du bureau de Melman.

— Ils devraient te naturaliser, là-bas, dit joyeusement Melman. T'as presque l'accent. T'es toujours à parler avec Londres quand j'ai besoin de toi. Sacrés rosbifs. Comment ces gens-là ont pu diriger le monde, on se le demande. Je crois que c'est seulement parce que les autres étaient intimidés par leur accent, je ne vois pas d'autre moyen. *Dites-moi, pardon de vous déranger mais nous tenons absolument à nous emparer de votre pays, soyez assez bon pour porter notre paquetage, voulez-vous bien ?*

— On a une filiale en convalescence, là-bas. Ça ne ferait pas de mal que tu t'en occupes un moment, Bernie.

— D'une minute à l'autre tu vas te mettre à parler comme ça, dit Melman, alors qu'il suffisait d'entendre Linder pour juger cette éventualité peu vraisemblable.

Melman lui-même semblait s'amuser considérablement à cette idée.

— Tu t'amèneras ici en boitant avec un kilt.

— Il faut que tu leur parles aujourd'hui.

— Mais qu'est-ce que tu veux — que je passe mes journées à faire de la gestion ? Moi, je fais des coups.

— Ça, je le sais.

— Ça fait des semaines que j'ai pas conclu un accord, mon pauvre Carl. C'est comme si je ne baisais pas.

— Ça aussi, je le sais.

L'analogie entre les coups qu'on fait et ceux qu'on tire était l'une des préférées de Melman, bien que Carl Linder se demandât souvent sans trop insister à quand remontait le dernier coup tiré par son patron et s'il trouvait vraiment aussi intéressant d'en tirer que d'en faire.

— Je me disais que j'allais acheter cette maison d'édition.

— Je ne vois pas pourquoi.

— J'aime les livres.

— Alors ça, je ne le savais pas.

Melman désigna du geste les rayonnages de bois de rose où s'alignaient des rangées de volumes reliés en cuir. Il se leva pour aller en tirer un et le brandir comme pour bien en soupeser et en démontrer la réalité massive.

— Y a des tas de types qui achètent des bouquins factices pour leur bureau. Des rangées entières de soi-disant bouquins instantanés — des bandes de cuir collées sur une planche.

— C'est à moi que tu dis ça, Bernie ? Ton décorateur les a achetés au mètre, tes bouquins.

Melman leva les yeux au ciel et secoua tristement la tête.

— Ça ne veut pas dire que je ne les aime pas. Les miens, je les ai chez moi. T'as lu Plutarque ? La vie de César ? Eh ben, tu devrais. T'apprendrais peut-être autre chose que des chiffres.

Bien que diplômé de Denison et de Wharton School of Business, Melman manifestait un peu de l'enthousiasme innocent d'un autodidacte dans le domaine des arts auquel il n'avait accédé que depuis peu. Les gens ne se rendaient pas compte du sacré boulot

que c'était, songeait-il souvent, quand on s'est entièrement consacré à réussir en affaires, que d'acquérir, par la suite, les habitudes,
les violons d'Ingres et les intérêts d'un riche.

Le bras droit de Bernie Melman, qui était aussi son principal
spécialiste des chiffres, s'inquiétait de cette dernière aventure. Melman, qui n'avait jamais été prévisible, se libérait de plus en plus
des contraintes quotidiennes et du simple bon sens avec la croissance exponentielle de sa fortune et de son pouvoir. Et sa maladie, toute tenue en lisière qu'elle était par le sulfate de lithium,
menaçait sans cesse de se réaffirmer. Carl Linder craignait que Bernie ne fût entré, depuis un an et demi, dans la voie d'un nouvel
et grave accès de sa folie. Il adoptait des manières de plus en plus
impériales. L'acquisition récente du gigantesque empire de la mode
dont ils occupaient désormais les bureaux avait semblé motivée,
aux yeux de Linder et d'un certain nombre d'autres, par des
considérations étrangères à la finance. Le conseil d'administration
de la vieille entreprise avait repoussé les avances de Melman pour
courtiser d'autres acheteurs éventuels et le prix que Melman avait
fini par acquitter passait de loin les estimations les plus optimistes
de la valeur de la boîte et semblait refléter son désir de posséder
un grand holding prestigieux après des années de ciment et de minimarge. Le lendemain du jour où il avait déclenché l'ouverture de
son parachute en or massif de sept millions de dollars, l'ancien
P-DG avait, dans un dédaigneux commentaire au *New York Times*,
déclaré que c'était la plus forte somme jamais dépensée par quiconque pour s'offrir une bonne table au « 21 ». Linder lui-même
estimait que pour améliorer une image, il suffisait amplement
d'acheter des Picasso et des Léger. Qui s'avéraient d'ailleurs d'excel-
lents investissements. Il n'aimait pas particulièrement le nu de
Modigliani, le saltimbanque de la période bleue ni le collage de
Braque accrochés dans le bureau. C'était une chose. Il se disait que
Bernie était en concurrence avec tous ces autres types et leurs épouses. Même les dix millions que Melman songeait à donner au Metropolitan — les termes étaient clairs. On achète du prestige, les bonnes
grâces de la presse, et on profite de la déductibilité. Mais acheter
une entreprise, c'était autre chose. Linder croyait aux détails et
aux chiffres, lesquels, ajoutés à une fiscalité qui favorisait les

dettes au détriment du capital, formaient la base de l'empire Melman.

Melman s'était mis en orbite autour de son bureau et arpentait la pièce de ce que Linder, d'ordinaire peu porté sur la métaphore, appelait sa démarche de gerboise. Sa benjamine avait autrefois possédé un couple de gerboises qui couraient obsessivement sur place dans la roue d'exercice de leur cage et Bernie, quand il était sur un coup, était presque incapable de s'asseoir, même pour parler au téléphone. Il se déplaçait toujours dans le sens des aiguilles d'une montre. Et à la fin de chaque jour ouvrable, l'une de ses secrétaires démêlait les cordons des téléphones du bureau en les faisant tourner en sens inverse.

Bernie Melman avait des raisons personnelles de vouloir acheter Corbin, Dern, mais il jouissait de l'exaspération de Linder. Pour mener les hommes, il fallait savoir mystifier ses employés et ses seconds, c'était un des secrets d'une bonne gestion. Corbin, Dern n'était que de la menue monnaie et ne promettait guère de liquidités immédiates à supposer même qu'il dépeçât l'entreprise, mais l'édition avait un certain cachet et cette acquisition entrait dans sa stratégie à long terme, lui permettant de mettre le pied dans une branche qu'il souhaitait investir. Les médias étaient l'avenir, cela ne faisait aucun doute. Sans compter que le môme qui lui avait apporté l'affaire l'intriguait. D'innombrables bébés banquiers cherchaient à forcer sa porte mais celui-là, c'était différent.

Melman était en train d'allumer son premier cigare quand sa secrétaire annonça Trina Cox.

— Reste, dit-il à Linder en prenant place derrière son bureau.

Trina fut introduite et invitée à s'asseoir dans un fauteuil de cuir. Elle portait un tailleur rouge vif d'une jolie coupe.

— Joli tissu — Donna Karan, je me trompe?

Trina baissa les yeux sur sa jupe et haussa les épaules.

— Demandez ça à Christopher.

Le siège était fait d'une bande de cuir suspendue qui se creusait sous les fesses et rehaussait les genoux, rendant difficile de se pencher en avant et de garder sa jupe fermée.

— Vous avez déjà été présentés, hein? Trina, Carl, etc. Carl ne va pas pouvoir rester longtemps — il doit courir le renard avec Lady Di.

Tout en regardant Trina tirer sur sa jupe en s'installant sur le siège, il ajouta :

— J'ai vu votre pote Aldridge au Mortimer, l'autre soir. C'est quoi, ce mec ? Il est un peu cul-serré, non ?

Melman était à la fois curieux de mettre à l'épreuve la loyauté et les capacités d'observation de Trina.

— Il est de la vieille école. Un peu conservateur, oui.

— Un peu trop mou à votre goût, c'est ça ?

— Je crois que nous ratons quelques occasions exceptionnelles.

— Comme Corbin, Dern ?

— C'est un exemple.

— Eh bien voyons ça. Parlez-moi de votre Calloway, là. Il a vraiment un des membres de la famille dans la poche ? Qui, la sœur junkie ? Ça ne peut être qu'elle. J'ai rencontré l'autre à Palm Beach, une vraie Eva Braun — une banquise bécébégé qui a avalé un parapluie. Donc, c'est la junkie, c'est ça ?

— Disons que cela reste à savoir.

— Je vous en prie, mon petit, on est là pour faire des affaires ou pour faire mumuse ?

— On est là pour décider si l'on peut faire des affaires, Bernard.

Melman leva les sourcils devant cette utilisation inattendue et peut-être irrespectueuse de son prénom. Comme beaucoup de puissants, il aimait bien être appelé par son diminutif. Il se laissa aller à la renverse sur son siège, leva les yeux au plafond et produisit, dans un soupir, un énorme nuage de fumée qui demeura suspendu au-dessus de lui comme un souci. Dédaignant le gros cendrier de marbre placé au centre de son bureau, il tapota sa cendre dans une tasse à café à demi pleine.

— Vous êtes une authentique représentante de la haute société protestante anglo-saxonne, pas vrai ? demanda-t-il.

Elle haussa les épaules.

— Les Cox ont raté le Mayflower mais ils ont dû arriver par le bateau suivant, à peu de chose près.

— Calloway la baise, la droguée ?

— J'en serais extrêmement surprise.

226

— Pas possible ? Mais vous n'en êtes pas sûre ? Écoutez, mon petit, avant tout — vous voulez faire des affaires avec moi, hein ? —, avant tout, vous devez connaître votre sujet sur le bout des doigts, devenir la première spécialiste mondiale de votre cible, vu ? Vous devez savoir le nom que la femme du P-DG murmure dans son sommeil, qui elle rencontre à déjeuner au Cirque et la position favorite de ce mec-là. Vous apprenez tout ce qu'il y a à savoir. Le savoir, c'est le pouvoir, vu ?

— Calloway ne baise pas la sœur.

— Et vous, il vous baise ?

— Seulement dans ses rêves.

Melman sourit.

— Seulement dans ses rêves. Elle est bonne, celle-là.

— Russell est heureux en ménage. Sa femme est courtière en bourse. Et d'après mes renseignements, ni l'un ni l'autre ne sont infidèles.

— De deux choses l'une, leur place est dans un musée ou vos renseignements sont faux.

Penché en avant, Melman tapota et façonna la cendre de son cigare sur le bord de la tasse.

— La fidélité — aujourd'hui ! La fidélité, c'est le nom d'une compagnie d'assurances.

Trina se rendait compte que sa jupe remontait sur ses cuisses à chacun de ses mouvements et elle était presque convaincue que le fauteuil était délibérément conçu à cet effet.

— Vous ne croyez pas à l'existence des ménages heureux ?

— Bien sûr que j'y crois. Mon ménage à moi est heureux, non ? Le ménage de Carl, ici présent, l'est aussi.

Carl poussa un grognement qui pouvait passer pour une protestation contre cette qualification de son ménage.

— Ce à quoi je ne crois pas, c'est à l'existence de la fidélité. Et vous, qu'en pensez-vous ?

— Je ne peux pas savoir. Je ne suis pas mariée.

Hochant du chef d'un air entendu, il tenta de lui faire baisser les yeux mais elle soutint son regard avec une concentration rêveuse.

— Quelle taille faites-vous ? demanda-t-il.

— Pardon ?

— Quelle taille faites-vous ? Combien vous mesurez, quoi ?

— Un mètre soixante-huit.

— Vous faites pas un mètre soixante-huit.

— La dernière fois que je suis passée sous la toise.

— Levez-vous.

Trina hésita.

— Allez, quoi. Je veux vous mesurer.

Sautant sur l'occasion de rajuster sa jupe avant qu'elle ait entièrement disparu autour de sa taille, elle se leva, non sans difficulté. Le fauteuil était un vrai piège. Melman contourna son bureau.

— Carl, mesure-nous.

Otant leurs souliers, ils se placèrent dos à dos. Trina sentit que Melman se haussait sur la pointe des pieds. Il faisait bien cinq centimètres de moins qu'elle.

— Alors, Carl ?

L'invalide boitilla jusqu'à eux d'un air las.

— Égalité, dit-il. Et maintenant, Bernie, il faut que j'appelle Londres. Au revoir, mademoiselle.

Melman adressa un clin d'œil à Trina pendant que Linder refermait la porte derrière lui.

— J'essaye de tirer parti de tous mes avantages. Par exemple, quand j'ai le juge dans ma poche.

Il se rechaussa et s'assit sur son bureau.

— Je peux être petite, s'il le faut, dit Trina.

— Je le taquine, Carl, mais sans lui je ne pourrais pas...

Soudain il grimaça et porta la main à sa hanche. Avec un grognement sonore, il remua lentement la tête d'un côté puis de l'autre, son expression se détendant peu à peu.

— Le mal au dos, vous connaissez ?

— Je sais où c'est.

— J'ai des lombaires épouvantables.

Il remit précautionneusement les pieds par terre et regagna en trottinant lentement le fauteuil orthopédique qui était derrière son bureau. Trina reprit son siège à contrecœur.

— C'est mystérieux, le dos, hein ? Les meilleurs chiropracteurs du pays se sont occupés de moi et ils n'y peuvent rien. Mais c'est mon problème. Et alors, c'est quoi, cette manif, là, dont j'ai entendu parler ? Ce Parker ?

— D'abord, ça a fait chuter le prix de l'action. Deuxièmement, ça regarde la direction actuelle, pas nous. On remettra les compteurs à zéro, il suffira de lâcher quelques sous à Parker pour prouver notre bonne volonté.

Elle se tut quelques instants.

— D'autant plus que je sais que vous donnez discrètement mais très généreusement à diverses institutions charitables qui aident la communauté noire.

Melman eut un sourire appréciateur, haussant les épaules il ouvrit les mains. Puis il se planta un stylo au coin de la bouche et dit :

— Et Calloway ? Il faudrait que je le voie. Il est malin ?

— C'est un bon. Peut-être l'un des meilleurs éditeurs de New York, et je crois qu'il a le directeur financier dans sa manche, ce qui nous assure des capacités de gestion. Bien conseillé, il serait capable de diriger la branche principale. Nous vendrons le reste immédiatement.

— Il est ambitieux ?

Elle approuva de la tête.

— Mais ni trop malin ni trop ambitieux, j'espère, hein ? Vous voyez ce que je veux dire ?

— Je crois que je vous reçois cinq sur cinq. Il est utilisable.

— Et s'il s'avérait qu'il ne fait pas l'affaire ?

— Ce sera à celui qui aura mis les fonds, qui qu'il soit, d'en tirer les conséquences.

— Bon, et vous ? Vous êtes intelligente, ambitieuse, jolie. Qu'est-ce que vous cherchez, dans la vie ?

— Je veux monter ma propre boîte, faire des coups.

— Vous aimez faire des coups ?

— J'adore faire des coups.

— Non, mais, est-ce que vous aimez vraiment ça ? Ça vaut mieux, vu ? Je vous conseille vraiment d'aimer ça par-dessus tout. Il y a beaucoup de yuppies, de mômes comme vous, diplômés des Business Schools, qui veulent devenir riches. Pour vous payer des saloperies, c'est ça ? Des BMW, des baraques dans les Hampton. Bien sûr, tout le monde veut être riche mais il faut aimer les coups, il faut aimer gagner, l'argent, c'est seulement le moyen de compter les points.

La jupe de Trina avait recommencé à se retrousser sur ses cuisses. Ça et la leçon, c'était trop. Il la faisait chier pour de bon. Elle se démena pour se remettre debout.

— Ce fauteuil de voyeur à la con, c'est vraiment une connerie, Bernie. Vous voulez voir ce que j'ai en magasin ? Ayez le courage de vos opinions. Vous voulez voir ?

Trina souleva sa jupe au-dessus de ses hanches. Tenant sa jupe à la taille d'une main, elle tira de l'autre sur son collant, l'abaissant sur ses cuisses, puis pivota sur elle-même comme un mannequin, permettant une vue de trois cent soixante degrés. Bernie fut incapable de détourner les yeux ou de prononcer une parole.

Au bout d'un moment convenablement indécent, elle remonta son collant et rabaissa sa jupe.

— Et maintenant, ayez la bonté de me donner un vrai fauteuil, s'il vous plaît.

Bernie se remit de sa transe et découvrit toutes ses dents dans un large sourire.

— Vous avez du cran, dit-il, comme si elle venait de passer avec succès une épreuve qu'il avait délibérément mise au point. Peut-être que je peux faire quelque chose pour vous.

Il contourna de nouveau son bureau, roulant son propre fauteuil pour le présenter à Trina.

— Essayez celui-ci, c'est le fauteuil le plus confortable du monde. Il a été fait sur mesure pour moi, à Milan.

17

— Bernard Melman ? dit Corrine. Tu plaisantes ? C'est un pirate, ce mec.

Elle cherchait sa deuxième perle dans le chaos de sa boîte à bijoux. Ils étaient en train de se mettre en retard pour le dîner auquel ils étaient conviés et la seule paire de boucles d'oreilles qu'elle avait trouvée était un vieux machin hippie qui datait du lycée. Anneau d'argent et disque de cuivre martelé. Si jamais ils se retrouvaient un jour dans la dèche, elle pourrait mettre ses bijoux au clou et en tirerait bien vingt ou trente dollars.

— En ce qui me concerne, c'est un ange de miséricorde. Merde, ça va, cette cravate ?

— Mets la bordeaux avec les petites fleurs de lys.

— Qu'a-t-il à faire d'une maison d'édition qui vaut soixante-dix millions de dollars ? C'est de la petite monnaie, pour lui.

— C'est probablement le cachet qui l'intéresse. Ça doit être du blanchiment d'argent.

Cette expression, qui suggérait gangsters et trafiquants de drogue, sonnait vrai dans l'estimation secrète de Corrine. En toute déloyauté, elle espérait que le projet échafaudé par Russell mourrait de lui-même. Elle avait été si débordée depuis peu qu'elle n'avait pas eu l'énergie de l'affronter pour de bon.

— Est-ce qu'on peut rester à la maison demain soir, s'il te plaît ?

— Mais oui. Je ne sais pas. Tu n'as qu'à voir le carnet de rendez-vous.

— Je déteste cette robe, vociféra-t-elle. J'ai l'air énorme. La reine de la fête du cholestérol. Je ne peux pas y aller comme ça.

Elle gagna sa penderie, en ouvrit la porte à la volée et parcourut du pouce la rangée d'épaules de tissu, depuis les tailleurs raisonnables et les imprimés multicolores de Laura Ashley jusqu'au choix insatisfaisant de robes du soir et de cocktail, la noire, la rouge, la verte, puis l'autre noire.

— Écoute, si tu maigris de dix grammes, ta robe tombera par terre. Et puis on est en retard.

— Soupire pas comme ça.

— Comme quoi ?

— De cet air supérieur. Comme si tu parlais à un enfant ou à un chien ou un chat.

— Pardon, dit Russell, retenant son souffle.

Avec Corrine, s'habiller pour sortir risquait toujours de tourner au drame. Elle devenait violemment critique de sa propre apparence et de sa garde-robe. Cela pouvait se terminer dans les larmes et les menaces.

— Tu continues.

— Je continue quoi ?

— De me regarder de la même façon.

Elle prit une profonde inspiration.

— Bon, bon, j'y vais comme ça. Si tu veux, tu pourras dire aux gens que je suis ta cousine de province, grosse et moche.

— Il y a des années que je le dis.

Quand ils furent dans le taxi, elle demanda :

— Tu vas rencontrer Melman ?

— Je le vois demain.

— Tu voulais publier plus de poésie, de bouquins politiques. Et maintenant tu rencontres Bernie Melman, l'homme qui a su rendre la cupidité impopulaire. Tu n'y vois aucune ironie ?

Mais Russell était parfaitement capable, en l'occurrence, de mettre son ironie en veilleuse.

Tôt dans l'après-midi du lendemain, Bernard Melman, braquant sa fourchette vers le sternum de Russell, donnait vent à certaines de ses idées concernant l'argent. Avec sa tête rose et chauve, ses yeux féroces et son complet noir bien coupé, il faisait songer Russell à un vautour dindon (*falconiformes cathartidae*, Audubon, planche 87).

232

— J.P. Morgan avait l'habitude de dire que la seule chose qu'il prenait en considération pour prêter de l'argent était la personnalité de l'emprunteur.

Russell Calloway prit à son tour cette idée en considération.

— Aurait-il soutenu saint François d'Assise pour la construction d'une chaîne de cliniques animalières?

L'allusion échappa à Melman ou ne l'intéressa pas.

— Le vétérinaire chez qui ma femme emmène les épagneuls dans Lexington Avenue, c'est un type qui doit bien faire trois ou quatre millions par an. Il peut bien s'appeler comme il veut, je n'hésiterais pas à lui prêter de l'argent. Et vous, alors, vous êtes quoi, catholique?

— Non pratiquant.

— Combien mesurez-vous?

— Un mètre quatre-vingt-trois.

— Ben voyons. Vous connaissez la taille moyenne des hommes de notre pays? C'est un mètre soixante-cinq, la moyenne. Vous croyiez que c'était plus, hein? Mais c'est la moyenne. Un mètre soixante-cinq. Si on tient compte du reste du monde, c'est beaucoup moins. Dans certains pays, je pourrais être professionnel de basket. Alors vous maintenez votre histoire d'un mètre quatre-vingt-trois, hein? Très bien, libre à vous. Il faut quand même que je vous dise que, si j'en crois mon expérience, les grands ont en général de petites bites. Plus grand le type, plus petit l'outil, une espèce de proportion inverse, qu'en dites-vous?

— Personnellement, je ne me suis jamais livré à une étude *in vivo* de la question.

— Aïe. Je crois que le mec vient de m'insulter, dit Melman. Eh, Carl, il vient de m'insulter ou quoi? J'ai bien l'impression que cet ex-enfant de chœur me traite de pédale.

Carl Linder émit un grognement inepte.

— Faut excuser Carl, il est plutôt distrait. Il attend un coup de fil de la reine d'Angleterre qui doit lui annoncer qu'elle le fait chevalier. *Sir Carl.* Ça sonne bien, non?

Melman appela le maître d'hôtel et lui expliqua que si la reine d'Angleterre téléphonait, il faudrait lui répondre que Carl était trop occupé à manger son Yorkshire pudding pour prendre la communication.

233

— Alors ne vous en faites pas, dit-il à Russell après avoir cons-taté que Carl ne ripostait pas. Je ne juge pas les gens sur leur taille. Mais la façon de marcher d'un type m'en dit long sur son compte. Rien qu'à vous regarder marcher entre mon bureau et ici, je me suis dit, voilà un type qui est vachement sûr de lui. Vous avez une démarche ouverte, confiante, vous n'avez pas l'air d'être sur la défensive comme un type qui s'attendrait à ce qu'on lui tire dessus à l'improviste, ou à ce que le sol s'ouvre brusquement sous ses pieds pour l'engloutir. Vous n'avez manifestement jamais reçu de coups de pied dans les couilles, je me trompe ? Ça se voit rien qu'à la façon dont vous êtes assis.

Melman lui-même, songea Russell, était assis dans une position qui semblait refléter le triomphe précaire du repos et de l'immo-bilité, comme s'il se tenait prêt à bondir d'un instant à l'autre.

— J'ai parcouru votre catalogue, dit Melman. Vous avez publié quelques très bons bouquins.

— Je publie ce que j'aime, répondit Russell froidement, bien décidé à ne pas lécher le cul de Melman.

— Vous avez du goût. Et le goût, c'est quelque chose que j'admire, dit Melman avec enthousiasme, comme si lui-même avait connu une trop grande réussite dans le seul domaine qui comptait vrai-ment pour pinailler sur les petits mérites d'autrui. Ils mangeaient au « 21 », l'ancien bar clandestin le plus cher du monde. L'homme qui était chargé d'accueillir les gens à la porte avait salué Melman avec une joie extatique et l'avait mené à un autre flagorneur qui avait à son tour conduit le petit groupe dans la salle à manger où il l'avait confié au maître d'hôtel, lequel avait lubrifié les derniers pas de leur marche jusqu'à la banquette située tout contre l'entrée du saloon. Les deux gardes du corps s'étaient vu attribuer une place au bar.

Le restaurant possédait un fauteuil orthopédique réservé à l'usage de Melman et muni d'un rembourrage spécial au niveau du coccyx, pour soutenir les lombaires. Un autre dépeceur de sociétés, dont le poids fluctuait entre cent soixante et deux cents kilos, disposait d'un modèle semblable mais double — que Bernie avait baptisé siège auto-érotique — qui l'attendait chaque fois qu'il débarquait d'un vol de Los Angeles. Accrochés aux poutres du saloon du rez-de-chaussée, il y avait une collection de jouets, de maquettes et de fanions qui faisait penser à la chambre d'un riche gamin de treize ans et dont chacun représentait l'ascension d'un habitué à la présidence d'une société — un ballon de football pour le client qui s'était offert une équipe de la ligue nationale, un avion pour celui qui avait été nommé P-DG d'une compagnie aérienne. Melman montra du doigt ses propres trophées, parmi lesquels un fanion portant le nom de son empire de la mode et un couteau de boucher en plastique qui réprésentait sa capture d'une grande chaîne de distribution de la viande.

— Si on conclut ce truc, on accrochera un bouquin aux poutres, avec votre nom sur la couverture, suggéra Melman.

Puis il nomma pour Russell un ou deux autres potentats du monde des affaires dont la situation des tables indiquait l'infériorité.

— Tout le long du mur de devant, ici, c'est la côte de l'or. Là-bas — du doigt, il indiquait les deux autres salles —, c'est la Sibérie.

La seule qualité pour une table était sa visibilité. À ce moment de l'histoire de la restauration, c'était une vérité générale, alors qu'au temps des bars clandestins, quand les joueurs et les bootleggers comptaient au nombre des élus et que l'aura était celle du commerce illicite et des plaisirs interdits, les tables les plus recherchées du « 21 » étaient situées dans les coins les plus reculés de la salle du fond. Les stars qui avaient des aventures extra-conjugales, influencées par des codes de conduite depuis longtemps abandonnés et par une prévention primitive et manichéenne contre la publicité, avaient jadis choisi leur table selon le même principe. Mais on était entré dans une ère d'exhibitionnisme.

— Si vous venez ici sans moi, faites-vous reconnaître — n'hésitez pas à vous servir de mon nom, ne vous laissez pas expédier dans les mines de sel.

Ce souci de la hiérarchie aurait pu passer pour une obsession de parvenu, sous un regard clinique, mais l'enthousiasme puéril de Bernie était désarmant. Et le sens critique de Russell était un peu émoussé dans ce sanctuaire voué au romanesque masculin du vieux New York, où les sacrements étaient des cocktails portant des noms comme Manhattan ou Side-car, que servaient encore des vieillards en uniforme qui n'avaient jamais assisté à un cours d'art dramatique, et où la fumée des cigares s'élevait comme un encens sur l'autel du pouvoir et de l'argent.

Pour Russell, ce restaurant possédait en outre quelque chose de naïvement romantique, grâce à son père qui, d'un voyage d'affaires à New York, avait rapporté dans le Michigan des contes épiques sur la métropole de l'Est, le moindre n'étant pas la description d'une luxueuse taverne avec un chiffre pour toute enseigne où le hamburger coûtait neuf dollars. Cette anecdote, dans l'esprit de Russell, avait pris place, à côté des alligators géants qui vivaient dans les égouts et des trottoirs si chauds qu'on pouvait y frire un œuf, parmi les principales légendes de la ville qu'il en était peu à peu venu à reconnaître pour le cadre de ses rêves.

Russell commanda le hamburger qui coûtait désormais vingt et un dollars cinquante et était servi sans la moitié supérieure du petit pain. Linder mangeait une fricassée de poulet et ne disait pas grand-chose.

— Il commande toujours la fricassée, fit remarquer Melman.

— Elle te gêne, ma fricassée ?

— Tu devrais diversifier ta ration de protéines, bordel, manger du poisson.

— Je n'aime pas le poisson.

— C'est bon pour ce que tu as.

— Si ça n'a pas au moins deux pattes, j'en mange pas.

— En voilà un principe ! se récria Bernard Melman. Si on vous dit que Carl Linder n'est pas un homme honorable, répondez que ce type est tellement scrupuleux qu'il refuse de manger ce qui n'a pas au moins deux pattes. Jamais de pauvres créatures unijambistes et sans défense, jamais de poulet amputé. Et alors, d'après vous, dit-il à Russell, vous croyez que je n'ai pas de principes ?

La bouche pleine de bœuf haché, Russell comprit soudain qu'on en venait aux choses sérieuses.

— Pourquoi est-ce que je croirais ça ?

— Vous êtes un brave intellectuel de gauche, et vous me prenez probablement pour le diable en personne.

Il se baissa, farfouilla sous la table, et leva par-dessus un pied déchaussé.

— Vous voyez ? Je n'ai pas le pied fourchu.

— Y en a qui mangent, ici, se plaignit Linder.

— Des tas de gens ne comprennent pas ce que je fais. Et c'est facile de mépriser ce qu'on ne comprend pas, surtout quand ça rapporte tellement. Le capital est censé couler là où on en a le plus besoin, comme l'eau. Mais notre économie est pleine de goulets d'étranglement, de barrages et d'eaux stagnantes que personne n'a visités depuis longtemps. Je suis comme les ingénieurs du génie militaire. Je drague les voies d'eau.

Étant donné la performance écologique de cette institution, Russell jugea la métaphore malheureuse. Mais il ne voulait pas interrompre le discours pour le dire.

— La plupart des sociétés sont dirigées par des salariés qui ne possèdent pas d'actions, pas vrai ? Est-ce qu'ils se préoccupent des actionnaires ? Non. Est-ce qu'ils restent novateurs, est-ce qu'ils mettent au point des produits et des services nouveaux pour le bien public ? Oui, quelques-uns d'entre eux, les bons. Mais il y en a des tas qui stagnent. Les directions deviennent paresseuses, tombent dans la routine, recherchent les gains à court terme pour ouvrir le parapluie, au lieu d'avoir une politique à long terme. Qu'est-ce qu'ils en ont à secouer, du long terme ? Ils ne possèdent pas d'actions, ils ont leur plan de retraite. Ils protègent leurs propres intérêts, leurs propres salaires, et les porteurs de parts se font baiser. C'est là que j'interviens avec mes OPA. Je m'amène et j'offre aux actionnaires un bénef immédiat. Je leur dis : « Vous allez doubler vos mises et je vous parie que j'y gagnerai encore au finale. » Je suis le mec qui s'amène d'un autre village pour dire : « Quoi ? On vous file seulement dix *cents* de vos noix de coco ? Dans mon village elles en valent vingt. Alors moi, je vous en donne quinze. »

— Tu leur en donnes dix et demi, dit Linder.

— Je leur donne dix trois quarts et ils sont tout heureux de les prendre. Et puis je vais dans un autre bled pourri où ils ont des ceintures de coquillages dont ils ne font rien, d'accord ? Et j'emprunte quelques ceintures pour acheter la cocoteraie. Je dis : « Qu'est-ce que vous tirez, huit pour cent d'intérêt, des vieux planteurs et de leurs banques ? Je vous donne douze pour cent. » Oui, bon, peut-être dix. Mais tout le monde est gagnant, non ? Le capital coule là où on en a besoin. Je rationalise le processus et tout marche mieux. Je renverse les oppresseurs d'ancien régime. Voilà ce que je suis, en réalité, un révolutionnaire de l'entreprise. Je suis le Che Guevara des conseils d'administration.

Melman lui avait demandé tout à l'heure, pendant qu'ils venaient à pied, de son bureau, de ne pas évoquer l'affaire éventuelle en public. Tandis qu'ils attendaient le café, il se pencha en avant et dit à voix basse :

— Si on vous pose la question, on s'est rencontrés dans une soi-rée et je voulais votre avis sur un bouquin que j'envisage d'écrire. Parce que j'aime mieux vous dire, quand je déjeune avec quelqu'un, on peut voir une action crever le plafond avant la clôture du marché.

Il se pencha encore pour se rapprocher et l'expression cordiale qu'il arborait pour le déjeuner disparut.

— Je crois que vous avez la sœur junkie dans la poche. C'est une conclusion personnelle, on ne m'a rien dit. N'est-ce pas, Carl ?

— Aucune information ne nous est parvenue concernant la répar-tition des actions dans une société quelconque.

— Alors peut-être que je pourrais l'inviter à dîner moi-même, lui offrir de l'héroïne, ou de la cocaïne, enfin je ne sais pas. Elle me trouvera peut-être sympathique, pour une raison ou pour une autre, et elle décidera de me vendre ses parts. Entre-temps, j'aurai acheté quatre virgule neuf pour cent des actions sur le marché. Et en quoi est-ce que j'ai besoin de vous, hein ?

— Sans vouloir vous offenser, dit Russell, les livres ne sont ni des climatiseurs ni des carburateurs.

— De votre point de vue, c'est possible.

Le regard de vautour-dindon de Melman se voila d'un gros nuage de fumée de cigare, et quand la fumée se dissipa, il souriait d'un air engageant.

De retour au bureau, Russell glissa une feuille du papier à en-tête de la boîte dans sa vieille IBM pour rédiger une lettre.

« Cher Jeff, écrivit-il.

« Je viens de terminer la lecture de ta nouvelle dans *Granta* et j'aimerais pouvoir te dire que je l'ai adorée. Je t'ai toujours dit que tes meilleures nouvelles étaient celles de pure imagination, dans lesquelles tu t'es le plus éloigné des circonstances réelles de ton expérience immédiate. Je crois donc qu'il n'y a rien d'hypocrite à te dire que je n'apprécie guère que tu t'appropries tranquillement ma propre expérience. Et je mentirais en disant que je ne me sens pas trahi.

« Tes enjolivures semblent uniformément désobligeantes et blessantes, particulièrement quand tu attribues à "Connie" une trahison. C'est, je crois, ce que la fin elliptique de ton récit est destinée à révéler.

« Dois-je en conclure que tu sais des choses que j'ignore — par exemple que Corrine a couché avec Duane Peters — ou, tout simplement, que tu nous en veux de ce que tu considères si manifestement comme notre bonheur d'imbéciles ? Je ne crois pas que nous ayons jamais accroché devant notre porte une enseigne nous proclamant le couple le plus parfait de la terre. Dieu sait que nous avons des problèmes mais, justement, ce sont les nôtres. Il ne me souvient pas de t'avoir jamais demandé de les commenter dans tes écrits... »

Sans trop savoir pourquoi, peut-être parce que les implications le tarabustaient, il n'avait pas parlé à Corrine de la nouvelle. Il ne croyait pas vraiment que Jeff sût quelque chose qu'il ignorait, et la simple évocation de ce sujet entre sa femme et lui eût été désagréable.

— C'est pour toi, dit Corrine, quelques soirées plus tard, lui tendant le combiné comme elle eût fait de l'une de ses chaussures de tennis malodorantes.

Russell était vautré sur le canapé et lisait un manuscrit.

— Melman nous soutient, annonça Trina.

Quand Russell poussa un cri de joie, Corrine leva les yeux du livre qu'elle lisait avec un agacement soigneusement contenu.

— Je ne veux pas en dire plus au téléphone, dit Trina.

— T'as vu trop de films d'espionnage.

— Prenons un verre quelque part.

Russell lança un coup d'œil dans la direction de Corrine qui le regardait, le livre dans son giron, depuis son fauteuil.

— Il est presque onze heures, dit-il.

— Si on doit vraiment faire cette affaire, il va falloir que tu renonces à tes idées sur les heures de bureau. Et idem pour ta femme.

Effectivement, Corrine ne comprit pas pourquoi elle ne pouvait l'accompagner.

— Est-ce que je ne t'aide pas depuis le début ? demanda-t-elle.

— Trina fait une vraie fixation sur la nécessité du secret.

— Je crois surtout qu'elle fait une vraie fixation sur toi.

— Écoute, c'est une relation d'affaires.

Il lui en voulait de la culpabilité qu'il éprouvait à l'idée que ce n'était précisément pas seulement une relation d'affaires.

— Bon, je rentre très vite et je te raconterai tout.

— Ne te force surtout pas, dit-elle en se détournant. Je serai sans doute déjà endormie. À moins que je ne sorte avec un de mes collègues les plus séduisants.

Du coup, Russell se remit à ruminer, tandis qu'il descendait dans l'ascenseur, à propos de la nouvelle de Jeff.

Présentée comme un paquet cadeau dans une robe-manteau rose très ajustée, Trina avalait un mélange de fruits secs à une table de l'Oak Bar.

— Ils ont eu le culot de me demander si j'attendais quelqu'un, dit-elle. Je crois qu'ils me prennent pour une pute. Autrefois, les femmes seules n'étaient pas reçues, ici. Qu'est-ce que tu bois ?

Russell aurait voulu un verre de vin blanc mais Trina insista pour qu'il bût quelque chose de sérieux.

— On va bientôt entrer dans une autre dimension. L'heure du coup va sonner. Seuls, les vrais durs survivent.

— T'as une miette de cacahuète sur la lèvre, dit-il.

— Où, là ?

Elle frotta du mauvais côté.

— Montre-moi.

Russell tendit la main pour chasser d'une pichenette la petite tache brune de sa lèvre rose. Elle fit la moue et donna un baiser dans le vide entre eux deux.

— Merci. Alors, tu n'es pas tout excité ?

— Ben si, je crois.

— Allez, quoi!

Elle pressa la cuisse de Russell.

— Melman va mettre à notre disposition un trésor de guerre de cent millions. Et il m'installe à la tête de ma propre boîte.

Le garçon vint annoncer à Trina qu'elle avait une communication téléphonique. Pendant son absence, Russell tenta de passer en revue la toundra spongieuse de ses sentiments. Il n'était pas très sûr de ne pas avoir envie de tout laisser comme devant; de dire à Trina que ce n'était qu'une blague. Pour qui se prenait-il, de vouloir s'emparer d'une maison d'édition? Un inconnu allait lui prêter cent millions de dollars. Toute cette affaire n'était qu'un cocktail mortel d'orgueil démesuré et de folie passagère. Il s'en rendait compte désormais et en était complètement terrifié, prématurément nostalgique de l'envergure et de la texture de son existence actuelle, celle qui allait prendre fin d'un instant à l'autre avec ses certitudes banales et sa petite respectabilité. La pensée de Corrine qui l'attendait à la maison le rendait triste comme s'il était en train de flirter avec un destin qui risquait de finir un jour, pour une raison ou une autre, par l'exclure. Il pouvait encore se lever et partir avant le retour de Trina, laissant un billet de vingt dollars et son verre entamé, embué et couvert de gouttelettes, à côté du sien sur la table. S'il demeurait et terminait son verre, il craignait de s'engager ainsi dans un inexorable enchaînement d'événements.

La tête lui tourna et son cœur s'arrêta quand il vit paraître sur le seuil une rouquine insolemment vêtue d'une minuscule robe noire sans bretelles. Elle parcourut la salle des yeux de l'air d'y chercher quelqu'un et, en cet instant, Russell aurait volontiers donné son royaume pour être celui-là. Elle vit qu'il la dévisageait, lui sourit soudain en lui adressant un petit geste de la main, comme s'il était en fait la personne qu'elle cherchait depuis le début. Il sentit monter la jubilation et la peur en la regardant se diriger vers lui.

— Bonsoir.

— Bonsoir.

— Je boirais bien une coupe de champagne.

— Je vous connais?

Tout en se sachant pas mal de sa personne, il n'était pas suffisamment habitué à attirer l'attention des belles inconnues pour être blasé.

Elle se pencha vers lui et finit de le décontenancer en le regardant droit dans les yeux.

— Vous en avez envie ?

Russell fut incapable d'articuler une parole.

Elle se pencha encore plus près, posa ses lèvres contre son oreille et chuchota :

— Pour trois cents dollars, je fais absolument tout ce que tu veux.

Comprenant enfin, il rougit de sa propre vanité naïve tout en constatant que son imagination errait dans l'espace vertigineux soudain ouvert par les mots « tout ce que tu veux ». Elle humecta ses lèvres boudeuses du bout de la langue.

Les lèvres de Russell étaient sèches, sa gorge serrée et parcheminée.

— À vrai dire, je ne suis pas seul, coassa-t-il. Elle est allée téléphoner.

— Dommage, dit-elle en glissant gracieusement jusqu'au tabouret voisin pour consacrer son attention à un chauve tout rose qui remuait pensivement les glaçons dans son scotch. Il l'accueillit avec un petit hochement de tête et un sourire poli quand elle le salua.

— Vraiment tout ? demanda-t-il quelques instants plus tard, d'une voix assez haute pour être entendue de Russell.

Ses cheveux roux montèrent et descendirent en travers de son dos nu quand elle fit oui de la tête, venant lécher le bord de sa robe comme une flamme renversée.

Le bonhomme rose prit son portefeuille dans la poche de son veston. Ses lèvres formèrent de nouveau la question et elle fit oui, de toute sa poitrine, cette fois, en même temps que de la tête. Il fit glisser quelques billets en travers du bar et plaça la main de la fille dessus. Puis, à haute et intelligible voix, il énonça lentement :

— Repeignez ma maison !

— J'ai envie d'aller danser pour fêter ça, dit Trina en revenant. Finis ton verre, on y va.

— Tu ne croiras jamais ce qui vient d'arriver, chuchota-t-il.

— Je le sais : tu t'es fait racoler par une pute. Félicitations. Et maintenant, emmène une vraie femme danser.

— Je ne peux pas aller danser, dit-il, bien que l'idée lui semblât séduisante, tout d'un coup ; sa brève rencontre avec la rouquine l'avait mis en émoi, ses hormones bouillonnaient.

Elle lui caressa la joue.

— Tu sais, nous allons nous voir beaucoup à partir d'aujourd'hui. Ne me dis pas que je te fais peur.

— Tu ne me fais pas peur. Je te prends quand tu veux, une main liée derrière le dos.

— Chiche.

Sans trop savoir pourquoi, il trouva ce « chiche » très semblable au « tout ce que tu veux » qu'il avait entendu quelques instants auparavant.

— Emmène-moi « Au Bar ». Rien qu'un verre.

Il regarda sa montre : minuit. Sa galanterie l'emporta sur la loyauté conjugale. Ils burent un verre au bar puis rejoignirent quelques amis de Trina à leur table. Quand il rentra, il était près de deux heures. Par la respiration de Corrine, de l'autre côté du lit, il savait bien qu'elle était réveillée, mais puisqu'elle faisait semblant de dormir, il décida de collaborer à cette fiction, alors qu'il était possible qu'elle sût qu'il savait qu'elle faisait seulement semblant et risquât donc d'en être encore plus irritée. Il se sentait coupable d'être rentré si tard et indigné qu'on l'obligeât à se sentir coupable. Corrine, se dit-il en s'endormant, allait devoir mettre un peu d'eau dans son vin.

18

« Minky » Rijstaefel avait gagné son surnom peu après ses débuts dans le monde, à l'âge de dix-sept ans, quand *Town & Country* annonça qu'elle possédait vingt-trois fourrures. Minky faisait partie du jeune jet-set transatlantique qui, dans ses moments de plus grande effusion, effleurait quelques-uns des groupes de population indigène — dans le style des baisers que ses propres membres échangeaient en manière de salutation. Il s'agissait en fait de deux baisers, un sur chaque joue, ou plutôt de deux semblants de baisers, le contact physique réel étant évité dans l'intérêt de la préservation du maquillage et aussi pour atténuer le désagrément de la chose, dans le cas de ceux qui ne pouvaient littéralement pas se supporter. Ce baiser était venu du Vieux Continent, comme un tiers des invités de la réception que donnait Minky. Dix pour cent environ étaient anglais, tandis que le contingent américain se divisait entre de jeunes représentants de la bonne société de l'Upper East Side et des excentriques et des personnalités du sud de Manhattan, pour relever la sauce.

Corrine portait une Calvin Klein noire dont elle craignait qu'elle requît plus pour le *décolleté* qu'elle n'en pouvait donner, peut-être juste avant ses règles aurait-elle pu s'en tirer, mais Russell avait affirmé qu'elle était très bien — d'un ton qui signifiait en réalité dépêche-toi de t'habiller. Russell portait son smoking. Elle l'adorait dans ce smoking qu'elle l'avait aidé à choisir quatre ans plus tôt — cadeau de Noël financé par papa Calloway. Russell, enchanté, mais jouant l'indifférence, avait commencé par débattre du magasin — Brookes Brothers, Paul Stuart, Barneys, puis s'était empoigné sur l'épineuse question des revers classiques échancrés opposés au col châle, avec le vendeur de Barneys, tout en cherchant à donner l'impression qu'il était homme à avoir déjà eu trois ou quatre smokings tués sous lui dans le cours de son existence.

— Oh, Russell, tu es vraiment dingue, avait-elle dit en se détournant du miroir de sa coiffeuse pour le regarder assis sur le lit, en lutte avec ses bretelles. Et très beau, avait-elle songé.

Habitué à ces exclamations inexplicables, Russell s'était levé pour lui demander de bien vouloir lui passer ses boutons de manchettes — requête qui suivait inévitablement l'échec de ses tentatives pour le faire lui-même. Autrefois, il les fermait d'abord avant de passer sa chemise, mais ses mains étaient devenues trop grosses. Elle savourait toujours cet instant de leurs préparatifs, amusée de la colère impuissante de Russell.

Vingt minutes plus tard, ils avaient débarqué d'un taxi devant une demeure de la 72e rue est. Un groupe s'était formé sur le trottoir, des femmes blondes en longue robe sombre s'étreignaient en donnant des baisers dans le vide tandis que leurs cavaliers échangeaient des poignées de main. À l'intérieur, un vassal d'un certain âge les débarrassa de leur manteau avant de leur indiquer la direction de l'escalier et de l'ascenseur.

— Oh, oui, il faut absolument que nous prenions l'ascenseur, dit Corrine, se mettant soudain à boiter en riant.

Un autre domestique en uniforme les fit monter dans l'ascenseur, de dimension modeste et luxueusement boisé de panneaux de loupe de noyer encadrés de cuivre, où ils furent rejoints par un groupe qui parlait italien et dont les parfums antagonistes firent paraître bien confinée la cabine. Le liftier referma la grille. Avec un bourdonnement à peine perceptible ils montèrent d'un étage pour émerger dans une salle de bal pleine de blondes glaciales aux hautes pommettes et au nez retroussé et d'hommes vêtus de sombre, la taille prise dans une large ceinture bordeaux. Les Italiens se mirent à faire de grands signes dès que la porte de l'ascenseur s'ouvrit.

— Houla, ça a l'air épouvantable, chuchota Corrine.

Ils se dirigèrent vers un bar, à l'autre bout de la salle, où ils entendirent le barman dire à l'un des invités :

246

— Je crois que le Dow Jones peut encore facilement monter de cinq cents points.

Juste ciel, songea Corrine, quand les barmen deviennent des experts financiers, on sait qu'il est temps de tirer sa révérence.

Leur hôtesse se matérialisa soudain, blonde de taille moyenne qui aurait pu passer pour une adolescente avec ses joues rondes et sa bouche mutine et tumescente, n'était la férocité de ses yeux verts qui semblaient avoir d'abord appartenu à quelque ancien Borgia assassin. Elle avait des formes pleines et rondes que les hommes avaient l'air d'apprécier, bien que Corrine inclinât à y appliquer le mot « boulotte ». Quelqu'un aurait d'ailleurs dû avoir la charité de conseiller à Minky d'éviter à tout prix le genre de jupe barboteuse qui était tellement à la mode, la moitié des femmes présentes en portant une. Faudrait songer à la thalasso, chérie. Attention à la culotte de cheval.

Minky salua Russell, Corrine et plusieurs autres à la suite alors que Corrine était certaine qu'elle n'avait pas la moindre idée de leur identité. Puis Minky s'éclipsa et Russell dit :

— Merde, voilà Harold.

Ce dernier, qui s'approchait avec sa jeune cavalière, avait d'abord hésité en les voyant mais conclut, selon toute apparence, qu'il serait encore plus gênant de changer brusquement de direction.

— Corrine, tu connais Harold, et je te présente Carlton...

Pas moyen de se rappeler son nom, tout à coup. Les deux hommes semblaient agacés mais il est vrai que Harold était toujours mal à l'aise dans les réunions mondaines.

— Nous allions chercher à boire, dit-il en montrant du doigt le bar vers lequel il battit en retraite.

Corrine aperçut Casey Reynes de l'autre côté de la salle et laissa Russell en conversation avec des Anglais qu'il semblait connaître.

Les Anglais étaient en train de supputer l'authenticité des seins d'une comédienne qui venait de passer.

— Un ami à moi était dans le Concorde la semaine dernière, il m'a raconté que la pression avait fait éclater les nichons d'une nana.

— Sans blague ? C'est extraordinaire.

— Vous avez vu Jeff Pierce ? demanda Russell, se rappelant qu'un des Anglais était un journaliste qui avait récemment écrit un article sur Jeff.

Lui-même n'avait pas vu Jeff depuis qu'il avait envoyé sa lettre, laquelle avait servi à épuiser le plus clair de sa bile : il était inquiet désormais à l'idée qu'il avait été trop dur.

— Il est ici avec un modèle, Nikki je ne sais quoi, le salaud.

— J'ai entendu dire qu'elle appartenait à une secte de tueurs de bébés, dit l'autre Anglais.

— Sans blague ?

— Une espèce de fontaine de jouvence à la Ponce de León, son agence est obligée de dédommager les parents.

— C'est bien le moins.

L'hôtesse avait soudain repéré un nouvel arrivant.

— Johnny ! Comme c'est gentil à vous d'être venu, dit-elle bien qu'elle n'eût jamais réellement rencontré l'homme dont elle embrassa la joue, se cognant contre ses lunettes noires.

Celui qu'elle avait ainsi accueilli semblait perplexe. Il présenta son compagnon, mince fantôme blond en col roulé noir.

— Je vous présente Juan Baptiste, le... chroniqueur... euh... mondain.

— J'adore la façon dont vous portez votre cravate, se récria Minky d'une voix suraiguë en tirant sur le papillon qu'il portait noué autour de son cou blanc, à la manière d'un ruban, sous le col ouvert d'une chemise habillée et un complet gris mal coupé. Minky entraîna Johnny Moniker pour le présenter. Quelques minutes plus tard, quand Juan demanda un verre, le barman s'enquit :

— C'était Johnny de Monaco ?

— Un imposteur, répondit Juan apercevant Russell au bar. Je suppose, dit-il pour saluer ce dernier, que je peux prendre pour un signe de votre profond intérêt le fait que vous ne m'ayez pas retourné mon manuscrit ni réagi d'aucune façon à mon offre.

Russell, n'ayant pas la moindre idée de l'identité de cet individu, chercha à gagner du temps.

— Je le fais circuler parmi certains de mes confrères.

Heureusement, Juan produisit une carte de visite frappée du logo d'un grand quotidien.

— Je viens de m'installer plus haut dans Manhattan moi-même, mais je crois que les articles que j'ai consacrés au sud de la ville possèdent une valeur historique.

— Vous avez absolument raison, Juan, fit Russell avec entrain ayant compris de qui il s'agissait. Vous savez, mon assistante est une de vos fans.

Brusquement, il se demanda ce que Donna, qui avait d'ailleurs cessé d'être son assistante, avait bien pu faire de ce fichu manuscrit. Et il se rappela qu'il devait l'aider à trouver un nouveau boulot. Et répondre à trente-neuf autres propositions de manuscrits, rédiger une lettre de recommandation à la fondation Guggenheim, trouver un cadeau de mariage pour Colin et Anne, payer la facture de sa carte Visa... et se faire servir un autre verre immédiatement...

Quand Corrine jeta de nouveau un regard en direction de Russell, il était en conversation avec une femme dont elle était presque certaine que c'était la garce qu'ils avaient vue à St Bart et se penchait vers elle pour l'entendre ou, plus vraisemblablement, pour lorgner son décolleté. Brusquement, il leva les yeux et vit Corrine et — était-ce un effet de son imagination, ou une expression de culpabilité envahit-elle ses traits ? — Bavardant avec son amie Casey, que la grossesse contraignait à l'abstinence, Corrine se rendit compte que tous ceux qui l'entouraient étaient dans un état d'ébriété plus ou moins avancé et que ce n'était vraiment pas rigolo d'être là en observateur extérieur. Elle eut une petite révélation, un peu comme elle se rendait compte que le temps se réchauffait tous les jours : la vie mondaine de Manhattan était une machine lubrifiée à l'alcool. Quand on en était privé, les rouages s'enrayaient vite et grinçaient terriblement. Même le babillage de Casey, qui n'avait cessé de boire que pour les derniers mois de sa grossesse et pérorait à propos d'une infime intrigue mondaine, lui semblait idiot. Et Russell allait insister pour rester jusqu'à la fin, évidemment.

Un nouvel arrivant semblait avoir éveillé l'intérêt général, c'était un grand type à catogan vêtu de surplus militaires qui se tenait sur le seuil de la salle de bal, encadré de deux noirs musclés en T-shirt.

— Mais c'est Paul Rostenkowski, le SDF, se récria une voix féminine, derrière elle. Il habite un wigwam, en bas de Manhattan, je l'ai vu à la télé l'autre jour.

Minky se précipita pour accueillir ce nouvel invité.

Ça se mordait curieusement la queue. Les gens ne cessaient de se demander ce qu'ils pensaient de la soirée, la comparant avec des soirées passées et se questionnant les uns les autres à propos d'invitations à venir. Cherchant Corrine, Russell aperçut Jeff de l'autre côté de la salle, mais deux jeunes loups mondains lui barraient le passage.

— Tu étais au dîner de Pablo, mardi ? demanda l'un.

— Non, j'étais chez Constantine et après on est tous allés au Club A.

— Pourquoi Minky donne-t-elle une soirée pour Uri ?

— Il en avait donné une pour sa dent de sagesse, l'an dernier.

— Sagesse ? Une dent de sagesse ? Minky ?

— Ce n'est pas ce comédien, là — celui qui a une drôle de cravate ? Comment déjà ? Johnny quelque chose.

— Si tu veux savoir, c'est un sosie que Minky a engagé pour la soirée. Le barman me l'a dit.

— Elle en est là, vraiment ?

— Johnny Mannequin.

— Oui, c'est ça.

À travers son ivresse, et un léger ennui, Russell vit Jeff se glisser dans une salle de bains au fond de l'étage de réception et entreprit de l'y suivre. Il entra en collision avec un modèle.

— Je vous connais ? demanda-t-elle.

Il savait que c'était un modèle parce qu'elle le portait écrit en grandes lettres minces de la pointe des orteils de ses pieds ultra-cambrés à la double saillie de ses clavicules. Sous un blouson de cuir ouvert, la dentelle de son soutien-gorge noir faisait de l'œil à Russell. Ses longs cheveux tombaient droit sur ses épaules ; il n'y avait pas une ride sur son visage anguleux. Il n'y avait que les modèles pour porter un blue-jean dans une soirée habillée. Elle était le parfait représentant de son espèce et il sentit soudain son cœur se serrer à l'idée qu'il était marié, que cette nana et toutes les autres nanas du monde dans leur incroyable diversité pourtant identique lui resteraient à jamais inconnues.

— Je veux dire, ajouta-t-elle, vous ne seriez pas quelqu'un ?

— Je suis un soi au sens limité que Hume attribue à ce vocable, avança Russell.

Il fut alors établi que Marina, bien qu'effectivement modèle, était inscrite en poésie à l'université de New York, ce qui fournit presque une vague justification à l'échange de numéros de téléphone qui suivit.

— Il faudra que je vous invite à déjeuner un de ces jours, dit-il en partant, se demandant aussitôt pourquoi il avait fait cette offre.

Brusquement, il eut envie de voir Jeff, avec qui il partageait au moins les incertitudes du sort de l'*homo sapiens* de sexe masculin.

La salle de bains était fermée. Russell heurta une fois et poussa sur la porte qui le surprit en s'ouvrant aussitôt. Jeff était assis au bord du lavabo. Tournant lentement le cou, il porta sur Russell un regard lointain, laiteux, qui semblait trahir une vague reconnaissance. Sa cravate était nouée autour de son bras gauche et une goutte de sang avait coulé de sa source, juste en dessous du biceps, jusqu'au creux de son coude replié. Dans son autre main, une seringue se balançait légèrement entre deux doigts comme une cigarette.

— Jeff, nom de Dieu !

Un sourire hébété s'épanouit peu à peu sur le visage de Jeff.

— Tiens, Russell, dit-il.

Russell verrouilla la porte et regarda, figé sur place, Jeff défaire la cravate et baisser sa manche.

— Tu te droguais avec moi dans les salles de bains, autrefois, dit Jeff d'un ton où perçait le reproche.

— Pas... pas comme ça.

— Non, ce n'était que de bonnes et saines distractions.

Jeff renversa la tête en arrière et ferma les yeux, poussant un soupir de satisfaction animale. Il marmonna :

— Les rois du voyage.

251

Enfin, il baissa la tête et rouvrit les yeux, comme s'il effectuait languissamment une expérience de perception. Il parut légèrement surpris de voir Russell.

— Tu me... euh... tu me croirais si je te disais que je suis diabétique...? C'est le sucre, la douceur qui manque dans ma vie. Une disette, un défaut de douceur. Ou alors un excès? Et toi? C'est quoi, ton excuse? Qu'es-tu? Voyons voir — que dirais-tu de dilettante?

— Tu te sens bien?

Russell se sentit idiot sitôt la question posée, même pas sûr de ce qu'il avait voulu dire.

— Super bien. En cet instant précis, je suis en parfaite entente avec le monde.

— Tirons-nous d'ici, dit Russell en s'approchant de Corrine par-derrière.

Et soudain, se rappelant qu'elle lui en voulait, elle demanda :

— C'était qui, la brune qui avait l'air de t'hypnotiser?

— Une poétesse que j'ai rencontrée quelque part, dit-il d'un air un peu trop détaché, crut-elle remarquer, en la prenant par le bras pour redescendre l'escalier.

— Une poétesse?

Elle ne voulait pas laisser passer ça sans réagir, mais Russell semblait distrait, troublé.

— Ça va? demanda-t-elle.

Il eut un hochement de tête peu convaincant.

— C'est l'enfer, ces soirées européo-décadentes, dit-elle quand ils mirent le pied sur le trottoir.

— Tu parles d'un enfer, marmonna Russell.

— Tu es sûr que ça va?

— J'ai besoin d'air, c'est tout.

Elle était heureuse, et surprise, qu'il ait voulu partir. D'ordinaire, elle avait toutes les peines du monde à l'arracher à une soirée réussie, mais il avait l'air épuisé.

Après leur départ, la soirée continuait à plein régime. Une heure plus tard, le journaliste anglais découvrit dans la salle de bains une femme aux poignets tailladés. Une ambulance arriva. Tout le monde finit par apprendre que c'était Delia, Delia tout court, sans nom de famille, qui avait été la coqueluche de Manhattan quelques années auparavant. Le journaliste anglais écrirait à son sujet. Son article paraîtrait quelques mois plus tard dans *Vanity Fair*. Et Minky Rijstaefel donnerait une soirée pour célébrer la parution de ce numéro.

19

À l'aéroport de Detroit, Russell loua une voiture, un de ces produits locaux qui semblaient désormais aussi stéréotypés et insipides que les trottoirs roulants qui l'avaient mené de sa porte de débarquement à la livraison des bagages. Les grandes marques exposaient leurs modèles les plus affriolants dans l'aéroport, montés sur des socles trapus au beau milieu du hall comme autant de spécimens naturalisés d'une espèce en danger puisqu'on était dans la capitale de l'industrie automobile américaine. Au comptoir de location, il ne lui était pas venu à l'idée de demander une General Motors, bien que ce fût la politique de sa famille depuis avant sa naissance, qui avait eu lieu dans un hôpital grassement subventionné par cette société et à la suite de laquelle on l'avait rapatrié à bord d'une Chevrolet décapotable avec des ailes en forme de nageoires jusqu'à la maison de Birmingham dont les traites étaient réglées sur le salaire que GM payait à son père. Ce ne fut qu'une fois engagé sur l'I-94 qu'il remarqua qu'il était au volant d'un véhicule de la concurrence.

C'était sa première visite depuis la fête du travail, huit mois auparavant. Dans son impersonnalité, le paysage qui s'étendait de part et d'autre de la route lui rappela la remarque d'un fils de famille new-yorkais pendant sa première année de fac : « J'y suis allé une fois, dans le Midwest. Y a rien à voir et rien pour vous empêcher de le voir. » En cet instant, il avait détesté tous les new-yorkais et tous les snobs. Aussi avait-il tenté de les imiter en disant à Corrine, lors de leur première rencontre, qu'il était de Grosse Pointe, la banlieue riche et chic de Detroit, dont même les lycéennes de la côte Est avaient entendu parler. Elle semblait, Dieu merci, l'avoir oublié, et n'y aurait d'ailleurs attaché aucune importance. Il poussa un grognement sonore et secoua la tête au souvenir de celui qu'il avait été, puis alluma la radio, essayant de se rappeler la fréquence de l'université et regardant le paysage avec des yeux de citadin de la côte Est, quinze ans après l'avoir quitté ; il trouvait qu'il manquait d'intérêt et de beauté.

Il tourna dans la 24ᵉ en direction du nord, tentant d'imaginer les ruines de la ville qu'il laissait sur sa droite. Quand il était tout enfant, ils allaient en ville de temps à autre pour faire des courses chez Hudson, ou assister à un match, avant les émeutes de 68 qu'ils avaient regardées à la télé, aux infos locales et nationales. Il ne se rappelait pas y être retourné après cela, jusqu'au moment où il s'y rendait avec ses copains de fac pour acheter du hasch et se soûler à Greektown. Il songea à la remarque de Stein à propos — de quelle ville, au fait ? Oakland ? *Pas de là, là.* Ou à ce que Chrissie Hynde avait dit d'Akron. Ma ville avait disparu. Mais ce n'avait jamais été sa ville. Il avait grandi à la même distance de Motown que tous les autres petits blancs auxquels il était arrivé d'écouter Marvin Gaye et les Supremes.

Il prit la sortie de Birmingham et s'arrêta chez un marchand de spiritueux pour acheter une bouteille de Glenfiddich. Son père était un buveur de scotch mais n'achetait pour son propre usage que la camelote bon marché, habitude qui semblait absurde à son fils, comme celle de rouler jusqu'à la ville voisine pour économiser trois *cents* sur un gallon de super sans plomb. Ces petits tics de fausse économie procuraient une grande satisfaction au vieux et causaient la fureur de Russell et de son frère. Parcourant le rayon des vins, il y dénicha une surprenante bouteille de Lynch-Bages 79 qu'il choisit pour arroser le dîner qui serait certainement une viande rouge, achetée en promotion chez Price Chopper plusieurs mois auparavant, sortie du congélateur et décongelée sous le gril.

Après avoir quitté la grand-route bordée de centres commerciaux, il traversa des quartiers verdoyants où, parmi les buissons, se dressaient des maisons de six ou sept pièces dans des lotissements créés après la guerre sur d'anciennes exploitations agricoles. Il pénétra dans une avenue en cul-de-sac. La maison blanche de style colonial dans laquelle il avait passé une bonne partie de son existence apparut derrière les feuillages rouges et dentelés de la bordure d'érables japonais qu'il avait plantés avec son père le long de la rue. Russell tenait le tuyau d'arrosage, emplissait d'eau les trous profonds tandis que son père se démenait avec les paquets de racines enveloppés de toile de jute pour les mettre en position.

Son père guettait sa venue et vint à la porte quand Russell descendit de la voiture de location. Ils s'embrassèrent dans l'allée, gauche étreinte masculine, en marmonnant quelques salutations. Quand ils se séparèrent, son père regarda la voiture pendant que Russell le regardait, lui — les cheveux plus gris, le visage plus mince. Mais Russell fut soulagé de ne pas voir un vieillard. L'essentiel de ses traits restait ceux d'une belle maturité.

— Qu'est-ce que c'est que cette Plymouth, jeune homme ?

— Ah, c'est une Plymouth ? dit Russell. À quoi le vois-tu ? Je croyais que c'était une Chevrolet.

— Tu ne renonceras jamais à faire le malin, je vois ça.

Il voulut assener une calotte pour rire à Russell mais ne fut pas assez rapide.

— Tu as toujours ta Buick ? demanda Russell.

— Ben oui, et, entre nous, j'aimerais drôlement avoir une Mercedes.

— Te gêne pas, dit Russell.

— Ça se pourrait bien, dit-il d'un air morose tandis que Russell prenait son petit sac de voyage sur le siège arrière.

— Tu n'as pas emporté grand-chose, fit-il remarquer, Russell percevant une trace de déception dans sa voix.

De fait, il comptait ne passer qu'une nuit, bien qu'il fût resté dans le vague avec son père au téléphone. Peut-être pourrait-il prolonger d'une nuit son séjour, songea-t-il.

— Corrine va bien ? demanda son père pendant qu'ils prenaient automatiquement le chemin de la cuisine, à l'arrière de la maison.

— Très bien. Elle avait une copine qui venait de Denver, sinon elle serait venue avec moi.

— Alors ce n'est pas une histoire entre vous ? dit son père par allusion à cette visite soudaine.

— Non, je te l'ai dit, rien d'ennuyeux. Au contraire.

— J'aime mieux ça. C'est une fille formidable.

Il tendit à son père la bouteille de Glenfiddich.

— Monsieur est prospère.

— En général, on se contente de dire merci, fit remarquer Russell, songeant que cette bouteille était peut-être une erreur tactique.

— Je t'offre l'apéritif ? demanda son père, cherchant déjà la glace dans le congélateur.

C'était une des choses que Russell adorait chez son père, le léger formalisme avec lequel il énonçait ces incantations rituelles : *Je t'offre l'apéritif ?* ou *Qu'est-ce qui te ferait plaisir, jeune homme ?* Hochant du chef en signe d'acceptation, il scruta les lieux d'un air vaguement soupçonneux.

— Pourquoi la cuisine semble tellement plus petite ?

— Tu ne remarques aucun changement ? demanda son père d'un ton détaché.

— Si, il y a quelque chose de différent.

— Le sol et les placards, dit fièrement son père. Le bois est plus sombre que celui des anciens. C'est ça que tu as remarqué. Scotch ?

— Très bien. Pourquoi as-tu fait ça ?

— C'était la même cuisine depuis qu'on avait emménagé.

— Est-ce que ça n'est pas de l'argent jeté par les fenêtres ? dit Russell.

— Figure-toi que c'est ici que je vis, mon jeune ami.

— Oh pardon, j'oubliais.

— Ça, je m'en suis aperçu.

— J'ai eu un boulot incroyable, papa. Et puis tu es venu nous voir, tout de même.

Tous deux burent une gorgée pour goûter puis son père leva son verre en manière de conciliation. Ils trinquèrent.

— Je pensais qu'on dînerait ici, j'ai décongelé deux steaks.

— Ça me va très bien.

— On devrait manger du poisson, dit son père.

Et Russell crut qu'il faisait allusion aux calories et au cholestérol. Mais il demanda :

— Tu te rappelles les bâtonnets de poisson du vendredi ?

Il faisait référence à la vieille pratique catholique de faire maigre le vendredi, qui s'était maintenue jusqu'au jour où les lois immuables de l'Église avaient changé.

— Je trouve l'idée plutôt folle, dit son père quand ils eurent fini le dîner et que Russell eut révélé ses projets.

Ce n'était pas tant les capitaux de son père que sa bénédiction qu'il était venu chercher.

— Je sais. Je veux dire, c'est normal. En affaires les idées neuves ont toujours l'air dingues.

Russell ne s'était pas attendu à ce que ce soit facile. Son père avait grandi pendant la grande dépression, travaillé comme salarié de la même entreprise sa vie durant, s'était peu à peu élevé dans la hiérarchie et avait fait des placements de père de famille qui, au long des années, avaient récompensé sa patience. L'idée de racheter son propre employeur lui semblait forcément assez radicale.

Son père sourit.

— Je n'aurais jamais cru que mon gauchiste de fils me ferait un jour la leçon sur les idées neuves en affaires. Je me rappelle avoir discuté du Watergate ici même. Tu estimais que Nixon aurait dû être conduit tout droit à la guillotine.

— Je le pense encore aujourd'hui, dit Russell, mais tous deux s'étaient mis à sourire.

À plusieurs occasions dans le passé, ils en étaient presque venus aux mains à propos de politique, et la mère de Russell avait dû intervenir pour maintenir un semblant de paix.

Revenant à sa première idée, Russell dit :

— Et alors, tu as quoi ? Deux cent mille dollars en actions de GM qui ne bougeront jamais d'un poil. C'est de l'argent qui dort. Moi, je te double ton capital en trois mois.

— Rien ne garantit que tu réussiras, absolument rien.

— Même si nous échouons, l'action va grimper en flèche dès que nous aurons déclaré nos intentions. Au pire des cas, on se retirera avec un bon paquet.

— General Motors fabrique au moins quelque chose. Ce n'est peut-être pas l'entreprise la mieux gérée du monde. Peut-être qu'on est des dinosaures. Mais quelque chose cloche quand l'économie profite aux spéculateurs, aux juristes et aux banquiers sans rien produire du tout. Pas étonnant que les Japs nous enterrent.

Fronçant farouchement les sourcils, son père alluma une cigarette. Russell se rappela que ce froncement terrorisait autrefois ses copains. Et lui-même, à l'époque. Aujourd'hui, il se sentait plein de sollicitude — presque, il s'en avisa, comme si c'était lui le papa qui se faisait du souci. Et dans le cadre familier du salon, assis sur le vieux canapé qui s'était amolli avec les ans, il se laissa contaminer par les doutes paternels. Il avait grandi là et, tout en se défendant contre elle, avait absorbé quelque chose de l'opinion que son père se faisait du monde, aussi inconsciemment qu'il avait inhalé la fumée de ses cigarettes.

— Que dirait ta mère, d'après toi ? demanda soudain le père de Russell.

— Elle verrait que je n'avais pas le choix, dit Russell. Elle nous ferait confiance à tous les deux pour faire ce que nous avons à faire.

Son père hocha du chef, levant les yeux vers le plafond, la fumée montant en volutes de ses narines.

— Tu sais, dit-il d'une voix un peu tremblante, ce n'était pas par cruauté que j'exigeais que vous gagniez votre argent de poche quand vous étiez gosses. Elle trouvait que j'étais trop dur avec vous. Surtout cet été où pendant les vacances de la fac tu as voulu aller en Europe avec Jeff.

— Ce que j'ai pu t'en vouloir.

— Je voulais seulement que tu comprennes que... je voulais que tu sois capable de te débrouiller tout seul.

— Je comprends, dit Russell un peu sèchement parce qu'il avait déjà entendu ce discours.

— Tu vois ce que je veux dire ? demanda son père comme s'il ne l'avait pas entendu.

— Oui, je vois. Ne t'en fais pas. Je ne t'en voudrai pas si tu n'investis rien. Nous avons une promesse ferme de ce type, là, Melman. Je voulais simplement que tu saches ce que je vais faire et je me suis dis que tu saisirais peut-être l'occasion pour acheter toi-même des actions.

— Et puis il faut penser à ton frère. Ce ne serait pas juste que je te passe tout le patrimoine.

— Je l'en ferais profiter aussi.

Ces mots à peine prononcés, Russell s'en voulut de jouer ainsi les grands seigneurs, et il ajouta :

— C'est pas beau, ça ?

Son père contemplait la fumée qui se déroulait depuis l'extrémité de sa cigarette. C'était une des plus grandes difficultés pour Russell quand il avait arrêté de fumer, cette distraction agréable qui vous faisait disposer d'un joujou, de quelque chose à faire de vos mains.

— Je ne te dis pas de faire comme ton père et de rester toute ta vie le salarié d'une grande entreprise. Parce que, veux-tu que je te dise ?

Baissant soudain les yeux il les fixa intensément sur Russell.

— C'est des salauds. Les êtres humains, ils n'en ont rien à secouer, en dernière analyse. C'est ce que mon père m'avait dit, un vrai syndicaliste, il bossait sur la chaîne, il voyait les choses de bas en haut, lui, et je me croyais beaucoup plus malin. Mais c'est lui qui avait raison.

Russell craignit de voir son père pleurer d'un instant à l'autre. Aussi dit-il, avec toute la légèreté dont il fut capable :

— Des ennuis au bureau, papa ?

Aussi désireux qu'il fût de comprendre son père, il craignait qu'une véritable intimité après tant d'années de proximité prudente ne révèle quelque effrayant secret génétique en lui-même.

— Je prends ma retraite anticipée. C'est eux qui l'ont décidé, pas moi.

— Tu n'as pas le choix ?

Il secoua la tête.

— Merde.

— C'est le mot, dit son père après un instant, l'accès de tristesse se dissipant.

Il repoussa le plateau-télé et partit vers la cuisine en emportant leurs assiettes.

— Je comprends maintenant que tu aies besoin de te montrer prudent dans ta gestion, dit Russell en lui emboîtant le pas.

— Peut-être. C'est ça, ou alors jouer mon va-tout. Prenons un dernier verre avant de nous coucher.

20

Dormir seule était comme la mort. Même du cœur de ses rêves, elle percevait parfois le corps de Russell ou son absence. Comme s'il lui était arrivé autrefois quelque chose de terrible qu'elle avait oublié, elle rêvait qu'on la poursuivait, elle rêvait qu'on la coupait avec du métal affilé comme un rasoir et, quand elle s'éveillait de ce genre de rêve, être seule était comme une seconde blessure. Toutes les années passées avec Russell n'avaient pas entièrement calmé le sentiment qu'elle risquait d'être abandonnée à tout moment. Sa mère avait l'habitude de disparaître, la première fois, quand Corrine avait six ans — Corrine et sa sœur, Hilary, jouaient dans leur chambre, soudain la porte s'était ouverte à la volée et leur mère, avec un farouche regard rouge dans les yeux, avait vociféré. Elles étaient d'épouvantables petites filles, elles avaient gâché sa vie, puis elle avait arraché les images du mur et éparpillé les jouets et les habits. Corrine et Hilary s'étaient blotties dans un coin jusqu'à ce qu'elle disparaisse, aussi soudain qu'elle était venue. Cette fois-là elles ne l'avaient pas revue pendant trois jours. Leur père, qui n'aimait pas les petites filles qui posaient trop de questions, n'avait rien dit. Quand elle était réapparue, tout allait bien, c'était la bonne mère qui jouait aux cartes et regardait la télévision avec elles. Alors, chaque matin, Corrine se levait d'un bond et se précipitait en bas pour voir si sa mère était encore parmi eux.

En se réveillant un samedi matin sans Russell, elle se demanda si elle lui manquait quand ils étaient séparés. Sans trop savoir pourquoi elle s'imaginait que c'était presque un soulagement pour lui, un entracte à sa constante présence, à ses attentions étouffantes.

Allongée dans le chaud cocon, sous la couette, elle regardait fixement la mince tranche de soleil poussiéreux qui pénétrait dans la pièce à la jointure des rideaux, de lourdes tentures de chintz qu'elle avait achetées quand le style campagnard anglais avait saisi Manhattan quelques années auparavant. Russell trouvait qu'ils faisaient chambre de petite fille mais il lui avait concédé la chambre à coucher et elle en avait fait un nid garni d'osier blanc et de motifs floraux, alors que le salon et la salle à manger avaient quelque chose de sombre et de masculin avec leurs canapés de cuir et leurs sièges mastoc. Allongée dans le lit, elle remarqua la peinture qui s'écaillait au plafond. Tout l'appartement avait besoin d'être repeint.

Au salon, elle alluma la télé pour se tenir compagnie, fit du café et lut le *Times*. Le journal du samedi — pas de grosse horreur en première page. Le scandale de Jim et Tammy Bakker, la montée en puissance de Gary Hart, Bush bouffant du lard frit pour faire oublier Andover et Yale. Des gens comme vous et moi — qui passent l'été à Kennebunk Port. Optimisme prudent dans les pages financières. Les experts prévoient une poursuite de la croissance et la stabilité des taux d'intérêt au cours du patati, patata... Mots croisés. Décidément, songea-t-elle, pourquoi faut-il que le 4 vertical soit « adultérin ? » Enfin, personne ne chercherait à la gaver, ce matin, c'était toujours ça. Elle détestait manger au petit déjeuner, mais Russell la tannait sans cesse pour qu'elle avale quelque chose, à croire qu'il voulait à tout prix la faire engraisser, sous prétexte qu'elle avait eu un petit problème, quand elle était adolescente, quelques milliers d'années en arrière. Un truc de lycéenne, comme les petits pulls angora et les surnoms ridicules. Miss Anorexie Mentale 1972 — Corrine Makepeace. La résistance au soudain épanouissement du corps. Alors que l'année d'avant elle chantait encore avec les autres sur l'air des lampions, dans les vestiaires, en pressant rythmiquement les paumes l'une contre l'autre pour faire travailler les pectoraux, de la même manière que les garçons pour produire le bruit des pets :

Allez — allez !
Il faut — les faire — gonfler
Plus ils sont gonflés
Plus le pull
Les moule

Katie Petrowski avait déjà des gros seins et Corrine un soutien-gorge symbolique. Débarrassant la table, elle tomba sur les gaufrettes surprise de la veille : « Si les souhaits sont raisonnables, ils se réaliseront. » Mettre ça de côté pour le montrer à Russell. Le rappeler à la réalité. Ramener sur terre le chevalier d'industrie Calloway.

Elle replaça *Jules et Jim* dans l'armoire à cassettes et partit à pied jusqu'à Madison, où elle avait rendez-vous avec Casey Reynes au Marigold pour déjeuner d'un Coca light. Le gros ventre de Casey. Corrine la trouva magnifique et le lui dit.

— Oh, je t'en prie. Je serai déjà bien heureuse si je survis. Ils ont des robes absolument sublimes, chez Armani, mais pas pour les quinze tonnes. Tu ne trouves pas que Tom IV pourrait libérer les lieux quelques semaines à l'avance pour que maman puisse refaire la décoration ?

Corrine aurait volontiers échangé avec elle. Suçant sa tranche de citron, elle dit :

— Moi, je crois que ça me soulagerait, de ne pas avoir à y penser. C'est comme une dispense officielle. J'en ai tellement assez de devoir choisir une tenue le matin. Je suis fatiguée d'avoir à m'habiller. J'aimerais être enceinte et aller nu-pieds.

— Je vais te montrer une robe chez Valentino qui te fera changer d'avis.

Malgré son état, Casey avait déjà fait des emplettes. Et elle montra des draps de lin qu'elle avait achetés chez Pratesi pour sa chambre d'amis.

— C'est tellement mieux que le coton ! s'exclama-t-elle. Et qu'on ne vienne pas me parler du synthétique.

Le mari de Casey était courtier et gagnait, semblait-il, plus d'argent encore qu'elle n'en pouvait dépenser malgré tous les efforts qu'elle déployait. En dehors même de ses affaires, il valait déjà plusieurs millions le jour de sa naissance. Courir les magasins était la principale occupation de Casey. Après le déjeuner elles allèrent chez Valentino et Versace, où Casey acheta un tailleur et une ceinture, et où Corrine se retint. Achats par procuration. Casey achetait, et Corrine regardait. Un chemisier, qu'elle admira, représentait presque un mois de loyer. Si elles n'avaient pas partagé une chambre, à l'université, Corrine aurait jugé Casey superficielle et décadente, mais elle conservait une impression historique, celle d'une grosse fille douée d'une belle voix pour le chant, dont l'idole était Sylvia Plath, ce qui conférait à la Casey de Madison Avenue plus de substance qu'elle n'aurait jamais pu en avoir aux yeux d'une connaissance récente.

Elles s'arrêtèrent pour faire un tour au Whitney, et cette visite aurait pu passer pour symptomatique d'une rémission du syndrome d'achat de Casey, mais quelques minutes à peine s'étaient écoulées quand elle se tourna vers Corrine pour dire :

— Tom et moi, nous envisageons d'acheter un Fischl.

À croire que la succession des toiles sur les murs ne lui rappelait rien tant que les vitrines des magasins.

— Allons prendre un thé au Plaza, dit soudain Casey, se détournant d'une toile de Hopper.

Elles prirent un taxi qui glissa le long de Central Park, devant les fiacres qui attendaient alignés et dont les chevaux mâchonnaient à l'aveuglette, derrière leurs œillères, leur picotin dans un sac. Comme tant d'autres habitants de la ville, les chevaux semblaient plus séduisants vus de loin — ce que Corrine adorait, c'était l'idée d'une promenade romantique en fiacre à travers le parc, la lune et les toits à pignon des immeubles apparaissant et disparaissant par-dessus le plumetis des cimes.

Chargée de sacs qui proclamaient sa position sociale, Casey traversa d'un bon pas la foule des touristes hébétés dans le hall du Plaza, menant Corrine au long d'un corridor bordé de plantes vertes et de lys de printemps jusqu'à une clairière dans la verdure où les minces accents d'un quatuor à cordes rivalisaient avec le fracas de l'argenterie et les voix, surtout féminines, des gens assis autour des tables — des femmes d'un certain âge aux cheveux artificiellement blondis et à la peau hâlée, portraits de Casey dans quelques années.

Le thé au Plaza — une des choses que Corrine avait toujours voulu faire sans jamais y arriver. Toujours trop occupée. Quelle ville merveilleuse si l'on avait possédé trois corps distincts. L'un pour travailler comme un perdu, pour s'en sortir, le second pour déjeuner au Café des Artistes, assister aux ventes chez Sotheby, aux expositions du Met et aux lectures poétiques du YMCA. Le troisième, pour s'éveiller tard dans l'après-midi et sortir jusqu'à l'aube. Travailler, s'amuser et vivre : avec un seul corps, c'est impossible, sauf quand on est très jeune et qu'on vient d'arriver et que tout est magique pendant un bref laps de temps où l'on trouve son premier emploi et où l'on découvre la ville comme un explorateur et qu'on n'a jamais besoin de dormir, mais brusquement, on s'avise qu'on a vieilli et on se rend compte qu'on n'a pas un sou à côté de tous les autres citadins, ou alors, quand on a quelques dollars, on a encore vieilli et perdu désormais la faculté d'être trois personnes en une. À moins qu'on ne soit riche, comme Casey, et que toutes les règles soient abolies.

En libérant sa serviette de son rond, Casey dit :

— Tu ne voudras jamais croire ce que le futur père a fait l'autre jour. Tu connais les Goodhart, non ? Lui est anglais, il a passé la quasi-totalité de son enfance à Blenheim. Bref, ils partent pour le Kenya pendant un mois et ils avaient peur de rater la naissance, j'imagine, alors ils sont venus dîner avec deux petites boîtes de chez Tiffany. J'en place donc une sur l'assiette de Tom. Il ouvre la boîte et dit : « J'ai toujours rêvé d'en avoir un. » Alors, tout le monde le regarde et je finis par lui dire : « Voyons, chéri, ce n'est pas pour toi. C'est un hochet pour le bébé. » « Un hochet ? » Et le voilà tout rouge. Figure-toi que mon cher mari avait pris le hochet pour un anneau pénien.

La serveuse arriva et déposa un service à thé et une espèce de plateau d'argent portant de petites pâtisseries et des sandwiches de pain de mie sans croûte qui avaient l'air trop jolis pour être mangés.

— C'est terrible d'avoir toujours envie de manger, dit Casey. Et le médecin qui n'arrête pas de me dire qu'il faut que je gagne du poids. Sans compter qu'il y a le sexe. On finit par avoir l'impression d'être tellement rébarbative...

— Tom n'en a plus envie ? demanda Corrine, ouvrant un sandwich minuscule comme un livre pour en vérifier le contenu, prête à s'indigner de la perfidie du sexe fort. *Patres* pas *familias*.

— Tu sais, ce n'est pas vraiment à Tom que je pensais.

Corrine leva les yeux de la mince tranche de concombre beurré, un peu choquée, réaction à laquelle, malgré son ton soigneusement détaché, Casey semblait s'être attendue.

— Voyons, ne me dis pas que depuis si longtemps tu n'as pas... Enfin, Tom est en voyage la moitié du temps, non ? Et ce n'est pas comme si je n'avais pas de besoins. D'ailleurs le mariage et la sexualité, ça fait deux. On sait ça, en Europe.

Médusée, Corrine se pencha en avant.

— Et tu n'as pas peur que...

— Oh tu sais, on exagère beaucoup cette histoire de sida, dit Casey en avalant une gorgée de thé d'un petit air satisfait. Entre nous, tu en vois beaucoup, toi, des hétérosexuels atteints du sarcome de Kaposi ?

— Mais non, je pensais au bébé.

— Bah, il n'y a rien à craindre jusqu'au dernier mois et, tu le croiras si tu veux, il y a des hommes qui trouvent ça plutôt excitant.

— Non — s'il n'était... s'il n'est pas de Tom ?

— Il est de lui. Si j'avais eu le moindre doute là-dessus, je ne lui en aurais même pas parlé. Je suis déjà passée deux fois à la pompe Karman parce que je n'étais pas sûre.

Corrine avait l'impression de commettre une mauvaise action rien qu'à entendre ce genre de discours.

— Je n'en reviens pas... enfin, comment fais-tu ?

— Ce n'est pas compliqué. Il suffit de payer la chambre en liquide et, surtout, de ne jamais ramener à la maison les petits shampoings publicitaires qui te trahiraient.

21

Après le travail, Trina parcourut à pied le long de Central Park les quelques centaines de mètres qui la séparaient du Racquet Club, forteresse de pierre rose accroupie dans la forêt de verre Bauhaus de Lower Park Avenue, comme un banquier victorien à gilet attendant patiemment parmi la canaille dans une gare routière.

En arrivant au bureau ce matin-là, elle avait appris que Aldridge était à Cincinnati pour la journée, mais il avait laissé un mot pour l'un de ses associés disant qu'il serait au gril du Racquet Club à sept heures, et malgré la règle qui interdisait aux femmes l'accès du club, ou peut-être à cause de cette règle, Trina décida d'aller le voir. Elle avait projeté de le demander, mais l'Irlandais au visage taillé à la serpe qui était à la réception disparut dans le vestiaire avec un gros paquet à l'instant où elle entrait ; elle se glissa devant le comptoir et plongea dans l'ascenseur avant son retour. Elle se demandait encore sur le bouton de quel étage appuyer quand l'ascenseur se mit à monter lentement et bruyamment. Comme de leur propre volonté, les portes s'ouvrirent au troisième étage ; au-delà, des hommes nus se prélassaient sur des banquettes, se promenaient à travers la vapeur, se saluant avec un enjouement un peu forcé. Personne ne l'avait encore remarquée quand elle enfonça le bouton commandant la fermeture des portes, mais une voix impérieuse ordonna « Retenez l'ascenseur », à l'instant où elles se fermaient tandis qu'à l'autre extrémité du corridor humide, un jeune athlète/banquier de proportions classiques que Trina était en train de lorgner se retourna brusquement, ayant juste le temps de l'entr'apercevoir, vision fugitive à laquelle il refusa de croire sur le moment mais que, par la suite, quand elle eut été confir-

mée, il décrivit pour le bénéfice de ses amis au grill-room : *Brusquement j'ai l'impression qu'on m'observe — vous connaissez ce genre
de sentiment ? — Alors je regarde vers l'ascenseur, les portes sont sur
le point de se refermer, mais j'aurais juré avoir vu une nana, et pas
n'importe quelle nana, très bien roulée, dans l'ascenseur, mais je me
dis, non, ce n'est pas possible.*

Sortant de l'ascenseur au premier étage, Trina se retrouva dans
un univers caverneux de boiseries sombres, de vieux vernis et de
cuir craquelé qui semblait parfumé à l'essence de quelque lotion
capillaire masculine depuis longtemps disparue. Les murs étaient
ornés de gravures de chasse, d'antiques raquettes de bois et de plaques de cuivre encadrées gravées aux noms des vainqueurs de tournois
dont les dates remontaient jusqu'au siècle dernier, plusieurs des
ancêtres de Nicky Aldridge figurant parmi eux. Un certain nombre de ces plaques étaient consacrées à des compétitions d'une forme
peu connue de tennis d'intérieur qui avait survécu ici et dans une
poignée d'autres lieux du Vieux Monde. Il régnait un silence sépulcral,
les salles communes étant vides. Trina, qui vivait dans un deux
pièces d'un gratte-ciel vieux de cinq ans de la Deuxième Avenue,
songea que si l'arrière-grand-père d'Aldridge avait été transporté
dans la Manhattan de 1987, c'était l'un des rares endroits de la ville
qu'il eût reconnu et où il se fût senti chez lui.

Elle se laissa guider par le bruit des voix jusqu'au grill-room.
Aldridge était assis, seul, à une table, tartinant un cracker avec du
cheddar qu'il puisait généreusement dans un pot de faïence. Six
ou sept autres messieurs occupaient la salle qui aurait pu abriter
les convives d'une grande noce.

Levant les yeux, il sembla d'abord agréablement surpris puis,
se rappelant où il était, dit :

— Trina, mais qu'est-ce que...

— Je voulais voir votre cabane secrète dans les arbres, c'est tout.
Très jolie.

Le silence s'abattit sur la salle quand les occupants des autres
tables s'avisèrent de l'intrusion.

— Ça s'est bien passé, à Cincinnati ?

Elle prit l'étui à cigare dans la poche de poitrine d'Aldridge, en
tira un Corona dont elle trancha l'extrémité d'un coup de dents.

— Ils font traîner les choses pour un demi-point.

Il jeta des regards inquiets autour de la salle.

— Écoutez, il vaudrait mieux que vous partiez.

— Je m'en vais, dit Trina. D'ailleurs, je m'en vais pour de bon, je quitte la boîte.

Nicky hocha lentement du chef, plaçant dans sa bouche un cracker orange pâle tartiné de fromage orange vif. L'intérêt que suscitait en lui le départ de Trina lui fit soudain oublier son souci pour les règlements du club.

— Vous avez apporté l'affaire Corbin, Dern chez quelqu'un d'autre ?

— Oui.

— Où ?

— Je m'installe à mon compte. Vous connaissez Peter Risch, mon ami de la First Boston ? Il s'associe avec moi. Et j'emmène Rockaby. Cox, Rockaby & Risch.

— Ça sonne bien.

— Merci.

Trouvant des allumettes dans son sac, elle alluma le cigare avec un plaisir manifeste.

— Je ne peux pas dire que ça me fasse vraiment plaisir. J'aurais préféré vous garder, et Rockaby aussi.

Trina haussa les épaules. C'était la règle du jeu et Aldridge le savait. Il pouvait choisir de le prendre bien, ou mal.

Le barman, petit bonhomme en uniforme mauve, surgit à la table.

— Puis-je me permettre de vous rappeler, monsieur, que le règlement du club interdit les femmes dans tous les locaux du club à l'exception de la salle d'attente du rez-de-chaussée.

Aldridge approuva de la tête.

— Vous l'avez entendu, Trina. Il faudra que nous poursuivions cette discussion ailleurs.

— Faites-la sortir ! tonna une voix à l'autre extrémité de la salle.

— Non ! dit Trina. Je préfère rester.

Elle sourit et leva les sourcils en direction d'Aldridge pour lui montrer qu'elle était sans malice mais bien décidée à poursuivre cette aventure jusqu'au bout.

— Evan va être obligé d'appeler... je ne sais pas, moi, avons-nous seulement un service de sécurité, ici ? demanda-t-il, manifestant la bienheureuse ignorance de ceux qui paient pour n'avoir jamais à se soucier de ces détails.

Evan fit signe que oui.

Trina haussa de nouveau les épaules.

— Eh bien, faites ce que vous avez à faire, dit Aldridge au barman, ouvrant les mains en signe d'impuissance. Par qui allez-vous vous faire financer ? demanda-t-il à Trina.

Cette dernière tira une bouffée de cigare.

— Berny Melman.

Aldridge leva les sourcils en sifflotant.

— Quand vous disiez que vous partiez, je ne me suis pas rendu compte que vous alliez aussi loin.

Elle s'y était attendue. Il lui faisait le coup du gentleman.

— Il y a des milliards de dollars à prendre et nous faisons la fine bouche. « Les temps sont en train de changer », mon cher Nicky.

Aldridge mâchonna rêveusement un cracker. La dernière phrase de Cox l'amusait. Il était à Columbia quand la chanson de Dylan dont c'était le titre était sortie. Il avait participé aux manifestations, là-bas, en 1968, il s'était fait assommer par la matraque d'un flic. Peut-être que Cox ne pensait même pas à la chanson de Dylan, mais cette phrase et la perspective qu'elle ouvrait à Aldridge l'emplirent d'une curieuse sollicitude pour cette jeune femme, si maligne et si ignorante.

— Vous avez peut-être raison, dit-il. Je ne vais pas vous faire d'emmerdements. Mais je vous aime bien, et je veux que vous soyez prudente. Peut-être que nous sommes un peu en retard. À moins que ce soient certains autres qui aient pris beaucoup trop d'avance. Il y a des choses qui ne changent pas, qui ne changeront jamais. La mort, les impôts — et le fait que, toujours, quelqu'un doive régler l'addition.

Aldridge prit son étui à cigares sur la table pour en choisir un. Il l'examina tendrement puis l'alluma.

— Vous avez entendu parler de Jimmy Ling ?

— Non.

Elle sentait venir l'anecdote. Bon Dieu, ce qu'elle était heureuse de ne plus avoir à les écouter, ces anecdotes.

— Jimmy Ling était le Mike Milken et le Bernie Melman de son époque. C'est-à-dire, plus ou moins, le début des années soixante-dix. On dirait un nom chinois mais en fait il était texan...

Pendant qu'il s'interrompait pour tirer sur son cigare, Trina prit un cracker orange et le tartina de cheddar orange ; il y avait une logique à ce qu'en ce lieu, on servît un fromage et des crackers que l'on ne voyait plus nulle part ailleurs en ville depuis des années.

Un vigile en uniforme entra en trombe dans le grill-room.

— Tout va bien, monsieur ? demanda-t-il en regardant fixement Trina.

— Pourquoi ? J'ai l'air de courir un danger ?

Le mépris mordant d'Aldridge calma le vigile.

— Veuillez raccompagner mon amie ici présente jusque dans le hall si vous vous en croyez capable.

— J'ai droit à une dernière volonté ? demanda Trina.

— Bien sûr.

— Finissez votre histoire.

— Bon, brièvement. Jimmy Ling avait démarré avec trois mille dollars et, en moins de deux ans, Ling-Temco-Vought était devenue, je crois, la quatorzième entreprise du pays. Il avait racheté un tas de sociétés, et toujours avec l'effet de levier ; il avait inventé un procédé bien à lui, en une seule étape, au lieu d'emprunter des fonds avant d'attaquer la boîte, il proposait du papier aux actionnaires. De l'argent virtuel. Il leur échangeait leurs actions contre des obligations — des créances de deuxième rang. On prit l'habitude d'appeler ça le papier chinois. Nous sommes un certain nombre à y voir le type même de l'obligation à risque. Mais à première vue, ça semblait valable. Et puis les taux d'intérêt ont grimpé en flèche et il n'y avait rien derrière le papier. Ling-Temco-Vought s'effondra comme un château de cartes. Et ça n'était rien d'autre, à l'origine.

Il tira profondément sur son cigare et souffla un gros nuage de fumée. Melman, remarqua Trina, ne s'interrompait pas mais continuait à parler en fumant son cigare. Mais elle ne savait pas trop comment l'interpréter. Le vigile, après le rappel à l'ordre d'Aldridge, s'était tenu au garde-à-vous pendant tout ce récit.

— Le papier chinois, hein ?

Aldridge haussa les épaules.

— Ce n'est qu'une anecdote. Ça s'est passé il y a quinze ans seulement, mais personne ne s'en souvient.

— J'y penserai.

Elle se leva, tendant les mains comme pour recevoir les menottes, geste qui accrut encore l'embarras des hommes présents.

— Ça vaut ce que ça vaut, conclut Aldridge.

Trina tendit son cigare au vigile qui le prit instinctivement sans savoir qu'en faire, puis le précéda pour quitter le grill-room d'un pas martial.

Aldridge brandit un nouveau cracker tartiné d'orange et appela le barman pour qu'il lui resserve un verre ; au fond, les gosses comme cette petite Cox lui flanquaient une trouille épouvantable. Lui et nombre de ses pairs avaient atterri dans la banque et la finance sans conviction particulière ; ils avaient fait des écoles, et venaient de familles pour lesquelles c'était un choix respectable, comme le ministère pour les aristocrates britanniques du XIXe siècle ou la carrière militaire pour les fils de certaines familles du Sud. Et comme les officiers de carrière qui vont à la guerre pour faire leur devoir, ses collègues et lui avaient peiné dans la boue sanglante des années soixante-dix, quand la bourse avait essuyé de lourdes pertes et les taux d'intérêt connu des hausses vertigineuses, comme le nombre des victimes dans une bataille perdue. Des temps difficiles. Ils avaient tenu bon et conservé assez de terrain pour contre-attaquer quand la fortune avait changé de camp avec les années quatre-vingt et, brusquement, ils avaient dû courir pour ne pas se laisser distancer et rester en première ligne. Mais ces nouveaux venus, ces gosses, la classe quatre-vingt, pour ainsi dire, c'était des aventuriers. Des opportunistes qui n'avaient ni le sens de l'histoire ni le respect des institutions. Terrifiant, à bien y regarder — des gosses en bretelles qui croyaient avoir le droit de gagner des millions, aussi effrayants, à leur manière, que les assassins d'enfants qui habitaient les ghettos du Nord et étaient prêts à ouvrir le feu sur quiconque se dressait entre eux et leurs désirs du moment.

— Sales gosses, entendit-on Aldridge marmonner quand le barman lui apporta son verre.

Il serait bientôt temps de s'en aller, de prendre sa retraite en emportant ses gains énormes, criminels, avec la sanction de la loi. Il aurait quarante-quatre ans dans quelques jours.

Bull Soames, son vieux copain de chez Salomon Brothers, s'approcha d'une démarche traînante, Chivas au poing.

— Qu'est-ce que c'était que ce ramdam, nom de Dieu ?

— Un bref aperçu de l'avenir, mon vieux Bull.

22

— Qu'est-ce que vous me faites, là ? C'est la chasse au faciès, les minorités ont pas droit aux tables du devant ?

La fragile carapace d'insolence de l'hôtesse avait manifestement été percée par cette remarque, alors qu'elle-même était de type asiatique. Ses regards allaient nerveusement de la rangée des tables du devant à son registre des réservations.

— Julian me réserve toujours une table sur le devant, ajouta Washington, n'hésitant pas à faire appel presque simultanément aux idées, pourtant mutuellement exclusives, d'une hiérarchie sociale élitiste et de critères d'équité démocratique. Cette contradiction parut échapper à leur hôtesse qui, après un instant d'hésitation torturée, les conduisit à la table que Washington réclamait.

D'après lui, la vie était trop courte pour prendre un repas dans un restau ringard, et celui-là était l'établissement du bas de la ville dont on parlait le plus, cette saison. Il était moins remarquable par son décor que par sa clientèle, qui semblait avoir été choisie par un décorateur à la mode. L'allure générale était à la souple beauté féline. Les acteurs de cinéma et les longs mannequins filiformes portaient des blue-jeans déchirés et des T-shirts et tous les autres étaient en noir. L'éclairage était violent, comme pour faciliter le travail des photographes. L'endroit devait parfaitement convenir à Russell, bien qu'il considérât avoir pour l'heure des préoccupations plus sérieuses.

Avec son costume bleu marine, Whitlock était manifestement déplacé.

— On mange bien, ici ? demanda-t-il quand ils furent assis.

— On vient pas ici pour manger, dit Washington. C'est d'ailleurs très bien vu de dire que la bouffe est dégueulasse.

— Mais alors pourquoi vient-on?

— On vient se faire maltraiter par cette jolie petite poulette asiatique avant de supplier les mannequins arrogants qui font semblant d'être serveurs et serveuses de bien vouloir nous accorder une seconde d'attention. Parce que c'est ici que ça se passe. Parce qu'à tout moment, il existe un lieu qui est en plein centre de la conscience branchée et qu'à neuf heures trente, ce mercredi soir de mai 1987, ce lieu est ici. Alors profite, Whit. Et essaye de pas avoir trop l'air de débarquer.

Whitlock ne semblait pas convaincu.

— On n'a encore rien à fêter, que je sache, dit-il après que Washington eut fait signe au garçon et commandé une bouteille de champagne.

— On ne fête rien, dit Washington, on picole. Quand on fêtera, je t'assure que tu t'en apercevras.

Russell lui avait confié ses projets au début de la semaine. Washington lui avait extorqué toute une série de concessions et de promesses et avait amené un avocat à déjeuner pour une discussion finale, pinaillant et négociant au point que Russell avait presque regretté de l'avoir mis dans la confidence. Mais c'était un bon éditeur et il était doué d'un flair politique de premier ordre. C'était pourtant de David Whitlock que Russell avait réellement besoin. Il avait tous les chiffres sur le bout des doigts et connaissait les finances de la boîte dans leurs moindres détails, autant que tous ceux qui allaient devenir leurs adversaires. Et si quelque chose clochait dans les plans de campagne de Melman, Whit saurait le repérer.

— Je ne peux pas dire que je sois très à l'aise dans tout ça, déclara Whitlock. J'étais devant mon ordinateur, hier soir, je passais en revue des chiffres, des projections, des modèles, et je me suis soudain rendu compte que j'étais en train de trafiquer des informations confidentielles. J'ai accès à des trucs que personne ne peut connaître à l'extérieur de la boîte.

— C'est toujours vrai dans le cas d'un rachat par les salariés.

— Je ne dis pas que c'est illégal mais, la déontologie? On va racheter des actions à des gens qui ne savent pas ce que nous savons. Est-ce que c'est correct?

— C'est dans la nature des choses, à la bourse, dit Russell, personne n'est obligé de vendre.

— J'en ai rien à foutre, que ce soit correct, dit Washington, je veux savoir si ça va marcher. Qu'est-ce qu'il en dit, ton ordinateur, hein, Whit?

— C'est faisable. Russell a raison, la société est sous-évaluée. Mais Exxon aussi, quoi, merde, je répète que je voudrais bien savoir où tu vas trouver le reste du financement.

— Je l'ai, dit Russell.

Il ne tenait pas particulièrement à ce que ses deux interlocuteurs apprennent que Melman lui donnerait presque dix pour cent des actions, moyennant la réalisation des objectifs qu'il allait lui fixer. À titre personnel, et comme une espèce de pari supplémentaire, Russell avait acheté pour cent mille dollars d'actions, utilisant la totalité du crédit de cinquante mille dollars qu'on venait de lui offrir, et les doublant par une avance de son courtier — des actions qui grimperaient en flèche dès l'annonce de l'OPA. Trina Cox aurait une petite part du gâteau et Melman, qui procurait la quasi-totalité des fonds par l'intermédiaire des banques et qui conserverait la plus grande partie des actions pour lui-même, avait autorisé Russell à en détourner une mince tranche pour Whitlock, si nécessaire.

— Tu l'as, tu l'as, mais comment?

— N'en demande pas trop pour l'instant, tu verras plus clair bientôt...

— Les autres aussi peuvent trouver du fric. Harold, Kleinfeld et la bande. S'ils organisent une défense et qu'ils réussissent, on se retrouvera à la rue. Et que faites-vous de la loyauté?

— Comment t'écris ça? demanda Washington.

— Harold a beaucoup fait pour vous deux. Il a beaucoup fait pour l'édition.

Washington leva les yeux au ciel et un silence tomba, comme si tous trois considéraient la figure qu'ils répugnaient à distribuer dans le rôle d'antagoniste pour le drame qui se préparait.

— Qu'a-t-il fait pour moi, récemment? demanda Washington,

rompant le charme. À part fusiller mes deux derniers bouquins ?
Il me met surtout des bâtons dans les roues, Harold.

— Moi itou !

Comme s'il assistait à quelque chose d'inconvenant, Whitlock
se détourna pendant que Washington et Russell se tapaient dans
la main et choquaient leurs verres.

— C'est bien qui je crois ? dit-il soudain en indiquant d'un coup
de menton sur le côté, vers la table voisine, une actrice de cinéma
aux vaporeuses tresses blondes et aux lèvres pleines à en être pneu-
matiques.

Penché en avant, Washington déclara :

— Si tu marches avec nous, ce sera la cantine de la boîte, ici,
et elle sera à notre table, elle s'assiéra sur nos genoux, mon petit
Whit, parce qu'on aura une telle réputation d'enfoirés que toutes
les nanas de New York voudront nous connaître. Et au sens bibli-
que, tu m'entends ? Quand on sera pleins aux as, je te donne ma
garantie personnelle que tu devras faire élargir la braguette de tous
tes falzars. Tiens, on te nommera Nègre d'honneur ! Tu t'achète-
ras des nouveaux costards — on fera venir Paul Stuart en personne
au bureau pour prendre tes mesures. On aura trop à faire, on sera
trop importants pour...

— C'est ça, le but de l'affaire ?

— C'est ça le but de toutes les affaires.

— J'ai pourtant cru entendre Russell, pas plus tard qu'hier, parler de littérature et d'édition consciente des réalités sociales.

— C'est parce que c'est un blanc refoulé, il a besoin de débiter
ces conneries pour se tromper lui-même. Toi, t'es trop malin pour
ça, Whit. T'es un homme d'affaires, non ? T'as fait une bizeness
school, t'es pas comme ce mec-là, t'es pas un vautour de la culture. Tu vis dans le monde réel, tu sais ce qui le fait tourner. On
est en Amérique, patrie de l'opportunisme.

Russell fut heureux de constater que Washington était déjà au
boulot. Explicitement insincère — quand il parlait, il était toujours
plus ou moins en représentation —, Washington était pourtant
convaincant, ne fût-ce que du fait qu'il eût été du dernier ringard
de croire entièrement à sa propre position, et d'ailleurs à n'importe
quoi. Vraiment pas in, pas cool, pas branché. De cette manière,

il réussissait fréquemment à emporter le morceau. Personne n'aurait voulu être laissé pour compte. Tel Hamlet, Whitlock trouverait toujours des raisons solides pour étayer les deux positions en présence ; en dernier ressort, il faudrait le prendre par les sentiments. Désormais, avec Washington dans le camp de Russell, la question devenait : voulait-il ou non faire partie de l'équipe ?

Pendant que Whitlock partait à la recherche des toilettes, Washington demanda à Russell s'il avait mis Jeff au courant de ce qui se tramait.

— Pas encore.

— Si j'étais toi, je ne laisserais à personne d'autre le soin de le lui apprendre, dit-il à l'instant où Whitlock réapparut.

Une minuscule silhouette d'elfe passa devant leur table, jeune homme blond entièrement vêtu de noir dont le long visage pâle était coupé en deux par de grosses lunettes noires. Il leva une main légère comme un papillon en direction de Washington.

— Mais c'est que nous sommes des gens importants, ce soir, dit-il.

— Tous les soirs, dit Washington.

S'adressant à Russell :

— Vous étudiez toujours ma proposition ?

— De très près, dit Russell.

Qui pouvait bien être ce type ?

— J'en suis ravi.

— Qui c'est ? demanda Whitlock. Je croyais que Truman Capote était mort.

— Il s'est réincarné en échotier mondain, dit Washington.

— Quoi ? demanda Whit.

— C'est saint Jean-Baptiste. Chroniqueur de bons mots qui ne passeront pas la nuit.

— Ah merde, c'est lui, marmonna Russell. Je crois que j'ai égaré son manuscrit.

— Il va parler de nous dans son journal ? demanda Whit. Et si Harold apprenait ça ?

Washington leva les yeux au ciel.

— Apprenait quoi ? Que trois types dont personne n'a jamais entendu parler et qui bossent ensemble sont sortis dîner ? Tu parles d'un scoop. D'ailleurs, t'en fais pas, il parle jamais des gens qui se fringuent comme toi.

Craignant que Whit ne se sente trop isolé, Russell saisit la manche de lin noir du blouson Versace de Washington entre le pouce et l'index et dit :

— À propos de fringues, on te laissait t'habiller comme ça, à Harvard ? Personne ne t'a parlé des chemises Oxford et du tweed ?

— Ils ont essayé. Et moi, j'ai essayé de leur apprendre à danser.

— Match nul, évidemment.

— Ben oui, mais on avait toujours les nanas de Brown pour nous consoler, répliqua Washington. Elles venaient de Providence, tellement elles manquaient de vrais hommes.

— Je te les laisse, dans leur immense majorité, dit Russell.

— Merci de ta générosité.

Quand Washington s'absenta, Russell se pencha vers Whitlock.

— Écoute, en plus de tout ce dont on a parlé, je peux te promettre un pour cent des actions si le coup réussit et cent mille dollars s'il rate. Je te facilite vraiment les choses. C'est un cadeau.

— Je ne trouve pas ça si facile.

Mais à mesure que le dîner avançait, Whitlock se détendit. Il prit goût à son rôle de touriste innocent, refusant d'abandonner son esprit critique, se plaignant de la violence de l'éclairage et de la taille délicate des portions. Il ne cessa de réclamer à la serveuse une paire de lunettes de soleil et un microscope électronique ; au dessert, il commanda facétieusement trois grammes et demi de sorbet. Mais il retrouva tout son sérieux pour serrer consciencieusement la main de Julian Heath, l'élégant propriétaire du restaurant, quand il vint distraitement les saluer. Whitlock comprenait, malgré sa relative innocence mondaine, que le patron d'un restaurant à la mode était un personnage dont l'importance équivalait *grosso modo* à celle d'un rédacteur en chef de magazine, d'un chef d'orchestre symphonique ou d'un peintre dont l'œuvre faisait l'objet d'une exposition au Whitney, encore qu'il se trouvât précisément que ce restaurateur-là souhaitait être connu pour sa sculpture et rageait intérieurement de devoir débiter des amabilités à des sculpteurs et des peintres qui ne possédaient pas de restaurant, de même qu'à des réalisateurs, des rock stars, des romanciers et

aux lemmings de la mode qu'ils traînaient partout dans leur sillage. Heath était entré dans la restauration à reculons, pour ainsi
dire, moyen d'assurer la matérielle en attendant que sa sculpture
fût reconnue. Mais le lieu qu'il avait ouvert quelques années auparavant pour le milieu artistique de SoHo avait connu un tel succès
qu'il n'arrivait plus à s'en dépêtrer. Il était resté coincé avec un
bail de cinq ans et l'étiquette de restaurateur. Et celui-ci, le second
qu'il avait ouvert, était encore plus couru que le premier. Il ne
se remettait pas de cette injustice : s'il avait échoué, il serait dans
son atelier en train de marteler de l'acier au lieu de s'arrêter pour
tailler une petite bavette avec Washington Lee. D'ailleurs il était
sympa, le Washington, il avait dépensé beaucoup de fric dans les
deux restaurants de Julian, il avait une belle gueule, il était amusant et c'était un nègre, par-dessus le marché, sans compter qu'il
amenait généralement des gens dans son genre — jusqu'à ce soir-
là, en tout cas. La politique du restaurant consistait à planquer
les costards dans un recoin du fond. Qu'est-ce que cette bande-là
foutait à une table du devant ?

— Bon, bon, d'accord, dit Whitlock quand Heath s'éclipsa, ayant
réussi à allumer de petits feux d'autosatisfaction au cœur des trois
cadres d'édition. Je me rends. Commandez du champagne. Vous
le saviez, que j'allais dire oui, alors finissons-en.

23

La vibration pénètre par ses poumons et se répand comme un courant électrique dans la circulation sanguine, passe par la case départ et reçoit deux millions de dollars, monte comme une fusée le long de l'épine dorsale, dépose à la base du crâne où elle explose en une phosphorescence blanche — ce picotement du cuir chevelu est ce qu'on ressent quand on entre en scène devant la foule qui hurle, quand on se branche à la source principale et qu'on pompe l'énergie absolue pour se consumer en pure lumière blanche...

Mais la lumière décline. La lumière décline toujours, la vibration se mue en parasites rauques ; le fourmillement qui avait commencé sous sa boîte crânienne s'est enfoncé profondément dans les replis de son cerveau. Ace se laissa aller en arrière et frotta sa tête contre le mur comme si cela pouvait soulager la soudaine démangeaison — l'inflammation, l'éruption sous-cutanée qu'il fallait à tout prix gratter.

Une pipe de verre noircie à la main, il était assis sur le sol de linoléum tordu d'une pièce où se trouvaient cinq autres personnes, trois hommes et deux femmes. Une vieille baignoire en occupait le centre, peinte en vert voilà bien longtemps d'une peinture qui s'écaillait aujourd'hui, pleine de boîtes de bière et de soda, de mégots, d'emballages plastique, de flacons et d'ordures. De l'intérieur, montait un froissement de papier, des gratouillis, des bruits de mastication. De griffes.

Putain, songea-t-il, l'horreur. À une extrémité de la pièce étroite et mal éclairée, un gros type vêtu d'un T-shirt de Billy Idol distendu était perché sur un haut tabouret de chrome qui semblait avoir été déraciné du comptoir d'une vieille cafétéria, emplissant de sa masse l'encadrement de la porte. À l'autre extrémité, il y avait une seconde porte, fermée. L'acier en avait été grossièrement découpé au chalumeau à hauteur de poitrine et équipé d'un panneau coulissant. Derrière la porte, un gamin en sueur était blotti comme un astronaute à l'intérieur de sa capsule blindée, une ancienne chambre à coucher dont les murs avaient été recouverts d'acier ; une écoutille d'acier de la largeur d'un homme et fermée par trois verrous masquait un trou pratiqué dans le mur de briques de l'appartement adjacent, formant une sortie de secours commode.

Deux noirs en tricot à larges mailles étaient avachis dans un coin avec des tronches de psychotiques — Ace détourna les yeux en toute hâte pour qu'ils ne se croient pas provoqués. Un jeune blanc contemplait d'un air d'envie la pipe de verre qu'Ace tenait à la main ; avec son survêt, on aurait dit qu'il venait de débarquer de sa banlieue, gamin qui serait en retard pour son cours de géographie du lendemain. Après avoir regardé fixement pendant quelques minutes le tube vide et noirci, il se leva, gagna la porte du fond et, avec toute la dignité qu'il put rassembler, heurta au petit panneau d'acier. Le panneau coulissa et une voix aboya :

— Ouais ?

— Vous acceptez les chèques ?

— Casse-toi, Ducon.

Le panneau claqua. Le gamin se laissa retomber contre le mur, les mains sur le visage. Ça n'était pas sans rapport avec Ace, qui venait de terminer sa dernière et avait déjà claqué quarante dollars. Il lui en restait six, c'est-à-dire rien, à moins qu'il n'arrive à partager une dose avec l'un de ces junkies dégueulasses. Baissant les yeux sur ses pieds, il se demanda ce que quiconque pourrait bien donner d'une paire de Ponys montants, raisonnablement neuve.

Les bruits qui provenaient de la baignoire lui tapaient réellement sur les nerfs. Était-ce le fruit de son imagination ou y avait-il vraiment un rat, ou quelque autre bête, là-dedans ? Les deux possibilités étaient également craignos. Il jeta les yeux sur le pied de la baignoire, une serre refermée autour d'une boule, la pressant, extrayant la vie de cette pauvre boule sans défense.

286

Une blanche maigrichonne avec d'énormes cernes sous les yeux s'amena en rampant dans la direction de Ace.

— Pour vingt dollars, tu me baises, dit-elle.

Ace secoua précautionneusement la tête, avec une grande économie de gestes, de peur de la sentir se détacher de son cou.

— Dix.

— Fous le camp, dit-il.

Finalement, ça lui avait fait mal de remuer la tête et il cherchait un moyen de trouver du fric, une visite du bureau ovale était bien la dernière chose dont il avait besoin, en tout cas.

Elle rampa jusqu'au gros type devant la porte.

— Et toi?

— Je bosse, dit-il.

Levant les yeux sur son T-shirt de rock star trop rempli, elle dit :

— J'ai passé trois jours avec Billy Idol à Nassau.

Ace l'avait déjà entendu dire ça plusieurs fois. C'était sûrement le point culminant de sa vie, s'être fait baiser par Billy Idol, et d'ailleurs, c'était sûrement un mensonge.

— Ah ouais? fit le gros. Il allait dans un bar où mon cousin bossait. Il buvait des vodka tonic.

— C'est ce qu'il boit, dit la fille avec une conviction solennelle.

— Il s'amenait comme ça, tu sais, comme n'importe qui, et puis, il s'asseyait, quoi, comme ça. Tu sais?

— Il est comme ça, dit la fille.

Ils méditèrent un instant en silence la vision respective et concordante qu'ils avaient de Billy Idol, elle vautrée par terre et lui perché sur le tabouret qui aurait pu à bon droit s'effondrer sous lui, pendant qu'Ace se demandait encore comment il pourrait trouver de l'argent pour gratter cette démangeaison qui le rendait fou.

— Qu'est-ce qu'y fait ton cousin, il est barman?

— Plongeur. Mais il s'est fait virer.

— C'est moche.

Ace avait envie de hurler. Soit il était devenu complètement dingue, soit il avait déjà entendu cette conversation vingt minutes plus tôt, à moins que ce ne soit la veille. À moins que ce ne soit deux autres rigolos.

— Écoute, je te ferai vraiment plaisir pour vingt dollars.

— Je t'ai déjà baisée pour dix, eh, connasse.

— C'est vrai ? Quand ?

Indiquant la baignoire du menton, le gros type dit :

— Attrape-moi ce rat, et je te filerai dix dollars. Mais faut que tu le fasses avec tes mains. Et que tu le tues, ajouta-t-il, ses yeux disparaissant dans les plis de graisse horizontaux de son sourire.

La fille rampa gauchement vers la baignoire.

Voyant dans ce désespoir une image aiguë du sien, Ace se sentit soudain envahi de dégoût. La vibration avait disparu, remplacée par un vide insatiable. Il se leva et, passant devant le gros, descendit l'escalier. En chemin, il croisa un cow-boy ravagé qui titubait sur les marches, un magnétoscope entouré de tous ses câbles entre les bras, fixant son fardeau d'un air méfiant comme il eût fait d'un veau ficelé qui risquait de se mettre à se débattre brusquement.

Une fois dehors, la vibration mourante eut comme un regain de rage qui siffla et crépita à l'intérieur des nuages de son cerveau comme un éclair en formation sur le point de frapper l'objet le plus élevé du paysage. Mais rien ne bougeait dans l'Avenue D en dehors de Ace et des fourmis sous sa peau. Il se répéta qu'elles n'y étaient pas pour de bon, la dernière fois qu'il s'était envoyé en l'air, il s'était écorché les bras du haut en bas en les grattant pour les faire sortir.

Il faisait noir, ça devait être le petit matin ; il avait échangé sa Swatch pour une dose, quelques heures auparavant. Pas moyen de mettre une quelconque combine en route à une heure pareille.

Apercevant un blanc en smoking qui marchait dans sa direction et avait l'air d'être dans un sale état, il songea à se le faire mais, à mesure qu'il approchait, sa taille devint de plus en plus redoutable. Ace n'avait pas encore renoncé à l'agresser quand il reconnut l'écrivain ami de Corrine. Dans ces conditions, Ace décida de le taper.

— Salut, on s'est rencontrés chez Corrine. C'est pas prudent de se balader par ici à une heure pareille.

Jeff baissa les yeux sur lui et le dévisagea fixement.

— C'est une menace ?

— Mais non, voyons, pas du tout.

Alors que le grand type tenait à peine debout, Ace perçut une menace désespérée dans ce regard sombre et vitreux. Il repartit de sa démarche traînante avant qu'Ace eût trouvé les mots pour le taper.

Ace préférait éviter les arnaqueurs du bidonville, il prit donc la direction d'un terrain vague de la 3e rue et là, passant par un trou dans le grillage, fonça à travers les ordures vers le fond du terrain. Quelque chose remuait dans les broussailles contre le mur du bâtiment, ce qui le ramena en arrière à cette saleté de baignoire avec son rat — à moins que quelqu'un d'autre n'ait élu domicile dans le terrain vague. Il balança un coup de pied expérimental dans un morceau de contre-plaqué et il eut l'impression qu'il explosait. Une fourrure surgit en grinçant du tas d'ordures — un énorme chat tacheté qui fila par-dessus les débris et disparut en franchissant le trou du grillage.

L'étonnement et la peur firent bientôt place à des réflexions d'ordre économique. S'il avait été plus rapide, il aurait pu se saisir de quelque chose pour assommer cet enfoiré. Ben tiens, il aurait tiré trente ou quarante dollars de la peau, facile.

24

Harold Stone apprit la nouvelle à Washington. Il était à l'aéroport, s'apprêtant à rentrer à New York après avoir déjeuné avec un sénateur qui voulait publier un livre. Les côtes d'agneau du restaurant du Sénat valaient mieux que la proposition : les confessions d'un homme de gauche repenti, un genre qui remontait au moins jusqu'à saint Augustin et qui revenait extraordinairement à la mode depuis sept ou huit ans, période au cours de laquelle les hommes de gauche n'avaient pas eu grand-chose d'autre à faire que de se repentir pour écrire des livres à ce sujet. Pourtant, il faudrait peut-être le publier, avait conclu Harold, ne fût-ce que dans le cadre d'une certaine *gestalt* de l'édition, qui permettait de maintenir entre Washington, New York et Cambridge les voies de circulation de l'information et du pouvoir. L'ouvrage du sénateur perdrait de l'argent mais risquait de payer de diverses autres façons, encore que Harold eût envisagé ce projet avec plus d'optimisme si l'homme d'État autoproclamé n'avait accueilli avec hébétude dans le courant de la conversation l'évocation du nom de Metternich.

Profitant des quinze minutes qui le séparaient du départ de la prochaine navette, il appela le bureau, se demandant, tandis qu'il composait le numéro, comment régler la situation de Carlton, qui, comme maîtresse, avait fait son temps, mais demeurait son assistante. La relation se poursuivrait encore un moment, comme un malade maintenu en vie artificiellement, mais, au fond, elle était déjà terminée. Il allait sans doute devoir lui donner de l'avancement pour s'en débarrasser, l'expédier à un autre étage, ou, au moins, à l'autre extrémité du septième. Certes, quelques-unes avaient l'élégance d'aller chercher du travail ailleurs, et il était toujours une bonne référence. Mais la dernière, Judy Setsenbaum, avait parlé de poursuites éventuelles et il avait fallu la balancer à l'étage supérieur avec une belle augmentation, ce qui avait permis à ce petit salopard de Kleinfeld de lui faire la leçon sur la nécessité de séparer le travail et le plaisir.

Il cherchait à se rappeler ce à quoi Judy Setsenbaum ressemblait quand on lui passa enfin Carlton.

— Harold? dit-elle, je n'ai pas arrêté de...

Il eut soudain Kleinfeld au bout du fil.

— Harold! Vos petits protégés à la mords-moi le nœud attaquent la boîte! Ils tiennent six pour cent du capital. Ils ont fait leur déclaration auprès de la SEC aujourd'hui. Ces petits cons veulent nous racheter.

— Qui?

Aussi étonnante que fût cette nouvelle, Harold ne put s'empêcher de se demander comment un type qui dépassait à peine le tableau de bord de sa Mercedes pouvait utiliser les diminutifs avec une telle libéralité.

— Calloway, Washington et Whitlock.

— Whitlock. Merde!

— Exactement. Ils ont notre directeur financier avec eux. Mais le meneur, c'est Calloway.

— Mais enfin, ce sont des gosses!

— Allez dire ça à leurs banquiers. Bernie Melman et sans doute Drexel les soutiennent. Incroyable, non?

— Je prends la navette. Où est Corbin?

— A la pêche à Belize, ou je ne sais où. On le cherche.

Quand Harold arriva au bureau, les jeunes conspirateurs étaient déjà rentrés chez eux.

— Avant tout, on fait vider leurs bureaux et on les ferme à clé, dit Kleinfeld. A supposer qu'ils aient les couilles de se montrer demain matin, ils se casseront le nez. J'ai appelé la sécurité pour m'assurer qu'ils n'emportaient rien d'autre que les fringues qu'ils avaient sur le dos. Si c'était moi, ils repartaient à poil.

— Voyons, Jerry, je suis sûr qu'ils ont déjà tout ce dont ils ont besoin. Ils n'ont pas pondu cette idée hier au déjeuner.

Ils étaient dans le bureau de Kleinfeld, entourés des portraits de ses amis célèbres. Parmi les visages les moins reconnaissables, Harold avait toujours soupçonné qu'un ou deux appartenaient sans doute à des gangsters.

— Je vous préviens tout de suite que ça ne se passera pas comme ça, dit Kleinfeld, comme s'il mettait en doute la détermination de Harold.

Il y avait des heures qu'il avait appris la nouvelle mais il était encore hors de lui, comme un homme qui vient de découvrir l'infidélité de son épouse.

— Vous ne savez pas ce que Calloway a eu le front de me dire cet après-midi ? « Ce n'est pas dirigé contre vous » ! Je lui ai répondu : « Bien sûr que c'est dirigé contre moi, espèce de petit con. Et avant que cette affaire soit terminée, c'est moi qui vais vous démolir en personne. »

— Comment ont-ils réussi à convaincre Bernie Melman ?

Harold, qui avait jadis bâti sa réputation en cherchant à renverser le système, consacrait depuis quelques années bien des efforts à en comprendre le fonctionnement et les rouages, aussi était-il parfaitement conscient de la position de Melman et de son pouvoir.

— Comment voulez-vous que je le sache ? Peut-être qu'ils l'ont rencontré au restaurant Le Cirque.

— Nous les payons assez pour qu'ils mangent au Cirque ?

— Personne ne paye plus rien, aujourd'hui, c'est bien le problème. Tout ça est entièrement à crédit. Emprunts, obligations, tout ce que vous voudrez. Et du pognon partout. Le pognon est facile. De mon temps, les banques se conduisaient comme les pensionnaires d'un couvent, pour toucher, il fallait un contrat de mariage. Et puis Drexel s'est mis à distribuer le fric, pour ainsi dire, maintenant elles ont toutes une lanterne rouge au-dessus de la porte.

Harold était las des opinions simplistes et anti-historiques de Kleinfeld sur le capitalisme, pour ne rien dire de son goût pour les comparaisons sexuelles. Il était depuis longtemps parvenu à la conclusion que si l'on interdisait brusquement les figures du discours fondées sur le sport et la fornication, les moyens de communication des entreprises américaines seraient réduits aux mathématiques pures.

Moitié par habitude stratégique, moitié pour réfléchir, Harold alla regarder par la fenêtre et laissa le silence s'installer, calculant distraitement les limites de la patience de Kleinfeld. À une fenêtre de l'immeuble d'en face, il observa le gros arrière-train d'une femme qui, un foulard sur la tête, poussait un aspirateur — Europe de l'Est, probablement polonaise. Il songea à Isaac Babel, ancêtre putatif de Victor Propp, fusillé par les bolcheviques ; il se demanda comment, jeune stalinien, il avait été capable de s'aveugler sur toutes ces violences, encore que, jusque dans la folie de sa jeunesse, il se sentît supérieur aux Kleinfeld et consorts, qui n'avaient jamais eu assez d'imagination pour être aussi naïfs. Pendant que Harold, dans les bistrots de Greenwich Village, se préparait à la révolution, Kleinfeld parcourait déjà le Midwest avec une malle de bouquins, pour placer des manuels dans les facs. Leur alliance n'avait pas été facile, depuis que Kleinfeld avait pris la direction générale de la boîte pour enrayer l'hémorragie chronique de sa trésorerie. Mais le ci-devant vendeur et le ci-devant enfant prodige de l'extrême gauche intellectuelle avaient appris à s'accommoder l'un de l'autre. Désormais, il allait leur falloir renforcer cette alliance.

— Je crois qu'il ne faut pas paniquer, finit par dire Harold. S'ils peuvent trouver des fonds, nous pouvons en trouver le double. Pour les jeunes loups à figure d'ange qui sont prêts à tout bouffer, comme Russell, tout se fait au coup par coup. Ils ne voient pas que nous vivons dans une ville où tout passe par des réseaux — quand on ne connaît pas les ficelles, on risque fort de se prendre les pieds dedans.

— Peut-être, peut-être. Tout ce que je vois, moi, c'est qu'ils ont déjà fait la moitié du chemin. Ils n'ont pas pris la Bastille — ils ont contacté Bernie Melman.

— Eh bien, nous engagerons Wasserstein et Perella, de la First Boston.

— Pourquoi pas la famille Gambino ?

— Attention, dit Harold, portant machinalement un doigt à ses lèvres, la moitié de son attention centrée sur le problème Carlton.

Familier de l'histoire, de Gibbon et de Carlyle, comme d'ailleurs, en l'occurrence, de l'Ecclésiaste, il voyait déjà que toute cette affaire passerait elle aussi. Quelque chose lui disait qu'ils n'allaient pas perdre la boîte.

Kleinfeld, avec ses manières de commando de la haute industrie, tourna la tête d'un côté puis de l'autre comme un éclaireur en reconnaissance.

— Vous croyez qu'ils ont planqué des micros?

— Voyons, Jerry, ne soyez pas ridicule.

Harold détestait appeler Kleinfeld par son prénom, mais c'était parfois inévitable.

— Ce que j'ai voulu dire était d'ordre général, soyons circonspects. Mais non, je ne crois vraiment pas que l'espionnage électronique soit dans le style de Calloway. Le plus gros problème, c'est Whitlock. Qu'est-ce qu'il a comme contrat avec nous? Ça nous permettrait de le poursuivre pour rupture. Il faut les enterrer sous les poursuites.

— C'est Washington qui m'étonne. Je l'aurais cru assez malin pour chercher à savoir d'abord si nous n'avions rien de mieux à lui proposer.

— Il est peut-être encore temps de lui proposer quelque chose.

Harold hocha pensivement du chef, se rendant compte pour la première fois à quel point les qualités de voyou bagarreur de son collègue pourraient être utiles dans ce genre de bataille.

Ils parlèrent avocats et banquiers pendant une demi-heure encore. A eux deux, ils avaient des accointances avec nombre des meilleurs de la ville et cette idée les apaisa. L'avocat qui avait inventé la meilleure défense contre les OPA sauvages — la « poison pill » — déjeunait souvent avec Jerry. Ils établirent une liste de gens à contacter pour Carlton qui les attendait fébrilement devant le bureau de Harold.

— Vous allez au Whitney, ce soir? demanda Kleinfeld.

— Je ne sais pas, dit Harold, pour être entendu de Carlton parce qu'il ne tenait vraiment pas à l'y emmener.

Ce soir-là, il avait envie de rester avec les grandes personnes.

— Ils sont vraiment incroyables, tout de même, geignit Carlton en posant une main sur l'épaule de Harold quand Kleinfeld fut parti. Non mais, pour qui se prennent-ils?

— Oh, la ferme, dit Harold.

— Avec sa biennale, le Whitney se propose périodiquement d'irriter tous ceux qui participent du monde de l'art et de déconcerter tous les autres, décréta Victor Propp à Juan Baptiste — dans l'espoir d'être cité —, tous deux se balançant comme des bouées au milieu de la foule qui enflait dans le hall du musée.

L'exposition avait ouvert depuis un mois, mais le monde de l'édition avait attendu pour s'en aviser une réception organisée par la *New York Review of Books*. Tout un chacun parlait des installations vidéo, des ballons-de-basket-flottant-dans-l'aquarium et des collages photographiques, œuvre de deux jumeaux — les nouveautés nouvelles figurant parmi des noms familiers — et s'interrogeait pour savoir si les de Kooning étaient des « appropriations » ou carrément du plagiat — ce qui leur eût au moins conféré une certaine nouveauté.

Au deuxième étage, Russell resta médusé devant un tableau entièrement constitué de mots obscènes imprimés au pochoir dans tous les sens sur la toile. La fascination qu'il éprouvait tenait au fait que « l'artiste » lui avait soumis un roman un ou deux ans plus tôt, un *thriller* dont le cadre était le Berlin des années trente.

— Et maintenant, il expose au Whitney ? se plaignit-il à Corrine. Tu extrais quelques mots — d'accord, pas n'importe quels mots — de ton manuscrit, tu les peins sur une toile et, paf! tu es un peintre célèbre.

— C'est plutôt rigolo, dit Corrine.

— C'est effrayant, oui. Et si tu le dis, tu passes pour un béotien. Non mais, regarde-moi ces gens.

— Chut !

— Depuis les années vingt, personne ne veut plus être un des blaireaux qui ont sifflé Stravinski ou Duchamp. Voilà bien le grand héritage du modernisme — la peur de passer pour un plouc.

— Calme-toi, dit-elle, bien qu'elle vît qu'il y prenait du plaisir à sa façon et se déchargeait ainsi de l'anxiété accumulée.

Elle tendit la main pour rectifier la position de son nœud papillon noir, qu'elle replaça sous les pointes du col cassé de sa chemise.

— Si tu dois être un grand capitaine d'industrie de l'édition, essaye au moins d'en avoir l'allure.

Elle regretta immédiatement d'en avoir parlé, Russell se raidit de nouveau, en se rappelant après quelques instants d'amnésie tout ce qui le rendait intolérablement anxieux depuis quelques semaines. Elle voyait bien qu'il s'attendait à ce que quelqu'un vienne lui taper sur l'épaule pour lui parler de l'OPA annoncée le jour même et de l'action, qui avait grimpé de trois points et demi. La veille, il n'avait pas réussi à dormir. Elle avait tenté de le dissuader de franchir le pas mais maintenant qu'il était trop tard pour revenir en arrière, elle aurait seulement voulu qu'il se détende.

Nancy Tanner, l'éternelle célibataire, naviguait jusqu'à eux, embrassa Russell et secoua la tête de manière à fouetter l'homme qui était derrière elle de son abondante chevelure blonde.

— Ce n'est pas Johnny Moniker? demanda-t-elle, là-bas, près du Julian Schnabel? Je meurs d'envie de faire sa connaissance, ça fait des semaines que je ne suis pas sortie avec un homme. Depuis que j'ai cessé de boire, je vois vraiment les crétins que je rencontre à minuit, c'est tellement...

— J'ai arrêté de boire, moi aussi, dit Corrine.

— Ah oui? Et tu es dans quel groupe?

— Ben... je ne suis entrée dans aucun groupe. J'ai arrêté, c'est tout.

— Tu n'es pas à l'association?

Elle regarda Corrine comme si elle n'était pas sûre que ça compte vraiment, d'arrêter toute seule.

— Moi, je vais dans le sous-sol de cette église, là, entre Park Avenue et Madison, c'est vraiment super. Il faut que tu viennes. Les hommes sont craquants.

Russell s'était éloigné. Quand Corrine le rejoignit, il s'était planté devant une gigantesque photographie en couleurs, portrait d'un groupe qui aurait pu être le conseil d'administration d'IBM.

— Tu sais, dit-il, je crois vraiment qu'on devrait commencer à acheter des photos.

— Et moi, je crois que tu es vraiment idiot.

Depuis qu'il avait envisagé l'achat d'une société de soixante-dix millions de dollars, Russell n'avait cessé d'agir comme un homme auquel les achats de moindre envergure ne posaient aucun problème. La pensée de tous ces millions négatifs l'avait beaucoup familiarisé avec les nombres à quatre et cinq chiffres. La semaine précédente, il avait proposé de louer une maison d'été à Southampton, dont le loyer était de dix mille dollars par mois, alors qu'à sa connaissance à elle, ils n'avaient pas un sou vaillant.

— Au fait, je suis venue déclencher l'alerte Harold. Il vient d'être repéré dans le voisinage.

— Où ?

— Près de la sculpture en fil de fer.

— Peut-être que je ferais aussi bien de me débarrasser de ça tout de suite.

— Peut-être qu'on ferait mieux de débarrasser le plancher. On va être en retard pour le dîner.

Se déplaçant avec le flux principal, ils avaient presque atteint l'ascenseur quand un contre-courant amena Harold et Carlton à quelques centimètres d'eux, Harold soudain si proche que Russell sentit son haleine et que son regard emprisonna le sien comme des serres refermées sur sa chair, emplissant son cadet de crainte et de honte. Si l'affrontement qui les opposait avait été quelque antique dispute pour la direction du clan, Russell l'eût sans doute perdue à cet instant, face au vieux chef. Il aurait tourné les talons pour fuir dans les bois au-delà du cercle de lumière projeté par le feu.

— Comment osez-vous vous montrer en public ? dit Carlton, rompant le charme.

— Russell n'a rien fait de honteux, dit Corrine.

— Après tout ce que Harold a fait pour vous.

— Ce n'est dirigé contre personne, dit Russell, évitant le regard de Harold. D'ailleurs, nous sommes un certain nombre à marquer la séparation entre notre vie privée et notre travail.

Carlton lui jeta son verre de vin au visage, éclaboussant du même coup plusieurs de ses voisins immédiats. Momentanément aveuglé, Russell sentit Corrine l'entraîner vers l'ascenseur.

Le *New York Times* du lendemain matin signalait l'OPA dans un entrefilet de ses pages financières : « Le groupe Melman lance une OPA sauvage contre un éditeur. »

Au même moment, à bord d'un Bertram de pêche au gros de

quinze mètres, à plusieurs milles des côtes du Costa Rica, Whitney Corbin III regardait danser sur l'eau turquoise les appâts accrochés aux tangons, en rêvant des soubresauts d'un espadon bleu au bout de la ligne, quand il reçut un appel au radiotéléphone.

Il fut d'abord empli d'indignation à l'idée qu'une bande de gosses voulait s'emparer de l'entreprise que son grand-père avait bâtie à partir de rien. Il n'en ordonna pas moins au mousse de poser les lignes et se servit à boire. Quand le verre fut vide, il avait fini de calculer la somme que représentaient ses parts sur la base de l'OPA en cours et envisagé les avantages de la retraite. Après tout, c'était précisément de sang neuf que la vieille maison avait peut-être besoin. Et puis cette histoire avec les noirs était terriblement décourageante. Corbin s'avisa que son grand-père, qui avait jadis été lui-même un jeune loup possédé de la soif d'entreprendre, aurait sans doute été d'accord avec lui. Harold Stone et Jerry Kleinfeld, qui ne possédaient que très peu d'actions, risquaient d'être insensibles à ces avantages. Mais il en irait autrement des membres les plus âgés du conseil d'administration. Le seul reproche qu'il pouvait faire à l'OPA, c'était de n'être pas assez élevée. En se servant un autre verre, il sentit son indignation renaître à l'idée que quiconque pourrait être tenté de racheter l'entreprise à bas prix sous le seul prétexte que l'action ne faisait pas d'étincelles en bourse depuis quelque temps. Si l'on voulait acheter le nom de Corbin, Dern, on avait intérêt à comprendre qu'il ne s'agissait pas seulement d'un immeuble et d'un fonds, merde alors ! Le nom à lui seul valait vingt millions.

En attendant, la journée s'annonçait bonne pour l'espadon.

Deux jours après la réception au Whitney, Juan Baptiste relatait les incidents qui y avaient eu lieu dans les pages « Société » d'un grand quotidien :

La discussion des mérites des œuvres accrochées aux cimaises, lors du pince-fesse de la New York Review — *mais oui, au Whitney !* *— a été quelque peu éclipsée par une empoignade bien réelle. Les visons — et le pinard ! — volaient bas lors de la rencontre entre le jeune* *éditeur dans le vent RUSSELL CALLOWAY et le tsar des éditions Cor-bin, Dern, HAROLD STONE, quelques heures seulement après l'annonce de l'OPA sauvage lancée par ledit Calloway contre la pres-tigieuse maison d'édition. Pour votre gouverne, sachez que Calloway est soutenu par BERNIE MELMAN, le tout petit, tout mignon milliar-daire qui s'est fait une spécialité du rachat sauvage des sociétés sous-cotées en bourse.*

Rencontrant le jeune Calloway et sa ravissante épouse, CORRINE, qui admiraient le photo-collage si controversé de Bruce Weber, Stone a jeté le contenu de son verre de vin rouge au visage de son ancien protégé, sous les yeux horrifiés de coram populo. *Qui a dit que la littérature était tristounette? Certainement pas il* sottoscritto. *Le jeune couple à la mode a battu en retraite après un échange de remarques trop épicées pour un journal lu dans les familles. Le smoking de Rus-sell et la petite robe CALVIN KLEIN de Corrine certainement plus humides à la sortie qu'à l'entrée. Et vous me demandez pourquoi les gens branchés portent du noir? Restez à l'écoute — c'est certainement un épisode qui fera encore parler de lui, et pas seulement dans les sages colonnes de la rubrique financière.*

25

Comme Jeff leur avait fait faux bond pour un dîner, un vendredi soir, Russell alla le chercher le lendemain matin. Il attendit onze heures, prit le métro pour le bas de Manhattan, descendit à Astor Place et s'attarda un moment à parcourir les éventuelles marchandises étalées sur les trottoirs — vaste choix de bouquins dont personne ne voulait, de disques, de magazines, de vêtements, de petits appareils ménagers et d'objets non identifiés parmi lesquels une collection presque complète de *TV guides* de l'année 1984.

— Qui achète ces trucs-là ? demanda Russell.

— Les collectionneurs, répondit le propriétaire de l'étalage, qui fumait un joint accroupi sur le trottoir.

— Il y a des gens qui collectionnent ça ?

Le broc suça une dernière bouffée de son pétard et l'écrasa entre ses doigts.

— J'espère bien, merde.

Plus bas dans le Bowery, non loin de la soupe populaire de Corrine, une troupe uniformément vêtue de cuir noir occupait le trottoir devant le CBGB, armée de bouteilles de bière et de coupes de cheveux sioux, ayant momentanément chassé les clodos.

Il était près de midi quand il arriva au loft de Jeff dans Great Jones Street et enfonça le bouton étiqueté « Sweetness & Lite, Inc. », parmi le fouillis de sonnettes de fortune bricolées par chacun des occupants, près de la porte. Il sonna plusieurs fois. Pour finir, Jeff jaillit à mi-corps, à l'horizontale, d'une fenêtre du deuxième — gargouille échevelée. Il s'écoula encore un moment, quand il eut disparu, avant que la porte ne s'ouvrît pour Russell.

L'ascenseur était une relique de la révolution industrielle. À le voir, on se demandait comment les machines avaient bien pu gagner, disait Jeff; et on regrettait l'escalier. Russell sortit de sa cage au deuxième et frappa à la porte. Fixé à hauteur d'œil avec du papier collant, un emballage de gaufrette surprise proclamait : « Vous attirerez chez vous les gens cultivés et les artistes. »

Hirsute, ses membres blancs débordant cocassement par les ouvertures d'un kimono noir, Jeff finit par ouvrir.

— On va aux bains, dit Russell dont la voix se répercuta dans l'espace sépulcral.

Jeff se frotta les yeux d'une manche pendante.

— Il se trouve que j'ai vraiment pas envie d'aller aux bains.

— Pourquoi pas ?

— Disons que c'est de l'hydrophobie.

— Ça fait des mois. Allez, ça te réveillera. Qu'est-ce que tu vas faire, te recoucher ?

— Pourquoi est-ce que j'irais aux bains si j'en ai pas envie ?

— Parce que je te le demande.

Jeff parcourut des yeux son voisinage immédiat comme un homme qui se réveille dans un lieu inconnu. Poussant un soupir, il dit :

— Bon, bon, et partit en traînant des pieds en direction de la salle de bains.

Le premier niveau du loft faisait penser à un campement récemment saccagé par des ours. Au-delà de la cuisine, une longue table de pique-nique avec des bancs. Des boîtes, des bouteilles, des mégots et, çà et là, des vêtements chiffonnés jonchaient le sol de planches ; à l'extrémité, un lit ravagé. Appuyé contre le mur, le portrait grandeur nature d'un homme en costume, figé dans une attitude torturée et peu naturelle, comme s'il tombait victime d'une crise cardiaque ou d'un coup de feu — toile qui valait le salaire annuel de Russell. Il déambula jusqu'au coin où Jeff travaillait, dans une vague intention d'espionnage. Une muraille de bouquins s'élevait à cinq mètres jusqu'au plafond. L'écran vide d'un ordinateur luisait d'une lueur ambrée sur la porte d'acier qui servait de bureau à Jeff, et Russell prit pour un signe favorable les livres et les papiers qui s'entassaient partout, comme si Jeff était en train de les utiliser.

— Bon, allons-y, dit Jeff, surgissant vivement de la salle de bains.

— Tu pourrais vendre cette toile pour t'offrir une femme de ménage, suggéra Russell.

— Je viens de la vendre, dit Jeff, pour m'offrir un week-end foutu.

Quand ils se mirent en route dans Great Jones, Jeff montra du doigt un écriteau à la fenêtre de l'immeuble voisin du sien : DANGER. TROTTOIR DÉFONCÉ.

— Ça, c'est un bon titre, dit-il. Ça confirme un peu la vague suspicion qu'on éprouve à se balader dans les rues. Des surfaces traîtresses.

— Ça, ce serait un bon titre pour ta dernière contribution à *Granta*, dit Russell. Surfaces traîtresses, et comment !

Sans prendre précisément l'air contrit, Jeff, pour une fois, ne répliqua pas non plus du tac au tac.

Ils gagnèrent la 10e rue, la vieille enseigne « Bains russes » était encore accrochée, écaillée et pâlie, relique cernée de plus en plus près par des galeries nées de la veille.

— L'ennui avec l'art, dit Jeff, c'est le genre de gens qu'il attire. L'art est une pute dans son genre et il invite toujours le pognon à venir voir sa collection d'estampes japonaises.

Il y avait effectivement des mois qu'ils n'étaient pas allés aux bains et Jeff s'était demandé s'ils seraient encore là. Les immeubles disparaissaient d'un jour à l'autre, dans cette ville, comme les rhinocéros noirs dans la savane africaine. Au matin, il ne restait plus qu'un tas fumant de briques et de mortier, la peau et les os ; le lendemain, ouvrait une Pasta Fasta ou une Lunik Boutik.

Ils payèrent à l'entrée, déposèrent leurs clés et leurs portefeuilles dans le coffre et prirent leur clé de cabine. Des vieux à la bedaine imposante et aux muscles fripés pendouillant à leurs membres se dandinaient entre le vestiaire et le comptoir de restauration, en s'assenant des claques sur les cuisses et la poitrine, arborant une décontraction exagérée, et s'exprimant dans leurs langues et leurs accents divers avec la même rugosité théâtrale, conformément aux règles qui gouvernent la fraternité internationale des hommes nus. Jeff et Russell se dévêtirent et descendirent au rez-de-chaussée, enveloppés de peignoirs verts sans ceinture et traînant des nu-pieds trop grands. Devant la salle de vapeur, le masseur martelait un corps prostré sur un catafalque de bois, disparaissant sous une montagne de mousse savonneuse.

— Salut, les gars ! beugla Sidney, le masseur, d'une voix qui vibra dans l'air humide. Y a preneur pour un lavage et un massage, tout à l'heure ?

— T'es trop cher pour nous, Sid, dit Jeff.

— Ça te coûtera beaucoup plus cher si tu finis chez le toubib pour l'hypertension ou chez un psy pour les nerfs.

Sidney était convaincu d'officier dans une branche vénérable de la médecine préventive et, à vrai dire, nombre de ses clients semblaient avoir largement dépassé les soixante-dix ans prévus par la Bible et tout ce qui passait pour l'espérance de vie normale, de nos jours.

— Tu devrais être remboursé par la sécu, dit Jeff, à quoi le masseur répondit :

— Je préfère être payé par mes clients.

Quand ils quittèrent leurs peignoirs pour se doucher, Russell jeta un regard sur les bras de Jeff, sans y voir grand-chose, sinon que le gauche était tacheté, près du creux du coude. Ils plongèrent dans la vapeur parmi six ou sept habitués qui se turent à leur entrée, semblant se fondre au bois des banquettes. Le temps de jauger ces jeunes gens et bientôt la conversation reprit.

— Et donc le conducteur est paraplégique. Il a même pas son permis. Jamais il aurait dû être dans cette bagnole.

C'était Abe, un vieillard à la chair marbrée de blanc et de rose, patriarche officieux de la vapeur.

— Et qu'est-ce qui est arrivé à l'autre ? demanda quelqu'un.

— Qui, le chauffeur du bus ?

— Non, celui qui s'est fait renverser.

Il y eut plusieurs grognements d'assentiment, comme si cette question n'était pas claire pour beaucoup.

— C'est ce que j'ai dit, dit Abe, le paraplégique, qu'aurait jamais dû être au volant, a renversé un piéton, et pas qu'un peu, il l'a envoyé valdinguer de l'autre côté de la chaussée. Et puis il s'est fait écraser par un bus.

Abe se leva et s'aspergea à l'aide d'un seau d'eau froide.

— Qui c'est qui s'est fait écraser, le parachutiste ?

— Paraplégique. Ça veut dire paralysé.

Après un long silence, quelqu'un demanda :

— Comment il est sorti de sa bagnole, s'il était paralysé?
Abe poussa un grognement.

— Mais non, c'est çui qu'il a renversé, qui s'est fait écraser par le bus. Le paraplégique, y conduisait.

Les amateurs de vapeur se turent de nouveau, dévisageant Abe à travers les brumes pour voir s'il y aurait une morale, quelque coda édifiante, à son anecdote. Au bout de quelques minutes, il se mit à parler d'un surveillant général de Brooklyn qu'on avait surpris dans un placard avec une fillette de huit ans.

— Il a dit qu'il jouait à cache-cache.

— Et cette panthère qui agresse les gens, hein? dit un autre, cherchant à prendre l'initiative de l'information.

— C'est pas une panthère, s'esclaffa Abe, méprisant. Il est tacheté.

— Bon, ben un fauve. Tigre, léopard, j'en sais rien.

Les corps humides qui s'abandonnaient se raidirent ostensiblement, cherchant à se faire plus petits, quand trois rudes silhouettes pénétrèrent en titubant dans la salle de vapeur. Alors qu'il n'y avait pas de place sur les banquettes l'instant précédent, une longue étendue de bois vacant parut soudain. Les nouveaux arrivants s'emparèrent de leur territoire, le plus petit se vautrant sur le banc tandis que les deux autres s'asseyaient dignement de part et d'autre. Le petit ressemblait à un baril de bière avec des cheveux. Il poussa un gros soupir satisfait de lui-même et se mit à chanter en russe. La mélodie, s'il y en avait une, restait obscure, mais le public était conquis. Et ceux-là mêmes qui s'étaient peut-être apprêtés à quitter la salle repoussèrent leur départ jusqu'à la fin de la prestation. Russell se laissa aller en arrière dans la vapeur qui coupait le souffle et constata qu'il songeait à faire l'amour avec des femmes qui n'étaient pas la sienne. Après avoir fantasmé sur la Française du musée, il sentit que ses pensées glissaient avec concupiscence vers Trina Cox. Quand la chanson fut finie et son corps réchauffé, il se leva pour quitter la pièce et plonger dans la piscine glacée, de l'autre côté de la porte, pour mortifier la chair. L'organe par où il aurait péché, s'il avait pu, rétrécit et se ratatina.

— C'était Ivan Matlovich, dit Jeff quand ils se furent rhabillés et eurent pris place à une table du snack-bar. Il est arrivé d'Odessa il y a sept ans et a gagné son premier million en dix-huit mois. Dans le quartier de la Petite-Russie, là-bas, à Brighton Beach, ce mec est une légende. Il a commencé par le racket et l'extorsion de fonds et puis il est passé aux ateliers clandestins qui démontent les bagnoles volées en pièces détachées en quelques heures. Et pour finir, il a abouti aux enlèvements et au détournement de la taxe sur l'essence.

Jeff surprenait souvent Russell avec ces descriptions détaillées des bas quartiers new-yorkais, puisant dans une réserve apparemment sans fond d'anecdotes sur la pègre et la misère. Russell mettait ça au compte d'une certaine *nostalgie de la boue*.

— Ces ateliers de Brooklyn te découpent les bagnoles au chalumeau pour vendre les pièces détachées à un grossiste de Caroline du Nord qui finit lui-même par les revendre à un concessionnaire Chevrolet de Queens. Le junkie qui vole une bagnole reçoit cent cinquante dollars, mais par l'opération d'un miracle économique qui tient de la multiplication des pains, les pièces détachées valent trois fois le prix d'une voiture entière. Quand on sait ça, on est effaré qu'il reste des automobiles intactes dans les rues. Manifestement, la voiture n'est pas efficace, du point de vue de l'économie, elle n'est pas viable. C'est un peu comme ce qui se passe à Wall Street. Ivan Matlovich étant une version grossière de ton nouveau copain, là, Bernard Melman, le roi du dépeçage des entreprises.

Ainsi, il y avait donc une morale à cette anecdote-là, découvrit Russell.

— Je voulais t'en parler, dit-il.

— Mais tu ne l'as pas fait, lui rappela Jeff, arrondissant le bout de sa cigarette contre le bord d'un cendrier.

— Je ne pouvais pas.

— On t'avait ficelé et bâillonné ?

— Plus ou moins. Il y avait beaucoup de choses en jeu. Je n'ai pas pu suivre ma propre inclination. C'était toute l'affaire qui risquait de s'effondrer.

— Pourquoi, tu croyais que j'allais prévenir la presse ? Il fut un temps où tu m'en aurais parlé sitôt que tu y aurais pensé. Tu m'aurais demandé mon avis, avant de te décider.

— La vie devient plus compliquée à mesure qu'on vieillit, tu sais, Jeff.

— Moi, j'aimais mieux quand tu te contentais de suivre ton inclination. Bientôt, mon vieux Boum, tu ne seras plus qu'une fonction et un titre emballé dans un costard.

Peu désireux de commencer à débiter sa propre liste de sujets de mécontentement, Russell but une gorgée de café.

— T'es-tu seulement avisé que j'ai quelque chose en jeu, là-dedans, moi aussi ?

— Bon, écoute, pardon.

— Alors j'apprends ça par les journaux, comme tout le monde.

— J'ai essayé de t'appeler avant l'annonce officielle. On peut pas dire que tu sois facile à joindre, ces temps-ci.

— Washington a bien réussi à me trouver.

— C'est lui qui t'a mis au courant ?

— Disons qu'il a essayé de me préparer.

Russell prit bonne note de cette information pendant que Jeff vidait son verre de bière.

— Je ne comprends pas pourquoi tu fais ça. Explique-moi en quoi Bernie Melman est différent de notre ami Ivan Matlovich, le gangster chantant.

— Il serait temps que tu grandisses, Jeff.

— Je trouve que tu vieillis assez pour nous deux.

— C'est quoi, ton grand projet : te piquer, mourir jeune, rester beau ?

Russell savait qu'il aurait dû poursuivre dans cette voie — chaque détail de cette scène glauque, dans la salle de bains, restait vivant dans sa mémoire — mais il craignait que Jeff devînt inaccessible s'il le pressait, et il n'était pas sûr de ses droits. Il ne savait comment jauger la transgression par Jeff des règles de la santé et d'une bonne hygiène de vie, au regard de sa propre trahison des vérités adolescentes de la poésie romantique et du rock'n roll. Et malgré l'excellence de toutes les raisons qu'il pouvait évoquer pour ne pas lui avoir confié ses projets, il reconnaissait que le mécontentement de Jeff était fondé. Il aurait dû en parler à son meilleur ami. Mais il s'était trouvé confronté à deux impératifs contradictoires et, pour mériter la confiance de l'un, il fallait apparemment violer celle de l'autre. Qu'aurait dit Kant d'une situation semblable ?

Russell commanda une bière et tapa une cigarette — gestes indirects de camaraderie. Il n'avait pas fumé depuis deux ans. Jeff lui tendit une Marlboro et l'alluma avec son Bic. Comme ils avaient fumé ensemble, autrefois ! Discutant à perte de vue cul et littérature, enveloppés d'un nuage de fumée. Quand ils s'étaient connus, Jeff ne jurait que par Joyce, se passionnait pour l'Irlande et le catholicisme. Russell, catholique irlandais du Midwest, inscrit dans cette fac pour gosses de riches, rêvait en secret d'être le rejeton d'une vieille famille protestante pour pouvoir se permettre d'être aussi insouciant et cynique que Jeff. Ils avaient en commun le rejet de leurs racines et la croyance dans le pouvoir de métamorphose de la littérature.

Après trois bouffées, la tête de Russell lui tournait déjà et il se mit en quête des articles d'une trêve, en tâtonnant un peu.

— Tu as décidé ce que tu allais lire, la semaine prochaine, au YMCA ?

— Je pourrais peut-être donner lecture de ta dernière lettre.

— C'est pas ce que j'ai fait de mieux. Écrite à la hâte.

— C'est noté.

Ils tirèrent tous deux, pacifiquement, sur leur cigarette.

— Victor est en train de me rendre dingue, dit Russell, il m'appelle pour essayer des passages sur moi. Me les lire au téléphone.

— Et quand compte-t-il terminer le grand chef-d'œuvre ?

Russell haussa les épaules, songeant qu'il aurait pu retourner la question. Comme les alcooliques, les écrivains atteints de la crampe manifestaient toujours une curiosité morbide à propos de leurs homologues. Il s'était écoulé plus de trois ans depuis que Jeff avait terminé son premier livre et Russell n'avait pas la moindre idée de l'état d'avancement du second.

Ils se mirent à parler de vagues connaissances et des ragots scandaleux concernant les célébrités et commandèrent deux autres bières, renonçant à leur duel sans nouveau commentaire, comprenant tacitement que les vieilles amitiés demandent des amnisties mutuelles et implicites et une certaine disposition à supporter stoïquement les blessures. Ils repartirent en flânant dans la rue, l'air chaud et visqueux de cet après-midi de début d'été les vidant de toute ambition. C'était un jour à boire de la bière. Ils décidèrent d'en acheter un pack de six et d'aller jouer au billard chez Julian, rituel qui remontait à l'époque où, avant le mariage de Russell, ils avaient brièvement partagé l'ancien appartement de Jeff dans le Bowery, quand Russell était rentré d'Oxford. Par la suite, après le succès du bouquin de Jeff, ils venaient à la salle de billard avec un gramme de coke et jouaient pendant des heures entre deux expéditions aux toilettes. Billard classique, à la huit, à la neuf, et cow-boy... Le billard, c'était quelque chose qu'il tenait de Jeff, qui avait grandi dans une maison qui possédait une table, mais qui avait continué à jouer, croyait Russell, pour le côté prolo et mal famé.

— Tu te rappelles quand on était fauchés ? dit Russell, la mémoire chatouillée par les relents d'ordure et d'urine en fermentation dans la Première Avenue. Le samedi, quand on allait en douce chez Corbin, Dern piquer des bouquins dans les présentoirs pour les revendre sur le Strand. Au quart du prix, vingt-cinq cents pour un dollar, il y avait des jours où ça nous semblait une vraie fortune.

— Ouais, on peut dire qu'aujourd'hui, t'as vraiment trouvé le moyen de les carotter à mort.

Il se tut quelques instants.

— Remarque, j'ai fait assez fort moi-même.

L'impression que la vie changeait rapidement et sa contrariété à l'idée qu'il s'était mal conduit envers Jeff se combinaient pour rendre Russell nostalgique. Jeff n'était pas dupe mais Russell lui sut gré d'avoir semblé reconnaître que son agent avait réussi à arracher dix fois ce à quoi ils s'étaient l'un et l'autre attendus pour le second livre, pas encore écrit. Passant devant le Palladium dans la 14e, Russell songea que leur réussite à tous deux avait largement passé ce qu'ils étaient en droit d'espérer, sans toutefois excéder ce qu'ils avaient toujours considéré comme leur dû. Quand même, il aurait cru que le sentiment serait plus agréable.

26

Sasha Melman et sa secrétaire étaient en train de placer les cartons des invités quand Bernie rentra chez lui. Il s'approcha sans bruit par-derrière et se dressa sur la pointe des pieds comme une ballerine pour embrasser la longue nuque fraîche de son épouse.

— Qui est ce Washington Lee ? demanda-t-elle en se baissant pour tendre la joue.

Il ne comprit pas tout de suite.

— Qui ?

— C'est ce que je te demande. Il est sur la liste des invités et ça n'est certainement pas moi qui l'y ai mis.

— C'est notre remplaçant, dit la secrétaire, blonde corpulente vêtue d'un caftan. Monsieur Melman a suggéré de l'inviter quand Cappie Raymond s'est décommandé.

— Ah, celui-là. Il est dans l'édition.

— Pourquoi le recevons-nous ?

— C'est pour affaires.

— Bien, mais à côté de qui dois-je le placer ? Il est vieux, jeune ?

— En fait, il est noir.

— Vraiment ? Comme c'est intéressant, dit-elle d'un ton rêveur qui semblait suggérer qu'elle avait eu plus souvent l'occasion de rencontrer des Tibétains.

— Oui, c'est ce que je me suis dit, dit Melman, plutôt satisfait de lui-même, désormais.

Sans compter que ce n'était qu'un petit dîner, rien de bien important.

— Si je le mettais près de Minky, suggéra-t-elle à la secrétaire.

C'est notre plus jeune célibataire et je ne suis pas sûre d'avoir envie de l'asseoir près de l'ambassadeur après ce qu'elle nous a fait à Southampton...

Accueilli à la porte par un domestique en smoking, Washington fut introduit dans un vaste hall d'entrée, sol de marbre et plafond doré, où il abandonna son parapluie sous le regard soupçonneux de deux vigiles baraqués. Inutile de les soumettre à la question pour comprendre qu'ils n'étaient pas favorables, du point de vue de la sécurité, à l'invitation de jeunes noirs. Un domestique plus accommodant lui indiqua l'escalier d'une courbette, semblant d'ailleurs prêt à le porter à l'étage si nécessaire. Washington se débrouilla cependant pour s'élever par ses propres moyens et finit par arriver à un étage qui ressemblait beaucoup à un musée — d'antiques momies se tenaient au garde-à-vous, flûte de champagne en main ; les hauts murs étaient constellés de tableaux dans des cadres d'or tarabiscotés et munis chacun d'un losange ou d'une plaque portant gravés le nom de l'artiste, le titre et la date. Tandis que les toiles du bureau de Melman étaient d'un modernisme strident, sa collection domestique, comme le mobilier, remontait à des siècles antérieurs — un portrait en pied par Sargent d'une Bostonienne sévère constituant l'œuvre la plus proche du temps présent.

Son hôtesse se dégagea d'un groupe de jolies femmes au plumage brillant qui semblaient toutes arborer un dôme de cheveux blonds mi-longs. Elle accueillit Washington comme s'ils étaient de vieux amis. Il la reconnut d'après ses photos parues dans *W*, elle le reconnut à sa couleur.

— Quel plaisir de vous voir ! Venez que je vous présente.

Elle lui saisit le coude d'une main étonnamment grande. Beauté légendaire, Sasha Melman, vue de près, semblait plutôt à Washington un objet manufacturé à partir d'une nouvelle matière synthétique, version infroissable de l'épiderme humain. Comme si elle n'était pas destinée à être vue en personne, mais seulement en photo.

Washington avait entendu parler d'un grand nombre des invités, gens riches et accomplis, qui étaient tout prêts à porter une certaine quantité de crédit à son compte, pour la seule raison qu'il se trouvait justement parmi eux. Les Melman ne recevaient pas n'importe qui. Pour l'essentiel, semblait-il à Washington, ils recevaient de grandes femmes minces, riches en nichons et de petits hommes replets, riches en pognon. Il se déplaçait précautionneusement à travers la pièce qui semblait encombrée d'antiquités dorées et tapissées, en essayant de ne rien renverser, et s'attacha à boire nettement moins qu'il n'en avait envie, de peur de commettre quelque faux pas. Il se serait senti beaucoup mieux s'il avait connu quelqu'un. Minky Rijstaefel parut enfin, embrassant à perdre haleine tous ceux qui étaient présents dans la pièce et, dans le cas de Washington, ne reculant pas devant le contact réel, et sur la bouche, pas moins, lui fournissant un but à sa soirée. Il l'avait à l'œil depuis un certain temps déjà, celle-là. Si seulement il survivait à ce putain de dîner, il l'inviterait ensuite à venir goûter en sa compagnie des plaisirs plus terrestres.

Il écouta poliment un petit groupe de ploutocrates new-yorkais s'amuser aux dépens des riches Texans :

— Alors Joe Bob demande à Sally Sue « Qu'est-ce que tu veux pour Noël? » et Sally Sue lui répond : « Un divorce. » Un long silence et Joe Bob répond : « Tu sais, chérie, je ne comptais pas dépenser autant. »

Washington songeait à leur raconter la blague de la mama black dont tous les enfants ont le même prénom quand Melman l'entraîna à l'écart et le conduisit dans un bureau tapissé de livres. À l'examen, ils se révélèrent des éditions reliées pleine peau d'œuvres complètes d'auteurs du XIXe siècle. Washington n'aurait pas été surpris que Bernie, qui sembla, un instant, en examiner les titres avec tendresse, tirât un des volumes du rayonnage pour dire :

— Vous voyez, ce sont des vrais, afin de se distinguer de tous ces décorateurs d'intérieur qui achetaient des fausses reliures au mètre.

— Je voulais seulement vous dire que je suis content de vous avoir dans l'équipe, d'accord? dit-il, mais en fait, il voulait aussi demander à Washington de servir d'intermédiaire, entre Noirs, afin de découvrir le moyen de satisfaire Donald Parker.

— Tout le monde sera gagnant dans cette affaire, alors nous voulons commencer dans une bonne ambiance. Vous voyez ce que je veux dire ?

Washington inclinait fortement à l'envoyer se faire foutre mais il se découvrit d'une docilité surprenante sous le toit de Melman, en présence des œuvres d'art, des domestiques et de l'épouse Frankenstein. Melman lui-même semblait parfaitement à l'aise dans cet environnement alors qu'il n'y était manifestement pas à sa place. Imaginant qu'il se trouvait en face d'un comptable de New Rochelle, Washington fut capable, l'espace d'un instant, de lui parler sans détour :

— Je peux vous dire tout de suite que si vous m'envoyez lui faire vos commissions, ça le foutra en rogne.

— Pourquoi, vous ne vous entendez pas, tous les deux ?

— Ce n'est pas la question. Je crois qu'en envoyant votre seul... euh, employé noir, vous risquez de passer pour... comment dit-on déjà ?

— Comment ça, il a des préjugés ? Cet enfoiré crie au racisme chaque fois que quelqu'un s'enrhume à Harlem et vous essayez de me dire qu'il ne voudra pas vous parler parce que vous êtes noir ? Qu'est-ce que c'est que ces conneries ?

Bernie posa la main sur l'épaule de Washington, lui adressa un clin d'œil et se mit à chuchoter, comme si la tirade précédente avait été prononcée pour des micros espions d'une sensibilité douteuse.

— Écoutez, je comprends ce que vous voulez dire. Tout ce que je dis, moi, c'est, organisez-moi une rencontre. Dites à Parker que je suis le dernier des salauds. Démolissez-moi, dites tout ce qui vous passera par la tête. Ensuite, s'il se détend un tant soit peu, guettez l'ouverture, voyez si vous pouvez découvrir quoi que ce soit pour moi à l'avance, d'accord ?

— Je verrai ce que je peux faire, dit Washington, peu convaincu, terriblement conscient de sa tendance à se dérober devant les tâches désagréables mais désireux, en même temps, de faire preuve de bonne volonté.

Sans compter que le bras de Bernie, enroulé autour de son épaule, le contraignait à se voûter tandis que tous deux arpentaient la pièce.

Pour le dîner, Washington prit place à l'une des quatre tables, entre Minky Rijstaefel et une grosse bonne femme dont le mari siégeait au conseil d'administration du Met. D'ordinaire, chuchota Minky, les vrais obèses n'étaient pas invités à dîner chez les Melman. Mais Bernie crevait d'envie d'entrer au conseil du musée.

— Il leur fait miroiter dix millions, c'est à peu près ce que le dernier siège a coûté à tu sais qui, mais avec le marché haussier qu'on a en ce moment, il faudra peut-être qu'il en raque un ou deux de plus.

Ayant assez libéralement tâté du Taittinger et du Pétrus, Washington sentit le besoin de se soulager ; il avait hésité à le faire quand on avait annoncé que le dîner était servi et, désormais, le besoin se faisait plus pressant mais il se voyait mal bondir de table entre deux plats. Sans plus toucher ni à son verre à vin, ni à son verre à eau, il fit semblant de s'intéresser à ce que la grosse dame disait de Jean-Michel Basquiat et de divers artistes afro-américains. Mais quand il eut mangé les deux fines tranches de veau qui constituèrent pour lui le plat de résistance, il n'y tint plus.

— T'en as ? lui chuchota Minky à l'oreille quand il demanda à ce qu'on l'excuse un instant.

Or il n'en avait pas, mais se dit soudain avec inquiétude que c'était précisément ce que ses hôtes allaient penser en le voyant foncer aux toilettes avant le dessert. Le nègre drogué aux yeux fous. Ce n'était pourtant pas non plus en pissant sur le Chiraz qu'il se rendrait populaire dans cette assemblée.

Il secoua la tête pour nier cette possession, mais Minky lui décocha un regard qui, s'il avait la moindre connaissance des expressions féminines, combinait le scepticisme et la concupiscence.

Quittant la salle à manger d'une démarche raide, il rencontra un grand larbin chauve qui se tenait au garde-à-vous, très british, de l'autre côté de la porte.

— Les toilettes ? demanda-t-il succinctement.

— Monsieur trouvera les commodités à l'angle du couloir sur sa gauche.

Outre une pointe d'accent, sa voix comportait une bonne part

315

d'autorité par délégation, comme s'il était le majordome et non un quelconque larbin.

— C'est histoire de chourer les robinets en or, mon pote.

À l'angle du couloir, il entra en collision avec un corps, au grand dam de sa vessie et dudit corps, celui d'une adolescente, qui tomba à la renverse.

— Pardon, dit-il, prenant la main de la jeune fille.

Elle était pire qu'un poids mort, gloussant et gigotant pendant qu'il tentait de la redresser avant que quiconque ne fût témoin de la scène. Il vit qu'elle était très ivre.

— Qui êtes-vous ? demanda-t-elle quand il la saisit par les épaules pour la plaquer contre le mur.

— Un invité.

— Un nain comment ?

Elle trouva cette plaisanterie excellente et il dut la soutenir pour qu'elle ne s'écroule pas de rire.

— Et vous ?

— Moi, c'est Melman. Enfin, C. Melman. C'est à dire Caroline...

De nouveau, ces bons mots redoublèrent son hilarité. Quelque chose glissa de son poignet ; elle se baissa pour ramasser sa montre, bascula sur les talons et manqua de tomber à la renverse au moment de se relever. Elle brandit sa montre, une Panthère, de Cartier, dont le fermoir s'était brisé dans leur collision.

— Extinction des feux vingt-deux heures trente, il me reste trois minutes.

— Bravo. Si vous voulez bien me pardonner, il faut que j'aille aux, heu... commodités.

— Moi aussi.

— Pas avec moi.

— Allez-y tout seul si vous voulez, mais promettez de revenir.

Ils étaient seuls dans le corridor mais il était vraisemblable qu'à tout instant, un des esclaves apparaîtrait et serait témoin de cette scène sordide dans laquelle il était impliqué.

Aux toilettes, il prit son temps, espérant qu'elle finirait par disparaître en titubant au long d'un des interminables corridors. Il y avait de quoi occuper son attention ; une collection de gravures de Jasper Johns, une robinetterie et des accessoires plaqué or, le papier hygiénique soigneusement replié en pointe à l'extrémité, comme dans les grands hôtels. Il tira gratuitement sur le rouleau, se promettant de revenir plus tard vérifier la bonne tenue de la maison.

La fille était toujours adossée au mur, là où il l'avait laissée.

— J'ai la... la tête qui tourne un peu, reconnut-elle. Je crois qu'il vaudrait mieux que je m'allonge, je me sens un peu... vous voulez bien m'accompagner jusqu'à ma chambre ?

— Il faut que je retourne avec les grandes personnes.

À la regarder, la tête commençait à lui tourner à lui aussi.

— Je veux vous montrer quelque chose, dit-elle malicieusement.

Il lui adressa un signe de la main et voulut partir mais elle bondit et le saisit par le bras.

— Très bien, je vous accompagne, proposa-t-elle. Je vais dire bonne nuit à papa et à ma chère belle-mère.

Il n'était pas question pour Washington de retourner dans la salle à manger avec la fille de son hôte, ivre morte, accrochée à son bras. Il ne s'agissait même plus de sauver la face.

Gloussant, elle leva férocement les sourcils, opération qui sembla la désorienter. Elle s'effondra dans ses bras, laissant tomber sa montre par terre.

— Allons voir papa et la gouine, suggéra-t-elle rêveusement.

Il se courba pour récupérer le bijou étincelant, connu dans certains cercles comme la maîtresse montre, descendant lentement pour continuer de soutenir le poids de la fille sur son épaule.

— Vous avez une poche ?

Elle secoua la tête beaucoup plus qu'il n'était nécessaire.

— Gardez-la pour moi. Gardez-moi dans vos bras.

— Vous devriez monter dans votre chambre, suggéra-t-il au comble du désespoir, glissant provisoirement la montre dans la poche de son blouson.

— Prenez-moi.

Soudain, une nouvelle imitation de majordome britannique parut à l'angle du corridor.

— Mademoiselle et monsieur vont bien ?

— Mademoiselle Melman a besoin de regagner sa chambre, dit Washington innocemment.

— T'avais promis de me raconter une histoire pour m'endormir, pleurnicha Caroline quand Washington tenta de la refiler au larbin.

— Merci beaucoup, dit-il au maître d'hôtel qui le dévisagea froidement quand ils eurent réussi à décrocher Caroline Melman du cou de Washington pour la transférer dans les bras de l'autre.

L'instinct de Washington, en contradiction avec sa raison, lui commandait de fuir. Bien qu'il n'eût rien fait de mal, l'antique sagesse de sa race lui disait qu'il serait accusé et, par anticipation, peut-être, il se sentait coupable. Il ne se croyait pas capable de faire face aux retombées, aux explications, aux morts-vivants qui l'attendaient dans la salle à manger.

Descendant à la hâte un escalier conçu pour des entrées et des sorties cinématographiques de grand style plutôt que pour des fuites calamiteuses, il parvint au hall d'entrée dallé de marbre et se crut tiré d'affaire, quand il aperçut les deux gardes du corps en grand conciliabule avec le majordome qui l'avait si désastreusement dirigé vers les toilettes. Tous trois se tournèrent pour le regarder à son approche. Il tenta de réprimer la terreur coupable qui se répandait de son cerveau à son visage, de se convaincre qu'il n'était coupable tout au plus que d'un manquement aux bonnes manières en partant sans avoir pris congé — l'étiquette n'étant pas un domaine dans lequel les domestiques avaient à exercer une quelconque autorité. Il tenta de retrouver un peu de hauteur pour aborder ces subalternes — *Mon parapluie, mon brave, un article de chez Sulka, à cent cinquante dollars, avec une crosse de jonc, merci infiniment.* Sous le regard mauvais des gardes du corps, Washington se sentit pris de la vertueuse indignation du saint innocent : comment pouvez-vous songer, ne fût-ce qu'un instant, à ennuyer l'un des hôtes de Mr. Melman, en violation des préceptes les plus fondamentaux de l'hospitalité ? Tapotant ses poches, en un geste réflexe, pour démontrer qu'il n'avait pas réellement dévissé et empoché la robinetterie de dix-huit carats, il sentit une bosse suspecte dans son blouson et se rendit compte, au comble de l'horreur, qu'il était en possession de la montre en or à dix mille dollars de la fille de son hôte. Ses mains et ses genoux se mirent à trembler à mesure qu'il s'approchait du vigilant triumvirat posté entre lui et la porte d'entrée.

Titubant comme un ivrogne dans sa terreur, il faillit s'effondrer sur le chemin d'escalier rose thé qui se poursuivait jusqu'à la porte. Pour réduire les risques de toute nouvelle indignité, il tira la montre de sa poche et la tendit au chauve en marmonnant qu'il l'avait trouvée sur la moquette et se précipita dans la nuit accueillante.

27

À l'heure fixée pour l'événement, la salle était presque pleine, encore que d'un public assez hétéroclite : des étudiants en blue-jean et chandail de coton examinaient à la dérobée les esthètes du sud de Manhattan vêtus de cuir noir qui, eux-mêmes, étaient malheureux de se retrouver parmi tant de complets-veston, ceux des chébrans de l'immobilier et des médias, juristes et cadres supérieurs qui n'avaient pas eu le temps de se changer après le travail et, parmi eux, un jeune sociologue *free-lance* en complet bleu marine à fines rayures blanches qui, dans la file d'attente qui s'était formée devant la caisse, se plaignait :

— C'est plein de yuppies, ici.

Il y avait aussi ces veuves de Sutton Place et de Bar Harbor, qui assistent à toutes les lectures et versent des contributions généreuses pour soutenir les revues de poésie et les théâtres expérimentaux ; des jeunes efflanqués d'une vingtaine d'années qui gagnaient leur vie dans une librairie, une maison d'édition ou une agence de pub et suaient sang et eau sur leur premier roman. Harold Stone était là — en compagnie d'une jeune étudiante en littérature —, comme les dirigeants d'une demi-douzaine de maisons d'édition et de magazines. La presse était présente pour s'assurer de la réalité de ce qui allait se passer. Juan Baptiste, heureusement installé dans son rôle de chroniqueur mondain d'un grand quotidien ; un correspondant du *Plain Dealer* de Cleveland ; un rédacteur du *Times*.

Défi à la chaleur estivale, un type enveloppé d'un gigantesque parka vert à capuchon trônait au premier rang au milieu d'une jonchée de bouquins, de papiers et de sacs. Correspondant de Victor Propp, il possédait la collection complète des publications périodiques de l'auteur et une quantité de documents s'y rapportant de plus ou moins près, empilés dans des cartons à l'intérieur du minuscule rez-de-chaussée qu'il occupait dans le quartier de Jamaïca, à Queens. D'autres, qui partageaient son avidité mais avec des allures moins installées, erraient dans les travées — ces hommes et ces femmes au regard d'illuminés qui hantent les assemblées littéraires dans l'espoir d'y recevoir quelque impossible message salvateur de la bouche du lauréat, du sage dont les mots leur ont révélé une signification personnelle unique, ou dont ils ont bien l'intention de lire un jour les écrits, cherchant entre-temps un signe — un mot, une bénédiction, le numéro de téléphone d'un bon agent. Bernie Melman arriva en retard, Sasha, à ses côtés, le dominant de toute sa blondeur, accompagnée de deux de ses gardes du corps, et alla prendre la place qui lui était réservée au premier rang, à côté de l'homme au parka vert qui réorganisa aussitôt, pour le mettre sur la défensive, son propre empire de papier.

Russell avait amorcé la pompe en incitant un journaliste de ses amis à rédiger un bref article intitulé « Qui diable est Victor Propp ? » pour les premières pages de l'hebdomadaire *New York*. L'épouse de Bernie Melman avait quant à elle prévu un « petit souper » chez elle après la lecture et le *Post* du matin même avait déclaré dans ses colonnes « Société » que c'était « l'invitation la plus courue de la ville ».

Russell et Corrine attendaient en coulisse avec Victor et sa compagne, Camille Donner, célèbre maîtresse de littérateurs. C'était une beauté d'une trentaine d'années dont la crinière rousse était bien connue et qui avait vécu avec deux autres romanciers avant de s'installer chez Propp. Outre sa fonction de mascotte, elle veillait aux détails de la vie quotidienne, ce dont Victor était tout à fait incapable, jouant à la fois le rôle de ménagère, de secrétaire et de trésorier — bien qu'il fût difficile à la plupart des observateurs de se représenter Camille un torchon à la main. D'elle aussi, on disait qu'elle écrivait un roman. Harold Stone lui avait présenté Russell des années auparavant dans une réception organisée pour la sortie d'un livre ; tout en fixant sur lui le regard vague dont on le gratifiait à l'époque parce que son corps possédait la faible densité — la quasi-transparence — commune aux assistants d'édition et à tous ceux dont la situation est négligeable, elle avait néanmoins pris le temps de lui demander qui était d'après lui le meilleur romancier américain. Et quand Russell, en partie parce qu'il était jeune et désirait arborer des opinions excentriques, avait avancé le nom de l'obscur Victor Propp, elle avait été assez surprise pour concentrer le regard de ses yeux verts sur son interlocuteur le temps de prendre la mesure de sa conviction.

— Qui ? avait-elle demandé, se promettant de vérifier cette idée apparemment originale auprès d'autorités plus établies.

Content d'avoir retenu son attention, Russell s'était lancé dans une ardente description de l'œuvre-culte de son mystérieux héros, tout en luttant contre les pensées lubriques qui lui brouillaient l'esprit — conversation dont il doutait fort qu'elle souhaitât se souvenir aujourd'hui et qu'il n'avait jamais rapportée à Victor. Pour l'heure, elle se tenait à côté du grand homme, son amant, dans la conviction sereine de la jolie femme habituée à être remarquée sans avoir à se donner beaucoup de mal.

Victor arpentait le foyer, de plus en plus nerveux. À peine moins agitée, Mathilde Fortenbrau, la responsable du YMCA, avec ses allures de maîtresse d'école bienveillante, se mit à tirer sur ses couettes gris fer à partir de sept heures quarante-cinq.

— Peut-être faudrait-il le rappeler, murmurait-elle sans arrêt.

Russell avait prévu d'aller prendre un verre avec Jeff dans son quartier avant la lecture, mais quand il avait appelé pour confirmer le rendez-vous, une femme à l'accent espagnol avait répondu qu'il était occupé et se rendrait directement à la salle.

Corrine tentait de rassurer Victor en se portant garante de la ponctualité de Jeff. Russell était moins optimiste. Il était sans cesse sur le point de faire quelque chose ou de dire quelque chose, tout en évitant systématiquement la question de la drogue, jusque dans son for intérieur.

— Franchement, je m'imaginais que ce côté voyou n'était qu'un rôle littéraire, se plaignit Victor. Il apartient bien à une respectable famille de Nouvelle-Angleterre, n'est-ce pas ?

Russell composa le numéro de Jeff et engueula le répondeur, sans résultat. Mathilde tirait alternativement sur ses couettes, se balançant d'un côté puis de l'autre.

— Ça n'est encore jamais arrivé, dit-elle, même avec Dylan Thomas.

Ses collègues sautillaient comme des moineaux entre la coulisse et l'auditorium. À huit heures vingt, tout le monde tomba d'accord qu'il ne restait plus qu'à commencer sans Jeff. Russell proposa de prononcer l'allocution liminaire à sa place.

— Je ne peux pas monter à cette tribune, s'entêta Victor. Je refuse de me ridiculiser.

Son haut front crispé par l'inquiétude, il arrachait des poils de sa barbe.

— John Berryman avait téléphoné d'un bar de la Troisième Avenue quelques minutes avant l'heure prévue pour sa lecture, se remémora Mathilde. Nous avions envoyé une délégation le chercher.

— Que dois-je faire ? demanda Propp à Camille, qui s'était assise pour feuilleter un exemplaire de *TriQuarterly*, un peu, se dit Russell, comme elle aurait compulsé un catalogue à la recherche d'un nouveau compagnon.

— Si vous ne commencez pas maintenant, il faut annuler la lecture, fut sa réponse pleine de bon sens.

Cela précipita Victor dans le désespoir. Russell lui massa les épaules.

— Calmez-vous, Victor, ce sont vos fans, dit-il, ce ne sont pas les lecteurs de Jeff.

— Je n'ai pas de fans, il n'y a que dix personnes dans tout le pays qui comprennent seulement ce que je fais.

Victor était au bord des larmes.

— Ils sont tous venus voir la bête curieuse, la tête de Turc des lettres américaines... Je ne veux même pas songer à participer plus longtemps à ce... ce désastre.

Propp s'arracha des mains de Russell et sortit en trombe par une porte commandant un souterrain qui passait sous l'auditorium. Russell se lança à sa poursuite et déboucha sur le trottoir à temps pour le voir disparaître dans un taxi.

Quelques instants après l'annonce de l'annulation, Bernie Melman réussit comme par enchantement à gagner la coulisse avec l'aide de ses gardes du corps.

— Qu'est-ce que c'est que ces conneries ? aboya-t-il à l'adresse de Russell. Il nous coûte... combien, au fait, ce connard ? Et il n'est même pas capable de lire un extrait de son bouquin à la con ? Et moi, j'ai cinquante personnes qui vont venir dîner chez moi, parfaitement, pour fêter cette catastrophe ? Qu'est-ce que je vais leur dire, moi, hein ?

— Les artistes sont capricieux, risqua Russell.

— Eh ben moi aussi, je suis capricieux. Et, là, je crois que je vais faire un sacré caprice. Tiens, au fait, dit-il se tournant vers les deux gardes du corps, vous croyez que ça fait de moi un artiste ? Non mais qu'est-ce que c'est que ces histoires ?

— Vous connaissez ma femme ? demanda Russell poussant Corrine en avant comme on aurait jeté une couverture sur des flammes.

— Très honoré, dit Bernie, soudain calme, l'examinant des pieds à la tête d'un air appréciateur. Je suis très heureux de faire votre connaissance.

— Russell, lança Corrine, refusant de jouer son rôle, il faut aller chercher Jeff.

— Et je vous présente Camille Donner, dit Russell.

Camille fut plus obligeante que Corrine et remit à plus tard les retrouvailles avec son amant. Quand Russell et Corrine sortirent, elle était en grande conversation avec le milliardaire.

— Il faut aller chez lui, dit Corrine, quand ils furent de retour chez eux.

Elle avait déjà téléphoné trois fois.

Russell n'en était pas si sûr, craignant ce qu'ils risquaient de découvrir.

— On a encore la clé, dit-elle. Je crois, non ?

— Je vais y aller.

— Je viens avec toi, dit-elle, saisissant le téléphone sans fil et pressant la touche « bis ».

— Corrine, il faut que je te...

Un cri aigu de Corrine abrégea cette pensée.

— Je t'assure, c'est incroyable, il s'était endormi, dit Corrine, quand elle eut raccroché, son exaspération tempérée par le soulagement.

En la regardant, Russell imaginait déjà les reproches qu'elle serait en droit de lui faire quand il lui dirait ce qu'il avait vu chez Minky Rijstaefel. La prochaine fois que Jeff leur poserait un lapin, il ne serait peut-être pas capable de répondre au téléphone. Il voulait le lui dire, mais ne pouvait se débarrasser de l'idée indéfendable que, par son silence, il protégeait les deux êtres qu'il aimait le plus au monde.

La réaction au non-événement du YMCA fut curieusement ambivalente et de nature à satisfaire en dernier ressort ceux qui avaient eu d'abord le plus de raisons d'en être mécontents. La légende énigmatique et poussiéreuse de Victor Propp enfla démesurément, encore rehaussée par le lustre du scandale, tandis que ce que Jeff en retira était plutôt du domaine de son image personnelle. En l'absence de toute explication officielle, les rumeurs qui circulèrent étaient beaucoup plus intéressantes que ne l'eussent été les réactions à une quelconque lecture. On prétendit que les deux auteurs en étaient venus aux mains en coulisse. Propp, qui ne buvait jamais une goutte d'alcool, était, dit-on, tombé en pâmoison à la manière d'un romancier classique. Beaucoup accueillirent avec sympathie les récits selon lesquels cet artiste hypersensible qui vivait en reclus avait été terrassé en coulisse par un accès d'agoraphobie ou de trac. D'autres estimèrent que l'annulation avait été le fruit d'une stratégie délibérée de la part du stratège bien connu qu'était Propp, le refus de lire n'étant qu'un prolongement de sa politique de refus de la publication. Dans sa nouvelle chronique, Juan Baptiste souscrivait à cette théorie, concluant : « Le romancier à succès JEFF PIERCE ne s'est pas montré non plus, alors qu'il était en assez bonne santé, sinon *compos mentis*, pour assister, plus tard dans la soirée, à la réception organisée pour le vernissage de Tony Duplex, chez Nell. » Une semaine plus tard, dans un essai publié par un hebdomadaire de SoHo, un critique à la mode se montra d'une chaleur qui lui était peu coutumière, présentant Propp comme « le quark, le trou noir de la littérature contemporaine américaine, entité presque théorique dont la taille, la forme et l'importance ne peuvent être déduites qu'en partie de ses manifestations visibles », pour conclure que « Derrida ayant rendu l'auteur obsolète au profit d'un interminable canevas d'*écriture* et d'intertextualité, l'intention de Propp est apparemment de gommer jusqu'au texte lui-même par ses longs silences, ponctués de brefs aperçus d'une prose éblouissante — le silence lui-même revêtant des proportions légendaires, cette longue promesse jamais tenue du roman, que nous recevons par bribes, comme l'éclair d'une chair sous un ourlet, cette gratification perpétuellement remise étant peut-être l'intérêt et le but même de l'entreprise ».

Victor Propp lui-même goûta particulièrement cet essai, qu'il découpa soigneusement pour l'ajouter au lourd album relié de cuir qu'il avait acheté à Florence quelques années auparavant, en prévision des critiques qui salueraient son roman, et qui était maintenant presque plein des articles rédigés en prévision de cet événement béni.

28

Jessie Makepeace s'était toujours bien entendue avec son gendre — mieux, semblait-il parfois à Corrine, qu'avec sa fille aînée. La première fois que Russell et elle s'étaient rencontrés, ils étaient restés ensemble la moitié de la nuit dans la cuisine à Stockbridge, vidant une bouteille de vodka pendant que Corrine dormait dans son ancienne chambre de jeune fille. Russell disait qu'elle avait des couilles, l'entendant comme un compliment. « Entre nous, ça a pris comme un incendie », était l'expression que Jessie utilisait pour décrire leur heureuse complicité... encore que, pour décrire l'amitié, Corrine jugeât l'image assez inexplicable, car un coin de son esprit était toujours disponible pour s'inquiéter de ces drôles de grumeaux épars dans le langage, comme si, semblables aux grosseurs du sein, ils risquaient d'être de mauvais augure ou de receler des vérités dangereuses.

— C'était la petite fille qui demande toujours pourquoi. Ça me rendait folle, dit Jessie, faisant tinter les glaçons dans son verre. Pourquoi, pourquoi, pourquoi... personne n'avait jamais vu de petite fille aussi curieuse que toi.

Jessie était assise en tailleur sur le sol du salon, le dos appuyé contre le canapé-lit que l'on dépliait pour ses visites chez Russell et Corrine, à New York.

— Les maîtresses aussi, elle les rendait folles, elles ne savaient pas quoi faire d'elle. Et quand ils ont mesuré son QI, il était si élevé qu'il ne tenait même pas sur leurs graphiques.

Pourquoi semblait-il à Corrine que sa mère s'arrangeait pour que cela eût l'air d'un défaut, une mutation génétique qui s'était heureusement avérée relativement inoffensive, Corrine étant, de l'aveu général, devenue séduisante après une enfance ingrate, et s'étant débrouillée pour se marier? Sa mère n'était pas là depuis dix minutes que déjà Corrine se sentait crispée et incapable d'humour.

— Quel mal y a-t-il à être curieuse, ou intelligente?

— On te taquine, chérie, dit Jessie en allumant une Pall Mall.

On? songea Corrine pendant que Russell allait chercher un cendrier à la cuisine.

— Tu sais, Russell, je brûle d'impatience. Il faut que tu me racontes tout, dit Jessie. Quand mon gendre va-t-il racheter sa propre maison d'édition? Je t'ai dit que même notre *Berkshire Eagle* en a parlé? J'ai la coupure dans ma valise, tu m'y feras penser.

Avec son enthousiasme coutumier, Russell fut trop heureux de résumer, voire d'embellir les événements les plus récents du drame, dont il fit une espèce de croisement entre *Le Train sifflera trois fois* et *Paradis perdu*: les sommes gigantesques, l'incident du verre de vin à la figure, brève notice biographique de chacun des protagonistes.

— Je trouve que tu n'es pas très juste avec Harold, l'interrompit Corrine. Il a énormément fait pour toi.

— Et j'ai beaucoup donné en retour, à lui, et à la boîte, dit Russell. Ça ne veut pas dire que je dois rester les mains dans les poches pendant qu'Harold et sa bande fichent la boîte en l'air et tordent le cou aux idées et aux talents nouveaux. La question, c'est: que fait Harold pour les actionnaires et notre public de lecteurs?

La manière de s'exprimer de Russell avait changé depuis un mois. Recourant à des expressions comme « notre public de lecteurs », il était devenu pontifiant et parlait des droits des actionnaires et de la stagnation de l'industrie américaine. À l'évidence, cela lui venait pour une bonne part de Bernie Melman et de cette imbécile de Trina Cox. Corrine l'avait remarquée chez certains de leurs camarades de fac — cette manière qu'ils avaient de se mettre à parler comme leur boulot. Les hommes plus que les femmes. La façon de parler était le premier signal d'alarme, le canari dans la mine. Au cours d'un dîner, la conversation roule le plus raisonnablement du monde sur l'art ou la vie sexuelle des célébrités et, brusquement, le mot « optimiser » sort de la bouche de quelqu'un comme un bout de gras recraché sur la nappe. Des gens cultivés se mettaient à transformer les substantifs en verbes — « cibler », « impacter » —, les idées et les opinions politiques ne tardaient pas à suivre. « On dira ce qu'on voudra de Reagan, mais... ». Peut-être que c'était elle, après tout, peut-être qu'elle n'avait pas été capable de se transformer en courtière bon teint, avec une coupe de cheveux et une garde-robe de courtière, et une manière de voir le monde. Comme une sale gosse récalcitrante. Il y avait des jours où elle croyait presque faire quelque chose d'utile — aider ses clients à tirer un revenu décent de leur argent. Puis elle assistait à une réunion de vente où on parlait des clients comme d'agneaux à mener à l'abattoir, à qui il convenait de refiler un maximum d'obligations bidons « générant » de grosses commissions, et elle se rendait compte qu'elle était bel et bien dégueulasse.

Russell était en train d'expliquer l'évangile de l'OPA avec effet de levier à Jessie comme s'il déclamait la Déclaration d'Indépendance.

— Et on fait tout ça avec de l'argent emprunté ? dit Jessie avec une admiration effrénée, allant droit au cœur des choses.

Russell lui fit un clin d'œil.

— C'est ce qu'il y a de plus beau. Acheter aujourd'hui, payer plus tard.

— Tu sais, je voulais t'en parler — maintenant que la maison est à moi, je me demandais si je n'allais pas reprendre une hypothèque.

— Ça présente des avantages indiscutables.

Attendez un peu, aurait voulu crier Corrine, qui travaille dans le secteur financier, ici ? Elle mourait aussi d'envie de taper une cigarette, au bout de deux ans. Au lieu de quoi, elle demanda :

— Tu as parlé à papa, depuis... récemment ?

— On se parle par l'intermédiaire de nos avocats, dit Jessie. C'est plus hygiénique. Pourquoi, t'as eu des nouvelles de monsieur Deuxième Jeunesse ? Je me disais aussi. Il a autant de fibre paternelle qu'un reptile. Tu sais que deux heures après ta naissance, il est allé jouer au golf ? Je t'avais raconté ça, Russell ?

— J'ai l'impression que tu boirais bien un autre verre avant qu'on se mette en route, dit Russell, conscient désormais de la fragilité de l'humeur de Corrine.

331

— Et quand je lui ai demandé — absolument, si on a le temps, j'en boirais bien un autre —, quand je lui ai demandé comment on pouvait appeler Corrine, il a répondu « comme tu voudras ». C'est incroyable, non ? L'heureux papa. Comme je voudrai. Trop aimable.

Corrine se leva et gagna la chambre au pas de charge. Avant de claquer la porte dans son dos, elle eut le temps d'entendre sa mère demander :

— Qu'est-ce que j'ai dit ?

Elle savait que son père les négligeait, que ce sale type semblait incapable d'amour, mais elle n'avait pas forcément envie de se l'entendre répéter. Et puis Jessie, comme mère, n'était pas non plus championne du monde toutes catégories. Corrine avait parfois l'impression que son enfance n'avait été qu'une longue blessure, et le divorce récent, un couteau qui avait rouvert toute grande la cicatrice.

Elle se jeta à plat ventre sur le lit, trop furieuse pour se rendre compte qu'elle pleurait. Quelques minutes plus tard elle entendit la porte s'ouvrir et sentit que Russell s'asseyait sur le lit.

— Elle ne voulait pas te...

— Justement ! Elle est tellement insensible !

Il lui caressa les cheveux.

— Il faut qu'on y aille, Corrine.

— Va, toi.

— Je ne veux pas sortir sans toi.

— Allez-y tous les deux, vous vous amuserez comme des fous. D'ailleurs, elle préfère être avec toi.

— Corrine...

Il avait prononcé son nom de cette manière adulte qui était censée la ramener à la raison et lui rappeler ses responsabilités.

— J'ai pas envie de revoir *Cats*.

Il la caressa du doigt derrière l'oreille.

— Tu sais bien que je préfère les chiens.

Il essayait de la faire rire, maintenant.

— Je condescends à transgresser les critères élevés de mon esthétique personnelle parce que ta maman a envie d'aller voir cette comédie musicale galeuse et ringarde et tu ne veux même pas

332

m'accompagner pour adoucir ma tâche. Et si quelqu'un que je connais me voit entrer dans le théâtre, hein ?

— Tu n'auras qu'à dire que tu penses l'acheter. Ça ne surprendra personne.

— Allez, on va être en retard.

Impatient, désormais.

— Je ne viens pas.

Il poussa un violent soupir d'exaspération. Une minute encore, puis il se leva. La porte de la chambre à coucher s'ouvrit et se referma et, quelques minutes plus tard, la porte d'entrée. Elle entendit vaguement un rire sur le palier, la vibration et les grincements des câbles et des poulies de la cage d'ascenseur mitoyenne, puis elle fut seule.

— Elle a toujours eu le même caractère, dit Jessie dans l'ascenseur. Quand elle était gentille, elle était très, très gentille, mais quand ça n'allait pas, elle était épouvantable. Elle tombait dans ses accès d'humeur noire qui duraient des jours, et puis brusquement, elle était si contente que je l'aurais étranglée. Et qu'est-ce qui lui prend, d'arrêter de boire, d'ailleurs ?

— Je ne sais pas, en tout cas ça n'est pas mon influence.

Puis, parce qu'il se sentait déloyal, Russell ajouta :

— Je crois que ce divorce a été dur pour elle.

— Sans blague, c'est pas à moi qu'il faut dire ça, dit Jessie, prenant son bras quand ils passèrent devant le portier pour sortir dans la rue.

— Je l'adore, cet immeuble, mais tu ne crois pas qu'il vous faudrait un appartement plus grand, mes enfants ? Maintenant que tu es presque propriétaire d'une société ?

— Justement, on vient de commencer à chercher, dit Russell.

— La chance que vous avez, mes enfants. Le monde vous appartient, hein ?

— Un tout petit bout, peut-être, dit Russell, sans vraiment lui donner tort.

Si seulement Corrine voulait bien être de meilleure humeur et jouer le jeu. Elle était dans un de ses passages à vide — son baromètre intérieur au plus bas, comme son poids — au moment même où il avait, quant à lui, le sentiment d'atteindre un des plus beaux moments de sa vie. Mais ça lui arrivait, de temps à autre ; sa mère avait raison là-dessus. Un an après leur emménagement à New York, elle avait traversé une mauvaise période et abandonné la fac de droit d'un jour à l'autre. Une crise de conscience, ou de confiance, qu'elle n'avait jamais été capable d'expliquer. Elle était restée à la maison devant la télé à regarder des vieux films, dormant la moitié de la journée, lisant Kierkegaard, bouffant de la glace au chocolat et des pommes de terre chips et s'arrangeant quand même pour maigrir. Sa remontée avait été progressive, et ce qui l'avait déclenchée, aussi inexplicable à Russell que la cause première de sa déprime. Un soir, quand il était rentré, elle lui avait annoncé :

— Tu sais, j'ai cherché à comprendre pourquoi nous avons besoin d'être des entités physiques. Je veux dire, pourquoi faut-il qu'on soit à l'intérieur d'un corps qui la moitié du temps ne donne pas vraiment l'impression de nous appartenir, en tout cas, et j'ai fini par conclure — ben voyons, quel autre moyen j'aurais de porter toutes mes fringues ?

Elle ne retourna jamais à la fac ; bien qu'elle y eût excellé, elle ne s'y était pas plu, et Russell l'avait encouragée à faire quelque chose de moins stressant, le boulot qu'elle avait pris chez Sotheby ayant constitué une espèce de convalescence éducative.

Corrine ne cessa pas d'attendre son retour, l'oreille aux aguets. Il ne serait sûrement pas capable de tenir pendant toute la pièce, sachant combien il s'était montré cruel et insensible, sachant qu'elle était là toute seule, comme elle l'avait toujours craint depuis la première fois où sa mère, en proie à une rage incompréhensible, avait disparu en voiture dans la nuit insondable. Pendant des semaines et des semaines, Jessie leur préparait le déjeuner qu'elles emmenaient à l'école et leur lisait des histoires pour les endormir ; puis soudain, un soir, elle surgissait dans la chambre pour arracher les images des murs et dire à Corrine qu'elle était méchante, épouvantable, avant de s'en aller. Le lendemain matin, son père ne disait rien, derrière le journal, pendant que sa sœur et elle mangeaient leurs céréales.

Non seulement Russell assista à toute la représentation, mais encore il emmena Jessie prendre un verre après. Quand ils rentrèrent, Corrine s'était endormie misérablement.

Le lendemain matin, Russell annonça qu'ils allaient faire des courses, de l'air du despote décrétant un jour férié. Corrine avait besoin d'un nouveau maillot de bain affriolant pour les Hampton, suggéra-t-il, et peut-être d'une robe d'été.

— Et moi y en a avoir besoin joli complet de lin blanc pour cause qu'il fait si chaud et que je suis quelqu'un d'important et peut-être aussi de belles chaussures en croco, et je suis sûr que Jessie trouvera quelque chose dont elle ne peut absolument pas se passer.

Un invité à la table du petit déjeuner aurait trouvé la mère et la fille presque trop copines et affectueuses. Russell, qui avait une certaine expérience dans ce domaine, n'en fut pas moins un peu effaré de la manière dont Corrine avait débuté, gratifiant sa mère d'un massage de la nuque impromptu, pendant que toutes deux échangeaient les derniers ragots concernant des amis et des voisins de Stockbridge, manifestement plus accomplies que Russell dans ce genre d'amnésie volontaire. Un critique d'une extrême finesse aurait peut-être senti qu'ils en faisaient un peu trop, trois acteurs jouant pour le dernier rang de la salle.

Pour sa part, Corrine s'était éveillée pleine de repentir, décidée à rétablir l'harmonie avec sa mère et son mari, et c'était dans cet esprit qu'elle avait été capable de réprimer presque instantanément le scepticisme qu'avait fait naître en elle le projet d'emplettes thérapeutiques de Russell, comme d'ailleurs le projet plus vaste dans lequel celui-ci s'intégrait. Elle voulait retrouver sa bonne humeur, elle le voulait vraiment. Elle avait décidé de chercher à s'enthousiasmer pour l'OPA sur Corbin, Dern, et pour la maison d'été et pour tout le reste, ne fût-ce qu'en partant du principe que, si son mari se jetait du haut d'une falaise, elle ne tenait pas particulièrement à se retrouver toute seule au bord du précipice.

Ils partirent donc courir les magasins, flânant jusqu'à Madison

Avenue, commençant par le nouveau Ralph Lauren, qui ressemblait, dit Russell, au monde selon Whitney Corbin III, pays des merveilles des gens de tous âges, races et convictions désireux de devenir des Anglo-Saxons. Mais Russell se révéla aussi peu vacciné contre ce fantasme que les dizaines d'autres chalands du samedi qui se disputaient les soldes et l'attention des vendeurs, bien qu'il fît remarquer d'un air connaisseur que tout semblait plagié sur Brooks Brothers et Savile Row. Avec moins d'hésitation qu'il n'en apportait d'ordinaire à ses achats, comme s'il s'échauffait pour le plus important, qui restait à venir, Russell acheta les souliers désirés avec les encouragements des deux femmes, d'élégants mocassins de crocodile qui avaient cette allure du négligé le plus coûteux.

Puis ils entreprirent la navigation périlleuse des détroits où chantent les sirènes dans les vitrines des boutiques italiennes de luxe — Pratesi, Valentino, Armani et Versace —, Russell ne cédant de nouveau au désir que parvenu au niveau de Sherry-Lehmann, habitude qu'il avait acquise de Harold Stone, pour acheter une bouteille de Les Amoureuses et une de champagne, exercice qui sembla lui monter légèrement à la tête et aiguiser son instinct d'acquisition.

Leur dernier arrêt fut Bergdorf Goodman, où ils rencontrèrent aussitôt — et Russell eût dit : inévitablement — Casey Reynes, qui se récria si heureuse de revoir Mrs. Makepeace et leur raconta tout du nouveau-né, étalant les photos sur le comptoir des parfums. À la description détaillée de ses ébahissantes habitudes et marottes, songea Russell, on se fût imaginé que c'était le premier nourrisson d'*homo sapiens*.

— Il est assez pâle, dit Russell, souriant à Casey. Je m'attendais à ce qu'il ait un peu plus de couleur.

L'espace d'un instant, Casey sembla perdre contenance, puis pâlit légèrement elle-même, scrutant le visage de Russell ; mais elle se reprit rapidement.

— Je suis en train de refaire ma garde-robe, après tous ces mois de tenues prénatales, dit-elle aux femmes. Tom m'a dit d'acheter absolument tout ce que je voulais, après ce que j'ai subi, il est chou. Il est à Minneapolis, pour affaires.

Russell crut percevoir là une comparaison implicite des maris et de leurs capacités financières.

— Casey n'est pas encore tout à fait convaincue qu'on ne puisse payer quelqu'un pour être enceinte à votre place, persifla-t-il après qu'elle fut partie en gazouillant vers la boutique Chanel, en quête d'une paire de ces caleçons de velours élastique absolument divins.

— Elle est sympa, au fond, dit Jessie.

— Qu'est-ce que c'était que cette histoire, à propos de la couleur du bébé ? demanda Corrine.

Corrine acheta une paire de bougies Diptyque ; Russell leur offrit du parfum, Shalimar pour Jessie et Joy pour Corrine. Pendant qu'ils étaient au rez-de-chaussée, Corrine s'avisa qu'il lui faudrait peut-être des bas ; et les nouveaux Donna Karan noirs avaient des coutures, dans le style des années quarante ; mais il lui en fallait aussi d'invisibles et Russell lui dit de prendre les deux. Puis il insista pour que Corrine prenne une petite robe noire d'Azzedine Alaïa, alors qu'elle la trouvait un peu trop collante et beaucoup trop chère pour cinquante centimètres de tissu. Russell déclara que toutes les petites filles sages méritaient une PRN puis expliqua à Jessie, qui semblait perplexe, que c'étaient les initiales de petite robe noire, et Jessie répondit qu'elle croyait que ça avait quelque chose à voir avec les OPA, alors Russell :

— Pas vraiment, mais, en l'occurrence, c'est possible.

Corrine prit la peine de lui rappeler qu'elle n'avait pas été précisément sage ces derniers temps mais une fois qu'elle l'eut essayée, la robe lui plut, et quand elle se fut un peu promenée avec, elle se mit à l'adorer bien qu'elle fût plus voyante, plus mode que ce qu'elle choisissait d'ordinaire, et c'était sans doute ce qui la titillait, comme pour la perruque Tina Turner, comme un déguisement qui aurait fait d'elle quelqu'un d'autre, une femme plus provocante que Corrine Calloway.

Dans la cabine d'essayage, elle venait de faire coulisser la fermeture à glissière quand Russell ouvrit la porte et entra en tapinois. Du bout du doigt il suivit le contour de son épaule nue, descendant le long du bras jusqu'au poignet, puis, lui soulevant la main, il porta son poignet à ses lèvres et l'embrassa, avant de le mordiller. Quand il prit deux de ses doigts à elle dans sa bouche et les suça, elle sentit un picotement monter le long de ses cuisses et ses genoux se mirent à trembler. Elle demanda où était Jessie et Russell répondit qu'elle était partie chercher les toilettes.

— Mais la vendeuse ? chuchota-t-elle.

Puis elle n'y pensa plus quand Russell, écartant la robe de ses épaules, la contempla de ses yeux bleus, brouillés, dilatés, avant de suivre de la langue son bras jusqu'à l'aisselle, les jambes tremblant pendant qu'il ouvrait sa braguette. Elle se demanda comment il pouvait tenir debout. Dans la cabine d'à côté, deux femmes à l'accent nasillard parlaient d'une jupe que l'une jugeait trop grande. C'est vrai qu'elle est grande, songea Corrine étouffant un rire tandis qu'il lui plaquait le dos contre la paroi... et la baisait jusqu'à ce qu'elle doive lui mordre l'épaule pour ne pas crier, bien que la vendeuse eût déjà eu le temps de demander par deux fois s'il y avait quelqu'un, d'un ton qui signifiait très clairement qu'elle connaissait la réponse et que les voix dans la cabine mitoyenne se fussent muées en chuchotements scandalisés.

29

L'été était tombé sur la ville comme une bande de jeunes déboulant soudain au coin de la rue : lourd de menaces, roulant des mécaniques, plein d'odeurs et d'excitation, chargé d'électricité négative. Tout et n'importe quoi était possible. Il y avait des mirages, des rumeurs naissaient de la vibration de l'asphalte surchauffé, des envies plus fortes de rigolades et d'assassinats.

La plupart des citadins songeaient à la fuite, mais un certain plaisir caustique s'offrait dans les rues en fusion. L'air visqueux devenait supraconducteur des courants sexuels entre un million de piétons en nage, et les regards sans équivoque qu'échangeaient les amateurs alanguis duraient, comme les jours, plus longtemps qu'aux autres saisons. Dans cette atmosphère de peste, l'épais remugle d'une lubricité en rupture de ban flottait pourtant dans l'air ; à la nuit, les couples mariés et ceux qui auraient aussi bien pu l'être demeuraient allongés sur leurs draps trempés comme en équilibre précaire, de crainte, s'ils se penchaient, de choir hors de leur amour.

Pendant la journée, les affaires étaient traitées dans les tours climatisées. Après avoir été expulsé de ses bureaux de Corbin, Dern, le triumvirat Calloway-Whitlock-Lee s'était installé dans un immeuble du West Side, le Brill. C'était ce qu'on appelait le quartier général. Le langage avait pris une tournure distinctement martiale au moment même où la vie devenait plus joyeuse, plus luxueuse. La nouvelle boîte de Trina Cox occupait une suite du Rockefeller Center. Leur cantine, au centre de Manhattan, était le « 21 ». Là, sous la directon de Trina, Russell et Whitlock, dans leur costume ultra-léger flambant neuf, faisaient les yeux doux aux banquiers, courtiers et actionnaires. L'homme qui était chargé d'accueillir les clients les saluait désormais par leur nom. Les additions étaient au compte de la société que Bernie avait créée pour absorber Corbin, Dern. Russell, qui avait toujours veillé à maintenir ses notes de frais dans des limites raisonnables, se délectait de cette prodigalité nouvelle. Les auteurs étaient courtisés plus au sud, au White Room, avec Washington, activité d'importance presque égale puisque les agents exploitaient la situation et que Russell, pas plus que Harold, ne souhaitait voir les écrivains faire défection au profit de l'autre camp. Personne ne s'avisa que les hommes en complet gris auraient peut-être pris plaisir à s'encanailler dans ce qu'ils imaginaient comme une mangeoire luxueuse, mais bohème, de la ville basse, tandis que les auteurs, qui sont en général envieux et dépendants des notes de frais d'autrui, auraient peut-être préféré dîner dans l'autre établissement, plus vénérable et plus coûteux. Harold Stone, Jerry Kleinfeld et la vieille direction menaient leur propre campagne aux Four Seasons, à quelques centaines de mètres à l'est du « 21 », dans la 52e rue. Les dirigeants de société qui avaient rompu le pain avec Russell et Whit un lundi dînaient souvent le mardi en compagnie de Harold et de Jerry. Harold abhorrait toute cette politicaillerie, mais il profitait des opérations pour étudier sérieusement les plus vieilles et les meilleures bouteilles de la cave des Four Seasons. Ceux des auteurs qui ne faisaient pas partie des alcooliques anonymes accueillaient avec une certaine excitation les bouteilles de petrus ou de romanée-conti vieilles de vingt ans quand elles arrivaient sur la table, et tendaient à se montrer reconnaissants par la suite. Harold avait d'ailleurs tenu le raisonnement suivant : si, malgré cette manifestation d'hospitalité, il perdait le combat pour le contrôle de la boîte, ce serait aux nouveaux propriétaires de régler l'addition.

Victor Propp, qui travaillait toujours à son deuxième livre, était au nombre des atouts les plus disputés. Il était en train de humer d'un air critique un verre de montrachet aux Four Seasons un après-midi, quand Harold Stone lui dit :

— Je suppose que nous pouvons compter sur vous, Victor. Nous avons eu nos petits désaccords, mais je ne peux pas croire... Regardons les choses en face — Russell n'a pas encore vraiment fait ses preuves et Bernie Melman est un philistin sans vergogne, malgré tous ses postimpressionnistes.

— Il possède effectivement un Cézanne que j'aimerais beaucoup voir.

— Où en est le bouquin ? demanda Harold sans ambages.

— Il acquiert de nouvelles couches à un rythme quasiment saisonnier, avoua Victor, aspirant entre ses dents pour aérer le vin. J'en suis venu à le considérer comme un palimpseste, mais pas dépourvu d'une narration linéaire. J'ose même penser qu'il pourrait s'agir d'une contribution à notre littérature. Et bien sûr, j'aimerais aussi penser que mon éditeur, qui qu'il soit, partage mon prudent optimisme.

— C'est le cas. Et depuis toujours. C'est pourquoi nous avons un contrat, je dis bien un contrat, avec vous, Victor.

Propp cita le cas d'un des ses rivaux littéraires qui avait récemment arraché une avance à sept chiffres d'un autre éditeur, somme qui lui semblait constituer un authentique vote de confiance.

— Soyez réaliste, Victor.

— Les temps ne sont pas au réalisme, mon cher Harold. Vous devriez cultiver un rien d'absurde. Cela pourrait vous servir à ne pas décrocher. Vous ne trouvez pas que le montrachet est un peu acide ?

Deux jours plus tard, Victor déjeunait en compagnie de Russell, Trina et Washington au White Room.

— Est-ce un chanteur rock ? demanda-t-il à propos d'un convive aux cheveux gominés de la table voisine.

— C'est le modèle d'un grand coiffeur, répondit Washington.

— Que raconte Harold ? demanda Russell.

— Il m'a bien traité à déjeuner.

— Qu'a-t-il offert ? demanda Trina.

— J'ai cru comprendre qu'il était prêt à me donner un million pour que je reste chez lui.

Victor posa la main sur la cuisse de Trina, en gage d'on ne savait trop quoi. Quelles que fussent les séductions de l'autre camp, il était clair que la banquière de Russell était à son goût.

— Nous vous donnerons un million deux cent cinquante mille, proposa Trina. Moitié argent, moitié papier.

341

— Du beau papier basses calories mais très productif, fit observer Washington.

— Des obligations bidons ? Je crains que non, mesdames et messieurs. Songez que je suis écrivain, j'ose dire que je m'y connais en papier sans valeur.

— C'est ce qu'on appelle le risque, dit Trina. Comme celui que nous prenons avec vous et votre roman invisible.

— Je veux des actions.

— Il est cinglé, dit Trina en se tournant vers Russell, où l'avez-vous déniché ?

Jusque tard dans les nuits chaudes de la semaine, Trina, Chip Rockaby et Dave Whitlock se réunissaient dans son nouveau bureau du Rockefeller Center pour consulter des colonnes de chiffres verts sous le regard anxieux de Russell, cherchant à justifier une éventuelle augmentation de l'offre de rachat, au cas où la première serait rejetée par le conseil d'administration. Melman s'informait de temps à autre par téléphone, comme d'ailleurs Victor Propp, qui, sans avoir aucun rôle officiel dans l'OPA, ne pouvait supporter d'être tenu à l'écart ou, probablement, d'affronter l'écran vide de son traitement de texte.

Fasciné par les arcanes de la finance, Russell voulait tout observer, mais quand Corrine se plaignait de ses nouveaux horaires, il adoptait — sans intention délibérée de donner le change — les airs posés de l'homme qu'harassent les nouvelles responsabilités qui pèsent sur lui. Pour les spécialistes des chiffres, c'était un optimisme obligé qui prévalait dans leurs calculs des gains à venir et l'évaluation des différents secteurs lors de leur mise à l'encan. Plus les projections étaient haussières, plus ils pourraient offrir un prix élevé. Il fallait absolument voir le bon côté des choses, ce qui correspondait à la fois au tempérament de Russell et à l'esprit du temps. Les prix n'avaient cessé d'augmenter depuis des années ; ce qui semblait cher aujourd'hui serait bon marché la semaine prochaine. Whitlock n'était pas marrant marrant, dans ce domaine. Il soulevait sans cesse des objections aux prévisions les plus roses, rappelant la nature cyclique de ce secteur d'activité, mais la manière qu'avait Trina de le caresser dans le sens du poil pour le faire changer d'avis faisait grosse impression sur Russell.

Une nuit d'été, ils finirent par s'interrompre à dix heures du soir. L'habitude de tenir le coup en vivant sur les nerfs était si bien prise que Russell savait qu'il lui faudrait des heures pour se calmer. Il proposa d'aller dîner. Les juristes étaient déjà rentrés chez eux. Une fois sur le trottoir, Chip décida qu'il était trop épuisé pour aller où que ce soit. Il s'effondra dans un taxi. Ce qui laissait une troïka assez mal assortie aux yeux de Russell : Whitlock, Trina et lui-même.

— Où veux-tu aller? demanda Trina.

— Le White Room?

— J'aimerais mieux un truc plus calme, dit Trina.

Whitlock suivit cet échange avec intérêt, suant à grosses gouttes dans la chaleur qui montait du trottoir, pendant que Russell tâtonnait à la recherche d'un canal de communication sur lequel Dave ne serait pas branché.

— Je suis plutôt crevée, de toute manière, dit Trina en lançant un regard de regret à Russell qui hocha du chef.

— Allez, quoi! les pressa Whitlock, mangeons un morceau.

— Je ferais mieux de rentrer, dit Russell.

Malgré les protestations de Whitlock, il héla un taxi pour Trina et posa un baiser sur sa joue, croyant lire un défi amical dans ses sourcils levés.

Il s'installa dans un autre taxi et donna son adresse. Une barrière embrumée de Plexiglas à l'épreuve des balles le séparait du chauffeur, et aussi de la climatisation salvatrice, qui filtrait vaguement par les trous minuscules de l'hygiaphone destiné théoriquement à la communication — si le type parlait anglais. La présence de cette protection trouvait sa justification dans une logique parfaitement circulaire; baignant dans son jus sur le siège malodorant, Russell n'avait effectivement qu'une envie : étrangler le chauffeur qui se prélassait dans son habitacle réfrigéré.

Il se sentait la proie d'une de ces humeurs extrêmes qui saisissent parfois les habitants des villes, l'esprit écrasé par tous ces murs alors qu'il était agité par l'électricité statique de la frénésie d'activités sociales et mercenaires qui se déployaient alentour. Il lui fallait expulser cette énergie nerveuse de son organisme, par la parole ou encore par la gesticulation, par exemple sur une piste de danse bruyante et pleine de danseurs.

Corrine serait épuisée par sa journée, peut-être même dormirait-elle déjà. Débordant de projets, il avait besoin de parler du coup qui absorbait toute son attention depuis des semaines. Mais elle était lasse de l'entendre. Il ne lui en voulait sans doute pas, mais elle n'aurait pas dû lui en vouloir. Il retrouverait son calme bien assez tôt, mais, pour l'instant, il avait envie d'attirer l'attention du monde, au-delà du cercle privé de sa famille et de ses amis. S'il mourait brusquement, dans ce misérable cercueil brûlant, il ne laisserait rien : il avait publié quelques livres, parce que Harold Stone avait bien voulu le laisser faire, dont la plupart auraient été publiés de toute façon, et les avait vaguement améliorés avec son crayon bleu. L'idée qu'il ne manquerait qu'à ses amis, à son père et à Corrine, le fichait en rogne. Il avait une grande confiance en ses capacités sans avoir le pouvoir de les exercer.

Il lui arrivait de se demander s'il n'avait pas émoussé son ambition en se mariant si vite. Corrine l'acceptait et l'aimait tel qu'il était. En n'exigeant pas plus de lui, peut-être le tirait-elle en arrière. Il n'avait jamais acquis la froide détermination du prédateur, ce goût de la compétition. L'appétit sexuel lui apparut soudain comme un corollaire de la volonté de pouvoir et de création ; il se vit sous les traits d'une créature domestiquée, bercée dans une complaisance pantouflarde. Pourquoi rentrerait-il chez lui, bordel, s'il n'en avait pas envie ?

À deux cents mètres de la maison, il se pencha en avant et aboya un changement d'adresse contre le Plexiglas ventilé ; quelques minutes plus tard, la voiture le déposait devant l'immeuble de Trina, une nouvelle tour de grand standing de la Deuxième Avenue. Il l'avait raccompagnée là, quelques semaines auparavant. Suivant une moquette rouge à travers des buissons de plantes en pot, il s'annonça au portier qui demanda :

— Elle vous attend ?

Cette question, pourtant habituelle, le déconfit, parce qu'elle impliquait un certain niveau de conspiration dans la décision apparemment de pur caprice qu'il avait prise de passer chez Trina : la dimension éthique menaçait de s'imposer.

— C'est très possible, dit-il.

— Je suis si contente que tu sois venu, dit Trina avec son accent du Sud. Supporter Whitlock, c'était trop pour moi, ce soir, mais je n'ai vraiment pas envie de me coucher. Excuse le désordre.

Si l'appartement n'était vraiment pas rangé, il était surtout vide. Pour tout mobilier, le salon contenait un fauteuil metteur en scène, un vélo d'appartement et une vieille malle Vuitton sur laquelle s'empilaient magazines, journaux, bilans et emballages de traiteur vides. Une collection de bouteilles de Perrier et de Coca light était nichée dans un angle devant le coin cuisine. Russell marcha jusqu'à la baie vitrée, qui donnait sur l'East River et, au-delà, sur l'étendue mi-urbaine, mi-banlieusarde, de Queens.

— T'habites ici depuis combien de temps?

— Je ne sais pas. Un an? Peut-être deux, plutôt. Je sais, je sais — il faut que j'achète des meubles. Tu veux qu'on aille quelque part?

— Si tu veux.

— Ou alors on prend un verre ici.

— D'accord.

— Je crois que j'ai une bouteille de Dom Pérignon qu'un client m'a donnée.

Elle alla prendre la bouteille et chercha des yeux un endroit pour la boire.

— Le seul vrai meuble, c'est le lit. Ça ne te dérange pas? On peut s'asseoir dans la chambre, on sera bien.

Russell songea qu'il faudrait être bien sourcilleux pour trouver à y redire, deux collègues buvant un verre ensemble. C'était la chambre à coucher, et alors? Le décor succinct était neutre — une paire de skis appuyée contre le mur, l'affiche de l'exposition Van Gogh du Met, encadrée. Ils s'installèrent sur le lit et Russell demanda quels seraient les moyens de financer une éventuelle offre plus élevée.

— Alors, le facteur bêta, expliqua Trina, c'est le facteur de risque de tout investissement donné. C'est le chiffre dont on se sert, supérieur au taux des bons du Trésor, pour calculer le revenu nécessaire d'une action. Je t'ennuie horriblement?

— Non, absolument pas.

— Je sais — je suis infernale. Tais-toi, Trina, je t'en supplie.

— Non, je t'assure.

— Bon, quoi qu'il en soit, un facteur bêta égal à un, c'est le taux du marché. Aïe, petite catastrophe, je renverse.

Léchant son poignet mouillé, elle poursuivit :

— Un bêta élevé, de l'ordre de deux, signifie un risque élevé et donc la nécessité d'un revenu plus élevé lui aussi, tu vois ?

Russell fit oui de la tête, très sérieusement, saisissant une petite partie du concept. Une bouteille de Moët parut soudain sur la table de chevet. C'était facile de parler à Trina, et il lui semblait qu'elle-même parlait comme un homme, racontant ses souvenirs de guerre du temps qu'elle était chez Silverman, brossant des portraits grotesques de ses collègues. Il se sentait de plus en plus détendu. Que Corrine pût trouver à y redire — qu'ils soient assis là à bavarder, à traîner, comme les copains —, non, c'était absurde, mais il fallait qu'il lui téléphone bientôt. Merde, déjà onze heures et demie. Mais enfin, ils étaient assis là, côte à côte, sur un meuble qui se trouvait par hasard être un lit.

Même quand elle se tordit pour passer au-dessus de Russell afin de remplir son verre, et choisit plutôt de l'embrasser, pour la seule raison apparente qu'elle se trouvait dans son voisinage immédiat — tout ça restait assez inoffensif. Qui trouverait à redire à cette pression des lèvres les unes contre les autres, qui était tellement agréable, après tout ? Pourquoi le plaisir resterait-il à jamais limité, alors qu'on pouvait si facilement l'élargir, augmenter sa richesse par le partage ?

Tout lui sembla parfaitement naturel jusqu'à un certain point mais, pour finir, à peu près au moment où sa main trouva, presque par inadvertance, un sein, sa conscience commença à s'éveiller des torpeurs du champagne.

— Il faut que je me sauve, dit-il en se libérant pour rouler jusqu'à l'autre bord du grand lit.

Cette tentative d'affirmation avait quelque chose d'un peu tremblant, de vaguement expérimental, et si elle l'avait attaqué à cet instant même, il se fût sans doute rendu.

Mais elle se contenta de dire simplement :

— Tu es sûr ?

Une demi-minute plus tard, il était sûr, ou du moins suffisamment convaincu pour se lever et lui souhaiter bonne nuit.

— Ne me dis pas que tu as été fidèle à Corrine pendant tout ce temps ? lui demanda-t-elle au moment où il partait.

À vrai dire, si. Mais cet aveu eût semblé incroyable et vaguement honteux, aussi se contenta-t-il de cligner de l'œil en lui faisant au revoir de la main. Peut-être que son facteur bêta personnel était bas, après tout. Dans la chute verticale de l'ascenseur, il éprouva une culpabilité fugitive. Mais une fois sorti de l'immeuble dans l'air chaud de la nuit, il décida que le point saillant, le point final était qu'ils n'avaient rien fait, rien, et il partit d'un bon pas dans l'avenue, pour rentrer chez lui.

30

La canicule jouait son rôle de niveleur : tous semblaient égaux sous son empire, pourtant les SDF proliférèrent cet été-là comme des plantes tropicales surgissant des fentes du trottoir, tandis que les émigrés bivouaquaient longtemps après la nuit tombée sur le perron des immeubles pour fuir le purgatoire de leur chambre, jouant aux dominos en écoutant les rythmes de chez eux sur leurs ghetto blasters tout neufs. Le seul bruit qui émanait des tours de l'argent, franchissant leur isolation, était la rumeur constante, envahissante, de la climatisation. Les riches restaient emmurés à l'intérieur de leurs forteresses thermiques, ou allaient à la plage.

Pour la première fois, les Calloway avaient pris une maison bien à eux pour l'été : une ferme de bois du XIXᵉ siècle au bord d'un champ de pommes de terre, non loin de l'océan. De leur chambre, la nuit, ils entendaient les vagues, et quand, les jours de nuages, la mer n'était pas visible, il y avait la compensation du coucher de soleil, étalé sur l'horizon plat, comme le refroidissement d'un lingot d'or fondu allumant des reflets roses à travers les cumulus. Des haies profuses et plusieurs érables bien placés les protégeaient de la plupart des maisons de campagne qui avaient surgi effrontément, à coups de millions de dollars, au milieu des patates, fruit des nouvelles fortunes bâties à Wall Street et dans Madison Avenue. De téméraires expériences en géométrie des solides rivalisaient avec de gargantuesques imitations des cottages de bois du style indigène. À mi-chemin des villes, depuis longtemps à la mode, de Southampton et East Hampton, les champs de pommes de terre avaient bénéficié d'un renversement de tendance qui les avait rendus du dernier chic au cours des années récentes. Quand Russell dit, à la blague, que cette situation le rapprochait de ses racines irlandaises, Corrine lui fit remarquer qu'en Irlande, ils auraient pu acheter une maison pour les vingt mille dollars d'une location de dix semaines dans les Hampton. Malgré ses réserves, elle aimait la ferme, qui possédait, à côté de ses prétentieuses voisines, un certain charme un peu délabré.

David Whitlock et Washington Lee venaient fréquemment, partageant une salle de bains avec tel romancier du Midwest venu récupérer après un semestre d'enseignement, tel poète de l'East Village profondément méfiant de la lumière du soleil et de tout exercice physique. Tim Calhoun, qui avait dit autrefois que les seuls bons poètes étaient les poètes morts, était venu de Géorgie livrer son dernier roman, faire allégeance à la nouvelle entreprise de Russell et boire du bourbon ; un samedi soir, il s'était mis à tirer les lapins dans le jardin avec un 44 magnum pour lequel il ne possédait pas de permis. Victor Propp avait presque tenu une journée entière avant de bondir en plein dîner, tourmenté d'une soudaine inspiration, pour ordonner à l'aguichante et docile Camille Donner de le reconduire en ville devant son bureau. Malgré des invitations répétées, Jeff refusait de quitter Manhattan et, quand Corrine l'avait poussé dans ses derniers retranchements, avait répondu :« Ils sont maraboutés, les Hampton. »

Pour aller à la campagne et en revenir, ils acquirent une Jeep, véhicule de rigueur cette année-là pour les jeunes loups des villes, et qu'on trouvait désormais à côté des BMW et des Saab, déjà devenues des clichés, dans les garages de l'East Side — mais aussi dans les rues plus dangereuses du Bronx et de Queens, où elle avait la faveur des trafiquants de crack les mieux lotis et où ses états de service martiaux et sa nature de tout terrain étaient moins ineptes. Les Calloway n'avaient encore jamais pu s'offrir de voiture, pour ne rien dire des trois cents dollars, loyer moyen d'une place de garage dans leur quartier. Mais étant donné la dette de soixante-dix ou quatre-vingts millions de dollars que Russell s'apprêtait à partager — et une confortable avance consentie par Melman sur son salaire —, les traites de la voiture semblaient, comme le loyer de la maison de campagne, minuscules en comparaison.

Après qu'on leur eut volé la radiocassette, un soir qu'ils avaient garé la Jeep devant chez eux pendant cinq minutes, ils y firent installer un modèle amovible et Russell traça sur un bout de carton à chemise d'une blanchisserie chinoise les mots : PAS DE RADIO. Cette pratique servait seulement à rappeler à Corrine les inégalités qui l'entouraient. Elle croyait y lire le slogan avantageux d'un club auquel elle ne souhaitait pas appartenir, le mantra de privilégiés frileux. Quand elle prenait seule la voiture, elle ne mettait pas l'écriteau derrière le pare-brise.

Un jour, ils firent le trajet de l'île dans l'hélicoptère de Bernard Melman, après avoir décollé du bord de l'East River et regardé la silhouette de la ville, hérissée comme une planche à clous, s'estomper derrière eux dans la brume. Il faisait si lourd, tout semblait si lourd, que Corrine ne voyait pas comment l'hélicoptère pourrait bien arriver à les arracher au sol et à les maintenir en l'air. Son corps était comme une vessie pleine d'une substance épaisse et malodorante. Elle avait totalement perdu l'appétit, depuis quelque temps, mais dès qu'ils s'éloignaient de la ville, elle commençait d'ordinaire à se sentir mieux.

Ils recevaient fréquemment à la campagne — « campagne » étant le vocable que les habitants de Manhattan appliquaient à cette région de villages à haute densité de population de l'extrémité orientale de Long Island. Leurs soirées acquirent une petite réputation parce qu'ils formaient un couple séduisant, nouveau venu dans les Hampton, parce qu'ils étaient plus jeunes que la plupart des gens qui louaient ou possédaient des maisons à l'est de Westhampton, parce que Russell était à la veille de devenir quelqu'un d'important dans la sphère dont cette langue de sable était l'avant-poste estival, parce que dans leur innocence, ils mélangeaient leurs invités selon des configurations inattendues.

En l'espace de quelques jours, semblait-il, le cercle des connaissances de Russell avait connu une croissance exponentielle. Ayant passé quelques instants dans la presse, il se retrouvait le voisin de gens qui y vivaient pour de bon — dans les pages des magazines. Pop stars, lions de la littérature et magnats des affaires figuraient à l'occasion parmi leurs invités à la table de la salle à manger. Russell ne se posait pas de questions à propos de son nouveau statut social et il devint impatient avec Corrine quand elle fit allusion à ce brusque changement, qu'elle soupçonnait de résulter pour une part du relatif relâchement des conventions lié à la saison et au lieu ou du parrainage de Bernard Melman, qui avait pris ses quartiers d'été non loin de là, dans une gigantesque maison au bord de l'eau à Southampton, que tout le monde voulait voir de l'intérieur, ne fût-ce que pour partager l'indignation qui avait balayé les Hampton quand il avait fait éventrer la demeure nonagénaire bâtie par Stanford White pour l'isoler et y faire installer la climatisation.

Quand Corrine s'inquiétait de la prodigalité de leur vie mondaine, Russell soutenait qu'il menait en sous-main ses affaires ; beaucoup d'écrivains en vacances avaient, d'ailleurs, signé le livre d'or de la villa Pommes de terre. Un soir, chez les Calloway, après sept vodka-Martini et une bouteille de chardonnay, un romancier d'un mètre quatre-vingt-dix, lauréat du Pulitzer, qui ressemblait à un grand héron bleu avec sa chevelure à la Einstein, proposa de quitter son épouse pour Corrine, avec des manières d'une courtoisie si lugubre qu'elle dut se tenir à quatre pour ne pas éclater de rire. Russell ayant révélé en passant à une autre idole littéraire en visite, athlète quinquagénaire et trapu, auteur de best-sellers comiques dans la veine épique, qu'il avait joué au base-ball à la fac, se vit promptement invité à jouer bloqueur dans le match annuel des écrivains contre les peintres, malgré l'intense concurrence de nombreux représentants de l'élite locale, qui n'avaient jamais écrit ni peint — propriétaires d'empires médiatiques, de galeries et de studios de cinéma, qui geignaient, imploraient et menaçaient les coaches des deux équipes en présence pour accéder à l'une ou l'autre.

Sous les yeux de Corrine et de plusieurs centaines de vacanciers, Russell marqua deux doubles et trois triples, reprit trois balles hautes de volée et sortit deux coureurs, sa gaucherie des jours ouvrables ayant disparu. C'était un athlète, en fait, se rappela fièrement

Corrine en le regardant, presque gracieux quand il rétrécissait son pouvoir de concentration au seul domaine physique. Un propriétaire de galerie, qui jouait ailier droit et à qui la veuve d'un expressionniste abstrait faisait un procès pour quinze millions de dollars, fut entendu pester contre le pro que les écrivains avaient introduit en douce dans leur équipe.

Une légende courait à propos d'un romancier à succès, coqueluche de la saison littéraire lors d'un précédent automne, qui s'était ridiculisé à l'occasion de son unique prestation dans ce match. Par la suite, sa carrière avait périclité — longue série de mauvaises publications et de mauvaises critiques qui l'avaient progressivement replongé dans l'obscurité — et la plupart des gens de lettres attribuaient cette infortune à son comportement calamiteux pendant le match. Russell considéra, en toute superstition, que son jeu à lui augurait bien de l'avenir.

Hâlé et triomphant, assis sur la galerie qui ceignait leur maison de planches, un gin tonic sur le genou, Russell déclara :

— La base-ball, ma qu'elle a été mucho mucho bonne por moi !

Il était difficile de ne pas partager son enthousiasme, mais quand il ajouta : « C'est la belle vie », Corrine, craignant qu'il ne leur porte malheur, toucha du doigt le chambranle de la porte qui se révéla fait de métal, et non de bois.

Russell suivit à la télévision les audiences de l'Irangate, braillant son indignation contre ce qu'il considérait comme la perfidie du gouvernement Reagan. Washington passa avec lui devant le récepteur quelques heures d'un vendredi après-midi. Loin d'être indigné, il semblait content de voir ainsi confirmé son sentiment de la malhonnêteté endémique des dirigeants.

— C'est perpétuel, ce genre de tripotages, expliqua-t-il à Russell. Cette fois-ci, ils se sont fait prendre la main dans le sac, c'est tout.

Washington avait été particulièrement heureux quand le candidat de Russell, Gary Hart, s'était emmêlé les pinceaux dans ses histoires de caleçon et avait été contraint à se retirer de la course à la présidence. Joseph Biden allait lui aussi être contraint de se retirer par la suite, quand on le prendrait avec les mots d'un autre dans la bouche.

À la campagne comme à la ville, Bernard Melman recevait sur un pied impérial, et les Calloway assistèrent à plusieurs de ses réceptions dans sa maison du bord de mer, qu'ils jugeaient en secret, comme beaucoup d'autres invités, un peu trop princière, tout en y prenant, plus secrètement encore, un grand plaisir.

En se rendant à pied à son travail par un matin de juillet, douillettement niché au creux de son cocon de gardes du corps en nage dans leurs complets noirs, Bernie Melman songeait à la réception qui s'annonçait et devait être le couronnement de sa saison. Parmi ceux qui avaient répondu à l'invitation qu'il avait fait porter en main propre par des domestiques, on comptait trois sénateurs, trois membres du gouvernement, cinq vedettes de l'écran, deux présentateurs d'un grand journal télévisé, un ancien trois-quarts arrière, deux princesses, un baron, deux ducs et une marquise, trois chroniqueurs mondains, d'innombrables mannequins, un chanteur pop et dix-sept représentants de la liste Forbes des quatre cents plus grosses fortunes. Les habituels suspects. Parmi ceux qui avaient décliné en exprimant leurs regrets, il y avait, une fois encore, ses parents.

Melman père était propriétaire d'un service de nettoyage de moquettes, le frère aîné de Bernie était chirurgien, son frère cadet avocat d'affaires. À eux trois ils ne gagnaient pas un demi-million par an, mais les frères avaient embrassé des professions respectables, alors que Bernie, quelle que fût la quantité d'argent qu'il gagnait, ne venait jamais à bout de la réprobation de ses parents qui le soupçonnaient d'être une espèce d'escroc. C'était tout juste s'ils ne réprouvaient pas sa fortune. La semaine précédente encore, son père lui avait envoyé un article découpé dans le *Plain Dealer*, critiquant sévèrement les OPA avec effet de levier. En outre, les parents de Bernie ne lui avaient pas encore pardonné son divorce d'avec sa première épouse, qu'ils adoraient, et qui passait ses vacances avec eux, et se montraient à peine courtois envers la nouvelle, dont ils ne parlaient qu'en l'appelant « la reine. » Le mot *divorce* n'appartenait pas à leur vocabulaire, sinon pour désigner une affreuse habitude des goyim.

Ils n'avaient que depuis peu manifesté un quelconque intérêt pour ses acquisitions. Quand il leur avait annoncé qu'il achetait une maison d'édition, son père lui avait demandé s'il publierait Saul Bellow.

— Pas encore, avait répondu Bernie.

— Hmmm, avait fait son père, ce *hmmm* absent indiquant à son fils que son esprit venait de sortir pour une longue promenade solitaire.

— Rien ne s'oppose à ce que je puisse le publier dans l'avenir, dit Bernie qui ajouta : tu as entendu parler de Victor Propp ?

— Qu'a-t-il publié ?

Là, le vieux lui avait cloué le bec.

— Je vais dénicher Saul Bellow, d'accord ?

Et Bernie avait effectivement essayé, cherchant à entrer en contact avec le prix Nobel par divers canaux officiels et privés, jusqu'alors sans succès. Entre-temps, il avait offert d'envoyer son avion personnel à Cleveland — ses parents pourraient assister à la réception et être chez eux à Chagrin Falls le soir même. L'élite sociale, politique, financière et industrielle du pays fréquentait la résidence d'été de Bernie Melman, certains n'hésitaient pas à prendre l'avion d'aussi loin que Los Angeles, mais sa mère refusait de manquer son bridge.

Par un samedi soir humide, quelques semaines après que le groupe de Russell eut fait sa première offre, Corrine se retrouva sur une terrasse, derrière la résidence d'été de Melman, scrutant la pelouse à la recherche de Russell, après s'être débarrassée d'un trio de jeunes Kennedy, descendus de Cape Cod pour la réception. À cinquante mètres, l'océan palpitait contre la plage, sur la pelouse, des serveurs en smoking filaient comme des poissons pilotes autour de P-DG en blue-jeans et polo. Elle aperçut Sasha Melman, qui dépassait d'une tête la plupart des gens présents. Corrine lui avait parlé un peu plus tôt dans l'après-midi. Elle avait l'air d'un modèle construit sur mesure pour un riche, incrustée de joyaux, lissée par quelque miracle de la dermatologie. Tandis qu'elle explorait les mystères des grandes femmes riches, Corrine remarqua quelque chose — était-ce le jet de vapeur d'une baleine ? — par-delà la limite du ressac.

Rentrant dans la maison en quête d'une salle de bains, Corrine monta un petit escalier pour échapper à la foule qui se pressait au rez-de-chaussée. Après le soleil et le bruit de l'extérieur, le frais corridor de l'étage était étrange et sépulcral. Entendant de la musique et des voix derrière une porte, elle avança tout doucement en tendant l'oreille et reconnut la voix de Jeff par-dessus les accents d'un rock lugubre. Quand elle frappa, la conversation s'interrompit brusquement.

— Merde ! dit l'autre voix.

Il était trop tard pour reculer sans perdre la face, Corrine se fit donc connaître et Jeff finit par ouvrir la porte.

Elle s'avança prudemment dans la pièce. Sa première impression fut celle d'un bar à l'heure de la fermeture, l'air était chargé de fumée, de sueur et de bière, bien que la chambre donnât sur l'océan et fût joyeusement décorée de tissus à motifs tropicaux et de meubles blancs. Mais les stores étaient baissés et l'air n'avait pas été renouvelé depuis des heures. Tony Duplex, le peintre néo-expressionniste, était vautré sur le lit défait.

— Ouais, je me rappelle, dit-il en réponse aux quelques mots de Corrine, avec l'inintérêt absolu pour autrui qui est une seconde nature chez les gens célèbres.

— Tu ne nous avais pas dit que tu allais venir, dit-elle à Jeff.

— C'est Tony qui m'a obligé à l'accompagner.

Jeff avait toujours la même allure d'adolescent vieilli, sa longue carcasse flottant dans un blue-jean et une chemise Oxford et, concession à la saison, une veste de lin écru complètement froissée.

— Mon connard de marchand a insisté pour que je vienne et il n'était pas question que je supporte ça tout seul, expliqua Duplex.

Les cheveux ramenés en arrière en une queue de cheval, il portait des lunettes et un T-shirt noirs, son visage était d'une admirable et nouvelle nuance de blanc.

— Votre marchand ?

— Oui. Ce trouduc de Melman possède à peu près la moitié de mon œuvre, alors il faut que j'assiste à ses réceptions. Mon marchand a peur qu'il se mette à me revendre à perte si mon attitude ne s'améliore pas. Je suis donc ici à me faire chier dans les Hampton pendant tout le week-end. J'ai réussi à emmener Jeff avec moi.

— Ils sont maraboutés, les Hampton, commenta Jeff.

Tendant la main vers la table de chevet, Tony augmenta le volume de l'appareil d'où surgissait une voix nasillarde qui geignait : « *If you ask me why I hate you, I'll try to explain...* » (Si tu me demandes pourquoi je te hais, j'essaierai de te l'expliquer.)

— T'aimes The Cure ? vociféra Tony à Corrine, devenant soudain hospitalier maintenant qu'il était sûr qu'elle allait partir.

— La cure pour quoi ?

— Pour cet enfoiré de Phil Collins, dit Jeff.

— Tu viens ? demanda-t-elle à Jeff.

— J'arrive.

— Pourquoi tu viens pas dormir chez nous, ce soir ?

— Je crois que je vais rentrer. Mais je vous donnerai un coup de fil.

Ayant franchi la porte, Corrine se retourna vers Jeff.

— Viens, s'il te plaît.

Dressée sur la pointe des pieds, elle se jeta à son cou.

— Ne nous repousse pas.

— J'essaierai, dit-il.

De retour sur la terrasse, elle s'apprêtait à descendre les marches pour plonger dans la foule quand elle se rendit compte que Bernie Melman se tenait près d'elle. Aux yeux de Corrine, il avait l'air un peu ridicule dans sa tenue de vacancier, avec ses bras poilus et sa brioche qui s'enflait au-dessus de son pantalon vert pomme. Il y a des gens qui ne sont tout simplement pas faits pour être vus sans leur uniforme. Estimant qu'elle était un peu injuste envers lui, elle lui dit :

— C'est une belle fête. Merci de nous avoir invités.

— Vous vous amusez ?

Elle fit oui de la tête.

— Comment pouvez-vous le dire ?

Corrine haussa les épaules.

— Vous devriez aller vous mêler aux invités, faire la connaissance de votre second mari, dit-il avec un sourire espiègle. Il y a quelques-uns des hommes les plus riches d'Amérique, en bermuda sur cette pelouse, et trois d'entre eux au moins ont déjà posé des questions sur vous. J'ai dit que vous étiez mariée, mais ces mecs-là, quand ils voient quelque chose qui leur plaît, ils sont persuadés qu'ils peuvent l'avoir. Ils voudraient vous ouvrir un compte chez Bulgari et Bendel, tout ce que vous voudrez. Personnellement, je ne peux vous recommander aucun de ces crétins, dit-il, voyant qu'elle était tout juste amusée. D'ailleurs, si vous voulez, je les fais virer sur-le-champ. Vous n'avez qu'à le dire. Un seul mot : ouste ! Je les fais flanquer à l'eau, d'accord ? Vous avez fait la connaissance de Ralph, là-bas ? demanda-t-il en indiquant une silhouette sombre au coin de la véranda. Ralph est bien au-delà de la ceinture noire, il est ceinture de platine, dans je ne sais quel art martial coréen dont personne n'a jamais entendu parler tellement c'est secret. Eh, mon petit Ralph... comment ça s'appelle, là, ce kung fu, que tu fais ?

— Tae Kwen Do, Mr. Melman, répondit l'adepte.

— C'est ça, c'est ça. Vous savez, il risque sa peau rien que pour avoir prononcé ces mots-là. Ultra-secret. Figurez-vous qu'un connard a essayé de m'agresser un jour, Ralph l'a balancé d'un trottoir à l'autre de la Cinquième Avenue, les quatre voies. Il est allé atterrir dans la charrette à bras d'un vendeur de hot dogs. Il y en avait partout. Alors vous n'avez qu'à dire un mot et il flanque ces mecs-là sur orbite. Ou n'importe qui d'autre. Tenez, la petite nana qui est en train de faire du gringue à votre mari. Paf ! Dehors !

Sur la pelouse, Russell était effectivement en grande conversation avec une brune d'une minceur exaspérante, les allures de poulain et les gestes théâtraux carastéristiques des modèles.

— Ou lui-même, peut-être ? ajouta Melman avec un clin d'œil.

— Je vous aurais cru plus réglo avec votre nouvel associé.

— Russell, attention, je l'adore, moi, Russell. C'est un type for-midable. Malin, belle gueule. Mais je n'irai pas jusqu'à dire que c'est un associé. Pour lui, c'est des affaires, mais, pour moi, c'est plutôt du mécénat.

Il se passait quelque chose, sur la pelouse et au-delà, une vague d'agitation bruyante qui semblait entraîner les corps en direction de la mer. Subodorant un danger, Ralph se rapprocha de Melman, qui leva les yeux dans la direction du nouveau brouhaha de voix surexcitées qui venaient de l'océan.

Ils marchèrent ensemble vers la plage, à la suite des derniers invités demeurés sur la pelouse. Des vociférations et des cris aigus provenaient du bord de l'eau par-dessus le grondement du ressac et les premiers rangs commençaient à refluer à contre-courant du flux prédominant qui s'écoulait vers la plage. Corrine conti-nua à avancer et fut soudain projetée contre Russell qui lui prit la main.

— Tu vois? demanda-t-elle à l'instant même où un grand crois-sant d'un bleu argenté s'élevait au-dessus des têtes comme un quar-tier de lune dégoulinant et qu'ils faillirent être renversés par la foule qui battait en retraite.

— Viens, dit Russell, le visage allumé par un enthousiasme de petit garçon.

Il la tira de l'avant jusqu'à ce qu'ils fussent sortis de la foule, jusqu'au bord du banc de sable qui marquait la limite de la marée haute, sur la plage. La créature était agitée de soubresauts dans l'eau peu profonde dont elle émergeait à moitié, une nageoire de la taille d'un homme dressée presque à la verticale sur son flanc décou-vert, écrasant de sa masse les humains plongés à mi-corps dans le ressac. Dans un bouillonnement d'écume et de sable remué, elle essayait de nager jusqu'à la berge, comme si elle avait renoncé à son existence aquatique dans l'espoir d'imiter l'ancêtre lointain qu'elle avait en commun avec ces êtres terrestres, chétifs et agités. Une terrible puanteur emplissait l'air — quelque chose de très ancien, ramené du fond de l'océan.

— Sauve-toi, chuchota Corrine.

Regardant dans l'immense œil noir, au-dessus des sillons gris qui marquaient la chair du ventre, elle se sentit aspirée dans un abîme de tristesse.

Russell enleva sa chemise et plongea dans l'eau pour se joindre aux hommes qui tentaient de repousser la baleine loin du rivage.

— Attention à la queue! vociféra quelqu'un.

À plusieurs reprises ils parvinrent à repousser l'animal de quelques mètres, mais le déferlement des vagues et le combat de la bête elle-même pour s'échouer étaient implacables. Russell, de l'eau jusqu'à la ceinture, hurlait des directives et se jetait de tout son poids contre la masse glissante de l'animal condamné. L'obscurité tombait quand une embarcation des gardes-côtes parut à une centaine de mètres du rivage. Neuf ou dix policiers allaient et venaient, impuissants, sur le sable, quand Russell finit par ressortir de l'eau.

Toute la réception n'avait plus qu'un but, l'ensemble des invités avait une vieille expérience des œuvres charitables et voilà qu'une crise se nouait sous leur nez. Personne ne savait que faire. Un type de la First Boston avait déjà entrepris une collecte pour sauver la baleine, parcourant la plage avec un seau à champagne en argent.

— C'est horrible, dit Corrine.

— Je sais.

Russell était moins exubérant, désormais, le souffle court, il frissonnait.

— Tu veux prendre la voiture? demanda-t-il. Moi, je reste.

— Jeff est ici.

— Ah oui? Je croyais que le soleil le faisait fondre.

— Essaye de le convaincre de venir à la maison, ce soir, tu veux bien? Il est enfermé dans le noir dans une chambre avec ce malade de Tony Duplex.

— Je vais essayer. Mais n'y compte pas trop. Il ressemble beaucoup à cette baleine.

Elle savait d'avance que Russell resterait jusqu'à la fin pour faire tout ce qu'il pourrait. Il n'aurait pas supporté que quelque chose d'intéressant se passe sans lui, et le côté solaire, pragmatique de son caractère lui permettait de croire qu'il pourrait exercer une influence positive sur le résultat. Mais elle avait lu la condamnation dans l'œil de la baleine et ne voulait pas en voir plus.

L'homme qui faisait la quête, le visage rouge et les yeux vitreux sous la casquette des Mets, lui fourra le seau à champagne sous le nez.

— Sauvez la baleine, sauvez la baleine.

— Mais comment ?

— Comment ?

— Que comptez-vous faire de l'argent ?

Sa mâchoire se détacha lentement du reste de son visage et il demeura bouche bée. À l'évidence, la question ne lui était pas encore venue à l'esprit.

31

Tous les dimanches soir, une théorie de stops et de feux arrière rouges se déroulait sur cent cinquante kilomètres entre Montauk et Manhattan, long collier de perles mélancoliques signifiant la fin du week-end, et, parmi elles, Russell et Corrine.

Le lendemain soir de la réception chez Bernie Melman, ils écoutaient la station d'infos WINS pour suivre les reportages sur la baleine échouée, en roulant lentement vers la ville. À onze heures, on annonça qu'elle était morte. Entre-temps, toutes les stations musicales matraquaient à qui mieux mieux les mêmes chansons lugubres de U2 — « *With or Without You* » (Avec ou sans toi) et « *I Still Haven't Found What I'm Looking for* » (Je n'ai toujours pas trouvé ce que je cherche), vraie musique à sauver les baleines. Phil Collins ne tarderait certainement pas à geindre. Corrine avait l'impression que le rock'n roll était plus rigolo quand ils étaient arrivés à New York et qu'ils passaient la moitié de la nuit à danser dans les discothèques. Où étaient donc passés Blondie, les Cars et Clash ?

— Je me demande, dit-elle, qui est censé constater le décès des baleines ?

Russell prenait ça comme une défaite personnelle. Il n'entrait guère de fatalisme dans sa constitution, l'idée l'effleurait rarement que la chair animale fût simplement le réceptacle impuissant d'acides aminés tyranniques, que les destinées humaines fussent écrites d'une encre indélébile par une divinité capricieuse. Corrine pensait qu'il n'avait pas le sens du mal et était, de ce fait, peu armé pour les affaires.

Comme pour démontrer qu'il était incapable de lire dans ses pensées, Russell dit soudain :

— Il est sympa, Bernie. En fin de compte, c'est un type bien.

— Tu penses ça de tout le monde.

Malgré toute son intelligence, Russell se trompait toujours sur les gens, il tendait toujours à faire confiance aux escrocs sur de simples apparences.

Elle lui raconta sa conversation avec Bernie sur la véranda.

— Je ne sais pas jusqu'à quel point tu peux lui faire confiance. Il est drôle, et tout, mais c'était presque comme s'il me faisait des propositions.

— Bah, reprit Russell après un court silence climatisé, je peux pas lui en vouloir pour ça.

— C'est tout ce que tu trouves à dire?

— Qu'est-ce que tu veux que je dise?

Ce fut seulement à cet instant que Corrine s'avoua à elle-même ce qu'elle désirait vraiment : qu'il renonce à toute l'histoire — à ses tractations avec Melman, au rachat de la société. Ils n'étaient pas de taille. C'était le sentiment qu'elle avait eu pendant la réception. Aussi, alors qu'elle ne s'était pas particulièrement offusquée sur le moment, s'entêta-t-elle à exagérer les torts de Melman.

— Tu ferais des affaires avec un type qui veut coucher avec ta femme?

— Ah, je t'en prie, ne prends pas tout au tragique. Certains de mes meilleurs amis veulent coucher avec toi.

Pour lui, c'était un compliment spirituel, mais quand il la regarda, elle semblait bouleversée et, les yeux fixés sur le pare-brise illuminé, se demandait à quels meilleurs amis il pensait.

Suspendus entre les feux arrière rouges qui les précédaient et les phares blancs qui les suivaient, ils poursuivirent leur route en silence jusqu'à Manhattan. Pour sa part, Russell ruminait ce qu'il considérait comme le manichéisme de Corrine : elle était si extrême que tout ce qu'elle ne pouvait pas aimer, elle le redoutait. Son extrémisme s'accusait encore ces derniers temps. Et puis elle maigrissait trop, elle était à la limite de l'anorexie — difficulté, chez elle, qui revenait par intermittence depuis le lycée. Quand elle avait l'impression de ne plus arriver à maîtriser d'autres aspects de son existence, elle décidait ᴜe mortifier son corps.

Il tenta plusieurs fois de reprendre la conversation, comme si de rien n'était, mais elle répondait par monosyllabes.

La manchette du *Daily News* proclamait : « La baleine s'invite chez le requin. » Celle du *Post*, « Moby Dick mène le bal à Hampton Beach. » Cette baleine à bosse était, croyait-on, la plus grosse créature à s'être jamais échouée à Long Island depuis le début du siècle. Le lendemain, le *Times* rendait compte de l'événement sur deux colonnes sous le titre « Une baleine s'échoue à Long Island ». Un chroniqueur du *Village Voice* accusa Melman d'avoir fait déverser plusieurs dizaines de litres de phéromone de baleine au large de sa plage la veille de la réception, allégation qu'un porte-parole de Melman décréta « ridicule », citant le témoignage de plusieurs spécialistes de biologie marine qui jugeaient grotesque l'idée elle-même. Beaucoup plus tard, dans un adieu aux années quatre-vingt paru dans *Harper's*, la réception au cours de laquelle Bernie Melman offrit à ses hôtes le spectacle d'une baleine captive était citée comme un des meilleurs exemples des excès de cette décennie.

Cet été-là, Corrine prenait encore le métro nord-sud pour aller à son bureau et en revenir du lundi au vendredi, mais tout le reste avait changé. Russell, qui avait de tout temps, d'après elle, trop aimé faire plaisir, se transforma presque, avec sa campagne pour s'emparer de Corbin, Dern, en une espèce de politicien. Il fallait être perpétuellement fourré avec Dave Whitlock, Washington Lee et Leticia Corbin ; il fallait sourire aux actionnaires et aux membres extérieurs du conseil d'administration, nourrir et cajoler les auteurs. Et nul autre que l'époux de Corrine ne pouvait apparemment s'en charger. Il fallait aussi qu'il passe vraiment beaucoup de temps avec Trina Cox. Et selon toute apparence, qu'il avale des litres d'alcool, pour pouvoir s'occuper de tout le monde, parce qu'il rentrait d'ordinaire à la maison tout rouge et pâteux, après avoir appelé d'une cabine pour annoncer que le groupe s'était déplacé d'un lieu à un autre et lui demander si elle désirait les rejoindre. Depuis qu'elle ne buvait plus elle-même, elle n'aimait guère ces dîners qui se prolongeaient toute la nuit ; elle était comme une étrangère à la table, et, de toute manière, les autres parlaient boutique. Elle attendait donc le plus souvent à la maison son retour titubant.

Au début de l'été, il était toujours très amoureux quand il rentrait, comme s'il avait subi une espèce de transfusion de testostérone, et elle se demandait par moments avec qui au juste il baisait... il semblait s'emparer du monde entier par l'intermédiaire de son corps à elle. Mais, dès juillet, il fut bien rare qu'il eût assez d'énergie pour l'embrasser avant de s'endormir, à croire que l'épouse était celle qui n'avait pas besoin d'attentions particulières, peut-être parce qu'on partait du principe qu'elle serait toujours là.

La première offre avait été rejetée par le conseil d'administration après des semaines d'aigres discussions. Pour barrer la route au groupe Melman, le conseil adopta une *poison pill* ; les avocats de Melman attaquèrent cette décision dans le Delaware, demandant à la justice de déclarer ces mesures « nulles et illégales ». Corbin, Dern lança une contre-offensive judiciaire. Jerry Kleinfeld trouva un chevalier blanc en la personne d'un éditeur allemand qui accorda son soutien à la firme et fit monter les enchères en offrant deux dollars de plus par action. Ce fut alors que J.P. Haddad, le financier off shore dont Russell et Corrine avaient aperçu le bateau dans les Caraïbes au mois de mars, lança une offre presque identique à celle du groupe soutenu par l'Allemand. En raison de la difficulté qu'il y avait à comparer les offres, qui combinaient l'argent et le papier dans des proportions diverses, le conseil réclama une dernière réévaluation des soumissions. Russell était abattu mais Trina débordait d'optimisme. Après avoir pris la communication de Whitney Corbin dans les bureaux des avocats de Melman, elle appela ce dernier à Southampton et appuya sur la touche conférence. Il était au courant pour les Allemands mais pas pour Haddad.

— Quel sale con ! Il m'a déjà battu sur le dernier coup et il n'est pas question que je laisse ce cinglé l'emporter encore une fois. Allons-y pour le va-tout. Jusqu'où peut-on monter, Trina ?

— Je ne vois pas comment nous pourrions justifier plus d'un dollar supplémentaire par action.

— Réfléchissons à une augmentation de deux dollars cinquante par action et présentons une offre à deux vitesses.

Le lendemain, Trina et les analystes avaient mis au point une offre qui ajouterait quatre millions au coût de la société, sur la base d'une évaluation un peu optimiste de ce qu'on pourrait retirer de la vente du secteur des manuels scolaires. Melman revint en ville à bord de son hélicoptère. En buvant avec Russell, Washington lui révéla un renseignement précieux : les Allemands étaient prêts à monter jusqu'à vingt et un.

— Comment le sais-tu ? demanda Russell.

— J'ai mes sources.

— Non, ça ne suffit pas. Il faut que je sache avec certitude.

— Confidences sur l'oreiller, mon petit vieux.

Russell, qui savait à l'occasion se montrer obtus, écarta les bras et ouvrit les mains en signe de totale incompréhension.

— Carlton, c'est un nom qui te dit quelque chose ?

— Quoi, tu te fais Carlton ? La grognasse de Harold ?

— Ben, chef, faut bien qu'on se sacrifie tous un peu.

— Ça alors. Et on peut lui faire confiance ?

— C'est le scénario classique, la vengeance, tu piges ? Harold sort avec une nouvelle nana, mais Carlton est toujours assise juste derrière la porte quand il reçoit ses gars pour parler bizeness.

— T'es vraiment trop, toi, Washington.

— Parfois, je m'étonne moi-même.

La limite fixée pour les offres définitives était passée depuis six heures et le groupe Melman attendait l'appel du cabinet d'avocats qui représentait le conseil d'administration de Corbin, Dern. À son retour en ville, Bernie avait eu la grâce d'insister pour que l'équipe des négociateurs dresse le camp dans ses bureaux. Il s'y trouvait maintenant depuis plus de treize heures, à bavarder, faire livrer des repas par le « 21 », répondre de temps à autre à des coups de fil d'avocats ou d'épouses et à putter des balles de golf roses sur le luxueux Aubusson or et pêche qui recouvrait le sol de la grande salle de conférences, pour tenter de les faire entrer dans des verres à vin renversés.

Le coup était sur le point de se conclure et il régnait entre eux la camaraderie de l'adrénaline. Chacun semblait plus malin et plus drôle que d'ordinaire à tous les autres. Deux sujets prédominaient : le coup et le sexe. On raconta la blague du lion et du singe, celle du naufragé, celle du doberman et des moutons, celle du Français, de l'Anglais et du juif. Les juifs racontaient des histoires juives, Russell des histoires irlandaises, les avocats des histoires d'avocats.

Trina raconta ce qu'on disait de Dennis Levine, banquier condamné pour délit d'initié : « Ça doit être un retardé mental, ce gars-là, il lui a fallu onze affaires pour gagner huit misérables millions. » Le répertoire de Melman était encyclopédique et c'était toujours lui qui obtenait les plus grands éclats de rire. Russell était au bord du délire à force d'épuisement et de tabagisme passif.

— Quand je pense que je passais des nuits blanches rien que pour m'amuser, dit-il à Rockaby.

— C'est plus amusant quand c'est pour le fric, répondit Rockaby.

Les banquiers de Melman n'avaient pas l'air de souffrir particulièrement de cette aggravation du manque de sommeil, rituelle pour eux, mais Russell admirait Trina, qui était capable d'en remonter à cette équipe surpayée.

Bien que sa présence ne fût ni requise, ni même tout à fait souhaitable, Washington était passé après le dîner pour prendre la température de l'affaire. Il arriva au quatrième étage d'assez méchante humeur dans son costume Comme des garçons ; les vigiles du hall — parmi lesquels il fut presque certain de reconnaître l'un de ceux qui avaient assisté à sa fuite calamiteuse de la casa Melman — lui avaient mené la vie dure, commençant par refuser de téléphoner à l'étage, menaçant même d'appeler plutôt la police.

— Je me demande si je ne vais pas porter plainte contre vos brutes, dit-il à Melman, pour incivilité à l'encontre de mes droits civiques.

Washington n'avait jamais expliqué sa disparition du dîner, dans la crainte que le sujet, une fois soulevé, ne le plonge dans une situation gênante où il risquait de s'enferrer. Il avait adressé la classique carte de remerciement à Sasha Melman et organisé la rencontre avec Donald Parker conformément aux instructions, ce qu'il n'aurait peut-être pas fait dans d'autres circonstances.

— Prenez un cognac, dit Bernie, vous voulez un cognac, vous voulez un cigare ? Carl, donne-lui un cognac, quoi, je t'en prie. Vous aimez la peinture ? demanda-t-il en voyant que Washington examinait les toiles sur le mur.

— Le Dubuffet est emmerdant mais j'aime bien le Duplex.

— C'est moi qui possède la plus grande collection des œuvres de ce trouduc. En tout cas pendant un jour ou deux encore. Il a failli foutre le feu à ma maison de campagne il y a quinze jours. Bon, jetez un œil, faut que je donne quelques coups de fil.

Russell taillait une bavette avec quelques costards dans l'autre bureau. Washington trouvait qu'il était impossible de distinguer leurs noms ou leurs visages. C'était, dit Russell, l'équipe des juristes. Trois mecs à la face rose dans des costards bleus, l'un d'entre eux tenant une canne de golf. Pas blanc cent pour cent, celui-là, il devait avoir une goutte de sang noir — un peu plus chauve et un peu plus petit que la moyenne des membres du Harvard Club. Comment est-ce que ces types se reconnaissaient les uns des autres ? Est-ce que leurs épouses se rendraient compte de quoi que ce soit s'ils échangeaient leurs bagnoles sur le parking de la gare de Chappaqua et rentraient les uns chez les autres ? Chéri, tu as l'air plus petit, ce soir — c'était dur, au bureau ?

— Comment ça s'annonce ? demanda Washington.

— C'est dans la poche, dit Russell.

— À ce point-là ? demanda Washington presque sincèrement.

— Oui, ça veut dire, tu sais...

— Quand est-ce qu'on saura si on garde notre boulot ?

— À un moment ou à un autre, ce soir.

— Je repasserai, dit Washington. En attendant, mes petits blancs, vous avez intérêt à travailler votre putt.

En sortant de l'ascenseur au rez-de-chaussée, il lança : « A plus, Guido ! » à l'armoire à glace qui l'avait emmerdé.

Sept limousines plus ou moins longues attendaient à quai, au bord du trottoir. Washington monta dans une Lincoln noire. Il regarda le chauffeur surpris dans le rétroviseur.

— Vous bossez pour Fried, Flotte and Cadwallader, c'est ça ?
Le chauffeur acquiesça de la tête.

— Alors, en route. Dans la 58ᵉ entre Park et Madison.

— Vous avez un bon ? demanda le chauffeur.

— Il m'en faudra un, merci.

La voiture démarra et s'engagea dans la Cinquième Avenue.

— Je prendrai l'hélico pour rentrer, dit Washington quand ils
se furent garés devant « Au Bar », où le portier lui dit bonjour
et ouvrit le cordon de velours pour le laisser passer. Pas de quoi
pavoiser — l'endroit était à demi désert, une poignée de rejetons
d'armateurs grecs et de débutantes de l'année dernière. Il but un
verre et dragua une nana qui prétendait l'avoir rencontré au printemps. Il se demandait, en l'occurrence, l'étendue sémantique exacte
du verbe « rencontré ». Il ne se souvenait pas d'elle, mais il aurait
dû ; elle était indiscutablement mettable, anglaise, les seins prêts
à jaillir de son bustier pailleté d'or. Elle disait s'appeler Samantha.

— On se tire ailleurs, Sam, dit-il. C'est mort, ici.

Elle dit qu'elle attendait des amis, réponse qu'il haïssait.

— Donnons-leur rendez-vous à SoHo, proposa-t-il parce qu'il
avait besoin de se purger d'un truc qu'il avait chopé dans le bureau
de Melman, l'odeur de la cupidité courtoise des blancs qui colle
à la peau comme un mauvais after-shave. Une puanteur dont il
n'y a pas moyen de se débarrasser dans l'Upper East Side.

— Il y a une fête dans la 76ᵉ, au coin de Park Avenue.

La négociation s'engageait mal. Manque d'enthousiasme de part
et d'autre : il n'avait pas envie de rester, elle n'avait pas envie de
partir. En dernière analyse, il se dit qu'il n'avait pas un besoin
immédiat et absolu de baiser. Il prit donc un taxi tout seul pour
aller chez Nell, où il tomba sur quelques connaissances, mais pas
sur la personne qui aurait pu passer, ne fût-ce que pendant quelques heures, pour une bonne raison d'être sorti, au lieu de rester
bosser chez lui sur le Frantz Fanon.

Corrine, qui attendait des nouvelles à la maison, était mécontente du rôle absentéiste qui lui était dévolu. Avant que Russell
ne se fût entouré d'une équipe de conseillers, c'était elle qui l'avait

guidé à travers les chiffres. Ils avaient veillé fort tard toutes les nuits pendant une semaine. Elle avait été la première à lui dire qu'il était théoriquement possible d'acheter la boîte, la première à avoir calculé ce qu'elle pouvait bien valoir en réalité, à brosser les grandes lignes d'un scénario possible. Ce qui ne signifiait pas qu'elle lui conseillait de le faire. Elle jugeait que c'était de la folie.

Ce n'était pas parce que quelque chose était faisable qu'on était obligé de le faire. Russell n'avait pas idée de la fragilité de la vie, de l'existence de limites qui risquaient d'être franchies si l'on visait trop loin. Russell avait grandi sans à-coups, pour lui ç'avait été comme une suite de promotions, et la mort de sa mère, dix ans plus tôt, lui était apparue comme une cruelle exception à la bonté générale de la nature.

Plusieurs jours durant, Corrine avait tenté de le raisonner.

— Ce n'est qu'une histoire de mecs, une idiotie entre Harold et toi. Vous n'avez qu'à aller aux toilettes, demain, tous les deux, vous vous mesurerez et vous saurez qui est le vainqueur.

— L'histoire de l'humanité n'est peut-être qu'une rivalité idiote entre mecs.

— Tu entends ce que tu dis? Arrête-toi pendant qu'il te reste encore un peu d'humour.

— Depuis quand l'ambition est-elle un crime?

— Quand elle est excessive.

— C'est toi qui veux avoir des enfants.

— Alors là, bravo pour le coq-à-l'âne.

— Ah bon? Tu veux élever ton enfant dans un deux pièces?

— Tu es vraiment incroyable, tu ne recules devant rien.

Contrer l'attaque de son propre sexe par un appel à ce qu'il croyait être une faiblesse féminine.

— Si je te comprends bien, je n'ai qu'à te suivre dans ton projet délirant pour que tu condescendes à me faire un enfant?

Quand il avait été clair qu'il ne se laisserait pas convaincre, elle avait rendu les armes pour tenter de le soutenir. Peut-être que les gens qui ne savaient pas qu'ils ne pouvaient venir à bout de certaines tâches réussissaient parfois, par pure naïveté, comme les gros bourdons, qui n'ont jamais appris que les lois de l'aérodynamique les font incapables de voler. Et puis, il débordait à tel point d'enthousiasme qu'elle avait l'impression de le voir refleurir après un long hiver sans amour. Conscient des réserves de Corrine, il tentait souvent de l'amadouer en lui offrant des fleurs et des cadeaux impromptus. C'était quelque chose qu'elle souhaitait encourager, bien qu'il lui semblât triste, par moments, qu'il attendît de la vie tout autre chose qu'elle. Elle voulait le genre de foyer qu'elle n'avait jamais connu étant enfant, et dont la fragile illusion avait définitivement volé en éclats avec le divorce de ses parents. Elle ne pouvait comprendre pourquoi Russell avait besoin de diriger le monde ou pourquoi il jugeait très important qu'ils aient leurs photos dans un magazine.

Après l'une de ces longues négociations, codées, en grande partie silencieuses, qui constituent l'existence d'un couple marié, ils étaient parvenus à un accord tacite qui semblait favoriser Russell : elle se tairait et il serait gentil. Elle en passerait par où il voulait en échange d'attentions à venir. Cela ressemblait à l'un de ces accords de restructuration de la dette d'une société par lesquels on était contraint d'accepter du papier non négociable, dans l'espoir qu'il vaudrait quelque chose un jour, et parce qu'on n'avait pas le choix.

Corrine l'avait mis en garde contre l'affaire mais cela ne signifiait pas qu'elle était insensible à l'excitation de l'aventure ou satisfaite d'en être exclue. Seule à la maison une fois de plus, elle feuilleta des magazines, trop agitée pour lire un livre. Au bout d'une heure, elle en avait parcouru tout un tas, constitué de *Architectural Digest, Self, Vanity Fair, Vogue, Elle, Details,* et *Manhattan inc.* Elle était épuisée. La lecture des magazines, c'était comme aller dans un cocktail, une série de conversations de trois minutes. Ayant sauté le dîner, elle avait fini par boulotter tout un paquet de chips, ce qui était vraiment dégoûtant. Elle devait bien peser quatre cent onze kilos.

Onze heures. Corrine alluma la télé, augmenta la puissance du climatiseur. Dans la cuisine, elle dénicha un Snickers. Ça absorberait un peu de cette huile répugnante et le sel des chips... Elle avait l'impression qu'un pétrolier géant s'était échoué dans son duodénum.

Elle se demanda si elle devait téléphoner de nouveau. Pourquoi n'appelait-il pas ?

Drôle de couple, à la télé, Felix prépare le dîner d'Oscar. Corrine se rendit compte qu'elle n'aurait pas été si affamée si elle avait mangé un vrai dîner. De retour dans la cuisine, elle trouva une portion de lasagnes, Cuisine Minceur. Moins de trois cents calories — c'était raisonnable. Mais le lendemain, décida-t-elle, elle entamerait un véritable régime. Le jeûne. Elle s'affamerait pour de bon. C'était horrible d'être grosse en été. Elle mit les lasagnes dans le micro-ondes et observa leur cuisson par la porte du four tandis que le thème du générique de *Lune de miel* lui parvenait depuis le salon. « Chef de l'avenir », l'émission que Russell préférait. Corrine ne l'aimait pas tant que ça, elle trouvait toute cette misère, toutes ces disputes plutôt tristes. Mais elle la regardait parfois, quand Russell n'était pas à la maison, elle l'imaginait assenant des claques sur la table basse et hurlant de rire pendant qu'elle essayait de comprendre ce qui pouvait bien être si drôle. Quelqu'un qu'elle connaissait, elle avait oublié qui, lui avait dit un jour que quand les gens nous manquent, c'est encore une façon d'être avec eux.

Après *Lune de miel*, elle farfouilla dans le congélateur à la recherche de quelque chose de sucré, trouva une Dove Bar et se sentit grossir à chaque bouchée. Il était minuit et demi. Elle regarda *Star Trek* en cherchant à se rappeler les théories platoniciennes apprises à la fac. C'était quoi, déjà ? Spock était l'intellect, McCoy, l'émotion, et Kirk, le principe unificateur qui régissait l'ensemble, ce que Platon nommait l'élément spirituel. L'importance d'une éducation faisant place à la culture générale était ainsi démontrée, CQFD.

Quand le feuilleton fut terminé, elle mangea la seconde Dove Bar parce qu'elle était là, dans son emballage parfait, dans le congélateur, d'où elle l'appelait, marmonnant son nom. À une heure et demi, elle alla à la salle de bains, s'enfonça un doigt dans la gorge et vomit.

À trois heures et demie, Washington se retrouva dans le Lower East Side, dans une rue bordée d'immeubles incendiés aux fenêtres masquées de planches. Une Toyota blanche, immatriculée dans le New Jersey, tourna au coin de la rue et ralentit en passant devant lui. Un visage blanc, fleuri d'acné, lui lança :

— Tu vends ?

— J'en ai même pas pour moi, merde, répondit Washington en gueulant.

À quelques portes de là, deux mômes qui s'étaient blottis dans un recoin se précipitèrent sur la chaussée et firent de grands signes à la bagnole. Washington s'accroupit et frappa contre une trappe de livraison rouillée qui se découpait dans le trottoir. Une minute plus tard, la trappe s'ouvrit, une tête en surgit et hocha en direction de Washington, qui descendit les marches de fer qui s'enfonçaient dans le sous-sol. Longeant précautionneusement un passage souterrain humide et voûté, il alla frapper à une porte d'acier.

Quand ses yeux se furent accoutumés à l'obscurité enfumée de la cave, il distingua Juan Baptiste et Leticia Corbin parmi les corps blessés et les visages tordus qui entouraient le bar. Il leur adressa un salut de la main au ralenti. On savait qu'on était vraiment cassé quand on était content de voir ces ombres du souterrain séjour.

— Je suis content de te voir, vieux, dit-il à Juan en embrassant la joue froide et blanche de Leticia qui annonça qu'elle fêtait la chute imminente de son frère.

Washington leva un sourcil et laissa entendre que ça n'était pas si simple, que ce ne serait pas fini avant d'être fini, et qu'il faisait, à vrai dire, partie intégrante d'une négociation qui se déroulait en cet instant même dans le plus grand secret — sans cesser de regarder avec intérêt le couple qui baisait sans bruit, dans un coin.

Un peu avant l'aube, il était dans un taxi qui remontait vers le nord de Manhattan. Il hésitait à examiner son costume de trop près, s'étant accroché au cul d'une benne à ordures depuis Delancey jusqu'à la 14ᵉ rue parce que c'était le seul véhicule en mouvement à travers les friches stériles du Lower East Side, dans le petit matin. Ensuite, deux taxis l'avaient doublé en trombe, jeune noir dans une rue déserte, un des chauffeurs lui criant « vas-y à pied ! » par la fenêtre.

Dans le hall de l'immeuble de bureaux de Melman, une paire de brutes en uniforme se mirent en travers de sa marche inexorable vers les ascenseurs. N'était-ce pas les enfoirés auxquels il avait déjà eu affaire plus tôt ? Toujours difficile à dire avec les blancs. Eux, en tout cas, n'avaient pas l'air de le reconnaître.

— Vous désirez ?

Un type aussi large que haut dans un costard mal coupé, pas de cou et presque pas de lèvres, qui se croyait sans doute sur un terrain de rugby, voulut jouer les défenseurs en barrant à Washington le chemin de l'ascenseur.

— Une cigarette, si t'en as une.

— Désolé. L'accès est réservé aux porteurs d'une autorisation.

Toute cette histoire commençait à le fatiguer et à lui donner soif. Espérant qu'il lui restait bien une ou deux gorgées, il plongea sa main dans la poche de sa veste.

— Gaffe ! Il a un flingue !

Soudain, il y eut de vrais flingues partout, un gros 45 sous son nez et un autre contre sa tête...

À l'approche de l'aube, le téléphone sonna.

— Dis bonjour au nouveau directeur littéraire, dit Russell.

— Quoi ?

Elle s'était endormie, rêvait qu'elle dormait en attendant qu'il rentre d'un rendez-vous avec le vampire Leticia Corbin.

'— On les a eus. On a gagné.

— Je suis levé à sept heures et demie un samedi matin, je n'arrive pas à le croire. J'ai des chaussettes propres?

— Russell, ne renifle pas tes chaussettes. C'est dégueulasse.

— Faut bien renifler, quand le tiroir est vide. Après tout, je pourrais jouer les lycéens et me passer de chaussettes. Quand on vient pour un lynchage, tu crois que c'est malpoli, d'être sans chaussettes?

— Ce n'est pas un lynchage. Tu essayes de lui sauver la vie. Pourquoi est-ce que tu ne te mets pas ça dans la tête, au lieu de t'identifier à lui?

— Serait-ce une allusion rusée au fait que j'ai la gueule de bois?

— Je n'ai pas...

— Je ne souhaiterais pas ça à mon... je ne souhaiterais pas ça à Harold.

Quand Zac Solomon avait appelé de Californie pour dire que Jeff s'était endormi au beau milieu d'une discussion avec les dirigeants d'un studio, Russell avait enfin décidé de faire part à Corrine de ses soupçons. D'abord furieuse qu'il ne le lui ait pas dit plus tôt, elle avait vite retrouvé son sens pratique pour se renseigner sur les établissements et les cures de désintoxication et appelé les parents de Jeff. Ce dernier était de retour à New York et Zac était arrivé en avion, la veille, pour superviser l'opération. C'était un vétéran de ce genre de mission, ayant lui-même été désintoxiqué; il s'était récemment occupé d'une vedette de l'écran qui menaçait, à force de fumer de la coke, de rejoindre John Belushi au panthéon des stars disparues. Sans compter qu'il était professionnellement intéressé à la réhabilitation de Jeff, ayant acquis les droits d'adaptation à l'écran de deux de ses nouvelles.

À huit heures, le groupe se réunit dans un café de Lafayette Street. La brusquerie renfrognée du Grec qui servait au comptoir, l'hostilité maussade des travailleurs du matin, la résignation blasée du couple vêtu de cuir et arborant une coupe sioux teinte en noir qui était venu chercher refuge contre la soudaine lumière du jour — tout contribuait à l'air sinistre de Russell. Il ne cessait de se mettre à la place de Jeff, imaginant ce que ça lui ferait. Il se représentait les poteaux indicateurs et les carrefours de la route qui avait mené Jeff à cette salle de bains chez Minky. Russell avait lu les mêmes livres, écouté la même musique. S'il n'avait pas épousé Corrine, il aurait pu être celui qui avait transformé son propre corps en laboratoire, mélangeant tous ces produits chimiques. Ouvrant des portes marquées DÉFENSE D'ENTRER.

Mais nom de Dieu, se disait-il, on n'était pas censé prendre tout ça au pied de la lettre. Ils avaient grandi avec les drogues, juste assez près des années soixante pour croire presque que le hasch et l'acide étaient les sacrements d'une vague théologie de la libération, mais pas assez près pour ne pas les désacraliser. Hier encore, quasiment adultes, ils sniffaient ensemble dans les boums et s'imaginaient avoir découvert le principe de plaisir. Peu de temps avant, ils rédigeaient le journal littéraire de la fac, se soûlaient à la bière et lisaient Baudelaire.

Les parents de Jeff arrivèrent — ensemble, ce qui était une anomalie, mais avec le naturel, la facilité qui caractérisent les gens qui en sont venus à se détester avec les années et prennent un grand plaisir à leurs disputes. Ils avaient eu tout le temps de mettre au point leur stratégie et visaient à la perfection. La mère de Jeff, Bev, grande brune élégante et bronzée, avait l'allure des riches sportives — habituées des cours de tennis et des marinas. Elle arrivait de Santa Fe, où elle avait depuis peu ouvert une boutique d'artisanat.

Les larmes aux yeux, elle étreignit Russell, puis embrassa Corrine sur une joue; elle avait un jour expliqué à Russell, avec la solennité de celle pour qui ces choses comptent, que seuls les arrivistes prétentieux et les Européens embrassent sur les deux joues.

En s'essuyant les yeux, elle dit : « J'ai apporté un petit quelque chose pour vous deux », et tendit à Russell un paquet-cadeau qui avait à peu près la taille et la forme d'une canne à pêche télescopique repliée. Il émettait un chuintement, un bruissement, comme s'il avait contenu un liquide.

— C'est un bâton de pluie, expliqua-t-elle, tandis que Russell ouvrait précautionneusement l'emballage, découvrant un gros bâton verni. Il est rempli de petits coquillages, de perles et de cailloux et quand on le retourne, ça fait le bruit de la pluie.

— Voilà un cadeau extrêmement utile et d'un goût parfait, dit Wick Pierce.

— Ce qui dérange Wick, c'est qu'on n'ait pas encore réussi à imiter le son du scotch coulant sur des glaçons, dit-elle, sans perdre une seconde.

— J'ai changé, tu sais, Bev. Il y a des années que je ne m'emmerde plus avec la glace.

— Je les fais fabriquer au Mexique, expliqua-t-elle à Corrine qui manipulait le bâton. Je l'ai essayé dans le hall de l'hôtel en sortant ce matin et un petit garçon qui était là avec son père a dit : « Papa, j'ai envie de faire pipi. » C'était trop mignon.

— C'est un instrument indispensable, dit Wick, dont le beau visage sculptural aux traits naguère réguliers était légèrement brouillé par la bouffissure et la rougeur de l'alcool.

Après ses études à Amherst, Wick était venu s'installer à Greenwich Village pour devenir un acteur stanislavskien, mais Bev, qui terminait les siennes à Smith, s'était retrouvée enceinte, le contraignant à regagner le Massachusetts pour enseigner l'anglais à Deerfield. C'était censé être une mesure provisoire, pendant que Wick écrivait sa pièce, mais la pièce n'avait jamais été écrite et Wick avait hérité, à l'âge de vingt-cinq ans. Il était d'une vieille famille du textile de Nouvelle-Angleterre, et bien que la fortune eût été plusieurs fois subdivisée avant de lui parvenir, sa part était encore suffisante pour étouffer l'ambition. Ainsi avait commencé pour lui l'existence curieuse mais non sans précédent de ces universitaires désabusés de Nouvelle-Angleterre dont le salaire suffit à peine à couvrir les dépenses d'alcool. Bev, qui venait d'une famille relativement prospère de la classe moyenne, avait ainsi accédé au statut de riche oisive, entre le club de la fac et le Country club, élevant des chevaux et régnant sur les profs moins favorisés et leurs conjoints. Jeff avait grandi avec des leçons de dessin et de tennis, une cuisinière à demeure, dans un style que Russell avait beaucoup admiré lors de sa première visite, pendant sa première année de fac, celle où les parents de Jeff avaient divorcé. Wick vivait encore à Deerfield, avec sa seconde épouse, Jennifer — Jeff ayant un jour fait remarquer que toutes les secondes épouses s'appellent Jennifer. Avec, aux yeux de Russell, une certaine exagération, il affectait de mépriser ce milieu et sa famille, qui lui avaient servi de modèle pour le clan excentrique qu'il avait décrit dans ses nouvelles, tandis qu'il aimait laisser entendre dans ses interviews qu'il était né dans la rue et avait été élevé par des chiens enragés.

Russell avait craint, avant la publication du recueil, que les parents de Jeff n'adressent plus la parole à leur fils — la communication étant déjà, à l'époque, réduite au minimum. Dans la mesure où ils s'étaient reconnus, chacun d'eux sembla penser que l'autre était plus maltraité et toute rancœur résiduelle avait disparu quand les gens commencèrent à leur demander s'ils étaient de la famille de Jeff Pierce, l'écrivain.

— Vous n'allez pas me croire, dit Bev en secouant sa chevelure après avoir ôté son foulard. Je l'ai pincé à boire un bloody-mary au bar de l'hôtel, ce matin. Un jour pareil !

— Je t'ai déjà dit que c'était du jus de tomate, merde.

— Ben voyons. Et Jennifer était vierge quand tu l'as épousée !

Zac Solomon arriva quelques instants plus tard, bronzé et robuste.

— Je tiens à vous dire, déclara-t-il après les présentations, que d'après moi votre fils est un génie. Il a un très grand avenir devant lui — une fois qu'il s'en sera sorti.

— Nous vous sommes très reconnaissants de votre aide, dit Bev. Russell nous a dit que vous aviez déjà fait ça. Vous savez, j'ai lu dans *People* l'histoire de ce jeune acteur qui fumait de la coke juste avant de tourner un clip contre la dro...

— Bev, franchement !

— Sachez que cet acteur est précisément quelqu'un que Jeff a rencontré pendant qu'il était à Hollywood, je crois même qu'ils se sont vus quelque temps. Et j'ai pensé que c'était un point de comparaison intéressant.

— Mon ex-femme s'est prise pour une actrice, autefois, expliqua Wick d'un ton d'excuse.

— Et mon ex-mari est un écrivain raté, il n'a pas le talent de son fils.

Corrine passa le bras autour de l'épaule de Bev.

— On est tous un peu sur les nerfs, Bev.

— Il faut que Mr. Solomon sache que le père de Jeff est alcoolique, c'est tout. C'est vraiment, comment dit-on déjà? L'hôpital qui se moque de la charité. Parce que... Jeff n'aurait probablement jamais eu ce problème si son père lui avait donné l'exemple de la modération. C'est tout de même un peu hypocrite...

— Ce qui compte avant tout, dit Zac, c'est que Jeff voie que les gens qui l'aiment savent ce qui lui arrive et veulent lui venir en aide. Il faut partir de là. Il faut que vous sachiez que ce ne sera pas une promenade de santé. Il va être furieux, blessé et sonné. Il n'épargnera aucun d'entre nous. On ne peut pas se permettre de s'offusquer de tout ce qu'il pourra dire ou faire pendant les prochaines heures. Alors, vous vous sentez prêts?

Personne ne dit rien.

— C'est vraiment ici qu'il vit? demanda Bev quand ils tournèrent dans Great Jones Street, le ton de sa voix impliquant que le quartier était peut-être la cause de ce qui lui était arrivé ou, à tout le moins, constituait un décor approprié pour la drogue.

Aux yeux de Russell, la rue était à peine plus sordide que la moyenne de Manhattan et certainement moins que beaucoup d'autres. Un clodo assoupi sous un porche, des ordures dans la rue, les façades écaillées et délabrées. Mais il y avait des lofts qui valaient plusieurs millions de dollars, derrière ces fenêtres crasseuses. Il se sentit obligé de l'expliquer à Bev, et faillit même ajouter qu'un peintre célèbre habitait l'immeuble voisin de celui de Jeff, mais se rappela à temps que l'artiste était aussi tristement célèbre pour ses rapports avec la drogue.

— Comment peut-on choisir d'habiter cette ville, ça me dépasse.

Nul n'était d'humeur, ce matin-là, à l'éclairer sur ce point.

— C'est là.

Russell ne fut pas trop heureux de constater que sa clé correspondait toujours à la serrure de la porte d'entrée. Ça lui paraissait franchement bestial, de coincer comme ça un type dans sa tanière, à une heure pareille. Le groupe s'entassa dans l'antique cage d'acier de l'ascenseur.

— Il ne devrait pas y avoir un autocollant d'inspection ? demanda Corrine, tendue.

Tout le monde s'absorba dans le bruissement du bâton de pluie que Russell portait. Ils sortirent sur le palier mal éclairé du deuxième. À côté de la porte de Jeff, la fourche et le guidon d'une Harley Davidson se dressaient comme une sentinelle cyclopéenne dont le phare les dévisageait fixement. Le feutre brun qui coiffait le phare en accentuait encore l'anthropomorphisme. Russell s'inclina avec déférence devant ce talisman et introduisit la clé dans la serrure Medeco.

— Prêts ? demanda-t-il.

Le loft était plongé dans l'obscurité, à l'exception du reflet ambré de l'écran d'un ordinateur, à l'autre extrémité de la pièce. L'air était âcre et rance, le tabac refroidi s'y mêlant au linge sale et à une forte odeur de médicaments. Russell trouva le commutateur.

Le paysage les confirma dans leur mission. C'était bien pire que lors de la dernière visite de Russell, pire même que ce à quoi ils s'étaient attendus — le plancher était jonché de vêtements, de gobelets de papier, de cartons de traiteur, de mégots — tout en correspondant à l'idée qu'on se fait de l'appartement d'un junkie. Ce qu'il était bel et bien, comprit alors Russell, acceptant enfin ce qu'il avait été jusqu'alors incapable de croire tout à fait de son ami.

— Mon Dieu, dit Bev.

— Allons-y, dit Zac, indiquant de la tête le lit, à l'extrémité de la pièce. Mesdames, vous êtes sûres d'être à la hauteur ?

Bev secoua la tête mais suivit le groupe à travers le désastre jusqu'au lit, dans lequel Jeff, entortillé dans les draps, dormait sur le côté droit, respirant laborieusement par le nez. Une seringue usagée et un torchon taché de sang traînaient sur la caisse qui servait de table de chevet.

Russell prononça son nom d'une voix qui lui sembla à lui-même fausse, trop haute et forcée.

Jeff ouvrit les yeux. Après avoir parcouru la scène, il les referma et enfouit sa tête dans l'oreiller. Il s'enfonça dans le matelas.

— Jeff, on ne repartira pas, dit Zac en lui tapant sur l'épaule.

— Putain, le cauchemar, dit Jeff. Dites-moi que c'est un cauchemar.

— Écoute, fils, tu sais pourquoi nous sommes là, dit Wick qui avait bien appris sa leçon.

— T'es dans la merde, vieux, dit Zac.

Russell avait perdu la parole.

— Non, mais, putain, j'y crois pas, dit Jeff.

— Nous sommes là pour t'aider, dit Wick.

— Nous sommes là parce que nous t'aimons, dit Bev.

— Oh, eh, arrêtez les violons, dit Jeff. Je crois que je vais gerber.

Corrine dit :

— On va t'emmener quelque part où tu pourras t'en sortir.

— Foutez le camp ! hurla-t-il.

— On partira pas sans toi, dit Zac.

Levant de nouveau les yeux, Jeff dit :

— Si j'avais su que vous veniez, j'aurais fait le ménage.

Zac s'obstina.

— Tu sais très bien de quoi nous parlons, mon pote.

Sans y penser, Russell retourna le bâton de pluie dans sa main. Il retentit comme une gigantesque cascade.

— Qu'est-ce que c'est que ça ? dit Jeff.

— C'est un bâton de pluie, expliqua Bev.

Jeff s'assit dans son lit, fixant des yeux mauvais sur l'objet que tenait Russell comme s'il était responsable de cet horrible réveil.

— C'est trop pour moi, faut que je me fixe.

Dans un geste de pudeur passagère, il rassembla le drap autour de sa taille. Puis il le rejeta en disant :

— Et puis merde, vous l'avez tous déjà vue.

Il partit, nu, vers la salle de bains. Russell leva les yeux vers Corrine, qui évita son regard, en frottant les siens.

Ils restèrent tous les cinq, désemparés, autour du lit, figés sur place.

— Vous le laissez faire ? demanda Bev.

— Le médecin a dit de ne pas l'en empêcher jusqu'à ce qu'il soit à la clinique, lui rappela Wick.

— Ben moi je ne vais pas rester plantée là comme une idiote.

Bev s'agenouilla et entreprit de ramasser les vêtements éparpillés autour du lit. Corrine s'empressa de l'imiter.

— Je crois qu'il va venir avec nous, dit Zac.

Il alla lever les stores.

Jeff sortit de la salle de bains, une serviette autour des reins.

— Ça va ?

— Au poil. J'adore me réveiller comme ça.

Il semblait normal, pas pire que Russell lui-même deux heures plus tôt.

Berçant son linge crasseux, Bev sanglota.

— Oh, Jeff.

— Non, sans blague. C'est super de vous voir tous.

— Tu vas nous suivre à la clinique ?

— Est-ce que j'ai le choix ?

Une demi-heure plus tard, Jeff et Russell marchaient dans la 4ᵉ rue, en plein cœur d'Alphabet City. Au coin de l'Avenue C, Jeff dit à Russell de l'attendre et entra dans une *bodega*. Le médecin leur avait conseillé de le laisser consommer tout ce dont il aurait envie pour le trajet jusqu'à la clinique, dans le Connecticut. Le fait qu'il eût besoin de remettre ça presque aussitôt après s'être piqué fit comprendre à Russell à quel point il était accro.

Deux Hispano-Américains faisaient le pied de grue d'un air énigmatique sous l'auvent de plastique rouge. Un troisième était assis sur le trottoir, dodelinant de la tête, un filet de bave joignant sa bouche ouverte à son épaule. De part et d'autre de la *bodega*, les immeubles étaient condamnés. Un drap de lit qui proclamait SQUATTEZ ! était accroché à l'une des fenêtres qui n'étaient pas masquées de planches. NON À LA RÉNOVATION était bombé en travers de la porte condamnée. Un village de wigwams, de tentes et de baraques avait surgi sur un terrain vague voisin

Jeff ressortit de la *bodega* en secouant la tête.

— Va falloir aller à la réserve, dit-il en indiquant le bidonville avec un rien de panique dans la voix. La qualité est pas régulière.

C'est le coup de dés. Tu peux te shooter avec du quatre pour cent, ou du dix.

— Et ça te plaît, tout... tout ça?

— C'est sympa d'avoir des amis mal placés, soupira Jeff. Attends-moi là, dit-il, laissant Russell au bord du trottoir dans la contemplation du cadavre d'un rat écartelé sur les rayons d'une roue de bicyclette sans pneu. Un lourd remugle de pourriture flottait dans l'air. Jeff conférait avec un type en pantalon camouflé en qui Russell reconnut Paul Rostenkowski, le militant des SDF dont la photo paraissait souvent dans le journal. Ils disparurent à l'intérieur d'un wigwam. Un groupe rassemblé autour d'un feu de camp considérait Russell d'un air ouvertement soupçonneux. Tout en le dévisageant, un blanc enveloppé dans un couvre-lit ramassa une batte de baseball et s'en frappa la paume comme pour l'essayer. Un jeune noir se détacha du groupe et traversa le terrain vague en direction de Russell qui se raidit dans l'attente d'une confrontation, cherchant des yeux une arme éventuelle.

— Alors, Russell, comment va? J'étais chez toi pour une fête. Comment va ta femme?

— Elle va bien, très bien.

Russell ne se rappelait pas avoir jamais rencontré ce type mais fut trop content, en l'occurrence, de faire semblant de le reconnaître.

— Alors, qu'est-ce que tu deviens? demanda-t-il.

— Toujours pareil, on fait aller. J'ai des trucs en vue, des ouvertures...

— Ah oui? Génial.

— J'ai plusieurs fers au feu, comme qui dirait.

— Parfait, parfait.

— Bon, ben dis à Corrine qu'Ace a dit bonjour, conclut-il, serrant la main de Russell à l'instant où Jeff sortait du wigwam.

Wick attendait dans sa voiture devant chez Jeff. Russell et Jeff remontèrent à l'appart où Bev avait fait le ménage et mis dans un sac quelques vêtements et des affaires de toilette. Zac était parti.

— Le coup de l'étrier, dit Jeff, disparaissant cinq minutes dans la salle de bains.

Il se laissa embrasser par Corrine et serra mollement la main de Russell. Aux yeux de ce dernier, il semblait presque soulagé de remettre enfin son sort entre les mains d'autrui. Recroquevillé sur le siège arrière de la Jaguar, il regardait droit devant lui quand la voiture démarra. Il emportait son désastre avec lui, privant ainsi Russell et Corrine d'un élément crucial qui, jusqu'alors, les distrayait d'eux-mêmes.

33

Il faisait encore sombre dehors quand Russell s'éveilla, alerte comme une sentinelle. Il se leva à six heures pour prendre une douche, faisant tourner les robinets d'eau chaude et d'eau froide en de vaines tentatives pour régler la température de l'eau, s'ébouillantant une main avant d'insensibiliser complètement son cuir chevelu couvert de mousse en rinçant le shampoing sous un torrent d'eau glacée. Ce divorce apparent entre la cause et l'effet dans la tuyauterie ne parvint pas à entamer son vif sentiment de bien-être.

Corrine était encore en train de se rendormir entre chaque sonnerie du réveil quand il quitta l'appartement à six heures trente. Depuis peu, l'enthousiasme avec lequel elle sautait du lit d'ordinaire avait une nette tendance à diminuer. À mesure que Russell s'impliquait toujours plus dans son travail, elle se désintéressait progressivement du sien. Quand il l'avait embrassée pour lui dire au revoir, elle avait vaguement marmonné quelque chose à propos d'un cadeau pour le bébé de Casey.

Dehors, l'automne s'était emparé des rues de la ville. Les gaz nocifs de l'été s'étaient dissipés et l'air frisquet du matin renfermait une trace olfactive de cuir neuf. C'était la saison préférée de Russell, la saison des commencements à New York, le véritable printemps du calendrier de la métropole. Ayant tout le temps devant lui, il gagna le West Side à pied à travers le parc. Un écureuil hissait une tranche de pizza en haut d'un érable. Une bande d'écoliers, postée au sommet d'un talus surplombant la piste cyclable, jetait des pierres sur les joggers qui passaient.

Un gardien mal réveillé lui adressa un signe de tête dans le hall du Brill où ils conservaient leurs bureaux jusqu'à ce que tous les papiers soient signés. Ce qui n'était pas une mauvaise chose, selon Trina :

— Tu auras moins de mal à décider qui tu dois renvoyer si tu ne te retrouves pas côte à côte avec eux chaque fois que tu iras pisser.

L'ancien directeur littéraire et l'ancien directeur général ne s'étaient pas révélés beaux joueurs, mais Russell fut soulagé de découvrir que la plupart des ses collègues s'étaient faits à l'idée du nouveau régime, il n'y avait eu qu'une ou deux démissions immédiates. Durant son exil, Russell s'était vu interdire de mettre le nez dans les bouquins qu'il avait en fabrication ; après tout, on l'avait viré. Désormais, il reprenait ses anciennes activités tout en cajolant le personnel et en estimant ses capacités, de concert avec Washington et Whitlock. Il reprit quelques-uns de ses projets que Harold, qu'il surnommait désormais « le hibou boiteux », avait cru bon enterrer. En même temps, avec Trina, il explorait le secteur des manuels scolaires. On discutait aussi de la possibilité de vendre le vieil immeuble pour faire rentrer rapidement douze à quinze millions en en relouant quelques étages pour les bureaux. Entre-temps, Harold et consorts pouvaient continuer à rêver dans la demeure ancestrale de Corbin, Dern.

Quand il entra dans les bureaux déserts du cinquième étage du Brill, Russell rencontra deux préposés qui sortaient du sien. L'un semblait timide et coupable, comme pris la main dans le sac, tandis que l'autre ricanait insolemment.

— On vient de finir l'étage, dit le premier.

— C'est votre bureau ? demanda le second, indiquant du pouce la porte de Russell. Je crois que vous avez oublié quelque chose par erreur, ajouta-t-il, à peine capable de contenir son hilarité.

Ils s'éclipsèrent avec leurs balais pendant qu'il entrait pour se rendre compte. À l'intérieur du bureau, il découvrit un corps vautré sur le canapé, aussi nu que les murs beiges.

Elle était couchée à plat ventre, la tête dans une flaque de cheveux blonds, le visage enfoui au coin du sofa. Aucune blessure apparente, sinon que toute la largeur de son dos était striée d'égratignures roses. Une de ses jambes pendait en dehors du canapé et disparaissait dans un tas de vêtements, par terre. Le galbe de l'autre s'effilait jusqu'à son mince bracelet de cheville en or. Depuis le seuil, Russell en voyait plus qu'assez pour douter sérieusement qu'elle fût une blonde naturelle.

Il s'avança sur la pointe des pieds et s'immobilisa quand il fut assez près pour la toucher, puis sauta en l'air quand une main se leva brusquement du canapé pour aller gratter au voisinage de l'oreille. Le premier mouvement de Russell fut de courir se cacher avant que sa présence n'eût été remarquée. Mais il se rappela alors que c'était son bureau et que c'était la présence de cette nana qui constituait une anomalie. Il ne se sentait pas moins coupable et condamné en présence de cette jeune femme nue, bien vivante, et qui, à l'examen, se révélait extrêmement bien faite — parce qu'il reconnaissait, parmi toutes ses autres émotions, le vertige incorrigible de son désir hors la loi.

Les cheveux blonds remuèrent et il en sortit un gémissement. Soudain, elle leva la tête qu'elle avait jusque-là gardée enfouie.

— Warren ?

— Warren ? répéta Russell encore plus perplexe.

Elle se tourna brusquement, écarta les cheveux de son visage, aperçut Russell et baissa les yeux sur elle-même. Elle plongea alors sur le tas de vêtements qui étaient par terre et les ramena autour d'elle en se couvrant de son mieux. Son visage semblait beaucoup plus jeune que le reste, son petit nez retroussé était semé de taches de rousseur et ses lèvres charnues toutes barbouillées de rouge.

— Qui êtes-vous ?

— Ben... enfin, c'est mon bureau, quoi.

— Où est Warren ?

Elle était furieuse et effrayée.

— Je ne sais même pas qui c'est.

Malgré son double avantage moral et tactique, il était beaucoup plus mal à l'aise qu'il n'essayait de le laisser paraître. Sa voix allait et venait entre les octaves. Ce qui le rendit furieux à son tour.

— Joli bronzage, dit-il méchamment.

Elle balança un coup de pied, effleurant son tibia qu'il avait reculé précipitamment.

— Dites-moi qui est ce Warren.

— C'est son bureau, cria-t-elle, et vous avez intérêt à dégager.

Puis :

— Il m'a amenée ici hier soir pour... il voulait me montrer son... j'ai dû m'endormir.

Le piteux échec de cette tentative parut la décourager et la vider de sa colère. Il est vrai qu'on pouvait difficilement imaginer une explication honorable à la situation. Elle enfouit son visage dans quelque chose de blanc et se mit à pleurnicher. Russell fut pris d'une inspiration.

— Warren, il est noir ?

Elle fit oui de la tête sans lever le visage.

— Il a un pansement sur la tête ?

Elle leva vers Russell des yeux pleins de gratitude et d'espoir, comme si, ayant résolu ce mystère-là, il serait peut-être capable aussi de lui dire qui elle était. Puis son regard glissa par-dessus l'épaule de Russell et une nouvelle vague de panique déforma ses traits. Tournant la tête, il vit Whitlock qui se tenait sur le seuil. Levant les yeux aux ciel, le responsable financier battit en retraite dans le couloir.

— Et vous, vous vous appelez comment ? demanda Russell à l'intruse.

À huit heures, Bernie Melman l'appela au téléphone. D'ordinaire, à cette heure-là, Russell sautait tout juste à bas du lit, mais ce jour-là, directeur littéraire dans l'attente de sa prise de fonction et propriétaire d'une partie de la société, il avait déjà rédigé trois lettres après s'être débarrassé d'une femme nue.

— Ne quittez pas, je vous passe Mr. Melman...

Russell avait décroché lui-même, puisque Donna, nouvellement réembauchée, n'était pas encore arrivée.

— Alors, c'est le nouveau patron ? Je viens de me faire quatre millions d'actions d'une société à Londres, ce matin. Et vous ? Vous avez signé combien de contrats d'édition ?

— Je suis au regret de vous informer que je suis la seule personne dans toute l'industrie de l'édition à être réveillée à cette heure-ci.

— C'est ça, le problème de l'édition. Va falloir me botter le cul de tous ces gens-là.

— J'ai honte pour mes confrères. Mais nous y arriverons.

— Alors, c'est quoi l'histoire de comment s'appelle-t-il, déjà ?

— Il s'appelle Washington Lee, c'est bien ça ?

— Je suis désolé de ce qui lui est arrivé, compris ? Mais ça me ferait mal qu'une espèce de... qu'il me fasse chanter.

— Je crois que ça arrangerait les choses si vous viriez le type qui l'a tabassé. À vrai dire, je crois que c'est tout ce qu'il demande.

— Mais putain, c'était une erreur de bonne foi. Il a sorti un flingue, merde.

— Un pistolet à eau, Bernie.

— Bon, ben calmez-le, hein ? J'ai pas le temps pour ce genre de conneries.

L'appel quotidien de Victor Propp arriva à dix heures trente. Maintenant que l'excitation de l'affaire était passée, il en reconsidérait avec méfiance le résultat.

— Vous avez vu que votre action a perdu un quart de point, hier ? Que se passe-t-il au juste ? Ils ont accepté votre offre à vingt et un et demi, et l'action s'échange à vingt.

— Tout marche comme sur des roulettes, mon cher Victor.

— Je n'ai pas confiance en Melman. J'ai de bonnes raisons de croire qu'il compte se servir de Corbin, Dern comme d'une société écran. Tous ces pirates de la finance s'abattent sur la communication et les médias parce que c'est là, en dernier ressort, qu'on trouve la puissance et la gloire...

Maintenant légèrement l'appareil contre son oreille, Russell farfouilla parmi les cartons du déménagement, à la recherche de son casque d'infanterie.

— Vous êtes un goy du Midwest, mon petit Russell. Vous ne comprenez pas ces juifs.

— À propos de goy, dit Russell, comment va Camille ?

— Je suis trop vieux pour elle, dit Victor d'un ton sinistre. Elle va me quitter, ce n'est qu'une question de temps. Ah, je vous envie, avec votre femme, vous avez l'âme sœur et quelqu'un qui vous seconde. Je sais, je sais — qu'est-ce que j'espérais ? Mais j'ai cru autrefois...

Sa voix mourut.

— Je crois qu'elle entretient une correspondance — secrète, bien entendu — avec Kundera...

Tandis qu'il triait le contenu d'un carton sur son bureau, Russell sursauta et fut brusquement rappelé à la conscience quand Victor annonça qu'il envisageait de passer chez Simon & Schuster.

— Ils m'ont fait une offre, si vous pardonnez ce cliché, que je ne puis me permettre de refuser. Vous savez combien je voudrais être publié chez vous, Russell, mais le nouveau Corbin, Dern n'a pas encore fait ses preuves.

Russell trouva que c'était gonflé, venant de l'auteur d'un chef-d'œuvre en grande partie hypothétique. Il n'en fit pas moins très sérieusement appel à l'amitié et à la loyauté de Propp, lui demandant d'attendre qu'il ait eu le feu vert pour lui faire une offre équivalente.

Abattu et nerveux, soudain peu sûr du nouvel ordre et de la place qu'il y occupait, Russell tenta d'appeler Melman, qui ne put le prendre parce qu'il était en réunion. Russell était prêt à défendre l'idée qu'il fallait garder Propp quasiment à tout prix. Avec sa tendance perpétuelle à la crédulité, il avait longtemps cru au génie de Propp, convaincu autant par la puissante personnalité de l'écrivain que par les fragments sporadiques de son œuvre. À une époque où la grandeur littéraire se faisait rare, le roman de Propp lui semblait valoir le même genre de pari que Pascal préconisait sur l'existence de Dieu. Mais seul dans son bureau vide, il se prit à douter de son propre jugement, à se demander s'il ne se trompait pas sur Victor, comme sur une bonne centaine d'autres choses. Ce sentiment fut encore aggravé par un coup de téléphone de l'auteur du livre sur le Nicaragua, qui avait été publié en pleine OPA et avait disparu sans laisser de traces. L'auteur déçu et furieux en rendait Russell responsable. Pour la première fois de son existence, Russell éprouvait de graves doutes concernant ses goûts et ses capacités. Il appela Corrine à son bureau ; le son de sa voix interrompit la chute libre de sa panique, le replaçant dans le cadre de coordonnées familières. Il lui demanda à quelle heure elle était arrivée au travail, et comment se comportait le marché ; en réponse à la question de Corrine, il dit qu'il allait bien, n'étant tout de même pas tombé assez bas pour « dégouliner ».

Vautré en travers du canapé récemment libéré, Washington tripotait le pansement dont étaient recouvertes les traces de coups de crosse qu'il portait sur le front, en écoutant avec une attention assez peu soutenue le discours de Russell.

— J'arrive ici, le matin de mon entrée en fonction officielle — et tu sais qu'on aurait pu se retrouver sans boulot — et qu'est-ce que...

— Bon, je me suis excusé. Tu veux une déclaration écrite?

Deux peintres étaient en train de dérouler une bâche bruyante pour protéger le sol au pied d'un mur.

Washington s'étira familièrement sur le canapé.

— Tu veux son numéro de téléphone?

Il aspira un dernier centimètre de tabac de sa cigarette, en examina le filtre d'un air critique, sortit son Walther en plastique de sa poche et tira sur l'extrémité luisante qui chuinta et noircit.

— Ce que je veux, c'est que tu me dises quand tu comptes te mettre au boulot et agir en adulte responsable.

— Il y a des adultes responsables qui baisent. Tu prêches quoi? Le célibat et la chasteté? C'est à moi que tu parles, je te le rappelle. Me fais pas le coup de la responsabilité. C'était moi qui te ramassais à la petite cuiller pour transporter tes restes chez toi et les restituer à la belle Corrine, mon vieux Boum. Et j'ai toujours eu la correction de pas en profiter pour lui mettre la langue quand je l'embrassais avant de repartir. Tu comprends ce que je te dis? Arrête de rêver.

Il jeta son mégot dans la corbeille, au pied de Russell, et s'humecta les lèvres avec l'extrémité de son pistolet à eau.

Russell regardait par la fenêtre les gigantesques yeux de chat jaunes de l'autre côté de la rue, sur le panneau d'affichage qui dominait le Winter Garden Theatre, en se demandant si T.S. Eliot n'était pas en train de se retourner dans sa tombe.

— Toutes les règles du jeu ont changé, tu sais. Et en plus, ça a cessé d'être un jeu.

— Mais d'où tu sors ce baratin d'école de commerce? C'est pas parce que t'as un titre, aujourd'hui, que t'es devenu un bouquin.

Les peintres piétinaient lourdement et entrechoquaient leurs instruments comme s'ils étaient payés spécialement pour faire du bruit. Washington n'était pas porté par nature à encaisser tranquillement les engueulades devant le petit personnel.

— La boîte est à nous, et même si nous ne nous sentons pas vraiment adultes, il faut qu'on se casse le cul à faire semblant. On ne peut plus se permettre de passer toute la nuit dehors et de ramener des gamines dans nos bureaux pour une dernière ligne et une partie de jambes en l'air.

— Alors rendons la boîte aux vieux jetons. J'ai pas dû lire le contrat assez attentivement, chef.

— Excusez-moi, faut qu'on déplace ce bureau, dit l'un des peintres à Russell qui se leva et marcha jusqu'à une fenêtre qui donnait sur un cinéma porno de Broadway.

Washington poussa un soupir.

— Tu veux que je te dise ? Tout ça, c'est à cause de toi et à cause de Jeff. Le pauvre nègre n'a rien à faire dans le tableau, il est même pas à l'arrière-plan. C'est parce que t'as les glandes d'être marié et de pas pouvoir tâter un peu la marchandise que tu vois passer dans la rue, que tu rencontres au bistrot, ou qui te fait de l'œil dans le métro. C'est parce que t'aimerais bien te faire ta banquière.

Les peintres étaient soudain devenus très silencieux et d'une extrême délicatesse dans leur travail. Washington alluma une nouvelle cigarette.

— Tu m'excuseras, mais c'est toi qui as signé le contrat de mariage, pas moi. Et c'est pas ma faute si Jeff est un junkie. Aller prier pour les péchés des autres, c'est pas vraiment mon truc. Alors lâche-moi, tu veux ? Faut pas être crispé comme ça. Faut pas être crispé pour Jeff, à la fin. Bon, il a choisi d'aller au bout de la sale route — et alors ? C'est sa peau, pas la tienne. Qu'il se foute en l'air tout seul s'il en a envie, toi, t'as qu'à lui accorder ton pardon. Et moi, je baise qui je veux. Ça n'a rien à voir avec toi, pauvre con. Ça n'a aucun rapport avec toi, un point c'est tout.

Russell regardait par la fenêtre.

— Très bien, Warren.

Washington haussa les épaules.

— Bon, je m'excuse. Un surnom d'amour. Elle était faite, la meuf, pas moyen de la réveiller, et moi, fallait que je rentre me reposer pour garder mon teint de jeune fille.

— Pourquoi t'es venu ici ? Je suis curieux, c'est tout. T'as pas une piaule, avec un lit ?

— C'était plus près. Je voulais en profiter pendant que c'était chaud. Visiter le bureau ovale avant la fermeture.

— Les temps ont changé, tu sais. Faut qu'on soit plus qu'irréprochable. J'ai pas besoin de ces conneries. C'est plus possible.

Washington se leva et s'étira.

— Dis-moi les conneries dont t'as besoin, je ferai ce que tu voudras.

— Dis-moi ce que tu veux de Melman.

— C'est toi qui fais ses courses, maintenant ?

— Je veux en finir avec cette histoire, c'est tout.

— Je lui ai demandé de virer les SS qui m'ont castagné et, jusqu'ici, j'ai pas eu satisfaction. À partir de maintenant, il réglera ça avec mon avocat.

— Ça risque de nous mettre dans une sacrée situation. C'est Bernie qui nous finance, quoi.

— Je l'emmerde, moi, Bernie. Dis-lui d'aller se faire mettre.

Russell passa le reste de la matinée au téléphone à tenter d'amadouer des agents ombrageux.

— Bien sûr que le financement est en place, était son refrain. Ne vous en faites pas, l'argent est là.

Entre deux appels, il regardait par sa fenêtre dans Broadway, où le fronton du Circus Cinema annonçait NANAS PREMIER CHOIX et COMME ON CONNAÎT SES SEINS...

Dans le bureau voisin, Washington reçut un appel de Bernie Melman.

— Ne quittez pas, je vous passe Mr. Melman, dit la secrétaire.

Et là, se dit Washington, il vient de commettre sa deuxième erreur.

— Washington ? Bernie Melman à l'appareil. Je tenais à vous dire combien je suis désolé du malentendu de l'autre jour.

— Il y a une semaine, exactement.

— Russell me dit que vous allez bien.

— On m'a retiré les points de suture, si c'est ce que vous voulez dire.

— Je ne voudrais pas que ça pèse sur nos relations. Si je peux faire quoi que ce soit...

— Vous pourriez au moins renvoyer le raciste qui m'a démoli.

— Vous ne pouvez pas savoir ce qu'il est devenu difficile de mettre quelqu'un à la porte de nos jours. C'est tout juste s'il ne faut pas une autorisation de l'ensemble des confédérations syndicales. Je suis coincé entre vous et ce type qui est à mon service depuis quatre ans. Mais je pense qu'on doit pouvoir arranger les choses à l'amiable, non ?

— Je suis ouvert à tout. Vous n'avez qu'à me dire.

— Voyons-nous la semaine prochaine, pour en parler.

— Il vaudrait vraiment mieux qu'un type comme Parker n'apprenne pas ce truc-là. On ne sait jamais — il exploiterait ça à fond.

— Je sais qu'avec vous, ce n'est pas possible.

— Une merde est toujours possible, Bernie.

— Non, pas chez moi.

À la fin de la journée — après une réunion très tendue avec Jerry Kleinfeld dans les bureaux de Corbin, Dern pour discuter des détails de la transition —, Russell retrouva Trina Cox dans un restaurant japonais pour l'apéritif. En l'embrassant elle lui fourra quelques centimètres de langue dans la bouche, ce qui, sans qu'il sût trop pourquoi, évoqua pour lui les tronçons de poisson rouges, blancs et roses derrière la vitre du bar à sushi. Trina, quant à elle, semblait particulièrement présente physiquement, le rouge aux joues, charnue — comme si elle venait de monter à cheval, avec une selle anglaise, bien entendu —, les cheveux difficilement retenus par un de ces bandeaux de velours noirs que seules les filles qui avaient fréquenté les lycées les plus chics savaient porter. La résistance de Russell à son exploration bucco-pharyngée ne fut pas très farouche.

— J'ai un appétit dévorant, ce soir, dit-elle, laissant son regard courir sur le présentoir vitré avant de le reporter sur Russell.

— Le *toro* est très bon, suggéra Russell, faussement naïf.

— Quand j'étais à Tokyo, pour une affaire, j'ai mangé un truc délicieux, ça s'appelle *odori ebi* — crevettes dansantes. Ils ont des crevettes vivantes dans un aquarium derrière le bar à sushi. Ils les sortent et leur ôtent la carapace devant les clients. Les crevettes gigotent comme des folles, ils leur collent un peu de *wasabi* sur la queue pour qu'elles continuent à gigoter et on les mange vivantes, conclut-elle.

— Pourquoi est-ce que t'es tellement en forme, toi ? demanda Russell qui se sentait lui-même revigoré, se penchait machinalement en avant en même temps qu'elle et plongeait ses regards dans l'ombre, sous le décolleté de dentelle de son chemisier de soie.

— J'ai une nouvelle OPA en vue, sauvage. Ça me rend assez carnivore.

Russell décrivit sa propre journée. Pouvoir parler sans fard du plaisir presque physique qu'il prenait à son travail, à sa nouvelle position dans le monde, était un grand soulagement. À la maison, avec Corrine, il sentait qu'il lui fallait cacher son enthousiasme, faire semblant qu'il n'était pas devenu quelqu'un dont les actes avaient des conséquences dans le monde au-delà des murs de son appartement, faire semblant de s'intéresser aux nouveaux rideaux.

— Fêtons ça, Russell. Nous l'avons bien mérité.

— Je ne peux pas, pas ce soir, dit-il, admirant distraitement les courbes de son buste.

Elle fit signe au serveur et commanda du saké.

— Quand vas-tu à Francfort ?

— Je ne sais pas. Début octobre ?

— Je risque d'être à Bruxelles. Je pourrais en profiter pour venir te dire un petit bonjour.

— Ça serait sympa, dit-il en regardant ailleurs comme pour désavouer tout intérêt personnel excessif dans les projets de voyage de cette associée-là en particulier.

34

Corrine rêve qu'elle vole, accrochée à un dos puissant et ailé, un dos d'homme dont elle ne peut voir le visage. Elle est enfant. En dessous d'elle, l'East River étincelle comme un kaléidoscope ; des micro-organismes septiques attendent comme des piranhas de dévorer tout ce qui tombe dans leur domaine. Voilà qu'elle est secouée par de violents thermiques, qu'elle perd de l'altitude, qu'elle tombe...

— Ton réveil a sonné il y a une demi-heure, dit Russell en la secouant pour l'éveiller. Il me faut un élévateur pour te tirer du lit depuis quelque temps.

C'était vrai. Elle ne voulait plus jamais se réveiller. Dormir toute la journée.

Russell était en train de jouer l'air de son rasage dans la salle de bains — long sifflement d'eau chaude, claquement de la valve du robinet, suivi d'un nouveau grincement —, sa tête était pleine de ses affaires et de son pouvoir. Lui s'éveillait tôt depuis quelque temps.

— Tu es debout ? chantonna-t-il par-dessus la plainte du tuyau d'eau chaude.

Quand il finit par réapparaître dans l'épaisse robe de chambre de laine qu'elle lui avait offerte pour son anniversaire l'année précédente, elle dit :

— Je rêvais que je volais.

— C'est le sexe, dit-il en se penchant sur elle assez près pour qu'elle perçoive l'odeur d'amande de son savon à barbe.

— Non, ce n'était pas...

— Alors, une histoire d'actions de compagnie aérienne, des rumeurs d'OPA chez Pan Am.

— Je survolais l'East River.

— Achète Eastern Airlines.

— Mais j'étais sur le point de tomber.

Russell était devant sa penderie, examinant la rangée de chemises.

— Achète des assurances.

— Depuis quand as-tu cette cravate ?

Jaune, à motifs minuscules.

— Je ne sais pas, quelque temps.

— Tu ressembles à tous les types de mon bureau.

— Tu sais trouver les mots qui font mal, hein ?

Il souriait.

— C'était un homme ailé, mais je ne voyais pas son visage, dit-elle faisant preuve une fois de plus, sembla-t-il à Russell, de l'étrange rapport qu'elle entretenait avec sa mémoire.

— Là, on revient au sexe.

Il s'approcha du lit, tenant une chemise bleue dont les poignets mousquetaire pendaient mollement, et une cravate jaune.

— C'était qui, cet homme ailé ? Tu as entendu son nom ?

— Icare, peut-être

Il présentait une paire de boutons de manchettes sur sa paume, elle les prit, en fixa un, puis l'autre, décidée à ne pas demander quand il avait adopté les poignets mousquetaire.

— Tu es sûre que ça n'était pas Duane Peters ? demanda-t-il.

— Duane ? Duane du bureau ? Qu'est-ce qui peut bien te faire penser ça ?

— La nouvelle que Jeff a écrite. Le personnage inspiré de toi a l'air d'avoir une aventure avec un personnage qui n'est pas sans ressemblance avec ton copain Duane.

— C'est ton courtier à toi, lui rappela Corrine. Et c'est une nouvelle, de la fiction, comme tu le dis toi-même.

— Assez réelle, pour une bonne part.

— Pas celle-là, dit-elle, troublée.

Mais les soupçons de Russell étaient apparemment de pure forme, il s'était mis à inspecter sa tenue dans le miroir.

— Bisou, je me sauve.

Le rêve de chute la poursuivit encore au bureau, le marché était chaotique, montant et descendant sur des ailes de cire. À l'extérieur, les feuilles commençaient à tomber au moment où les taux d'intérêt grimpaient d'une manière menaçante. Pourtant, le dernier *Business Week* était plus optimiste que jamais. « L'économie se renforce, l'inflation est modérée, les profits des entreprises explosent, la débauche de reprises et d'OPA des trois dernières années se poursuit, et la bourse américaine demeure la moins coûteuse du monde. » Bref, pas de problème, en apparence. Après cinq jours de baisse, le Dow était de nouveau en pleine ascension. Corrine faisait gagner de l'argent à ses clients, mais éprouvait une espèce de vertige. De nausée, à vrai dire. Entre deux coups de téléphone, elle tentait de se rappeler la date de ses prochaines règles. Duane Peters passa en trombe, sa cravate jaune voletant avec insouciance par-dessus son épaule, et lui asséna une petite tape en chantonnant : « L'argent pleut. »

Quand elle était arrivée au bureau la semaine précédente, Duane l'avait félicitée pour la victoire de Russell.

— Comment vas-tu fêter ça ?

— Je vais m'offrir la robe de bure et les cendres du meilleur faiseur.

— Quoi donc ?

— Pour marquer mon veuvage.

— J'achète un bateau, dit Duane.

— Toi ?

Duane avait cligné de l'œil, un doigt posé sur les lèvres.

— Russell t'avait dit ?

Il avait secoué la tête. Et elle avait formé silencieusement les mots : « *Tu risques la taule.* »

— Tout est dans la discrétion, avait-il dit pendant qu'elle pivotait sur elle-même et s'éloignait.

Depuis ce jour, il l'avait évitée mais, dans l'ascenseur, à la fin de la journée, il l'invita à prendre un verre au Harry's. Le Dow avait clôturé en hausse de soixante-quinze points pour deux cent dix millions d'actions échangées. Une fois sur le trottoir, elle s'immobilisa.

— Russell t'avait dit qu'il allait lancer une OPA ?

— Ne t'inquiète pas, il ne m'a rien dit du tout.

— Si mon mari est un criminel, j'estime que j'ai encore le droit de le savoir.

— N'exagérons rien, d'accord?

Ils furent pris dans le flux des corps qui déambulaient, le soir drainait de leur humanité les grandes ziggourats du quartier de la finance.

Plusieurs centaines de mètres plus loin, ils se détachèrent du flot et Duane lui appliqua la main sur l'épaule.

— Il y a deux mois, Russell m'a donné l'ordre d'acheter cent mille dollars d'actions. Il ne m'a rien dit du tout. Je me suis tout simplement dit qu'il devait savoir ce qu'il faisait. D'autant plus qu'il travaillait dans cette boîte et que je savais qu'il n'avait pas un rond. J'ai fait la même chose que lui, mais pas pour mon propre compte. C'est un ami qui a acheté des actions. Ça va?

Ils étaient dans une ruelle tranquille bordée de maisons de briques à deux étages qui avait été jadis le minuscule ghetto de la Nouvelle-Amsterdam.

— Non, ça ne va pas. Je devrais te dénoncer.

— Écoute, Corrine, on ne va pas jouer les intégristes.

— Mais Russell lui-même n'a pas acheté d'actions, hein? C'est Melman qui a tout acheté. Nous n'avons pas un sou. Et certainement pas cent mille dollars.

— Tout à fait entre nous, il a emprunté cinquante mille sur une carte de crédit et je lui ai permis de doubler sa mise en achetant sur marge.

— Vous êtes devenus fous tous les deux.

— On est joueur, ma belle. Maintenant oublie tout. Nous n'avons jamais eu cette conversation. Changeons de sujet. Par exemple, qui donc m'a raconté un jour que tu avais déjeuné jadis avec J.D. Salinger? De quoi t'a-t-il parlé?

— C'était il y a des années, je ne me rappelle même pas.

— Mais quand même, il a bien dû parler de quelque chose.

— Oui, il a parlé de vitamines.

Une heure plus tard, Corrine servait du chili con carne aux clients de la mission, et le contraste servait seulement à renforcer sa haine du monde des arbitragistes, des délits d'initié et des cravates jaunes haussières. Alors que l'automne semblait accélérer le pouls de la plupart des citadins, les SDF s'emplissaient de morosité et de crainte à mesure que les nuits refroidissaient.

Deux heures plus tard, dans un bistrot de SoHo, elle regardait Russell par-dessus une bouteille de Veuve Clicquot.

— Tu as fait ça sur notre carte de crédit ?

— Les actions ont augmenté de quarante pour cent. Un gain de quarante mille dollars. Ne t'inquiète pas.

— Et si tu avais été battu ?

— Je ne l'ai pas été.

Il cligna de l'œil.

— C'est ça que nous sommes en train de fêter. J'aimerais bien que tu manges quelque chose, et même, peut-être, que tu fasses une exception pour boire une goutte de champ.

— L'accord n'est pas définitivement conclu. Il dépend du financement. Et si ça ratait ?

— Ça ne ratera pas.

— Promets-moi de revendre toutes les actions pour rembourser le crédit.

— C'est promis.

— De ta part à toi, c'était seulement de la folie, mais Duane, c'est illégal.

— C'est ton ami, pas le mien, dit Russell d'un air entendu.

Sans être vraiment menacé, il n'était que trop heureux de détourner l'attention de ses propres manquements.

— Ne sois pas ridicule, dit-elle. Et même s'il a le béguin...

Il lui semblait qu'ils sortaient seuls ensemble pour la première fois depuis des mois. Russell était intarissable, plein de lui-même et de ses projets pour la société. Si seulement elle avait pu se sentir un peu mieux pour profiter de sa belle humeur.

Quand ils furent de retour chez eux, il devint très doux et amoureux, entra derrière elle dans la salle de bains et lui caressa le dos pendant qu'elle se brossait les dents en regardant le visage de Russell dans le miroir, tout en essayant de réprimer la bizarre sensation qui remuait dans son estomac, parce qu'elle avait envie de faire l'amour avec son mari, de danser la danse mystère. Cela tenait-il à eux, ou était-ce que les hommes et les femmes évoluent si différemment ? L'ardeur de Russell s'était-elle atténuée à mesure que la sienne augmentait inexorablement ? Elle entrevoyait dans l'avenir une suite de nuits sans sommeil, adossée à un gros tas d'oreillers, un morne roman sous la lampe, pendant que le dos de Russell faisait comme une falaise au milieu du lit.

Son orgasme masqua la nausée, mais quelque temps seulement. Penser à vérifier la date demain matin, se dit-elle en se rappelant — quand était-ce, trois semaines, un mois ? — que Russell était rentré d'un dîner d'affaires dans une de ses humeurs passionnées, qu'elle avait appris à saisir au bond, l'avait poussée devant lui dans le couloir jusqu'à la chambre, ouvrant déjà le dos de sa robe, et qu'elle avait pensé à son diaphragme, dans son petit coquillage de plastique, sur l'étagère de l'armoire à pharmacie, puis décidé que son désir l'emportait sur la prudence et ne pouvait attendre, que son désir à lui ne survivrait peut-être pas à l'interruption, et qu'après tout, ce n'était pas si grave, non ?

À midi, le lendemain, elle se rappela qu'elle devait consulter son chéquier, où elle notait assez fidèlement ses cycles, cochant la date du début et de la fin de ses règles sur le calendrier qui était au dos. 31 juillet, 5 août. Le calcul n'était pas compliqué ; sentant enfler en elle quelque chose qui ressemblait à un étourdissement, elle constata qu'elle avait environ quinze jours de retard. Pour 1986 et les huit mois de 1987, jamais l'écart n'avait excédé un jour ou deux.

Aux toilettes, Corrine examina soigneusement son visage dans le miroir. Elle soupesa de ses paumes ses seins douloureux. Ils avaient grossi, indiscutablement. Ça, au moins, ça devrait faire plaisir à Russell, non ? Tandis qu'elle étudiait son image dans le miroir, ses yeux s'emplirent de larmes. Elle ne savait pas trop pourquoi. Elle se rendit compte que depuis quelques jours, elle n'avait plus l'impression de maîtriser ses propres émotions ; comme si quelque chose de nouveau, de puissant, luttait pour s'affirmer, réclamant son attention, lui faisant savoir que le restant de ses jours, ses larmes et ses sourires seraient désormais soumis à une nouvelle autorité.

Après une longue réunion au cours de laquelle il avait étudié avec Whitlock l'aspect financier de tous les contrats en cours, Donna informa Russell que Corrine avait retéléphoné.

— C'est un nouveau? lui demanda-t-il en montrant son sein gauche qui s'ornait invariablement d'un message inspiré; c'était sa signature à elle, comme celle de Russell était une pochette de soie.

Le nouveau badge proclamait : « Quand je jouis, je tue — Robert E. Chambers. » Ce Chambers était un adolescent alors inculpé de meurtre, qui prétendait avoir étranglé sa partenaire par inadvertance en faisant l'amour avec elle à Central Park.

— C'est de très bon goût, commenta Russell.

— Tout le monde peut pas être yuppie, dit-elle.

De retour dans son bureau, il appela celui de Corrine.

— Qu'est-ce qui se passe?

— Rien. J'avais envie de te dire bonjour. Tu vas bien?

— Très bien. Je deviens un peu dingue ici. Ces bouquins n'ont pas l'air de rapporter grand-chose, la plupart. Tu es sûre que tu vas bien?

— Très bien. Je crois que j'avais seulement besoin d'entendre ta voix.

Corrine quitta son travail sitôt après la fermeture du marché et s'arrêta dans une pharmacie. Une demi-heure plus tard, ayant fait pipi dans un gobelet de carton et l'ayant transvasé dans un tube à essai, elle attendait les résultats de son test de grossesse. Et s'il était positif? Le lui dirait-elle? Peut-être pas tout de suite. Il venait de lui faire tout un discours pour lui expliquer qu'ils n'avaient pas les moyens qu'elle quitte son emploi.

Trop nerveuse pour lire ou réfléchir, elle alluma la télé et se mit à arpenter le salon, allant jeter un œil dans la salle de bains toutes les cinq minutes. Qu'est-ce que c'est déjà, se demanda-t-elle, cette vieille histoire de la lapine qui meurt ? Elle scrutait le tube à essai. Si une espèce de petit caillot précipitait au fond de la solution, ils risquaient fort d'avoir besoin d'une deuxième chambre dans les huit mois.

Quand il rentra, après avoir bu quelques verres en compagnie d'un agent névrosé mais important, Russell trouva Corrine débordante de bonne humeur, comme cela lui arrivait par moments. Elle lui demanda avec entrain comment s'était passée sa journée et il répondit qu'il avait commencé par apprendre que l'ancienne direction de Corbin, Dern l'assignait en justice.

— Et Washington, quant à lui, menace de poursuivre Bernie Melman. Ensuite, Bernie m'a dit qu'il n'était plus question qu'on lâche un rond, pour reprendre son élégante formule, à Propp avant la remise de son bouquin. Bref, une des plus belles journées de ma vie, une de celles dont on se souvient longtemps, le vrai paradis perdu. Pourrais-tu me rappeler comment et pourquoi je me suis mis dans ce merdier ?

— Allons dîner au restaurant, proposa Corrine qui tournait dans l'appartement comme une mouche dans un bocal, atterrissant ici pour redresser un tableau, là pour déplacer un cendrier, avant de repartir dans une autre direction.

— Je suis crevé, commandons quelque chose par téléphone.

— Oui, on pourrait manger ici aux chandelles. Il y a une éternité qu'on ne l'a pas fait. Et puis après on pourrait prendre un bain.

— Comme tu voudras, dit Russell, mais quand il vit l'expression qui se peignit sur son visage, il se leva du fauteuil dans lequel il s'était effondré pour aller la prendre dans ses bras, pressant sa joue contre sa clavicule, où elle s'était appliquée tant de fois auparavant.

— C'est rien, c'est le boulot, dit-il.

— Oh, Russell, chuchota-t-elle, je suis enceinte.

— J'avais si peur que tu te mettes en colère, dit-elle un peu plus tard.

— Pourquoi je me mettrais en colère ?

— Bon, que tu sois pas content, en tout cas.

Ils étaient allongés sur le lit, leurs vêtements éparpillés par terre et sur le couvre-lit.

— Qu'est-ce que je suis con, depuis un moment, hein ?

— Rien qu'un tout petit peu con, peut-être.

— Je me suis conduit comme un cochon.

— Oui, mais maintenant, tu es guéri.

Elle gloussa.

— Remarque, dans le cochon, tout est bon. On fera encore des cochonneries, hein ?

— Mon enfant va avoir une mère idiote.

Pendant quelques minutes, ils restèrent allongés en silence. Russell attendait le premier frémissement de doute qui viendrait tempérer son bonheur. Il imaginait qu'il viendrait, mais qu'il faudrait alors qu'il reparte comme il était venu, aussitôt, pour qu'il puisse continuer à éprouver ce qu'il éprouvait — qu'il était le premier homme de l'histoire à avoir conçu un enfant avec sa femme. Un patriarche musclé, brandissant sa massue à la lueur d'un feu gigantesque, montant la garde sur la femme et le petit dans la caverne. Ça lui avait d'abord fait un choc. Mais sitôt après, une énorme vague d'enthousiasme avait déferlé sur lui, traînant dans son sillage le désir irrépressible de faire l'amour à Corrine, d'entrer en contact avec ce mystère.

— À quoi tu penses ? demanda Corrine en se dressant sur un coude pour le regarder dans les yeux. Tu vas bien ? Dis-moi.

— Il y a quelque chose qui me tracasse, une grande question, dit Russell en prenant l'air soucieux et en s'en voulant terriblement quand il vit la panique passer dans les yeux de Corrine. On le mettra à Andover ou à Exeter ?

À quatre heures du matin, Russell s'éveilla avec des sueurs froides. Il se leva et alla au salon, ses mains tremblaient, il avait envie d'une cigarette alors qu'il avait cessé de fumer depuis plus de deux ans. Jamais de sa vie, il n'avait éprouvé une telle terreur.

Qui donc était-il pour être père ? Presque un gamin encore lui-même. Trente et un ans, et à peu près dix neuf et demi, affectivement. Jusqu'à la veille, remonter l'Amazone ou visiter l'Himalaya, aller vivre à Paris ou à Kyoto, passer un an dans les Peace Corps ou traîner six mois comme moniteur de ski occasionnel — toutes ces choses restaient du domaine du possible ; Corrine et lui avaient parlé encore récemment d'aller vivre un an à Florence. Et ce qui s'était passé avec Trina, certes, ils n'avaient rien fait pour de bon... pas grand-chose, quelques baisers, un sein... mais merde, quel père ferait-il s'il était si facilement tenté de déconner ? De faire des bêtises. Avec un gosse, il faudrait surveiller un peu son langage, aussi, et ça, bordel de merde, ce serait facile, tiens ! Et l'argent. Et si l'OPA échouait ? Il se demanda si son propre père avait connu certaines de ces peurs — il se figurait que sa propre génération avait été conçue avec moins d'appréhension. Arrivé à l'âge adulte dans le sillage d'une prétendue révolution sexuelle, pendant le bref âge d'or de la pilule et de la légalisation de l'avortement, il appartenait peut-être à la première génération qui envisageât la reproduction comme une fonction strictement volontaire. Et justement, était-il prêt à se porter volontaire ? Engagez-vous, rengagez-vous, dans l'escadrille des cigognes. À la vitre, le ciel, à l'orient, passa de la suie au rose et du rose au bleu pâle. *Bleu layette*, se dit-il, comme pour faire l'expérience des mots.

Alors que le Dow plongeait à l'annonce de la chute du dollar, Corrine se demandait s'il était possible que la vie qui grandissait en elle ne soit pas affectée par la tourmente des quelques semaines qui venaient de s'écouler. Entre son travail et son ménage, son anxiété avait culminé comme jamais : quatorze heures de travail par jour et les disputes avec Russell. Et n'avait-elle pas tiré quelques bouffées d'un joint pendant une fête dans le loft de Steve Kopek ? Les larmes lui montèrent aux yeux quand elle pensa à tous les joints qu'elle avait fumés à la fac, elle imagina des chromosomes calcinés et tordus. Et puis, cet été — prise de panique, au souvenir de l'été, elle appela Russell, exigeant que Donna interrompe son autre appel, d'une voix si aiguë et tremblante qu'il la comprit à peine, au début.

— Tu te rappelles qu'on a pris plein d'ecstasy à Fisher's Island ?

— Corrine, on en a pris peut-être trois fois.

— Mais pourquoi on a fait ça ?

— Parce que c'était génial. Je suis effaré que tu sois pas revenue enceinte, quand j'y pense, dit-il, se rappelant ces nuits sensuelles, moites, fondues, sous l'effet de la drogue.

— Ça ne t'inquiète pas ?

— J'ai pas dit ça.

— Tu vois, tu es inquiet. Je l'entends dans ta voix. J'entends bien que tu es très inquiet et déçu.

— Ben, chérie, voyons les choses en face, c'est l'enfer d'être marié à une junkie.

— Russell !

— Mais c'était pour rire.

Il allait manifestement falloir qu'il se mette au diapason, songea-t-il, de ce nouvel état d'esprit super-littéral. Quand il l'entendit renifler au bout du fil, il demanda :

— Pourquoi pleures-tu ?

— J'étais justement en train de penser à Jeff quand tu as prononcé ce mot-là.

— Il va s'en tirer.

— Peut-être qu'il vaudrait mieux ne pas avoir d'enfant.

— Je croyais que t'en avais envie.

Il se rendit aussitôt compte que sa voix avait trahi son exaspération et se demanda si cela allait être comme ça pendant les huit mois à venir.

— Corrine ?

Constatant qu'elle ne répondait pas, il dit :

— Écoute, on en parlera au médecin, d'accord ? Tu as pris rendez-vous ?

— J'y vais lundi.

— Très bien. D'ici là, prends un Valium et tu vas redescendre.

— Russell !

— Pardon, c'était pas drôle. Essaye de te calmer, je vais rentrer tôt.

Russell prit ensuite l'appel d'un agent littéraire qui avait autrefois été son dealer de coke et s'était reconverti dans un secteur imposable après son mariage. Il s'efforçait encore d'entretenir l'atmosphère de clandestinité dans sa nouvelle profession, de conférer à ses produits littéraires une aura de louche trafic.

— J'ai quelque chose que tu aimerais peut-être essayer, dit-il, après qu'ils se furent tous deux acquittés des préliminaires. Première qualité. Fiction. Certains diraient que c'est un roman à clé mais je trouve que ce n'est vraiment pas lui faire justice. Évidemment, je ne sais pas si ça te serait possible, étant donné tes relations avec un romancier que certains risquent — attention, je dis bien risquent — d'identifier avec un des personnages assez peu sympathique de ce livre. Mais je me suis laissé dire qu'il t'avait laissé tomber pour Simon & Schuster.

— Où veux-tu en venir au juste, Irwin ? Je ne comprends rien du tout.

— Tu me garantis le secret absolu ?

— Oui, bien sûr, dit Russell.

— Camille Donner.

Il lui fallut un certain temps pour replacer ce nom dans son contexte.

— La fiancée de Propp.

— La fiancée de tout le monde. Elle a fini par l'écrire, son livre.

— Et Victor est dedans ?

— Dignité en lambeaux, oui. Un coup à quitter la ville en pleine nuit, la tête dans un sac. Disons deux sacs. Je prends les enchères la semaine prochaine. Je compte ouvrir avec cinq zéros.

— Compte pas sur moi.

Bien qu'il eût peut-être perdu le livre de Victor à cause de la prudence de Bernie et des manœuvres de Propp, il ne voulait rien avoir à faire là-dedans.

— Je te comprends. Mais — ça reste entre nous — si jamais tu attends le grand roman de Victor, je me suis laissé dire — c'est de la fiction fictive. Un pur produit de notre imagination. Je le tiens de la dame. Il n'y a pas de roman. Rien du tout.

Il ne fallut pas longtemps à Russell pour surmonter sa promesse à Irwin pour qui les secrets étaient une marchandise totalement négociable. Mais quand il appela Victor, il n'y eut pas de réponse et, ensuite, il avait une réunion avec les banquiers.

Plus troublée encore par les paroles de réconfort de Russell, Corrine regardait fixement son Quotron sans le voir. Les péchés et l'insouciance des parents, elle le savait, retombaient sur le fœtus. Elle avait vu des films et lu des ouvrages, elle avait regardé la future mère fautive rouler au pied de l'escalier, avait entendu le médecin déclarer : *Je suis désolé, nous n'avons pas pu sauver l'enfant.*

Corrine était superstitieuse. Malgré son esprit discipliné et d'inclination scientifique, elle croyait que des correspondances entre le visible et l'invisible n'avaient pas encore été révélées par la science. Elle croyait que les mots avaient le pouvoir de déclencher et de façonner des événements dans le monde, si bien que pendant une bonne partie de l'après-midi, elle tenta d'oblitérer un mot qui décrivait la pire de ses craintes, le brouillant quand il lui tombait dessus, prononçant à la place d'autres mots, d'autres expressions, *faux-semblant, fosse d'orchestre, faut c'qu'y faut.*

Cette nuit-là, elle rêva qu'elle skiait. La piste de son rêve a la particularité de monter et de descendre en montagnes russes. Corrine, enceinte jusqu'aux yeux, file tout schuss, descendant puis remontant, puis descendant de nouveau une série de collines. Russell passe au-dessus de sa tête sur le siège d'un remonte-pente, il lui crie quelque chose, mais le vent qui siffle à ses oreilles l'empêche d'entendre ce qu'il dit. Elle arrive au sommet de deux pistes de slalom parallèles. Jeff est au départ de l'une des deux. Faisons la course, propose-t-il. Et le bébé ? dit Corrine. T'inquiète pas, dit Jeff. Ils s'élancent, côte à côte, sur les pistes parallèles et après, ils rentrent au chalet, où le barman leur donne de l'ecstasy et où Corrine se rend compte qu'elle n'est plus enceinte. Elle hurle. Où est mon bébé ? Et Jeff répond, je crois que tu l'as laissé là-bas.

De l'autre côté du lit, Russell faisait de temps à autre des gestes de nageur sans arriver à dormir. Le travail biologique n'était pas le même pour lui que pour Corrine, il aurait voulu la rattraper, se transformer physiquement en père. En lui faisant l'amour, la veille, il avait éprouvé les impératifs anciens du sang et de la race. Mais il se retrouvait désormais exclu, devant une porte fermée à clé, et il ne connaissait que l'angoisse. En cherchant à savoir s'il aurait le courage de demander à Corrine si elle était sûre que le moment était bien choisi, il se sentit coupable d'avoir seulement osé l'envisager. Il savait qu'une fois posée, cette question ne pourrait plus être retirée, que quelle que fût sa réponse, Corrine se la rappellerait à jamais... mais la longue nuit épuisa ses doutes et ses craintes, et, au matin, il se sentait fort, impatient de jouer ce nouveau rôle, débordant d'amour pour la femme qui dormait près de lui. Il se leva peu après l'aube et s'imagina dans diverses postures paternelles pendant qu'il préparait un plateau de petit déjeuner pour éveiller Corrine quelques minutes avant la sonnerie du réveil.

Russell trouva parfaitement logique, nouvelle preuve de la superbe excentricité de Corrine, qu'elle eût le soir ses nausées du matin. Le dimanche soir, veille de son rendez-vous chez le médecin, fut particulièrement difficile. Elle vomit pendant *60 Minutes* puis de nouveau pendant *Arabesques*; entre deux accès, elle se plaignit de ce que Diane Sawyer changeait trois fois de costume pendant une séquence puis demanda à Russell s'il trouvait Diane plus jolie qu'elle. Le lendemain matin elle se sentait encore horriblement mal et appela son bureau pour dire qu'elle était malade, pour se reposer avant son rendez-vous de l'après-midi.

Peu après l'heure du déjeuner, Corrine appela Russell au bureau. Elle parlait d'une voix faible et rauque.

— Tu te sens bien? demanda-t-il.

— Russell, je l'ai perdu.

— Qu'est-ce que ça veut dire, tu l'as perdu? dit-il, bien qu'au ton de sa voix et au plongeon de son cœur à lui, tout au fond de sa poitrine, il comprît parfaitement ce qu'elle avait voulu dire.

Et bien qu'elle semblât trop lasse et trop triste pour se préoccuper des détails, il eut besoin de tout entendre pour chercher à comprendre comment, à l'instant même où il avait commencé à croire au miracle, le miracle avait été anéanti.

Pendant sa convalescence, Russell la traita avec une extrême sollicitude. Corrine prit une semaine de congé et il resta avec elle les deux premiers jours, la faisant manger, l'entourant de mille attentions comme une richissime invalide. Elle avait perdu beau-

coup de sang et le chaos régnait sur son système hormonal ; le médecin lui avait dit que son organisme mettrait environ deux mois
à retourner à la normale. Bien qu'il lui eût dit aussi que c'était
un accident fréquent, que beaucoup de grossesses se terminaient
ainsi pendant le premier trimestre, elle ne pouvait s'empêcher de
se sentir coupable. Russell, qui l'avait compris intuitivement, faisait de son mieux pour la convaincre qu'elle n'y était pour rien,
que c'était la nature qui envoyait ainsi des messages. Au début,
elle lui en voulut, à lui aussi, lui rappelant le nombre de fois où
il avait dit qu'ils n'étaient pas prêts à avoir un enfant, mais elle
finit par voir que cette perte l'affectait lui aussi profondément.
Et quand il lui avoua s'être senti coupable parce qu'il s'était
demandé brièvement s'ils avaient les moyens d'avoir un enfant,
et parce qu'il avait envisagé l'autre solution, elle put le réconforter et prendre ses distances avec sa propre culpabilité.

C'était un samedi, Russell l'emmena faire une promenade ; il
lui noua un foulard autour du cou alors qu'il faisait encore assez
chaud pour septembre. Ils marchèrent jusqu'au parc, Corrine pas
très assurée sur ses jambes ; elle s'appuyait au bras de Russell
et soudain, elle les vit tous deux avançant à petits pas, comme
un couple de vieillards, chenus et courbés par les ans, se sou-
tenant mutuellement, et, l'espace d'un moment, elle se sentit
mieux.

Mais le parc était plein de bébés, bébés dans leurs poussettes,
bébés dans ces espèces de harnais qu'on porte sur le dos ou sur
le ventre, bébés sur les épaules de leur papa. À croire qu'elle était
la seule à n'avoir pas de bébé.

Ce soir-là, Russell l'emmena *Chez Raoul*, où elle but un verre
de vin et rit de la description qu'il lui fit de la dernière tenue de
son assistante, de son dernier badge, de ses dernières conversations
téléphoniques avec ses derniers mecs.

Un fin crachin tombait quand ils sortirent du restaurant, Corrine portant le reste de son steak dans un sac en plastique — le
médecin lui avait prescrit de la viande rouge parce qu'il lui fallait
du fer. La silhouette encapuchonnée qui se penchait sur une pou-

belle au bord du trottoir sursauta quand elle lui toucha le bras, mais elle tendit le sac en disant :

— Prenez, je vous en prie, c'est un steak presque entier.

Il prit le sac avec méfiance et fila dans Prince Street, comme un chien, songea Russell, qui, pour ne pas tenter le sort, quitte au plus vite l'endroit où il a trouvé une aubaine.

De retour chez eux, ils s'apprêtèrent pour la nuit. Corrine enfila une chemise de nuit, ce qu'elle faisait rarement, mais qu'il comprit et accepta. Elle était profondément préoccupée.

— Je vais quitter mon boulot, dit-elle d'une voix stridente quand les lumières furent éteintes. J'y ai réfléchi toute la semaine. Je sais que ce sera dur, mais, désolée, je veux faire quelque chose d'utile de ma vie.

— C'est d'accord.

Il lui passa le bras autour des épaules et l'attira vers lui.

Quelques minutes plus tard, d'une voix ensommeillée, elle dit :

— On pourra essayer de nouveau, hein ?

— Bien sûr, répondit-il, heureux de lui faire du bien avec cette promesse abstraite en même temps qu'il éprouvait un petit pincement de culpabilité à l'idée que ça l'arrangeait plutôt d'attendre.

35

La limousine remonta la longue allée bordée de haies et vint s'arrêter dans le cul-de-sac devant le bâtiment de l'administration. Avant que le chauffeur eût eu le temps d'en faire tout le tour, la portière la plus éloignée s'ouvrit. Comme une pupe léthargique luttant pour s'éveiller, retombant, sans parvenir à se dégager de son enveloppe collante à la première tentative, un homme en smoking en émergea, tenant un magnum de champagne par le col.

Sous le regard de Jeff qui fumait sa première cigarette devant la fenêtre de sa chambre, l'homme passa d'un pied sur l'autre, ébloui dans la lumière cuivrée du matin. À cette distance, il avait quelque chose de presque familier dans son désarroi comique. Quand le chauffeur s'approcha de lui, il s'éloigna d'un bond et se mit à tourner sur lui-même et à tanguer comme quelqu'un qui souhaiterait terminer la danse si grossièrement interrompue par un trajet inattendu en voiture. Ouvrant les bras dans un élan d'affection et de désir, il se précipita vers un sapin bleu sur le bord de l'allée, valsa droit dans ses branches et tomba à la renverse sur la chaussée. Une silhouette vêtue de blanc surgit du bâtiment de l'administration et, de concert avec le chauffeur, aida le malheureux danseur à se remettre debout.

La grosse infirmière frappa à la porte de Jeff et lança :

— C'est l'heure de votre petit déjeuner, mon chou.

Toujours la même merde, se dit-il. Tous les matins, petit déjeuner, ensuite c'est l'heure du déjeuner, et puis du dîner. Tout avait le même goût de carton et de cigarette, et ça ne satisfaisait pas, parce que ce n'était pas ce dont on avait vraiment envie. On avait envie d'autre chose et l'on y pensait à peu près tout le temps, et tous les autres désirs, les désirs autorisés, et leur satisfaction autorisée, étaient à tout jamais de deuxième ordre. La nuit, toutes les nuits, il rêvait de poudre blanche se liquéfiant dans une cuiller, coulant comme du lait au-dessus d'une flamme bleu glacier. Il se fixait à l'héro dans ses rêves.

Voilà, selon toute apparence, ce serait comme ça le restant de ses jours, la morne chierie traîne-savates diurne. Ella, l'infirmière, pourtant — ça c'était une nana qui prenait plaisir à bouffer ses crêpes et ses œufs. Cent quarante kilos, plus ou moins, et l'uniforme blanc la faisait paraître encore plus grosse. Une amélioration serait de vêtir de noir le personnel, peut-être. De petits uniformes noirs. Ça les amincirait un peu.

— On pourrait pas au moins changer l'ordre ? Commencer par le dîner, par exemple ?

— Là, vous dites des bêtises.

— Des bêtises ? C'est un terme technique ? lança-t-il dans le dos de la massive Ella qui s'éloignait. Vous voulez me faire perdre les pédales avec ce jargon psychologique.

La pelouse impeccablement entretenue avait viré au gris argent pendant la nuit, saupoudrée de la première gelée de la saison. *Hiver est ci survenu, luth chante dieudamne.* Sortir restait toujours un choc, le monde semblait nouveau, pas tout à fait réel, comme enveloppé d'une couche invisible de plastique, ou peut-être comme une planète toute neuve et pourtant inexplicablement usée, dont on venait de retirer le plastique. De toute une année, il n'avait pas passé une journée sans l'héro, et désormais, ses pupilles ayant retrouvé une taille normale et son cerveau étant désintoxiqué, tout lui semblait différent.

Pour ceux qui n'étaient pas consignés dans leur chambre, les repas étaient servis dans la salle à manger de la grande maison, qui ressemblait à une joyeuse auberge de campagne — grosse bâtisse blanche de style colonial XVIIIe au flanc d'une colline, parmi des hectares de pelouse et de bâtiments satellites. Jeff peinait dans le sentier depuis Glover House, où il avait emménagé deux semaines plus tôt. L'impression d'être de retour au pensionnat, sauf que ce n'était pas le pensionnat. L'emploi du temps n'était pas le même : thérapie de groupe, séances d'AA (alcooliques anonymes), biofeedback, art et artisanat, thérapie individuelle et nouvelle séance d'AA.

Il passa avec circonspection devant Carlyle House, qu'il avait récemment quittée pour être admis dans la classe supérieure — c'était le cadre de son infernal sevrage, où le nouvel arrivant au smoking s'éveillerait en sueur le lendemain matin. Vous qui entrez, abandonnez tout espoir de dope. Jeff l'avait surnommée le refuge des animaux sauvages. Les nouveaux pensionnaires arrivaient souvent à la fin de longues virées, encore bourrés et pétés de leur dernière soirée, cassés quand ils entamaient les examens, prises de sang, tension artérielle, tri et séparation des déjantés aux amphés et à l'héro des amateurs de coke et d'alcool. C'était pour les accros des tranquillisants pharmaceutiques qu'on prétendait que c'était le plus dur, mais putain l'héro n'était pas un cadeau non plus. Quand Jeff s'était mis à gerber pour de bon, on le réveillait sans arrêt pour lui prendre le pouls, le seau de plastique vert si commode était toujours là à côté de son lit, en prévision de la violente révolution de ses cellules scandalisées. La vraie gerbe à en crever, on le faisait marcher entre deux infirmières d'un bout à l'autre du couloir et retour pour que son cœur n'arrête pas de battre, son vieux cœur vanné. Le *delirium tremens*, évidemment, et le goût comme du métal vivant tout au fond de la bouche. Phénobarbital pour les crises et clonidine pour se débarrasser des crampes. Il avait même cru voir Russell et Corrine lui courir après, armés de couteaux de cuisine, pour lui découper les boyaux en rubans roses et bleus — cause de cette épouvantable douleur.

Quarante années durant, centre de désintoxication d'une célébrité discrète pour les ivrognes de Park Avenue, Carlyle House était demeurée comme une espèce de petite colonie fort lucrative de la clinique psychiatrique. Mais les admissions de toxicomanes avaient doublé et triplé depuis quelques années ; si les dépressions nerveuses étaient en augmentation constante et régulière, dans la toxicomanie, c'était le boom. Certains des pensionnaires appartenaient d'ailleurs aux deux catégories — c'étaient les toxicos déprimés. Jeff admirait les maniaco-dépressifs, convaincu qu'ils étaient les plus adaptés à l'atmosphère de montagnes russes qui règne dans le pays.

Déprimés et toxicomanes se mêlaient en toute liberté pour les repas. Jeff avait son petit groupe de camarades de jeu déglingués. Ce matin-là, il posa son plateau d'œufs en caoutchouc et de toasts cellulosiques entre Delia et Mickey. La belle et maigre Delia, avec son maquillage délirant de cernes sous les yeux, était assise immobile devant son plateau, ancienne cover-girl de l'année, les yeux fixés sur la baie vitrée, tandis que son infirmière l'exhortait à manger. Delia correspondait à toutes les catégories de pathologie qu'on traitait dans l'établissement.

— Tu veux que je te raconte mon rêve ? dit Mickey allumant une cigarette et jetant l'allumette dans son jus d'orange.

Mickey avait dix-sept ans et se défonçait au crack. Alors qu'il était là depuis trois mois et qu'on pouvait penser qu'il était net, il arrivait toujours pour le petit déjeuner habillé pour la vie de noctambule ; avec ses longs cheveux raides jamais lavés, sa veste de lin noire froissée et tachée, il rappelait à Jeff les affreux matins de son passé récent.

— Je suis dans ma caisse — en fait j'ai même pas encore passé mon permis, tu vois ? — mais dans le rêve, bon, je suis dans une caisse et je descends West Side Highway jusqu'au Village. Vers le quartier de la viande, tu vois où c'est ? Je peux dire que c'est là, justement, parce qu'il y a des quartiers de bœuf, quoi, pendus à des crochets un peu partout, et moi, je suis en chasse dans ma caisse. Bon, et puis je vois un travelo, comme ça, qui tapine, tu sais, un de ces affreux machins qui bossent aux orifices entre Manhattan et ses colonies. Parce qu'un tunnel c'est ça, t'es d'accord ? — c'est comme un trou, pense à ce que ça peut te faire de passer par un trou en bagnole tous les jours pour aller dans le petit cube merdeux où tu bosses en ville, et puis de repasser en bagnole par le même trou pour rentrer dans une des cages à lapin où ta femme t'attend. Mais là où je me marre, c'est qu'un tas de travelos mettent de la thune de côté pour se faire opérer et devenir des vraies bonnes femmes, pour pouvoir se marier et aller vivre dans un petit lotissement de merde dans le New Jersey. Tu savais que presque tous les transsexuels se marient et que plus de la moitié le disent jamais à leur mari ?

Jeff se souvint soudain d'une rumeur qu'il avait entendue, selon laquelle la femme de Bernie Melman était un transsexuel. Il ne se rappelait pas où il l'avait entendue.

— Bon alors, je passe devant une de ces nanas en toc et là, je ralentis et c'est un peu comme si je matais depuis l'extérieur de mon rêve en disant eh, faut pas déconner, c'est un mec, ça. Une personne masculine, quoi. Et puis je fais signe au gars d'approcher — il est toujours fringué en nana, d'accord? — et il monte dans la caisse et tout de suite y me saute à la braguette. Je remarque que son maquillage fout le camp. Il lui tombe de la figure comme une peau et moi je m'attends à voir un mec et à la place c'est ma mère, putain. Ma mère déguisée en mec déguisé en tapin. Non mais tu te rends compte jusqu'où on peut aller dans le taré? Taylor, à tous les coups y va adorer.

Mickey tapota soigneusement sa cendre au-dessus de ses œufs, déposant deux tétons gris sur les aréoles luisantes des jaunes, et coula un regard en coin vers Jeff.

— Qu'est-ce que t'en dis? Ça te la coupe? Moi, personnellement, je pense qu'il y a tout, là-dedans. Gros succès au box-office analytique — ambiguïté sexuelle, érotisme homo, scène œdipienne explicite. Tout sauf le cigare. Elle m'a pas vraiment sucé, ni rien, je me suis réveillé avant. Mais le coup du travelo soulève pas mal de questions intéressantes pour moi. Tiens, quand j'avais douze ou treize ans, j'ai commencé à m'habiller en fille pour pouvoir entrer dans les boîtes. Jamais j'aurais pu avoir l'air assez vieux comme mec, mais pour une jolie nana, ça faisait pas de problème. Je suis entré partout, le Milk Bar, l'Area — même les machins ouverts toute la nuit, A.M.P.M., Save the Robots. J'avais plus qu'à filer aux toilettes pour me changer et redevenir un garçon. Le Dr Taylor est sûr que ça allait plus loin que la simple question pratique, bien sûr. Un cigare est jamais seulement un cigare, ici. Tu crois pas? Pour lui, mes changements de fringues, c'était lourd de sens. Et d'ailleurs, je reconnais, ça me plaisait d'être une nana. Des fois, j'oubliais de me changer. Ma mère est tombée sur ma trousse à maquillage, un jour. Je devais avoir dans les quatorze ans. Vous voulez savoir ce qu'elle m'a dit?

Des yeux, il fit le tour de la table, sollicitant la curiosité.

— Je vais vous le dire. Elle a pas dit un mot, rien.

— Tu veux une cigarette, Delia ?

Ayant mutilé une tranche de pain grillé qu'il avait peinte à la confiture, Jeff s'estimait en droit de fumer.

Elle regardait toujours par la fenêtre. Jeff s'apprêtait à répéter sa question quand elle tourna la tête vers lui et rencontra ses yeux. D'une pichenette, il fit sortir une autre Marlboro qu'il plaça entre ses lèvres pleines et gercées, irrégulièrement barbouillées de rouge à lèvres. Il l'alluma avec son briquet. Delia n'avait pas parlé depuis deux semaines. Sans l'avoir jamais réellement connue, Jeff l'avait croisée ici et là pendant des années. Fille de ploucs de l'Arkansas, elle était devenue un modèle très en vue au début des années quatre-vingt. Il la rencontrait partout. Et l'un des chanteurs rock qu'il préférait avait vécu avec elle un an ou deux. Elle n'avait que vingt-sept ans, et l'existence qu'elle avait menée à l'hôtel Manhattan l'avait sacrément amochée. Elle n'avait plus posé depuis des années et cela faisait quatre mois qu'elle était là. Elle était arrivée après s'être ouvert les poignets pendant la réception de Minky Rijstae-fel. Jeff croyait se rappeler qu'il y était lui aussi. Peut-être. La réplique de *Ces corps vils* — « Oh, Nina, ce qu'on a pu faire la fête. » Il ne se rappelait pas grand-chose de l'année écoulée, semblait-il — heureusement. Le séjour de Delia était, disait-on, payé par son dernier protecteur, un riche Européen titré. Même dans ce sanctuaire des déjantés et des cassés, on trouvait que Delia était grave.

La cigarette de Mickey siffla et mourut dans sa tasse de café.

— C'était le grand pied, dit-il en se levant et en passant la main derrière la tête pour toucher sa queue de cheval.

C'était une habitude qu'il avait, comme s'il craignait que cet appendice à la mode ne risque de disparaître. Ou peut-être le faisait-il pour se porter bonheur. On était superstitieux, ici, on lisait les signes et les présages, on était réceptif à la vision périphérique et aux maléfices invisibles qui flottent dans les courants d'air. Debout près de la table, Mickey avait l'air d'une petite hampe tordue traî-nant un mince fanion de cheveux. Il était resté à la coke pendant cinq ans et c'était en la fumant qu'il s'était taillé cette mince sil-houette de petit garçon.

— On se verra à la vannerie.

Tout le monde fumait : c'était la seule dépendance encore permise. Pendant les séances de groupe ou d'AA, si on regardait autour de la pièce, on voyait la fumée sortir de toutes les lèvres comme d'une combustion interne, tout le monde se consumait de l'intérieur. En thérapie de groupe, la semaine précédente, ils avaient déclenché les détecteurs de fumée. Les sirènes s'étaient mises à hurler, l'hébétude des visages s'était encore accrue chez tous ces paumés recroquevillés sur leur siège, les mains plaquées sur les oreilles.

C'était comme la prison, ou l'armée, on maîtrisait si peu son propre destin qu'on sautait sur chaque occasion de marquer le temps à sa manière, de se faire plaisir indépendamment des gens qui possédaient les clés, et les permissions, et l'armoire à pharmacie. Alors on fumait.

Le sevrage avait fait pâlir le fou dansant que Jeff avait vu arriver quelques jours auparavant ; il fumait des gauloises qu'il tirait du paquet bleu que Robert Motherwell avait utilisé pour son célèbre collage. À mourir pour mourir, autant s'y mettre tout de suite et merde pour le pourcentage de goudron. Après tout, la moitié des gens présents dans la salle avaient essayé. Les cicatrices de coups de rasoir dégoulinaient sous les poignets des chemises. Les drogués avaient choisi de le faire à tempérament, mais ils refusaient de le reconnaître, pour commencer.

Pendant que tous allumaient leur cigarette, Beverly, l'assistante sociale chef, demandait aux nouveaux de se présenter. Il dit qu'il s'appelait Brad Balfour.

— Pourquoi êtes-vous là ?

— J'ai toujours eu envie de visiter le Connecticut.

— Parlez-nous un peu de vous.

— Je suis un capitaliste qui fais des coups à la bourse de New York, capitale mondiale du capital.

— Rien à ajouter ?

— Un mètre quatre-vingts, soixante-dix kilos, yeux bleus, et oui, je suis célibataire.

— Et quoi encore ?

Il exhala un nuage de fumée qui aurait fait honneur à un haut fourneau, regarda par la fenêtre et soupira d'un air malicieux. Jeff se demanda comment il pouvait être si combatif après le sevrage et conclut, un peu dédaigneusement, que ce type ne présentait sans doute qu'une dépendance assez légère à la coke. Pourtant, malgré toute sa belle insouciance, ses mains tremblaient et ses yeux étaient cernés du mascara peu flatteur de l'insomnie.

— Je suis un drogué.

— Bien.

Acquiesçant de la tête, elle se contenta de cet aveu.

— Jeff, voulez-vous nous parler, aujourd'hui ?

— Pas vraiment, dit-il.

— Moi, ça me pose problème, ça, dit Fran, l'alcoolo rédactrice à *Woman Today*, le magazine qui avait publié, après l'en avoir menacé, un article où l'on brossait un portrait désobligeant de lui parce qu'il avait refusé une demande d'interview.

Jeff ignorait si elle avait trempé dans cette sordide transaction, mais elle lui avait été antipathique d'instinct et il la soupçonnait d'être là pour préparer un reportage sur l'établissement.

— Parlez-nous de ce problème, si vous voulez, dit Beverly.

— Voilà, on dirait que Jeff prend des airs supérieurs. Un tout petit peu. Il ne partage pas avec nous. Il doit se croire trop célèbre, ou alors, trop quelque chose.

Beverly tourna la tête vers Jeff.

— Qu'en pensez-vous ?

— Quand je trouverai quelque chose d'intelligent à dire, je le partagerai avec vous.

— Vous voyez ? Ça revient à dire que nous, nous ne sommes pas intelligents.

— Je ne crois pas que Jeff ait voulu dire ça, n'est-ce pas, Jeff ?

Jeff se remplit les poumons d'un gros nuage de fumée avant de le souffler.

— Je n'arrête pas de voir, dans un magazine sur papier glacé, un article de Fran intitulé : « Comment profiter au maximum d'une cure de désintoxication. »

— Ça n'est pas très gentil, Jeff.

— Ou peut-être : « Société : comment faire bonne figure en thérapie. »

Beverly se rembrunit.

— Je crois que Fran a mis le doigt sur quelque chose, Jeff. Vous devriez peut-être reconsidérer votre attitude vis-à-vis du groupe.

En art et artisanat, Delia peignait au pochoir des clochettes roses sur l'anse d'un panier sous l'œil de son infirmière personnelle, qui était chargée de ne jamais la quitter d'une semelle. Elle en était à son quatrième panier. Ils étaient produits industriellement ailleurs et la clinique les achetait en gros. Le travail du bois, qui nécessite des outils tranchants, était manifestement exclu. La vieille Evelyn Salmon arriva de sa démarche branlante, soutenue d'un côté par sa canne et de l'autre par une infirmière, suivie de près par la chevelure bleue de Babs Osterlick.

— Quel ravissant panier, ma chère.

Delia continua à peindre.

— Une si jolie fille, dit Babs, qui vint s'arrêter en soufflant à côté de son amie, sa mise en plis bleue luisant comme un saphir.

— Ravissante mais si maigre, dit Evelyn. Ça ne lui ferait pas de mal d'être un peu plus rembourrée, là, devant.

Evelyn elle-même possédait des attributs massifs dans cette région, auxquels elle faisait fréquemment allusion en présence des hommes les moins âgés de l'établissement. Evelyn et Babs n'avaient pas loin de soixante-dix ans. Leur santé ne laissait pas particulièrement à désirer — un rien de délabrement gérontologique — mais l'une et l'autre s'étaient senties seules à la mort de leurs époux. Ces derniers leur ayant laissé des montagnes de fric, elles avaient décidé de couler leurs derniers jours dans cette clinique plutôt que dans une maison de retraite. Toutes deux avaient versé une généreuse contribution pour renflouer les caisses de la clinique et acquittaient le prix fort de la journée d'hospitalisation pour leur logement. La compagnie les amusait. Elles appelaient les patients en désintoxication « les ivrognes » et tous les autres, « les fous ».

— Pourquoi des clochettes, Evie?

— Pour la noce, probablement. La pauvre fille est retenue ici pendant que toutes les autres prennent de l'avance avec les gentils jeunes gens.

— Si elle grossit un peu et qu'elle s'achète un soutien-gorge rembourré, elle aura du succès.

— Ding dong, dit Babs en repartant à petits pas, le haut de son corps se balançant comme un métronome chaque fois qu'elle passait de sa bonne jambe à sa jambe raide.

Sans donner le moindre signe d'avoir pris conscience de leur présence, Delia continuait à peindre.

— Alors, comment nous sentons-nous, aujourd'hui, Mr. Pierce ?

Dans l'exercice de sa profession, le psy affectait une humeur enjouée, paternelle et teintée d'autorité. Ses bajoues lui faisaient un visage charnu de bouledogue qui rappelait à Jeff celui de feu Dylan Thomas, rapprochement presque comique entre l'apparence et la réalité. Le Dr Taylor portait des cardigans et des godillots marron qui semblaient taillés dans une matière synthétique à base de pétrole et s'arrangeait pour donner l'impression de fumer la pipe alors qu'il ne fumait pas. Son bureau était immaculé comme l'appartement témoin d'un nouvel ensemble résidentiel. Quelques numéros du *Journal of Psychopharmacology* formaient un éventail parfait au milieu d'une table basse.

— Au trente-sixième dessous.

Jeff leva le pied droit et dérangea le bel ordonnancement des magazines du bout de l'orteil.

— La métaphore n'est pas très originale pour décrire un état négatif mais je crois qu'elle convient à la situation.

Le Dr Taylor hocha du chef et ses bajoues tremblotèrent.

— C'est compréhensible. Votre organisme n'est pas encore guéri de la dépendance. Et nous devons chercher à identifier les grandes questions qui se posent à vous...

— Je me fais beaucoup de souci pour la forêt équatoriale.

— Parlez-moi encore de Caitlin. Elle vous a quitté il y a deux ans. Pourquoi, d'après vous ?

— Demandez-le-lui.

— Nous devons seulement nous intéresser aux raisons pour lesquelles vous croyez, vous, qu'elle vous a quitté.

— Parce que je n'arrivais pas à m'engager ?

La réponse avait quelque chose d'expérimental et fut formulée comme une question.

— J'ai l'impression que c'est ce qu'elle dirait, elle.

— C'est vrai. Je voulais que le monde entier m'aime mais elle avait pour moi des ambitions plus étroites. Elle voulait seulement que je l'aime, elle.

— Et vous l'aimiez ?

— Oui. Mais ça n'avait pas l'air de suffire. Dans l'idéal, elle aurait dû être blonde, brune, rousse, mince comme un fil et voluptueuse, grande et petite, protectrice et indépendante, passionnée et tranquille, garce et maternelle.

— Vous attendiez beaucoup d'elle.

— Eh oui, j'attends beaucoup, c'est mon problème. Et c'est peut-être en cela, seulement, que je suis une figure vaguement représentative.

— Est-ce que d'avoir écrit un livre vous donne un sentiment d'accomplissement ?

— Le jour où j'ai fini, je pense que oui.

— Et ensuite ?

— Ensuite, la conviction absolue que le livre n'était pas très bon — d'où nouvelles aspirations, anxiété, et désir, désir insatiable, indiagnosticable.

— Essayons de déconstruire tout cela, voulez-vous ?

— Vous avez une équipe de démolisseurs ?

Courrier. Encore des bouquins de ce bon vieux Russell, pauvre con ; Jeff n'avait pas été capable de lire une ligne depuis qu'il était arrivé, son pouvoir de concentration ayant volé en éclats. Et un colis séparé, envoyé par Corrine, qui contenait un exemplaire neuf de *La Toile de Charlotte*, dont ils partageaient en secret l'adoration, et dont Jeff lui avait autrefois fait la lecture dans une ferme glaciale des environs de Middlebury, dans le Vermont, pendant qu'elle soignait une entorse à la cheville qu'elle s'était faite sur les pentes du Killington. Russell était à Oxford à jouer les universitaires et tout ça. L'infirmière feuilleta le livre jusqu'à la fin et en lut tout haut les dernières lignes, soulignées par la subtile Corrine : « Ce n'est pas souvent qu'on voit venir quelqu'un qui est un véritable ami et un bon écrivain. Charlotte était l'un et l'autre. » Elle leva les yeux sur Jeff pour voir si ces mots possédaient une quelconque signification codée.

— On dirait bien le jargon de la drogue, moi je trouve, dit Jeff.

Il dut ouvrir les autres livres devant l'infirmière chef, qui les inspectait pour voir s'ils ne dissimulaient pas de stupéfiants ni d'instruments tranchants. Elle saisit les volumes, les retourna pour les feuilleter, glissa un coupe-papier au dos de la couverture cartonnée de *The Stories of John Cheever*. Feu St John Cheever, chef de famille campagnard à moitié noyé dans l'alcool, s'efforçant d'être quelqu'un pour qui le jardin, la famille et la sainte odeur du bois neuf dans l'atelier en sous-sol étaient suffisants, incapable de résister à la tentation — la jeune fille au pair, le petit livreur de journaux, le premier verre d'alcool de la matinée. Alors que moi, songea Jeff, je me retrouve ici, junkie de bonne famille, sur les pelouses du Connecticut.

Jeff s'était vu assigner un copain quand, à sa sortie du sevrage, il était entré en thérapie de groupe. Tony n'avait pas assisté à la séance du matin parce qu'il avait eu une permission de sortie pour se rendre en ville, à une entrevue avec un employeur éventuel. Tony Del Vecchio dirigeait autrefois une chaîne de bars restaurants de New Haven. C'était un dur, il était devenu dealer de coke ; tout naturel, expliquait-il, pure question de synergie, l'alcool et les drogues. À la longue, il n'avait pu s'empêcher de fourrer son nez dans le sac. Puis il était passé à l'héro, d'abord pour « chasser le dragon », simplement pour redescendre après la coke. Avant même de s'en être rendu compte il se shootait en intradermo, ce qui le conduisit sans effort aux intraveineuses coke-morphine. Après avoir perdu son boulot, sa maison, sa femme et ses enfants, il avait fini par choisir la clinique pour éviter la prison. Il avait raconté son histoire au cours de la première séance d'AA à laquelle Jeff assistait et ses aveux respiraient, comme eux tous, la fierté perverse du survivant.

— Dis donc, vieux, qu'est-ce que j'apprends que t'as fait en thérapie de groupe? demanda-t-il, saisissant la chaise qui était à côté du lit de Jeff et la faisant pivoter pour s'y asseoir, les bras croisés sur le dossier.

— Qu'est-ce que tu veux que je te dise? J'ai jamais été très bon dans les groupes.

— Moi, ce que j'en dis, c'est pour t'aider.

Tony n'avait pas vraiment le look du bon samaritain avec ses avant-bras couverts de tatouages.

— Qu'est-ce que t'as contre Fran?

— En ce moment, je déteste tout le monde.

— Faut m'en parler, vieux.

Il asséna une claque de sa main velue sur le genou de Jeff.

— J'en suis passé par là. Hein? C'est comme si t'avais un gros trou en toi qui a besoin d'être rempli, qui hurle qu'on le remplisse. Et tout le reste t'emmerde. C'est bien ça?

Jeff déchiffra le tatouage maison sur le dos de la main de Tony : « Né pour la bringue. »

— Fran, je la déteste tout particulièrement.

— Comment ça se fait?

Tony lui offrit une Camel filtre, qu'il accepta.

— Elle est bidon. C'est à cause des gens comme elle qu'on se drogue. Pour pas être comme eux. Elle peut bien raconter qu'elle est alcoolo, elle sera toujours blaire, soldat dans la grande armée des culs-serrés, des obsédés de tous les règlements. Elle est dans son élément dans le groupe. Un vrai prix de camaraderie.

— Arrête tes conneries. On se drogue pour se défoncer.

— Elle m'a fait un sale coup, dit Jeff, comprenant aussitôt à quel point il semblerait mesquin s'il tentait de l'expliquer.

— T'en es sûr?

Tony ôta sa main du genou de Jeff pour la passer dans ses cheveux à plusieurs reprises, comme s'il massait sa machine à penser.

— T'as dû faire pas mal de trucs merdeux sous l'influence de la dope. Pas vrai? Hein?

Il tapa sur l'épaule de Jeff.

— Pourquoi t'essayes pas d'y penser? Pourquoi t'essaierais pas de lui pardonner, pour commencer? Ensuite, tu réfléchiras au Point Huit du programme, c'est celui qui dit de penser aux gens qu'on a laissé tomber. De faire la liste de tous ceux auxquels on a fait du mal parce qu'on était accro. Après, au Point Neuf, on essaye de se racheter.

— Je suis encore coincé au Point Deux, dit Jeff. Celui où on doit arriver à croire qu'un pouvoir qui nous dépasse peut nous rendre la santé.

— Ah oui, c'est le plus important, dit Tony. Ça prend du temps.

— Pendant toute l'histoire de la civilisation, l'homme a cherché à se libérer de Dieu et des autres figures d'autorité arbitraires ou usurpées. Et aujourd'hui, parce qu'on a embouti un poteau télégraphique avec le break, on est censé dire : « Pardon, papa, je te promets de manger mes épinards et d'aller à l'église dimanche prochain. »

Après le dîner, Corrine téléphona. Jeff était dans la salle de télé, il regardait *Jeopardy* avec les autres épaves quand on l'appela.

— C'était simplement pour te dire que je pense à toi.

— Je pense à toi, moi aussi.

Ils étaient apparemment incapables l'un et l'autre de rien ajouter. Jeff n'avait pas de mal à imaginer la gêne de Corrine, sa peur de dire ce qu'il ne fallait pas.

— Et Boum ?

— Il est chiant. Il bosse tout le temps, et quand il rentre une minute, le temps de se changer, il ne parle que de ça. C'est tout juste s'il fait encore tomber des trucs de temps en temps.

— T'as qu'à divorcer pour m'épouser.

— C'est vrai qu'avec toi, ce serait la sécurité.

— Justement.

Il s'efforçait de paraître en forme.

— Tu préfères la sécurité, ou le bonheur ?

— On pensait monter te voir, le week-end prochain.

— Chic.

— Essaie de feindre un peu d'enthousiasme.

Il se voyait mal s'enthousiasmer à propos de quoi que ce soit et surtout pas d'un déjeuner dominical avec les fiancés de l'Amérique. Quelque part, dans un recoin bien fermé de son cœur, il savait qu'il aimait ces gens, mais il était incapable de l'éprouver. Avant tout, il était en rogne. Ils étaient dehors, libres, et lui coincé chez les dingues.

— Je crois que je suis pas prêt, dit-il.

— Tu as sûrement besoin de quelque chose. On pourrait apporter...

— Et si vous m'apportiez vingt doses d'héro?

— C'est pas drôle.

— Ben oui, je dois avoir laissé mon sens de l'humour au sevrage.

— On t'aime, Jeff.

— On? Qui ça, on? Pourquoi, on? L'amour n'est pas une activité de groupe. Même si les champions de l'hygiène mentale font semblant de le croire, ici. La thérapie de groupe, je l'emmerde. Tiens, tu sais — on nous encourage à partager, et à faire des tas de câlins. Ici, « partager » est un verbe intransitif. On doit tenir un petit journal dans lequel on écrit « j'ai partagé avec Tony, aujourd'hui... Fran a partagé avec nous au sujet de son incapacité à partager avec sa famille ». Je sais bien que Russell et toi vous aimez tout faire ensemble, mais en l'occurrence, tu ferais mieux de parler pour toi.

Il s'interrompit, se représentant le beau visage de Corrine, sa peine, à l'autre bout du fil.

— Moi aussi, je vous aime, dit-il avec colère. Donne-moi seulement le temps de cesser de vous haïr.

36

— Tu veux qu'on parle des raisons pour lesquelles on ne fait plus jamais l'amour ?

— Non.

— Eh bien moi, si.

Elle le savait, bien sûr, mais elle voulait le lui entendre dire.

Couché près d'elle dans l'obscurité, il poussa un soupir théâtral.

— Écoute, Corrine, il faut que je me lève pour aller bosser dans cinq heures.

— Est-ce parce que tu me trouves répugnante après... après ce qui s'est passé ?

— Bien sûr que non, c'est ridicule.

— Qu'est-ce que tu veux que je pense ? Ça fait des semaines que tu ne m'as pas touchée. Je te dégoûte.

— Je veux que tu penses que j'ai un million de trucs dans la tête, en ce moment, que tu te rendes compte de tout ce qui pèse sur moi au boulot.

— Et moi, ce qui m'est arrivé, c'est rien ?

Russell entendait bien le petit tremblement avant-coureur des larmes dans la voix de Corrine.

Elle se tourna vers lui et se blottit contre son flanc.

— Tu nous entends ? On dirait des vieux. Tu aurais pu imaginer, quand on a commencé à se voir, qu'on aurait une conversation pareille ?

— Mais c'est vrai qu'on a vieilli.

— Je ne veux pas qu'on soit déjà un vieux couple. Je suis trop jeune pour être vieille.

Russell s'assit dans le lit avec un furieux mouvement des épaules.

— Écoute! hurla-t-il. C'est vraiment pas le moment. Tout se barre en couilles.

— Alors parle-m'en! hurla-t-elle à son tour. Je suis ta femme.

— Très bien, très bien. D'une part, j'aime pas beaucoup ce qui a l'air de se préparer du côté de Bernie, d'autre part, le personnel et les auteurs commencent à foutre le camp. Les gens disent qu'il paraîtrait que l'accord ne tiendra pas la route. Et c'est le genre de trucs qui deviennent vrais parce qu'on les dit. Et je ne sais toujours pas si j'ai vraiment une situation, tant que les papiers ne seront pas tous signés.

— Mais tu es propriétaire d'une partie de la société, dit Corrine d'un ton apaisant. C'est quand même quelque chose.

— Melman est majoritaire. Et il a son propre plan d'action, dont je ne fais pas forcément partie.

— Tu ne crois pas, dit-elle doucement, que ta réaction est un peu exagérée?

— Non, je ne crois pas.

Après un long silence, elle dit :

— Pardon. Je ne savais pas.

Il se rallongea.

— Tu avais raison. À propos de toute l'affaire. Je regrette d'avoir eu cette idée.

— Ça va marcher.

Elle tendit la main pour caresser les rides qui barraient le front de Russell et lui rappelèrent tout à coup les stries gluantes de la baleine échouée sur la plage, chez Bernie Melman. C'était le jour où elle avait su que ça tournerait mal.

— Mais attends — est-ce qu'on n'est pas plutôt riches, maintenant?

— On aura peut-être dans les deux millions en actions si tout est signé, dit-il d'un air lugubre.

— Non mais tu t'entends? Tu pourrais prendre ta retraite pour écrire de la poésie.

— Il est un peu tard pour ça, Corrine.

— Russell, tu as trente et un ans.

— Presque trente-deux.

— Bon, je vais t'acheter une canne. Allez, quoi! il n'est trop tard pour rien du tout. Tu as fait ce dont tout le monde rêve — gagner un monceau de fric pour faire ce qu'on veut.

— Je ne suis pas assez ignorant pour repartir à zéro. Quand on a vingt ans, on ne sait pas à quel point c'est difficile, d'être poète, ou quoi que ce soit, mais si on arrive à se raconter des histoires assez longtemps, en travaillant suffisamment, on a peut-être une chance de devenir ce que l'on faisait semblant d'être. Ce n'est pas seulement une question de temps et d'argent. Il s'agit de savoir se raconter des histoires.

— Il n'y a pas deux mois, tu t'es raconté que tu pouvais racheter une société.

— Peut-être que j'y ai usé toute ma capacité à me raconter des histoires. De toute manière, c'est plus facile d'acheter une société que d'écrire un poème digne de ce nom.

Bien qu'elle fût convaincue d'une bonne part de ce qu'il avait dit, Corrine aurait été triste de penser que lui le croyait vraiment. Elle n'avait pas besoin de partager son optimisme général pour reconnaître qu'il tendait parfois à dramatiser.

— Pourquoi ne m'as-tu pas dit tout ça plus tôt ?

— J'aime pas dégouliner.

— Parler n'est pas dégouliner, à la fin !

— Alors, je peux te dire quelque chose ? Je peux te parler franchement, comme ça, pour une fois ?

— Bien sûr.

Corrine se dressa sur un coude et se pencha sur lui. Dans l'obscurité, elle distinguait tout juste le contour de sa tête sur l'oreiller et la double lueur de ses yeux. Il lui prit la main.

— Je me fais du souci pour toi. Tu es trop maigre. Tu es en train de disparaître sous mes yeux. Tu sais que tu as déjà traversé une période difficile, comme ça, dans le passé. Je pense que tu devrais consulter.

Elle lui tourna le dos et ramena le drap et les couvertures autour de ses épaules. Il ne voyait donc pas comme elle était grasse ? Il n'avait qu'à la regarder. Elle sentit qu'il lui mesurait la hanche d'une main.

— C'est parce que je suis trop grosse, que tu ne veux plus coucher avec moi. C'est ça, dit-elle. C'est ça que tu essaies de me faire comprendre.

— Corrine, arrête, s'il te plaît.

— Je ne peux pas t'en vouloir de me trouver trop grosse, dit-elle.

— Mais putain, on parle la même langue, ou quoi ?

— Pas la peine de hurler.

Ce qui ajoutait encore à la colère de Russell, c'est qu'elle avait raison sur un point fondamental. Ils faisaient moins l'amour et il était furieux d'avoir perdu une partie de son désir, quelque chose qu'il n'aurait jamais imaginé dix ans auparavant. Il était furieux parce qu'elle s'était approchée d'une vérité qu'il ne supportait pas d'admettre, fût-ce pour lui-même : la passion est condamnée à décroître avec le temps, encore qu'on puisse lui trouver des compensations qui peuvent parfois la remplacer. Le drame de la monogamie. Il semblait déloyal de le reconnaître. Il lui semblait aussi que c'était un échec de sa virilité ; ayant si longtemps eu envie de sa femme aussi souvent qu'il pouvait la prendre, il craignait que sa propre vitalité fût sur le déclin, maintenant que cela avait cessé d'être vrai.

Russell alluma la lampe de chevet, roula sur lui-même pour se lever, écarta les couvertures et souleva Corrine dans ses bras.

— Tu vas te faire mal au dos, protesta-t-elle tandis qu'il l'emportait comme un bébé à travers la pièce avant de la reposer.

— Regarde-toi ! hurla-t-il en la plantant devant le miroir en pied puis déchirant sa chemise de nuit du haut en bas, avec les deux mains, l'arrachant de son corps pendant qu'elle se débattait.

Elle lui enfonça les doigts dans la joue tandis qu'il tirait sur une des manches pour lui dégager le bras. Quand il lui tordit le bras si loin qu'elle crut qu'il allait casser, elle le mordit à l'épaule, jusqu'au sang. Bien qu'au comble de sa fureur, Corrine n'était pas de taille.

— Regarde.

Les lambeaux de la chemise de nuit rose étaient tombés sur la moquette, à ses pieds, il lui immobilisait les deux bras derrière le dos. Lui saisissant les poignets d'une seule main, il lui agrippa la nuque de l'autre pour la contraindre à faire face au miroir. Elle tenta de se dégager en secouant la tête.

— Qu'est-ce que tu vois ?

Elle ferma les yeux de toutes ses forces, des éclairs de couleur opalescents éclatèrent dans le noir, derrière ses paupières, comme des globules de graisse flottant à la surface de l'eau, dans une casserole.

— Qu'est-ce que tu vois ? Allez, regarde-toi.

La tête lui tournait. Elle garda les yeux fermés jusqu'à se sentir disparaître au fond d'un puits de nausée et de ténèbre.

— Qu'est-ce que tu vois, nom de Dieu ?

— Un monstre, dit-elle, affrontant enfin son propre reflet, découvrant dans la poigne de Russell une forme anonyme qui ressemblait à une dinde, au supermarché, blanche et potelée, plumée.

— Il n'y a presque plus rien à voir, dit-il.

— Un monstre qu'on ne peut pas aimer.

Alors Russell la lâcha. Il la prit de nouveau dans ses bras et la remporta doucement jusqu'au lit. Elle se sentit soudain impondérable et immatérielle dans ses bras, comme s'il ne la soulevait pas tant qu'il ne la maintenait pour l'empêcher de s'envoler et de se dissoudre dans la nuit comme un flocon de neige aspiré dans un courant ascendant.

— Il faut bien que l'un de nous deux rapetisse, chuchota-t-elle. Tu prends de plus en plus de place, dans la maison, tellement d'espace. J'ai l'impression qu'il n'en reste plus du tout pour moi.

Quand il la déposa de son côté du lit, le côté droit, qui avait toujours été le sien depuis qu'ils avaient commencé à partager un lit, des années auparavant, le sentiment de son propre poids se réaffirma et elle s'enfonça dans le tourbillon des ressorts du matelas, au cœur d'un sommeil sans rêves.

Russell s'éveilla à sept heures vingt-sept, avec près d'une heure de retard. Après avoir mis le café en route, à la cuisine, il se doucha et se rasa à la hâte. À huit heures, il tenta de réveiller Corrine. Il posa un baiser sur sa joue, secoua sa tiède épaule osseuse, tout doucement, de crainte qu'elle ne se brise dans sa main. Une épaisse mèche de cheveux blonds lui encerclait le cou comme un collier d'or.

— Corrine ?

Il continua de la secouer.

Elle émit une vague syllabe de protestation et tenta de se détourner.

Il finit par réussir à lui faire ouvrir les yeux. Elle le dévisagea craintivement.

— Allez, debout.

Elle ferma les yeux en secouant la tête.

— S'il te plaît.

— J'ai pas envie de me lever.

D'une caresse, il écarta les cheveux qu'elle avait sur le front.

— Même si tu n'en as pas envie, il faut bien que tu ailles au boulot.

— Je ne veux plus jamais aller au boulot.

— Tu ne crois pas que c'est un peu exagéré?

Elle ouvrit les yeux et le foudroya du regard. Russell avait déjà vu cette expression et elle l'effraya.

— Je n'ai jamais voulu être une conne de courtière. C'est toi qui m'y as obligée.

— Je t'y ai obligée?

— Tu t'es arrangé pour me faire comprendre avec ta finesse coutumière qu'on avait besoin d'argent. Moi, je voulais passer mon diplôme et devenir prof. Je déteste mon travail. Je déteste les gens avec qui je travaille. J'ai l'impression d'être un escroc. Je déteste tout le...

— Je ne savais pas que tu pensais ça.

— Tu n'avais pas envie de le savoir. Tout ce que tu voulais, c'était que je continue de ramener mon salaire à la maison.

— Tu crois vraiment que je suis vénal à ce point-là?

— Oh non, toi tu as choisi une profession noble. Tu ne voulais pas te salir les mains et l'âme à cavaler derrière le fric. Tu as l'âme bien trop délicate. Maxwell Perkins, c'est toi tout craché. Russell Calloway, ami et protecteur de la littérature. Mais ça ne te dérangeait pas de transformer ta femme en capitaliste, de l'expédier sur le marché. De la faire tapiner chez les yuppies.

— Au cas où tu ne l'aurais pas remarqué, j'ai pas mal cavalé après le fric moi-même, ces derniers temps.

— Tu parles que je l'ai remarqué. Et je trouve que ça n'est pas très convenable, mon chéri.

— Pas moins convenable que ton humeur. Fais ce que tu veux. Moi je vais au boulot.

— J'ai donné ma démission, la semaine dernière, dit-elle à l'instant où son dos à fines rayures disparaissait.

Elle crut qu'il n'avait pas entendu, elle espérait qu'il n'avait pas entendu, mais il réapparut sur le seuil.

— C'est vrai ?

— Je t'avais dit que j'allais le faire, dit-elle, contrite. Tu disais que tu comprenais.

Il s'assit sur le lit à côté d'elle, passa plusieurs fois les mains à travers sa chevelure déjà lissée en arrière, l'écartant de son front. Il hocha du chef.

— C'est bien, dit-il, si c'est ce que tu veux.

— C'est vrai ?

— Je ne veux pas que tu fasses quelque chose que tu détestes. Elle se souleva sur un coude pour l'embrasser.

— Je n'aurais pas tenu une minute de plus. La vie est trop courte. Il acquiesça du chef.

— Ne t'inquiète pas. Tu as absolument raison.

— Je ne savais plus qui j'étais. Et j'avais l'impression que notre couple tombait en morceaux, aussi. Qu'il allait mourir, comme ça, si l'un de nous deux ne commençait pas à s'en occuper.

Russell secoua la tête.

— Ne t'en fais pas pour ça. Alors, ton préavis se termine quand ?

— Le neuf. Tu es sûr que tu n'es pas en colère ?

— J'en suis sûr. Je t'invite à dîner pour fêter ça, quand je rentrerai de Francfort.

— Ah, Francfort, j'avais oublié.

— Je serai absent moins d'une semaine, dit-il.

— Qui part avec toi ?

— Seulement moi, Washington et un commercial.

— Pas Trina ?

Elle regarda ses yeux. Il les détournait toujours quand il mentait.

— Pourquoi viendrait-elle ?

Il ne détourna pas les yeux avant d'avoir terminé sa phrase. Cela signifiait-il qu'il disait la vérité, ou qu'il apprenait à mentir mieux ? Mais il semblait assez innocent, vérifiant la présence de ses clés dans sa poche, avant de fouiller son tiroir du haut à la recherche d'un ticket de teinturier, faisant tomber sa boîte à boutons de manchettes par terre. Tandis qu'elle spéculait sur l'éventuelle infidélité de Russell, Corrine fut rassurée sans trop savoir pourquoi par le savon à barbe qu'il avait sur le lobe de l'oreille.

37

Russell et Corrine arrivèrent le samedi du dernier match de base-ball. Jeff avait emménagé dans le bâtiment principal, au sommet de la colline — une espèce de progrès. L'administration souhaitait sans doute faire comprendre aux pensionnaires qu'il s'agissait de remonter la pente. Depuis cette éminence modeste, il les regarda garer leur Jeep, Delia assise à côté de lui, son infirmière debout à une distance discrète. Russell avait ouvert la capote et Corrine tenait une main appliquée sur la tête comme pour empêcher ses cheveux de s'envoler. Une fois garé, Russell contourna rapidement l'avant de la Jeep pour aller offrir son bras à Corrine, qui sauta à bas de son siège en secouant sa chevelure ébouriffée par le vent comme un golden retriever au sortir de l'eau. Jeff ne savait pas s'il était prêt à affronter leur sémillante bonne humeur. Le couple idéal visite le jardin d'acclimatation. Il ne leur avait pas encore pardonné de l'avoir expédié là, et qu'ils aient si fière allure ne lui était pas forcément un réconfort.

— Voilà le prince et la princesse, dans leur carrosse attelé de six chevaux, dit Delia.

Comme ils le faisaient toujours quand ils étaient tendus à la suite d'une dispute, Russell et Corrine en rajoutaient plutôt dans la bonne humeur vaudevillesque pour essayer de faire bonne figure et d'épargner leur chagrin à autrui. Après avoir mis un peu d'ordre dans sa coiffure, Corrine fit une révérence pour rire et passa son bras sous celui de Russell. Elle n'avait pas particulièrement tenu à faire toute la route avec la capote ouverte, en cette matinée frisquette du début d'octobre.

— Nous ne nous laisserons pas tyranniser par le calendrier, avait-il décrété.

Grand bien nous fasse, avait-elle songé, avant de se demander pendant tout le trajet pourquoi, avec Russell, elle n'arrivait jamais à s'expliquer tout de go, à demander ce qu'elle voulait, en l'occurrence, de fermer la capote. Mais ce qu'elle s'était vraiment demandé, c'était pourquoi, après tant d'années, Russell ne pouvait pas se montrer plus sensible à ses humeurs et ses désirs à elle, plus apte à comprendre à demi-mot. Pourquoi fallait-il qu'elle brandisse un écriteau chaque fois qu'elle avait besoin de quelque chose ? Russell exprimait spontanément ses caprices et ses désirs à mesure qu'ils lui venaient. Il ne s'était jamais avisé qu'elle pût communiquer d'une manière moins directe.

Quand ils avaient fini par se perdre à la sortie de Darien, elle bouillait de rage. Et pas question pour Russell de s'arrêter pour demander son chemin. Exactement comme avec son père, qui préférait tourner en rond pendant des heures plutôt que d'avouer son ignorance devant un inconnu. Puis, quand elle avait émis l'hypothèse que Jeff risquait peut-être de leur en vouloir encore un peu, Russell avait répondu : « Ça, tu peux en être sûre. » Et, comme cela impliquait qu'ils n'avaient pas agi comme ils auraient dû, mécontente, elle lui avait demandé du tac au tac s'il aurait préféré laisser Jeff se tuer. « C'est sa vie, » c'était tout ce qu'il avait trouvé à lui sortir. Puis il avait poursuivi en expliquant qu'il y avait pire que d'être un junkie et que Jeff ne pouvait peut-être pas se conduire comme tout le monde. Elle avait bondi de la Jeep à un feu rouge et traversé la circulation d'une route à triple voie pour aller se renseigner dans une station-service, puis lui avait retransmis ces indications par bribes laconiques. En dehors de cela, ils n'avaient plus dit un mot jusqu'à leur arrivée à la clinique.

Jeff descendit à leur rencontre. Corrine franchit les vingt derniers mètres en courant et se jeta sur lui. Elle était au nombre des rares visiteurs qui gardaient leur naturel en ces lieux ; la vitalité débordante et colorée de Russell le faisait paraître particulièrement déplacé et, comme il en avait conscience, il en devint d'autant plus gauche. Dès qu'il aperçut Jeff, il se mit à sourire à la manière d'un enfant auquel on en a donné l'ordre, pour poser devant un appareil photo ou accueillir un parent redouté. Les vestiges de son catholicisme du Midwest s'accommodaient mal de l'idée même de clinique psychiatrique et il se sentait encore coupable de la brutale incarcération de Jeff. Depuis peu, le souvenir de petites trahisons et de petites abdications revenait le tourmenter. Il se rendait compte qu'au moment où le monde était venu frapper à la porte de Jeff, lui-même s'était progressivement éloigné pour se glisser par la porte de derrière, sous le coup d'une conception perverse de l'économie affective, sinon de la pure et simple jalousie. Au début, le triomphe de Jeff avait été le sien — les comptes rendus respectueux, les listes de best-sellers. Son étoile avait monté avec celle de son meilleur ami. Mais il avait fini par se fatiguer de n'être plus que l'éditeur de Jeff Pierce, par se vexer à l'idée que l'on attribuait sa réussite à la veine qu'il avait eue d'être l'ami d'un écrivain de talent. Dans la mesure où il avait réprimé et domestiqué ses propres appétits, il en voulut à Jeff de cette soudaine licence qui lui permettait de réaliser la quasi-totalité de ses désirs et de ses caprices.

Ce n'était pas sa faute si Jeff était toxicomane, mais il savait qu'il n'avait pas arrangé les choses.

Les deux hommes se serrèrent la main.

— Bienvenue à l'asile de fous, dit Jeff.

— On t'a apporté quelques trucs, dit Corrine, remuant le sac de chez Bergdorf qui bruissa au creux de son bras.

Jeff leva les mains pour la repousser.

— Vous avez fait des folies, dit-il, mais cette marchandise doit, je le crains, passer à la fouille pour recevoir l'approbation officielle.

Il leur fit signe de le suivre à l'intérieur, où il les présenta avec une malice cérémonieuse aux infirmières de garde.

— Vous avez droit au chocolat ? demanda l'infirmière, brandissant une barre de Toblerone de trente centimètres de long.

Jeff fit oui de la tête.

— Je ne suis qu'un junkie, expliqua-t-il joyeusement.

Le traitement chimique de certains patients dépressifs ne pouvait, sous peine d'explosion, entrer en contact avec les enzymes du chocolat. Les livres et les cigarettes passèrent l'inspection, mais le flacon d'after-shave à l'extrait de citron vert de Joe F. Trumper fut confisqué.

— Pas de verre, expliqua l'infirmière en secouant la tête. Et ça contient de l'alcool, ajouta-t-elle en déchiffrant l'étiquette.

— Et moi qui aurais tant aimé, dit Jeff, me parfumer au gin tonic.

Surmontant sa consternation, Corrine demanda à voir sa chambre. Il n'y avait pas grand-chose à voir, mais elle émit des commentaires favorables sur la vue, et sur la clarté que procuraient les deux fenêtres. Avec sa salle de bains personnelle et son mobilier de pin patiné qui avait des allures d'antiquités, la pièce aurait constitué une chambre parfaitement convenable dans une pension de Nouvelle-Angleterre.

— C'est joli, dit Corrine.

— Ni barreaux aux fenêtres, ni sangles sur le lit, dit Jeff, sachant que Corrine était soulagée de ne découvrir nulle trace de la nature clinique, semi-pénitentiaire, de l'établissement dans le décor de la chambre. Il y avait les deux à Carlyle House, pendant mon sevrage.

Corrine, qui marchait entre Russell et Jeff, passa ses deux bras sous les leurs pendant qu'ils traversaient la vaste pelouse, dans l'odeur fertile du gazon fraîchement tondu et le parfum poignant des feuilles d'automne qui flottait dans l'air.

— J'adore l'automne, dit-elle. On sort les chandails de la naphtaline, on ratisse les feuilles, les matchs de football reprennent à la fac — tout ça. L'été est très surfait. J'étais le phénomène qui attend impatiemment la rentrée des classes. Tous mes crayons étaient bien taillés dans ma trousse et mes cahiers étiquetés.

— On pouvait pas sacquer les nanas comme toi, dit Russell.

Jeff aperçut Delia tapie dans l'ombre du gros orme. Quand il lui adressa un signe, elle disparut derrière le tronc.

— Corrine aimait vraiment les maths, elle les aimait, ajouta Russell.

— Je sais, dit Jeff.

— Non mais, t'imagines ?

— C'est Carlyle House, dit-il en la montrant du doigt, on aurait dit une belle demeure XVIIIe toute blanche. On y pratique des tortures atroces, supervisées par des médecins-inquisiteurs et des moniales puritaines dernier cri déguisées en infirmières.

— Oui, dit-elle, Dieu merci, tu en as fini avec ça.

Ils suivaient en silence un sentier ombragé. Corrine inspira profondément, théâtralement, et pressa le bras de ses deux compagnons.

— Vous savez ce que ça me rappelle? Cette journée splendide, au début de la dernière année de fac, quand on avait tous les trois séché le séminaire sur le transcendantalisme pour aller fumer un joint en haut de l'observatoire.

— C'était transcendant, dit Russell.

Jeff s'apprêtait à dire qu'il avait oublié, quand il lança un regard vers Corrine et vit qu'elle pleurait. Ni Russell ni lui ne surent comment réagir, alors ils continuèrent à marcher.

S'essuyant les yeux du revers de la main, elle demanda :

— Pourquoi ça a l'air d'être hier, alors que c'était il y a si horriblement longtemps ?

Leurs pas les portèrent vers le terrain de base-ball, où le directeur des activités sportives, jeune médecin barbu de l'hôpital d'État, courait en tous sens en donnant des coups de sifflet. Les joueurs eux-mêmes semblaient bizarrement éteints, laissant au seul entraîneur le soin de vociférer des encouragements aux deux camps : « Allez, allez, le lanceur a les bras en coutchouc... Balance-la à cinq cents mètres... soyez prêts, les joueurs de champ... »

— Pourquoi tu ne joues pas? demanda Corrine.

— Les pires moments de ma jeunesse, dit Jeff, sont associés avec le base-ball. L'odeur du cuir et du bubble-gum me file encore la nausée. Mon père avait emmené toute sa petite famille en Angleterre dans le cadre d'un programme d'échange et quand on est revenus, tous les mômes jouaient au base-ball. La première fois que j'ai joué, j'ai échoué dix-sept fois consécutives à la batte, et après ça n'a fait qu'empirer. Une fois, au bahut, j'avais réussi à gagner la première base et j'ai décidé de me distinguer en gagnant la deuxième. Ce que j'ai fait. L'ennui, c'est qu'un de mes coéquipiers l'occupait déjà. Il a dû courir vers la troisième et on s'est fait sortir tous les deux.

— Russell meurt d'envie d'aller jouer. Il a été le héros du match entre les peintres et les écrivains, à East Hampton.

Russell secoua la tête, jouant de son mieux la modestie. Ils se tenaient derrière la cage et regardaient un jeune homme que poussaient gentiment vers le marbre son infirmière et plusieurs de ses coéquipiers. Trente-cinq ans et en paraissant seize, Rick avait des touffes de cheveux qui faisaient surgir l'image d'un coiffeur épileptique et des yeux qui emplissaient comme un liquide trouble les deux bocaux à poissons rouges de ses lunettes. Rick était un cas lourd, leur dit Jeff entre ses dents, il attendait d'ailleurs son transfert dans un établissement plus approprié. La première fois que Jeff l'avait rencontré, il s'était présenté comme le président des États-Unis. Son identité changeait fréquemment, surtout quand il regardait la télé. « C'est moi, » disait-il, quand un acteur lui plaisait. « Je suis ce type-là. »

Le médecin barbu lui montra comment tenir la batte devant lui pour les amortis. N'ayant fait aucune concession à la mode sportive, Mickey, l'ami de Jeff, occupait le monticule pour l'équipe des toxicos. Dandy funèbre, avec son costume noir et ses chaussures pointues de King's Road. Son lancer bas heurta la batte de Rick et rebondit pour s'arrêter à quelques centimètres du marbre. Les dépressifs blottis les uns contre les autres au bord du terrain se mirent soudain à pousser des hourras et des acclamations, encourageant Rick à aller occuper la première base.

Il s'élança. À proximité de la base, il obliqua vers la faute et continua à courir. Son infirmière, grosse femme bâtie en force plutôt que pour la vitesse, se lança lourdement à sa poursuite. Rick partit brusquement vers la droite et fila vers la route très fréquentée qui disparaissait en tournant dans les bois juste après le débouché de l'allée carrossable. Les dépressifs l'acclamaient toujours, tandis que le médecin-entraîneur barbu allait et venait en courant comme un rat d'un bout du marbre à la cage du batteur, ne sachant que faire. Rick courait sans grâce, comme un petit enfant, trébuchant même à deux reprises et perdant l'une de ses baskets, mais son enthousiasme était sans limite et il distança facilement l'infirmière.

Russell s'élança à son tour et courut dans l'herbe en direction de la route. Rick allait très vite, mais pas en ligne droite. Sa trajectoire irrégulière se déportait plus ou moins vers l'endroit où la route disparaissait entre les arbres et Russell lui barra le passage sitôt après qu'un break Volvo rouge débouchant du virage eut fait un écart pour l'éviter, dans un hurlement d'avertisseur. Il fit pivoter Rick sur lui-même et le ramena vers la pelouse, lui passa un bras autour de la taille tandis qu'il gesticulait en riant aux éclats, et finit par le remettre entre les mains de l'infirmière à bout de souffle.

Les deux équipes s'étaient tues quand les coureurs s'étaient rejoints sur la route.

— Nouveau sauvetage pour Calloway, dit Jeff. Encore un, et nous pourrons proposer sa canonisation.

A leur retour, Rick et Russell furent accueillis avec le même enthousiasme, comme une équipe victorieuse. Jeff avait disparu. Dans le bâtiment principal, l'infirmière leur dit qu'il s'était réfugié dans sa chambre avec la migraine et qu'il leur téléphonerait.

38

Corrine avait toujours aimé l'automne, et nulle part plus qu'à New York. Les exilés rentraient de leur refuge d'été ou de week-end, et le contour à demi fondu des tours et des gratte-ciel se remettant brusquement au garde-à-vous dans la brise, la ville avachie et fétide se régénérait.

Quand Corrine était au lycée, c'était la saison des cotillons et des bals, des garçons avec des flasques dans la poche revolver de leur premier smoking. Puis, par la suite, celle des retrouvailles triomphales en ville avec les vieux copains frais émoulus des campus de Nouvelle-Angleterre, de la conclusion de nouvelles alliances, le tout semblant, selon le vieux rythme universitaire, débuter dans l'air vif de septembre où tournoyaient les feuilles. Loin de faire songer à la mort, ces dernières, dans leur chute, mettaient comme une pluie de confettis sur les festivités. L'automne était un long avent, menant inévitablement à l'arbre de Noël du Rockefeller Center, aux soirées de fêtes, et aux cadeaux dans des boîtes d'un bleu-vert très pâle entourées d'un ruban rouge de chez Tiffany.

Cette année-là, pourtant, l'équinoxe n'apporta rien. La ville lui semblait avoir perdu sa poésie. Les manchettes des journaux étaient hideuses, les cartons d'invitation avaient l'air de tickets pour les limbes, ou pire encore, et les feuilles mouraient effectivement. Les clients de la soupe populaire ajoutaient de nouvelles couches à leurs vieux vêtements, devançant l'approche du froid qui les rendait lugubres ; leur nombre croissait de semaine en semaine. Elle avait l'impression que sa déprime était le symptôme d'un malaise général et elle en voulait à Russell de laisser entendre que c'était la fausse couche, comme aussi d'en avoir apparemment été si peu affecté.

La semaine suivant leur visite à Jeff, Russell partit pour Franc-fort, où la tribu de l'édition internationale s'assemblait une fois l'an ; la perspective du voyage l'avait mis à cran pendant des semaines. Elle espérait, sans guère de raisons, qu'il se calmerait à son retour. Parmi leurs amis, comme aux yeux des membres de leur classe sociale, l'obsession de la carrière passait pour la vertu cardinale, mais, pour Corrine, ce genre de fanatisme était un fléau. Dans sa conception la plus large, qui incluait repas, verres et conversations téléphoniques avec les auteurs, les agents et les éditeurs, le travail requérait toute l'énergie de Russell et faisait de lui un bien morne compagnon pour sa femme, qui ne doutait pourtant pas que Trina Cox le trouvait absolument « géniaaal ». Peut-être était-ce fonction de sa sobriété toute neuve ou de son chômage imminent, mais Corrine avait de plus en plus l'impression que — ragots mis à part — le plus clair de ce qui passait pour de la conversation dans cette ville bruyante se réduisait à parler boutique.

Pendant sa dernière semaine de travail, Corrine regarda le marché dégringoler. Elle appela tous ses clients pour leur expliquer qu'elle partait et leur conseiller de convertir une partie de leur capital en espèces. Elle confia bon nombre d'entre eux aux soins de Duane, mais conseilla à Mrs. Leon Ablomsky, la veuve, de réaliser la totalité de ses actions.

— Le marché devient bizarre, expliqua-t-elle. Je me ferais du souci pour vous si vous gardiez votre portefeuille.

Mrs. Ablomsky était plus inquiète pour sa nouvelle amitié que pour son argent.

— J'imagine que je n'entendrai plus jamais parler de vous.

— Je vous promets de rester en contact.

— Vous autres, les jeunes, vous avez votre propre vie, et vous êtes très occupés. Si Dieu veut, vous aurez bientôt des enfants, et vous n'aurez plus de temps à m'accorder.

Si Dieu veut, songea Corrine, mordue au ventre.

Le mardi matin, 6 octobre, une espèce de panique se déclara comme un incendie souterrain et soudain, tout le monde se mit à vendre. À la fin de la journée, le marché avait fait une chute record de quatre-vingt-douze points pour cent soixante-seize millions d'actions négociées, et les collègues de Corrine étaient effarés par cette déroute. Tout le monde se réfugia au Harry's pour l'autopsie, accusant les taux d'intérêt allemands trop élevés, les ordinateurs, l'augmentation des déficits budgétaire et commercial. Alors que Corrine avait déployé une activité aussi frénétique que les autres pendant la journée, elle se sentait maintenant plutôt détachée. Le lendemain, le Dow plongea de trente points puis remonta en flèche pour clôturer en hausse de deux points. Personne ne savait plus ce qui se passait.

Jeudi, le marché tomba de trente-quatre points. Lors du pot d'adieu de Corrine, le lendemain, toutes les plaisanteries tournaient autour de la baisse, et on la complimenta pour son sens de l'à-propos. Parmi les cadeaux d'adieu, figuraient deux oursons parachutistes. Son patron, qui lui avait offert un jeu de tarot parce que tout le monde la savait superstitieuse, prétendit que le marché s'effondrait en prévision de son départ et qu'elle leur devait à tous de reprendre sa démission. Duane lui offrit *L'Interprétation des rêves* avec une dédicace qui disait : « Pour une fille de rêve, avec toute l'affection de Duane. » Quand le pot se termina, il l'invita à dîner, sachant que Russell était à Francfort. Elle mentit et prétendit qu'elle était prise, puis l'invita à dîner chez elle la semaine suivante.

Elle préparait un dîner surprise pour l'anniversaire de Russell. Elle n'avait pu se résoudre à inviter Trina Cox mais elle se rendit compte que cela aurait l'air d'un oubli volontaire et désagréable. De son poste de travail, elle appela le bureau de Trina. Un secrétaire répondit, lui dit que Trina était à l'étranger pour quelques jours.

— À l'étranger ? demanda-t-elle, tout juste capable de parler.

— À Bruxelles, dit le secrétaire. Pour être précis.

Corrine manqua défaillir de soulagement. Bruxelles, ça allait.

— Ne quittez pas un instant... Pardon, elle était à Bruxelles hier, mais aujourd'hui elle est à Francfort.

— Oh, non.

— Vous avez le numéro ?

— C'est le Frankfurter Hof ?

— Je vous demande pardon. Je ne vous ai pas entendue.

— Est-elle descendue au Frankfurter Hof?

— Attendez, je... oui, c'est ça. Voulez-vous lui laisser un message ici, entre-temps?

Une tempête hurlante, un tourbillon de vent et de bruit sembla déferler sur elle et, quand elle s'éloigna, Corrine tenait le combiné contre son oreille et une voix disait :

— Vous désirez laisser un message?

— Pas de message.

Elle fit deux faux numéros avant de réussir à composer la seconde suite de chiffres. La chambre de Russell ne répondit pas, ce qui ne la surprit pas vraiment; elle en fut presque soulagée. Après tout, il aurait peut-être une explication satisfaisante quant à la présence de Trina Cox à Francfort, dans le même hôtel, alors qu'il avait spécifié qu'elle n'était pas du voyage. Irrationnellement, elle se dit que cette période de grâce lui donnerait une chance de revenir à la raison pour défaire les dégâts qu'il avait peut-être déjà faits. Le réceptionniste reprit la ligne pour lui demander si elle désirait laisser un message.

— Oui, s'il vous plaît.

— C'est un message pour Mr. ou pour Mrs. Calloway?

— Mrs. Calloway? Vous avez une Mrs. Calloway?

— Vous voulez lui laisser un message?

— Non. Un message pour Mister. De la part de Corrine. De la part de Mrs. Calloway... la vraie Mrs. Calloway... Dites-lui... Le message est... Oh, non, non...

Elle crut qu'elle n'arriverait jamais aux toilettes, en passant devant tous les postes de travail, devant les corps de tous ces inconnus et les visages blancs qui pivotaient comme des tourelles de DCA suivant son vol.

Là, elle se blottit sur le siège dans un compartiment, le visage contre la froide cloison de métal, accrochée au distributeur de papier hygiénique, cherchant à échapper à l'alternance des vagues d'angoisse et de nausée.

Elle n'avait aucune idée du temps qui s'était écoulé quand la porte s'ouvrit, laissant passer une bouffée de conversations suraiguës accompagnées du claquement de hauts talons sur le sol carrelé.

— Elle a appelé chez toi?

— Elle a appelé chez moi et elle a dit : « Mrs. Townsend à l'appareil, la femme de Harlan. » Elle a bien appuyé sur le mot « femme ». Et puis après, comme si j'en avais quelque chose à cirer. Tu vois? Qu'est-ce qu'elle veut, une médaille? Parce qu'elle s'est débrouillée pour se faire baiser il y a dix ans? Alors moi, je fais seulement : « Qui? ».

— Non? T'as dit ça?

— « Qui? » je lui ai fait. Comme ça. Exactement sur ce ton-là. Je la lui ai jouée vraiment cool, tu vois. Le genre je vais sûrement pas lui donner cette satisfaction. Digne, tu vois, qu'elle se ridiculise si ça lui chante. Je lui sors : « Qui? » et alors elle : « Je sais qui vous êtes. » Non, mais, franchement. Comme si elle me prenait en flagrant délit, tu vois.

— Elle peut rien prouver.

— C'est bien ce que je dis. C'est pas comme si elle avait des photos ou quelque chose. Alors je lui ai dit : « Je ne sais pas ce que vous insinuez, mais je n'ai rien à me reprocher, et puis d'ailleurs, si vous êtes malheureuse chez vous, c'est pas la peine de vous en prendre à moi. Et j'ajoute... »

— Si, je m'en prends à vous, dit Corrine sortant en trombe du compartiment.

— Ben qui êtes-vous, vous? demanda, effrayée, la femme qui avait si prestement éconduit Mrs. Townsend, alors que Corrine marchait sur elle, divinité vengeresse des liens sacrés du mariage.

39

Trina arriva à Francfort à midi, ayant terminé tôt les affaires qu'elle avait à Bruxelles. Ni l'un ni l'autre n'avait exactement projeté de se rencontrer à Francfort — le projet aurait supposé une manière de contrat — mais quand elle avait suggéré qu'elle pourrait y passer une journée, Russell avait répondu que ce serait sympa, plein d'admiration pour l'aisance avec laquelle elle sautait d'un avion à l'autre entre les villes d'Europe et pour la luxueuse étendue de son territoire de chasse que cela impliquait. Il était difficile, ces derniers temps, d'obtenir que Corrine prenne un taxi pour le bas de Manhattan.

Il n'entrait certainement pas dans les intentions de Trina de s'installer dans la chambre de Russell, mais elle découvrit à son arrivée qu'il n'y en avait pas une de libre dans toute la ville, et moins encore dans le palace de Russell, un des derniers bâtiments d'avant guerre du centre ville, devenu pour l'heure le point de ralliement vibrionnant de l'édition européenne. Mr. Calloway n'était pas dans sa chambre et le réceptionniste en livrée rouge, très martial d'allure, n'aurait pu dire quand il était attendu. Trina était en nage et fatiguée et elle avait un brimborion incroyablement agaçant coincé dans une dent du fond, souvenir de la saucisse qu'elle avait mangée au petit déjeuner. Poireauter dans le hall — tout débordant qu'il était de fauteuils et de canapés profonds — n'était pas l'idée que se faisait Trina d'une partie de plaisir, et il n'était guère dans ses habitudes de se résigner docilement à son sort.

— Je suis Mrs. Calloway, dit-elle. Veuillez me faire conduire à notre chambre.

Toute trace de scepticisme disparut chez le préposé devant la hauteur de Trina. Il appela un chasseur d'un aboiement guttural. Elle tournait les talons quand il dit :

— Puis-je noter votre numéro de passeport, Mrs. Calloway ?

— Bien sûr.

Plongeant dans le sac qu'elle portait en bandoulière, elle en tira le document. Puis, quand il l'ouvrit, ajouta :

— Il est à mon nom de jeune fille, bien sûr.

Quand Russell regagna sa chambre pour s'habiller avant le dîner, il découvrit Trina par terre, les chevilles coincées sous le lit pour travailler ses abdominaux — couchée, assise, couchée...

— Je t'ai acheté des chocolats à Bruxelles, dit-elle, et puis j'ai décidé de te les livrer en main propre.

Ayant enchaîné les rendez-vous autour d'un verre, Russell fut désorienté par le spectacle de sa banquière, vêtue d'un mince short de gym et d'un T-shirt qui lui collait à la peau, les membres et le visage couverts de sueur. Son baiser fut relativement retenu, un simple bonjour, pour compenser peut-être le sans-gêne apparent avec lequel elle s'était approprié sa chambre. Mais le musc animal de son corps emplissait l'air d'une telle façon que la conclusion de la soirée ne pouvait faire aucun doute pour Russell — avant même qu'elle ne se fût plainte de n'avoir jamais encore fait chou blanc quand elle voulait une chambre d'hôtel. Pendant des mois il avait imaginé, répété cette rencontre ; et voilà qu'il reculait, et cherchait à surseoir à son désir, à l'instant même où sa consommation était devenue inévitable. Peu pressé de faire face à son dilemme, Russell déboucha une bouteille de champagne du mini-bar et se mit à raconter à Trina les potins de la foire : Harold Stone était omniprésent, ministre sans portefeuille et fantôme du passé de Francfort.

— Il empoisonne mon puits, n'en doutons pas.

Washington faisait des acrobaties entre trois bonnes femmes. L'ex-maîtresse de Victor Propp, Camille Donner, était venue vendre les droits étrangers de son roman à clé, et, accessoirement, se choisir un nouveau compagnon. Un chapitre du livre circulait clandestinement dans la foire. Il brossait le portrait de certain quinquagénaire prétendant au titre de premier romancier d'Amérique, présenté comme impuissant, tant au lit qu'à sa table de travail.

— Pauvre diable, conclut loyalement Russell, regrettant un peu la complaisance avec laquelle il avait rapporté ce ragot.

— Nous sommes tous assez forts pour supporter les infortunes de nos amis.

— C'est terrible, ce que tu dis là, dit Russell qui admirait sa dureté mais ne put s'empêcher de penser à Jeff.

— Je crois que j'ai piqué ça à Montaigne.

Trina n'avait pas été mise dans la confidence de ce que Washington appelait *la mise en Pierce*.

— Bon, qu'est-ce que t'as prévu? demanda Russell, soudain anxieux, calculant qu'il avait dix minutes pour se doucher et se changer, s'il en comptait vingt pour attendre un taxi et une demi-heure de trajet jusqu'au château, à l'ouest de la ville, où le dîner devait avoir lieu.

— J'ai mon billet pour New York demain, dit-elle avant d'ajouter coquettement : je pensais peut-être abuser de ton hospitalité cette nuit.

Russell n'avait pas demandé à Trina ce qu'elle avait bien pu raconter pour se faire ouvrir la chambre, il savait qu'elle n'était jamais à court de ressources.

— Mais si ça te pose un problème, je peux peut-être trouver un vol ce soir.

— Non, non. Tu es... là. Ça ne me pose aucun problème. Je veux dire, je suis content que tu sois venue.

Bien sûr que ça lui posait un problème, mais il n'aurait pu se résoudre à le dire. Les hommes n'étaient pas censés avouer, lui semblait-il, qu'il pût exister des circonstances dans lesquelles ils ne souhaitaient pas forcément tirer un coup.

Le dîner était un des moments marquants de la foire, organisé chaque année, le vendredi soir, par un éditeur allemand qui l'appelait son « 21 » à lui, parce qu'il y réunissait vingt de ses confrères préférés, en dehors de lui-même — mais le nombre des convives augmentait souvent à proportion des enthousiasmes de ses invités. Russell ne vit pas d'autre solution que d'inviter Trina à l'accompagner. Mais il fut heureux de l'avoir à ses côtés quand le taxi

franchit la grille et s'engagea dans la montée en lacets, vers les fenêtres gothiques du *Schloss* illuminées d'une lumière jaune au sommet de la colline. Quand ils passèrent la porte cochère, Russell dit :

— Ça me fait toujours penser à un décor de Wagner.

— Aïe, dit Trina, baissant les yeux. Je ne sais pas si j'ai assez
de poitrine pour Wagner.

— Je crois qu'elle fera très bien l'affaire, dit Russell.

Pendant l'apéritif, servi au bar, Trina réussit si bien à séduire
leur hôte, un homme de soixante-quinze ans, qu'il réorganisa prestement la distribution des convives autour de la table, de manière
à la faire asseoir à sa droite, s'offrant ainsi, quand elle se penchait
légèrement en avant pour prendre son couteau, une vue plongeante
sur son sein droit. Il ne manqua pas d'être impressionné aussi,
comme le reste de la compagnie, par les nouvelles qu'elle rapportait du front de la haute finance, et par le fait qu'elle avait déjà
chassé la grouse sur les terres du manoir écossais où lui-même
séjournait chaque année au mois de novembre. Au sortir d'une
bouteille de château palmer 61, qui avait suivi de près le krug,
Russell s'autorisa à être fier de sa cavalière. Sous les dix mètres
de plafond voûté et les lustres baroques, sur fond de tapisserie
médiévale, assis à côté de la jeune épouse blonde d'un célèbre
romancier italien, il eût volontiers concédé que la simple illusion
de la grande vie pouvait parfois suffire.

Russell était heureux d'être là en compagnie du vieil Hoffman,
qui était le genre d'éditeur qu'il souhaitait être lui-même : un
homme à principes mais connaissant la vie et le monde, qui, pendant la guerre, s'était exilé à New York. Comme Whitney Corbin, il avait hérité sa maison d'édition mais, contrairement à lui,
s'était passionné pour ses activités et avait étendu l'empire littéraire et intellectuel de son père. Brecht, Mann et Hemingway
avaient été au nombre de ses amis et, quand il avait remarqué Russell à la foire aux livres deux ans auparavant, le jeune cadre d'édition américain avait jubilé d'être admis dans ce cercle prestigieux.
L'année précédente, Hoffman avait publié la traduction du livre
de Jeff ; pour fêter l'événement, ils avaient passé la dernière soirée
de la foire à boire ensemble jusqu'à quatre heures du matin. Ce
qui avait produit forte impression sur Hemingway lors de leur

première rencontre, avait confié Hoffman à Russell, c'était qu'il tenait bien l'alcool. L'année où son père avait publié *Mort dans l'après-midi*, le jeune Hoffman avait vidé autant de verres que le grand écrivain sans conséquences visibles — et il était heureux de constater que le jeune Calloway tenait l'alcool, lui aussi.

La considération de son aîné signifiait beaucoup pour lui et, sans trop chercher à savoir ce que cela impliquait, Russell décida que l'admiration du vieil éditeur pour Trina était une bénédiction supplémentaire, un enthousiasme masculin partagé. Cependant, il conversait avec la femme du romancier italien au sujet des brigades rouges et se demandait avec elle pourquoi les années soixante avaient produit si peu de romans. Elle approchait la quarantaine et avait été jadis la maîtresse d'un terroriste célèbre. Comme d'ailleurs d'une quantité d'autres célébrités à en faire pâlir Camille Donner, ce qui lui conférait une aura aussi tangible que l'intelligence de son vieillard de mari.

— C'est drôlement compliqué, tout ça, pensa tout haut Russell, d'arriver à faire l'équilibre entre le besoin d'organisation sociale et les exigences anarchiques du cœur.

— À l'époque, nous pensions que tout était très simple, nous voyions tout en noir et blanc, dit-elle croyant qu'il continuait à parler politique.

Il se versa un nouveau verre de bordeaux et dit :

— Je voulais dire que j'aime ma femme, mais que je me demande parfois si ça n'est pas... un manque de générosité de ne pas aimer d'autres femmes.

Il avait le sentiment qu'avec son expérience, et du fait qu'elle était européenne, elle comprendrait parfaitement ce qu'il entendait par là.

— Les Américains sont de grands enfants, dit-elle. Vous croyez à ce fantasme du grand amour, oui ? Vous pensez que le mariage est seulement une question d'amour et signifie qu'on s'engage à coucher avec un seul être à tout jamais. Pas étonnant qu'il y ait autant de divorces, chez vous.

Un coup d'œil à son mari septuagénaire suffisait à Russell pour imaginer qu'elle avait sans doute une conception plus vaste des motivations du mariage. Était-ce une coïncidence si elle choisit cet instant pour dire avec un sourire charmant qu'elle serait en visite à New York, le mois suivant ? Trina, qui était assise à sa gauche, lui pressa la cuisse.

— Merci de m'avoir amenée, dit-elle, penchée vers son oreille, puis baissant rapidement la tête pour lui embrasser la nuque.

Russell se dit alors qu'il ferait bien de trouver un téléphone pour appeler Corrine ; ce serait gênant de le faire de la chambre, tout à l'heure, et pire si c'était elle qui appelait. Hoffman changea de place avec Trina. Entourant d'un bras paternel l'épaule de Russell, il lui proposa un cigare. Puis il l'interrogea sur ses projets d'édition. Russell entreprit d'expliquer la situation du livre en Amérique avec force gestes de la main. L'un de ses gestes rencontra un verre de vin rouge mal placé qui se vida en travers de la table.

— Oui, oui, vous avez parfaitement raison, vociféra Hoffman. Ce n'est plus le moment de boire du vin. Qu'on apporte l'armagnac !

La soirée se poursuivit en ville au Lipizzaner, le piano-bar de l'hôtel. Ils partageaient une table avec des Scandinaves qui menaient grand tapage. Une bouteille d'aquavit disparut rapidement. Un des Suédois déclara :

— Les Finnois boivent comme des trous.

Des trous ? songea Russell, trou finnois, fine à l'eau, troufignon...

Quelques instants plus tard, il partit en direction des toilettes des hommes, dont Trina, qui n'était pas du genre à faire la queue, s'apprêtait à sortir. Au lieu de quoi, elle l'attira à l'intérieur et le poussa contre le lavabo, lui enveloppa le visage avec le sien, sa langue explorant les profondeurs de la gorge de Russell tandis que ses mains se livraient à des opérations de relevé cartographique du reste de sa surface. Ce fut dans cette posture que les découvrit Harold Stone qui parut soudain sur le seuil. L'instant suivant il avait disparu, et Russell pouvait presque croire qu'il avait imaginé la scène, sinon que le mépris qui s'était peint sur les traits de Harold semblait si désagréablement réel. Trina, quant à elle, n'avait ni reconnu ni même remarqué l'intrus ; son ardeur restait intacte. Mais Russell s'était senti refait et diminué sous ce regard, pourtant si bref. Il se vit niais et faible, facile à entraîner, à manipuler, si naïvement convaincu d'être un type bien. Il craignit, soudain, de n'être pas sérieux, craignit que s'il partageait leurs faiblesses, il lui manquât la gravité d'hommes tels que Harold Stone et Hoffman. Sa place n'était pas à la table des maîtres, n'y serait jamais.

De retour au bar, il prit encore un verre pour brouiller cet accès de lucidité. Quand il fit porter une bouteille de champagne à la table où Stone tenait sa cour au milieu d'un groupe de chez Gallimard, elle fut renvoyée. Par défi, il reporta alors toute son attention sur Trina et son époustouflant décolleté, sa camarade d'insurrection juvénile. Quand elle se pencha en avant pour chuchoter à son oreille, il s'empressa d'envoyer au diable toutes les règles et toutes les conventions.

Dans la chambre, écartant la soie, découvrant la chair, il vit une lumière rouge qui clignotait à l'autre extrémité de la pièce, lui rappelant un vers de *Love in Vain* — était-ce « la lumière rouge était celle de mon amour » ? Mais elle lui semblait loin, très loin, de l'autre côté d'une étendue d'eau, et puis Trina déferla sur lui comme une vague qui emporta ses scrupules...

Quelques heures plus tard, ces sensations aquatiques avaient fait place au désert, une terrible sécheresse s'étant emparée de la bouche de Russell. Une lumière grise et désolée filtrait par les rideaux de tulle blanc. Réveillé en sursaut, il eut immédiatement le sentiment que quelque chose clochait mais il lui fallut plusieurs secondes pour se rendre à l'évidence. Il sentit un corps près du sien et espéra contre tout espoir qu'il était chez lui, mais la pièce qui l'entourait n'était pas familière et le corps, pour la première fois depuis tant d'années, s'avéra n'être pas celui de Corrine.

Le clignotement de la petite lampe des messages lui servit à rassembler ses esprits en même temps qu'elle lâchait les chiens de la culpabilité. Le message qui avait attendu toute la nuit venait à n'en pas douter de Corrine. La lumière rouge continuait à clignoter méchamment quand les chiffres rouges au cadran du réveil devinrent 6 :55. Presque deux heures du matin à New York.

Apparemment sculptée dans une pierre rose et humide, Trina

ne remua pas quand il se glissa à bas du lit pour aller ramasser les enveloppes de messages glissés sous la porte puis battit en retraite dans la salle de bains équipée elle aussi d'un téléphone, où il commença par avaler plusieurs litres d'eau directement au robinet.

Sans savoir avec exactitude comment il s'était fait prendre, il ne fut pas vraiment surpris. *Bigamie toujours illégale ici. Rendez-vous devant juge.* Assis, nu, sur le sol, le visage appuyé contre le mur carrelé, il réfléchit aux choix qui s'offraient à lui. Il fallait qu'il téléphone, cela au moins était sûr. De tout ce que l'on aurait pu exiger de lui à cet instant, dans l'état où il était, téléphoner à Corrine eût été sans doute la dernière tâche qu'il eût choisie d'accomplir. Il lui vint même à l'esprit qu'elle ne serait peut-être pas là. Peut-être l'avait-elle déjà quitté.

Ce fut le répondeur ; il entendit sa propre voix, de l'autre côté de l'océan, lui annoncer qu'ils étaient absents pour le moment. Après le bip, il coassa dans la machine, demandant sans conviction à Corrine de décrocher. La bande magnétique s'immobilisa et la communication fut coupée. Un deuxième appel produisit les mêmes résultats.

Il devait reprendre l'avion le lendemain et avait cinq ou six rendez-vous prévus d'ici là, rendez-vous auxquels il décida qu'il lui était impossible de se rendre. Il appela le concierge et demanda une place dans le prochain avion pour New York. Il voulait quitter cette chambre sur-le-champ.

À plat ventre, les bras écartés et le cul légèrement soulevé, Trina finit par remuer, leva la tête et jeta un bref regard circulaire avant de s'effondrer de nouveau.

— Qu'est-ce que tu fais ? Reviens te coucher. Aïe !

— Je fais mes bagages.

— Reviens te coucher et baise-moi.

— C'est tentant mais...

— Attends un peu.

Elle roula sur elle-même pour se mettre sur le dos.

— Je croyais que tu restais jusqu'à demain.

— Corrine a appelé.

— Ah. L'appel du devoir conjugal.

Il passa dans la salle de bains chercher son nécessaire de rasage. Quand il revint, elle le regarda d'un air de défi.

— Et alors, tu ne vas pas en chier une pendule. Elle ne sait rien.

— Elle sait.

— Bon. Ben, si t'es déjà condamné, autant revivre ton crime.

Russell décida de ne pas demander de détails mais le fait était qu'il ne se rappelait absolument pas l'avoir commis.

Était-ce seulement le formalisme germanique, se demanda-t-il, ou percevait-il un certain refroidissement réel à la réception ? Russell glissa au sous-directeur une enveloppe contenant deux cents dollars, pot-de-vin qui était censé lui assurer une chambre l'année suivante. Le sous-directeur inclina la tête de quelques millimètres pour accuser réception.

Russell n'avait jamais perdu conscience de sa vie. Les pièces manquantes de la nuit précédente étaient d'autant plus effrayantes qu'elles semblaient signaler une trahison de la part de son propre corps. Ayant toujours joui depuis la fac d'une extraordinaire tolérance à l'alcool, il ne pouvait comprendre cette trahison, et il ne croyait pas non plus avoir bu des quantités beaucoup plus importantes qu'en d'autres occasions, où la conséquence avait été une simple gueule de bois.

Dans le taxi qui l'emmenait à l'aéroport, il revit le naufrage qu'il avait laissé derrière lui quand, palpant machinalement ses poches — geste de panique instinctif du voyageur éméché — il ne put y trouver ses clés. Il craignit que Corrine ne fût pas là pour lui ouvrir la porte. À l'aéroport, il mit ses bagages en pièces sans arriver à les retrouver. Assis parmi les décombres, il en aurait pleuré, mais ses glandes lacrymales étaient taries, ses yeux desséchés.

Il eut un certain mal à convaincre la standardiste de l'hôtel à appeler sa chambre, après lui avoir expliqué que, certes, Mr. Calloway avait réglé sa note, mais qu'il avait laissé derrière lui un corps endormi, appartenant à la soi-disant Mrs. Calloway. Après dix sonneries, la standardiste reprit la ligne pour lui dire qu'elle n'obtenait pas de réponse ; il lui demanda d'insister. Trina décrocha enfin. Il n'y avait pas beaucoup de chaleur dans sa voix.

461

Il lui expliqua pour les clés.

Quelques minutes plus tard, elle reprit le téléphone pour lui dire qu'elle ne les trouvait pas.

— On dirait que nous perdons tout, aujourd'hui, hein? fit-elle remarquer. Nos clés, notre sang-froid...

— Pourquoi je me suis fait traiter comme l'Antéchrist quand j'ai demandé ma note? Qu'est-ce que j'ai fait?

— Je ne sais pas. Il est vrai que tu as menacé d'acheter l'hôtel quand on nous a prié de partir après la fermeture du Lipizzaner.

Comme on pouvait s'y attendre, en bonne justice, la classe affaires était surbookée, l'avion attendit trois heures sur la piste après que les passagers eurent enfin embarqué et Russell se retrouva en classe économie à côté d'un bébé qui avait la diarrhée.

40

— Tu crois que la littérature peut te sauver?

C'étaient les premières paroles que Jeff eût entendu Delia prononcer depuis des semaines. Ils étaient à la table du dîner, à Glover House, et parlaient du suicide. Mac, dépressif obèse qui enseignait l'histoire à l'université du Connecticut, était en train d'expliquer que la corde avait rompu quand il avait essayé de se pendre. Cependant Delia semblait s'adresser à Jeff.

— Moi en particulier? demanda Jeff, parlant doucement, de peur que sa voix ne l'effraie et ne la fasse rentrer en elle-même. Tu demandes si elle peut me sauver, moi?

— N'importe qui. Est-ce qu'elle peut aider les gens?

— Elle ne peut pas te sauver, mais elle peut te tuer.

Il vit que sa malice machinale l'avait déçue et fut désolé qu'elle se réfugie de nouveau dans le silence.

Estimant que Delia avait cessé de représenter un danger pour elle-même, les autorités avaient fini par lui supprimer le Statut n° 3, dans lequel des infirmières spécialement affectées à sa personne la surveillaient vingt-quatre heures sur vingt-quatre. Et par cette froide soirée d'octobre, elle mangeait, ou plutôt, ne mangeait pas, son premier repas sans chaperon.

— Qu'est-ce que c'est que cette saleté? demanda Mickey, brandissant un morceau de viande empalé sur sa fourchette.

— Ça s'appelle du veau, dit sèchement Jeff. Le petit de la vache, nourri au lait.

— Je peux pas becter ça. Vous savez ce qu'ils leur font, à ces bêtes? Ils les suspendent, comme ça, à des harnais, dans des étables toutes noires...

— Nourriture cruelle, dit Delia.

Jeff tendit la main pour empêcher la sienne de trembler pendant qu'elle allumait une cigarette. La main de tous les pensionnaires tremblait sous l'effet des drogues qu'on leur administrait ou de celles dont on les sevrait.

Mickey expliqua alors qu'il allait breveter une petite fourche de bois pour l'usage des établissements tels que celui-ci. Destinée à soutenir le poignet tremblant, le creux de la fourche serait tapissé de tissu d'une couleur psychologiquement neutre.

— Je me ferai des millions. Et j'irai avec mon hélico privé au-dessus de la terrasse à mon père, pour lui pisser dessus pendant qu'il prendra son bain de soleil.

Le Dr Taylor, qui se montrait rarement en public, apparut dans la file d'attente qui s'était formée au comptoir, rappelant à Jeff sa séance absurde de l'après-midi.

— Vous croyez que Caitlin vous a quitté parce qu'elle n'aimait pas votre chien? avait-il demandé. Ça semble un peu simpliste.

— « Quiconque m'aime, aime mon chien. » Sir Francis Bacon. Ce n'est pas le peintre.

— Vous parlez métaphoriquement?

— Ouah, ouah!

Au salon, parmi les autres antiquités, la chevelure bleue de Babs Osterlick et les gros seins d'Evelyn Salmon occupaient leur poste habituel pour assister à l'exode des dîneurs.

— Voici ce grand garçon sympathique.

— Jeffrey.

— Coucou, Jeffrey.

Jeffrey leur adressa un petit signe.

— Il vient d'une bonne famille, dit Babs. Ses parents ont une maison près de la nôtre, à Mount Desert Island.

— Beaucoup d'ivrognes sont de bonne famille. C'est un ivrogne ou un fou?

— Drogue, je crois.

— J'aime les hommes grands.

— Qu'elle est jolie, dit Babs quand Delia sortit un instant plus tard. Elle a des cheveux ravissants.

— Mais maigrichonne, fit remarquer Evelyn, les garçons préfèrent qu'il y ait du monde au balcon.

— Où vont-ils tous? demanda alors Babs. C'est déjà l'heure du film?

— Les ivrognes ont leur réunion, d'abord.

— C'est quoi, le film?

— J'espère qu'il y a ce jeune acteur, comment s'appelle-t-il?

— Warren Beatty.

— Non, l'autre. Le méchant.

— Jack quelque chose.

— C'est ça.

Delia rejoignit Jeff dans la galerie ouverte où il fumait une cigarette solitaire avant la séance AA du soir.

— Tu entends des voix? demanda-t-elle.

— Là, maintenant?

— On m'a dit que les écrivains entendaient des voix.

— J'essaie, dit-il. Ces derniers temps, je n'entends pas grand-chose.

— Moi, j'en entends.

— Qu'est-ce qu'elles te disent?

— Elles me disent que je suis mauvaise. Elles me disent de faire des choses.

— Quelles choses?

— Des fois, elles me disent de me faire du mal.

— J'en ai une comme ça. Le monstre junkie. *J'ai faim, donne-moi à manger.*

— C'est une voix de garçon ou de fille?

— C'est devenu une espèce de grognement, maintenant. Mais au début, c'était un murmure de femme très excitante qui venait chanter sous ma fenêtre pour m'attirer dans la nuit. L'appel du désir.

— Tu me plais, dit-elle avec la franchise sans apprêt de la folie.

— Tu me plais aussi.

— Tes amis Russell et Corrine, ils me plaisent aussi. Avant, je croyais que non, mais maintenant oui. Ils ont une aura verte très brillante.

Jeff tira une longue bouffée sur sa cigarette, puis la regarda dans les yeux.

— Ils ont du style, dit-il au bout d'un moment. Ah, oui.

— Il y a quelqu'un d'autre dans mon corps, dit Delia.

Jeff hocha la tête comme pour dire que ça arrivait souvent. Puis ce fut l'heure de l'AA.

Après dîner, les dépressifs avaient la deuxième distribution de médicaments : des gélules bicolores dans un gobelet de carton. Delia prenait du lithium, du Nardil, du Largactyl et un complexe polyvitaminé. C'était une des prescriptions les plus lourdes. Les toxicos auxquels on refusait toute médication l'enviaient. Les médecins tâtonnaient encore pour équilibrer son traitement. La semaine précédente, elle avait failli crever le plafond de Glover House quand le Nardil avait enfin produit son effet au bout de huit jours. Tout au long de la première semaine, voyant qu'elle ne réagissait pas, on n'avait cessé d'augmenter le dosage, jusqu'à ce qu'elle finisse par se réveiller à cinq heures du matin, en déclarant qu'elle était la servante du Seigneur. Il avait fallu la mettre sous contention pendant deux jours.

Les réunions AA se tenaient à Carlyle House. Jeff, Delia et Mickey y occupaient traditionnellement les mêmes chaises dans le fond à droite. Il semblait important d'acquérir et de respecter des habitudes.

Au bout d'une demi-heure, Mickey décocha un coup de coude dans les côtes de Jeff.

— Il a vraiment dit qu'il s'appelait Brit Hardy ?

Le nouveau avait effectivement l'air *british*, avec son pantalon noir, sa chemise oxford rose à col anglais et ses épais cheveux blonds dans lesquels semblaient avoir passé et repassé les doigts musclés de filles prénommées Sloane ou Kelsey.

— Il y a une soirée qui cible bien toute l'histoire, était-il en train de dire.

— Pas po... cible, fit Jeff.

— Je venais de faire un coup énorme. J'avais courté la vente d'une mine de bauxite et je me rends compte tout d'un coup que j'ai bien dû me faire dans les deux cents briques en une journée, alors, bien sûr, j'achète cent grammes de coke pour fêter ça. Me voilà donc dans mon loft avec ma copine, à propos, c'était Miss Brésil 1985...

La confession comme autre forme de l'affirmation de soi, songea Jeff. Encore une façon de frimer. Chaque fois que les alcooliques racontaient leurs exploits, les bouteilles se multipliaient et les montagnes de cocaïne enflaient jusqu'à ce que les aveux eux-mêmes ne semblent plus qu'un prolongement de l'intempérance et des excès qui les avaient amenés là où ils étaient. C'était une foutaise, tout comme la thérapie était une foutaise, comme tout le reste. On est tous en train de s'y noyer, songeait Jeff, de s'en gaver.

Ce soir-là, la veille de son départ pour Francfort, Washington prit le train pour venir lui rendre visite, surmontant, répéta-t-il avec insistance, la crainte profonde que lui inspirait toute philosophie de l'amendement personnel et de l'abstinence.

— Est-ce que les visiteurs doivent passer un contrôle pour la dope? avait-il demandé au téléphone.

Jeff et lui firent un billard dans la salle de jeu, parlèrent de l'emmerdeur que Russell était devenu. Jeff se sentait à l'aise pour la première fois depuis des mois. Ils partageaient le sentiment qu'il était en taule.

Delia fit une promenade, la première sans surveillance depuis des semaines. Soupçonnant que ses droits lui seraient retirés d'un instant à l'autre, elle voulait éprouver, plus que savourer, sa liberté. Elle n'était pas habituée à être seule, ni tout à fait sûre que cette perspective lui plaisait.

Une demi-heure avant l'extinction des feux, elle partit à pied de Glover House pour monter jusqu'au bâtiment principal, par le chemin le plus long, un grand détour qui passait devant le court de tennis et la chapelle. L'air était froid et coupant, la lune presque pleine. De petites aiguilles de givre lui piquaient l'intérieur des narines et des poumons, les poteaux de métal noir des lanternes qui balisaient le sentier étaient recouverts de gelée blanche. Les lanternes étaient espacées de trois mètres environ et, quand elle fermait à demi les yeux, semblaient émettre des rayons de lumière comme les étoiles d'un livre d'images formant une longue constellation incurvée, pont vers une autre galaxie.

Elle ouvrit les yeux et poursuivit son chemin, passant devant une lanterne dont le verre était cassé. Elle longea le court de tennis et avait presque atteint la chapelle quand elle fit demi-tour, sans comprendre au juste pourquoi, attirée presque contre sa volonté, se disant qu'elle désirait seulement regarder une deuxième fois et imaginant que son intérêt avait un aspect purement théorique — qu'il était curieux que dans un établissement d'où l'on prenait si grand soin de bannir tout ce qui était tranchant ou pointu, il y eût là, à la vue de tous, un instrument qui pouvait se révéler mortel —, songeant qu'elle allait jeter un coup d'œil pour s'assurer qu'elle avait bien vu et, bien sûr, quand on dit aux gens que quelque chose leur est interdit, ils sont vite fascinés par l'objet prohibé, et même obsédés. Elle éprouvait un picotement d'impatience illicite à mesure qu'elle approchait de la torchère brisée, se retournant pour vérifier qu'elle n'était pas observée, sentant que le rythme de ses pas devenait inexorable, comme si elle avait cessé de maîtriser son mouvement ou sa direction. Quelque chose la guidait. Elle entendait une voix qui l'appelait. C'était la jolie voix, la voix séductrice, celle qui était gentille avec elle.

Toujours là : encadrés de métal noir, deux éclats de verre flanquant comme des moustaches un long tesson en forme de flamme. Sa respiration devint laborieuse tandis qu'elle regardait fixement... une bouffée de chaleur lui montant au visage. Un instant, elle fut paralysée, l'attraction qu'exerçait cet objet étant contrebalancée par tout ce qu'elle éprouvait d'autre. *Prends*. Elle fit un pas, écarta le croisillon de fil de fer, tira le morceau de verre hors du cadre métallique, puis le remua d'avant en arrière pour le détacher. Elle l'éleva à la lumière de la lune. C'était un bel objet, d'une forme organique, comme une larme ou une flamme. *Vas-y*. Elle essaya la pointe de la flamme au bout de son doigt, y faisant naître une minuscule fleur rouge. Elle entendit un chœur de voix qui murmurait à son oreille et s'enflait en un étrange crescendo d'affirmation morbide. Elle les avait déjà entendues, la dernière fois. Elle était censée le dire au Dr Taylor quand ça se reproduirait.

Glissant le tesson dans la poche de son parka, elle regarda les ombres bruissantes qui l'entouraient.

De retour dans sa chambre, Delia enfouit profondément le tesson dans la terre meuble de la plante de jade posée sur le rebord de sa fenêtre. Pendant qu'elle dormait cette nuit-là, le cristal qu'elle avait planté dans la terre grandit pour donner une rose rouge parfaite. La rose versa une larme qui se mua en verre et tinta quand elle heurta le sol. La fleur se mit à lui parler d'une voix de gorge, pleine de fumée. La rose voulait être cueillie. Delia savait que c'était contraire au règlement et elle frissonnait d'excitation à mesure que sa main se déplaçait à travers l'espace vers les pétales tremblants, mais l'infirmière obèse la réveilla, et c'était le matin, encore une fois.

— Nous avions une expression à nous.

— Qui?

— Moi, Boum et Wash.

— Boum, c'est votre ami Russell?

— Oui, nous disions qu'il fallait donner à manger au chien, ça voulait dire se défoncer, boire, baiser — tous les bas appétits. Quand nous sommes arrivés à New York, nous nous croyions capables de tout, nous passions des nuits blanches à nourrir le chien.

— Vous preniez de la cocaïne?

— Évidemment. La fête ne s'arrêterait jamais. Même Corrine avait son petit cabot surexcité, une espèce de schnauzer. Je crois qu'il est mort. Celui de Russell était gros. Nous avions de gros chiens qui couraient et chassaient en meute. Russell est devenu gras et heureux, j'ai l'impression, vautré sur le tapis devant la cheminée, il remue la queue par terre, de temps en temps, quand Corrine prononce son nom ou lui caresse la tête.

— Et la cocaïne vous a conduit à l'héroïne.

— Je ne sais pas. Qu'est-ce que ça peut bien vouloir dire? On essaie de remplir le grand vide. On trouve un nom pour ses aspirations, que ce soit Dieu, le fric ou Corrine. Ça peut être la litté-rature. Ça peut être l'héroïne, la dope, le cheval, le singe, la merde. L'héroïne, principalement. Parce que c'est un nom qui englobe tous les autres. On n'a plus mal, on ne sent plus rien. Elle simpli-fie le besoin, elle l'incarne, et elle devient tout. On tombe dans les bras de la Vénus de Milo.

— Vous pouvez comparer Dieu à la drogue ?

— Je ne crois pas que je puisse expliquer ça à un homme qui dispose ses revues médicales comme des fleurs sur une table basse.

Le médecin dévisagea Jeff d'un regard bienveillant.

— Pourquoi disiez-vous Corrine ?

Jeff haussa les épaules.

— Où t'en es du Point Huit ? demanda Tony un soir pendant le dîner, jouant l'animateur AA. Tu as fait ta liste des gens aux-quels tu as fait du mal ?

— Une liste, pour quoi faire ? Je me souviens parfaitement.

— Aucun toxico ne se souvient parfaitement.

— J'ai fait du mal à tout le monde.

— Fais une liste. Tu te sentiras bien mieux quand tu leur auras demandé pardon.

— J'en doute.

Seigneur, songea Jeff, écarte cette coupe loin de mes lèvres.

— Je te garantis qu'il viendra un moment où tu te sentiras pres-que écrasé de honte et de chagrin pour ce que tu as fait à toi-même et à ton entourage. Et quand ce moment viendra, tu seras sur le point de te sentir mieux. Tu peux compter dessus. Mais avant, il faut que tu demandes la compréhension et le pardon. Demande-moi quand même mon avis, hein, avant de faire quoi que ce soit de radical. Tu vas continuer à avoir des idées tordues pendant un petit bout de temps.

— Tu veux bien me lire une histoire, ce soir ? demanda Delia après le dîner.

— J'aimerais bien, dit Jeff, mais je crois que je ne peux pas.

— S'il te plaît.

La simplicité enfantine de la requête le touchait, mais il n'avait pas été capable de se concentrer sur une page imprimée depuis le sevrage.

— Je n'arrête pas d'entendre les voix.

— Bon, je vais essayer. Mais je ne te promets rien.

Ce soir-là, après la distribution des prescriptions et la séance d'AA, il emporta plusieurs volumes dans la chambre de Delia. Alors que la plupart des pensionnaires essayaient de personnaliser leur cellule, la sienne était nue à l'exception de quelques plantes, manifestement des cadeaux, et d'un gros bouquet de roses qui fanait, dans un vase en plastique sur le plancher, près de la salle de bains.

Elle était assise sur le lit, toute droite et raide, avec un maintien qui ne pouvait appartenir qu'à un modèle ayant pratiqué la danse classique, les pieds ramenés très haut sous ses cuisses. Jeff tira une chaise près du lit, tout cela le gênait. Il aurait préféré fermer la porte au nez des gens qui passaient dans le couloir, mais c'était interdit par le règlement.

— « Pour commencer par le commencement, » lut-il, se contraignant à se concentrer sur les lignes serrées de caractères, incertain d'être capable de distinguer les lettres, de former les mots, de suivre le sens.

C'était l'histoire d'un nommé Francis Weed, qui avait frôlé la mort de près, en avion, et perdu du même coup la foi dans les vérités diurnes de son existence. De temps à autre, Jeff levait les yeux, autant pour les reposer que pour voir Delia, qui regardait droit devant elle, vers les fenêtres. Allait-elle s'identifier, se demandait-il, à Julia, l'épouse « dont l'amour des fêtes et des réceptions venait de la crainte parfaitement naturelle du chaos et de la solitude » ? Il poursuivit sa lecture et la description d'un cocktail à Westchester, au cours duquel Francis reconnaissait dans la personne de la bonne une prisonnière, accusée de collaboration, qu'il avait vue après la guerre... Par la suite, il embrassait la jeune fille au pair et en tombait amoureux. Jeff leva les yeux sur Delia, mais elle semblait impassible, captivée par quelque chose qu'elle apercevait au loin par la fenêtre.

Puis Francis Weed frappait Julia, et Jeff craignit de rappeler à

Delia les souffrances que les hommes lui avaient infligées. Mais elle était soit complètement absorbée, soit complètement absente. Il poursuivit sa lecture, Francis insultait ses voisins, aspirant à retrouver la fille et à changer de vie. « Cette existence morne était intolérable et il vit clairement qu'il avait atteint le point où il allait devoir choisir. » Malade d'amour, Francis Weed allait consulter un psychiatre, se mettait au travail du bois et tentait de se réconcilier avec lui-même et avec sa vie, l'arpent de verdure clôturé de haies qu'il avait reçu pour y vivre.

— Crois-tu qu'on pourrait se marier un jour ? demanda Delia quelques minutes après qu'il eut refermé le livre. Je ne veux pas dire ensemble, pas forcément. Je me demande seulement si nous sommes exclus de tout ça, les gens comme nous. C'est comme si on voulait y croire et qu'on n'y arrivait pas. On veut avoir une vie agréable mais on voit bien que c'est vide, transparent, même si on aimerait faire autrement.

— J'aimerais bien y retourner pour essayer.

— Tes amis Russell et Corrine sont faits pour ça

— Je ne crois pas que ce soit toujours si facile pour eux non plus.

— J'ai joué Ophélie autrefois, dit-elle.

Les gens comme Delia élidaient le tissu conjonctif de leurs pensées comme d'autres ne prononcent pas les consonnes, pourtant Jeff découvrait qu'il la comprenait de mieux en mieux.

— Tu crois que les autres éprouvent ce que nous éprouvons ?

— Je ne sais pas.

— Je croyais que tu étais intelligent.

— Je l'ai cru, moi aussi.

— Maman m'a donné sa robe de mariée, la seule chose qu'elle m'ait jamais donnée. Je te la ferai voir un jour.

Elle déplia les jambes, descendit du lit et marcha jusqu'à la fenêtre presque en tapinois, comme pour attraper un oiseau, sur le rebord. Elle enfonça les doigts dans la terre d'une plante en pot.

— Tu veux bien garder ça pour moi ? demanda-t-elle, lui tendant non sans cérémonie un long éclat de verre.

Jeff prit le tesson dans sa main et le regarda sans comprendre d'emblée ce que c'était. Il caressa de l'index droit le croissant aiguisé puis ôta une minuscule lanière de peau blanche de l'incision rectiligne qui s'emplit lentement de sang. Il leva sur Delia ses yeux où montaient les larmes. Il ne put reconnaître la source de la tristesse qu'il sentait se lever en lui puis déborder. Imaginant le chagrin de Delia, il avait par inadvertance capté le sien.

Il se mit à sangloter. Il paraissait impossible qu'il eût contenu cette tristesse si longtemps sans éclater, sans même reconnaître pour ce qu'elle était la pression qu'elle exerçait. Toutes les cellules captives de peine et de remords furent soudain libérées, il éprouva la douleur accumulée de toutes ses blessures, toutes les vexations, toutes les indignités, les gênes, les insultes et les rejets qu'il eût jamais soufferts, qu'il croyait avoir oubliés — rien de tout cela ne suffisant à expliquer ne fût-ce que le commencement du chagrin qu'il éprouvait, qui était bien trop vaste pour être seulement le sien, mais l'abouchait au réservoir sans fond de la souffrance humaine et, par-dessus tout, celle des gens qu'il avait lui-même blessés pendant sa courte existence éperdue. Tout le mal qu'il avait fait à d'autres lui revenait. Il éprouvait la honte de cent choses cruelles, arrogantes ou négligentes qu'il avait pensées, dites ou écrites. Chaque mot qu'il avait écrit était faux, enflé de mauvais orgueil et de malice élégante. Et c'était tout juste si la pensée de Caitlin lui était supportable, la pensée du long combat raté qu'elle avait mené pour l'aimer tout en supportant ses silences, et ses mensonges, et sa farouche résistance à l'amour, la pensée de son chagrin, quand ils s'étaient séparés. Il songea au pauvre Russell et leva ses yeux brouillés vers Delia, qui se sentait si terriblement mal qu'elle avait pensé à se tuer. Secoué de violents sanglots, il se demanda comment l'espèce avait survécu à tant de chagrin.

Imperturbable, Delia s'assit près de lui sur le lit, élevant son doigt blessé, elle le mit dans sa bouche, léchant le sang, elle suça calmement le doigt de Jeff pendant qu'il pleurait.

41

L'appartement était vide. Il n'y manquait rien d'immédiatement remarquable, mais aux yeux de Russell, les pièces avaient la réso-nance menaçante des lieux où un crime a été commis, une fois que l'homme à tout faire de l'immeuble, bavard comme une pie, eut disparu avec le gros trousseau de clés qui tintait en se balan-çant à sa hanche. Une fouille en règle ne lui permit de découvrir aucun mot ; les tiroirs et le placard de Corrine étaient en partie vides. Le portier avait fait remarquer que c'était merveille que les jeunes couples arrivent jamais à se voir, de nos jours — allusion au fait que Corrine était partie avec ses bagages, tard la nuit précé-dente, et que Russell rentrait tout juste de voyage.

Mangeant un plat chinois devant la télévision, entouré des pho-tographies de la vie qu'ils avaient menée ensemble et des objets qu'ils avaient rassemblés, il tenta d'imaginer où elle irait, remet-tant à plus tard la recherche elle-même, dans l'espoir de survivre peut-être à sa gueule de bois et au décalage horaire, ou peut-être pas. Pendant le vol, il avait tracé les grandes lignes des différentes versions de ce qu'il allait dire, la vérité semblant, comme toujours dans ces cas-là, trop forte. Malgré les preuves écrasantes du contraire, il s'accrochait encore à la conviction misérable que ses intentions étaient pures, mais ne s'attendait pas à la faire partager à sa femme.

Son cœur bondit quand le téléphone sonna. Il laissa sonner trois fois avant de répondre. C'était Washington qui l'appelait d'Alle-magne, soi-disant pour lui rendre compte des affaires du jour mais avide en réalité de détails sur le désastre de la vie privée de Rus-sell, les derniers événements qui avaient confirmé l'ensemble de la conception qu'il se faisait de la nature humaine. L'enthousiasme avec lequel il compatissait supposait entre eux un lien dont Russell ne tenait pas forcément à reconnaître l'existence mais, d'un autre côté, la façon qu'il avait de prévilégier la tactique au détriment de l'éthique lui était, en un pareil moment, d'une grande utilité.

— C'est simple, Boum, tu n'as qu'à dire que Trina s'est amenée à l'improviste et que tu lui as galamment laissé ta chambre en partageant la mienne.

— Elle ne le croira pas.

— Tu crois qu'elle a le choix ? Elle ne peut pas se permettre de ne pas te pardonner.

Quand Russell appela Jeff, à la clinique, celui-ci l'écouta avec sympathie mais ne lui donna pas l'ombre d'un conseil. L'histoire que Russell lui raconta avait été légèrement revue et corrigée, sans qu'il en fût tout à fait conscient — le petit coup de crayon machinal effaçant ici un adjectif, là une virgule, bien que les noms et les verbes essentiels demeurent intacts.

— Alors, vous avez ou vous n'avez pas ? La façon dont tu le racontes, on reste un peu entre l'idée et l'acte.

— Ben, j'ai, mais à vrai dire je ne me rappelle pas grand-chose.

— Et tu voudrais que je te dise, moi, que ça ne compte pas ?

— Qu'est-ce que je dois faire, Jeff ?

— On ne peut pas vraiment dire que la monogamie soit ma spécialité. J'ai été recalé.

Après un long silence, Jeff lâcha soudain :

— Tu es au courant, pour Propp ? Je viens de voir ça dans le *Times* d'aujourd'hui. Apparemment, sa femme de ménage l'a trouvé écroulé sur son Macintosh. L'ordinateur était encore allumé.

— Merde ! Que s'est-il passé ?

— Je crois qu'on ne le sait pas encore.

Russell était sidéré, ce drame semblant ajouter son poids à son drame personnel.

— Au fait, dit Jeff, ce n'est pas toi son exécuteur testamentaire ?

Où donc serait-elle allée ? Corrine, qui s'entendait mieux avec les hommes, n'avait pas tant de copines. Il appela sa sœur à Philadelphie, puis ses amies à New York. Il finit par essayer Casey et Tom Reynes, les seuls à posséder un appartement assez vaste pour y prendre des pensionnaires. Un quelconque membre du personnel lui passa Casey, qui lui sembla d'une froideur suspecte bien qu'elle prétendît ignorer où était Corrine.

Il aurait voulu acheter le *Times* pour l'annonce de la mort de Victor mais il avait peur de s'éloigner du téléphone. Il sombra dans un sommeil de plomb qui ne le reposa pas sur le canapé devant la télé et fut éveillé en pleine nuit par l'explosion du téléphone.

— J'aimerais savoir ce que tu vas trouver à me raconter.

— Écoute, Corrine, je ne savais pas qu'elle venait à Francfort.

— Je ne te crois pas.

Russell essaya un compromis entre la vérité et l'image qu'il souhaitait donner de lui-même. Son récit comportait des affaires de dernière minute pour Trina à Francfort et se terminait par une fausse image de Russell dormant sur l'un des lits jumeaux.

— Comment oses-tu? demanda Corrine.

— Comment j'ose quoi? demanda-t-il.

— Je suis chez Casey et Tom, pour l'instant. Je vais chercher un appartement. Je continuerai de me servir de notre compte commun jusqu'à ce que j'aie trouvé du travail. Je n'aurais pas fait la connerie de quitter celui que j'avais si j'avais su que tu étais...

— Corrine...

— Ne dis rien, espèce de salaud. Je crois que je ne supporterai pas de t'entendre mentir encore. C'est seulement le point culminant de tout ce que tu voulais faire. Il y a un bout de temps que tu ne t'intéresses plus qu'au fric et au pouvoir, et Trina cadre parfaitement avec ce programme. Je n'arrêtais pas de me répéter qu'après l'OPA, tu me reviendrais, que tu redeviendrais un mari, que tu te rappellerais même mon existence. Et puis, après... après...

Elle ne termina pas sa pensée, mais il savait de quoi elle parlait. Si elle rendait responsable de leurs ennuis la manière dont son travail l'avait absorbé, il lui semblait, à lui, que la fausse couche avait détruit leur bonheur.

— Tu veux manifestement ta liberté, alors je te la rends. Au revoir. Et bonne chance.

Quelques instants plus tard le téléphone sonna de nouveau.

— Corrine ?

Il n'entendit d'abord que les parasites de la communication transatlantique, puis :

— Salut, frère, c'est toi ?

La voix était bizarre et pâteuse.

— Wash ?

Russell jeta un coup d'œil à la pendule de la cuisine. Il était cinq heures du matin à Francfort.

— Tu vas bien, j'espère ?

Mais il n'était pas trop inquiet. Un coup de fil de Washington Lee à cinq heures du matin n'était jamais totalement exclu dans le cercle des connaissances de Russell.

— C'est seulement pour te dire un petit bonjour. T'es au courant, pour Propp ?

L'appartement, pendant ce week-end, était un monument à tout ce qu'il avait oublié qu'il aimait, une chambre d'écho de récriminations. Il était incapable de coucher dans leur lit, imprégné de l'odeur de Corrine et des ébats conjugaux. Laissant la télé allumée pour lui tenir compagnie et le distraire, il dormit quelques heures sur le canapé. Le dimanche entier s'étirait interminablement devant lui pour aller se perdre dans un avenir blafard et solitaire. Poussé d'un bout de l'appartement à l'autre par le prurit de la culpabilité, il découvrit qu'il était incapable de tenir en place, ou de lire ne fût-ce qu'un magazine. Constatant qu'il n'arrivait à rien quand il cherchait à démêler les choses par l'esprit, il s'assit pour écrire une longue lettre à Corrine dans laquelle il la suppliait de lui accorder une deuxième chance. Au troisième brouillon, il ne savait pas s'il fallait la poster immédiatement ou la brûler dans la cheminée

Il sortit et vit que la ville du dimanche était désormais peuplée uniquement de couples, alors que quelques jours seulement auparavant, on y rencontrait surtout de jolies femmes prédatrices. Comme s'il avait la gueule de bois, Russell avait perdu les couches de peau, la carapace qui le protégeait de son environnement. Tout, désormais — l'air froid et la lumière râpeuse d'octobre, les voix et la circulation aussi bien que le regard indifférent des inconnus — irritait directement les ganglions à vif de son système nerveux. Coupé de l'ordre social qui continuait de régler sans heurt les activités autour de lui, il se sentait renié par la grande ville qui l'avait, croyait-il, adopté.

Il finit par trouver un exemplaire du journal de la veille et s'assit sur un tabouret dans une cafétéria. Examinant les pâtisseries captives derrière le Plexiglas, il imagina un avenir de repas solitaires et de tasses de café, au milieu de femmes sans âge qui demandaient : « C'est quoi, aujourd'hui, la soupe ? » et chipotaient d'un air méfiant dans leur salade de poulet, dont elles feraient emballer les restes pour les emporter chez elles et les donner à leur yorkshire. Le serveur, un jeune Grec qui avait des ennuis avec sa nana, tripotait le cure-dent qu'il avait dans la bouche en refusant de répondre aux avances des gérontes désireuses d'engager la conversation. Pour le moment, il ignorait superbement la vieille coiffée d'un béret rouge qui lui adressait des grands gestes depuis la table du fond et lui laissait chaque jour un pourboire de vingt-cinq *cents*.

La notice nécrologique de Propp s'étalait sur plusieurs colonnes, remarquables par l'équilibre scrupuleux qu'elles maintenaient entre les témoignages de sa grandeur et les réserves de ceux qui suggéraient qu'il avait été l'initiateur rusé d'un équivalent culturel des chaînes épistolaires. Harold Stone, présenté comme son ami et son éditeur, résolvait la question en déclarant Propp « un des grands excentriques de notre littérature. » Mais la principale pièce à conviction, le manuscrit du roman, demeurait introuvable. On disait aussi qu'on ignorait ce qui avait causé la mort.

Russell passa chez un fleuriste de Madison Avenue pour acheter deux douzaines de roses rouges puis poursuivit jusque chez Tom et Casey dans la 72ᵉ, où il déposa les fleurs et sa lettre pour Corrine, quand le portier lui apprit qu'il n'y avait personne chez les Reynes.

Dans son chagrin, il investissait tout ce qu'il voyait d'un symbolisme gratuit et d'une importance tragique. Les marchandises des vitrines lui semblaient inutiles et grotesques — fourrures et plumages de la parade nuptiale, insolents accessoires de la vie domestique. Au carrefour de la 57ᵉ rue et de Madison, il croisa trois jeunes ballerines en collant de danse, à peine sorties de l'adolescence, les cheveux ramenés en arrière en chignons féroces, comme pour étirer encore la peau déjà tendue et sans rides de leur visage — à croire qu'elles répétaient, bien longtemps à l'avance, les inévitables liftings de l'avenir.

Traversant Central Park, il passa devant une vieille dame vêtue d'un tailleur très correct, assise sur un banc, la jupe retroussée, un ruisseau d'urine coulant bruyamment dans la poussière entre ses pieds chaussés de souliers pratiques. Elle regardait droit devant elle. Un peu plus loin, une bande de tout petits enfants lançait des bâtons sur un écureuil terrorisé, coincé en haut des branches d'un petit arbre.

— Qu'est-ce que tu dirais, si je te lançais des bâtons ? demanda Russell au petit garçon qui menait l'assaut.

— Je t'emmerde, dit le petit garçon, haut comme trois pommes, dans son blouson Ghostbusters.

— C'est ça, ajouta sa petite copine.

— C'est du joli, marmonna Russell en poursuivant son chemin.

Quelques instants plus tard, un papa se matérialisa à côté de Russell, genre prospère, parfaite condition physique, en survêtement rose et gris.

— C'est vous qui avez menacé de frapper mon gosse ?

— Je lui ai seulement suggéré, dit calmement Russell, d'arrêter de jeter des bâtons sur les animaux sans défense.

— Attaque-toi à des gens de ta taille.

— Gros con, dit le fiston qui se tenait à une distance prudente, assoiffé de spectacle et de vengeance.

— Au lieu de t'en prendre à des enfants de six ans.

Russell se détestait trop pour éprouver la moindre crainte.

— Et si je m'en prenais à vous ?

— Essaye, pour voir, fit l'homme, fermant son poing droit et le cognant rythmiquement, comme une balle, contre la paume de sa main gauche gantée.

Sans réfléchir, Russell balança son propre poing dans la figure du type. Le gamin hurla en voyant son père tomber à genoux, agrippé à la cuisse de Russell, et des renforts vociférants convergèrent sur l'asphalte de la piste. Pour se libérer, Russell cogna du genou le menton de son adversaire, il sentit le choc violent des dents du haut et du bas contre sa rotule et l'homme tomba à la renverse.

— Arrêtez-le! cria une blonde épouse à queue de cheval vêtue d'un pantalon noir et d'un cardigan rose. Cassez-lui la figure!

— À mort! hurla le petit garçon.

Trois autres personnes, deux hommes et une femme, se précipitèrent avec des commentaires indignés à la rescousse du champion terrassé de la famille nucléaire.

— Rattrapons-le, dit l'un des hommes, mais quelque chose dans le visage de Russell les fit réfléchir.

Courbée sur l'homme qui était tombé, sa femme poussa un cri perçant, pitoyable, qui résonna comme le hurlement d'agonie d'un petit animal.

Russell tourna les talons, manqua entrer en collision avec un obèse casqué d'écouteurs, dépassa en courant une mère qui promenait deux préscolaires dans une poussette jumelle, gravit un talus et franchit une petite crête rocheuse. Il plongea dans un bosquet, suivit une piste cyclable qui passait sous un pont, contourna les bois qui entourent le grand étang au-delà de Strawberry Fields et déboucha dans la 72e rue ouest.

Il prit à gauche dans Columbus Avenue, navigua parmi les piétons languissants, abrutis par le brunch et le lèche-vitrines dominicaux, se réfugia dans un bar et commanda un Jack Daniels sec, les mains tremblantes sous l'effet de l'adrénaline et de la rage.

Debout au comptoir, il but deux verres coup sur coup, mâchonna les glaçons et savoura sa morne solitude. Il n'avait envie d'aller nulle part, ni de faire quoi que ce fût, sans Corrine. Il avait envie de lui raconter la mésaventure dont il venait d'être victime. À qui ferait-il le récit des événements de sa vie si elle devait en disparaître? Qui écouterait ses histoires? À mesure que le whisky le pénétrait, il se dit que le conjoint est une personne qui écoute l'histoire de votre vie et qui, moyennant certaines concessions, choisit de vous croire.

Le dimanche soir, elle appela de nouveau. Russell avait mis une pizza surgelée dans le micro-ondes et regardait du sport à la télé, par crainte de la rater.

— J'ai reçu ta lettre, dit-elle.

— Reviens, s'il te plaît.

— Je ne sais pas.

Elle s'interrompit, puis reprit :

— Tu as cassé quelque chose. Il va me falloir un moment pour arriver à savoir ce qui reste.

— Mais nous nous aimons.

— Si on ne s'aimait pas, dit-elle, on ne serait pas en train de se parler. Je vais partir chez maman dans quelques jours. J'ai besoin de réfléchir. Toi aussi. Je ne sais même pas si tu as encore vraiment envie d'être marié avec moi

— Bien sûr que j'ai...

— Écoute, Russell, tu ne serais pas capable de le reconnaître, même si c'était vrai. Tu es loyal à ta manière et tu t'interdirais de le penser, mais je crois que tu as plus envie d'aventures, de liberté, de prestige et d'action que tu n'as jamais eu envie de moi. Essaie d'y penser pendant mon absence.

— Et le dîner avec les Sherman, demain soir ? demanda-t-il plaintivement, dans l'espoir que la sauvegarde des apparences lui semblerait aussi importante à elle qu'elle l'était soudain devenue pour lui.

Une semaine plus tôt, Russell aurait décommandé les Sherman sous le plus mince prétexte mais désormais, il jugeait terriblement irresponsable d'annuler vingt-quatre heures seulement à l'avance.

— Et puis il y a le dîner au profit du musée, ce n'est pas mercredi soir ? On ne peut tout de même pas...

Tout à coup il eut le sentiment de comprendre le but et l'utilité du décorum, des bonnes manières et de l'hypocrisie. Vue de l'extérieur, la vie d'un ménage n'était qu'une série d'habitudes ; faire les gestes était parfois la seule façon de le perpétuer.

— Les quatre cents autres convives feront un effort pour combler le vide, voilà tout.

Elle parlait d'un ton dur et tranchant.

— Je me suis bagarré, dans le parc, aujourd'hui, dit-il. J'ai failli me faire lyncher.

— Il faut que je te laisse. Je ne sais pas ce que je vais faire. Mais rappelle-toi bien, si j'apprends quoi que ce soit, si quiconque t'aperçoit dans la même pièce que Trina, j'appelle un avocat. Et essaie de boire un peu moins.

Après une nuit épouvantable, il se traîna au bureau le lundi matin, ne se rappelant que dans l'ascenseur que ses clés étaient quelque part à Francfort. Il parcourut les journaux dans la cafétéria grecque du rez-de-chaussée, sans rien y trouver de plus au sujet de Propp, puis alla s'asseoir dans le hall avec un manuscrit, pour attendre Donna, qui arriva au bout d'une heure.

Carl Linder appela quelques minutes plus tard.

— On a essayé de vous joindre à Francfort, vendredi.

— J'ai eu des problèmes familiaux.

— Et vous avez pris l'avion en laissant tomber la foire du livre ?

— Washington s'est occupé de tout.

— Ce n'est pas Mr. Lee qui dirige la société, et il ne jouit pas de la pleine confiance de Bernie. Il a menacé d'engager des poursuites, vous le savez. Dans son propre intérêt, j'espère qu'il n'en fera rien. Bref, Bernie veut savoir si vous faites partie de l'équipe oui ou non.

— De quelle équipe s'agit-il ?

— Réfléchissez. D'autre part, il voudrait bien savoir où on en est pour le manuscrit de ce Propp. Pour autant que nous sachions, il est mort avant d'avoir signé avec Simon & Schuster, ce qui fait que nous restons ses éditeurs. S'il y a un manuscrit, il est à nous, comme tout le reste. Mais avant de faire des histoires, Bernie pense que ce serait pas mal de savoir, je cite, si c'est bon ou si c'est de la merde. Rappelez-nous dès que vous saurez quelque chose.

Russell avait déjà pris rendez-vous avec l'avocat de Victor pour visiter l'appartement de West Village et examiner les papiers de l'auteur, mais l'avidité charognarde des considérations de Carl l'écœura suffisamment pour qu'il n'en souffle mot.

Juan Baptiste appela quelques minutes plus tard.

— J'ai eu une idée un peu folle pour un article : Jeff Pierce en désintoxication. Je suis peut-être zinzin, mais d'après moi, ça roule. Qu'en pensez-vous ?

— Ça semble un peu trop facile, parvint à dire Russell dont la migraine s'installa pour de bon.

— Vous démentez?

— Je ne confirme pas, je ne démens pas, c'est tout.

— Vous ne confirmez pas. Donc vous démentez.

— Très bien, dit Russell, mal à l'aise. Bien sûr que je démens.

— Jeff n'est pas en désintoxication?

— Où est-ce que vous êtes allé pêcher ces conneries? demanda Russell peu désireux de continuer à mentir.

— Vous savez que je ne dévoile jamais mes sources.

— C'est ça, la déontologie vous tient lieu de morale.

— Restons sur un plan commercial, dit Juan. Je vous propose un échange. D'ailleurs, je ne vous ai même pas posé de questions concernant votre ami Propp. Pourtant mon petit doigt m'a dit qu'il y avait bel et bien un gros flacon de barbituriques vide dans la salle de bains.

— Je n'ai aucune monnaie d'échange.

Russell ne savait pas quoi dire d'autre.

— Où est-il, Jeff?

— Il se cache pour écrire. On est trop distrait, à New York, vous savez. Il n'aime pas qu'on sache où il est.

Si Juan avait quoi que ce soit de solide, songea Russell, il l'aurait déjà dit.

— La pêche est fermée, conclut-il.

— Revenons à cette idée d'échange, proposa Juan. Je me suis laissé dire que vous aviez des ennuis. Les auteurs abandonnent le navire par dizaines, horrifiés qu'une vieille maison d'édition prestigieuse ait été mise à sac par des seconds couteaux.

— Bon, nous avons perdu un ou deux auteurs. La presse en a largement rendu compte.

— Je ne parle pas de piqûres de moustique, je parle d'hémorragie des cerveaux. De même que j'ai appris que Jeff était en cure de désintoxication, mon petit doigt me dit que Bernie Melman envisage de se retirer, etc. Il y a une loi statistique des rumeurs, qu'on appelle aussi, après tout, des demi-vérités, qui veut que cinquante pour cent des calomnies et des insinuations qui parviennent à mes oreilles sont vraies. En l'occurrence, la moitié de mes affirmations sont donc jouables. Un : Jeff est en désintoxication. Deux : Corbin, Dern et fistons est dans la mouise. Si vous ne confirmez pas l'un, je serai mathématiquement contraint de supposer que l'autre est vrai à cent pour cent.

Il s'interrompit. Russell ne mordait pas à l'hameçon.

— Tenez, celle-là, je vous en fais cadeau, dit Juan. Bernie Melman a annulé la totalité de ses engagements de la quinzaine écoulée parce qu'il est entre les mains d'un médecin, chez lui, à Long Island, victime d'une grave crise de dépression.

Russell se rendit compte qu'il n'avait plus parlé à Melman depuis la veille de la foire, mais rien ne l'obligeait à le dire à Baptiste.

— Que pensez-vous de la rumeur persistante selon laquelle Mrs. Melman est un transsexuel ?

— Cela paraît extrêmement plausible, mais je vous l'ai déjà dit, je n'ai aucune monnaie d'échange.

— L'idée que toute rumeur est au moins une demi-vérité a pour corollaire que toute demi-vérité, suffisamment répétée, devient entièrement vraie. Si j'écris qu'une boîte de nuit est sur le déclin, il arrive parfois qu'elle soit mise en vente la semaine suivante. Cause et effet ? À vous de juger. J'aurais vraiment horreur d'être celui qui annoncera que vous êtes allongé sur le marbre, le corps recouvert d'un drap. Allez, parlez-moi de Jeff.

— Jeff travaille d'arrache-pied à son prochain livre.

— Espérons qu'il aura encore un éditeur, quand il aura terminé.

Avec le recul, Russell se rendait compte que le refus de publier le livre de Juan Baptiste était probablement une erreur de jugement.

Le lendemain soir, il était assis devant la télé quand le portier sonna pour annoncer Colin et Ann Becker.

— Faites-les monter, dit Russell sans enthousiasme.

Il se serait passé de leur compagnie.

— Joyeux anniversaire ! glapirent-ils quand il ouvrit la porte.

— C'est demain, mon anniversaire.

— C'est ce soir qu'on le fête, dit Ann, prise de doute en parcourant des yeux l'étrange état de l'appartement. On est les premiers ?

— Corrine a organisé ça ce soir à cause du truc du musée, demain, précisa Colin en entrant. On arrive tout droit de l'aéroport, on était à Santa Fe.

— Il doit y avoir un message sur votre répondeur, dit Russell.

Colin prit la main de Russell et la plaça autour du col d'une bouteille enveloppée de papier d'argent, tandis qu'Ann lui offrait un gros livre de photos intitulé *Champignons du monde*.

— J'espère que tu ne l'as pas, dit-elle. C'est difficile de choisir des livres pour toi.

Russell ouvrit le bouquin sur un gros plan en couleurs d'une morille gigantesque. Il se rappela subitement que Corrine et lui n'avaient toujours pas choisi leur cadeau de mariage aux Becker ; cette négligence semblait terriblement poignante en l'occurrence.

— La mère de Corrine est souffrante, dit-il. Rien de grave, mais nous avons dû remettre la fête.

Il leur répéta que ce n'était rien de grave et les remercia pour leur cadeau.

— On va sûrement pas te laisser tout seul chez toi le soir de ton anniversaire, dit Colin. Allez, on t'emmène au restaurant.

Russell les pria de n'en rien faire, prétendant qu'il ne se sentait pas très bien lui-même. Une heure plus tard, quand ils eurent vidé la bouteille de champagne et que Russell fût enfin parvenu à raccompagner les tenaces Becker jusqu'à la porte, Washington s'amena, tout juste rentré de Francfort.

— Puisque personne t'attend, dit-il, autant que tu viennes boire un verre avec moi.

Il avait l'air de ne pas avoir dormi depuis plusieurs jours et ses mains tremblaient.

— J'ai pas très envie de sortir. Et toi, d'après ta tête, tu ne devrais pas.

— Accorde-toi une récré. Tu vas devenir dingue à force de rester ici.

— T'es sûr que tu te sens bien ?

Alors qu'il se balançait d'un côté à l'autre, Washington hocha pourtant la tête avec beaucoup de conviction.

— On pourrait aller au Heaven, dit Russell.

— Personne ne va au Heaven, voyons.

— Ah bon ? Je croyais que c'était l'endroit le plus in.

Russell ne se tenait plus autant au courant qu'autrefois, mais deux semaines seulement auparavant, la boîte en question avait été le principal centre de la conscience chébran, du moins s'il fallait en croire la rubrique de Juan Baptiste.

— Je croyais que tout le monde y allait.

— On n'y rencontre plus que l'aveugle et le paralytique, mon enfant. Ça s'est cassé la gueule très vite, plus vite que je n'avais jamais vu. Autrefois, ça prenait quelques mois, parfois six. Mais là, lundi les hordes se pressaient à la porte suppliant qu'on les laisse entrer, mardi, le mauvais bouche à oreille a commencé, et jeudi, ils en étaient à engager des aboyeurs de Times Square pour draguer les passants dans la rue, entrée libre, boisson, drogue et amour compris. Vendredi, personne n'aurait voulu le bail si t'en avais fait cadeau — quand tu penses que la direction a refusé une offre de trois millions de dollars juste après l'ouverture! Tu te rends compte? On se demande où ils sont passés, les trois millions.

Ils allèrent dans une boîte nouvelle, qui ne s'était pas encore fait un nom et qui, au grand désarroi de Russell, occupait les anciens locaux du hammam qu'il fréquentait avec Jeff. Il y avait peu de changements, la plupart des installations étaient intactes. Personne n'attendait devant la porte pour entrer et les rares clients avaient l'air de touristes furibonds de se retrouver parmi d'autres représentants de leur espèce. Les anciens vestiaires avaient été convertis en piste de danse. Washington fit tout ce qu'il pouvait pour s'attirer des ennuis mais les gens branchés et intéressants étaient ailleurs — très probablement chez eux, songea Russell qui se rappelait bien des soirées plus joyeuses en compagnie de Jeff — et les deux jeunes femmes qui les invitèrent à danser avaient l'air de ne présenter de danger que pour elles-mêmes, avec leur corsage à lacet et leur minijupe de cuir.

— Qu'est-ce que vous faites — des études? demanda Russell à la brune, après avoir refusé de danser, tout en regardant Washington s'agiter sur la piste avec la blonde.

— Non, je suis comédienne, maintenant, je crois. Pourquoi pas? J'étais analyste dans les investissements chez Salomon Brothers jusqu'à la semaine dernière. Ils m'ont licenciée économique.

Washington rattrapa Russell à la porte quand il essaya de s'éclipser.

— Qu'est-ce qui te prend ?

— Je ne peux pas. Je m'en vais.

— Où est le problème ? On va emmener la compagnie en tournée.

Ils rentrèrent enfin chez Russell peu après quatre heures, la conversation tourna à la bouillie, bien que les deux amis réussissent à tenir le coup une heure encore, se jurant une amitié éternelle, cherchant la solution du problème Corrine et celle de l'énigme Propp, mais le lendemain matin, Russell avait oublié la plupart des subtilités.

Au cours d'un bref accès de lucidité, Russell avait demandé :

— Où ça en est, cette rencontre que t'étais censé organiser entre Parker et Melman ?

S'efforçant d'immobiliser l'extrémité de sa cigarette pour la présenter à la flamme de son briquet, Washington avait répondu :

— Tu n'auras qu'à chercher sur les registres un nouveau job, très bien payé et pas stressant, un truc dans le genre de consultant pour les relations avec les minorités.

Le père de Russell téléphona ponctuellement à sept heures et demie pour lui souhaiter un bon anniversaire. Russell n'avait jamais réussi à savoir s'il s'agissait d'une habitude innocente ou du désir pervers d'imposer son propre emploi du temps à son fils aîné, mais c'était toujours à cette heure-là qu'il appelait. À croire que se lever avec le soleil constituait à ses yeux une condition nécessaire, sinon suffisante, de la vie d'adulte responsable. Tout en feintant avec la curiosité paternelle, Russell titubait à travers l'appartement, le téléphone sans fil appliqué contre le visage comme un sac de glaçons, et découvrit ainsi Washington, tout habillé et inerte sur le lit.

— Alors, trente-deux ans, hein ? dit son père.

— Eh oui, trente-deux ans, répéta Russell.

— Je suis très heureux de la manière dont les choses s'arrangent pour toi.

— Les choses s'arrangent.

— Quand est-ce que tu signes les papiers ?

— Les papiers ?

À ce moment de l'histoire de ses associations mentales, l'expression le faisait penser au divorce. Puis il se rendit compte que son père parlait de l'OPA.

— Ah, d'ici une quinzaine de jours.

— Je suis fier de toi, mon fils.

— Merci, papa.

— Et alors, comment te sens-tu?

— Comment je me sens?

— Vous avez fêté ça?

— Bien sûr. Oui. Fêté ça. J'ai un peu la gueule de bois.

Son père eut un petit rire entendu.

— Porte-toi bien. Et continue comme ça.

Il dormit une heure encore sur le canapé, le téléphone en main, jusqu'à ce qu'il se remette à pépier.

— Si je ne le fais pas tout de suite, j'ai peur de me dégonfler, dit Jeff.

— Faire quoi?

— M'excuser.

— De quoi? De me réveiller? Où es-tu?

— Encore à la clinique.

Suivit un long silence, que Russell ne se sentit pas la force de combler. Jeff finit par reprendre :

— Dans le programme, ici, il y a... tu sais... enfin, il faut reconnaître ses erreurs et les réparer. J'ai fait des tas de choses dont je ne suis pas fier.

— Tu n'es pas le seul. Laisse tomber.

— Non, on doit reconnaître ses erreurs et demander le pardon de ceux qu'on a blessés, dit Jeff dans un langage qui ne lui ressemblait guère ; c'était tout juste si l'on n'entendait pas le froissement du papier de la brochure où il puisait son inspiration. Russell était content que Jeff ait cessé de se piquer, mais effondré de l'entendre parler de cette façon.

— Alors considère-toi comme pardonné. A quoi serviraient les amis?

— Je pense qu'il faut que je te le dise. C'est à propos de Corrine et moi.

Russell fut aussitôt et terriblement alerte, comme s'il avait dormi toute la nuit et n'avait jamais bu de sa vie.

— Corrine ?

— Ça fait très longtemps.

— Qu'est-ce que tu dis, Jeff ?

— En gros, c'est quand tu étais boursier en Angleterre, avant votre mariage...

42

Russell finit par partir au boulot en titubant, tandis que Washington se traînait jusque chez lui pour se changer. Russell n'éprouvait pas l'ombre d'un intérêt pour son bureau, mais l'appartement, jusque-là simplement hanté, lui semblait désormais sali, souillé de fond en comble. Comme un banlieusard qui vient d'apprendre, après des années de prospérité domestique, que sa maison est construite au-dessus d'une décharge toxique, il se sentait rétroactivement pollué, empoisonné, ses souvenirs ravagés en même temps que son avenir.

Marchant à travers la ville, il se sentait malade, risquait de vomir d'un instant à l'autre. Dans un kiosque à journaux, il acheta un paquet de cigarettes pour la première fois depuis plus de deux ans. Le marchand aveugle lui demanda de combien était son billet, c'était un billet de dix. Et si ç'avait été un billet de un dollar ? songea Russell, l'aveugle n'en aurait rien su. D'ailleurs, le visage usé du marchand semblait arborer une expression de scepticisme blessé. L'idée qu'il pouvait prendre un magazine et l'emporter rendit Russell furieux contre la vulnérabilité de cet homme. Il ne savait donc pas qu'on volait tout dans cette ville ? Que *La Confiance* était tout juste bonne à faire un nom de compagnie d'assurances ?

De minuscules éclats de verre enchâssés dans le trottoir s'allumaient à son passage, tandis qu'il marchait vers l'ouest. Russell se croyait aussi conscient de ses propres faiblesses qu'on pouvait l'être sans les attaquer systématiquement ou se haïr soi-même. Et jamais il n'avait eu trop de difficultés à s'attribuer en imagination le mauvais rôle, celui du mari adultère, du déserteur conjugal. Envisager Corrine dans ce rôle était renversant. Debout près d'un panneau d'interdiction de stationner, il glissa une cigarette entre ses lèvres sèches et considéra la pochette d'allumettes que le marchand lui avait donnée. Imprimée sous une paire de cuisses féminines grandes ouvertes sur le sexe, elle portait la légende : « Composer le 990-CUL. »

En sortant de l'ascenseur, Russell faillit trébucher sur deux gros câbles orange qui couraient de son bureau jusqu'au placard de service, dans le hall. Une musique techno se déversait par la porte ouverte. Pendant la nuit, apparemment, on avait transformé son bureau en boîte de nuit ; il était plein de jeunes chébrans des deux sexes, vêtus de noir, sous de puissants projecteurs.

— Je n'ai pas arrêté d'essayer de t'appeler, dit Donna devant sa mine effarée. Tu n'as pas oublié la séance photos ?

Glenda Banes surgit d'un buisson de jeunes pousses d'aluminium télescopiques.

— Je déteste les séances en décor naturel, dit-elle. J'espère pour toi que t'auras un bureau un peu plus grand quand le contrat sera signé.

Il embrassa la joue qu'elle lui tendait.

— Houla, c'était la nuit des morts vivants en direct, bonjour la tronche !

Elle le saisit par les épaules pour examiner son visage avant de conclure joyeusement :

— T'as une mine épouvantable. Carlotta — tu vas pouvoir t'éclater sur le maquillage, je te dis pas.

Pris d'une violente nausée, Russell s'enfuit vers les toilettes, passant devant Whitlock qui se tenait sur le seuil de son propre bureau et secouait la tête devant le spectacle.

Russell s'appuya contre le mur carrelé et ferma les yeux, on frappa à la porte.

— Ça va, là-dedans ? demanda Donna, inquiète.

— Pas vraiment.

— Tu veux un café ?

Comme il ne répondait pas elle dit :

— Si c'est une vraie gueule de bois, je peux aller te chercher un milk-shake au chocolat.

— Tu n'as rien contre la douleur ?

— J'ai du Percodan dans mon bureau. Et peut-être un Doliprane.

Elle revint avec un comprimé jaune, qu'il avala, buvant directe
ment au robinet du lavabo pour le faire passer.

Russell s'assit, et fut poudré, coiffé, brossé et enduit de mousse. Au bout d'une demi-heure de ce traitement, il fut remis entre les mains du styliste, jeune homme aux cheveux coupés en brosse, qui souhaitait l'habiller.

— Je ne pourrais pas garder mes vêtements? dit Russell.

Le styliste le considéra d'un air apitoyé avant de reporter un regard dédaigneux sur son blazer bleu marine.

— Il faut que les gens te croient un peu branché, dit Glenda.

Sur le portant de vêtements étonnants qu'ils avaient apportés avec eux, Russell finit par arrêter son choix sur un costume et une chemise dont la couleur ne risquait pas trop d'aggraver encore l'état de son estomac.

— Qu'est-ce qu'il y a, tu n'aimes pas les Replacements? On peut mettre une autre musique. Le hip-hop, tu aimes?

Ils le firent enfin asseoir derrière son bureau et allumèrent les projecteurs. À grand-peine, Russell parvint à garder les yeux ouverts dans la lumière aveuglante. Faire simplement semblant de n'être pas physiquement malade et affectivement brisé exigeait de lui un effort héroïque ; sourire était au-dessus de ses forces. Glenda criait des ordres à son équipe et berçait Russell de sugges-tions melliflues.

— Pense à quelque chose qui te rend heureux. Pense au cul.

Russell réprima un rire amer à cette idée.

Au bout d'une heure elle était exaspérée.

— Putain, Russell, tu tires une gueule à croire que t'as perdu ton meilleur ami.

Les assistants papillonnaient, tirant sur ses vêtements pour les rajuster, tapotant son visage ruisselant de sueur pour le sécher et remettant de l'ordre dans sa coiffure. Il avait trempé de sueur trois chemises successives quand Glenda leva la séance.

Au bout de deux heures, qui lui en semblèrent huit, l'équipe commença à plier bagage et Russell s'enfuit du bureau pour aller déjeuner. Dans le hall, il rencontra Washington qui arrivait.

— Tu manges un morceau ? dit Russell, heureux de voir quelqu'un qui risquait de se sentir, au moins physiquement, aussi mal que lui.

— C'est toi le patron.

Quand ils furent assis au Japonais d'en face, Washington dit :

— Tu veux en parler ?

— Je ne sais pas.

Il n'entrait pas dans leurs habitudes de parler des choses qui comptaient le plus.

— Pas de problème, c'est comme tu veux.

Russell alluma une cigarette pendant que Washington commandait deux bières.

— Jeff a couché avec Corrine.

Hochant gravement du chef, Washington émit des feuilles d'acanthe de fumée par les narines.

— Quoi, tu le savais ?

— Non, mais rétrospectivement, ça paraît logique. Il y a toujours ce truc entre les amis et les couples. Tabou, jalousie, et désir de tout partager. Un aveugle aurait vu ce qu'il y avait entre eux.

— C'est tout l'effet que ça te fait ?

— Ça s'est passé quand ?

— Cinq, six ans, je ne sais pas.

— Avant les liens sacrés du mariage ?

— Je crois.

— Alors, laisse tomber.

— La plus grande catastrophe de ma vie et tout ce que tu trouves à me dire, c'est de laisser tomber ?

— Non, je te dis seulement que c'est de l'histoire ancienne. Y a pire, tu sais. Tu crois que les bons ménages sont fidèles jusqu'au bout ? Moi, je crois que les meilleurs, s'il y en a, sont ceux qui survivent quand c'est la merde. Le barde a dit : « C'est dans la tempête qu'on juge le marin. »

— C'est toi qui vas m'expliquer ce que c'est que la vie conjugale ?

— Je t'explique la vie tout court.

— Faut vraiment que je sois tombé bien bas pour t'écouter.

Comme tout le reste, la cigarette commençait à avoir vraiment mauvais goût.

— Je suis pas sûr d'arriver à bouffer du poisson cru pour le moment, dit Washington, examinant la carte. N'oublie pas, ajouta-t-il en s'autorisant un sourire, que tu as été vilain, toi aussi.

— Wash, j'ai la trouille.

— C'est ça, le célibat, chef.

— Je me demande si Jeff lui a dit qu'il m'avait dit.

— Probable.

— Alors pourquoi elle n'appelle pas ?

— D'après toi ? Elle a honte. Il vous faut du temps à tous les deux.

— Je ne sais pas si l'éternité suffirait, dit Russell, tripotant les sachets de sucre et de Sweet'n Low, dans le sucrier.

Se demandant si ça pouvait être pire, il se rappela un mot de Lichtenberg, qui disait qu'on ne peut jamais savoir si les choses vont s'améliorer pour de bon, mais qu'elles en auraient rudement besoin pour être tant soit peu supportables.

De retour au bureau, il trouva Donna plongée dans la lecture de *Blitz*, ses gros brodequins noirs sur le bureau. Elle lui apprit que Carl Linder et le *Wall Street Journal* cherchaient à le joindre. Il flanqua par terre les piles de bouquins et de manuscrits qui encombraient le canapé et s'y étendit de tout son long. Son ménage en ruine, tout ce qui le rattachait encore à la planète était son travail. Et le sort de la boîte était plus ou moins entre ses mains. Mais pour l'instant, il n'était pas de taille à affronter ne fût-ce que son courrier.

Donna entra en trombe, portant un cadeau.

— Joyeux anniversaire, dit-elle en fredonnant du nez quelques notes de la chanson. Etc, etc.

Brusquement, elle rougit ; elle n'était à l'aise ni dans le sentimental, ni dans le cérémonieux.

— Je ne sais jamais quoi t'offrir, dit-elle, sur la défensive, pendant qu'il déchirait l'emballage de papier d'argent.

Russell se prépara à feindre l'enthousiasme. Il brandit une longueur de corde soyeuse, rouge et noire.

— Une cravate ?

Il y avait trois autres longueurs de cordon terminé par des glands dans le paquet. Puis il remarqua la notice, « Liens d'amour, » qui s'ornait de la photo d'une femme nue, ligotée bras et jambes écartés, sur un lit à colonnes.

— C'est pour Corrine et toi, gazouilla Donna. Je pense que la vie conjugale doit être un peu craignos de temps en temps, alors je me suis dit...

Les voilà bien, songea-t-il, les fameux liens du mariage.

— Gus, mon mec, il adore ça.

— Tu m'étonnes, dit Russell en se penchant en avant pour l'embrasser gauchement. Merci beaucoup.

— Je me suis dit que personne d'autre ne risquait d'avoir cette idée.

— Non, ça ne pouvait être que toi.

Plus tard, Russell demanda à Donna si elle avait entendu des rumeurs concernant la maison.

— Rien de précis, dit-elle, mais d'après les graffitis dans le bas de Manhattan, le système capitaliste va pas tarder à s'effondrer pour être remplacé par l'anarchie.

— Excellente nouvelle, dit Russell.

À cinq heures, Russell appela chez Casey et Tom mais obtint les abonnés absents — Vous êtes chez Mrs. Reynes —, une voix prétentiarde lui apprit qu'il n'y avait personne.

Il se dit que Jeff avait parlé à Corrine et qu'elle l'évitait. Il espérait toujours qu'elle nierait en bloc d'une manière convaincante, que Jeff plaiderait la folie passagère ou dirait qu'il avait pris ses désirs pour des réalités, afin d'expliquer ses aveux. Quelques semaines auparavant, il s'était plaint à Russell, pendant une conversation téléphonique, de la propension de ses compagnons à inventer et à exagérer leurs crimes.

Le téléphone sonnait de temps à autre mais Donna répondait et lui apprit entre autres que le *Times* désirait lui parler à propos de Propp.

— Dis-leur de contacter Harold Stone, son éditeur et néanmoins ami, lança-t-il.

Quand il finit par lever le bras au-dessus du canapé pour consulter sa montre, il était six heures vingt. Il se leva et alla à la fenêtre ; dehors, les gros yeux de chat jaunes surveillaient froidement la rue.

Ce soir-là, il dîna avec Tim Calhoun au White Room. Tout désireux qu'il était de faire plaisir à l'auteur qui s'attendait à sa virée semestrielle, c'était à peine si Russell pouvait trouver l'énergie de lui faire la conversation. Quand le romancier alla aux toilettes, Russell demanda l'addition. Nancy Tanner lui adressa un signe depuis une grande tablée à l'autre extrémité de la salle, à l'instant même où deux bras, qui dégageaient un faible parfum où se mêlaient Shalimar et le tabac, se nouèrent autour de son cou, et où une langue qui appartenait, comme les bras, à Trina Cox, explora son oreille gauche, évoquant des souvenirs sensuels d'autant plus malvenus qu'ils étaient extrêmement excitants. Subitement, des bribes de la nuit qu'ils avaient passée ensemble lui revinrent. Débordant de champagne, Trina déclara qu'elle lui pardonnait de l'avoir si cruellement maltraitée, et insista pour qu'il vienne danser avec elle et ses amis. Elle s'assit sur ses genoux et tenta de reprendre l'exploration de son oreille. Quand Calhoun revint, Russell se débrouilla pour le refiler à Trina, qui ne demandait pas mieux que de lui faire visiter la ville nocturne.

— On a déposé ça pour vous, Mr. Calloway, dit le portier en allant chercher un gros sac mou — le vison de Corrine. Le fourreur chez lequel il était en garde pour l'été l'avait apparemment livré à une date prévue à l'avance, sans se douter de l'interruption du calendrier domestique des Calloway.

Russell et Corrine l'avaient acheté deux ou trois ans auparavant, quand ils n'en avaient pas les moyens. Ils s'étaient seulement rendus au magasin pour jeter un coup d'œil, attirés par une publicité dans le journal. On était au mois d'août, mais les salons du fourreur étaient glacés, sépulcraux, hantés de petits fantômes écorchés, et vaguement parfumés de musc et de l'odeur poignante des conifères des forêts septentrionales. Surgissant de l'arrière-boutique comme s'il avait glissé sur des patins de figures, un vendeur leur débita en manière de préambule un cours sur la fourrure. Puis il fit essayer à Corrine un manteau de zibeline de Russie. Elle eut un petit rire nerveux au contact de la doublure de satin sur ses bras nus. Ensuite de quoi, l'offre spéciale pour laquelle était parue la publicité était évidemment un peu décevante — des peaux mâles, cousues aurait-on dit par des apprentis sous-payés, épileptiques et à moitié aveugles, dans un atelier clandestin. Quand ils trouvèrent enfin un manteau qui semblait avoir été coupé sur mesure pour Corrine, il coûtait deux fois ce qu'ils avaient prévu de dépenser. Elle venait de débuter comme courtière et Russell gagnait moins que la quasi-totalité des gens qu'ils connaissaient. Non, ce n'était pas possible. Mais, bon sang, s'était dit Russell, c'était précisément pourquoi ils allaient le faire. La bouche sèche, la langue collée au palais, il avait dit : « Nous le prenons. » Corrine protesta et ôtait déjà le manteau en secouant la tête mais Russell avait tenu bon, en dépit, ou peut-être à cause, des battements irréguliers de son cœur, du creux vertigineux qui s'ouvrait dans son estomac, et de ses mains moites.

Il lança le sac sur la table de la salle à manger pour se servir une grande vodka d'anniversaire. Autrefois, il aurait trouvé romanesque l'idée de noyer son chagrin dans l'alcool. Désormais, ce n'était plus qu'un analgésique.

Bernie Melman ne rappelait pas Russell. Le vendredi, le prix de l'action Corbin, Dern sur le marché OTC tomba de dix-neuf à dix-huit, ce qui était étrange, étant donné l'existence d'une offre à vingt et un et demi. Mais tout était à la baisse, ce vendredi-là, et le Dow fit une chute record de cent huit points. Le papier de Juan Baptiste paru le vendredi matin n'avait certainement pas contribué à soutenir le prix de Corbin, Dern.

Mais oui, c'était bien l'enfant prodige de l'édition, RUSSELL CAL-LOWAY, qui dansait pour oublier ses soucis sur la piste du Jonestown, l'autre soir. Il a muchos muchos *ennuis ces temps-ci parce qu'on raconte que le financement de son OPA sur Corbin, Dern, la si distinguée et prestigieuse maison d'édition, ne serait pas évident — pour ne rien dire du curieux décès d'un de ses auteurs, le mystérieux Victor Propp. Mais qui était donc la petite blonde qui, pour conférer plus commodément avec Russell, s'était assise sur ses genoux ? Pas sa femme CORRINE, en tout cas. Quelque secrétaire d'édition impétrante, sans aucun doute...*

P.-S. Quelqu'un aurait-il aperçu l'écrivain Jeff Pierce ? Nous nous sommes laissé dire qu'il serait en train de rajeunir son art et son talent dans une clinique très fermée du Connecticut.

Pendant près d'une semaine, il n'avait pas fermé l'œil de la nuit, répétant de furieux interrogatoires entremêlés de reproches adressés à lui-même, et quand Corrine finit par l'appeler, le dimanche soir, de la maison de sa mère, Russell était momentanément vidé, comme si toutes ces conversations imaginaires avaient épuisé à l'avance le contenu des réponses réelles de Corrine.

— Comment je peux aller, d'après toi ? dit-il quand elle lui eut posé la question.

— Pardon.

— L'excuse de Jeff, c'est qu'il était soûl, on dirait que c'est une explication suffisante en AA. Mais la tienne ?

— Ça s'est passé il y a des années, tu sais, avant notre mariage. Tu étais en Angleterre et on se disputait sans arrêt au téléphone. J'avais l'impression que tu m'avais demandé de t'épouser simplement pour être sûr que je t'attendrais, et puis, je n'étais pas sûre que tu en avais vraiment envie et j'avais si peur. Je croyais que tu avais rencontré une fille là-bas et Jeff essayait de me consoler.

— Les consolations ne s'administrent pas forcément par voie vaginale.

— C'était une erreur, je n'ai jamais cessé de la regretter depuis et j'ai toujours prié pour que tu ne la découvres pas. J'ai essayé de me racheter de tellement de manières alors que tu ne le savais même pas.

— Combien de fois cette cérémonie de la consolation s'est-elle répétée ?

— Non, Russell, ne fais pas ça.

Ils parlèrent pendant une heure. D'un mépris glacial au début, Russell passa à la colère, ensuite il pleura. Corrine pleura aussi et, l'espace d'un moment, on aurait dit qu'ils essayaient de se réconforter mutuellement, comme de vieux amis victimes de deux tragédies distinctes.

— J'ai ton vison, dit-il, quand il ne put rien trouver d'autre.

— Garde-le. Tu pourras peut-être le vendre.

— Il est à toi.

— Je n'en veux pas. Je trouve ça ridicule, tout d'un coup.

— Merci, dit-il.

— Pardon. C'est seulement que presque tout dans ma vie était frivole et idiot. Un vison, tu te rends compte? Je ne sais pas, moi, à quoi pensions-nous?

Après un long silence, il dit :

— Je n'arrive toujours pas à y croire.

Mais le pire, en définitive, était qu'il y arrivait. Sur le moment, des années en arrière, il n'aurait pas pu le croire, mais ses convictions avaient apparemment acquis plus de subtilité. Il avait envie de dire qu'il ne pouvait pas vivre sans elle, mais il craignit d'avoir perdu, quelque part en chemin, le fanatisme romantique et l'innocence qui lui avaient permis d'adhérer à des croyances aussi absolues. Subitement, cette perte lui paru aussi grave que l'autre. Quand elle raccrocha, il se sentait morne et lourd, ayant perdu toutes ses certitudes sauf, peut-être, celle que son cœur ne serait plus jamais aussi simple.

43

La vaste pelouse onduleuse était hirsute de la repousse de l'été indien qu'avait négligée la tondeuse, et jonchée, comme d'éclats d'obus, des feuilles qui s'enroulaient sur elles-mêmes en brunissant après l'explosion des chênes et des érables, la saison changeait sous les yeux de Corrine, la nature s'acquittant sans relâche de son cahier des charges inexorable. Le dernier orme devant la grille avait l'air malade, ayant fini par succomber à la peste qui avait exterminé sa famille. Corrine marcha jusqu'à l'étang en traversant la pelouse humide de rosée et effraya une bande de canards migrateurs qui prit son vol. Alors qu'on était seulement à la mi-octobre, elle sentait déjà la morsure du froid dans l'air du matin. L'hiver de Nouvelle-Angleterre, saison de réclusion, d'obscurité et d'inceste.

Dès l'instant ou presque de son arrivée, Corrine avait regretté d'être revenue. S'il semblait naturel de rentrer au nid après une chute, ce nid-là était brisé et rien n'y était plus tout à fait comme il aurait dû être. Sa mère désirait l'aider et la réconforter, mais elle avait aussi besoin de compagnie dans son propre malheur chronique.

Corrine avait grandi dans cette maison, blanche, de style néo-hellénique, avec ses volets noirs, sa peinture écaillée, son toit affaissé, tout imprégnée d'odeurs familières et de souvenirs. Et pourtant. on aurait dit que quelqu'un avait déplacé tous les meubles presque imperceptiblement et joué avec les proportions de chaque pièce. Au lieu de rapetisser, comme elle avait entendu dire que faisaient d'ordinaire les décors de l'enfance, elle s'était agrandie, en l'absence de la famille. L'absence de son père, en particulier, ouvrait des espaces au milieu des pièces pleines de courants d'air. Et bien que

Corrine fût déjà revenue tout au long des cinq ans qui s'étaient écoulés depuis le départ de son père, elle redécouvrait tout cela, d'un seul coup, cette fois-ci.

L'instinct du retour qui la ramenait ici s'accompagnait d'une réaction égale et opposée qui l'emplissait de rancœur contre le lieu même d'où elle attendait le réconfort. D'emblée ou presque, elle fut irritable avec sa mère. Étant venue chercher une oreille compatissante, elle découvrit qu'elle ne se confiait qu'à contrecœur. Quand elle regardait sa mère, elle voyait une trop grande part d'elle-même et cela l'effrayait et la mettait en colère. Elle ne voulait pas se plaindre de la méchanceté des hommes en général ou partager en sœurs leur double échec. Telle était la perspective qu'elle imaginait être celle de sa mère, et c'était donc à cela qu'elle réagissait, incapable de discerner, dans la position maternelle, de plus nobles mobiles. Refusant de s'identifier à quiconque, Corrine tenait à souligner le caractère unique de ses problèmes conjugaux. Aussi mauvaise que fût la vision qu'elle avait de la situation, elle s'accrochait à la croyance que le ménage qu'elle formait avec Russell était un cas spécial.

Fumant cigarette sur cigarette devant la table de la cuisine tandis que le téléviseur posé sur le comptoir à l'autre extrémité de la pièce diffusait *Jeopardy*, Jessie Makepeace cherchait, pour la cinquième fois peut-être, à bien comprendre ce qui s'était passé, revenant sans cesse sur tel ou tel aspect afin de savourer, semblait-il à Corrine, le malheur d'une autre. Au téléphone, la semaine précédente, Corrine lui avait raconté qu'elle avait appelé Francfort et découvert l'existence d'une autre Mrs. Calloway dans la chambre de Russell. Depuis son arrivée, elle n'avait pas divulgué grand-chose, et il lui restait encore à apprendre à sa mère la récente révélation de son aventure avec Jeff. Pleine de remords et de honte, elle avait seulement besoin de compassion.

Jessie dit :

— Je n'aurais jamais cru que c'était le genre de Russell.

— Je ne dirais pas que c'est son genre, répondit Corrine, un peu sur la défensive, écartelée entre diverses loyautés. C'est arrivé, c'est tout.

Elle en voulait encore à Russell mais avait le sentiment qu'en son absence, elle se devait de présenter aussi sa version à lui de l'affaire. Le moment était venu de dire le reste à sa mère.

Quand Corrine eut terminé sa propre confession, Jessie poussa un sifflement théâtral, comme une vieille poule dans un film en noir et blanc, laissant échapper la fumée de ses lèvres froncées, craquelées.

— Et il a fallu que tu ailles choisir celui-là, ma chérie.

Jessie aimait Jeff presque autant qu'elle aimait Russell, il avait séjourné dans la maison, avait été le témoin de Russell, au mariage. Jessie découpait les critiques et les articles qui lui étaient consacrés et avait renouvelé un abonnement, depuis longtemps abandonné, au *New Yorker*, après la publication d'une de ses nouvelles. Elle n'avait jamais trouvé Caitlin assez bien pour Jeff, pendant qu'ils étaient ensemble, et suggéré plusieurs fois à la blague, qu'entre les deux amis, Corrine n'avait pas fait le bon choix.

— Ça fait longtemps, dit Corrine, lorgnant les cigarettes de sa mère avec envie.

— Tu sais, Corrine, il n'y a pas prescription quand on couche avec le meilleur ami d'un homme. Les hommes sont faits de quarante pour cent de testostérone et tout le reste, c'est de la fierté. Et tu lui en as flanqué un sacré coup dans la fierté, en couchant avec Jeff.

— Je sais.

— Là, tu y es allée fort !

— Je crois que je l'avais compris toute seule, maman.

Corrine avait au moins désormais la satisfaction de savoir que sa mère ne pourrait plus dire que c'était exactement la même chose que ce qui lui était arrivé à elle, ni que les hommes étaient tous les mêmes.

— Et alors, Jeff, comment va-t-il ? demanda Jessie.

— Ça m'ennuie que tu me le demandes comme ça.

— Comment, comme ça ?

— Comme si c'était un roman-photo et que tu y prenais plaisir en secret.

— Écoute, Corrine, je t'ai seulement demandé comment il allait. Tu sais que je l'adore, moi, Jeff.

— Il est encore à la clinique. Il doit sortir dans une semaine. Je ne sais pas, mais j'imagine qu'il ne doit pas s'amuser tous les jours.

— Je ne comprends pas, dit Jessie. Jeff avait tout pour lui. Comment quelqu'un comme ça peut-il devenir accro ?

Si Corrine n'avait pas résolu ce mystère, ce n'était pas faute d'avoir essayé. Selon les moments, elle croyait que Jeff était malheureux parce que sa réussite, si l'on pouvait dire, le faisait se sentir coupable, parce qu'il se sentait coupable des sentiments qu'il éprouvait pour elle, ou triste de sa rupture avec Caitlin. Et pourtant, elle avait senti qu'une espèce de fatalité pesait sur Jeff la première fois qu'elle l'avait rencontré. Comme la sienne, l'histoire familiale de Jeff n'était guère rassurante ; malgré tout ce qu'il leur restait à tous deux de l'arrogance de leur classe, ils avaient reconnu chez l'autre ce sentiment de quelque chose de perdu. Mais dans le chagrin adolescent de Jeff, plus aigu que le sien, elle avait cru discerner une composante grandiose, universelle. Oui, la vie était triste, insupportablement. Et, les yeux fixés sur la buée qui perlait au verre de scotch de Jessie, sur le rebord de la fenêtre, elle pouvait presque comprendre la quête de l'oubli qui était celle de Jeff, si c'était bien de cela qu'il s'agissait.

— Je me rappelle que Jeff a dit un jour que ce qui nous sépare vraiment des autres animaux, c'est notre instinct d'autodestruction.

— Tu cites toujours des paroles de Jeff, hein ?

Jessie pompa le dernier centimètre de sa cigarette et l'écrasa au coin du cendrier débordant.

— Alors, tu es amoureuse de lui ?

— Je l'ai toujours été un peu, dit Corrine. Peut-être beaucoup.

— Pourquoi est-ce que nous aimons toujours les sales gosses, toutes, je me le demande ?

— Blessés, plutôt. Russell est si ouvert, si fort. Alors que Jeff a un côté sombre et torturé.

Russell était en Angleterre et Jeff semblait avoir besoin d'elle ; il y avait eu un bref moment où elle avait presque réussi à se convaincre qu'aimer Jeff était encore une manière d'aimer Russell. Ça s'était produit plus d'une fois, mais pas très longtemps.

— Et maintenant, c'est fini.

— Alors retourne avec Russell.

— Je ne sais pas s'il voudra de moi. Je ne sais même pas ce que je veux.

— Pourquoi tu ne t'installes pas ici, quelque temps ? dit Jessie.

— Je ne sais pas.

— J'ai pensé que nous pourrions prendre une petite affaire ensemble. Un magasin d'antiquités, peut-être.

— J'ai présenté ma candidature pour un poste dans les services du District Attorney. Ils cherchent un chargé de mission pour la cellule qui enquête sur les délits d'initiés.

— Tu n'as fait qu'un an de droit, ma chérie, dit sa mère en reposant son verre. Ça ne fait pas de difficulté ?

— Ce ne sont pas les juristes qui leur manquent, mais ils ont besoin de gens qui connaissent la bourse.

— Guerre à la pègre, hein ? C'est le père de ton père qui serait content, ce vieux redresseur de torts.

Encore qu'elle n'eût pas craché sur une part du patrimoine que ce vieux gentleman avait légué à une université, Jessie avait comme une tendresse pour cet homme qui avait assez détesté son fils, son ex-mari à elle, pour le priver de son héritage.

Pendant le week-end, Corrine avait ratissé les feuilles et lu *Franny et Zooey* pour la dix-septième fois environ. Elle songea au jour où elle avait, en toute innocence, déjeuné avec un homme d'un certain âge qu'elle avait rencontré entre les rayons de la bibliothèque de Dartmouth. Elle était en première année à Brown et venue rendre visite à un garçon dont elle avait depuis longtemps oublié le nom, qu'elle avait trouvé complètement soûl et odieux dès son arrivée, le vendredi soir. Le samedi matin, après avoir dormi sur le canapé, elle s'était réfugiée à la bibliothèque, et ce vieux type charmant, prénommé Jerome, s'était mis à lui parler du livre qu'elle lisait — ouvrage de D.T. Suzuki sur le zen —, puis l'avait invitée à déjeuner, et elle avait senti qu'elle pouvait lui faire confiance. Il l'avait emmenée en voiture à la campagne, jusqu'à sa maison, qui était entourée d'une haute clôture de grillage. Ils avaient déjeuné de céréales, de haricots et de légumes et il n'avait parlé que de vitamines, de plantes et de macrobiotique. Il avait dit travailler à un bouquin sur l'alimentation et la santé spirituelle depuis des années. Après le déjeuner, il lui avait montré le bunker dans lequel il écrivait et c'était alors seulement qu'elle avait compris que c'était Salinger. Il l'avait reconduite à la bibliothèque et pas une fois n'avait dit un seul mot de littérature. Jeff et Russell avaient souvent tenté de lui en faire dire plus, mais il n'y avait rien de plus. Un obsédé des vitamines.

Corrine était de nouveau en train de ratisser des feuilles le lundi, quand sa mère sortit sur la galerie à l'arrière de la maison avec une tasse de café et une cigarette.

— Tu as bien choisi ton moment pour démissionner ! J'écoutais les nouvelles —.la bourse s'est complètement effondrée.

Corrine se précipita à l'intérieur et alluma la télé au salon. Zappant d'une chaîne à l'autre, elle apprit que le marché avait chuté de trois ou quatre cents points. Nul ne le savait avec certitude, les calculs ayant une bonne heure de retard sur le marché en raison de l'énorme quantité de transactions.

Elle appela Russell à son bureau.

— Je sais, je sais, dit-il. J'essaye d'appeler Duane pour voir ce que je peux vendre, mais les lignes sont encombrées. Je n'arrive pas à savoir ce qui se passe sur le marché OTC. C'est le foutoir complet.

— Tu en as pour combien ? demanda-t-elle.

— T'en serais malade.

— Tu as vendu ce que tu avais acheté avec ta carte de crédit ?

— J'allais le faire. Cette semaine, précisément.

— Tu te rends compte, Russell ? Tu risques de devoir plus d'argent que nous n'en avons.

— Ça, figure-toi que je le sais. De toute manière, Corbin, Dern devrait garder sa valeur. L'offre tient toujours.

— Si le marché s'effondre, ton affaire suivra, ton financement va disparaître, tu n'y entends vraiment rien, hein ?

Corrine essaya ensuite de joindre Duane, mais sans succès. Pour finir, il n'y avait rien d'autre à faire que de regarder les nouvelles et de compter les cadavres. Il y avait quelque chose d'absurde, après plus de deux ans à Wall Street, à assister à cette apocalypse à la télé, dans le salon de Stockbridge. Deux heures environ après la fermeture du marché, on put enfin évaluer les dommages. C'était un nouveau 1929, toutes les chaînes de télé étaient d'accord. L'une des émissions était en direct devant le Harry's surpeuplé. Les agents de change secouaient la tête avec des mines de circonstance pour les caméras. Corrine, qui se sentait exclue, scrutait l'écran à la recherche de visages familiers. La satisfaction légitime qu'elle aurait pu éprouver pour avoir prévu le désastre était diminuée par le sentiment d'avoir raté l'occasion d'être aux premières loges pour assister à un événement historique, et par la mauvaise conscience d'avoir laissé ses anciens collègues dans la tourmente.

— J'espère bien que ton père a perdu sa chemise, dit Jessie, remuant avec le petit doigt les glaçons qu'elle venait de rajouter dans son verre de scotch. Mes avocats n'ont pas réussi à le trouver, mais je sais qu'il avait un gros compte chez un courtier quelque part.

Corrine songea à la conversation qu'elle avait eue avec Russell et se demanda soudain s'il n'était pas en train d'assurer ses arrières. Elle n'avait vraiment pas idée des sommes avec lesquelles il avait joué ces derniers mois. Peut-être avait-il déjà vendu les actions. Qui lui disait qu'il n'avait pas de compte à l'étranger ? Cela ne ressemblait guère à Russell — le secret n'étant pas dans sa nature —, mais ça ne lui ressemblait pas non plus de descendre à l'hôtel avec une autre femme. Et Trina Cox était plus que capable de cacher de l'argent, elle avait peut-être vu venir le krach — peut-être préparaient-ils tous deux, depuis le début, un éventuel divorce. Corrine avait toujours fait confiance à Russell en toute chose, maintenant que cette confiance était entamée, elle ne savait plus ce qu'elle pouvait croire. Brusquement, il lui sembla que le krach lui-même faisait partie d'un complot compliqué contre son bonheur, sentiment dans lequel elle fut confirmée quand Nancy Tanner appela de New York, plus tard dans la soirée. Elle ne voulait pas se mêler de ce qui ne la regardait pas, dit-elle, et ce n'étaient pas ses affaires, mais il fallait que Corrine sache qu'elle avait vu Russell et Trina Cox dîner ensemble quelques jours plus tôt.

— C'était vraiment gênant, elle était comme ça, collée à lui. Je t'assure, je ne savais pas quoi faire, je trouve que vous êtes un couple si formidable et tout ça, tu ne peux pas savoir l'état dans lequel... mais j'ai pensé qu'il fallait que tu saches.

— C'est très gentil à toi, Nancy. J'ai toujours admiré ton désir de faire partager les informations.

— Je pensais...

— Eh bien penses-y encore, Nancy. La prochaine fois que l'envie de téléphoner te démangera, ne le fais pas. Entendu ?

Elle n'avait pas donné à Nancy la satisfaction de le constater, mais ses pires craintes étaient désormais confirmées. Cette fois, tout était fini. Elle lui avait explicitement interdit de voir Trina. Le fait qu'il lui fût retourné aussitôt, et qu'il l'eût fait de manière si flagrante, démontrait que Trina était plus qu'une passade, qu'ils avaient bel et bien tout préparé d'avance, que Corrine était une imbécile.

Plus tard ce soir-là, elle appela Casey, qui venait de rentrer de sa maison de Millbrook.

— Tom est aux cent coups avec la bourse, il dit que nous avons probablement perdu un demi-million.

Le ton de Casey indiquait qu'à ses yeux, une telle somme ne valait pas la peine de faire tant d'histoires.

— Non mais, tu as vu le *Post* ? Russell est vraiment un salaud, dit Casey, qui ne l'avait jamais aimé, estimant que Corrine méritait mieux et soupçonnant à juste titre Russell de la mépriser.

Elle ne se fit guère prier pour lire à Corrine l'article qui évoquait la présence de Russell en compagnie d'une blonde inconnue dans une boîte de bas étage.

44

Le mardi 20 octobre 1987, une limousine Mercedes grise roulait lentement dans la Cinquième Avenue, glissant devant les feuillages enveloppés de brouillard du parc, suivie par une copie conforme de plus petite taille. Les voitures tournèrent à gauche, s'éloignant du parc, et vinrent s'arrêter devant un hôtel particulier de pierre de taille. Des hommes vêtus de complets sombres en sortirent et se précipitèrent en éclaireurs. Deux d'entre eux se postèrent de part et d'autre des marches du perron, pour une garde légèrement plus tendue qu'à l'ordinaire, parce que tous deux se demandaient s'ils conserveraient leur emploi. Bien qu'aucun de ces hommes ne fussent familiers des marchés financiers, il était presque impossible de ne pas avoir entendu parler de la catastrophe de la veille. Un demi-trillion de dollars s'était, disait-on, évanoui en une journée, ne laissant derrière lui ni fumée ni décombres. Comme tout un chacun pouvait s'en rendre compte, les bâtiments de la métropole étaient toujours debout, et, à mesure que le soleil se déplaçait vers l'ouest, on pouvait imaginer que les facteurs trouveraient les usines et les fermes à leur emplacement habituel hors de la ville, prêtes à reprendre le travail. Pourtant, les manchettes du matin étaient funèbres. Les faits mystérieux étaient évoqués sous l'appellation de « fusion », terme qui faisait naître chez beaucoup de lecteurs de troublantes associations avec un désastre nucléaire.

Comme s'il avait anticipé sur les événements, Bernard Melman était devenu de plus en plus morose et irritable pendant tout le début de l'automne, phénomène auquel ceux de ses employés qui étaient restés le plus longtemps à son service avaient déjà assisté ;

509

il s'était réfugié à Southampton pendant plusieurs semaines, emmenant des médecins avec lui, et avait gardé la chambre pendant que les hommes chargés d'assurer sa sécurité veillaient dans les galeries. Depuis quelques jours seulement, Melman était de retour à Manhattan, plus calme qu'à l'ordinaire.

À six heures trente précises, la lourde porte d'entrée de l'hôtel particulier s'ouvrit et Melman parut. Il gagna le haut des marches, les sourcils froncés, la mine sévère, au-dessus de son habituel complet croisé.

— Alors, les gars...

Il s'interrompit, ménageant ses effets, puis arbora un large sourire théâtral, de l'air d'un magicien amateur tirant une colombe d'un chapeau.

— Allons au bureau.

Soulagés, les hommes éclatèrent de rire, et pas seulement parce qu'ils étaient payés pour le faire.

— À pied, ou en voiture? demanda-t-il sans s'adresser à personne en particulier, inclinant la tête en une grossière imitation de la perplexité.

— Je crois que nous irons à pied.

Les gardes du corps s'empressèrent d'approuver de la tête, absorbant la bonne humeur du patron. Apparemment, ce n'était pas la fin du monde.

À mi-chemin du coin de la rue, il s'immobilisa brusquement.

— Les gars, dit-il, je vous demande d'être particulièrement vigilants, aujourd'hui.

Du doigt, il montra le ciel.

— Attention aux chutes de courtiers.

En descendant Madison, la démarche de Bernie Melman était légère, son pas aérobique. Comme ces fanas du sport qui ne sont jamais aussi heureux qu'au moment où les joueurs tentent de se tuer à coups de crosse de hockey, ou que les voitures d'une course de stock-car heurtent les chicanes et explosent en flammes, il semblait revigoré par la catastrophe. Il croyait savoir parler aux gens simples — et certes, l'ensemble de ses employés ne pouvait que le lui confirmer —, et, lorsqu'il était de particulièrement bonne humeur, aimait à faire partager ses opinions sur la vie.

— C'est un grand jour pour faire ses achats, déclara-t-il en s'arrêtant pour regarder la vitrine de Sherry Lehmann, le marchand de vin. Le consommateur malin attend que les prix chutent. Aujourd'hui, c'est un jour de soldes monstres en Amérique. Eh, laissez-les passer, dit-il en enjoignant du geste à ses hommes de s'écarter devant un couple de petits vieux qui remontaient l'avenue en clopinant. Ce que certains négligent, reprit-il en se remettant en route, c'est que partout où il y a des perdants, il y a aussi des gagnants, n'est-ce pas?

Il ralentit spectaculairement le pas, contraignant presque la procession à s'arrêter.

— Le truc, conclut-il, c'est d'être dans le camp des gagnants.

Comme il s'y attendait, Carl Linder ne partageait pas tout à fait l'optimisme de son patron. Melman se disait parfois qu'il gardait Linder pour la seule raison que ses allures de basset artésien lui permettaient toujours, à lui, de se sentir plus heureux, par comparaison.

— Pourquoi cette tête d'enterrement, Carl? demanda-t-il quand Linder entra en boitant dans son bureau pour leur conférence du petit déjeuner, alors que son expression n'était pas plus lugubre qu'à l'ordinaire.

— Je vais très bien, marmonna-t-il.

— Tu n'es pas inquiet, j'espère?

— Pas particulièrement, mais je pense effectivement que nous devrions être prudents. L'économie chancelle. Les gens sont inquiets. Même si tu t'en es bien tiré hier, tu fonctionnes toi aussi dans ce contexte. Nous devons nous inquiéter du prix à long terme de tous les bons que tu détiens.

Cela dit, Linder n'en était pas moins heureux de constater que Melman s'était relevé de son colossal marasme psychochimique. Il était également content que Melman, pendant sa dépression, prévoyant toutes les formes possibles d'infortune et de désastre qui pouvaient s'abattre sur lui-même et sur la planète, eût ordonné une vente massive de ses avoirs.

— On n'est pas en 29, dit Bernie. Les comptes en banque de tout le monde sont garantis par le FDIC et les indicateurs de base sont bons. Cela devrait mettre un peu de plomb dans la tête vide des gens de Washington à propos du déficit budgétaire. Et nous, nous avons shorté depuis deux semaines. Alors souris.

— Et Corbin, Dern ?

— J'allais justement m'en occuper.

Il demanda à sa secrétaire de lui appeler le banquier responsable du prêt nécessaire à l'OPA.

Le responsable du crédit semblait extrêmement nerveux et épuisé.

— Bon Dieu, Bernie, c'est un épouvantable gâchis. Où en êtes-vous ?

— Je n'ai pas l'ombre d'un souci. Alors que vous, vous me semblez un peu agité.

— J'ai une réunion dans quelques minutes, dit le banquier qui ajouta d'un ton lourd de signification :

— Nous allons devoir réexaminer certains de nos engagements à la lumière de ce qui s'est passé.

— C'est exactement ce dont je voulais vous parler.

— Je crains qu'il ne nous faille remettre en question l'affaire Corbin, Dern.

— Je suis cent pour cent d'accord avec vous.

— Ah bon ?

— Je veux que vous refusiez le financement.

— C'est vrai ?

— Non, je mens. D'après vous ? Bien sûr que c'est vrai, et je veux une lettre de vous dans ce sens cet après-midi.

— Certainement. Vous l'avez, dit joyeusement le banquier. Puis-je vous demander pourquoi ?

— Faites-moi porter cette lettre. Et je suis persuadé que vous comprendrez pourquoi nous n'avons jamais eu cette conversation. Disons que je veux renégocier, expliqua-t-il à Linder après avoir raccroché. L'offre est subordonnée au financement. Pas de financement, pas d'accord.

Il avait décidé de faire une nouvelle offre, beaucoup plus basse, une fois que la banque se serait retirée, puis de vendre à l'avance le secteur des manuels scolaires et des livres pour enfants, d'écrémer une bonne moitié du personnel et, peut-être, de remettre Harold Stone à la tête de la maison, après dégraissage.

— C'est gonflé, fit remarquer Linder.

— Je me contente de réagir aux nouvelles conditions des affaires, mon petit Carl.

Arpentant son bureau du Rockefeller Center, Trina Cox était loin d'être aussi optimiste. Elle n'avait pas souffert directement — travaillant dans les F & A, elle s'était scrupuleusement tenue à l'écart du marché afin d'éviter les conflits d'intérêts — mais c'était le contrecoup qu'elle redoutait. Que la bourse récupère ou continue à plonger, c'était vraiment un moment mal choisi pour lancer une affaire. Elle s'inquiétait aussi à propos de son nouveau gourou, Bernie Melman, qui avait brusquement cessé de prendre ses appels. Jusqu'à cette date, elle avait toujours agi avec un à-propos impeccable. Si elle était restée chez Silverman, elle aurait été quand même un peu moins exposée. D'un autre côté, si Bernie continuait à la soutenir, elle n'avait aucun souci à se faire.

Le secrétaire de Trina arriva à sept heures avec du café et des dough-nuts, il avait la gueule de bois et semblait effrayé.

— Vous continuez à me payer pour être votre esclave ? demanda-t-il.

Elle haussa les épaules.

Il se jeta sur le téléphone sitôt qu'il sonna.

— Un appel de Bernie Melman pour Trina Cox, nasilla-t-il, imitant habilement l'accent de la secrétaire de Melman.

— Nous le saurons dans quelques minutes, dit-elle en prenant le combiné.

— Vous comprenez, Trina, partout où il y a des perdants, il y a aussi des gagnants. Je vous ai soutenue parce que vous m'avez fait l'impression que vous êtes de ceux qui gagnent.

— J'aime le croire, Bernie.

— Je veux continuer à faire des affaires avec vous. Que je vous expose une de mes hypothèses. Étant donné la situation à la bourse, je crois qu'il est très possible que nos prêteurs ne souhaitent pas financer l'offre d'achat de Corbin, Dern. Et ils risquent de juger que la boîte ne vaut pas ce que nous en avons offert, et ils pour-

513

raient bien avoir raison. Nous, ça nous libère de tous nos engagements précédents et ça nous permet de revenir avec une offre plus basse.

— Pas mal.

Bernie se racla la gorge.

— Mais quand je dis tous nos engagements, c'est tous nos engagements, d'accord? Je crois que je n'ai plus très confiance dans notre équipe de direction. Calloway, il est intelligent, ce petit, mais ça n'est pas d'un louveteau de la littérature que j'ai besoin pour diriger cette boîte. Il nous faut un adulte. Ça vous pose un problème?

Avec un léger pincement, vite réprimé, Trina dit :

— Non, pas du tout.

Le mercredi, Russell prit trois appels avant d'aller assister au service célébré à la mémoire de Victor Propp — dont la cause officielle de la mort, il l'avait appris la veille, était « un infarctus ». Le premier était de Trina Cox, qui l'informa que le financement du rachat de Corbin, Dern n'était plus possible à la lumière des événements du lundi et qu'en conséquence, le contrat était effectivement annulé, bien qu'il fût possible que certaines parties présentent une autre offre, soumise à de nouvelles conditions financières et sans doute aussi à quelques changements de personnes.

— Existe-t-il la moindre chance que j'en sois? demanda-t-il.

— Entre nous, Russell, pas la moindre.

— On s'est bien amusé, dit-il, cherchant une conclusion.

— On aurait pu s'amuser beaucoup plus, si tu t'étais donné à fond.

— Probablement.

— Je vais t'apprendre un secret : c'est eux contre nous.

— Eux?

— Les petits bonshommes moches qui dirigent le monde.

— C'est ça, le secret?

— Parfaitement. Gagner ne sera jamais aussi important pour toi que pour eux, et du coup — tu perds.

— Merci de m'ouvrir les yeux.

— Tu permets que je te pose une question ? Quand on était à Francfort, cette nuit-là — c'est par simple curiosité — je t'ai posé ce que je considère comme une question gentille, une proposition vraiment désintéressée, pour ainsi dire. Tu te rappelles ce que tu m'as répondu ? Tu m'as dit : « Repeins ma maison. » Et tu as ri comme si tu n'avais jamais rien dit de plus drôle. Mais qu'est-ce que ça peut bien vouloir dire, hein ?

Le deuxième appel était de Duane Peters, son insaisissable courtier, qui lui demandait de couvrir les pertes sur ses avoirs, en particulier la baisse catastrophique des actions Corbin, Dern qu'il avait achetées à crédit.

— Où étais-tu passé depuis deux jours, espèce de salaud ?

— J'étais au téléphone.

— Pas avec moi, en tout cas.

— Tu as de l'argent ?

— Bien sûr que non.

— Il va falloir vendre. J'essaie d'obtenir une cotation sur Corbin, Dern. Je te rappelle.

Quand Duane rappela, Russell apprit que Corbin, Dern avait perdu quatorze pour cent, ce qui représentait pour lui, tout compte fait, une perte de quatre-vingts pour cent sur l'argent qu'il avait emprunté.

Le troisième appel était d'un avocat, maître Weston Strickley, pour informer Mr. Calloway qu'il représentait les intérêts de Mrs. Calloway, qui souhaitait avoir copie du relevé de toutes ses transactions financières pour l'année 1987 et, en particulier, de ses transactions en bourse du mois écoulé, ainsi que les intitulés et numéros de ses comptes à l'étranger. Si Mr. Calloway refusait de les produire, on l'y contraindrait par voie judiciaire.

Une heure plus tard, un type au visage rouge et scrofuleux tendait à Russell un papier bleu tout taché lui interdisant, à la requête de Mrs. Calloway, de liquider, transférer ou disposer de toute autre manière les biens de la communauté, y compris les actions, bons et obligations.

45

Né dans le Midwest, New-Yorkais d'adoption, Russell considérait avec la méfiance traditionnelle le sud de la Californie. Il se l'imaginait comme le quartier général des sectes, des manies hygiénistes et de la décadence babylonienne — cette dernière en constituant d'ailleurs le principal attrait. Il ne voyait pas comment on pouvait être réellement sérieux dans quelque domaine que ce fût, quand le soleil brillait bêtement tous les jours. Il espérait néanmoins que la côte ouest pourrait représenter un pas en avant dans l'évolution qui l'éloignerait de la mauvaise foi, de la mauvaise conscience, et de l'arrogante sophistication new-yorkaise — frange la plus extérieure de l'ensemble du mouvement migratoire, loin de l'histoire, de la culture, de l'Europe.

Sortant du terminal de l'aéroport de Los Angeles deux jours après Thanksgiving, il éprouva la présence d'une forte charge érotique dans l'air chaud et fumant. C'était un changement radical par rapport au Michigan, où il venait de passer un morne Thanksgiving de célibataire en compagnie de son père et de son frère, fiancé depuis peu. Du fond de la limousine mise à sa disposition par son nouvel associé, Zac Solomon, il repéra une enseigne qui proclamait COCKTAILS NUES au-dessus d'un bunker trapu, au bord d'un champ animé du rythme des puits de pétrole — troupe d'oiseaux préhistoriques picorant aveuglément le sol.

La Cienega courait en ligne droite jusqu'aux collines de Hollywood, mais le paysage s'estompa, blanchit et disparut au bout d'un kilomètre ou deux et ils roulèrent encore pendant quinze minutes avant que Russell n'aperçût la ligne sombre des collines émergeant du smog, droit devant eux. Desséchée et acérée, surgissant de l'étendue populeuse des plaines — comme l'échine d'un chien famélique —, cette longue ligne de crêtes ne semblait pas particulièrement hospitalière, mais tout au long des petites routes en lacets qui serpentaient sur ses flancs, l'univers qui s'étalait en contrebas disparaissait, des jardins rutilants et des piscines bleu-vert s'épanouissaient dans les crevasses rocheuses. L'hôtel de Russell se dressait au bord des collines, un peu à l'écart de Sunset Boulevard — traduction littérale d'un château de la Loire, dominant les palmiers, fantasme réalisé, dit-on à Russell, en 1929.

Au milieu de tout ce soleil et de toute cette nouveauté, il fut heureux de découvrir que son hôtel était confortablement délabré, et plein de flaques d'ombre fraîches et stagnantes. Mieux encore, sa suite résidentielle — avec son mobilier vernis dépareillé, sa cuisine antédiluvienne et sa moquette perpétuellement détrempée, d'un orange atroce, sur lequel poussait une espèce encore non répertoriée de mousse ou de lichen — était un refuge contre l'éblouissante clarté du dehors. Des années auparavant, il s'était installé à New York, croyant pénétrer au centre du monde, et tout le temps qu'il y avait vécu, l'illusion d'un centre avait tenu, le sentiment qu'il y avait toujours une porte derrière laquelle de nouveaux mystères étaient accessibles, une salle de bal en haut du firmament d'où s'échappait l'irrésistible musique, une source secrète d'où émanait la folle énergie de la métropole. Mais Los Angeles n'avait pas de centre discernable et était aussi dépourvue de limites et de recoins. Russell n'y comprenait rien — il ne comprenait rien à cette espèce de banlieue, monstrueusement surdéveloppée, de son Midwest quitté sans regret, transplantée au cap d'Antibes. Il était heureux de loger à flanc de colline, ne fût-ce que parce que son dos pouvait s'appuyer contre quelque chose de solide.

Perdu, Russell ne demandait pas mieux que d'apprendre, de reconnaître que les vieux principes avaient fait faillite, d'essayer de suspendre son jugement, jusqu'à ce qu'il fût en mesure de l'exercer de nouveau — le soleil et l'apparence informe de l'existence ici, à la limite sans limite du continent, lui rappelant les vers de Wallace Stevens : « Tu dois redevenir un homme ignorant/et voir de nouveau le soleil d'un œil ignorant/et le voir clairement, dans l'idée que tu t'en fais. » Et certes, son œil était ignorant et le soleil brillait mais, même au bout de plusieurs mois, ce n'était encore qu'un éblouissement.

Le travail possédait au moins la vertu de la plus brillante nouveauté et Russell avait toujours été un enthousiaste des commencements. Il prit une option sur deux livres pendant la première semaine, et se mit à parler avec les réalisateurs et les acteurs. Les réalisateurs étaient faciles à distinguer des acteurs — ils portaient tous la barbe, se concevant comme les intellectuels de la communauté. Quand Russell débarqua, il traînait après soi une vague légende de réussite dans l'Est, que Zac amplifia considérablement ; tout le monde voulait déjeuner avec lui. Que sa tentative pour s'emparer d'une maison d'édition eût échoué était en définitive moins important que sa réputation d'homme qui avait déjà fait quelque chose. Ses journées étaient bien remplies et l'idée que le cinéma était une industrie languide dont les principales tractations étaient menées au bord d'une piscine fut vite abandonnée. La journée commençait à sept heures trente par un petit déjeuner de travail dans l'un des grands hôtels et se poursuivait sans discontinuer jusqu'au dîner d'affaires de dix-neuf heures trente. Russell se disait par moments que son emploi du temps reflétait une illusion d'activité plutôt qu'un quelconque accomplissement, mais il était heureux qu'il ne lui laissât guère le temps de penser.

Malgré toutes ces heures de travail, l'ensemble de la communauté était pénétrée du sentiment de son propre prestige. Le produit final de tout ce labeur brillait d'un feu qui rejaillissait jusque sur les plus humbles travailleurs de cette industrie. La dactylo était animée par la conscience que sa corvée produisait des répliques qui seraient peut-être prononcées par des stars de l'écran, tandis qu'agents et producteurs, quand ils se rendaient, à bord de leurs voitures coûteuses, à des réunions importantes, étaient logiquement tentés de croire qu'ils étaient, eux, les stars du drame réel dont le public ne voyait que la version pour marionnettes.

S'étant autrefois imaginé l'entreprise comme un aquarium de requins baignant dans le sang, Russell fut surpris de rencontrer partout tant de bonne volonté et de bonhomie. Une joie enfantine prévalait, d'avoir découvert non seulement une confiserie dont la porte n'était pas fermée à clé, mais bien l'usine dans laquelle tous les bonbons étaient produits. Comme les enfants, les protagonistes étaient capables d'accès de cruauté et de violence contre leurs semblables, mais il y avait tant de richesse en circulation, que prédominaient un esprit de générosité, une politique plus douce que dans une section de littérature du troisième cycle, où l'on avait tellement moins de butin à se partager. On pratiquait une espèce de socialisme officieux, lucratif : quand on perdait un emploi, on s'en voyait offrir un autre, ailleurs, moyennant un salaire plus élevé.

Il y avait des règles, évidemment, dans le sillage de la débauche hédoniste qui avait marqué le début de la décennie, un étrange puritanisme régnait sur la Babylone de l'ouest. Zac avait fait l'éducation de Russell au cours d'un de leurs premiers déjeuners dans un restaurant coûteux et décontracté de Melrose Avenue. Sous son dais, la salle à manger semblait un sanctuaire voué au culte de la santé et de la simplicité, avec ses clients vêtus de couleurs pastel et la carte qui leur proposait des poissons grillés et des légumes crus.

Zac, qui dressait révérencieusement le catalogue des malversations sexuelles des convives assis aux tables voisines, demanda soudain :

— Comment s'est passé ton dîner avec Packard, l'autre soir ?

— On s'est très bien entendus. Il tenait beaucoup à me faire savoir qu'il a lu plusieurs livres dans le cours de sa vie et j'ai tenté de lui assurer que j'aimais le cinéma.

Zac hochait du chef d'un air pensif.

— Il dit que tu buvais comme un trou.

— Et puis quoi encore ! J'ai bu un cocktail et deux verres de vin, quand même !

— Des tas de gens ont exagéré dans tous les domaines au début des années quatre-vingt, et maintenant, c'est comme une espèce de gueule de bois collective. Dans les années cinquante ils avaient la peur des rouges, aujourd'hui, nous avons la peur de la blanche. C'est comme ça que Jeff s'est vraiment brûlé ici. Alors comme tu es associé à Jeff, tu sais...

— Tu m'accuses d'association de malfaiteurs, en somme.

— J'essaie seulement de t'expliquer les choses. La santé, ici, c'est le grand trip, en ce moment, et il y a une sacrée concurrence. Alors le type avec lequel tu déjeunes attend que tu commandes le thon et lui commande trois feuilles de salade pour tout repas, te laissant croire que tu es d'une gloutonnerie monstrueuse et par conséquent dépourvu de tout dynamisme spirituel. Quand il te verra commander un verre de vin blanc, il te racontera que son entraîneur personnel vient chez lui tous les matins à cinq heures au volant d'une camionnette pleine de matériel pour une petite séance privée avant son petit déjeuner, constitué de trois fraises et d'une tranche de pain complet grillé sans beurre ni confiture. En tout cas, un point en faveur de l'AA, c'est que c'est le meilleur endroit pour draguer de toute la ville.

Solomon l'encouragea à chercher une maison, offrant d'en garantir le financement, mais Russell demeura à l'hôtel, accroché à l'aspect transitoire qui le rassurait. Il avait passé près de deux mois seul dans l'appartement de New York et commençait à s'habituer à une existence dépourvue des petites touches du confort domestique et au babil inepte et rassurant d'un téléviseur qu'on ne regarde pas.

Zac habitait à quelques centaines de mètres au-dessus de lui, en remontant le canyon, une maison de style indéterminé, accrochée à ses deux mille cinq cents mètres carrés de colline ; derrière la maison, serti dans une falaise comme une gemme plate, un plancher de séquoia encadrait le miroitement d'un ovale de turquoise qui semblait défier les lois de la pesanteur et le principe des vases communicants. Zac avait donné une réception chez lui, une semaine après l'arrivée de Russell, pour le présenter à la faune locale. Elle se composait de producteurs, de dirigeants de studios, d'agents et d'avocats, ainsi que de quelques comédiens et comédiennes. Il existait deux types de femmes : professionnelles de l'industrie ou strictement ornementales. Selon les critères contemporains de la beauté féminine, le processus de la sélection naturelle de l'espèce, renforcé par la chirurgie esthétique, avait atteint à Los Angeles un très haut niveau de raffinement. Il existait un surplus manifeste de jeunes femmes blondes en jean et bustier à couper le souffle, qui se disaient actrices et prouvaient toutes par leurs actes qu'elles étaient enchantées de la présence de Russell en ville. L'une de ces femmes devint sa compagne.

Katrina Ostrom était venue de Denver pour embrasser la carrière de comédienne, elle était d'une nature bénigne sous le vernis encore frais du métier prestigieux dont elle faisait l'apprentissage, pas encore tordue ni déformée par les dures leçons qu'elle y apprenait. Pour l'instant, elle avait joué le rôle d'un cadavre dans un téléfilm et avait deux répliques dans un film qui sortirait bientôt. Acclimatée de quelques mois seulement de plus que Russell, elle l'emmenait dans des soirées et allait en voiture avec lui à Santa Barbara pendant le week-end, mais il refusait qu'elle passe la nuit dans sa chambre. Il savait que c'était au mieux un scrupule bien mince, mais ne pouvait supporter l'éventualité d'un coup de téléphone de Corrine en pleine nuit pendant qu'une autre dormirait à ses côtés. Curieusement, Katrina ne jugeait cette manie ni particulièrement désagréable, ni particulièrement surprenante. Sans trop approfondir son enquête, il croyait avoir compris que ses amants les plus récents l'avaient traitée en accessoire mineur.

Sans être aussi cynique que Zac, qui approuvait leur liaison et en parlait comme d'une relation « d'un entretien facile et peu coûteux », Russell n'était certes pas à la recherche de l'âme sœur. Au début, il avait été étonné et plein de reconnaissance d'être capable d'accomplir l'acte avec une autre et, ce qui ne gâtait rien, avec une jolie fille de vingt ans. Après plus d'une décennie avec Corrine, cela tenait du miracle ; pour la première fois de sa vie, il était conscient d'être plus âgé que les gens de vingt ans. Mais aussi agréable que ce fût, il ne pouvait s'empêcher de comparer ; par moments, l'idée de faire l'amour était d'une tristesse insupportable et il se retrouvait incapable d'aller jusqu'au bout. Quand cela se produisait, il devenait impatient et irritable. Un soir, chez Katrina, dans le minuscule studio toujours en désordre qu'elle louait dans un ancien motel reconverti, à Hollywood, il avait commencé à l'embrasser mais avait été brusquement envahi d'une vague de répulsion, amenée peut-être par l'odeur d'oignon dans l'haleine de Katrina.

— C'est une porcherie, ici.

Elle s'était levée pour ramasser les vêtements éparpillés un peu partout dans la chambre. Soudain, la vue d'un fragile dessous de soie qu'elle élevait dans la lumière entre ses longs doigts l'emplit de remords.

— Pardon, dit-il. Je suis vraiment odieux. Je me demande comment tu fais pour me supporter.

Sautant à bas du lit, il l'avait prise et serrée dans ses bras.

— Tu n'es pas si méchant. En fait, tu es le mec le plus gentil que je connaisse depuis que je suis ici.

Mais il ne pouvait se conduire que de plus en plus mal, comme les autres, face à de si maigres exigences. Dans ce qu'il prit pour un grand geste de noble renonciation, il lui dit qu'ils devaient cesser de se voir ; il rompit cette résolution deux fois en trois semaines, l'appelant tard le soir pour lui demander s'il pouvait venir. La troisième fois qu'il téléphona, elle dit :

— Je regrette, Russell.

— Tu n'es pas seule ? demanda-t-il.

Dans un murmure exaspéré, elle répondit :

— Je ne peux pas passer ma vie à attendre un coup de téléphone de toi.

Il fut presque soulagé de se voir ainsi ôter l'occasion de commettre plus de dégâts, sachant qu'il s'était mal conduit. Russell dérivait comme une feuille dans le courant et se sentait incapable de prendre de grandes décisions tout seul.

46

Les résolutions de Corrine pour la nouvelle année furent de recommencer à sortir. Elle savait qu'elle se devait à elle-même de se détacher de Russell, en tout cas ses amies la tannaient pour qu'elle le fasse — mais chaque fois qu'un inconnu essayait de lui mettre la langue dans la bouche, elle trouvait cela comique ou tragique. Duane Peters parvint jusqu'à la fermeture de son soutien-gorge avant qu'elle n'éclate de rire. Casey Reynes lui organisa un rendez-vous. Son amie était une Makepeace, après tout, et son candidat pour le lit, et la main, de Corrine, était Christian Howarth, des Howarth de Memphis, Yale 77, il fallut à Casey un quart d'heure pour débiter la liste de ses dons et de ses réalisations, les plus inté-ressants, en l'occurrence, étant qu'il avait hérité de l'argent, en avait gagné encore beaucoup plus comme arbitragiste et avait su se retirer avant l'effondrement du marché boursier. Quand il se présenta à sa porte dans une rue un peu délabrée de Chelsea, avec sa voiture simple et de bon goût, avec chauffeur, il était aussi beau que Casey l'avait annoncé. Au théâtre, et plus tard au Lutèce, il se révéla plaisant conteur. Il avait participé à trois reprises à de grandes compétitions internationales dans l'équipe d'équitation des États-Unis, c'était un skieur et un gentleman qui se leva pour tenir la chaise de Corrine quand elle revint des toilettes, et la recondui-sit jusqu'à sa porte, ce soir-là, et l'y quitta sur un baiser délicat. Son goût semblait impeccable dans le domaine des relations avec les femmes : il envoya des roses accompagnées d'un mot charmant le lendemain matin, puis téléphona dans l'après-midi pour solliciter un nouveau rendez-vous. Elle accepta encore deux de ses invi-tations, la dernière au chalet des Reynes, pour skier, dans le

Vermont. Il était formidable sous tous rapports sauf un : il n'était pas Russell. Quand elle finit par lui dire qu'elle n'était pas encore prête, Casey entra en fureur.

— Dieu sait que j'ai essayé de l'aider, dit-elle à ses amies d'un ton qui suggérait que Corrine forniquait désormais avec des bergers allemands et se shootait à l'héroïne comme son copain Jeff Pierce.

Jeff l'invita à dîner le soir de son anniversaire. Ils s'étaient fréquemment parlé au téléphone, mais elle ne l'avait pas revu depuis sa sortie de la clinique, quelques mois auparavant. Il était trop maigre et semblait fatigué. Et une gêne nouvelle s'était installée entre eux. Leur conversation fut tendue jusqu'à ce qu'elle lui rappelle son anniversaire précédent, où il avait amené cette adolescente aux gros seins et où Corrine l'avait aspergé, et où Boum et lui avaient renversé le vase chinois.

— Bon Dieu, il y a un an seulement ? dit-il. J'ai l'impression que tout ce qui a précédé la clinique est comme de la vieille télé en noir et blanc. J'étais défoncé ce soir-là. D'ailleurs, je m'étais shooté dans ta salle de bains.

— Oh, Jeff, fut tout ce que Corrine put dire.

Jeff lui raconta que plus tard, quand il était rentré dans son loft avec le modèle, elle avait subitement levé la tête de l'oreiller pour lui dire, *caveat emptor*, que ses seins étaient « améliorés » — pour que ça ne lui fasse pas un choc, quoi, ni rien — et qu'il avait été si surpris par l'urgence et la franchise de cette révélation, qu'il n'arrivait plus à s'arrêter de rire et en avait perdu tous ses moyens. A ce récit, Corrine elle-même avait ri, exercice devenu peu fréquent de ses zygomatiques.

— C'est l'histoire de ma vie, ça, je n'ai jamais rien connu de réel en définitive, dit-il avec un grand sourire contrit jusqu'à ce qu'il vît que Corrine pleurait.

— Il ne faut pas dire ça, Jeff, s'il te plaît.

Dans le geste qu'il fit pour lui tendre sa serviette, il s'aperçut qu'elle était tachée de sauce. Après s'être palpé à la recherche d'un mouchoir, il arracha la poche de poitrine de sa chemise et lui tendit le rectangle de tissu bleu.

— Tu ne manges pas, le gronda-t-elle quand elle fut calmée. Tu as l'air d'un squelette.

— Tu ne t'es pas regardée.

— J'ai repris du poids, riposta-t-elle.

— Comment va-t-il? demanda Jeff quand elle plongea ostentatoirement sa fourchette dans son dessert.

— Je crois qu'il a quelqu'un. Il ne me l'a pas dit mais je le sens.

— Et toi?

— Je n'arrive pas à me voir avec un autre. Je t'assure que je n'arrête pas d'essayer, mais c'est plus fort que moi.

Il alluma une cigarette et se gratta le poignet. Elle vit qu'il était tacheté d'une espèce d'éruption violette. Elle se demanda s'il avait recommencé.

— Je t'aime toujours, dit-il.

— Qu'est-ce que tu as au bras? demanda-t-elle tout à trac, avant de rire nerveusement de ce coq-à-l'âne.

Tirant sur une mèche de cheveux qui lui tombait sur l'épaule, elle dit :

— Pardon. Je t'aime aussi, mais ça ne nous sert à rien, ni à toi ni à moi.

— Au diable l'utilitarisme. Je n'ai jamais été quelqu'un de très pratique.

— Non, c'est vrai. Mais moi, si l'on va au fond des choses, je dois l'être.

Elle tendit la main pour effleurer celle de Jeff, qui était toute tavelée, et insista :

— Tu ne crois pas?

Un soir, cherchant un extrait de naissance pour prouver son existence à son nouvel employeur, elle tomba sur une feuille de papier quadrillé, pliée en quatre, sur laquelle un poème était écrit de l'écriture, légèrement penchée en arrière, de Russell :

Que chantent les muses et dansent les grâces
Non seulement à leurs noces mais tout au long de leurs jours
Accouplant leurs deux cœurs pour que jamais mal ne leur
adivenne.
Que jamais il ne la nomme que Ma joie! Ma lumière!

Que jamais elle ne le nomme autre que Cher cœur.
Et quand il leur faudra quitter la terre
Pour avoir doucement vécu ensemble
Que l'un ne meure un jour avant l'autre
Mais qu'il l'enterre, et elle lui, d'un sort commun
D'un seul cœur, qu'ils se séparent ensemble
O fortunés, tous deux!

Russell avait choisi ce poème, l'un de ses trésors élisabéthains du lycée, que son témoin Jeff avait lu à leur mariage à Stockbridge, il y avait plus de six ans. Si parfait alors, il était presque insupportable aujourd'hui, lui faisant prendre conscience, pour la première fois, de la possibilité qu'ils ne finissent pas leurs jours ensemble.

Entre deux orgies de larmes, elle allait travailler dans les services du D.A., où elle triait des montagnes de documents abrutissants à la recherche d'indices de fraudes éventuelles, et prenait deux fois par semaine la ligne numéro six jusqu'à Bleecker Street pour travailler à la mission.

Un soir qu'elle était en train de débarrasser, la nouvelle commença à circuler parmi les habitués que la police s'assemblait dans un terrain vague de l'avenue D pour donner l'assaut au bidonville dans lequel beaucoup d'entre eux passaient la nuit. On les menaçait d'expulsion depuis des semaines, les rigueurs de l'hiver n'ayant pas suffi à dépeupler cet emplacement d'un futur immeuble résidentiel. Plusieurs d'entre eux avalèrent à la hâte leur dernière bouchée.

— Y z'ont des bulldozers et des tanks et toute cette merde, dit avec emphase Ace à Corrine, s'essuyant la bouche d'un revers de la main et fourrant une pomme dans la poche du vieux parka de Russell.

Corrine ôta son tablier.

— Je viens aussi, dit-elle.

— Va y avoir du grabuge, la prévint-il, mais Corrine pensait qu'il y aurait peut-être moins de grabuge si des gens comme elle étaient présents, espérant que son tailleur et son apparence générale constitueraient une petite protection. Elle suivit Ace et une dizaine d'autres dans la rue, frissonnant dans le vent qui apportait l'odeur d'une fumée âcre, sous le ciel sale de la nuit où s'allumaient des lueurs vers l'est.

Le bidonville était brillamment illuminé de l'intérieur et de l'extérieur : des dizaines de feux brûlaient entre les wigwams et les baraques ; de puissants projecteurs étaient dirigés sur le campement depuis l'autre côté de la rue. Les bulldozers, quatre en tout, descendaient en marche arrière de la plate-forme des deux camions qui les avaient amenés, le fracas des diesels noyant les cris des squatters, qui agitaient des planches et des briques devant les phalanges bleues des policiers casqués en tenue anti-émeutes. Ace et Corrine se frayèrent un chemin à travers la foule des spectateurs. Les bulldozers jaunes s'ébranlèrent puis pivotèrent sur eux-mêmes pour tourner leurs mufles vides et implacables vers la foule. Une brique décrivit un arc de cercle dans le ciel nocturne et vint frapper le casque d'un policier qui tomba à la renverse.

Quand le groupe de Corrine s'approcha, un détachement de flics vint leur barrer la route du campement ; le reste des troupes se mit en marche derrière ses boucliers, matraque brandie. Les bulldozers en attente vibraient en vomissant de la fumée. La moitié des squatters disparut quand la police commença à avancer sous une grêle de projectiles. Corrine regarda trois flics qui couraient dans sa direction. Il y en avait un en particulier qui semblait l'avoir repérée ; il avait les lèvres serrées sous sa moustache sombre et fixait sur elle un regard de pure haine. Elle fut glacée par ce regard, incapable de croire qu'il lui était destiné. Ace la saisit par la main et la tira de côté, à l'instant où la matraque s'abattait, lui rasant la hanche et produisant une douleur qui lui parcourut les os comme un courant électrique. Elle hurla peut-être, mais l'air était plein de cris de douleur et de colère et elle ne put distinguer sa propre voix. D'un coup d'œil par-dessus son épaule, elle vit des flics qui matraquaient sauvagement la foule.

Ils fuirent vers l'ouest. Ace la tenait par la main, tirant sur son bras à lui faire mal, courant à toute vitesse.

— Ici, dit-il en l'entraînant par un trou du grillage, où elle accrocha sa robe à une pointe et la déchira.

Le terrain vague était jonché d'ordures et de décombres. Les mains sur les hanches de Corrine, Ace la fit accroupir derrière un arbre de Noël jeté au rebut. Aplatie contre le sol froid et couvert de détritus, elle entendit la cavalcade des fuyards, le martèlement des flics lancés à leur poursuite, des cris et des jurons. Elle appuya son visage contre la terre. Ace était allongé contre elle, respirant rapidement.

Vautrée dans la poussière, les yeux fixés sur le torse démembré d'une poupée de plastique, Corrine eut une vision de la violence qui s'étendait et consumait la ville tout entière en une orgie de rage et de destruction. Il ne restait rien pour l'arrêter — ni compassion, ni lois, ni but commun.

— C'est la guerre, putain, dit Ace, plus excité qu'effrayé, après qu'une escouade de policiers casqués fut passée en courant.

Elle avait si froid que ses mains et ses pieds commençaient à s'engourdir.

— On se casse, répondit Ace quand elle le lui dit.

Après avoir franchi le grillage en sens inverse, ils rencontrèrent une foule d'hommes en haillons qui brandissaient des gourdins, des tuyaux et des bouteilles. Corrine crut un instant qu'ils allaient les charger, mais certains d'entre eux reconnurent Ace.

— Les flics ont matraqué ma meuf. Quelle merde, c'est pas croyable.

La foule rugit et elle fut subitement absorbée en son sein, les hommes semblant accepter que sa protection faisait partie de leur mission.

— Allons-nous-en, dit Corrine.

— C'est beaucoup moins craignos si on reste avec eux, dit Ace. Dans une situation comme ça — si t'es seul, t'es plus qu'un gibier.

La horde se mit en route vers l'ouest à la recherche d'une cible, des voix contradictoires s'élevant pour proposer des objectifs et des plans. Corrine, transie, hébétée, pouvait à peine interpréter les bruits qu'elle entendait. Tout sentait l'essence. Soudain les énergies semblèrent redoubler et se concentrer, le silence s'abattit sur le groupe qui arrivait devant un immeuble, apparemment abandonné, dont la porte avait été remplacée par un panneau d'acier brut. Un des hommes s'avança et cogna du poing contre l'acier ; celui qui vint lui ouvrir fut renversé, et, l'instant suivant, le groupe tout entier montait à l'assaut d'un escalier obscur et étroit.

Elle se retrouva dans une petite pièce meublée seulement d'une baignoire crasseuse et de quelques coussins. Une forte odeur de médicament lui mit les larmes aux yeux. Trois hommes avaient plaqué contre le mur un gros blanc vêtu d'un T-shirt Billy Idol et deux adolescents noirs se tenaient tremblants à côté d'une seconde porte d'acier. Sous les yeux de Corrine, un panneau pratiqué dans la porte s'ouvrit en coulissant. Le meneur de leur joyeuse bande se précipita pour introduire un tuyau dans l'ouverture. D'autres le suivirent, lui bloquant la vue, et l'odeur d'essence couvrit celle du médicament. Une flamme jaillit du goulot d'une bouteille et, tout à coup, le mouvement s'inversa et elle entendit une sourde détonation qui leur refit dévaler l'escalier pour ressortir dans la rue où les hommes se remirent à courir en poussant des hurlements et des hourras. Ace l'entraînait toujours, les yeux fous.

Après cela, elle vit encore un gamin aux cheveux roses et au blouson de cuir noir jeté à terre puis bourré de coups de pieds, une voiture incendiée, des bouteilles qui se fracassaient sur l'asphalte en projetant des éclats de verre en tous sens. Pendant qu'ils étaient occupés à piller une *bodega*, quelqu'un cria qu'il avait coincé un puma dans le terrain vague adjacent. La foule se précipita vers cette rumeur prometteuse. Ace l'entraîna vers les premiers rangs de la meute ; debout sur la pointe des pieds, elle vit un félin tapi dans l'angle formé par le mur de brique et le grillage de la clôture, émacié et crasseux, ses taches à peine visibles dans le faisceau d'une torche électrique.

— C'est un ocelot, dit-elle, mais elle n'aurait pu dire comment elle le savait.

Il y eut un silence général de quelques instants. Puis quelqu'un lança un bâton et les hommes se précipitèrent sur le fauve avec leurs gourdins et Corrine hurla.

Ace l'entraîna de nouveau quand une voix cria : « Les flics ! » Ils se mirent à courir dans l'avenue C jusqu'à Houston Street où Corrine fit signe à un taxi, osant à peine croire que cet article mineur du contrat social avait survécu intact.

— On a failli se faire tuer, dit-elle au chauffeur.

Elle avait besoin qu'un témoin, un habitant du monde réel, lui dise qu'elle n'était pas folle.

— Où on va? demanda-t-il d'un ton indifférent.

Corrine lui donna son adresse. Ace l'entoura de son bras mais elle ne pouvait s'arrêter de frissonner. Il y avait du sang sur la manche de son chemisier. Elle avait peur d'être seule après ce qu'elle avait vu et peur que personne ne la croie si elle tentait de le décrire.

Ace la suivit dans l'appartement et s'installa devant la télé pendant qu'elle prenait une douche.

Quand elle sortit de la salle de bains il se leva et la prit dans ses bras. Elle l'étreignit brièvement mais tenta de se dégager quand il lui enfonça son genou entre les jambes.

— Qu'est-ce qu'y a? demanda-t-il. T'as quelque chose contre les noirs?

Corrine ne pouvait pas parler. La peur la rendait muette mais elle était bien décidée à ne pas le montrer.

— Les noirs sans domicile fixe. Tu t'amènes dans le Bowery deux fois par semaine pour servir de la bouffe dans ce machin de charité et puis tu retournes fissa dans ta gentille petite vie de blanche, c'est ça?

— Ça n'a... parvint-elle à articuler, mais il la coupa.

— J'en ai ma claque des enfoirés qui me disent que ça n'a rien à voir avec ma couleur. « Eh, les nègres, on arrête pas de vous marcher sur la tête, de vous assassiner avec la dope, de vous foutre en taule et toute cette merde. Mais c'est pas parce que vous êtes des nègres, sales nègres. Ça n'a rien à voir avec la couleur. »

— Non... mon mari me manque, dit Corrine.

Ace la repoussa. Elle était presque certaine qu'il allait la frapper mais, soudain, il baissa les yeux sur le plancher et secoua la tête.

— Rien qu'une fois, je voudrais quelque chose de correct. Tu comprends ce que je te dis?

Il tourna les talons et s'en fut, claquant la porte derrière lui.

Corrine fut étonnée de ne rien trouver des événements du Lower East Side dans aucun des journaux du lendemain ou du surlendemain, mais elle finit par remarquer, enfoui dans les pages intérieures

du *Post*, un court article sur le meurtre d'un homme qu'on soupçonnait d'être un dealer de crack, dans la 3e Rue est. Une bande
de clients mécontents avait versé de l'essence par le guichet de la
porte blindée derrière laquelle il menait ses affaires, puis l'avait
allumée. La forteresse d'acier s'était transformée en four dans lequel
le dealer avait été incinéré Trois heures plus tard, selon le rapport de la police, les murs rougeoyaient encore par endroits.

Elle retourna à la mission quelques jours plus tard, mais Ace
ne s'y montra pas. Le lendemain soir, il attendait de l'autre côté
de la rue, en face de son immeuble, quand elle rentra du travail.
Elle commença à se diriger vers lui, mais quelque chose dans son
expression la fit battre en retraite. Il n'essaya pas de la suivre à
l'intérieur ni de lui parler et elle-même avait trop peur pour dire
quoi que ce soit. Une heure plus tard, il était encore là. Elle téléphona à Jeff, mais, le temps qu'il arrive, Ace avait disparu. Quelques mois après, à la mission, quelqu'un prétendit qu'il était mort.

— C'est du sida qu'il est claqué, dit l'homme.

En tout cas, elle ne le revit jamais.

47

Russell et Corrine se parlaient presque tous les soirs, mais il prenait soin de ne pas s'intéresser de trop près à ses affaires, ou à ses sentiments. Sa colère ne s'était pas dissipée et il ne savait pas ce qu'il voulait d'elle, ni comment réparer les dégâts, et il attendait donc que quelque chose se produise, comme il eût attendu l'invention d'un nouveau médicament qui guérirait cette maladie-là du cœur, entre-temps il traitait leur ménage comme on ferait d'un patient dans un état critique, pour qui tout exercice fatigant risquait d'être fatal.

Il sentait qu'elle aussi était en colère. D'ordinaire, ils restreignaient leur conversation à des détails concrets, à de petites questions financières ou mondaines. Il leur fallait décider de sous-louer ou non l'appartement, Corrine avait pris le studio de Chelsea et refusait de retourner vivre chez eux, où elle avait trop de souvenirs. Son avocat et elle avaient fini par se convaincre que Russell n'avait pas amassé en secret des montagnes de butin, mais les dépenses encourues pour prouver qu'il était fauché avaient encore aggravé ses dettes et ajouté une contrainte nouvelle à leur communication : une espèce de censure officielle pesait soudain sur le réseau déjà endommagé qui reliait leurs deux cœurs. Et Russell, quand il prenait le temps d'y penser — quand il recevait une note d'honoraires d'avocat, par exemple —, était furieux contre Corrine d'avoir porté les choses sur le terrain judiciaire.

Il gagnait plus d'argent qu'avant, mais le salaire de la mission de Corrine était symbolique et il n'était pas encore tiré d'affaire en ce qui concernait l'OPA sur Corbin, Dern. Bernard Melman avait présenté une nouvelle offre, plus modeste, et financée différemment ; il avait vendu plusieurs départements à l'avance et engagé Harold et quelques autres membres de la vieille direction pour diriger la boîte. Donald Parker y était consultant. Le résultat de la tentative de Russell était que Corbin, Dern avait été mise en pièces, que trente ou quarante personnes avaient perdu leur emploi et qu'un homme déjà trop riche avait empoché des bénéfices grotesques. Whitlock avait trouvé une situation chez Random House et l'on disait que Trina se spécialisait dans un domaine baptisé « retournement », qui consistait à restructurer pour les renflouer les accords de rachat qui avaient mal tourné.

Pour Russell et Corrine, tout l'appareil de la vie commune demeurait intact tant qu'ils ne se décideraient pas à le démanteler ; on leur faisait suivre des factures, des invitations et des cartes postales de différents coins du monde, où la nouvelle de leur querelle domestique n'avait pas encore pénétré. Leur compte joint et leur compte épargne devaient être nourris. Presque chaque jour, ils étaient confrontés à de petites questions à propos desquelles ils devaient se consulter, ce qui leur permettait d'éviter les grandes. Il leur fallut décider de ce qu'ils allaient faire pour la maison de Saint Bart, qu'ils avaient retenue en déposant des arrhes, pour la première semaine de mars.

— Je ne crois pas pouvoir me libérer, dit Russell, je crois qu'on va passer ça par profits et pertes.

— J'ai envoyé à ma sœur un cadeau d'anniversaire de notre part à tous les deux, dit Corrine un soir de février, une semaine avant la Saint-Valentin. Une petite broche des années vingt que j'ai trouvée chez ce brocanteur de la Première Avenue. Elle coûtait seulement vingt dollars, dit-elle, comme si elle craignait qu'il la juge dépensière. J'ai signé la carte pour nous deux.

Russell avait déjà entendu parler de cette broche deux jours plus tôt, et sans être sûr de savoir ce qu'était au juste une broche, il demanda :

— Comment va Hilary ?

— Très bien. Elle t'embrasse. Comment va ton père ?

— Bien, je crois. Je suis un peu inquiet. J'ai bien l'impression qu'il passe toute la journée à la maison. La retraite anticipée, ça n'était pas vraiment ce qui pouvait lui arriver de mieux.

— Tu sais, on n'a toujours pas acheté de cadeau de mariage pour Colin et Anne.

Ainsi prenaient-ils la peine de se convaincre mutuellement que rien n'avait vraiment changé, qu'il était en somme parfaitement normal de mener les affaires du ménage à cinq mille kilomètres de distance.

Comme un étudiant appliqué, Russell essayait d'en apprendre le plus possible sur le cinéma. Alors qu'il eût autrefois affirmé que cette discipline ne méritait pas d'étude sérieuse, il éprouvait désormais une certaine satisfaction dans l'idée même de sa propre humilité. L'habitude étant une seconde nature, il lisait des scénarios et des ouvrages consacrés au cinéma. Il assistait aussi à toutes les projections auxquelles on l'invitait et hantait les salles de Westwood, où il pouvait voir des films nouveaux en compagnie du public juvénile auquel ils étaient destinés.

Tout en se disant qu'il n'avait aucun droit de se sentir supérieur, il s'accrochait à ce sentiment en se convainquant qu'après avoir échoué dans une entreprise plus relevée, il ne méritait pas mieux. Comme tant d'autres avant lui, il était venu à Los Angeles pour prendre un nouveau départ, se réinventer, mais il avait emporté son passé avec lui, de telle manière qu'il ne pouvait s'empêcher, par moments, de démasquer, sous l'émigré enthousiaste, l'exilé blasé.

S'il ne pouvait s'empêcher, à l'occasion, de mépriser son environnement, il était souvent gêné du gros salaire qu'il percevait en dépit de sa relative ignorance. Et puis il y avait des jours où, se rendant à un rendez-vous au volant de sa décapotable, il s'estimait bien heureux d'être où il était, et même, bien heureux d'avoir survécu.

Quand il déjeunait en compagnie d'un jeune acteur célèbre, il pouvait éprouver une supériorité blasée à l'endroit des clients du restaurant qui les regardaient bouche bée — non pas, se disait-il, parce qu'il était lui-même impressionné de déjeuner avec ce comédien, mais parce qu'il était convaincu que, contrairement à eux, il aurait pu s'en passer. C'était son boulot, un point c'est tout. Et aussi quelque chose à raconter à Corrine, pour se marrer, précisément parce qu'elle ne se laisserait pas impressionner non plus, et qu'ils pourraient tous deux regarder de haut cette culture en général.

Mais il dut se tromper de ton, quand il le lui dit en passant, le soir même, parce qu'elle se tut à l'autre bout du fil, à l'autre bout du continent.

— Allô, allô, Corrine, tu m'entends? Tu me reçois? À toi.

— Je suis là, dit-elle.

— Il fait froid, là-bas? J'ai l'impression qu'un vent glacé envahit notre communication.

— Je n'ai pas envie de t'entendre raconter ta vie exaltante en compagnie de toutes ces célébrités magnifiques.

Quand Russell lui expliqua que c'était de l'humour, qu'il prenait ça avec un grain de sel, elle eut un rire amer.

— C'est encore pire de lancer des noms en faisant semblant que ça ne compte pas.

Sentant la justesse de cette accusation, il lui souhaita bonne nuit et raccrocha.

Le lendemain soir, elle appela pour s'excuser.

— Oh, Russell, comment en sommes-nous arrivés là?

— Je ne sais pas, dit-il, morose.

— J'ai envie qu'on soit de nouveau ensemble.

— On le sera, dit-il, sans savoir exactement pourquoi il l'avait dit, sinon pour la consoler. Ayant exprimé ce vague désir, ils laissèrent les détails en suspens.

Un soir, parmi les messages que lui remit l'employé de la réception, Russell trouva une note qui disait : *Je suis à la chambre 34. Appelle-moi s'il te plaît — Blazes Boylan.* Dans sa chambre, les yeux de Russell allaient des nouvelles télévisées au téléphone. Zac et lui avaient rendez-vous pour dîner au The Ivy, avec un gros producteur. Il était en train de rassembler ses affaires, de chercher ses clés, quand on frappa à la porte.

Ils restèrent de part et d'autre du seuil, à se dévisager, Russell effaré par l'aspect physique de Jeff, dont la peau semblait pendre sur sa carcasse comme ses vêtements.

— Tu veux entrer ?

Jeff jeta un rapide coup d'œil circulaire sur la pièce en toussant dans sa main.

— Je crois que j'ai occupé cette chambre, autrefois.

Il leva les yeux.

— Oui, je crois vraiment que je reconnais le plafond. Tu allais quelque part ?

— Dîner.

Jeff hocha du chef, soupesant cette information.

— Je suis venu ici pour te voir. C'est pour ça que je suis là. Je voulais te parler.

Russell consulta sa montre.

— Je n'ai que quelques minutes.

— Je risque d'en avoir pour plus longtemps que ça.

— Pour quelqu'un qui est censé avoir renoncé à ses mauvaises habitudes, tu n'as pas l'air en très bonne santé.

Jeff était plus maigre que jamais, son teint aussi crayeux qu'aux pires jours de l'héro.

— Alors que toi, on dirait un de ces connards de surfeur.

Russell appela le restaurant et laissa un message pour Zac, disant qu'il ne pourrait pas venir. Il trouverait bien une excuse plus tard. Décès dans la famille, le clebs a bouffé les devoirs du petit.

— Tu veux prendre un verre ? demanda-t-il avant de se rappeler. Pardon, c'est la force de l'habitude.

— Il se trouve que oui, répondit Jeff.

Ils prirent la voiture jusqu'à la plage de Santa Monica, où le soleil commençait juste à baisser au-dessus de la convexité métallique de l'océan vers l'Asie, et s'assirent sur le sable à vingt mètres des rouleaux. Une grande mouette au regard intelligent tournoya puis se posa non loin, se balançant d'avant en arrière sur ses pattes maigres, comme un type debout sur le pont d'un bateau secoué par les vagues, leur tournant à demi le dos de l'air de celui qui est dans le coin pour vaquer à d'autres affaires mais qui accepterait volontiers une invitation à dîner.

Jeff adressa un clin d'œil à la mouette puis tourna son regard au-delà des eaux. Détachant une boîte de bière d'un pack de six, il ouvrit la bouche pour parler, bafouilla et poussa un soupir.

— L'écrivain qui ne trouve pas ses mots, fit-il, rêveur. Il m'arrive de penser que les mots sont comme les nanas — il n'y en aurait pas une pour te sauver la vie quand tu en cherches, mais quand tu n'en as pas besoin, on dirait qu'elles tombent des arbres.

Subitement, il parut gêné, comme si cette allusion à l'amour lui avait fait entrevoir le sale truc qu'il y avait entre eux. Il prit une profonde inspiration, un peu râpeuse, et dit :

— Écoute, ma liste de regrets est plus longue que mon premier bouquin, mais j'ai presque fait une vocation de me haïr moi-même. Par-dessus tout pour t'avoir blessé. Et pour avoir aggravé les choses avec mes excuses débiles. Mauvaise application du point huit. Ou neuf. Je ne sais plus. Je faisais semblant, même pour moi, de demander ton pardon, mais ce que je disais vraiment, c'était va te faire foutre, Boum, parce que j'étais furieux contre toi de m'avoir collé là-bas. Entre autres. D'ailleurs, je t'en veux encore, même si tu as cru me sauver la vie. Peut-être que je n'avais pas envie qu'on la sauve. C'est ma vie, merde, quoi. Non ?

Jeff ramassa un caillou et le lança vers les rouleaux, puis alluma une nouvelle cigarette.

— Et je t'en voulais de m'avoir lentement abandonné, avant ça, d'avoir laissé l'amitié se déglinguer pendant que tu t'occupais de tes affaires.

Russell hocha du chef.

— Je sais.

— Je t'en voulais même d'avoir épousé Corrine. Je pourrais te dire que ce qui s'est passé entre Corrine et moi relevait déjà de mon attitude de drogué, ou un truc dans ce goût-là. C'est un grand soulagement, tu sais, de dire qu'on est désarmé face à l'alcool et aux drogues, d'avoir une excuse pour toutes les saloperies qu'on a faites.

Il mit sa main devant sa cigarette pour la protéger du vent et tira une longue bouffée, absorbé dans ses réflexions.

— Est-ce que ça vous est arrivé aussi quand on était mariés ?

— Une fois, dit Jeff.

— Quand ?

— Tu crois que tu veux vraiment que je te donne tous les détails, même sordides ?

— Peut-être que non.

— Je suis amoureux de Corrine depuis le début. Ça, en tout cas, je n'y pouvais rien. Nous avons toujours aimé les mêmes choses, Boum. Je me rappelle qu'à la fac tout le monde me disait tout le temps qu'il fallait que je te rencontre, qu'on se ressemblait tellement, et bien sûr, du coup, je te haïssais. Et puis plus tard, quand Corrine Makepeace est venue subitement vivre dans ta piaule, j'ai presque failli me remettre à te haïr.

— Je n'ai jamais su que ça t'intéressait à ce point-là.

— Dès le début, il était trop tard pour que je te le dise. Putain, ce que j'ai été jaloux. Surtout à New York.

— Toi ?

— Non, mon voisin. Qu'est-ce que tu crois ?

Riant sans joie, par le nez, il ramassa une poignée de sable et le laissa couler entre ses doigts, sur ses baskets.

— Il m'arrive de considérer tout ce que j'ai fait depuis la fac comme une image inversée de ta vie. Les vies parallèles. Toi, tu t'es installé avec Corrine, tu es entré dans l'édition. Alors, j'ai choisi l'autre solution. Toutes les autres solutions.

— Tu veux dire que c'est ma faute ?

Russell avait eu l'intention de le dire avec légèreté, mais il perçut l'accusation dans sa propre voix.

— Il m'arrivait de penser que si j'avais épousé Corrine, j'aurais mené ta vie, et que toi tu aurais fait quelques-uns des trucs atroces que j'ai fini par faire.

Il prit une profonde inspiration et serra le poing autour d'une boule de sable.

— Je crois qu'on avait réussi à se convaincre tous les deux que c'était une façon un peu bizarre de se rapprocher de toi — je sais que ça a l'air d'une rationalisation de la pire espèce. Eh ben d'accord, c'en est une. C'en était une. Mais tu étais en Angleterre et on se sentait seuls tous les deux. Ou plutôt, Corrine se sentait seule et j'avais toujours eu envie d'elle.

— Où tu mets Caitlin, dans tout ça ?

— Caitlin savait — je crois que c'est pour ça qu'elle a fini par me quitter. Mais je lui ai fourni des tas d'autres raisons, je sais. Mais en définitive, Corrine t'aimait, et elle est restée avec toi, non ? Et elle a eu raison. Je n'aurais pas pu être ce que tu étais pour elle. Il s'avère que nous ne sommes pas interchangeables du tout.

Jeff fut pris d'un violent accès de toux, éparpillant le sable pour lever la main devant son visage. Quand la quinte se fut calmée, il s'essuya les lèvres d'un revers du bras et secoua violemment la tête. Russell se demanda si l'alcool lui était permis.

Quand il retrouva sa voix, Jeff dit :

— Je me sentais le droit de prendre tout ce que je voulais, de faire tout ce que je voulais. J'étais écrivain, pas vrai ? Les règles ne s'appliquaient pas. En tout cas, j'aimerais pouvoir revenir en arrière, tout faire autrement. Mais je ne peux pas. Nous ne pouvons pas.

Avant même que Jeff eût entamé son discours, Russell avait découvert que sa colère l'avait quitté. Il arrive des choses inimaginables et nous sommes contraints de les comprendre et de les accepter. Avant que notre meilleur ami ne couche avec notre femme, nous dirions que c'est un crime impardonnable, mais c'est seulement quand nous sommes affrontés à cette réalité, que nous apprenons qu'il est possible de s'en accommoder, et de vivre avec.

— Tu demandes mon pardon ?

— Non, en fait, j'espérais plutôt que tu continuerais à me haïr.

Russell tendit la main et Jeff l'étreignit. Par la suite, il regretterait de ne pas l'avoir serré dans ses bras, parce que c'était à lui de le faire, mais il croyait alors qu'il aurait tout le temps, et en cet instant sur la plage, le sentiment qu'il se raidissait avait été occulté par une énorme vague de soulagement, accompagnée de la compréhension de ce qu'il lui en avait coûté, de tant chercher à haïr Jeff.

— Qu'est-ce que c'est que cette saloperie sur ton poignet? dit Russell.

— Des taches de vieillesse.

Jeff alluma une autre cigarette, protégeant de ses mains la flamme agitée de son briquet.

— Russell, il faut lui pardonner.

— Je veux lui pardonner, dit-il, bien qu'il se demandât pourquoi cela semblait plus problématique.

Assis là, sur le sable froid, cela l'attristait de se rendre compte qu'il comprenait Jeff bien mieux qu'il ne comprendrait jamais Corrine, qu'une des deux espèces d'amour était régie par un ensemble de lois différentes de celles qui régissaient l'autre, parce que, on avait beau faire semblant, l'une était exclusive, et l'autre pas. Et cela l'attristait, aussi, de se rendre compte que malgré tout, quelque chose était perdu entre eux.

— Je nous vois tous les deux, dit-il comme pour compenser cette intuition, deux petits vieux grincheux dans leur gilet taché, jouant à l'écarté en maudissant en silence les jolies infirmières.

— Non, toi, je te vois, vieux machin dans son fauteuil à bascule sur la terrasse, à côté de Corrine. Malgré le petit coup de canif que t'as donné dans le contrat à Francfort, au fond, tu es le type qui demande à la pute de peindre sa maison.

— Qu'est-ce que ça fait de toi? demanda Russell tandis que Jeff se tassait, pris d'un violent accès de toux.

Il mit une main devant sa bouche en s'appuyant sur l'autre pour se redresser.

— Je suis le type, coassa-t-il avant de s'éclaircir la gorge, qui ne peut s'empêcher de croire qu'en demandant à la pute de faire tout autre chose, il atteindra à une fusion extatique avec la matière brute de l'univers. Et qui se retrouve avec une chaude-pisse.

— Tu n'es pas censé être en bonne santé, maintenant? demanda Russell quand la toux se fut enfin calmée.

— Le corps met très longtemps à récupérer de ce que j'ai fait subir au mien, dit Jeff, le regard perdu par-delà l'océan.

— Mais tu n'es vraiment plus accro?

Il fit oui de la tête et écrasa sa cigarette dans le sable.

— Tu sais, j'étais jaloux de toi et de la vie de bâton de chaise que tu menais. D'un bout à l'autre, jusqu'à la porte de la clinique, une part de moi-même aurait voulu être du voyage.

— Ça valait pas vraiment le coup.

La dernière lumière se noyait maintenant dans l'océan.

— Au moins Washington a atterri sur ses pattes, dit Jeff. Tu sais qu'il est de nouveau chez Corbin, Dern, qu'il bosse pour Harold et ton pirate, là?

— Oui, il m'a téléphoné. Il a l'air tellement prévisible, et puis il s'arrange toujours pour vous surprendre.

— Que s'est-il passé, en fait, avec le bouquin de Victor? demanda Jeff. Quelqu'un m'a dit la semaine dernière qu'il y avait des milliers de pages de gribouillis ineptes.

Pendant que l'obscurité s'installait autour d'eux, Russell expliqua qu'avant de quitter New York, il s'était rendu chez Victor, au Village, accompagné d'un avocat de Corbin, Dern, qui se conduisait en propriétaire soupçonneux. Ils avaient passé deux jours à fouiller les archives de Victor, découvert d'innombrables copies des pages déjà publiées dans les magazines et les revues, annotées des dizaines de fois avec des encres de couleurs différentes, et la plupart couvertes d'une écriture si serrée qu'elles étaient totalement illisibles. Il y en avait de presque noires, fragiles comme de vieux parchemins. Selon toute apparence, Victor n'avait cessé de retravailler la même demi-douzaine de chapitres pendant quelque vingt ans. Son coffre-fort renfermait un extrait de naissance et trois mille dollars en liquide. Voilà tout. Russell en avait rendu compte à Corbin, Dern au cours d'une rencontre raide et désagréable avec Harold. Mais Camille Donner, qui avait auparavant laissé entendre que le livre était mythique, avait depuis peu endossé le voile de la veuve éplorée. Dans une nouvelle version de leur vie commune, elle prétendait l'avoir quitté provisoirement pour assister à la foire du livre de Francfort. Depuis lors, elle avait récrit à la hâte les derniers chapitres de son roman à clé et déclaré dans une interview que le chef-d'œuvre, qu'elle avait vu de ses propres yeux, était caché dans une cave ou un coffre. Les tenants d'une théorie de la conspiration disaient que Corbin, Dern détenait en fait le manuscrit et se servait de tout ce mystère pour sa promotion. Mais la plupart des gens avaient conclu qu'il n'y avait rien, et n'y avait jamais rien eu. L'intelligente New York bruissait de rumeurs d'escroquerie, cette nouvelle se répandant par le même réseau qui, des années auparavant, avait fait circuler le bruit que Propp était un génie. Il devint un symbole des réputations usurpées et de l'exagération médiatique de certains talents, bien que Russell eût choisi d'y voir plutôt un noble échec. L'échec, croyait Russell, étant quelque chose qu'il commençait à comprendre.

48

Comme un homme qui se voit en rêve endormi sur son lit, Russell sentit pendant longtemps qu'il attendait d'être éveillé du coma mélancolique de ses jours. Quand, quelques semaines après la visite de Jeff, la sonnerie du téléphone retentit dans le grand calme de cinq heures du matin, le silence surnaturel de Sunset Boulevard sous les fenêtres de sa chambre d'hôtel, il sut qu'il allait être assigné à comparaître.

— Corrine, dit-il en s'asseyant dans son lit, qu'est-ce qui se passe ?

— C'est Jeff.

Russell semblait savoir déjà ce qu'elle allait lui dire, bien qu'il eût commencé à espérer que cette fatalité-là avait passé sans qu'il sût trop comment, dispersée sans mal dans l'atmosphère comme un orage qui éclate avant d'atteindre la terre.

— Que s'est-il passé ?

— Il était à l'hôpital. Personne ne le savait. Je l'ai appris en lisant dans le journal ce matin qu'il était hospitalisé à St Vincent. Une pneumonie. Je suis à l'hôpital.

Russell attendit. À l'autre bout du fil, Corrine semblait incapable de poursuivre et il était prêt à attendre indéfiniment, plutôt que de l'entendre finir.

— Il est mort il y a un quart d'heure.

— On ne meurt pas de pneumonie, dit Russell qui se rendit compte en même temps que des tas, des tas de gens mouraient effectivement de pneumonie depuis peu, comme les personnages des romans du XIXe siècle. On voyait ça dans toutes les notices nécrologiques.

— Je crois... je crois qu'il était très malade. Il était malade depuis un bout de temps.

— Il te l'avait dit?

Ni l'un ni l'autre ne voulait apparemment nommer la maladie.

— Les médecins ont dit quelque chose?

— Il savait qu'il allait mourir, dit-elle. J'aurais dû m'en rendre compte. Il avait une mine épouvantable quand je l'ai vu. On a dîné... j'aurais dû faire quelque chose.

— Tu ne pouvais rien faire.

— J'ai l'impression que tout est ma faute, tout, sanglota-t-elle.

— J'arrive le plus tôt possible.

— Reviens, dit-elle.

Dans le testament qu'il avait rédigé quelques semaines avant sa mort, Jeff demandait à être incinéré. Il ne voulait pas de funérailles. Après ses diverses hospitalisations, le legs était modeste, mais ses droits et ce qu'il lui restait d'argent devait être réparti également entre des organisations charitables, médicales et culturelles. Dans son loft, qui était propre et bien rangé, un manuscrit adressé à Russell attendait sur le bureau, à côté de l'ordinateur. Pour la seconde fois en moins de six mois, Russell se retrouva exécuteur testamentaire d'un ami défunt.

Bien qu'il eût brièvement envisagé de respecter la volonté de Jeff proscrivant toute cérémonie, Russell décida que ceux qui restaient avaient besoin d'un adieu. Corrine n'était pas d'accord du tout, mais à la lumière de l'histoire récente, elle décida de passer sous silence ses droits sur la mémoire de Jeff.

Caitlin était assise au deuxième rang, revenue de Londres pour la cérémonie, stoïque, à côté de son banquier de fiancé. En passant dans l'allée centrale, Corrine fut interloquée, comme presque tout le monde, de découvrir une belle jeune femme aux grands yeux de lémurien, vêtue de ce qui semblait une robe de mariée, assise seule, une plante de jade dans un pot sur les genoux. Corrine se demanda si elle-même avait été aussi maigre, quand elle avait presque cessé de manger, quand manger lui avait paru la seule chose qu'elle pouvait maîtriser.

Assise au premier rang à côté de Bev et de Wick Pierce, Corrine n'entendit et ne comprit que par intermittence ce que disaient les orateurs, Russell compris. C'était lui qui était en train de parler, luttant contre l'émotion. Russell et les autres — rien que des hommes, là-haut, devant l'autel, comme d'habitude — parlaient dans leur style masculin, impérial, de ce que Jeff avait accompli dans le monde, ils disaient qu'il laisserait ses écrits derrière lui. Et Russell lui avait solennellement appris qu'avec son nouveau livre, rédigé au cours des derniers mois, Jeff « nous avait donné son *Ivan Illitch*. » Comme si cela atténuait la brûlure et arrangeait tout.

— Ça raconte un peu notre histoire à tous, dit Russell quand elle le lui demanda.

Elle n'était pas sûre de pouvoir le supporter pour l'instant.

En les écoutant débiter cet excès d'éloges, Corrine s'irritait de plus en plus contre cette consolation séculière, contre l'idée qu'en laissant derrière soi un tas de pages ou de pierres avec son nom dessus, on rachetait la vie qui avait cessé d'être vécue. Russell avait failli abandonner leur ménage pour bâtir, lui aussi, une espèce de monument. Entassant les pierres, il avait complètement oublié le mortier. Soucieux de tout, sauf du plus important, comme l'homme qui, dans la blague, ayant perdu son bras, regrette sa Rolex.

Quand ils parlaient des malheurs de l'année écoulée, Russell et Corrine racontaient toujours deux histoires différentes. Dans son récit à lui, la bataille pour le contrôle d'une maison d'édition et le krach de 1987 occupaient toujours une place éminente, mélodramatique, dans la sienne à elle, il y avait des notes de bas de page, en caractères minuscules. Ces événements publics — la mort d'un être cher d'une maladie contagieuse, un effondrement financier — révélaient comme un éclair, l'espace d'une fraction de seconde, à quel point ils étaient tous reliés les uns aux autres et interdépendants à chaque instant, leur bien-être intimement lié au sort de ceux qui les entouraient.

Elle ne croyait pas pouvoir ne fût-ce que commencer à expliquer ce qu'elle pensait à Russell et, pendant un moment, elle se remit presque à le mépriser. Mais elle l'aimait malgré cela et il n'y avait pas à chercher plus loin. Elle avait rêvé autrefois d'une parfaite communion des âmes, cru qu'elle y avait atteint avec Russell. Désormais, elle était prête à se battre pour moins.

Pour finir, un vieux poète, barbu et calme, ami de Jeff dans une de ses autres vies, une des vies que Corrine connaissait mal, se mit à lire « Litanie en temps de peste, » de Nashe, d'une voix à la fois sonore et nasale.

> Riche, défie-toi des richesses
> L'or ne peut santé acheter
> Physique même doit mourir
> Toute chose naît pour finir
> La peste passe qui tout emporte...

Russell lui avait lu ce poème des années auparavant quand il lui lisait encore de la poésie.

> Beauté n'est que fleur
> Que rides dévorent
> Clarté tombe de l'air
> Reines sont mortes, jeunes et belles
> Poussière a clos les yeux d'Hélène
> Malade suis et dois mourir
> Seigneur, ayez de nous merci !

Elle avait demandé à Russell ce que le vers « Clarté tombe de l'air » voulait dire. Elle s'était toujours sentie plus à l'aise avec les maths et les sciences et leur relative certitude. Russell lui avait répondu que les universitaires en proposaient diverses interprétations, jusques et y compris la possibilité d'une coquille de l'imprimeur élisabéthain, qui en aurait modifié le sens. Mais, pour lui, c'était compréhensible. Et quand elle avait insisté, il s'était contenté de répondre : « Réfléchis. » Et voilà que, soudain, elle pouvait se le représenter : la clarté, la beauté, la jeunesse, tombant comme la neige du ciel, tout autour d'eux, poussière d'or tombant dans les rues, emportée par la pluie devant l'église, roulant par les caniveaux et les égouts jusqu'à la mer.

Cependant, pour son propre tribut, elle aurait choisi un sentiment plus modeste, dans un livre d'enfant. « Ce n'est pas souvent qu'on voit venir quelqu'un qui est un véritable ami et un bon écrivain. »

Et puis ce fut fini. L'assistance sortit à pas traînants dans le crachin devant St Mark, posa ou refusa de poser pour les nombreux photographes, parlant de Jeff, d'amis communs, et des détails de l'existence que chacun s'apprêtait à reprendre maintenant que cette rencontre avec la mort était terminée, les clochards qui vivaient dans le cimetière venant solliciter cette foule bien mise et spirituellement attendrie. Russell serra la main de Washington puis ils s'étreignirent en s'assénant de grandes claques dans le dos.

— Est-ce qu'on a commis une erreur ? demanda Russell.

— Sans aucun doute.

— N'empêche, c'est dur de croire que tu bosses pour Melman.

— Mais, chef, c'est tout simple : il a besoin d'un mec comme moi et moi, j'ai besoin de boulot. Il n'y a pas mieux comme base de relations.

Russell sourit tristement comme s'il comprenait enfin une blague qu'il était le dernier à saisir. Il acquiesça quand Washington, lui passant un bras autour de l'épaule, proposa d'aller quelque part prendre un verre.

Russell passa la première nuit de son retour à New York dans le studio de Corrine, l'ancien appartement ayant été sous-loué. Après quoi il resta, mais il fallut encore une semaine pour qu'ils osent parler de l'avenir et reconnaître l'existence de ce nouvel arrangement. Russell ne savait pas ce qu'il voulait faire, dit-il à Zac, mais il ne pensait pas retourner à Los Angeles. Zac lui accorda un mois de réflexion. Alors qu'ils n'en avaient pas vraiment les moyens, Russell et Corrine avaient décidé de partir en vacances après tout, pour se donner une chance de réapprendre à se connaître.

Ils quittèrent New York dans une tempête de neige, après avoir glissé au milieu d'un banc de taxis jaunes crasseux qui se faisaient des queues de poisson dans FDR Drive, au long de l'East River. Cinq heures plus tard, ils étaient sous les tropiques. C'était devenu une banalité de la vie à l'âge des transports aériens, mais cette transition leur sembla miraculeuse à tous deux, quand ils descendirent de l'avion à Saint Martin en se tenant par la main. Bientôt, ils furent secoués par les turbulences au-dessus de l'étendue multicolore et vaguement ridée de la mer des Caraïbes.

— La voilà, dit Corrine, comme elle le faisait toujours, quand l'île apparut.

Regardant l'eau, elle aperçut une forme fantomatique qui se découpait sur le fond vert sombre d'un récif, gigantesque losange bleu sous la mer, qui semblait être la coque d'un grand bateau. A la surface, plusieurs bouées marquaient l'emplacement du naufrage. Elle essaya de le montrer du doigt à Russell, assis côté couloir, mais le temps qu'il regarde par le minuscule hublot, ils avaient franchi la crête et descendaient sur la piste d'atterrissage.

On avait installé le téléphone dans l'île et elle leur sembla plus peuplée et plus bruyante que dans leur souvenir. Le tarif des restaurants leur parut prohibitif, bien qu'ils ne fussent probablement pas plus chers qu'avant et, après leur seconde soirée, ils firent des courses en ville pour pouvoir économiser sur les repas. La troisième nuit, ils refirent l'amour pour la première fois depuis six mois. Tous deux étaient timides et gauches, ayant le sentiment d'une espèce de double vision, comme s'ils se regardaient faire l'amour en rêve, ayant du corps de l'autre une connaissance si intime et le découvrant pourtant nouveau, et inconnu. Au matin, les commerçants et les garçons de café les prirent pour des jeunes mariés.

Plus tard, ils apprirent que l'épave que Corrine avait vue était celle du yacht de J.P. Haddad, perdu dans une grosse tempête au début de l'hiver, et coulé par trente mètres de fond. Il avait mis huit heures à s'enfoncer. L'équipage avait regagné la rive sain et sauf mais certains prétendaient que Haddad lui-même avait coulé avec son navire. Personne, en tout cas, ne savait où il était. Un Américain volubile leur dit, un soir, dans un bar, que toutes les portes étanches avaient été ouvertes et les vannes d'évacuation crevées.

— Vous savez, leur avait-il confié, il avait tout perdu, dans le krach.

La coque bleue était toujours là, sous l'eau, quand ils reprirent l'avion pour New York, et parfois, dans les années qui suivirent, cette image reviendrait à la conscience de Corrine — la première fois qu'elle entendit parler, plus d'une année plus tard, de la chute de l'empire Melman, par exemple —, énigme qu'elle associait sans trop savoir pourquoi avec cette époque de leur vie, de la même manière que les porteurs de cravate jaune suscitaient l'image de la période précédente.

New York est glaciale et curieusement silencieuse quand ils rentrent. À l'étroit et ne tenant pas en place dans le petit studio, le soir de leur retour, ils sortent pour aller manger dans un bistrot de SoHo. Quand ils quittent le restaurant, il tombe une neige fine.

Marchant jusqu'à West Broadway pour y prendre un taxi, ils passent devant un jeune garçon blotti dans l'ombre d'une porte. Russell exerce une pression sur le bras de Corrine quand elle ralentit ; il a senti que son instinct de missionnaire se réveille, imaginé l'expression apitoyée qui s'est peinte sur son visage, qu'elle a tourné vers le gamin.

— Attends, dit-elle, dégageant son bras pour rejoindre le garçon et s'accroupir à côté de lui.

— Ça va ? lui demande-t-elle.

Le premier mouvement de Russell est de la protéger de l'arnaque, mais quand il s'approche, il découvre ce qu'elle voit. Si jeune, à peine adolescent, le pâle visage craintif et pitoyable.

— J'ai froid, souffle le gamin.

Corrine ôte son écharpe et la drape autour de lui puis tourne vers Russell un regard implorant. Il fouille la poche de son manteau, en tire les trois dollars de monnaie qu'on lui a rendus au vestiaire, les lui tend. Elle les donne au gamin, puis s'attarde. Russell doit de nouveau exercer une petite pression sur son bras pour l'entraîner. Dans le taxi, elle se demande à haute voix comment un garçon si jeune peut bien se retrouver tout frissonnant sous une porte cochère, et ce qu'on pourrait faire pour l'aider. Elle y pense encore quand ils montent l'escalier, quand ils se déshabillent pour se coucher. Bien qu'il sache qu'il sera capable d'oublier le visage de l'enfant pour dormir, cette nuit, il comprend que Corrine, elle, ne pourra pas, et il en est presque fier pour elle. Il regarde par la fenêtre la neige qui tombe puis se retourne pour prendre sa femme dans ses bras, heureux et reconnaissant d'être là, même s'il se demande ce qu'il va bien pouvoir faire de sa vie, en termes strictement pratiques. Pendant des années, il s'était formé à ne faire qu'une seule chose et il la faisait bien, mais il ne sait pas s'il a envie de continuer à la faire le restant de ses jours, ni même, d'ailleurs, si quelqu'un est prêt à la lui laisser faire. Il s'en inquiète encore lorsqu'ils se couchent.

Pendant que Corrine part à la dérive dans le sommeil, elle roule vers lui dans le lit et marmonne : « Merci. » Russell ne sait pas trop si c'est pour ce soir, ou pour être revenu à la maison.

Sentant la tête de sa femme nichée au creux de l'oreiller, sous son épaule, il est presque certain qu'ils trouveront le moyen d'y arriver. Ils ont appris à se contenter de moins, et ils continueront d'apprendre. Il a l'impression d'avoir depuis peu suivi un cours sur la perte. Et tandis qu'il se sent tomber dans le sommeil, il a une intuition qu'il croit importante, dont il espère qu'il se souviendra demain matin, bien que ce soit l'une de ces pensées qui survivent rarement à leur traduction dans le langage des heures de veille : il sait que, quelle que soit la manne qu'ils recevront ensemble ou séparément à l'avenir, ils entreront dans une intimité de plus en plus profonde avec la perte, à mesure que les années s'accumuleront, des amis mourront, ou glisseront sans histoire dans un passé peuplé de tant de visages, puis la mémoire elle-même vacillera et deviendra traîtreuse vers la fin ; il sait que les enfants eux-mêmes qu'ils auront peut-être un jour finiront par leur enseigner la douleur de la croissance et de la séparation, tandis que leurs propres parents et mentors mourront, les abandonnant seuls dans le monde, frissonnant sur le seuil obscur.

COMPOSITION : CHARENTE-PHOTOGRAVURE A L'ISLE D'ESPAGNAC
IMPRESSION : BCA À SAINT-AMAND (12-93)
DÉPÔT LÉGAL : OCTOBRE 1993. N° 029-3 (93/751)